U0451393

法律人生

法陌履痕

◎ 杨立新 著

商务印书馆
The Commercial Press

图书在版编目(CIP)数据

法陌履痕/杨立新著. —北京:商务印书馆,2023
(法律人生)
ISBN 978-7-100-21579-4

Ⅰ.①法… Ⅱ.①杨… Ⅲ.①随笔—作品集—中国—当代 Ⅳ.①I267.1

中国版本图书馆CIP数据核字(2022)第150423号

权利保留,侵权必究。

法 律 人 生
法 陌 履 痕
杨立新 著

商 务 印 书 馆 出 版
(北京王府井大街36号 邮政编码100710)
商 务 印 书 馆 发 行
北京通州皇家印刷厂印刷
ISBN 978-7-100-21579-4

| 2023年1月第1版 | 开本 880×1230 1/32 |
| 2023年1月北京第1次印刷 | 印张 23½ 插页2 |

定价:148.00元

杨立新，中国人民大学民商事法律科学研究中心学术委员会副主席、研究员，中国人民大学法学院教授、广东财经大学法学院特聘教授。

现任中国法学会民法学研究会副会长、世界侵权法学会主席、东亚侵权法学会理事长。全国人大常委会法工委立法专家委员会立法专家，最高人民检察院专家咨询委员会委员。曾任最高人民法院民事审判庭法官、最高人民检察院民事行政检察厅检察官，以及吉林省通化市中级人民法院副院长。

近年来出版长篇小说《法苑往事中的女人》和散文集《法林闲言》《法林碎语》《民法帝国》《闲话民法》等。

民法牛七十而立

子曰:"吾十有五而志于学,三十而立,四十而不惑,五十而知天命,六十而耳顺,七十而从心所欲不逾矩。"

即将七十,经历了忽然五十,猛然六十,又遇突然七十,心有惶惶,本应从心所欲,却方觉而立而已矣!

要开公众号时,学生问我如何命名。我慎思之,说:"民法牛。"大家说:"好!民法牛人。"我摇头:"非也,民法牛,乃民法之耕牛也,非民法牛人矣。几十年如一日耕耘民法田园,非牛者外,尚有他乎?"故而,辛勤耕耘之牛的"民法牛"公众号便应运而生。学界亦有称我为民法牛者,应允之。

民法牛七十,刚届而立之年。因愚钝,七十而立,足矣,有自知之明,不敢与圣人比肩。又想,七十而立,亦谓心态年轻,自信未老。

一曰立志。自入法门,立志为法而生。自习民法,成就不解之缘，缠缠绵绵、魂牵梦绕几十年，始终不敢忘却，精心耕耘，不敢让田园丝有荒芜。

二曰立身。数十载，多以断案为业，肩负两造利益，不敢懈怠、绝无偏袒为私者，以公平、正义立身，持之以恒。及至专心学问之时，无职无权，亦以为民解忧为要，尽其所能，支持良善，伸张正义。

三曰立言。民法贵以理论联系实际。断案无法理指导，如盲人摸象；理论无实践基础，为无水之鱼。断案、为学之余，钻研法理，以文立言，提高自己，帮助他人，独成一家之说，成就民法之新思维。

四曰立法。参与立法三十载，历经《合同法》《物权法》《侵权责任法》《消费者权益保护法》《老年人权益保障法》等，复以编纂《民法典》为己任，与民法理论实务诸友尽心竭力，日以继夜，辅助立法机关完成民权之法典。而今，《民法典》洋洋洒洒一千二百余条，十数万字，立民权、奉尊严、讲诚信、树正义，保民护权，公平公正，福荫人民。能够参与其中，发挥长处一二，常常窃喜，自足有加。

立志、立身、立言、立法，均为"而立"。民法牛时届七十，鉴此四立，故称七十而立，虽心有自足，尚不敢从心所欲。

民法牛七十而立，从不敢忘记师长、亲朋、挚友、弟子之所助。师长、父兄、妻女耳提面命，谆谆教诲，没齿难忘；

挚友、同仁、弟子相伴相随，扶之助之，乃有今日。愈思愈感，真情难忘，叩首跪拜，仍无以表达感恩之情。

夕阳虽晚，却艳丽无比。回顾民法牛耕耘田园走过之纵横阡陌，步履清晰如刻，足痕点点鲜明。再望前方，景色无比辉煌。编辑以往文字，犹如回抚过往之印记，更似点检耕耘之历史。瞻前顾后，仍觉臧克家诗人说得好：

"块块荒田水和泥，深耕细作走东西。老牛亦解韶光贵，不待扬鞭自奋蹄。"

耕牛虽老，韶光珍贵，仍当自奋之。

将以往四十年所写散文，选其精者结集，命名《法陌履痕》，分学步、初耕、精耘、细耘、贤达、情怀、品味七篇，为志民法牛七十而立。

感谢商务印书馆出版我的文集。感谢王兰萍编审，为文集的出版付出艰辛的编辑工作，使文集大大增色。

故记之。

杨立新

2022 年 2 月 10 日于北京世纪城

目 录

001 民法牛七十而立

001 **第一辑 学步篇**
   1 家乡   003
   2 姥家   012
   3 运动会   021
   4 抓子儿   027
   5 小学老师   032
   6 西关记忆   041
   7 坐火车   051
   8 表演   059
   9 爱音乐   065
   10 插队   074
   11 阿震   081
   12 阿瑞   088
   13 集体户   094
   14 手表   114

15	大愣	118
16	改床	130
17	离别	135
18	冰雪乐	142
19	吃肉	149
20	遇险	156

169 **第二辑　初耕篇**

21	第一次办离婚案	171
22	办案杂忆（情杀）	177
23	办案杂忆（抢劫）	187
24	审讯	195
25	被告石予生	207
26	我的首航	225
27	佟老与高法班	237
28	第一本法学专著《侵权损害赔偿》	243
29	聚会	249
30	心存法根	257

261 **第三辑　精耘篇**

31	新手	263
32	途中断油	269

33	书房	273
34	为杨明刚著作写序	284
35	哈米多维奇总检察长	289
36	何孟智总检察长	300
37	江南古衙	307
38	追踪五花山	314
39	武夷山水冠豸情	320
40	振成楼	325
41	鸣沙山	330
42	拉萨三日	335
43	西藏素描	348
44	西藏江南	356
45	走近地中海	363
46	卡拉奇	368
47	访泰漫记	373
48	监狱	382

397　第四辑　细耘篇

49	我的三为——求学、为官、做学问	399
50	初为人师	408
51	一月九日	414
52	又为人师	424

007

53	香港邻居	429
54	买锅	438
55	劝学三书（外一篇）	449
56	自学成才与游泳	458
57	不刊之论与难以卒读	464
58	遭遇日本地震	469
59	书写经验材料	478
60	学位服与导师服	484
61	吃饭种种	489
62	世界侵权法学会主席	497
63	探访卢森堡	511
64	民法典教材年	517

525　**第五辑　贤达篇**

65	怀念佟老	527
66	不落的旗帜	536
67	王家福先生	542
68	魏老师，您不会怪我吧？	552
69	老院长	556
70	师傅大可	567
71	梦里花落	580

第六辑　情怀篇　593

72	忽然五十	595
73	六十述怀	601
74	姥爷	610
75	父亲母亲	619
76	长兄祭文	626
77	月饼与乡愁	628
78	思索之苑——韩国名人成范永	633
79	人生五态	639
80	大猫	650
81	二猫	657
82	猫品	664
83	币子，走了	678
84	大鱼和二鱼	686
85	五方五佛	688
86	御温泉	698

第七辑　品味篇　703

87	豆腐脑儿	705
88	德州扒鸡	709
89	臭豆腐	713
90	米粉和沃面	717

91	炸酱面与涮羊肉	722
92	酿皮子与羊肉泡	727
93	猫耳朵与莜面窝窝	733
94	葫芦头及其他	737

第一辑　学步篇

1　家乡

我的家乡吉林通化，是一座小小的山城。在 70 年的时间里，我离开的时间大概有 39 年，在家乡成长和工作大约 31 年，显然离开的时间更长，因此，也就更加思念家乡。

一

家乡山城，被山抱在怀中。一条江水从城中拐过，两边是不多的平地，接着就是很高的山，周围都是。

西北部的山最雄伟，叫北大顶子，踞北朝南，向左右伸出臂膀，将半个城市与人民揽在怀中，遮风蔽雨，让人民幸福地生活着。江水从东而来，向西而去，中间却向南一折，不久，又拐而向西，一路向鸭绿江奔去，离开美丽的山城，留下了一片粼粼的波光，养育着山城的人民。

正是这江水的一折、一拐，把一座小小的山城一分为四，成了江西、江东、江南、江北四个区域。小的时候，我曾经每每质疑，就是一条江奔流而过，怎么会有江西、江东、江南、江北四个城区呢？难道江是四方的吗？

其实，原因就在于江水的这一折、一拐。江水本来向西，被伸入市区的山即玉皇山主峰一阻，一折而向南，就使城市东西分开，成就了江西、江东；又遇南山九女峰之南碴子头，一拐又向西，城市就有了北与南之分，却完全不挨着。因而形成的城区，江西之南是江南，江东之北为江北，只有江西、江东是直接对应的。

这样的格局，也难怪小时候的我，无法分辨江边区域的方向，不能理解江的四个方向如何区分，倒也情有可原。

江水滔滔，奔腾而过。四周山峦，林木茂密。田野肥沃、稼穑丰足。城市人民，勤劳勇敢。这样的家乡，不能不让生于斯、长于斯的儿女们日夜思念。

二

自今向前推衍，通化的历史似乎不长。通化在历史上寂静了大约二百年，直至光绪三年即1877年始设县治，有了通化县。这是因为，满清入关后，将通化一带长白山区的满清发祥地设为禁地，禁止人员进入。在封禁之前，通化并非寂静之地。

据说，远古时代，通化地域已有人类生存，留有旧石器时代洞穴遗址。新石器时代有古人类生活遗迹，渔猎稼穑，繁衍生息。西周为肃慎之南界，东周为燕国辽东郡属地。秦属辽东郡，汉为玄菟郡。三国入魏之版图，晋仍为玄菟郡属地。唐初为河北道安东都护府哥勿州都督府管辖，元为辽阳行省辽阳路婆娑府治下。明代，通化为努尔干都司建州卫，清属奉天府，后被封禁，直至1877年解禁设县。

1913年，通化划归奉天东边道。1931年，伪满洲国划通化为安东省管辖；1937年，先设东边道复兴办事处，7月设通化省，增设通化市，与通化县并列，时有通化省、通化市和通化县。1945年，日本侵略者投降，伪满洲国机构人员逃至通化一带，因而通化曾为伪满洲国临时"首都"，至溥仪被苏联红军逮捕为止。

1945年8月，苏联红军进驻通化。随后，八路军入关，民主政府在通化建政，始为通化地委、后为通化分省委驻地，成为战略大后方。1946年，撤销通化分省委，成立通化省委，直属于中共中央东北局。是时，原延安抗日军政大学迁至通化，改为东北民主联军军政大学，林彪任校长，下设炮兵学校、工兵学校、航空学校、步兵学校。接着成立了独立的我军第一所航空学校：东北民主联军航空学校，对外称31部队，通化成为人民解放军空军的诞生地。

同时，迁入通化的军政机关还有，东北民主联军供给部、卫生部、军事工业部、光明出版社、东北印刷厂、东北银行、东北造币厂，东北日报社出版《东北日报》。当时，通化成为我军在东北的政治、军事的综合后方基地。这是通化近代以来最辉煌的时期。

1946年11月，民主政府撤离通化，被国民党军队占领。东北民主联军在完成了四保临江、三下江南战役后，1947年5月收复通化，直至今天。

通化的这些历史，多数家乡人并不知道。说心里话，我以前也不甚了解，后来综合查阅的资料，觉得这样的结论还算完整。

三

通化的山水格外美。

山，是长白山向南延伸的余脉，属老岭山脉的组成部分。在群山环抱之中，通化就是其中的一个小小的盆地。

水，是浑江，为鸭绿江支流。古时候，最早叫沸流谷，也叫沸流水、盐滩水、大虫水、佟家江，清朝改称为浑江，也叫混江，大概缘于江水不够清澈。江水发源于原浑江市龙岗山脉火望山北侧，流经八道江镇、通化市区，进入桓仁县，转至集安县，再入辽宁，注入鸭绿江。

群山环抱的小盆地，古称东边，得名于元朝中叶。清朝末期解禁之前，称为头道江，从此逆流而上，分为二道江、三道江直至八道江。头道江也称为佟家江，现在市区的佟江路即因此得名。我在小时候，知道有沿江路，比较好懂；有佟江路，实在不解，不知通化原称佟家江。依我猜测，最早破禁而入的一支人口为佟家，沿江而居，于是就有了佟家江之说，现在被称为佟佳江。东边道解禁后，人烟益稠，遂于1877年设县治，清廷赐名通化，一说认为通化亦称通沟，故取第一字"通"，二说认为佟家江之"佟"，谐音为通，均取通达教化、通归王化之意。

通化城区的主要部分，原来就是江西和江东，以江西为主。江南原为飞机场，占地面积大，居民很少。江北偏僻，人烟不多。我在20世纪70年代后期去过江北，主要是一个缸窑厂，制缸，用来装水或者腌菜，其他没有什么像样的工厂，现在不一样了。江西为主要城区，当时分为东昌、中昌和西昌三区。大致东以东昌街为界，分为东昌和中昌，西以原老戏园子那条路为界，分为中昌和西昌。

1877年设县后，通化建有县城，以现在的民主路为主要东西道路，东设东门，西设西关。民主路中心线向南，为光明路。两条路的交会点，就是原来的县衙，坐北朝南，直向南关，通常称为南十字街。我记事的时候，县衙只有正门，正堂、二堂都成了制鞋厂。门口有两只石狮子，张牙舞爪，很漂亮，都被摸成了亮色，包浆相当好。城墙围绕，共设三门，即东门、西门和南门，没有北门。现在网络上有通化老城门,都很漂亮。城墙之内为城区,据我估算,大概一两平方公里。这样的城区是不是小了一点?应当知道,在1877年设县的时候,这里不过万人左右。这么大的城也算不小。小时候,经常站在县衙门前观察,向东为东门外,向西就是我家西关,向南是南关,一览无余。因而常问自己,这么一个小城,就是县城吗?

设县后,通化不断成长,人口不断增多,都在城外修建房屋街道,城市越来越大。听我家老邻居袁叔说,他到通化的时候,转盘街一带还是原始森林呢,大树两个人都抱不过来。袁叔年龄没有我父亲大,但是比我父亲到通化早。按照我父亲的说法,他来通化时,转盘街那里已经有路了,原来确是森林。

在20世纪40年代,也就是80年前,通化已经有了14万人口了。因此,那时候的东边道或者叫南满,是繁华的城市。自民主路这条街向东延伸,从东门出去,叫东门外,直至裕丰厚即现在的朝鲜族商店,是通化最繁华的街道,东有各大商号,西有县衙和市公署、县公署。裕丰厚向北也是繁华大街,商号林立。向南为毛家油坊等无数商铺,构成通化的商业街。"文革"期间,无学可上,我和同学大忠经常沿着这些大街,一个门、一个门地探索过,从那些已经破旧的店铺门和外墙装饰上,仍然可以看出当年的繁华。现在的光明路是县衙前的街道,有"宪兵队",以及若干家商铺、酱园等,不如其他街道热闹。

西关之外向南的路，有很多妓院，俗称窑子街。向西的路，一直通向老戏园子，还有说书馆等娱乐场所，应当是当时的文化娱乐区。

城墙之外的环路，叫环城路，相当于一环路，不过，也就这一条环路，不存在二环路。

四

我出生在县衙南的这条街的中段。按照看到的资料说，北边是营林署，不过，我没听父母说过这个名称。我记得我母亲说这是"宪兵队"或者"警察署"之类，反正是兵的驻地，我看过，原来有一个很气派的大门楼。在东边沿街的建筑中间，有一个门洞，后来门洞被封住，我家租了这间房子，我是在这座门洞房里出世的。小的时候，我经常走过这间房子，想象着自己在这里呱呱坠地，因而对这座房子很有感情。

从我记事时起，就没在这个门洞房中住过，而是在南十字街西侧的一个很高大的房子，左边是派出所，是现在的光明派出所，右边是胡同。从高大房子的门道进去，后边有两间房子，我家和另一家邻居住，有一个不太大的院子，很清静。

再后来，就搬到西关，也就是民主路的西端。原本那里是一座相当大的院落，都叫它老市委大院，房子非常高级，主要的部分有两进，都有很好的院落，房子有长长的屋檐，都有大柱子支撑，非民房可比。两进院落之后，有很多日本人建的洋房、别墅。我们搬过来的时候，已经都成了普通居民区了，非常拥挤。老市委大院原来与民主路之间有很宽的距离，1958年在这些空地里盖了干打垒的泥土房，是建筑公司或者房产管理所的工人宿舍。由于我们原来在南关住的房屋在暴雨中倒塌，政府把工人迁走，改建成住宅，我家和邻居搬了进去，一下子就住了很多年，直至我插队离开。

五

回忆着家乡的一幕一幕，思念之情油然而起。在这座山城里，我出生、玩耍、上学、探索，几乎每一处都留下了自己的脚印。不仅在城里沿着每一个店铺搜索，而且学会骑自行车后，骑车沿着每一条路探着走向，想把城里的每一寸土地都记在心中。插队和当兵回来之后，在这个城市的中级法院工作了15年，经历了改革开放之前的司法，改革开放后的平反冤假错案，迎接《刑法》和《刑事诉讼法》的实施，审理了一些本地的大案、要案。1990年离开家乡，在北京每每想起家乡，都有特别的感觉，就像有一只温柔的手，经常在抚摸着思乡的心灵。虽然经常回乡省亲，但终需离开，临走总是不舍。

家乡是不能忘怀之地。而我的家乡通化，已经融进了我的血液之中。

一缕乡愁万里长，

魂牵梦绕忆家乡。

白山依恋沸流水，

游子眷思诉衷肠。

2 姥家

我对人生的记忆,是从上姥家开始的。

孩童时代,几乎无人不愿意上姥家。在今天,孩子上姥家,差不多都是为了去享受上一辈的关爱。而我在孩童时代上姥家,除了这样的原因以外,更重要的原因是可以省一个人的口粮。因此,在学龄前上姥家住上一年甚至几年,是我们兄弟几个的相同经历,我算是最少的。

一 初到姥家

1957年,我5周岁。记得那是一个夏天的早晨,爸爸托人找到一个开货车的司机,现在想一想,好像是嘎斯车,就借他送货路过姥家的机会,搭他的便车,把我和三哥送到姥家。按照现在的法律术语,就是"好意同乘",《民法典》侵权责任编有规定。现在回忆起来,那可能是刚刚放暑假,三哥实际上是陪我上姥家,因为没有几天,三哥就回家了,只留下我一个人住在姥家。

在去姥家的路上,现在能够回忆起来的,只有这样的一些情景:我和三哥拿了一个小包袱,里面装了几件衣服。在车上,我心里在开始时还是感觉很新奇的,因为是第一次坐汽车出远门,车外的景色很是吸引人。可是,随着汽车的颠簸,渐渐地睡意袭了上来,靠着三哥的肩膀睡了起来。在过一个公路上的小河时,水有点深,在汽车的驾驶室里透过底盘的空隙,能够看见水就在下边,几乎就要进到驾驶室里了。那时我很害怕水进到车里,不知道该怎么办,但是没有表现出惊慌。然而,车很快就涉过了水,继续奔驰起来。

姥家在大川,是县里的一个乡。记得汽车到了大川,稍微一拐,就到了姥家。姥家的房子是和另外两家邻居的房子连在一起,房前是一个很大的院子,可以尽情玩耍。三哥走了以后,就剩下我自己在这里玩了。

三哥一走,有时我感到很孤单,心情不好。姥姥怕我想家,拿上几个鸡蛋,到坎上的供销社换回几块糖,不时就给我一块,我就会细心地吃上半天。剩下的糖用纸包起来,放在炕席下面,因为姥姥说,炕热一些,糖就不会化掉。过几天再看一看,糖已经粘到一起了。不过,吃起来味道并没有变。

有时候,我会和村里的小伙伴一起去池塘里凫水。那种凫水,就是"抓底凫":两只手扶在池塘的底上,两只脚在水里扑腾,虽然不是真正的游泳,却也觉得很好玩,因为在家里,我从来没有游过泳。

时间不长,我得了腮腺炎,那时叫"肿乍腮",右腮肿得很高。姥姥用小干瓢在热柴灰上烘热,放在肿起的右腮上做热敷,很舒服。姥爷又用蛇皮和鸡蛋弄到一起,让我吃,没有几天,就好了。

二 两次遇险

在姥家,有两次遇到危险,说起来很有意思,也有点后怕,我一直记忆犹新。

第一次遇险,是与姥家养的大鹅有关。

姥家养了两只大鹅,白白的,又高又大,挺着又白又直的脖子,在院子里摇摇摆摆地走来走去,"嘎!嘎!"地叫着。姥姥说,鹅子看家,有些像狗,大鹅走来走去,是在认真负责地守卫着院子。后来我发现,大鹅就是在吃东西的时候,也不时地东看看、西看看;晚上,院子里有人经过,只要离家门近一点,大鹅就"嘎!嘎!"地叫起来,提醒姥姥和姥爷。大鹅倒真的是一个忠实的守护神。

对我的到来,大鹅显然是不欢迎的。我虽然小,但是,大鹅是否欢迎我的神态,还是分得清的。在我和三哥刚刚到姥家的时候,大鹅就有不友好的表示,被姥爷训斥了一顿,两只大鹅不情愿地被撵走了。我对大鹅有点怵，在三哥走了以后，对大鹅敬而远之，哪敢招惹它们。

可是，大鹅并不肯善罢甘休，对我仍然充满敌意，经常将脖子向前伸长，再抬起来，两只翅膀扑闪扑闪，斜着脑袋看我，做出威胁的样子。我只好躲避。

有一天，姥爷给我从玉米地里找回一只乌米，烤熟了以后给我吃。我拿着，就高兴地在院子里蹦蹦跳跳地边玩边吃。我完全没有想到，对我觊觎已久的两只大鹅，就在我的身后，伺机向我发动攻击。

我正跳着、吃着，突然感到我的屁股被狠狠地揪了起来，钻心地痛。回头一看，竟是其中的一只大鹅用它的硬嘴死死地拧住了我屁股上的肉，另一只大鹅紧随其后，还要参与进攻，要袭击我的另一半屁股。我吓得大叫："姥啊！姥啊！"张着双手，只顾向前奔跑。大鹅就在我的身后，用嘴紧紧地拧着我的屁股，两张大翅膀忽闪着，跟我一起飞奔，就是不肯松口，弄得满院子灰尘飞扬。我为什么会看得这么清楚呢？因为在恐惧中，我回头看着它们，把手里的乌米高高举过头，倒是怕它们抢了我的独食，却没有想到回头与它们搏击。

邻居们听到我的喊叫声，都出来看，见到这种情景，不但不来救我，反而都拍掌大笑起来。弄得我更加狼狈，心里生气，更加声嘶力竭地喊着。

姥姥跑出来，见此情景，也笑起来，说着："看我那城里来的傻外孙！你怎么不回头打它呀？"说着，拿起笤帚，就把大鹅打跑了。

姥姥把我抱回来，脱掉我的短裤一看，屁股上被大鹅拧了一个大大的紫疙瘩。事后痛了好几天。其实我也奇怪，我怎么就没有想起来把它打跑呢？难怪大人们对我被大鹅伤害还要哈哈大笑呢！还是傻。

第二次遇险是由于我自己的原因。

在姥家呆了不长时间，城里来了勘测队，在大川周围进行勘测。勘测队有一辆小吉普，在农村中是很稀罕见到的东西，在小吉普开出来的时候，就有很多人围观。我家是在小城市，虽然小，但毕竟是城市，吉普车还是看到过的，因而并不十分在意。

有一天，下午两三点钟的样子，大家都跑到街上，说是勘测队要走了。我跟姥姥一起，也到了街上，确实看到勘测队整装待发，小吉普装了一些东西，还上去了几个人。一些孩子围着吉普车观看，摸摸这，摸摸那，我也凑上前，跟着其他孩子一起，抓着吉普车后部的一个环。

这时，汽车缓缓地开动了，但是，我却没有撒开手，而是跟在汽车后边慢慢地跑。车在加速，我也跟着加速，可是很快地，汽车就拉着我飞起来了，这时，我想撒手也就撒不开了。周围的人都在喊："快撒手！快撒手！"我却跟在车后，不停地飞跑。我终于跟不上汽车的速度了，手一松，整个人扑倒在砂石路上,膝盖、肘部火辣辣地疼。姥姥和其他人急忙赶上来,把我抱了起来。

我记得清清楚楚,整个膝盖和肘部的皮,全都没有了,在血肉模糊的膝盖上,嵌进一个一个的小石粒。现在记不起来当时疼痛的程度,只是知道好多天不敢走路,最后一张一张地往下揭结下的痂,直到全部揭完,留下四个比皮肤更白的伤疤。姥姥说,这种疤痕过了一个伏天就会好的。果然,我现在的膝盖和肘部没有留下一点痕迹。事后,村里的人都说我很勇敢,摔成那样,还没有哭。我想,那是我自己摔的,哭有什么用?

这个"勇敢"的评价,可是用血换来的呀。

三 再上姥家

第一次上姥家,究竟是什么时候,因为什么回来的,现在都记不住了,大概是在初冬时分。又过了几年,等到再去姥家的时候,姥家已经不在大川了,而是搬到了城墙砬子。那时,我不再是一个学龄前儿童,已经是一个小学生了。

城墙是大川公社的一个人队,就是一个村。城墙大队得名于村边的一座山崖,山顶是一块长长的、齐刷刷的山崖,沿着山顶延伸着,就像一座雄伟的城墙,当地叫做城墙砬子。其雄伟的程度,不亚于万里长城的某一段。城墙砬子之下,就是城墙村,当地人称之为"下围子",是城墙村的主体部分。离下围子约两公里处,还有一处村庄。叫做"新街",是城墙村的附属部分。姥姥的新家既不是在下围子,也不是在新街,而是在离新街还有两三公里远的一个山沟里。山沟中间有一条小河,一年四季水流不断,到冬季,泉水在冰上流,冰就越结越厚,山沟中间就是一道长长的、宽宽的冰湖。沿着小河,有一条弯弯的山路。顺着山路,拐过几个弯,就在路边出现了一座房子。房前房后是菜园,夹杂着一些果树,紧挨着房前的是一个院子,有鸡窝和鸭笼,白天鸡叫鸭鸣,充满生气。

现在想起来,这里绝对是一个世外桃源。可是,在我去到那里的时候,我却感到这是一个可怕的处所。长长的山沟里,没有人烟,而且难得见到几个人。尤其是到了晚上,四处都是黑洞洞的,见不到任何东西,只有屋里一点点油灯的灯光,而且姥爷极为节省,不会将油灯点很长时间。油灯一灭,黑暗就把我紧紧地笼罩起来,我也就在黑暗中紧紧地缩起来,盼望太阳早点升起。在我的心中的,就是孤寂和恐惧。

这种感觉让我害怕任何事情。和姥姥一起去给玉米地拔草,姥姥拔得很快,我落在后边,看着眼前密森森的玉米和黄豆秧,生怕里面钻出什么东西,不敢向前拔。在去山泉挑水的时候,自己勇敢地说可以自己去,等到挑上扁担,心里就打鼓。有一次,用瓢把桶装满水以后,抬头一看,山泉之上的山崖，奇形怪状，就像一群妖精在张牙舞爪，正在向我扑来。吓得我挑起水桶就跑，水桶前后乱晃，等跑到家，水也剩不了多少了。最后只有咬着牙再去挑一次。

这些还不算可笑。最可笑的是这件事。一天，为了准备晚饭，姥姥让我到地里摘几根黄瓜。我拿起一个筐，就到地里了。黄瓜地我跟姥姥去过，是在菜地、玉米地里边的山根下，沿着山根架起架子，黄瓜藤就在上边爬，黄瓜就在架子的下边一根一根地吊着。绕过菜地和玉米地，黄昏中，阳光西斜，微风和煦，庄稼的叶子随着风沙沙地响。这本来是一幅美妙的乡村风景画，可是在我的心里，这里却隐藏着无数的危险。我壮着胆子一步一步、一个垄沟一个垄沟地往庄稼地的深处走，终于走到了黄瓜地边。胆战心惊中，我摘下几根黄瓜，就在我把手伸向另一根较大的黄瓜时，我的眼睛一瞥，突然看到，就在黄瓜架下，一只硕大无比的蟾蜍（癞蛤蟆）端坐在那里，两只眼睛突起，直盯盯地望着我，身体忽悠忽悠地向前一倾一倾，就好像是坐在那里守卫黄瓜的天神一样，大有谁来偷黄瓜，就要与谁搏斗一场的架势。我立刻想起了当年大鹅保卫姥姥家的情景，马上缩回手，转身，蹑手蹑脚地走了几步，然后撒腿就跑，一直跑到姥家，神情还没有缓过来。姥姥问我遇到了什么事吗，我说啥也没有。又问我为什么只摘了这么几根黄瓜，我撒谎说地里没有多少黄瓜。自己说着，心里还在慌神，这不仅是因为被蟾蜍吓的，还有自己为了掩饰惊慌的心情又说了谎。那时,也不知道我为什么那么胆小。

姥爷去世以后,父母将姥姥接到了家里,那时我已经是一个工作了多年的法律工作者了。最后一次上姥家,是陪妈妈去的。驾驶员开着车,在冰天雪地中开到了城墙村。城墙砬子仍然挺拔、雄伟,然而姥爷和姥姥却化作了山崖的精神。我和妈妈看过了姥姥的家,已经很破旧,在皑皑的白雪中尽管有些歪斜,但是还挺立着。然后又去祭奠了姥爷和姥姥的墓地。焚烧的纸灰在冰雪的世界中飘舞着。随着妈妈的轻泣,在姥家的一幕一幕,都浮现在自己的眼前。

在亲戚家里,冬天的东北农舍,很有些冷,燃起的火盆,烧得红红的,我陪着妈妈看了一些亲戚,然后就在火盆前坐下,听妈妈讲起那过去的事情。说起姥姥、姥爷,亲戚们都是一阵赞叹。第二天一早,我们告别了亲戚,告别了姥家,回到了城里。

3 运动会

悉尼奥运会（2000年）真是大快人心，鼓舞士气，中国运动健儿一举夺得28枚金牌，大长国人志气。好！痛快！

说起运动会，几乎人人都曾经参加过，尽管没有像奥运健儿那样拼搏厮杀，夺得金牌，青史留名，但是，也都有自己难忘的回忆。

一　少年运动会

小时候，学校开运动会，那是一个特别重大的节日。那一天，不仅可以放开自己大乐、痛乐一番，而且妈妈还会给做上一顿好饭，装在饭盒里，中午和同学一起吃，十分痛快。

最初的时候，老师说我这样的身体，跑别的项目是不行，因为体力不行，但是可以跑计算的项目，就是在60米的跑赛中，中间放一些题目，选手跑到以后，要在跑道中计算完毕，然后跑到终点，要看速度，更要看计算结果。跑了几次，速度肯定是不行，就想依靠脑子好用，把题目算对，也算有贡献、有成绩。然而，在运动中计算，总是走神，算了几次都算错了。最后，我就再也不跑了，自觉与运动会无缘，背上饭盒，到运动会场上去，为大家鼓鼓劲，喊破了嗓子，觉得痛快了，尽了力了，就行了。

参加全市的小学运动会，那更是一件大事，每年只有一次。那要准备得很隆重，早晨早早起床，穿戴整齐，统一的制服，统一的鞋子，到学校集合，敲锣打鼓，列队游行，一直走到运动场。然后在自己学校搭好的大棚子里，摇旗呐喊，擂鼓助威，煞是热闹。到晚上回家的时候，我的学校总是高举着奖杯，浩浩荡荡地把得胜的队伍开回去。这时，嗓子也哑了，身上也没劲儿了，硬挺着喊口号。

记得一次是在三中开运动会，会上邀请射击运动员表演双向飞碟，飞碟起处，只听"啪！啪！"枪响，空中就腾起两朵彩色的花儿，别提多神了。那时，我都惊呆了，没见过这么准的枪。

二　破纪录

要说参加运动会最神气的一回，就是在烟台大学的那次了。在大学参加运动会，规模比小学的规模大多了。烟台大学的运动会要开两天，项目极多，而且教师的运动项目也很多，意图是让教师更多地参加活动，增强体质。

运动会开始之前，系里进行动员，能参加的就要尽量参加。被动员得没有办法了，我只好接受一些项目，一是跳远，二是 4×400 米接力。这种项目，其实都是自己的事，弄不好，也弄不坏；接力就是自己不行，大家已经说好了，不准互相埋怨。既然丑话说在前，当然也就没有什么压力。

第一天，是接力赛。我分在第三棒。接过棒以后，我拼死拼活地跑，觉得自己都像飞起来了似的，心里还特别自豪，想让人看看我飞人的形象，但是，却看见有些运动员不断地从我的身边跑了过去。当时我还不理解这是为什么，完全没有想到这是自己跑得慢、落后于他人的表现。第四棒的老师从我的手中接过接力棒以后，我完成了任务，回头看看，已经被拉得很远了，第四棒正在奋力追赶。最后，我们获得第五名的成绩，由于这个项目取前五名，因而我们获得了奖励，同时还得到了破纪录奖，是一个很好的毛巾被。这是我参加运动会第一次受奖励，心情十分高兴。后来才知道，七个代表队参加这个项目，取前五名，有两个队弃权，只有我们五个队比赛，当然是最后一名也获得了奖励。不管怎样，得奖就是好事，况且这还是破纪录啊！不过，很快就有新消息了。下午，人会传出消息说，400 米接力赛的场地，画线时少量了 25 米，其实最后的 400 米实际上是 375 米。原来我们还都奇怪，为什么第五名都会破纪录，难道学校老师们的身体一下子就都好起来了吗？再怎么着，我这种体质的人参加的接力赛还能破纪录，匪夷所思！瞧！纪录就是这么破的。

不过，运动会结束的时候，学校宣布，尽管有错误，原有的成绩一律有效。因此，在我的历史上，还有一次体育破纪录呢！难的是，烟台大学日后多年在这个项目上，再也没有人破纪录了！

第二天中午，参加跳远。有些教师还没有来，只有我们几个进行，我们就说，快快进行，人少，总能弄个名次，谁让这些人不守时啊！大家都同意，就进行准备，谁知到了正式跳的时候，人都来齐了。大家嘻嘻哈哈，嘟嘟囔囔，就开始跳了。第一跳，我使足了劲，一跳，落下来的时候，触得我脚脖子痛，仔细一看，咳！还没有跳进沙坑里呢。系里的孙老师拿着照相机，照下了我的跳远英姿，很漂亮，却没有照下我的脚落在沙坑边的情景，因此，对我的形象只有增光彩，没有任何损害。最后，组织者看到有些老师实在是跳不进沙坑去，只好将起跳线向前移了一米，终于使某些运动员例如我，可以恰如其分地跳在沙坑里，我也终于完成了任务，但是没有取得名次。

三　拔河赛

在中国政法大学读书、最高人民法院和最高人民检察院工作的时候,参加过三次拔河赛,也算是参加了运动会。

　　都是成年人了,学校的活动也不多,人也不愿意动了。一次,法大学校组织小规模的运动会,让我参加了拔河赛。我们这个培训部共分六个班,我们是三班,是法院的班。我们这个班都是法官,性格比较内向,不愿意动。好容易动员弄齐了人,穿好了行头,就像模像样地去参加拔河。第一个对手是司法行政的班,都是司法厅局的干部,和我们势均力敌,我们大家一起,拼死拼活,硬顶住了对方的进攻,愣是没让绳子跑到他们那边去。最后的关头,我们大家一起发力,虽然已经精疲力竭了,但还是很英勇,终于将绳子一点一点地拉了过来,取得了第一局的胜利。后来两局,一胜一负,综合评分是二胜一负,最终获胜。等到我们真正结束了战斗以后,每个人的嗓子都哑了,浑身就像虚脱了一样。由于在胜利的鼓舞下,大家兴奋不已,互相鼓励,都想再胜几局,获得最后的胜利。可惜好梦不长,等到遇上检察班的时候,我们的决心不灵了。拉好绳子后,哨声一响,我们还没有等到叫齐呢,已经就站到了中心线的那一侧了。我们说:"不算,不算!我们还没有准备好。"第二局又开始了,换过场地以后,我们都说下决心,怎么也不能让检察班赢得这么得意。等到较起劲来,结果没有太大的区别,顺顺当当地被检察班来了个2:0。两局下来,我们还没有累呢,就结束了。从那时起,我认识到,体育就是实力的较量,没有实力,就没有较量的资格。都说："要挺住！要坚持下来！"那也要有实力。没有实力，你去挺一个看一看，坚持一个试一试？

在最高法院的一次拔河，我们民庭的第一个对手就是办公厅，号称老大哥，"叫嚣"要打遍天下无敌手。我们民庭自知不是对手。内勤与办公厅的内勤商量好，让我们一局，2∶1总比2∶0好看一些。上了场以后，第一局没怎么样，我们就把办公厅的队拉了过来，引起全场的轰动，以为民庭今年要爆出冷门。第二局和第三局我们也是顺利地被办公厅轻取。大家这才明白，哄了我们一通。这就是"打假球"嘛！

在最高检察院的时候，也举行过一场拔河赛。两个队拔了半天，甲队终于胜了乙队。交换了场地以后，乙队坚持不住了，眼看着就要败了。一名观众情急之下，将乙队这边的绳子头缠在了后边一辆汽车的轮胎上，甲队再怎么也拉不动了，坚持了一阵后，终于乙队胜出。接下来又交换场地，甲队当然胜利。

职工体育竞赛，就是为了活跃机关生活，锻炼机关干部的身体，闹点假，出点洋相，都是花絮，反倒是留下了谈资，不足为怪。正式比赛就不行了。对不对？

4 抓子儿

初夏,在北京昌平十三陵水库附近的一个招待所,参加全国人大党委会法工委召开的制定《物权法》的研讨会。青山绿水,阳光明媚,一派郊区的好风光。

早晨,漫步在开满点点月季、杜鹃的招待所院内,顺着路走下去,就一直走到了一座停工的水泥厂旁边。高大的水泥厂建筑边上,满是均匀的石灰岩石子儿,样子很是好看。看着、看着,心中突然一动。我寻找着是什么东西致使我心动的原因,很快就想起了小时候玩的一种游戏。这,就是抓子儿。

小时候抓子儿用的石子儿,就是用这种石灰岩做成的。

我的老家是长白山区,到处都是石灰岩构成的山脉。儿时,约上几个小伙伴,到山边上,见到一些可以雕琢的石子儿,带回家,用小锤子一点一点地敲打,就做成了五个均匀的、有些圆润的石子儿,大小完全随自己的心愿,以及自己手形的大小。做好以后，经常用手把玩，就把石子儿磨得油光锃亮，玩得就更开心了。

那时，谁要是有一副这样的好石子儿，是极有面子的，可以受到大家的好评。谁要向你借来用上一用，借不借，完全在于自己，彰显了所有权的威力。高兴呢，就给他玩一把，不高兴么就拉倒，所有权就是这么神奇。不过，现在知道这是所有权的功能，我们也就是正在制定这样的《物权法》，小时候可不知道这些，反正是我的，我就说了算。其实，这就是所有权的精神。

我可以把五个石子儿做得很好，但是玩起来并不是特别棒，水平一般。抓子儿的玩法，分为以下四级。

第一级是抓子儿，分为四关：抓一、抓二、抓三、抓四。先将五个石子扔到地面，用手捡起来一枚，向上抛去，在这个石子在空中停留的时间里，抓住其他的石子儿。抓一就是一次抓起一枚石子，抓二就是一次抓起两枚石子，抓三是一次抓起三枚，另一次抓起一枚。抓四有所不同，是用手抓起五枚石子儿，向上抛起一枚，将手中的四枚放在地上，接住落下来的那枚石子儿，再抛起这枚石子儿，将地上的四枚石子再抓起，接住落下来的石子儿。

第二级是背子儿，先将五枚石子儿一起抛起，用手背接住；再抛起，用手心接住其中一枚，再按照背一、背二、背三、背四的顺序，一个一个地抓起来。与抓子儿不同的是，背子儿抓起来的子儿不能放在地上，而是抓在手里，这样手里就要越抓越多，难度就比前一种大多了。

第三级是飞子儿，也是飞一、飞二、飞三、飞四的顺序。抓法是比前一种又难了。先将五枚石子儿抛起，用手背全部接住，再抛起，用手心接住一枚，抓起一枚接第二枚；将第一枚和第二枚一起抛起，再抓第三枚，将三枚一起抛起，再抓第四枚。这是飞一。飞二是用手背抛起五枚石子儿以后，用手心抓住一枚，一下抓起两枚，抛起手中的三枚，再抓住另外的两枚。飞三，则可以先抓一枚，也可以先抓三枚，然后将最后的抓起。飞四不同，用手背抛起五枚子儿以后，用手心抓住四枚，同时将四枚子儿都飞起；再抓起最后的一枚。这一级的难度，是同时将手中的几枚子儿一起飞起，去抓另外剩下的子儿，这就要靠技巧了。尤其是手中有四枚子儿的时候，要将四枚子儿同时抛起，要抛得高，还要成为一条线，在接住的时候，就一个一个地落到手中，形态优美，声音清脆，玩起来、看起来，都是一种享受。

第四级是下蛋。也是分为蛋一、蛋二、蛋三、蛋四。手中握住五枚子儿，抛起后，用手背接住，当再抛起用手心接住的时候，要将五枚石子儿全部抓住。蛋一的时候，就是抛起一枚，用握住的手的小指勾成的环中挤下来一个"蛋"，依次全部下完，最后将手中的一枚石子儿抛起，再把下到地上的四枚子儿一起抓起来。蛋二就是一次下两枚；蛋三就是一次下三枚；蛋四则是一次全部都下完。这种难度是最大的了。

据说还有第五级，就是过关。不过我们男生很少玩，有些玩得好的女生会玩。

最后的是抓分。全部抛起五枚石子儿，用手背接住，再全部抛起，趁机将手握成圆筒状，让落下来的石子儿一个一个地落在手卷成的圆筒中，每接住一个，就是100分。最后以所得的分的多少定输赢。

可见，这是一种练手技巧的游戏，也有竞争性，所以很受少年儿童的喜爱。

放学回家的路上，走着走着就不走了，书包一放，坐在马路边，就开始玩起来了。屁股坐在地上，两条腿叉开，一般是两个人在一起玩，别人在一边看。手抓在地上，一把一把地，不一会，满手就是脏兮兮的了。天再热一点儿，个个头上汗水淋漓，再用手一抹，脸上就是一条一条的黑道，就像舞台上的大花脸，一点都不假。夏天的时候，大家都穿着短裤衩，多数里边都没有再穿短裤。两腿一叉，短裤衩就褪到了腿的根部，小小的命根子有时就露了出来。围观的同学先是你指一下，我指一下，做着鬼脸，挤眉弄眼，最后都忍不住了，就哈哈大笑起来。露出命根子的还没有察觉，心都在玩上面，顾不过来了。哈哈大笑中，发现是在笑自己，低头一看，原来是在笑自己的小鸡鸡，脸一红，扯了一下裤衩，盖住那个小东西，就又玩起来了。

我玩这种东西的技术不高,输的时候多。有玩得好的同学,一次就可以全部完成各级玩法,而且弄到很多的100分。我就傻了眼了。

……

捡到的五枚石子很光滑,在手中把玩着,回到了宿舍。在床上把床单铺平,扔起来石子儿,试了一把。还行,石子儿在手中翻飞,也就玩回了童年的感觉。

5　小学老师

终于又当上了老师的时候,我就突然想起了自己小学时候的几位老师来了。几十年了,我的那些老师还好吗?

一　宁老师

我在小学念书的时候,最开始是在通化民主路小学,念到了二年级。

一年级的时候,我的那个班的老师从开学时就没有来,然后我们就被分成几个部分,分到了各个班,坐在人家的桌子旁边,等于是在旁听。所以,在一年级最重要、最值得纪念的时间里,我没有自己的老师。

二年级的时候,我们这个班终于被"肢解"了,分到了别的班里。这也好,我就终于有了自己的老师了。

我被分到了二年二班。这个班的班主任是一位女老师,叫宁淑兰。当时,宁老师正在和体育老师吴老师恋爱,脸上总是幸福的微笑。在同学都听话的时候，她会给我们讲很多很好听的故事，还会把电影中最流行的歌唱给我们听。但是，由于宁老师的性格比较好，不会发脾气，因此，淘气的学生总是惹她生气。老师一生气，脸上就有一块红，越生气就会越红。有时候，我很担心老师，怕她被学生气坏。

我不知道那些同学为什么要那么淘气，就是不听老师的话，说什么都不听。我没有办法阻止他们，只有自己做好，不惹老师生气。

我是好学生，宁老师对我很好。不过时间不长，也就是一年，我们这个班就转走了，我和宁老师就分别了。宁老师在我的印象中很深刻，因为她是我实质意义上的第一位老师。

二　孙老师

三年级开始的时候，我们班转到了隆发小学。我们在这个学校只呆了三个月。因为这个学校是十年制学制，而我们是十二年制，讲不到一起，结果很快就被转到了另一个学校。

在隆发小学，我的班主任是孙淑蕊老师。孙老师是很严厉的一位女老师，她一边教书，一边作大队辅导员，主持少先队的工作。她总是说我们这个班的同学不好，经常批评，这就使我们班有了一个变化，过去总是对老师淘气的同学，受到了教育，班级的风气有了很大的好转。但是，孙老师还是不满意，还是提出很严的要求。我们也就体验到了好班级的气氛，不再是整天闹哄哄的样子了。又过了几天，孙老师表现了对我的器重，整天批评我，但是又让我干很多很多的工作。

不久，孙老师开始让我做少先队大队委员的工作，戴上了三道杠的标志，再加上鲜红的红领巾，那就精神多了。有一次，孙老师让我到办公室做事情，她和别的老师说：

"这个班啊，一筐木头砍不出一个楔，就这样一个还像回事的学生，还上课愿意说话，做小动作。"这是孙老师对我的评价，语气是批评，表情却是充满了关爱和期待。这句话，我这大半生都一直记着。

很不幸，只有三个月，我们班就转走了。以后再也没有见过严厉又可爱的孙老师。她是既鼓励我前进，又宽容于我的缺点的好老师。

三　苏老师

从隆发小学转去的新学校，是当时最好的小学，即通化师范附小。附小不仅是楼房，而且烧暖气，那在当时是很奢侈的。到了附小，接任我们班的老师叫苏瑞，是一个男老师，个子很高，为人很好。他对数学很有研究，经常用初中的课程教我们，说明虽然解法不一样，但是道理是一样的。比如，小学三年级做的填空题,实际上就是初中一年级的一元一次方程。就是说,一元一次方程的题,用小学的算术方法同样可以做出来。

记得有两件最有意思的事情。一次,是他在黑板上写了一道初中的应用题,而且说明这是一道初中的数学题,然后,就让大家试着做。我想起来了苏老师说的计算办法,就试着用算术的方法,按照填空的方法计算。我先设了"?"号,然后"?=多少多少",实际上与解一元一次方程的计算方法是一样的。我在黑板上计算的结果完全对。苏老师十分高兴,到处说,他教的三年级学生可以做初中的数学题。我倒觉得这不是什么难题,因为用老师教的方法,完全可以做出来这道题的。

还有一次,他事先抄了一段古文在小黑板上,上课的时候,就带来了这块小黑板,倒放在大黑板上,让大家朗读,试了几个人,都念不完整。这时,苏老师就让我来念。我站起来,觉得看倒放着的字,也没有什么难处,就很顺利地念了下来。苏老师又是大为夸奖,到处说这件事。

这两件事,虽然不是什么了不起的大事情,但是,他确实通过这样的方法,给了我向难题挑战的勇气,那就是不要怕什么,只要按照一定的方法去做,就一定会做好的。可能也有做不出来的时候,但是,不要放弃研究解决的方法。

我想,这就是苏老师给我的最好的东西。在我当老师的时候，我也经常给学生出一些比较难的课题去研究，会鼓励他们科研的勇气和决心。这是苏老师的经验。

四　李老师

李老师叫李桂荣。她是我在小学期间，给我最多东西的一位老师。我和她有着极为深厚的感情，是我在小学中印象最深的一位老师。小学四年级了。这时候，学校给我们班派来了一位年轻的女老师，这就是李老师。

李老师个子很高（当时是这样的印象，不知道实际上是不是就是很高），也很漂亮。那时，她好像是刚刚从师范学院毕业，对工作极为热情，每天都在辅导我们，让我们有广阔的发展空间。

那时，我是班长，又是少先队大队委员，事情很多，李老师还是要我经常做很多事情，给我留的作业也很多。有时候，她就让我在放学以后跟着她在办公室里学习，她在批改作业，我在她的旁边做作业。放学的时候，我跟着她一起走，她就顺便给我讲很多我不知道的事情，以及下一课她要讲的内容。

有时星期天，她就让我和几个好学生到她的家，给我们讲大学的故事，把大学的有些课程，例如《现代汉语》中的语法、逻辑等问题，讲给我们听。我们也就似懂非懂地听着，虽然如此，还是对我们有很好的启发作用。

李老师一直教了我两年，四年级和五年级都是她教我，教给了我很多的东西。有两件事我终身难忘。

一件事是关于我的形象问题。有一天，放学以后，她让我到她的家中，说是有急事。她关照我要穿好少先队的服装，戴好红领巾和三道杠的标志。我都照办了。到了她家，她告诉我，说我们家乡最好的照相馆即红旗照相馆要选一位少先队员照一幅标准像，作为橱窗陈列，老师推荐我去。她嘱咐我赶紧去，师傅们正在等着我。

那时候，我哪里知道什么标准像、陈列展示之类啊。既然是老师要我去的，我就去了。

照相馆里，几个师傅正在等着我。见了我后，就急忙地给我打扮，在我的脸上抹各种东西，说这里暗一点，那里亮一点之类的话。我就任凭他们折腾。弄了很长时间，后来终于弄好了，就照起了相，左一次，右一次，到了很晚才结束。

又过了几天，李老师兴冲冲地找到我，给了我一张照片，是四寸的，我的形象跃然纸上，极为生动。我从来没有以为我是这样的形象。老师也极为喜欢，就说："人家就给了一张，我还想要，你说怎么办？"我说："那就给老师吧。"李老师说："这样，我再冲出一张，给你，这张大的就留给我了。"就这样，我有了一张这样的二寸小照片，跟随了我很多年，后来就不知道丢在哪里了。

不久，红旗照相馆的橱窗里，就放上了我的这张大照片，很吸引人。一直放到"文化大革命""破四旧"的时候，这张照片就再也没有了。那时候，我不知道这是光荣、体面的事，反而觉得有些麻烦，有点丢人。因为很多学生知道了、看到了这张照片，就编了顺口溜："红嘴巴，绿油油，两只眼睛滴溜溜。"经常当着我的面念给我听，我觉得自己是一个男人，脸上抹得这个样子，觉得有些可耻。

另一件事，是我在五年级结束的时候，学校是不准其他老师教毕业班的，因此，李老师就要和我们告别了。她很难过，我也很难过。她想了又想，就把她在大学期间学习的《语文基础知识》这本教科书送给了我，千嘱咐万叮咛地，让我一定要好好读这本书。我真的听她的话，把这本书一直带到身边。在插队的时候，我在学习；在部队当兵的四年里，我一直在读这本书。后来这本书被翻烂了，皮也没有了，但是，内容我都记住了。再后来，不知什么时候搬家时，这本书就找不到了。直到现在，我还悔恨自己的粗心。

后来，我和李老师有了一些误会，一直不敢再去见她。事情是这样的。

1966年夏季开始的时候，我们都没有事情做，就都在家里玩，一些同学也经常到我家玩。我的家就在马路边上，这条马路是李老师上班的必经之地。有几次，李老师在我家门前走的时候，我的同学看到了，就喊李老师的外号，终于有一天，李老师火了，叫着我的名字，批评我。其实，我是冤屈的。想一想，李老师对我那么好，我会这样做吗？

但是，因为那时候我已经是中学生了，虽然不上课，但是也不到原来的小学了。因此，也就没有向李老师解释的机会。

多年过去了，这件事仍然噎在我的心中，耿耿于怀，很难受。终于有一天——那时我已经到了最高人民法院工作，我鼓起勇气，按照我知道的地址，给李老师写了一封信，诚恳地向老师解释，说明我对她的尊重和感激之情。那时，李老师已经快要退休了，还在工作，很快就给我回了信，说她不记得这件事情了，说她一直记着我这个好学生，知道我有了这样的前途，很为我高兴，邀请我以后回家一定要去看她。

我也就释然了，放下了一块心病。但是，每次回家都急匆匆的，直到今天，也没有再见过李老师。听说她已经退休了。

我下决心，再回家乡的时候，一定要找到李老师，让我这个大学的老师向他的小学老师献上一束鲜花，表达我的心意。再后来，我终于找到了她的地址，回老家的时候，带着侄儿一起去找她，但是非常不巧，她和先生旅游去了。我留下了钱，让侄儿抽空来看她，替我给她买了鲜花。

五　白老师

我在小学的最后一位老师，是白洪亮。白老师以威严著名，好像每一根头发都直立着，不苟言笑，学生都很怕他。他个头很矮，但是人极精神，站在黑板前面，眼睛一瞪，正在做错事的同学就心惊胆战。小学六年级的老师都很厉害，在学校中的地位很高，就连走路都很有劲头。白老师也是这样，走路一晃一晃的，劲头十足。有时候，我想起他，就觉得与鲁迅有点像。

现在，小学六年级的老师要的是升学率，主要是复习，准备考中学。但是，在我们那时，考中学就不是这样子了，要进行教育改革，小学生毕业一律升中学，而且是就近入学，也没有别的说法。因此，白老师就在讲完课之后，教我们写字。

白老师有一手非常漂亮的字，在学校是有名的。他说，我教你们一场，如果你们的字写不好，那就是我没有教好，是我丢人。因此，最后的一个学期，他每天要我们写一页小楷，他一个一个地亲自批改。在每一页的小楷上，他都圈圈点点，写上很多评语。我们也就照着他的字，硬练。我模仿得最好，老师也就最满意，又叫我要写好大楷。因此，我的大楷也有了很大进步。在"文化大革命"的时候，我写大字报、大标语，也是重温了老师的教诲，也是继续练字。我现在的字，还有他的影响。我困惑的是，直到现在，我练字还是不行，不成气候，也算是辜负了白老师的教诲和期望。但是，我一直感谢他。

6　西关记忆

2019年7月14日，小时候在西关附近的师范附小六年四班的十几位老同学，在分别53年之后，相聚在一起，欢声笑语中，唤醒了沉睡半个多世纪的记忆，着实让人感慨万千。

一

前几天，兄弟们和大姐一起商量，在母亲百岁冥寿之时，回乡团聚，祭奠父母。计算好时间，大概还有一点时间，通过微信，约好和中学同学聚一聚。期间，中学和小学都是我的同学的秀琴说，她和小学同学前几天刚刚聚过。我一听，就急了。因为从1966年夏天小学毕业之后，我和小学同学除了极少数后来在中学一个班的几位之外，其他的同学都没有见过。过了半个多世纪了，心里很想见上一见，畅谈一下。

前几年，在偶然的机会，小学同学阿艳给我打电话，问我记不记得她。我说怎么能不记得呢？你不是总要跟我争第一的吗？她的家在福建泉州，后来我到福建师范大学法学院参加博士论文答辩时，约好在福建师大见面。见面之后，才发现根本无法跟50年前在我记忆中的那个阿艳相联系，心里感慨万千。是啊！岁月催人老，十三四岁的孩子，和今天60岁的男女，怎么会是一样的呢？阿艳问我其他同学的消息，我说绝大多数同学跟我没有联系，我无法告知。她很遗憾，嘱咐我想办法联系上老同学，能让她通过与老同学建立联系，以解乡愁。

我跟秀琴说，有多少人啊？怎么联系啊？等等。她说，有一个老同学群。我说，你把我拉进来吧。她说，她不会。我说，你太笨了，就教了她具体方法，很快就把我拉了进来，接着，就看到了一个、一个在记忆中尘封了半个多世纪的熟悉名字。待到秀琴把聚会的照片发给我的时候，才发现，照片里的人似乎都是陌生人，只有名字还是熟悉的。

我在群里说，我最近要回老家，如果有机会可以聚一下，因为只有半天的时间，因此，晚上是否可以晚一点，也要聚一下好。结果，同学们反应热烈，一致同意。接下来，就安排好了，在与中学同学聚会之后，接下来，就进行小学同学的聚会。

说完这些的时候，天已经很晚了。算起来还有两天，50多年不见的老同学就要见面了，心情真的有些激动。后来洪德说，那天晚上到了下半夜，他也没有睡着。问他为什么，他说心里激动呗，因为50多年来，他一直都在想念着我。

二

乘坐14日上午的航班回到家乡，祭奠完母亲和父亲，兄弟姐妹、嫂嫂弟妹以及侄孙子女、侄外孙子女将近20人聚在一起，吃了一顿大团圆的饭。下午，赶到白鸡腰子，跟中学同学在山沟里、溪水旁吃了顿农家烧烤。中学的同学理解我晚上的活动，早早结束了晚饭，我和秀琴回到市里，赶往晓荷塘饭店。

进了饭店最大的包房，已经坐了八九个人了。看到我俩进来，大家都站起来迎接。我赶上前去，跟同学一一握手。但是，仔细打量，却不敢叫上名字。一位同学问我："怎么样？还能记住名字吗？"我摇着头说，不行啊，名字和形象是真的对不上号了。

"我是中颖！"中颖上来抓住我的手，我赶紧握着，一时有些激动。中颖是班里的文艺委员，是一个漂亮的小姑娘，我们在一段时间里还是同桌，关系是相当的好，甚至还有一点点小小的"绯闻"。我俩抱了一下，其他同学一阵起哄。

被拉过来的是新春。同学问我，这个你认出来了吗？我摇摇头，疑惑起来。咳！你在群里不是说新春最聪明吗？这就是她啊！我再仔细看看，眉宇间的神态似乎还是看得出这就是新春。她是班里的学习委员,脑袋极其聪明。我说,新春啊!如果不是"文革",凭着你的脑袋瓜儿,绝对是大学的教授啊!

玉琴挤了过来,问我知不知道她是谁。我使劲地想着,不敢说。她说:"我是玉琴啊!""啊!我知道了。"我说,"你不是跟中颖和新春都住在一个胡同里边吗?""对呀!"她说。我说:"你不就是一个假小子吗?""那是当然的。"她坦然承认。

玉琴拉过来凤兰,问我能不能想起来这位是谁。我说:"我不敢认了。"玉琴说:"她不就是你对面胡同里的凤兰吗?""是啊!我就是凤兰。"凤兰跟我说。我说:"我想起来了,你就住在我们对面的胡同里,我们都使用一个公共厕所的,对吧?""对呀!对呀!"大家都哈哈大笑起来。这样的同学关系和邻居关系,还真的比较少见,可见我们当时城市的落后状况。

月秋站在身边,一直没有说话,这时候问我:"你知道我是谁吗?"我说不上来。月秋鼻子哼了一下:"想必你是记不得我了。是周月秋,在客运站边上住的。"我想起来了,是住在阿丽附近的,在1965年学习雷锋的时候,我们一起去客运站帮助打扫卫生,护送老年人回家。月秋说:"那个活动就是我安排的。"有人说了一句,她爸爸是客运站的站长。然后大家就回忆起那时候学雷锋的各种活动。

其实,我最记不起来的,是丽君了。她问我记不记得她,我说记得名字,但是看不出来你就是丽君。她说:"我就在棉织厂那条路边上住啊。"我说:"对了,就跟阿玉住在附近。"她说:"就是啊。"我完全想起来了,她就是丽君。

最晚过来的女生是丽侠。她让我看看她是谁。我看了又看,还是想不起来。她一嘟嘴,说"我是丽侠。"我说:"不会吧,丽侠是班里最小的女生,你这一米六多的个子,怎么会是丽侠呢?"不过仔细看看眉眼,还真是能看出丽侠的影子。她就说:"是嘛!我后来就长高了!就不是那个排头的小女生了。"

秀琴我就不说了,我们是小学和中学的同学,后来经常来往,是小学同学中我们关系最密切的一个。

女生都说完了。我跟男同学走到一起。最先看到的就是可正。可正个子小,当时与丽侠都是排头兵。后来,丽侠长高了,但是,可正却一点没长似的,还是小个子,模样基本没有变。

可正身边的是洪德。他问我还认识不认识他。我说:"你是老边,你们家在东门外住,应该是煤厂子那附近。""哈哈!你记得这么清楚!我们一起写作业,经常到你家去。"我说:"那是啊,我们最熟悉了。"他的父亲腿不好,在东门外修鞋,让别人穿上合适的鞋,健步如飞,特别值得尊重。

景志个子很高,肚子也比较宽阔,看着就是福相。他问我能不能认出来他。我说，不行。他说："我是景志。"我说："怎么可能？""为什么？""因为景志没有你这么威武雄壮。""哈哈！后来我就变啦。"丽君说："我俩是同桌，原来景志挺窝囊的，经常哭，我就打他，掐他。"景志说："都是让你给打笨了，连中学都没有念完，就去工作了，挺没有文化的，就怨你。"景志和我是一个学习小组的，经常在我家写作业，我妈挺喜欢他，对他很好。

少纯我好像还能认得出来，样子没有大变。只有一点，他说，过去他比我高，现在好像我比他高。他家住在城后的环城街上，我们当年是经常在一起的，也是经常到我家，我妈、我爸都跟他熟。

守俊最后走过来，他说："你是好学生，我是坏学生，不过我们还是很好的。"我说："你怎么可能是守俊呢？他不是这样子的。"他说："前些年，我大病一场，植物人一年多，后来真的缓过来了，就好了。"我特别惊讶，有感于他的幸运。

就坐后，我介绍了我的情况。大家一起感慨着，边喝边聊。

三

其实，我们这个班的同学，绝大多数都是围绕着老家西关生活着，我们的学校就在西关的西边。

我们老家通化原来是一座不大的小城，有三个城门，东边有东门，西边就是西关，南边是南关，北边没有门。东关、西关和南关交界的地方，就是县衙门。我小的时候，经常去县衙门那里去玩，是制鞋厂的厂址。大门是原来衙门的门，两边是两个石狮子，一个嘴里有球，另一个脚下踩着一个小狮子，小狮子与母亲纠缠着。我经常去摸狮子嘴里的球，狮子和它嘴里的球，都亮闪闪的，磨的，用术语说，是包浆了。

老家的城由于没有北关，衙门后边就是城墙，因此，少纯他们家住的地方就叫城后。我小时候还真的看到过残断的一小段城墙。据说城墙是土堆的，在1958年大跃进的时候，盖干打垒的房子，就是拆了城墙的土，盖的房子。好端端的文物，就都毁了。不过，那些文物无论如何也保持不到今天。

东关、西关和南关都是有城楼的。不过，我没有看到过，早就拆了。我是在后来的老照片上看到了家乡原来的城楼，真的是很好看的。

我小的时候，西关就是一个十字路口，向东是民主路，向西是通往红星电影院的路，想不起来叫什么路了。向南是通往棉织厂的路，我们都叫棉织厂路，在伪满的时候是叫窑子街（念gai）的。向北，是文化街，一直通往小北沟。文化街是市场，就叫文化市场，很热闹，到处都是摊位，熙熙攘攘，充满生活气息。

我在西关一直住到18岁开始的时候，接着就下乡了，就当兵了。从当兵回来后,又在西关住了一年多,搬到地直机关的家属宿舍,离开了西关。

以西关为中心,小学的大多数同学都在附近住。中颖、新春和玉琴,好像还有庆华,住在红星电影院街北边的胡同里。守俊、炳连和忠鑫住在这条路的南边,靠近西关。丽君、阿玉在南边的街上住,少纯向北,拐一个弯,就到了城后他的家;再向北,就进了小北沟,里面住的是迎春和福香,她俩都是个子高高的。西关向东,是我和凤兰,还有宝富,再向东,就是景志、兆菊、洪德。可正是在通往南关的路边胡同里住。

看到一个一个的同学,回想着每一个人住的位置,以西关为中心,把每一个同学都串了起来,因而,西关这个概念,使重逢的老同学一下子就都回忆起来了。尽管有半个世纪的分别,似乎又没有那么远的距离。过去十三四岁的少年,今天都是花甲老人——岁月就是这么不留情。

四

我们小学的这个班,其实是挺不容易的。1960年一开学,我们的民主路小学就改为九年一贯制的学制,上来的语文第一课,就是:"开学了,开学了,妈妈送我上学校。打开书本细细瞧,共产主义风光好。"不过,这个瞧,可不是在我们班里瞧的，而是在别人的班里瞧的。原因是，一开学，我们这个班的班主任就不能上班，学校也没有办法安排新班主任，我们从第一天入学，就被分成几个组，每个组七八个人，分别到别人的班级寄读了，一下子就是一年。说起来，这是学校的严重不负责任，要是在今天，早就去告他们了。可是那个时候，家长也不管这些，我们就成了没有人管的寄读生。

第二年，终于好了，宁老师做我们的班主任，好好地念了一年书，我被选为班长，一直当到小学毕业。就在三年级开学的时候，我们班被叫到一起，站好队，校长宣布我们要到隆发小学去念书了，原因是，我们招生的时候不是九年一贯制的，隆发小学是十年一贯制，比较适合我们。到了隆发小学，孙淑蕊老师对我非常好，让我戴上了三道杠，除了批评我上课爱讲话以外，其他的都说我好。不过，好日子不长，大概一个多月，还是因为我们的学制问题，认为在隆发小学读书不适合，结果整个班又被分到师范附小。因祸得福，自此，我们到了全市条件最好的小学读书，因为师范附小原来是老的师范学校的校舍，是暖气楼，后来师范学校升格为师专，搬到了山上的新校舍，这里就成了师范附小了。

在师范附小，二年级和四年级在河西的平房校舍，条件比较差一点，五年级和六年级，就搬进了暖气楼，最后成了六年四班，是学校最了不起的班级。在这里，一直到了1966年"文革"开始，我们毕业了，却没有及时升进中学，在革命的浪潮中，围绕着西关，游荡在市区的各个角落。

五

回北京的路上，我一直在思考，思考我们这一批人，思考我们这一批已经步入老年的人。

回到家里，清晨，沿着小区花园的甬道散步，低头看到甬道边上的矮石墙的根部，挤挤压压，长着一些小草，虽然是从底部石缝中长出来的，却也顽强地伸出叶片，迎着清晨的阳光。我一时倒有些恍惚，不知道这是小草，还是我们的人生。

仔细回顾起来，我的这些小学同学，乃至中学同学，哪一个不是鲜活的精灵？哪一个不是充满理想的才子？可是，我们这一辈人，哪一个是顺顺利利走过来的呢？运动、失学、插队、计划生育、下岗、失业……，哪一样都是一块又一块的巨石。在这些巨石下面的小草们，在沉重的覆压之下，还都能挣扎着活过来，真的是十分庆幸。我们都老了，都成为老草了！看着每一个人脸上的皱纹，在每一条皱纹的间隙中，都写着大半生的心酸和搏斗。

但愿我们今后的日子里，每一棵小草们都能够健康地活到老。

7 坐火车

最近 30 多年来，东南西北到处跑，几乎都是坐飞机，都混成老资格的航空公司金卡会员了，真的是疏远了火车。从去年开始，在比较方便的时候，我都要坐一坐火车，体验着乘坐火车观赏窗外美景的乐趣。现在，我就坐在火车之中，不是过去的绿皮车，而是风驰电掣的高铁，商务座，望着车窗外站台上熙来攘往的旅客，静静地敲击着我的电脑键盘，心中的感想就流在了屏幕上。

现在想起来的，就是小时候第一次坐火车的故事。

一

不过，我先不说我第一次坐火车的故事，先说说关于火车的逸事。

在部队当兵的时候，营区就在一个重要的交通枢纽的火车站周围。整日火车南来北往，小镇不大，车站却非常热闹。

因此，火车在我们这些兵的眼中，并没有什么神秘。

但是，对于很多从来没有火车的地方来的新兵们，这些火车还是足足地让他们惊奇，大开眼界。因为他们从大山中、荒漠里走来，除了到部队的时候第一次见到火车外，现在在营区附近又看到火车，就是第二次见到火车。所以，他们都极为新奇。在营房安排好之后，新兵就成群结队跑到火车站，一起去看火车。

有人讲起了四川新兵看火车的故事。一个四川新兵随着部队到了火车站，一看到火车，就大声喊道：

"乖乖！这么长的火车，趴着跑还跑得这么快，要是站着跑不是更快喽？"此后，这个故事被传为佳话，多数被用来嘲笑稚气未退的新兵蛋子。

不过，类似的故事在以后的时间里我听到过很多，内容都是大同小异，不知道究竟哪个版本是正宗的原版。

我下面说的，可是绝对真实，因为是我亲眼所见。那是1978年，我到一个县里办案，正好遇到同时抵达这个县来押解拘役犯的同事。他一个人要押解七八个人，我看他有些困难，就帮着他一起把拘役犯押解到火车站，送上火车。

在火车站的站外，大家等着剪票。七八个拘役犯押下了车，站在站前广场上。还没等站稳，其中一个拘役犯就往站台上跑。同事急了，追了上去，一把抓住他，揪了回来，大声地训斥他，警告他脱逃是犯罪，要加刑的！

这个拘役犯很委屈，嘟囔着说："我就是想去看一看火车嘛！也不是要逃跑。"

同事继续训斥他，说："就是一个破火车，有什么好看的？"

他说："俺是从大山里出来的，就是没有看见过嘛。"

同事弄清楚了情况，就让另外一个城里来的拘役犯带着他，趴在站前的栅栏边上，让他好好看一个够。不一会儿，两个拘役犯回来了。

山里来的那位非常满意，说："真是的，那么大的一长串，趴在那里，就能够跑起来。真奇怪！这回俺可真开了眼了。"

城里的拘役犯就说："你这回不光开了眼，还过了瘾了哪！咱们一会儿就坐上这列火车，过瘾去吧！"

山里的拘役犯高兴极了，连声说："俺这回犯罪可真值得！不光看到了火车，还坐上了火车！太好了！"

这个小伙子是大山深处长大的，没有机会见到外面的世面。大冬天，到山里砍树的时候，为了烤热带来的那些已经冻硬的干粮，点了火，不小心一下子就让火跑了，引起山火，造成损失，被判为失火罪，拘役一年。还真的是因为这次犯罪，才让他开了眼界。

后来，他又说起来家乡人说城里人吃的冰棍儿，城里的拘役犯就请示可不可以让他买一支冰棍儿尝尝。同事同意了，给每个拘役犯都买了一支冰棍儿。那位失火犯用舌头一点一点地舔着冰棍儿，吃得津津有味，还是一直念叨着，这次蹲监狱真的是值了——也就是一年嘛，却看到了外面不曾见过的世界。

我看着他上了火车，在车窗外看着他。他在火车上，摸摸这，摸摸那，坐在车窗前，淳朴的眼睛痴痴地望着远方，里面充满了对新鲜事物的渴求，对外边世界的向往。

二

我第一次坐火车，是在1965年。那时，我13岁，正在念小学五年级。

我的家乡不是看不到火车的地方。早在日本人侵略中国的时候，就在我的家乡修建了铁路，沟通了外边的世界，侵略者把长白山里的木材、煤炭等，一车一车地运走，成为他们的财富。因此，火车在我们那里，是不新鲜的。

但是，我在小时候很长的时间里，没有坐过火车。因此，很羡慕那些坐过火车的同学。谈起坐火车的时候，坐过火车的人眉飞色舞，没有坐过火车的我，就有一点低人一等的感觉。

这一年，学校要组织我们到一个煤矿的教育展览馆参观。这个煤矿离我们住的城市很远，需要坐火车去。学校不想让学生家长增加负担，决定让学生自己勤工俭学，学生自己赚一点钱，学校再资助一点，给我们解决火车票的问题。

勤工俭学的项目是，为学校附近的红星电影院搬砖。这家电影院大概是伪满时期修建的，我们都叫它老戏园子，年久失修，正在翻建。老戏园子是闹市区，十分拥挤，无法堆放大量的建筑材料，大量的红砖都堆在我们学校的操场边上，需要运到工地。学校跟电影院商量，学生利用课余时间帮助搬砖，电影院给学生一些经费补助。这些补助，就是我们参观展览的资金来源。

大家都很兴奋，尤其是没有坐过火车的同学更甚。搬起砖头来，热情很高，一次用双手搬七块到八块，大约要走400米左右。每人要搬的数量，我记得大概是1000块。要完成任务，就要搬120多趟。任务其实是很重的，但是大家的热情很高，下午放学之后，学校到电影院的路上，来来往往的，都是我们搬砖的同学，双手托起七八块红砖，下巴抵着最上面的砖，一张张笑脸，洒满辛勤的汗水。

开始的时候，我也是用手搬。后来，觉得太慢了，我就把家里的手推车修好，几个同学一起用车运，率先完成了任务。之后又帮着别的同学搬，结果是我们班最先完成了任务。

在一个细雨蒙蒙的天气里，一人早，我们在新站集合，集体坐上了火车。窗外就是站台，细雨把站台描绘得淅淅沥沥，就像朦朦胧胧的山水画。

随着汽笛的一声呼喊，火车"喊哧、咔嚓"地开走了，走了不远，就开始在山里穿行。一会儿一个山洞，一会儿又一个山洞。我拿出来了一个小本子、一支笔，在纸上记载着山洞的数量。大家都欢呼着，过一个山洞就有一声呼喊。

渐渐地，呼喊声不多了，多数同学在沉闷的火车中，不知不觉地睡着了。我没有睡，一直精力集中，观赏着窗外的美景，记载着山洞的数量。不过，今天想起来，实在是记不住当初钻过多少个山洞了。能够记得的，窗外蒙蒙细雨，描绘的景色朦朦胧胧、含糊不清。天是朦胧的，山是朦胧的，就是眼前的树和草比较清晰，都急速地向后退着。钻进山洞的时候，呼噜一下就黑了起来。车轮和轨道的声音大起来，哐当、哐当的。过一会儿，光线渐渐亮起来，接着一下子就完全亮了，火车重新奔驰在山野里。

三

火车送我去的地方，是一个阶级教育展览馆，名字叫做"血泪山"，展览的内容，是日本军国主义侵略中国的时候，在矿山里残害中国劳工的血泪历史。说起来，把它叫做阶级教育展览馆似有不妥，大概叫做民族教育展览馆似乎更对头。

下了火车，雨下得不大不小。同学们都举着雨伞，在泥泞的地上排成了一排，很有一点浩浩荡荡的意思。我们很快就到了血泪山。

在展览上看到的情形令人震惊。那一片山坡上，就有那么多的万人坑、填人沟。

万人坑，是掩埋无数死难矿工的大坑。在侵略者的残酷压榨下，中国的劳工受到非人的待遇。吃的是橡子面窝头，干的是牛马活，每天在阴森森的矿井里工作十几个小时，饿死的、累死的、事故中惨死的，都被工头拖到大坑中埋起来。一个大坑，掩埋不知多少死难矿工的尸体，现在看到的都是层层叠叠的森白尸骨。

填人沟，是人死的太多，来不及在万人坑掩埋时，就把死亡的矿工拖到无人的山沟，扔进去完事，不再加以掩埋。无数的矿工尸体被抛弃在这些山沟中，被野狗、野兽叼得满山遍野，惨死的矿工就成了孤魂野鬼，四处飘荡，找不到自己的归处。

望着挖掘出来的一排排森森的白骨，同学们都毛骨悚然。加上解说员饱含激情的解说，很多同学都痛哭失声。

那时候，我知道了什么是暗无天日，什么是残酷压榨和剥削，什么叫民族仇恨！

展览馆里，图文并茂，有搜集到的各种侵略者残害中国劳工的实物和罪证，一件件，诉说着日本军国主义的罪恶行径，激发了同学的爱国激情。

时间过得很快。很快，回去的列车就要来了。大家在老师的带领下，踏着泥泞，怀着仇恨，冒雨回到火车站。

火车进站了，大家默默无声地上了火车，向家乡开去。大家都沉默着，都在想着心事。

时间已经过去那么多年了，可是第一次坐火车的经历，还是活灵活现地展现在我的眼前。

8 表演

我在小时候,是很喜欢表演的,据说还有一点儿表演的才能。不过,那就是模仿而已。在看过一个新的电影以后,总是要模仿其中的人物,"惟妙惟肖"地做出他的动作,表演一些电影里的情节。接着,就会受到很多人的夸奖,说我将来一定可以成为一个演员。

我那时的理想,就是当一名电影演员。我记得,红星电影院一进门的大厅,迎面就是王心刚、孙道临、赵丹、王晓棠等电影明星的大幅照片,看着,心里就无比羡慕。

一

在小学的时候,我在学校文艺队呆了三年,主要的表演项目就是东北民间舞。

说到底,东北民间舞就是扭大秧歌。但是,既然是舞台跳舞,那必然与街头上的大秧歌不同,而是舞台化的秧歌舞蹈。在正规的大舞台上，有灯光，有布景，有乐队，更重要的，是有很多很多的观众。几次表演，都是在本市最好的剧场的舞台上，是很激动人心的那种表演。有几次，别人说我们就是在扭大秧歌，我们也没有表示反驳。我们的傅永才老师就不高兴了，批评我们，说："我们怎么是扭大秧歌了呢？我们这是正规舞台上表演的舞蹈嘛！真是的，你们作为舞蹈演员，竟然不去反驳！"后来，我们也不敢小觑自己了。我们是舞蹈演员，而不是扭秧歌的。

开始的时候是训练。训练的内容，有台步，有身段，有手绢功，有扇子功，再有就是练眼神，练动作。

在东北民间舞中，最主要的功夫就是手绢功和扇子功。手绢功，主要是将手绢在自己的手上表演出各种花样，一个是里旋，一个是外旋。旋得好的，手一伸，手绢就飞上天来，落下来的时候，正好接住，再继续旋。女生不练扇子功，男生要练。扇子功，一种动作是旋，一种动作是抖，其实抖不难，旋的功夫比较深，主要是手腕的劲。我们很快就基本上练得差不多了。

这些都练好了，就要练表演了。表演的动作都是有规矩的，按照舞蹈设计图和音乐的曲谱进行。比如"句句双"，比如"丰收乐"，现在都记不清楚了。在这些固定的乐谱奏起来的时候，按照规定的舞蹈动作设计和具体的舞台位置，一次一次地练习。每天下午4点钟放学以后，我们文艺队的18名同学就要集中起来，进行训练。原本舞蹈设计是16个人，傅永才老师增加两个"备胎"，就是B角、替补，不过大家都练得挺好，后来就修改舞蹈设计图，增加了两个舞蹈演员的位置。每天如此，练好后，准备参加全市小学生文艺汇演。

我们表演的这组舞蹈的主题，是人民公社的社员在丰收后的欢乐和幸福。其主题歌是：

"公社的鲜花，

红似火，红似火，

团结起来好处多，好处多，

撑起了幸福船呀，

大家来掌舵呀，

咳！咳！

舵要紧紧握呀，

哎咳哎咳吆……"

二

正式参加演出，是在1963年。那是我们文艺队第一次登台正式表演。此前，我们也在舞台上彩排过，但那不是剧场的舞台，而是我们学校一个不怎么用的老俱乐部，里面有很正规的舞台，在那个舞台上排练，一个一个记住每一组舞蹈自己的位置，练得很熟。

正式演出的地点，在家乡新落成的通化剧场，那是每年一次的全市少年儿童文艺会演，每个小学都有自己的节目，有大合唱，有各种文艺形式的表演。我们学校的节目，一个是大合唱，另一个就是我们的东北民间舞。

我那时是文艺队的队长，又是表演的领舞，带领全体队员进行表演。从后侧幕出场，我是要第一个走上舞台的，大家要按照我的动作来协调。老师一再告诫各位，即使作为领舞的我的动作错了，大家也得按照我的动作来协调。

会演那天，我们早早地到了学校，每个人都换上了戏装。戏装是从剧团借来的，是成年人穿的，都很长。提前几天发给大家，让妈妈将戏装按照自己的身材，在里边缝起来，从外表看，基本上还合乎身材就行了。到了学校，就请化妆师教我们化妆，先用粉打底，然后再上妆，上的是油妆，弄得脸很红，我们互相看着，都特别不好意思，毕竟是男生嘛！尤其是嘴上涂得更红，一闭嘴，都往一起粘，就觉得丢人。女生倒没什么，越涂抹越好看，高兴还来不及呢。

我描述一下当时的扮相。男生是对襟的衣衫，女生的是大襟的衣衫，颜色各不相同，绸料，有很多花绣在上边，袖口、衣襟边等，都由亮闪闪的小亮片编成，灯光一照，闪闪发光。脚上是圆口布鞋，系上一个袢。女生的头发扎成两个髻，放在两边，男生则是用彩绸将头包起来，包的样子就是陕西农民的那种，用羊肚子手巾包头的那样。女生是两块绸子的手绢，男生手中开始是两块手绢，腰里别一把扇子，在表演的中间要换成一只手握手绢，一只手拿扇子。

出发的时间到了，我们这些红红的脸蛋、拌着红红绿绿衣服的身影，一起上了车，开到了剧场。

随着欢乐的乐曲和锣鼓，我是第一个出场，整个队伍跟随着我，就像一道彩虹，也像一道彩练，"唰——"地一下，就抹亮了舞台。一下子就是一阵鼓掌，弄了一个碰头好！弄得大家很激动。接着绕场，亮相，造型，盘旋，完完全全地完成了表演任务，结束的时候掌声延续了很长时间，很响亮，很感人。老师事先嘱咐大家的，要是我错了就都要跟我一起错的那句话，没有用上，因为我一直都没有跳错，是很标准地完成了第一次表演任务。热烈的掌声中，我的心里很感动。

在最后的颁奖仪式上，我们的舞蹈没有获奖，意外的是我被授予优秀表演个人奖，得到了一支钢笔。那是我们学校在这次会演中得到的最高奖，学校领导都很高兴，充满激情地夸奖了我一顿。

三

后来，我们这个节目被作为本市小学生的保留节目，每年都要表演一次。最高层次的一次，是到地直机关表演，在地委礼堂，听说地委的书记、专署的专员都观看了表演。我们的傅永才老师比我们更激动，把我们组织得好，我们表演得也很认真，很成功。当听到热烈掌声的时候，我们都要哭了。

我校文艺老师傅永才对我最好了。他是我们当地师专艺术系毕业的高材生，乐器中，带弦的、带眼的、键盘的，没有不会演奏的。我们平时排练，只有他一个人伴奏，主乐器唢呐，其他锣鼓等，他都组合在一起，一个人全包了。他跟我说："以后你可以报考电影学院，就当一名演员算了。"我那时是相当认可这个目标的。

不过，电影演员的梦是没有希望实现了，因为在我稍微长大以后，就是开展了那场"文化大革命"，还有什么机会实现自己的理想呢？只有下乡插队当知识青年的一条出路，还有什么别的出路吗？

我的那位傅老师后来到了吉剧团做了演员，又能伴奏，又能表演。

9　爱音乐

我的题目是爱音乐,而不是精通音乐或者是熟悉音乐。爱即足矣!

一

上小学三年级的时候,我的小学学习终于有了稳定的学校,这就是家乡的通化师范附小。这个学校是家乡当时最好的小学,即使在今天,这个学校也还是这样。

在这个学校里,有一位非常好的音乐老师,他就是傅永才老师。他是家乡师范专科学校音乐专业的高材生,各种乐器样样精通,歌也唱得相当好。他给我们当音乐老师,使我们接受音乐教育得天独厚。

那时候,我在学校的文艺队中,主要是表演东北民间舞,傅老师是总导演,我是领舞。因此,我与傅老师又有了一层更深的感情。在三、四年级的时候,学校每年都要练习大合唱，参加全市的小学生文艺汇演，我参加过。开始的时候，我对合唱也很有兴趣，但是，在一次练习中，主持大合唱的另一位音乐老师对我进行了无端的批评，我觉得很委屈，从此就不再对大合唱感兴趣了。

我还对合唱指挥发生过兴趣，经过傅老师介绍，参加了少年宫组织的少年音乐指挥训练班，但是，只发过一次学习材料，再就没有下文，无疾而终。

后来，我还学习过唢呐，大概有十来天，整天在家里吹的吱哇乱叫，家人和邻居不得安宁，告状者有之，只好作罢。也还练过弹阮，刚有一点模样，由于阮是借的，要还给人家，只好忍痛交还回去，无缘再练。

在傅老师的感染下，我开始练习二胡。也是因为我家有一把很破的旧二胡，吱吱嘎嘎地能够拉响，因此就自己练起来。父亲警告我："千日胡琴百日笙，笛子起个大五更，二胡是最不好练成的。"我决心很大，坚持练下去。

我练二胡，与我做别的事情一样，都是自己瞎琢磨，买上一本书，叫《二胡演奏法》，照葫芦画瓢。下课回家，做完了功课，就开始拉起来。家人嫌吵，我就把二胡的音筒后边用纸糊上，减少音量，听起来就像哑了嗓子的人在唱歌，很难听。到了小学毕业的时候，可以自娱自乐了，流行什么歌曲，就可以拉什么歌曲，不算好听，但是也不算难听，至于是不是严格按照二胡的演奏要求去拉，大可不必追究，因为二胡本来就是"民间"乐器嘛,我这就是民间拉法。

二

1966年的12月,我上了初中,没有人上课,没有人学习,学校里是一片混乱。后来,我们就回到了家里,做起了逍遥派。

这时候,一边练习二胡,一边对哥哥的小提琴发生了兴趣,开始练习小提琴。按照对二胡的理解,我对小提琴进行研究,但是怎么也对不上号,无法真正地掌握小提琴的把位和音阶,无法深入进行下去。

1968年,我们班转到了第二中学。这个中学的文艺宣传队十分了得,在我们的家乡赫赫有名。为首的老师,就是人称"黄老帅"的黄老师。他拉得一手好小提琴,一曲《红军们战胜了大渡河》,拉得家乡人如醉如痴,几乎人人皆知。观看表演时,观众都期待着黄老帅登场。黄老帅拐着两条小短腿,拎着他的那把宝贝小提琴一出场,就是满场的热烈掌声,经久不息,不到他鞠完躬、举起琴弓,掌声不会停息。传说,黄老帅自幼就拉小提琴,左腮夹琴,都夹出了一个大肉疙瘩,可见他的功夫之深。

据说,我在小学时的文艺"天才"也是小有名气的。一到了二中,黄老师就差人来找我,邀请我参加宣传队。那时候，我已经对音乐和表演不感兴趣了，而是对学校和班级的事业发生了浓厚兴趣，因此，我跟来的人说，请转告黄老师，我很忙，不能参加宣传队，谢谢黄老师的盛情。

这几句话，听起来很客气，自己也觉得说的很体面，其实不知道这是很伤人的话。当时，我还不知道这句话的后果，后来才验证了这句话的恶果。

我全身心地投入了学校和班级的工作，很快就取得了很好的成绩。这就是，班级的工作受到了学校的表扬，同时，在学校革命委员会的改选中，我当选为委员，进入了学校革委会的领导班子，成为学校的领导者。

过后，有一次，我遇到了黄老师，我诚恳地说，黄老师，我想跟您学琴。黄老师摇摇头，对我说："对不起，我很忙，不能教你学小提琴，谢谢你对我的信任。"听了这话，猛然地，就觉得头上挨了重重的一棒，有点眼冒金星的感觉。我茫然了很长时间，最终品味出了其中的滋味。

也罢，自酿苦果，自食其果，一报还一报——你以为你是谁？不过，这件事确实让我学到了东西，就是懂得如何尊重人，如何尊重老师。自然，小提琴是学不成了。

也有用过音乐、表演技能的时候。在1969年，"最高指示"经常不断地发下来。一发表"最高指示"，人们就要进行狂欢式的庆祝活动，还要下到农村去进行宣传。这一年的春天，我们班组织了宣传队，我自任为导演兼队长，带领若干同学排练节目，深入到山区，爬山卧雪，与山民共娱共乐，宣传"最高指示"，深受山民的欢迎。不管我的节目导得怎样，山民的欢迎已经给了我们很大的鼓励，也使我初步了解了底层的群众。

我下乡插队的时候，是带着小提琴去的。不知道的人还以为我是一个音乐家，谁知是一个假冒伪劣"产品"。在繁忙的生产队里，想要学习、练琴，只能是空想。在下雨天里，也曾试着拉过几次，都毫无长进，对小提琴的兴趣自然也就淡了下来。在我就要离开生产队的前夕，县文工团招考演员，生产大队和公社曾经推荐我去，我没去，我自知自己没有好的音乐天赋。当年如果去报考，或许最好的结果，也还是县剧团的演员。

哦！还有，在插队的时候，我住老乡家的胡三抗，就是二人转演员，而且是当地的"角"，据说当地的大姑娘、小媳妇追着他看二人转，都会追出几十里地。不过，我插队的时候，禁演二人转，属于封资修，胡三抗就整天呆在家里，不会做农活。他曾经暗示过我，可以教我唱二人转，我委婉地谢绝了。

三

到了部队，我成为了一名解放军战士。我是步兵，是那种典型的冲锋陷阵的步兵。尽管是在和平时期，步兵仍然是很苦的一个兵种，训练摸爬滚打，还要承担军工施工、军农生产的任务，都是极累的工作，伙食费却是所有军种兵种中最低的。不过，有一个极好的机会，就是在部队当兵的几年中，我的主要工作是文书兼军械员，属于连队里的文人，是有文化的兵。所以，在四年艰苦的军旅生活中，我还是有一点清闲的。我管连队的俱乐部。当然是美事。

连队俱乐部，实际就是一个大房间，有时候放一张乒乓球台，有时候就是开会的地点。我精心地刻制了一个匾，上面写着五个大字："战士俱乐部"，挂在俱乐部的正中。就因这个匾，我也曾受到过师首长和团首长以及营首长的夸奖，还被当作典型介绍过。

俱乐部的乐器归我管。那是很长时间没有人管的一些家伙。我接手以后，与连队中喜欢音乐的几个战士一起进行整理，竟拾掇出来了两套乐器，有二胡、京胡、板胡、木鱼、响板、笛子等，还有一套锣鼓。真是很丰富，简直可以装备一个乐队了。我们如获至宝，在晚上的休息时间里，就开始操练。

我自然是练二胡了。段旭福操练笛子，很有水平，尤其是演奏《扬鞭催马运粮忙》，可以算作业余三段。曹生军，可以操练二胡，也能弄一下板胡。张国忠，是一个极热爱音乐的人，但是确实水平有限，却也能够弄响二胡、板胡或者京胡，而且不算难听。就这样，我们杂七杂八地凑成了一个小乐队，加上一些其他人，可以很像回事地演奏几首民族乐曲了。

在晚饭以后的自由活动时间，那就是我们的天地，几个人凑到一起，说上一会话，就有模有样地演奏起来。

在寂寞的军营中，响起悠扬的音乐声，那就有一种很新奇的气氛。接着，一些热爱音乐的人就找上门来。机枪连的、炮连的、营部的，会玩两下的都来了，有时候能够凑到十几个人。但是，这里真正玩得很精的几乎没有，都是业余水平，但是，大家却乐此不疲，倒是真正坚持了几年。

最有意思的，是在野营拉练中给乡亲们的表演。在我的建议下，我们连队在拉练之前，准许我们几个热爱音乐的战士携带乐器。实际上，这是部队首长求之不得的。因为在拉练中，需要对部队进行鼓动，对老乡也有一个宣传的任务。在拉练中，大家带的东西多，而且步兵连队完全是用战士们自己的体力携带物品的，谁也不愿意增加自己的负载。我们这几位自愿这样做，那还不是好事情？首长同意我们的请求，同时也特许在负重上适当减轻一些。结果，我们都皆大欢喜。

就这样，我们连队在拉练中，就有了一支专门的"文艺队伍"，休息的时候，可以吱吱嘎嘎、叮咣叮咣地欢乐一阵，战士们受到了鼓励，老乡也觉得很好玩。当然，我们也很高兴。

1971年的冬季拉练，正是（林）副统帅自我爆炸以后。到了驻地集中训练几天，首长要我们对老乡进行宣传。我们在训练之余，排练了几个节目，大约有一个多小时时间，有器乐合奏，有笛子独奏、二胡独奏，还有三句半、竹（快）板书。最好玩的，就是我和张国忠表演的双簧。张国忠表演，我在后边说，表演的是林彪出逃的故事。要是按照现在的标准看起来，实在是粗糙得很，难以入目。但是，在当时的条件下，老乡们看得很开心，不停地哈哈大笑，掌声不断。我们也受到了鼓励，心情也很好。在离开驻地的时候，我记得是叫做"前十六所"的村庄，村里的老乡给我们送了一面锦旗，上边写的是"拥军爱民，成绩显著"八个大字，金光闪闪的。出发的时候，我们把这幅锦旗打在队伍的最前边，全连的战士都受到鼓舞，因为一个团的队伍中，只有我们一个连得到了这样的荣誉。真是痛快！

四

回到家乡，参加了司法工作，一直没有再摸二胡之类的乐器，心中有时不免有些痒痒，很想再弄一弄。但是，一直没有时间和机会。

到了北京工作以后，也是很忙，还是没有机会和时间重操旧业。终于在稍微闲了一些的时候，也就是在1999年的夏天，我下了决心，到了西单的乐器行，买了一把很好的二胡，兴冲冲地回到家里，也兴致勃勃地拉了起来。

结果呢？极为糟糕！因为我拉不出来任何正确的曲调，左手的指法、右手的弓法，全都无法，僵硬如铁。那些"吱吱嘎嘎"的声音，就像拉锯，极为难听，让我一下子就想起了父亲曾给我说的"千日胡琴百日笙"的老话。

是啊！想起来，已经足足有20多年了。20多年没有摸过二胡，别说我没有正经地学过的，就是很好学过，有很好基础的人，恐怕也是手生得很了。

就在我"吱吱嘎嘎"弄得人心烦不堪的时候，突然发现，只有大猫在地上静静地蹲着，抬着头，入神地听着。妻子说，只有大猫是我的知音。我说，有一个知音，就说明我的演奏还不错。

真是这样吗？鬼知道。反正我是已经放弃了重操旧业的想法。说到底，我承认我是没有音乐的天赋，转而又很庆幸：幸亏当年没有去报考县剧团，而是吃了法律这碗饭，不然，下场一定很惨。

10　插队

初中的三年，很快就过去了。我们也终于折腾够了。向前看，没有希望，既没有机会升学，没有资格去上憧憬中的高中和大学，更没有别的出路。毕业的时间一到，也就应该上山下乡，插队落户，做农民去了。这就是"文革"运动中学生们——应该是革命小将们最终的归宿。

一　坦然面对

对插队落户，我并不陌生。在很早很早以前，就知道了董加耕、侯隽、邢燕子这些到广阔天地插队落户典范人物的名字。那时候，他们是青年人的榜样。

后来，在"文革"还没有开始的时候，我三哥就响应号召，到农村插队落户，走董加耕等人走过的道路。不过，他去的地方离家里很近，就在郊区十分有名、被称为我们家乡"大寨"的石棚子生产大队，与后来我参加工作住的地方仅仅相隔几百米，条件还好。这也是父母同意三哥插队落户的原因。

三哥走的时候，很隆重，敲锣打鼓。我也跟着三哥，在热烈的锣鼓声中，一直送他到了生产队。后来，我还到他那里去过。那时，他在队里的果园工作，到那里看他，就可以在果园中吃苹果，随意吃，只是不得带走。我拼死拼活地吃，也就吃了四个苹果，就恨自己的肚子太小，没有办法吃得更多。不过，还是吃得很过瘾。

轮到我们毕业了，突然改变了过去"四个面向"的做法，只是"一面向"。所谓的"四个面向"，是毕业生可以是面向工厂、面向军队、面向学校、面向农村。四个面向虽然还是面向农村的多，但是毕竟还是有参军、招工、升学的希望。现在轮到我们1969届的初中毕业生，就只剩一个面向了，就是面向农村，没有别的选择余地。四个面向，毕业分配时有很多矛盾，很难解决。等到我们"一个面向"，就好办了，通通一律插队，还有什么好说的。所以，就一律准备等着下乡插队了。

那时，大的就业方向是没有可以选择的了，但是，到哪里去插队，还是可以选择的。我那时的选择，有了一层顾虑，就是要与表妹商量、协调。因为那时候，我们已经很是要好，几乎到了要谈婚论嫁的时候了。在开始商量的时候，认为不会再有别的出路了，下了乡，就有可能一辈子都在农村住下去，因此，应当找一个条件好一些的村庄。我俩都同意这个意见。

究竟选择到哪里插队，曾经考虑过到我舅舅的家乡，因为那里人很熟，条件也很好，可不是学校指定的插队地点。如果到学校指定的集体户，不知道是什么情况。表妹也考虑过到她的亲戚家，但也没有最后决定。不管怎样，都是以平静的心情，坦然地面对插队。

二 下乡考察

正在不好下决心的时候，学校要派人到农村去考察知识青年插队落户的地方。领导考虑，这不仅仅是学校的事情，更是学生的事情。因此，就派我和另一位学生代表参加这个考察组，和老师一块去看一看，确定插队的地点。考察组有一位老师，姓徐；一位工人师傅，姓范；另一位学生是女生，姓谢，是学校共青团的学生书记。

正是隆冬季节，天气很冷。一大早，我们乘上了去吉林的火车，在天寒地冻的铁道上，"哐当！哐当！"地走了将近一天，到磐石县县城下了车。要在这里转乘汽车，才能到达我们要去的地方。

先找了一个旅馆住下。那是一个非常简陋的旅馆，女生自己住一个屋子，我们三个男人合住一个屋子。房间就是东北通常的那种旅馆，一个房间，一排大炕，可以睡四个人，地下就很小了，只可转身而已。

住下以后，天气奇冷，屋子里到了可以冻冰的程度。范师傅缩着脖子到处转了一下，发现房间的后边有很多木柴棒子，就拉着我们一起去抱回来很多，在自己住的火炕下边的灶坑里烧起来。差不多了，我们就到街上去吃东西。回来时，屋子暖洋洋的，心情立刻就好了许多。然后，大家就钻进温暖的被窝，都睡下了。

半夜时分，睡在炕头的范师傅喊醒了我们。原来，炕烧得太热了，把他烫醒了。我们都爬起来，掀开褥子一看，炕席都糊了，很烫手。我们就掀开炕席晾着，热气扑面，屋子里的温度大大提高，再也不冷了，不穿衣服都不冷。之后，我们三个人都挤到了炕梢，躲避着来自炕头的炽热。炕梢也很烫，就把我们几个的褥子撂在一起，挤在上面，结果睡得很香。

第二天一大早，我们就起来，赶到汽车运输公司，买了票，上了一辆破旧的大巴车，沿着铺满大雪的公路，向海龙县双泉人民公社双泉大队驶去。

早上没有吃东西，一路上把我冻得瑟瑟发抖。到了双泉的时候，大约是十点钟，在老乡的家中，牙帮磕在一起，"的的"发抖，想停都停不下来。直到老乡给做了一些东西吃了以后，人才缓过来，有了精神。

之后，我们到双泉考察，到兴隆堡考察，也到凤阳考察了。这三个生产大队，是我们学校知识青年插队落户的地点。双泉是最好的地方，几乎所有的土地都种水稻，村里有公路，有直达海龙县城和磐石县城的公共汽车，交通方便。兴隆堡的条件较差，离公社很远，都是山地，烧柴也不多。凤阳的地势很好，双凤山坐北朝南，山脉两侧延伸，中间就是这个村庄，离公社有8华里，不算太远，有水稻，有旱地，同时有很多的柴火。有人跟我们说，去农村考察，一定要看农民家的柴火垛高不高，如果有柴火，垛很高，说明生活很富裕，否则相反。

三 插队凤阳

都考察完以后，我们在一起研究。经过实地考察，大家都有发言权，集中的意见是，第一是双泉，第二是凤阳，第三是兴隆堡。如果不是去很多集体户的话，最好就不要去兴隆堡。

这时，范师傅悄悄地跟我说："你自己可要拿个主意，因为要你们来，就是要你们带着集体户来落户的。你看好了的地方，就跟我说，我回去好向领导汇报。"我问："不知道那位女生是什么意思？"范师傅说："那还看不出来吗？她当然是想上双泉了。"我说："那我也想上双泉，怎么办？""你要坚持去，领导会让你去的，但是，你一定要坚持。不然，还有一个办法，就是你们两个在一个户里。"

我是不会和她在一起的，原因是，她是团委副书记，我是红代会主任，一个马棚拴不下两匹烈马，再说这个人平时就是事儿事儿的，长期在一起，当然惹不起。我斟酌了一下，说："干脆，我就到凤阳去算了。"范师傅惊讶地说："那你不是吃亏了？"我说："我回去再和同学商量，如果大家都同意我的意见，就可以了。"最后，我没有和那位女生争，我们就到了凤阳。

在我的旗帜下，聚集了 10 个人，3 名女生，7 名男生。我们给集体户起了个名字，就叫"向阳集体户"。这是因为我们学校那时就叫向阳中学，当然由我们承继这个名称。

我的表妹最后没有跟我一起到凤阳插队，而是另选出路，到了她的大伯所在的农村，在那里作了插队知识青年。这一点，我们倒是一致的意见，因为那就有了两个地方可以做将来共同生活的选择，机会就更大一些嘛。

1970 年 2 月 26 日，大卡车把我们拉到了火车站。欢送我们的是朔风吹，雪花舞，一派严寒。行李装上了火车，人进了火车站，爬进了车厢。我的表妹和我的姐姐站在站台上，裹着大围巾，只露出两只眼睛，牢牢地看着我。我和我的同学坐在一起，看着窗外。表妹的眼睛是红的，我的眼睛也红了，但是，忍住了，没有掉下泪来。

火车一声长鸣，慢慢地开动了。我看到表妹向前跑了几步，接着就淹没在火车的雾气之中，火车也就很快地跑了起来，载着我们这些知识青年，在寒冷的纷纷扬扬的大雪中，驶向了很远很远的农村。

"文革"，在我的心中，开始是一个美丽的梦，绚丽多彩，尽情飘舞，让这些无知的青年尽情表演。然而，最终归宿，就在远在天边的、远离家乡的、未知的农村。幸亏我没有在"文革"中陷入太深。不然，不知今日魂魄会在何处飘荡。

11　阿震

1970年2月,我刚刚18岁步入成年,就初中毕业了,到了农村插队落户,成为千百万上山下乡知识青年中的一员。这一年的年底,离我在农村还不到一年的时候,我就离开了这里,到部队服役当兵。

在这将近一年的时间里,我经历了一些以前从来没有经历过的事情,看到了以前从来没有看到过的人物,在我年轻的心灵中留下了深刻印象。也许我的经历不对,也许社会和人生本来就是纷繁复杂的,我所见到的人和事,与很多插队知识青年记叙的并不一样,甚至完全不同。但是,我记叙的绝对是真实的。阿震是其中最独特的一位。

一

阿震是大队的党支部副书记。我们知青到了这个凤阳村插队,没过几天我就和阿震熟悉了。

阿震是一个典型的农民形象。在他那方方正正的脸上，一只眼睛极大，炯炯有神；另一只眼睛却相反，黯淡无光，是一个"玻璃花"，好像是白内障吧？他的个头不到 1.70 米，身板不算魁梧，但是很结实。他平时很少说话，说起话来，声音很低，却有一种金属声，好像掷地有声，很有分量。那时候，他应当是 25 岁左右，已经是孩子的爸爸了。我们就尊称他为大哥。

在地里干起农活来，阿震不像是一位书记，没有领导的样子，很猛，技术也好，老社员对他的评价都很高。在地里歇气的时候，他从不休息，拔下插在后腰的镰刀，一阵猛砍，转眼就是几大捆柴禾。下工的时候扛在肩上，就像是一座小山。再加上一身破旧的中山服，经常用草绳扎在腰间，形象纯朴、和蔼。称他为大哥，实在是有根有据。因此，他在我们知识青年的眼中，很有魅力，同学们都很敬重他。

我是集体户的户长。我们的集体户叫做向阳集体户，因为当时我们毕业时的母校不叫通化市第十三中学，而是改叫向阳中学。我是学校的学生头，插队的时候，向阳这个名字，就由我们这个集体户承继下来了。有的社员问我们为什么叫向阳集体户，有的同学就拍马屁说："我们的心向着凤阳大队，所以就叫向阳集体户。"马屁拍得好，社员就喜欢我们。当然，我们也确实干得不错。

我们是在一队插队。二队集体户也是我们学校的，他们起名为"同心干"集体户,语源是毛泽东的诗词:"同心干,不周山下红旗乱。"到了农村以后,有时候还打架。阿震就教育他们说:接受贫下中农再教育,就得同心干,不能同心散。

二

除了干活,我和阿震接触更多的是到公社开会。我们集体户干得好,是公社的典型,我也出点小名,经常到公社开会。后来我又兼任队里的会计,上公社开会的机会更多。阿震是大队副书记,我们有时候就一起去开会。如果散会后不住在公社,一去一回要走近20华里的山路,路上是一个很好的谈话时间,我们边走边谈,无话不说。如果要在公社住上一天,晚上就能够更好的长谈了。

说什么呢?跟阿震在一起,谈话不可能是别的,无非是说一些时局、发展,还有就是知识青年的去向等。其实,那时候说"要关心国家大事",如果真的关心了国家大事,表示自己的看法,是有风险的。阿震是书记,我也是不甘寂寞的人,因此,谈到这些政治方面的话题,是不可避免的,而且这正是城里人在私下里谈论的话题。这时候的阿震形象,就不是寡言少语的样子,有时候竟是滔滔不绝。可见,阿震绝不是一个简单的农民大哥。

按照他的观点,知识青年到农村接受贫下中农的再教育,说是伟大领袖的伟大战略部署,其实是一种没有办法的办法。我不敢明确地接受他的这种观点,说了一些官方的言论。他说;"话都是这么说,可事实就是事实,这都是没有办法的事。城里那么多学生毕业了,大学都停办了,往哪里安排?有那么多的工厂吗?现在的工人还嫌多呢!知识青年不下乡,能干什么呢?放在城里就会闹事,放在农村,就会安稳一些。""那……,"我没话可说了,只能承认他说得对。他还继续说:"就说知识青年接受贫下中农的再教育吧。你们有文化,农民怎么教育你?"从这时开始,我发现我遇到农民政治家了。

在刚刚下乡插队的时候,我根本就没有想到将来还有回家的可能,甚至还可以继续念书、做工或者当兵,从思想上已经做好了在农村插队、扎根、娶妻生子的准备。说到这个话题,我特别想问一问阿震关于这方面的看法。

他说:"这是一个没有问题的问题,也就是迟早的事情。现在有的知识青年可以上工农兵大学,可以招工,可以参军。这还有什么问题吗?在中国,城里人怎么着也还是城里人,农民再怎们说总还是农民。就像我吧,对这些问题看得明不明白?说得明不明白?明白吧?但是,我是农民,将来就是把你们都送走了,我还是在这里种地。这个状况永远改变不了。你信不信?"

这番话,打动了我。我看到,一个农民政治家站在知识青年插队的大船头，帮着知识青年摇着橹，划着船，看准机会，他就送上一个到岸上，再看准机会，再送上一个到岸上……，最后，船上就剩下了他一个。看着他，我的眼睛有些潮湿。

三

转眼间一年快要过去了。到11月初，传来要征兵的消息。到月底，征兵就开始了。我也想去当兵。那时候，"珍宝岛"战斗刚刚结束不久，当兵打仗，保卫祖国，当然是初衷。有些担心的是，我的父亲是一个工厂的中层干部，本来没有什么问题。但是，他原来当过伪满时期的政府雇员，1945年光复后参加革命当上干部，在"怀疑一切，打倒一切"的年代里，也在被怀疑之列。在没有插队之前，我就受到了这件事的牵连，原来做过的中学革命委员会委员没有继续做下去，父亲的历史问题查清事实后，革委会也选完了，只好选我为中学红代会主任，算是为我恢复了名誉。我想要当兵，会不会有人又重提此事呢？

犹豫再三，我还是跟阿震说了想参军的想法。他说："你要参军，这件事并不难办。但是，明年春天可能要大学招生。你的学习不错，难道不想上学吗？"我说："我想上学，但是，更想当兵。"他沉思了一会儿，说："那好！我支持你。"

部队来带兵的负责人，是家住哈尔滨的一个军官。他也是一个学生出身的军人，姓张，很同情农村插队知识青年的命运。按照当时的规定，知识青年在农村插队要满两年后才可以当兵，或者招工，或者招生。张干事说："我不管，凡是合格的兵，我都要，能带走的我都带走。"这样，插队不够两年的问题，就不是什么障碍了。经过身体检查，合格。

但是，担心的问题还是发生了。过了大约一周，阿震找到了我，神色很严肃，约我到外边走走。走到村外，他说："你父亲究竟有没有历史问题？"

"在培养我入党的时候，你们不是了解过吗？没有历史问题的。"

"你父亲工厂里有一个人向大队写匿名信，说你父亲有历史问题。你知道吗？"

"我不知道啊！我父亲的历史问题已经查清，是有结论的，我们学校可以证明。我怀疑是有人趁机报复。"

阿震在思索着，心情很沉重。想了又想，他说："大队和公社的领导都很器重你，也都相信你，一直在培养你入党，如果不是走得急，本来是可以很快就研究你的入党问题。可是，这个匿名信报上去，你当兵就肯定走不了了。"

面对这样的问题，我没有主意，呆呆地看着他的脸，不知道该说什么好。阿震的脸色越来越凝重，那只闪着亮光的眼睛，眯着，看着远方。良久，他说："看来，只能这样办了。"

他从口袋中掏出了那封匿名信，沉思了一下，一点一点地把它撕碎,随后,划着了一支火柴,那些纸片在火光中闪动了几下,就再也不见了。他看我愣着,就拍了拍我的肩膀,对我说:"好了!你就准备走吧!这件事到此为止,只是我们两个人的事了。你要记住,永远不要跟别人说起!"

接下来一切都顺利,12月18日,我登上了北去的火车,到了部队当了兵,入了党,实现了自己的理想。可是改变我的命运的,阿震不是一个最重要的人吗?如果不是因为他在极"左"的环境中的那种勇敢的、不顾一切的决定,在那个年代里,我的命运又会是怎么样的呢?

乱世之中,一个真正的农民政治家。我想念阿震!

其实,阿震也没有永远当农民。他后来到了辽宁盘锦,当上了工人。2016年,我们通了电话,我请他上北京来,陪他玩了两天,谈了很多、很多,逛了红螺寺,喝了几顿酒,依依不舍地送走他。现在每到过年,我们都要通电话,聊上很多时间。

12　阿瑞

一

我再一次看见阿瑞，是在十多年以后。那是一天上午，我和我们中级法院的干部出差，到火车站坐火车。

那时候，我是中级法院的副院长，在这个中级法院工作也快十年了。插队的经历，已经变得很遥远，对插队时结识的那个村里的一些人，已经有些淡忘了。可是，阿瑞，我还是经常想起她。因为，她的命运是那样的坎坷。

就在这时，在等车的人群中，我发现了一个身影，一个又熟悉、又遥远的身影。难道是她？可是，这个身影一转眼就不见了。我正在犹疑，想办法怎样才能证实刚才看到的那个身影是不是真的就是阿瑞。正在这时，这个身影转了回来。"难道是你？""是啊！你是阿瑞？""就是！就是！怎么就没想到在这里看到你呢？"

她，就是阿瑞。还是那样子，还是那种精神，还是那种笑眯眯的表情。"这么多年了，一直很挂念你的。"我说，这是真的。"我也是。后来听说你到了法院，干得很好，想想也就不用对你再多关心。""快说说，你在干什么？过得怎么样？"

阿瑞是要到石人镇，和我要走的方向相反。但是，离开车还有一段时间，我们就站在一边聊起来。阿瑞离开凤阳村，是在七八年以前。在一次招生中，村里的大队干部都认为应当给阿瑞一次机会，让她实现自己的心愿。因此，阿瑞就考上了卫生学校，学习医士专业班。我们那里的卫生学校是一所卫生中专学校，正规培训的是护士，但是，学校将转为大专，开设的医士班实际上是学习的大专课程，毕业之后，毕业生就是正式的医师。阿瑞还算是满足了自己的心愿。

这些，我大概是听到了一些，但是，现在干什么呢？怎么样呢？我急于知道。阿瑞看着我说："我在麻风病医院工作，就在石人镇。""什么？"我的眼睛瞪瞪得很大，以为我听错了。这时我心中反应的就是《婚姻法》关于麻风病人禁止结婚的规定。也正是因为这个，我对这种病不寒而栗。"为什么？怎么会到麻风病医院工作？""看看。你跟别人一样，一听到这些，就是大惊小怪。""这……，这没法不让我奇怪。""这就不对了嘛！麻风病人也是病人，更需要医生治疗呀。""那，那，多危险呀？""没什么。真正放下心来，一点事都没有。"

阿瑞告诉我，在麻风病医院工作其实是很安全的。麻风病是一种通过血液传染的传染病,如果没有直接的血液接触,并不会传染。当然,医院对这些还是很重视的,搞了很多的预防措施,保证不会有任何问题。听了这些,我的心稍稍放了下来,听她继续介绍情况。

在卫校就要毕业的时候,阿瑞想了很多。在当时那种社会背景下,像阿瑞这种人,在分配工作中会有很多困难。因此,她毅然决然地报名,要到麻风病医院工作,为麻风病人服务。听着她的娓娓介绍,想着她的处世原则,倒是认为她会这样做,是很符合她的性格逻辑的,慢慢地,我理解她了。

那时候,卫生学校在学生分配中,按照计划指标,要到麻风病医院去一个毕业生,是固定的指标。校方正愁着怎么完成这个艰巨的任务呢,就有人志愿报名,而且是学习成绩最好的一个学生,领导自然是乐不可支,赶紧就批准了她的请求。这样,阿瑞就成了战胜麻风病的医疗战线上的一名白衣天使。

"生活得好吗?""还行。麻风病医院的条件很好,生活也很好,每年都有假期,同时,工作也不是很累,有一些空闲时间,可以自己学习,继续钻研医学,或者干自己愿意干的事情,心情也很好,比在村里劳动的时候是好多了。"阿瑞这样告诉我。

二

服务员在催促旅客上车了,我们抓紧约好了再见的时间,就匆匆而别。可是这一别，直到现在都没有再见到面。现在也不知道上哪里能够找到她。说起阿瑞，真是有些为她不平。阿瑞和我们集体户的同学是同一届的初中毕业生，比我早一些回到我插队的那个村庄的。因为她的家已经搬到了这个村，她就成了一名回乡知识青年。

阿瑞的父亲为什么从城里回到了农村，没有很详细地问过，最终我也没有弄清，总之是牵累了阿瑞一家的前途。阿瑞的爸爸是主动要求到这个村落户的，因为这个村有些人是他的亲属，也知道这个村的人不是太激烈。

阿瑞的家庭的气氛出奇的好。一家人和和气气，不和任何人发生来往，白天阿瑞的父亲到队里指定的地点劳动，有时候也在晚上到队里接受大家的批判。那种批判，就是队长找人念一段报纸，大家抽着烟，放着屁，再加上有的人说上几句笑话，也就半夜了，走人回家。阿瑞的母亲、哥哥、姐姐都是极和蔼的人。我到她家去看过，一家人和蔼可亲，相敬如宾。

阿瑞是一个漂亮的姑娘，是城里人那种漂亮，有气质，两条短辫子，扎着的头绳的下端，是卷起来的蓬松辫梢，额头上的刘海也是卷卷的，很妩媚的样子。这也不是农村人的样子。大眼睛，小嘴，红脸，脸盘很大。见人总是笑眯眯的，但不是因为自己的出身不好的那种谄媚的笑，看得出是出自内心的真诚的笑。

她是把她和我们视为一种人，但是又感到她和我们有很大的距离。这是一种很让人难受的感觉。她愿意和我们在一起，但是又怕人家说三道四。这些矛盾，集中在她的身上，大家处起来，也多少有些别扭。

我们是很谈得来的。通过谈话，看出来她的修养不错，看的书很多。在地头休息的时候，她不参加其他人干的那种为自己家割柴搂草的活，休息就是休息，这和我们知识青年一样。有时候，我们两个坐在地头，或者靠着别人割好的柴草上，天南海北，南朝北国，聊一个尽兴。在这一点上，我们谈话的相通程度，别说农村中的姑娘和小伙子不行，就是我们户的知识青年在一起，也谈不到这个程度。我知道，她在家里的时候，主要是读医学书，很想在将来做一个医生。

三

大概就在我要当兵的前一段时间，她见到我，问我是不是真心要去当兵。我说是真心的。她问为什么。我就说了真实的想法。"就是呀！都是为了这个才不得不……"她"唉！"了一声，继续说，"我是想，你如果坚持一段，接着有了升学的机会。公社一定会让你上大学的。"我说我不等了，先走一步。"可是你究竟要怎么样呢？"我问。"我有什么办法？你们下乡插队的知识青年早晚都是要回去的。我的爸爸已经到了这个村落了户了，谁知道我将来是怎么样。弄不好就在这里干一辈子了。""就这样？""当然不会。我一直在坚持学习医学。""那你？对爸爸是不是有所抱怨？""那怎么会？他是我爸爸。再说，究竟是怎么回事，谁说得清楚？"我祝愿她早日实现自己继续念书的理想。她很感动，点了点头。

我走的前几天，队里又开批判会。阿瑞的爸爸坐在马号外屋的锅台上，大家都还是照样，念了一会儿报纸，打一阵呼噜，放一阵屁，开一会儿玩笑，就走人了。扔下了一地的烟头、烟秸、碎纸。人都走完了，阿瑞的爸爸就打扫卫生。阿瑞站在门口等着他。这是阿瑞爸爸定的规矩，不准帮他干活，因为爸爸怕她牵连上和爸爸划不清界限的罪名。阿瑞一再坚持，最后妥协为等着爸爸一起回家。我看到他打扫完了，阿瑞帮助把东西收拾好，搀起爸爸的胳膊，扶着爸爸一起消失在夜色中。

望着他们的背影，我沉思良久。那个忍气吞声，似哀似怨而又不甘沉沦，极力挣扎的女孩子，今天在寂静的山村中，穿着白衫，为麻风病人精心地工作着。这就是阿瑞吗？不错，就是她。

13　集体户

我的集体户

通化市第十三中学的 10 名知识青年，冒着纷飞的大雪，临近下午三点半，到了凤阳大队插队落户。

那是一个美丽却很贫穷的山村。在这块美丽又很贫穷的山村里，就多了一个这样的家庭。这在东北，如果是在辽宁，就叫青年点，在我们吉林，就叫做集体户。

我是这个集体户的户长。户长是什么级？如果按品算，县长是七品，公社是九品，大队长是十一品，队长是十三品，户长就是十五品或者十六品。哈哈！没有这种算法，我是瞎扯呢，就是知识青年一个。

说到美丽，山村确实很漂亮。一座高高的双凤山坐落在村庄的后边，远远的，非常雄伟，有一点富士山的味道。山的余脉，向东、向西两边延伸，就像两条巨大的臂膀伸展着，拥抱着、抚养着它怀抱里的村民。

村民的住处，就是在这臂膀中的凤阳村。前后三条街，街前街后就是四排房子。每当夕阳西下，站在村前的山岗上向北望去，暮色苍茫中，双凤山身影伟岸，怀抱中的村庄炊烟袅袅，不时传来一两声狗吠，还时而夹杂着长长的驴鸣马嘶。真正是一幅夕阳村落图。

说到贫穷，山村确实很贫穷。村里边没有富户，只是有稍穷和很穷之分。一年之中，社员除了过年、过节会吃上一两斤肉以外，再就不知道肉是什么滋味了。很多人没有见过什么钱，因为队里在年终分红的时候，除了分口粮，多数是要向队里倒找钱的。因为一个工分就是几厘钱，一天12个工分，不到一角钱。除掉各种该扣的钱，不给生产队找钱就是很好的了，还上哪去摸摸钞票是什么感觉。

1970年2月26日这一天，春节刚过不久，我们就成了这个村庄的成员。我在这个村庄仅仅待了不到一年，就参军去了。这一年集体户的事情，我记忆犹新；以后的事情，只是听到集体户的同学们介绍过，没有感受。因而，在这里只是记载发生的几件很有意思的小事。

在我的记叙中，我们集体户的知识青年没有那些鸡鸣狗盗、狗苟蝇营、打架斗殴的坏事。这确实是真实的。我在的那个村，我在的那个集体户，就是这个样子。我走了以后是什么样子，我不敢说。

栽菜秧

到了凤阳村插队之后不久,大约是4月末5月初的时候,我们和贫下中农已经很熟了。刚到队里的时候,没有菜吃的情形是很恐怖的,胡队长也叮嘱我们一定要多种菜,将来就是粮食不够吃,只要有菜,照样可以过得很好。

刚到村里,队长从各家给我们"齐"了一些白菜、萝卜和土豆,但是不多,因为农村冬天的菜本来就不多。队长和我说要上街去买一些菜回来。我俩就搭生产队的大马车,到了朝阳镇,在集市上买了几麻袋大萝卜,还有一些土豆。回来以后,接下来,就是一连两个月的清汤大萝卜,汤里没有油,就放一些咸盐。喝来喝去,脸都喝绿了。因此,我们10个同学都是牢记萝卜汤的苦,要创造新生活的甜,众志成城,决心把菜种好。

队里有一块最好的菜地,周围是编好的篱笆,前边是小河,后边是路,向阳,敞亮,是村里最好的一块地。队长就把它交给我们,先让我们种菜,等到夏天歇锄的时候,就在地中间给集体户盖房子。三间房子,周围是大片的菜地。多美的设想啊!想一想都让人激动。

这是一块极好的宅基地,村里的很多人都垂涎在这里盖房子。队长也是没有办法分给谁,就说给集体户,大家都没有意见。

春日乍暖还寒的时候,我和队长到城里办事。我看到有卖菜秧的,就提出可以买菜秧了。队长说不行,因为节气还早,早晚很冷,菜秧栽下去会冻死的。我说没事,可以在晚上用纸搭好小棚御寒,保证不会冻死。队长将信将疑,也就同意了。我就在集市上选择了茄子苗和辣椒苗,带了回来。

那块地,我已经和同学们翻好,回到集体户,刚好同学下工,我们就一起到了地上,挑来了水,齐刷刷地把菜秧栽在地里,一点一点地浇完水。

村里的社员都很奇怪,认为集体户的青年是在胡闹,哪有在这个时候栽茄子、栽辣椒的?晚上一场霜,早上菜苗就得全部冻死。

我们看到社员在杞人忧天,都在偷着乐,因为我们早就商量好了办法,只是不说,他们也就跟着瞎着急。

栽好了菜秧,我们都回家吃饭。等到天已经黑了的时候,我们把准备好的各种报纸、拆开的书本纸,带到了菜地,精心地给每一棵菜苗都作了一个纸制的小棚,用泥块压好,等于给菜苗盖上了一间小小的房子,既挡风,又御寒。

早上,关心集体户的一位社员早早地就起来了,来到了集体户的菜地,想看到在白花花的霜花中,一棵棵菜苗歪倒在菜地里死去的惨状。天确实很冷,地上铺着厚厚的白霜,就连树枝上都有一层薄薄的树挂。可是,一眼望去,地里怎么没有菜苗，倒多出了一排排的小白棚？走到跟前，才发现纸做的小棚上有一层厚厚的霜，小棚下边，每一棵菜苗都安详地在里边挺着身板，在潮湿的土地上骄傲地生长着。他叹服了。

上工以后，他逢人便说："这些小青年真是有知识，你看人家那茄子、辣椒栽的，还盖起了小房子。咱们种了一辈子庄稼，也没有这个心啊。"

上午 10 点多种，集体户负责在家做饭的同学老香子到了地里，一棵一棵地把纸棚打开，把小苗露在温暖的阳光下，让他们接受阳光的抚慰。晚上我们再一起把小棚子搭起来。

就这样。我们坚持了 10 几天。在社员们开始栽茄子和辣椒的时候，我们的菜苗已经长得很高了。我们又与社员一起买了第二批茄子苗和辣椒苗，一起栽下。过了一周，又栽下了第三批。

在社员们的茄子和辣椒正在长棵的时候，我们的第一批茄子和辣椒已经开花了。在社员们的茄子、辣椒刚刚开花的时候，我们的第一批茄子和辣椒就到了我们的餐桌上了。满满地炖上一锅茄子，再加上一些辣椒和土豆，每个人一顿都要吃上几大碗。我们集体户的生活水平立刻就有了显著提高，不再吃盐水煮萝卜了。

等到我们的第三批茄子和辣椒可以吃的时候，社员们的茄子和辣椒已经罢园了。我们吃不了，就送给社员们做蒜茄子。

社员做好蒜茄子,又送给我们一些,吃得我们心里甜甜的。

我们和社员的关系,就是这样开始的。他们喜欢我们的聪明和踏实,我们学习他们的纯朴和勤劳,还有农活的技术。在这样的氛围中,怎么会有其他的事情发生呢?

割架条

除了栽茄子、辣椒之外,队长还把生产队马号后边的那块菜地给了集体户。

按照他的意见,我们全都种上了黄瓜。他说,黄瓜是最好的蔬菜,有油没油都能做,生吃熟吃都下饭。洗好一盆黄瓜,盛上一碗饭,蘸着大酱就可以造上一顿。黄瓜种下地以后,很快就长出来了,慢慢地也就要爬架了。可是,支黄瓜架的架条还没有着落呢。我们生产队的山场保护得不好,没有像样的树条子可以割来做架条。我们急得够呛,队长却不急。他眯缝着眼睛,跟我说:"听说双凤山东边有一个唐家堡子,……你是不是也听说过?"

双凤山东边山梁的再东边,有一个村庄叫唐家堡子,是一个生产大队。这个生产大队极注意封山育林。我们这边的山都快成秃子了,他们的那边却郁郁葱葱,虽然没有大树,可是就连苕条也比我们的苕条高上两三倍。我听出了队长的意思。是不是要……

我和户里的同学商量，是不是可以考虑到那边"偷"一点架条回来用。大家都赞成，却也都有些害怕。我敢说，在我的集体户里没有偷过东西的人。现在要去偷东西，都有些胆战心惊。不过，大家又找出了根据，鲁迅书中都说窃书不算偷，知识青年割一点架条，最多也就算是"窃"而已。

我还是不放心，但是没有跟队长说，因为队长的意思是很清楚的。我和另外的一位老贫农说了这件事。他说："这怕什么？你们是知识青年，别说自己去割，就是去要，他不是也得给你一些？""可是我们不是一个公社的呀？""咱们不都是在一个党领导下的吗？知识青年割他们一点架条，是为了自己的生活，是为了扎根农村接受贫下中农再教育。你们去弄点回来，改善生活，说不定还是经验呢。"

我的心有了底，就和同学商定计划。然后选定了一天，我向队长请了假，说集体户共同去解决一点架条问题。队长看了我一眼，没吭声，就点了一点头。我要走的时候，他叮了一句："小心，不许打架。"我说了一声"知道了"，就赶紧回去准备。

第二天一大早，大约一两点钟的样子，我们10个人就都起来了。男生有绑腿的打上了绑腿，腰上都系上了绳子。每人一根绑架条的绳子，一把磨得飞快的柴镰。本来户里的女生也要去，被我们男生拒绝了，理由就是如果被发现，女生跑不快。老香子和另外两位女生同意了，给我们做了一大锅饭，我们7个男生吃了一个肚圆。然后就精神抖擞，踏上了征程。

初夏的凌晨,天气还是很凉。月光清爽,山路上满是露水。走了不多久,裤子的下边就都湿了,鞋里也开始有些水,走起来咯吱咯吱的响。

正在赶路,突然从眼前跑过一只小刺猬,阿昌手快,就把它捉住了,用手一动,刺猬缩成了一团,下不得手。阿昌就用一根树皮把它捆了起来,想等着回来的时候,带回去给女生养着玩。

大约走了不到两个小时,我们钻进了茂密的灌木林当中。朦胧中我们意识到,唐家堡子到了。能做架条的树条子太多了,几乎满眼都是,长得比人还高。我们说好,每人只割两捆,不要多割,割完就走,尽快撤离。大家都握了握拳头,在月光下交流了一下眼神,就开始轻手轻脚地割起来。

可用之材太多,手起刀落,转眼就是两捆,前后大约不到20分钟,7个人都完成了任务。两捆捆好,从上边的1/3处搭在一起,用绳子捆好,就是一个"A"字型的马架子。竖在地上,把镰刀插在腰后,蹲下把头一拱,马架子就上肩了。

天色刚刚发白,7个人就排成了一个小队,忽闪忽闪地,只听到声音,看不清人影,沿着来时的路,马不停蹄地踏上了满载而归的归程。

进到了凤阳大队的领地,我们都松了口气。紧张刺激的一场"窃"树条活动,就要接近尾声了。

阿昌喊了一声:"注意点,我抓的小刺猬!"大家低着头走,看着脚下,终于有人看到了绑小刺猬的那根树皮,哪里还有小刺猬的踪影。大家都停了下来,放下马架子,一边休息,一边议论。"这个小刺猬还真有本事,自己就逃走了。""咱们不是也逃出来了吗?我们逃出来还背着架条子,小刺猬就没有带走这根树皮。""我们逃不一样,我们是为了更好地接受再教育。""是不一样。人家小刺猬不是为了偷东西被抓而逃,是我们无端把它抓起来的。我们呢?偷人家的东西,怕人家抓而逃。"一阵哄笑,没有了一点刚才的紧张和刺激,留下的是快乐和轻松。

回到集体户,放下架条子,就吃上了女生为我们做的饭。女生听着我们的描述,跟着我们一起紧张和快乐。听到了小刺猬的抓获和逃跑,三位女生都说可惜。

吃饱了,上午又睡好了。下午就把黄瓜秧都上了架。不到半个月以后,整整齐齐的黄瓜架下边,挂满了顶花带刺的黄瓜。不要说吃了,看着都是心花怒放。爬满瓜秧的架条子,编织了知识青年的生活,隐藏着一次不十分光彩却又十分有趣的经历。这是我们一次"偷窃"的"前科"。

养猪

到了生产队不久,胡队长跟我说:"得买个猪羔子,集体户做饭的汤汤水水,就能把猪喂饱。到了年底,还可以杀了吃肉,改善生活。"

猪羔子是我和胡队长一起去朝阳镇买来的。集体户住的社员家有一个猪圈,就把猪羔子放进去,跟房东的猪羔子一起同居。就这样,我们集体户养了一口猪,除了有十个同学,又有了一只活牲口,生机盎然,大家都很高兴。

刚开始的时候,这只小猪羔子不大,一尺长,在房东家的猪圈里快乐地健康成长。确实,每天集体户的刷锅水、洗米汤,再加上一点别的,就够小猪吃的了。

后来,猪长大了一些,光靠这些东西吃不饱了。队长说,把猪放在别人的猪圈中,猪们吃来吃去,不好分清楚,再说菜地也要上粪,自己猪圈中的粪还是自己用比较好,因此要有一个自己的猪圈。

我们按照队长的意见,在房东猪圈的旁边,又建了一个猪圈,我们集体户的猪就单槽饲养了,吃好吃坏,全凭我们自己的努力了。为此,我们集体户还专门开了会,研究怎样养好我们的这个私有财产。大家的意见很集中,就是一定要养好猪。因为那时候,城市的猪肉供应十分紧张,每个城市户口的人每个月只供应半斤肉,而且瘦肉太多,肥肉太少。那时的观念和现在是不一样的,买肉都是要买肥的,可以熬一点油做菜用。同学们的意见都一样,在快过年回家之前,把猪养大,杀掉,留下一些大家可以改善一下伙食,剩下的,就可以带回家,给自己的家做一点贡献。

这样，大家就都有了积极性。每天下工的时候，同学们学着社员的样子，带回来一点野菜、青草，给猪吃。同时，在猪圈中，多加草，沤成肥，上到菜地里，使蔬菜长得更好。在大家的努力下，我们的这只漂亮的猪，在我们的亲切关怀下，茁壮成长。

猪长得再大一些，仅靠这些东西就吃不饱了。我和队长一起上街的时候，买回了几麻袋糠，队长也从生产队的饲养所中，给弄来了一些饲料，乱七八糟的东西放在一起，一煮就是一大锅，猪就呼哧呼哧地吃起来，很快就长得肥头大耳、膘肥体壮了。有些社员来看我们，先到猪圈看看猪，然后就进到我们的住房，夸上几句。先夸集体户的猪好，后夸我们集体户管得好，再就夸我们集体户的人好。

我们都很高兴。当然，在我们集体户的先进事迹里，猪养得好，也是一条重要的经验，我们的猪也为我们争过光。那时候，在农村看一家的生活怎么样，一是看柴禾垛，二是看猪养得怎么样。这两样，我们集体户都不错，在村里是数一数二的。我们的集体户当然就是先进集体户了。

有一次，我家的猪越墙潜逃了。早上起来的时候，猪就不见了。有人一喊，就都紧张起来，赶紧都爬起来一起去找。

我们户的人，再加上一些社员和房东，呼呼啦啦，满村找了起来。最后终于发现了下落，它正在后街自得其乐，顺着人家的菜地乱拱呢！

我们集中人力打歼灭战，不断缩小包围圈，把逃窜的猪团团围住。等到一声呐喊，群起而攻之的时候，我家的猪瞅准时机，从最薄弱处撕破包围圈，狼狈逃窜。

我们一群人紧紧跟着，就是撵不上这头膘肥体壮的"逃犯"。阿炳火了，找到了车老板的大鞭子，摇着摇着，就追上了猪。一鞭子抽下去，叭叭山响。猪就更毛了，没命地窜了起来，更撵不上了。

队长来了，一看这种情况，就火了。先是训了我们一顿："喂得这么肥的猪，怎么能这么撵呢？还用鞭子抽？这得掉多少肉啊？"

我们一听，当然舍不得已经长到了猪身上的肉被白白地跑掉，都乖乖地按照队长的指示办，最后慢慢地把猪逼到了一个死胡同中，一声呐喊，将其生擒活捉，押回了我们的猪圈之中。然后，又修好猪圈，亡"猪"补牢，未为迟也。

到了年底，我就要到部队服役去了。集体户集体讨论了一次，决定把猪杀掉，欢送我参军，同时也对队长和生产队的有关人进行答谢。

那一天很隆重。在农村杀猪是一件大事，尤其是还没有到过年的时候就杀猪，更是少见。集体户有人参军，还杀猪，更是极其少见。队长请来了队里最好的屠户，在雪地上架上了柴锅，烧着开水，咕嘟咕嘟地冒着热气。大家围着屠户，先看他磨刀，再看他准备各种用品。我们把猪引出来。老香子是我们的炊事员，也是猪的饲养员，已经喂了这只猪将近一年了，看到猪被引出来就要走上屠场了，就躲到一边哭去了。

屠户系好了绑猪的猪蹄扣，将刀别在后腰，走到猪的身边，只见他一扑，猪就倒在了地上，接着就是震天的嚎叫。三下五除二，猪被牢牢地绑住。几个人把猪抬到案板上，屠户手起刀落，刚才还拼命嚎叫的猪，转眼鲜血就从脖子上的刀口中冒了出来。我们精心喂了一年的猪先生，就这样死于非命，寿终正寝了。

晚上，我们举行了盛大的招待会，用猪头、下货、血肠、酸菜、粉条，做成了现今在东北流行的杀猪菜，把队长、贫下中农的代表、房东以及屠户请到了我们的住处，大碗喝酒，大口吃肉，嘴里说着离情别谊，说着对贫下中农的感激，说着对知识青年的期望，喝着喝着就喝多了。大概喝最多的就是我了。到今天，我对这顿招待会的记忆仅仅是场面的热烈和情谊的深浓，至于猪肉的味道怎么样，杀猪菜的味道怎么样，我是一概不知。到后来，父母给在部队服役的我来信时告诉我，集体户分的 10 斤过年肉，味道极香。原来，大家把杀猪招待客人后余下的肉，每人分了 10 斤，带回家，把我们在农村收获的喜悦让我们的每一位亲属共同分享了。

卖　柴

在队长的动员下，我担任了生产队的会计。把账初步整完之后，开始给队里卖柴禾。

这是队里解决社员青黄不接困难的一个办法。每到春天，陈粮已经吃光，新粮还没有下来。这个时候，是社员最艰苦、最难熬的时候。我们村里虽然育林不行，但是出柴禾的。也许正是因为出柴禾，所有山林就保养得不好。春天到了，生产队出车，每家每户按照自己的能力，可以卖一些柴禾给城里的饭馆。换回钱来，生产队留下脚钱，其余的全部给社员，以渡过春荒。

这几乎是一个人都欢欣鼓舞的时刻。头一天晚上把要卖的柴禾装好了车，第二天起早，我和车老板一起运到城里，卖给饭馆，晚上就交给卖柴禾的社员卖柴款。社员点着票子，虽然不多，但毕竟是现钱，都会高兴的连声谢谢，再谢谢。

我的任务，就是第一天晚上记好谁家拉了多少捆柴禾，第二天跟车到城里，卖完柴禾，领回钱，记好账，回到队里的时候，把钱交给卖柴的社员。

这活不累，记12个工分，还受到社员的欢迎和拥护。还有一点，是每个运柴的人每天补助1元钱。这样，我和车老板每天就有2元钱可以支配。再加上其他生产队的车老板和会计，每天有四辆车、8个人，这样就共有8元钱。大家一致决定，每天的钱共同支配，中午一起点菜、喝酒，谁都不许剩下，统统一顿报销。因为是给饭馆送柴禾，饭馆在中午我们吃饭的时候，也就给一点照顾，8块钱点上8个或者10个菜，两斤酒。8个人一起吃完喝完，柴禾也就卸完了，牲口也喂饱了。套上车，大鞭子一甩，那车就"夸嗒、夸嗒"跑起来了。或者是老板子赶车，或者是我赶车，不赶车的就在车上眯着，大概三个小时就回到家了。

我就是那时候学会喝酒的，也是那时候开始下馆子的。吃着馆子里炒的菜，喝几口小烧，乐滋滋的。虽然也就是吃溜豆腐、醋溜白菜、拌黄瓜之类的，但是，毕竟要比集体户里的大锅萝卜汤真的不知强过多少倍。

刚开始卖柴禾的时候正是初春，天气很冷，尤其是早晨的时候。满天的寒霜，柴草上都结着冰凌。忽忽悠悠的一大马车柴禾，爬上去都很难。爬上去之后，在柴禾垛上弄成一个小窝，往里一拱，把破大衣一裹，仰面朝天，开始数着天上的星星。

车老板两脚跨站在两个辕板上，问一声："弄好啦？"我们被柴禾隔着，只听见声音，看不见人。我就大声喊："弄好啦！"就听见大鞭子"叭！叭！"两声脆响，大马车就晃晃悠悠地开走了。

天很冷，越冷就越往里边缩，直到再缩就没有什么可缩的了为止。那就一边等着天亮，一边想想亲人，想想自己的事，要么就与车老板隔着柴禾你一声我一声地唠嗑。

天亮了，太阳出来了，柴禾上的霜化了，天也就暖和了。晒着太阳，缓过劲来了，人也就活过来了。爬起来，高高地坐在车老板的头上边,说说队里的人和事,说说集体户里的人和事,再说说家里的人和事,心情越来越好。

一车柴禾装得很多,现在我忘记能装多少捆了,反正是满满的一大车。柴装得多,就不怕翻车。开始我害怕得很,经过一两回之后,我就不怕了。因为柴草多,车一翻,就歪在路的一边,不会扣过来。我躺在上边,如果是没有睡着,就会跟着车翻的劲,跳到地上来。如果是正睡着,车一翻,我会糊里糊涂地跟着滚下车,也不会摔着,反倒是觉得很好玩。可是一翻车,牲口就很可怜,尤其是辕马。套马可以躲在一边看,辕马捆在车辕之间,别在一边,瞪着大眼睛,哀怜地望着车老板,等着救助,看着就觉得伤心。直到把车翻过来,辕马才能够站起来。我赶紧喂它一点什么,再接着赶路。

等到天暖以后,虽然好受了一些,但是,土地解冻开化,公路翻浆,极其难走,经常打误(即车轮陷入淤泥中)。一般情况下,车老板把车弄好,车轮下边垫上一些石头或者砂子,把马叫齐,大鞭子一挥,"叭!叭!"山响,套马和辕马一齐使劲,大车转眼就拉出来了。有时候这招不行了,正好又有一起出来的马车,就把别的马车上的马解下来,一起套在打误的车上,也能够把车拉出来。最倒霉的时候,就是怎么也弄不出来了。没有别的办法,只有卸车,把柴禾全都卸下来,把车拉出来,再一点一点地把柴禾装上去。这样就得一两个小时。两个人干，累惨了。等到我把柴禾都卖完了，生产队的水稻都插完秧了。

胡队长

在前边述说的事情中，我是经常说到胡队长的。

我在生产队一年，如果不是有生产队长的帮助，我们集体户的知识青年就不会平平安安地生活下去，生产队的社员也不会这样生活下去。这是我的感觉，别人感觉怎样，以及以后的感觉怎样，我不知道。

队长姓胡名宝林，是队里的大姓，辈分很低，管一般的同姓人都得叫叔或者爷。但是，这不妨碍他管事。他的个头不高，大概没有我高，我也就是1.70米，那他一定没有这么高。好像有一点疤拉眼？还是没有？反正是看起来眼睛和一般人不太一样。经常有人说，看人要看眼睛，这一点对队长而言，大概不行，因为看他的眼睛，一点也看不出智慧来。

可是，队长确实有"智慧"。光说骂人，队长就能够骂出水平来。他不管男女老少，辈高、辈低，只要有犯毛病的，一律开骂。轻毛病轻骂，重毛病重骂，骂出个狗血喷头，再也不敢犯毛病了，才骂得痛快。小六子经常要滑，就是经常挨骂的主儿。那次小六子领着我们刚来的知识青年倒粪，"埋死孩子"，后来叫队长发现了，差点没把小六子吃了。

就是老社员，队长也照骂不误。队里有一个老头叫"大扔"，意思是干什么都不中，"扔货"。跛脚，没有几个牙，镶了一个上边的满口牙，一张嘴说话，整块的牙就一起动，很可怕。每当我看见这个动的牙，就总是为他担心，怕他不知什么时候就会掉下来。"大扔"没有媳妇，给别人"拉帮套"。有一次，队长发现"大扔"铲地的时候弄虚作假，轮起锄头就冲上去了。别人以为队长要让"大扔""脖齐"（杀人的意思），都赶紧上前拉架。队长说："你们不用拉，我就是要教训、教训这个老东西！小崽子糊弄，死老头子也糊弄。早晚把生产队糊弄垮了，就都不糊弄了！"吓得"大扔"拎着锄头顺着垄沟跑，一瘸一拐地，差点没摔倒。

骂"大扔"，有点捏软柿子的意思，因为"大扔"毕竟是"拉帮套的"，腰杆不硬。胡三叔是长辈，鹤发童颜，很有气派，经常背着手走来走去，大有领导风度。我总是想，胡三叔肯定是怪生在了农村，没有参加"革命"，不然就凭着他的身板，怎么也得是一个县处级、七品官。三叔一般不参加劳动，有时候生产队有些活忙不过来了，三叔就出山，领着小姑娘之类的，指挥一下，也带头干一些，但是，说的总是要比干的多。

给稻田薅草，用得上三叔了。三叔领着十几个小姑娘，下到稻田。为了显示"老将出马一个顶俩"的典范作用，三叔带领娘子军疯狂大决战，一天薅了多少亩，晚上向队长表功。第二天队长去一看，薅得不干净，就说："三叔，可以慢一点，慢工出巧匠嘛！"三叔冷笑着说："好！就是慢工出巧匠。"等到队长走了，三叔就叫两个小姑娘回去取来了十几个小板凳，让大家坐着小板凳，慢慢地薅。队长转了一圈回来，看到三叔和大伙坐着小板凳薅草，火冒三丈。大发雷霆："三叔！你是一个老的，你就这么干吗？你看见谁薅稻田是坐着板凳薅的？我看你是老糊涂了。"

三叔当然不服，就说："那是你说的，要慢工出巧匠。""你这是慢工出巧匠嘛？你就是磨洋工！今天我扣掉你的全部工分！"队长骂完，扭头就走。三叔多年来没有受过这种骂，气得三天没起炕。

队长脾气大，但是没有骂过我，也没有骂过我们集体户的知识青年。在他来说，关心还关心不够，还舍得骂？前面说的队长对集体户的关心，足以说明问题。

有一段时间，我住在队长家。我俩经常在一起喝酒。喝酒很简单，队长大嫂炖上一锅土豆，扒上几棵大葱，从酱缸里盛出一碗大酱，斟上一壶白干，你一盅，我一盅，喝完为止。喝了半年多了，队长就有一个心愿，说明年选举的时候，让我给他当政治队长，搭伙干上一两年，或许生产队就会变一个样。

"就怕你是飞鸽牌。"队长喝一口酒，叹一口气。"我争取。"我也喝一口酒，酒壮英雄胆，拍着胸脯说。队长看着我,摇摇头,又喝一口酒,"算了吧,只要有机会,你就走人,不会耽误你。生产队总是农民的生产队,不是你们青年的。"

真的到了要走的时候了。队长什么都没有跟我说,只是跟大队书记说,跟公社领导说,跟领兵的军官说。说什么?就说:"让他走吧,青年好,就让他好好走,离开这个地方。"

那时候,我只是心里感动,不知道怎么感谢队长的好意,也没有给队长留下什么可以纪念的东西,只能在心中默默地纪念着他。

哦!算来,到现在已经50年了,胡队长也早就走了。写到这里,已经泪流满面,泣不成声了。愿宝林大哥在天之灵,知道我在想他!

14　手表

戴上一只手表,在现在当然不是大事情了。任何一个人都可以随意地买一只手表,戴在自己的腕上。有钱的,可以买贵一点的,类似于劳力士、帝舵、浪琴;钱不多的,可以买上一只便宜的,几百块钱,或者几十块钱,甚至于几块钱的,都行。反正都是计时嘛!

但是,在几十年前要买上一只手表,是一件大事,是"四大件"之一,一般要在结婚的时候才可以实现。开始的"四大件"标准很低,就是手表、自行车、缝纫机和收音机,号称"三转一响"。这"四大件",是当时结婚时的标配。如果在结婚时,男方家中能够买得起这些东西,那这个婚结得就很有水平,大家就都很羡慕。如果是女方家中陪送这"四大件",那就更不得了了,一般只要陪送一件也就行了,其余的三件由男方准备。这样的婚结得也算不错。

那时候,有钱算一回事,能够买到手表也是要费很大劲儿的。最好的，就是上海牌的全钢手表，价格 120 元。这是当时的国产手表之王。一般的人家，可不能奢望买一只进口手表，那是可望不可即的。次一点的，是上海牌的半钢手表，100 元一只。这种手表戴几年就会发黄，受到欢迎的程度就要差一点。再次的，就是各地杂牌的手表，一般是 80 元一只，虽然都是全钢的，但是，因为是杂牌，所以并不受欢迎。家里的钱不多，就只好买上一只 80 元的，也算不错。虽说钱不多，但是也要一般工人的两个半月工资，实际上还是很贵的。

我在就要参军的时候，爸爸和妈妈都很高兴，为我家终于有一个人成为解放军战士而高兴，因而允诺在适当的时候，要为我买一只手表。这是一个令人激动的消息。那时，我曾经憧憬自己戴上一只手表，胳膊一弯，露出腕上的手表，看看时间，真是最潇洒的举止了。

要离开插队村庄的时候，生产队为了表彰我一年来为生产队做出的贡献，决定发给我 40 元钱，以及 100 斤水稻，当然前提是我在农村一年中赚的工分不再结算。这也算是很好的报酬了，因为在那时候，一个人一年赚的工分，大概也就是 40—50 元，最多的也不会超过 100 元。我走的时候生产队还没有决算，因此也就是以这种方式给了我应得的报酬。

这样，在我走的时候，手中还有 20 多不到 30 元钱，加上参军时哥哥们给的 20 多元，我的积蓄大概就有 50 元左右。因此，我就把生产队给的这 40 元钱交给前来送我的三哥，让他交给妈妈。我是想这是我第一次赚的钱,应当交给父母。之后,我就走上了从军之路。

到了部队,大约过了5个月,也就是1971年的4月份,妈妈来信,说给我买了一只手表,是丹东手表厂生产的孔雀牌全钢手表。钱的来源,是我交回去的40元钱和爸爸资助的40元钱。我本来想是用第一次赚的钱孝敬父母的,结果还是父母加上钱为我买手表。父母对于子女的一片心意,我是深深地理解了。看着妈妈写的信,我的心情很激动,想一想,就觉得父子情深、母子情深。想着想着,眼睛就有些潮湿了。

没过几天,手表寄来了。一个小小的木盒子,打开以后,在一些棉花中,静静地躺着一块晶晶亮的手表。精致、小巧,闪着光泽。用手轻轻地上了发条,手表就开始"咔!咔!"地走了起来。将它贴在耳朵上,"咔咔"之声带着金属的回音,响彻耳鼓。

这只手表,其实不是我第一个戴在手上的,而是被一些战友先抢去,戴上它过瘾。那时在部队,能够戴上手表的战士寥寥无几,全连除了军官,大概不超过10个人有手表。那就是说,还有130多人没有手表,因此,当时的手表绝对是一个奢侈品,也标明你的鹤立鸡群,不亚于前些年那些大佬手中高举的"大哥大"。

终于,到了战友把我的手表交到我的手中的时候。我很小心地把它戴在自己的手腕上。弯过手臂,做了一个潇洒的动作，结果觉得很做作，感觉有些恶心。所以从那以后，我在看手表的时候就很注意动作，不要太大，不要显出得意的表情。现在当然不要这样了，因为手表已经成了生活的必需品。

这只手表一直戴了很多年，从部队回到了家乡，陪我参加了工作。直到后来一位朋友送给了我一只我更喜欢的手表以后，我才不再戴它，也是因为它老了，实在走不准了。开始我还珍藏着它，后来老是搬家，就不知道放到哪里去了。

15　大愣

可曾记得，在塞北的嫩江两岸，在冰封雪裹的北大荒，我们曾经战斗在一起，生活在一起？

是啊！是啊！怎能不记得呢？在那个冬天是冰雪，夏天是风沙的北国小镇榆树屯，我们在一起整整战斗、生活了四年，在那里度过了18岁到23岁最宝贵的青春年华。

终于有了团聚的机会，几杯白酒下肚，大家聊呀，乐呀，一下子就想起了那时的欢乐，想起了在军营中的战友和老乡的骨肉之情。

一

我最先想到的就是大愣。大愣是谁？那还用问，就是我的老乡、炊事班长嘛！除了那个愣头青，谁还舍得叫这个漂亮的名字？

不过，他这个"大愣"的名字不是自己起的，当然不是了，谁会给自己起这么一个"高雅"的名字呢？这是我给他起的，除了我，谁会这样关心他呀！我就给他起了，还把这个外号叫出去了，弄的全团都知道我们连有一个"大愣"。他再愣，能把我怎么着？

大愣长得"愣"。方头方脑，不过不是正方形，而是长方形。长方形的脸上，浓眉、大眼，精精神神的，但是在眉宇之间，透着一股愣气，大有男子汉的气概。用现代语言描述、形容，那就叫一个"酷"，最是当代女孩子喜欢的那种样子了。不过，这种样子在20世纪70年代还是有一点超前，再加上有一点年轻，显得有些不够成熟。

大愣的心其实不太愣，很有心计，也很会算计，有时候算计得还很精，不过有时候就让人家给算计进去了。这里大概就有一点辩证法了。大愣的心，有一点愣，也有一点不愣，是一对矛盾，是对立的统一体。光说是没有用的。用逻辑思维的方法说，那要证明。下面就是证明。

刚到部队的时候，因为我们是老乡，无话不说，经常在一起聊天，侃大山。有一天说起喝酒，都说自己在过去的时候是怎样喝酒的，以证明自己喝酒的豪放、海量。我说，我在集体户临走时，杀猪、请客，连喝八大杯白酒，喝得不省人事，队长说我实在，酒量好。我说的就够悬的了，不无夸张的成分。谁知大愣一说他的酒量和酒胆，我们都望风披靡，甘拜下风。

大愣说，有一次，他和一伙人喝酒，喝着喝着，就喝大了。喝到多大？他说，出门想吐，一低头，就吐到手上了，一摸，试着有一点软绵绵的，仔细一看，原来把胃粘膜吐出来了。这时，他就想起了《三国演义》中的某某英雄（夏侯惇吧），敌人的箭射在了自己的眼睛上，一拔箭杆，眼球拔了出来，便大吼一声，将其吞入口中，转身再去杀敌，敌人闻风丧胆。大愣想到这个英雄事迹，就一下子也把胃粘膜塞进嘴里，吞了下去。唉呓！恶心不恶心呀！"有你这么愣的吗？真是个大愣！"

不过，细想起来，大愣有这样的酒量和酒胆，舍他其谁也？我们大家一致评定他为最有酒胆的英雄，他很得意。随着，他的大愣的名字也就越叫越响了。

大愣的这一英雄事迹，真是描写人物性格的极好素材。那时，我酷爱文学，迷恋小说创作，就把这样事记在本子上，留着将来做小说素材用，但是一直没有用上。自产自销，这回只好用在描写他自己这个英雄人物的典型性格上了。

后来说到这件事，大愣说没有的事。我说有，他就否认，说他怎么会做这么恶心的事。我说，不信，我就拿我的日记作证，书证是证据之王嘛！他就不敢较真了。

二

大愣不光有这些英雄事迹。当新兵的时候，大愣是在炊事班。行军时，别人只背一个罗锅，走起来还呼呼带喘，身后就像压着一座小山。可是，大愣一个人就背起两个罗锅，再加上背包，身后就像背着一座大山，他却大气不喘。中午休息，大家都累得歇菜了、玩完了，昏昏沉沉地躺在自己的背包上，一口一口地倒气，大愣却趴在地上，埋锅造饭，起火、涮锅、洗米、切菜，直到开饭号响，大家从地上爬起来，打回热气腾腾地饭菜，气吞山河地吃起来，他还是兢兢业业地尽着炊事兵的职责。等别人吃完了，他才抓紧填到嘴里一口，洗完罗锅，又背起身后的大山，随着大队人马出发了。

有一次野营拉练，部队一天要行军150华里，是一次极限训练。队伍眼看着快要累散了。冰封雪裹的公路上，长长的队伍不是浩浩荡荡，而是稀稀拉拉，拉出了好几公里，70%的战士都掉了队，成了散兵游勇，能晃到休息的地方就算是好的了。这时候，大愣显示出了体质的强健和意志的坚强。他背着罗锅，冲到了我连的最前边，还带着几个炊事兵，提前赶到休息的地方，马上就生火做饭，等到连长带着队伍，副连长接回了掉队的战士，热气腾腾的饭菜已经做好了，就等着战士们吃了。有的战士吃不下去，大愣就和炊事班的战士一起，把饭菜端到战士身边，劝战士多吃一点。不愿意吃饭的战士一看大愣这样，人家也是一样的行军呀，做好了饭，还给咱们端过来，受到了感动，就大口大口地吃了起来。

副连长看在眼里，记在心上，在休整的总结上，他训话：

"行军最重要的是什么？就是要吃好饭，这才能有劲嘛！我们的炊事员在这时就是政治指导员，给大家做好饭，让大家吃好饭，就是最好的政治思想工作。你们看到了大愣的表现了吗？他的愣，就是有突击性，他的愣，有战斗力！就是他的愣劲给大家做出了榜样，他就是最好的政治指导员！"哗！大家鼓掌。大愣的名字几乎响彻云霄了。

我很想给他改一个名字，就叫做"大战斗力"好了，因为副连长说了，愣就是战斗力，大愣不就是大战斗力吗？也是大愣的名字太响了，根深蒂固了，想改都改不了。

三

大愣也有"愣"得不对劲儿的地方。

大愣极想进步。背两个罗锅，行军吃苦耐劳，表现是不错，但是，在他的内心里，确实是有那么一种想"表现"的意思，类似于某些人的"表现欲"。这种事情，谁还看不出来？要是现在说，就是有一点"做秀"，有一点"装"。不过，那时是20世纪的70年代，还没有这两个词。可是，在部队，要鼓励大家的士气，鼓励大家争名誉，创成绩，就是让大家上进嘛，做秀也是正常的，表现欲也是正常的。谁表现得好，谁就可以入党，就可以提干，当军官，也是好事嘛！部队不就是这么带起来的？

不过，大愣想进步，还有其固有的思想根源。大愣也算是城市兵，这也是他跟农村兵在一起的时候可以引以为自豪的资本；可是，他跟我们这些城市的学生兵在一起，又感到有些自卑，因为他是我们所在城市的近郊农民，而不是知识青年。他和我一样，都是初中毕业，他由于家在农村，不能插队作知识青年，因而成了回乡青年，作了社员。因此，大愣参军就想当军官，不再回乡里去，不再当农民。这要是不好好表现，这种愿望就很难实现。所以看大愣的劲儿，是想拼了，想通过一切途径，想尽一切办法，表现自己的优秀和能干，能够做到鹤立鸡群，抢先入党、提干。

按照道理说，炊事班是最能锻炼人的地方。在一般的连队，进步最快的，应当是炊事班的战士。即使首长想要提拔的战士，也要到炊事班干上一年半年，然后顺理成章，考察、审核、提拔为军官。大愣在炊事班，这样的条件是最得天独厚了。

可是炊事班也有炊事班的难处。因为炊事班执掌全连152张嘴的吃饭问题，而这又是除了政治、军事之外最为重要的事情，关乎每一个人的切身利益，"嘴福""口福"的大问题。因此，打菜打饭，多了少了，总是要有一些是非。按照司务长的"谆谆"教导，炊事员当然要坚持原则，公平一致，不给任何想占便宜的战士以可乘之机。

大愣坚决贯彻司务长的指示。结果，大愣就与战士有吵不完的架。我当时在连部当文书,同属于连队的后勤部门,统一接受司务长的领导。但是,连部的勤杂兵都生活在连首长的周围,除了听连长的,还肯听别人的话吗?所以司务长千万别想领导我们。休想!其实,司务长也根本不管我们的事。想管也管不成嘛!不过,我强调这一点,说的意思不是这个,而是说我和大愣既然都是后勤兵,名义上还都属于司务长领导,同时又是老乡,因此,我就对大愣自觉有一份责任。所以,我找到了大愣,要聊一聊天。

傍晚,在军营外边的野外,我俩边走边说。"大愣!咱们要注意点影响,不要和战士老是吵架。坚持原则是必要的,但是,老吵架也不是回事啊?有时候,战士有点什么要求,也不一定就看得那么严重。满足他,也行,不满足他,说说好话,也不会就让人感到你特刺儿。""你什么意思?"大愣警惕地瞪着我。"我还不是为你好?我知道你要进步。要进步,就要注意团结,让大家都理解你,关心你。可是你现在老是这样跟战士吵架,对你的进步是会有影响的。所以我劝你要注意影响。""是吗?你说的意思我理解不了。"大愣撇了撇嘴,一副抵触情绪。

我没有理解他的意思,以为他真是不理解,就继续劝他说:"我就是说,一定要有一个好的人际关系,不要把人际关系搞得太糟糕,以免对自己的进步啦、入党啦,造成影响。这有什么理解不了的?"我再看看大愣的眼神,他并没有理解我说的意思，也不想理解的样子。我还想再解释点什么，一看这种眼神，也就不再解释了。谁知道，就是因为我的这番谈心，我和大愣的关系就彻底完蛋了。

几天之后，一位四川籍的炊事员神叨叨地找到我。他是与我关系很好的一个炊事兵，有什么事情都跟我说。我们走到营区外，他神秘地说："你不知道什么吧？"

我很疑惑："你别神叨叨的！挺吓人。你说我知道什么？""司务长在炊事班的班务会上说，不要管连部的兵说什么，我们该坚持原则的，就是要坚持原则。"我很警觉，这事肯定与我有关。我急忙问："司务长还说什么了？""司务长表扬大愣，说大愣就是敢于坚持原则的好战士，号召大家都要向他学习。还说连部的兵都被连长惯坏了，一个一个的都不是好东西，包括你。"

我气坏了。好你这个混蛋大愣，我一心一意为了你好，你竟向司务长告我的密，告黑状。天下有这种人吗？真正是一个吃里扒外、好坏不分的大混蛋！

我正在生气，四川炊事员又跟我说："你跟连部的兵说一下，今后，不要老是到炊事班拿东西，要去，也别当着大愣拿。司务长已经说了，要抓几个连部兵偷食堂东西的典型，向连长报告。"

我气炸了。我们到炊事班偷点东西吃，要点东西吃，哪回不是和连长一起吃？那也是为了首长的健康。他司务长有本事，就抓我们，就到连长那里去报告！看他还想不想活了？

当然，这就是我们勤杂兵的"特权"喽！说连长把我们惯坏了，也不是没有根据的。可是我不爱听。就这样，我和大愣之间种下了"仇恨"，结下了梁子，见面都不愿意说话。

四

时间过得很快，转眼就快要到了复员的时候了。那时候，我已经是党员，当班长已经三年了。可是，可怜的大愣还没有入党，只是当了一个副班长，在班长不在的时候，代理班长，除了领导几个炊事兵，再就是领导罗锅、饭铲、大白菜，整天弄得灰头土脸，油渍麻花，一身油烟味。有时候，我可怜他，但是，想一想他的丑恶嘴脸，又不可怜他。

一天，党支部研究入党和提拔班长的问题。我是文书，是党支部的"秘书"，担任支部会议记录，每次支委会都是要参加的。虽然没有发言权和表决权，但是，连里的首长们经常愿意听听我的意见，就是参加会议的支委也都尊重我，有些话都跟我说。

在司务长提出要提拔一位炊事班长的时候，他提出来要大愣担任班长，并且说了很多大愣的好话。这时，有些支委就撇嘴，跟我使眼色。那意思是说，看看，为大愣说好话的来了。指导员是书记，他说："大家看看吧！说一下看法吧。"

撇嘴的支委发言，就说大愣能吃苦，能干，是一个好炊事兵，但是，群众意见很大，群众关系不好，领导整个炊事班会有问题的。说了这种意见以后，大家就不再说话。司务长也解释了一些话，其他支委没有积极的意见响应。过了一会儿，指导员见大家都不说话，就说："文书，你们是老乡，你说说看法和群众的意见吧。"

我斟酌了一下，略有一些迟疑，就说："我们是老乡，应该避嫌，不说吧。"指导员说："让你说，你就说，仅供参考嘛。"我看了看指导员，就说："大愣坚持原则是好的，工作也不错，但是不讲方法，经常和战士吵架，别的……"

其实不用说别的了，我的话和刚才那位支委的意见相互配合，已经要了大愣的命了。虽然说的都是事实，但是这样说，意思还不明白，还用说别的吗？大家没有说别的。指导员就说："那就再等等吧，这个问题就下一次再说。下面研究下一个议题。"

就这样，大愣在复员之前再也没有升为班长的机会了，也没有入党的机会了。大愣其实也知道这是什么原因，但是有什么办法？终于在大家都复员的时候，他也复员了。不过，我和很多战友复员，都是班长，是党员，可他什么都不是。我们是城市户口，回来当工人的当工人，上机关的上机关。大愣就惨了，回来就回到了生产队，继续当他的农民去了。

我知道，我的这一个报复行为，真的就让大愣承受这些不幸了。我常常在谴责自己，这是我在几十年的工作中，唯一的一次报复别人。直到现在，我都为我的卑鄙行径感到可耻。

天无绝人之路。大愣终于凭着自己的奋斗，实现了自己的理想，招工，参加了工作，直到后来当上了单位的一个科长。

回来之后，我们也没有了利益上的争夺，时间一长，过去的事情也都忘记了。其实，还有什么比战友情更深的？因此，在经常的酒足饭饱、鬓红耳热之后，也就逐渐地亲近起来。

五

我始终记着那件事，一直想找个时间跟大愣作一次检讨。有一次，大家酒都喝得多了一点，我就说了这件事。

"大愣，在连队的时候，我多有得罪，你得谅解我。"大愣斜了我一眼，又乜斜着醉蒙蒙的眼睛，盯着我："说什么哪？过去的事情，还说什么，我早就忘了。"我也盯着他，回骂了一句："你要是忘了，我怎么一说这事，你就知道是什么事？还是没忘嘛！""都多少年了？那时候不是都不成熟嘛？现在，还能够这样吗？过去的事情，不再提了。若再提，我更缺德。""你缺什么德呀？"

大愣犹豫了一阵，说："我跟你说真话得了，反正也都这么多年了。"接着，大愣就说了他们几个在连队的时候，暗中合计不要让我进步的计谋。其中，大愣向司务长告我的状，就是合计的"阴谋"之一。

那时候，我是文书，文化修养比较好，群众关系也很好，相比之下，进步应当比他们快。他们经过合计，得出一个结论，如果不阻止我的进步，一定会比他们进步快，他们就失败了。两强相争勇者胜，一山藏不得二虎，因此必须搞倒文书。

听着他们合计的"阴谋"，我倒真的有些头皮发紧。这是我完全没有想到的，还真有些搞阴谋诡计的意思。其实，在那时，除了大愣，我对任何老乡的进步，都是积极说好话的，因为我是文书嘛。不过，这也就解释了大愣当时为什么对我要恩将仇报的原因了。心里一想，可也是，我和他都有过这种阴谋诡计，互相也就扯平了，也就没有什么内疚的了。

我看着大愣，大愣也看着我，看着看着，大愣就给了我一拳，"操！"了一声。我也给了他一拳，试着也"操！"了一声，然后就哈哈大笑起来，笑的眼泪都出来了。从此以后，我们没有再说起这件事，大家的感情也越来越好。

16　改床

　　人生在世，每天都不会离开床。大略的计算，人的一生躺在床上的时间要占1/3。当你一天劳累，躺在自己的舒适的床上休息一晚，周身的疲倦无影无踪；当你一天烦恼，钻进自己床上的被窝舒展一下，不平和忧郁都会逐渐离去。讲起床的事情，也是有故事的。

　　在我的家乡，很早以前都习惯住炕。尤其是在冬天，天寒地冻，滴水成冰，晚上回到家里，坐在热乎乎的炕头上，那种舒服的劲儿，简直是难以形容。因此，在我们的老一辈中，凡是说起住床的，大概都有谈虎色变的感觉，说的是，床阴冷潮湿，不是得寒腿，就是得风湿，尤其是女人更是不能住床。若是女人住床，不仅会得以上诸种病症，而且还会月经不调，患妇女病。就是住楼房，也要砌上火炕，一家人热热乎乎地住在一个炕上。

　　有一年，我二哥考上中专，需要到校住宿，当然是住床的。妈妈为了哥哥的身体健康，现弄的狍皮和厚褥子。在我们那里，当时住床，几乎都要铺上狍皮，据说又隔湿，又隔潮，还反热。我的家乡是长白山区，野生动植物很多，买一张狍皮是一件很简单的事情，即使是妈妈为哥哥住宿要睡床作了这些准备，也仍然是不放心，每周都要让他回家，在炕上住一天，暖暖身子。现在想起来，哥哥挺感动的，妈妈的深情一定比那张狍皮给他的温暖更热。

我第一次独自住床，是1968年在初中军训的时候。军宣队进驻学校，对学生进行军训。那时我16岁，刚好在"文化大革命"中，学校是学生的天下。本来军训是应当回家住的，我们坚决主张住在学校，听从军代表的一切指挥。学校依从了我们的意见，我们则欢天喜地地带着行李，住进了教室，把桌子摆开，把行李铺上，在军代表的指挥下，叠被子，铺褥子，就算安顿下来了。

白天训练一天，终于到了晚上。十几名男生住在一起，十几名女生住在另一个教室里。男生都挤在一个大大的床上，兴奋得不得了，你弄我一下，我弄你一下，嘻嘻哈哈，没完没了。高低不平的桌面只铺一床褥子，硌人不硌人都记不住了，哪里还知道凉不凉、潮不潮？

插队时，我们不住床，与农民一起住炕。后来参军，来到部队，当然不能住炕了，住的是大床，就是连起来的板铺。一个大屋子，两排板铺，各住一个班。一个步兵班9人，班长住在第一位,副班长住在最后一位,其他同志一字排开。按照条令,每人的位置只有60公分宽。雪白的垫单(褥单),草绿色的被包,叠得四棱四角,排成一条线,整整齐齐。那时候,刚当新兵,最羡慕的是老兵被子的颜色,虽然是草绿色,但是洗得已经发白了,一下子就显出了老资格。被子虽新,却明显地证明你是个"新兵蛋子",没劲!

第一年是新兵,训练后特困,特想睡觉,但是,不到休息的时间,是绝不能在铺上睡的,后来想了一个办法,坐在小板凳上,头伏在床沿上,双手放在铺上。这个办法还是很管用。有一次,趴得往里了一些,将单子弄皱了,被班长"嗷"的一声臭骂吓醒了,半天心咚咚跳,缓不过劲儿来。

当上了老兵,就油了一些,有些事情就敢干了。同乡R君当上了副班长,与班长一商量,就来了一个改革,将铺拆了,用拆下来的木材自己动手,做成了上下铺的单人床,每个战士一个床,不用挤在一起了。大家都很高兴,其他班也跃跃欲试,准备下个星期天动手。但是,这件事被连长知道了,下令拆除,恢复原状。班长和R君都老实了,乖乖地拆除了单人床,恢复了大板铺。

R君的行动启发了我。我那时是连部文书,连部勤杂班和连首长挤在一个大屋子里,空间很小,挤得很。我建议把勤杂兵的床都改成上下铺的单人床,就可以大大地腾出空间,缓和"紧张局势"。大家都同意,连首长也同意。星期天,我找到大搞单人床的R君等人帮忙,一天时间,六个勤杂兵的床改成了三个上下铺,连部立刻宽敞多了。连长和指导员都夸我的脑子好用,有办法。我们趁机给挨批评的R君等人讲了很多好话,连长也就消了气。

通信员叫三元,是一个江苏农村来的兵,矮小,有点笨。在分兵的时候,各排长都嫌他个子小,身子特别单薄,都不要他。指导员可怜他,就叫他到连部当了通信员。三元没有文化,特纯朴,又不会说话,我们都很照顾他。他不知道管别人叫什么,见着所有的人都一律叫"班长",老兵就经常逗他,有时候就给逗哭了,我们就把那个老兵骂一顿。有一次,三元偷偷写信,被我看见了,只见信上写着:"妈妈,告诉你,这里东西很边一(便宜),猪头内(肉)1元千(钱)一金(斤),牛内(肉)9毛千(钱)一金(斤)……"我们都乐坏了,后来就教他写字。半年以后,三元再写信,就不写猪头内、牛内了。

做了上下铺以后,三元非要住上铺不可,开始我不同意,因为他睡觉不老实,连蹬带踹,但是,经不住他的磨,最后同意了,让他住在我的上边。住了一段时间,三元并没有事。

春节期间,都休息,作息时间不严格,晚上可以玩到很晚。三元早早就睡下了。我在下铺看书。到了半夜时分,我倚在床上犯困,正在捧着书打盹,就听得"咕咚"一声,三元从上铺跌了下来,爬起来,抓住大衣,就往外边跑。我一把抓住他,他停了下来,站在那里,用手搓搓眼睛,醒了过来。我赶紧问:"三元!你怎么了?"

他醒了醒神,说:"我正在做梦,紧急集合,我抓起大衣就跑,就跑到床下边来了。"我心里很疼,帮他爬上床,让他睡下了。想起床的故事,我就想起了三元的故事。三元,你现在在哪里呢?

17　离别

人生伤离别，无人不如此。男儿有泪不轻弹，只缘未到伤心处，离别同样如此。这几十年来，让我流泪的几次离别，在心中永远也抹不掉。

一

1970年2月，虽然说过了春节，但是东北的春天还没有到来，寒风在吹，雪花在飘，还是一派北国寒冬的风光。

家乡火车站，红旗飘飘，送行的人挤满了站台。我看了表妹几眼，一再鼓足勇气，终于转身上了火车，和同学们一起放好了行李，找到座位，挤在窗口，向外张望，一眼就看到了表妹。她和我的姐姐站在一起，眼睛里满含着泪，深情地望着我。我向她招招手，她也招招手，然后就用手揉着眼睛。在风雪中，表妹的身材很高，站在那里，竟然也显得楚楚动人，让人怜惜。想着这一走，我们两个人就天南地北，见上一面都很难，我不禁鼻子也是一阵酸。

值班站长将绿旗挥起来了，一圈一圈地绕着。火车长鸣一声，慢慢地驶动了。我赶紧探出头，向表妹挥手。表妹拽开姐姐的手，跟着车向前走。我看着她，心里一阵一阵地难过。车速渐渐地加快，表妹的脚步也越来越快，最后就跑起来，边跑边喊着什么。我的眼睛模糊了，只见风雪中的那个身影越来越小，终于什么也看不见了，满眼都是茫茫的风雪。我慢慢地坐下来，身边的同学递给我一只手绢。我默然地接了过来。

这样的镜头，以后在电影和电视剧中见过无数次，都不如我所经历的这次离别这样有着刻骨铭心的感觉。每每看到这样的镜头，总是有人批评俗气或者雷同，而我却总是感到无比真实。

表妹和我是在1966年才走到一起的。那是我们刚刚走进中学校门的时候。开学没有几天，同学们到一起玩，到了表妹的家。我们走了以后，表妹的妈妈问她，那个大眼睛的男孩子是不是姓杨啊？表妹说，对，是姓杨。表妹的妈妈说，那就对了，尽管亲戚很远，但是他的爸爸你应当叫舅舅，他应当管我叫姑姑，你们是表兄妹。然后，表妹的妈妈就讲起了她和我爸爸小时候的事情。那时候，爸爸和表妹的妈妈住得非常近，只隔一条路，经常来往。表妹的妈妈经常到爸爸家，吃爸爸家的东西。

第二天,表妹就把这些事讲给我听。从此以后,我们的关系就非常亲近,与其他同学的关系自然不可比。三年的中学生活,身处"革命运动",很少上课,我们有充分的时间在一起,感情越来越好。其实不知道,这就是"早恋"。到了快要毕业的时候,我们甚至就要到了谈婚论嫁的程度了。我们查过字典、辞典、词源,研究像我们这样究竟算不算青梅竹马。

这一届初中毕业生一律到农村插队,我们没有选择的余地。开始,我们是准备一起到 H 县插队的,但是后来想到,两个人到两个地方,将来就多了一个选择的余地,因此,我们决定分开插队,我到学校指定的地方,表妹到另一个她的伯父当队长的地方。所以,才有了车站离别的那一幕。

分别不足一年,我们实际上见了很多次面,因为两个地方都是在一个地区,还是很近的,见面很容易。到了这年的年底,我应征入伍,就要离开家乡了,我们在家乡见了一次,时间紧,仅有一天的时间。晚上,我们在车站分别,要乘坐的两辆火车,停在一个站台的两边,一个向东一个向西。我们在站台上,有说不完的话。铃声响了,表妹的车先开,我紧紧地抱了她一下,急忙将她推上车厢。她站在车门口,向我招手。我让她赶紧进去,又怕她进去,我就跟着车慢慢地跑起来,终于也到了什么也看不见的时候,火车甩着尾巴,"哐!哐!"地从我身边开走了。我默默地上了自己的车,坐下来，车开动之后，我习惯地向外看了一眼，站台上黑乎乎的，除了满眼的风和雪之外，什么也没有，黯然而坐，想着两个人就要相隔千里，泪水就悄然而下。

二

我就要走了，要离开大家战斗了一年的知识青年集体户，到部队服役去了。集体户里的空气有些凝结。生产队长与集体户的同学们商量，把我们养了一年的猪杀了，做了一锅杀猪菜。这在生活艰苦的70年代的农村生活中，绝对是一顿极其奢侈的晚餐，让我们这些久不见荤腥的知识青年的鼻子忍不住地抽搐。

晚上，我们把几张饭桌子拼在一起，大碗盛肉，大碗盛菜，大碗斟酒。10名集体户的成员，加上生产队长，还有我们的房东等，都团团围坐在一起。胡队长说："立新，辛辛苦苦干了一年，为大伙干了不少事儿，为生产队也干了不少事儿，乡亲们和同学们都念着你。你去当兵保家卫国，是好事，乡亲们本来劝我，给公社讲讲，不去当兵，开了春就当我们的政治队长。可是我们不能耽误你的前程啊！所以，我们都不拦着你。大家为你送行，喝了这碗酒，明天你就上部队。"我们的豪气大发，端起碗，一饮而尽。接着，大家又互相敬酒，很快就醉了。

我也不知道喝了几杯，反正就是喝。最后我终于被大家扶着倒在炕上，然后就顺着炕沿往地下呕吐。这是我平生第一次喝醉。

第二天一早，我们醒得很早，7名男生住在南北两铺炕上，都翻身伏在炕上，说起来天亮我就要走了的话。我是集体户的户长，说到走，倒不是不舍得离开农村，是想到就要离开家，就要离开同学，离开自己的家乡，也要离开自己心爱的表妹，就越想越难过，开始嘱咐同学们怎样好好锻炼，保护好自己，争取尽早回到家乡。说着说着，我们就哭起来了，越哭越厉害，最后竟然放声地嚎啕大哭起来，一直哭到天亮。这是自我记事以来，哭得最伤心的一次。

起床以后，吃了饭，坐上公社派来的大马车，就走了。大概是一早晨都哭够了，真正分别时，我们都没有哭。

三

时间飞逝，转眼我就在部队服役已经四年多了，马上就要复员了。黑龙江北部城市郊区的三月初，仍然是冰封雪裹，寒气逼人。一大早起床后，人家的情绪都不好。一方面，复员离队的战友今天就要分别了，另一方面，部队减编，我们的连队被精简，整个连队建制被撤销。我们这些老战士复员后，剩下的战友就要被编到别的部队去了。因此，今年的老战士复员，战士们在离别的愁绪中，更增添了生离死别的情感。因为很快，就没有这个生活了四年的"家"了。

起床后，破例没有出早操，大家忙着收拾背包，整理东西。之后就开始打扫房间，争取走了以后，让房间里干干净净的。同乡L君是一个最调皮的人，在整理剩下的饭盆、脸盆的时候，我们都说怎么处理呢？他说，好办，让留下又上别的部队的战友先挑，拿去还要用好几年呢；剩下的，复员的如果想要带回去的，随便选；最后没有人要的，我来处理。大家按照他说的办法，留下的同志选好了，复员的谁也不愿意带着这些用了好几年的破盆子回去，太麻烦，就都交给L君。他说，你们都站好，看我的。然后他就把盆子在地上一个一个排好，底朝上。我们都不知道他究竟想怎么办。只见他站到盆子上，一脚一个，将盆子全部踩扁。我十分心痛，上去拉他的时候，他已经踩完了。我刚要说他，其他人则鼓起掌来，使悲离的气氛有了一些缓和。

军营附近小站的站台上，全部被穿绿军装的人站满了。在这里，这样的场景每年都要上演一次。不过以前都是我在这里送别人，都是配角，今天却是主角。我们要走的战士，军装都摘下了领章和帽徽，虽然不像刚当新兵时那么傻，但是，穿了几年整整齐齐的军装，今天摘下领章、帽徽，心里特别不是滋味。背包和行李给不走的战友提着，大家站在一起，等着火车，边说边等，互相鼓励着。风很紧，细碎的雪花飘着，让人心里一阵一阵发紧。悲愁的离绪，越来越重。

火车开过来了，是那种闷罐货车，停在了站台边上。拉开货车大门，放下一只木梯，就开始组织复员战士上车。战友们突然意识到，这就是要分别了，一下子就拉住我和战友的手，竟舍不得分开。能够控制住情绪的战友赶紧把行李和背包拿上车，放在一个合适的位置上。

站台的铃声响起来的时候，我们才上了火车，有的挤在门口，有的挤在窗口，看着就要回家或者就要分到别的部队的战友，想着我们战斗了几年甚至十几年的连队就要在瞬间被撤销，今后再也回不到这个温暖的家了，我们就突然放声地大哭了起来，结果，整个站台上竟是一片嚎啕。那绝不是"执手相看泪眼"的"无语凝噎"，而是真真切切的痛哭，至今想起来，仍然让人心碎、心醉。

列车终于开动了，沉浸在离别痛苦中的人被分成了两半，一半留在站台上，一半被火车带走了，带回他们自己的家乡。我不知道留在站台上的战友是怎样回到空荡荡的营房的，我们是坐在车上，车厢很冷，只生着一个火炉子。大家躺在地板上，望着炉子中的火，一直在抽泣，就觉得心里堵得慌，缓不过这口气来，谁也不说话，直到很久，很久。

18 冰雪乐

每年冬天回东北老家,都要玩一玩雪,其中有着无穷的乐趣。看来,不仅在南方生活的人对东北的雪有兴趣,北方人尤其是东北的人,对雪更是有兴趣。其实,要领会冰雪的乐趣,不是真正的东北人,怕还真是没法体会到。

这一年回老家,正是东北极冷的时候。每天的气温都在零下40℃左右徘徊,这种情况在小的时候也是不常见的。由于在北京呆惯了,也加上住的二哥家是火炕,没有暖气,晚上烧炕很热,屋子里的温度还行;早上炉子灭了,就极其冷。

本来想要好好玩上几天雪,但是又怕冻感冒了,就早早回了北京,很是遗憾。不像去年回老家,领上老婆孩子,跑到野外,在大雪里滚,在雪窝里爬,打雪仗互相厮杀,直杀得雪花漫天、雪尘飞扬才算完。这还不算,又到冰雪乐园去放爬犁,连滚带爬从几百米的高处隆隆而降,直滚得个个都似雪猴,才算完事。接着又是滑冰车、打冰尜,折腾个精疲力竭，方才回到家里。突然想起了小时候玩的一些冰雪运动，倒是更加有趣。

脚滑子

脚滑子，是一种雪上运动用具，是东北的孩子自己制作的。滑脚滑子不是正宗的雪上运动，只是儿童的一种雪上娱乐。现在的东北孩子还玩不玩这种东西，我不知道了。如果没有人玩了，那倒是一件很可惜的事。

脚滑子都是自己做的，自己不会做，就得求别人。我做脚滑子就很有一套，技术很高，也常常帮别人做。

在夏天的时候，就要留意了，看到适合做脚滑子的小木板，就要精心地留起来。这种木板，大约宽10公分、长20—25公分、厚2—3公分规格的最好。接着，还要准备好粗一点的铁丝。开始下雪了，地上的雪也踩得实了，就可以做好脚滑子，在雪地上尽情地滑了。

在合乎规格的木板的前端，用锯拉掉一两公分长、大约木板厚度一半左右的一段，使木板成为"b"字型。将粗铁丝截成四段，弄直，将一头放在炉子里烧红，从木板前端的残缺处插进去，趁势弯过来，再从后端弯到木板的上边。每只脚滑子要安装两根铁丝，一副脚滑子就是四根。之后，再在脚滑子的前端残缺处顶上几个钉子，作为脚滑子的闸，就是刹车。在每只脚滑子的两边各钉上两块皮子做成耳子，穿上绳子。这样，一副脚滑子就做成了。穿好棉鞋，脚踩在脚滑子上边，用绳子固定好，就可以跑到雪地上，开始滑了。

早上上学，先是要绑好脚滑子，背好书包，出了门，就在雪地上滑起来，"哧溜、哧溜！"速度很快。几个同学遇到一起，还可以来上一个比赛，上学有多远都不怕了，其实还盼望更远一点呢。尤其是在马路上，大雪被汽车一压，很平、很实，滑脚滑子是最好了。上课的时候，就把脚滑子弄好，放在课桌的一边。放了学，约上几个小伙伴，到封冻的江上，滑得就更来劲了。后来，小学生在上学的路上出过事故，学校不准学生上学的时候在马路上滑脚滑子了。那时我是学校的学生干部，是要带头的，就坚决不滑了。有时候，夜深人静，路上没有车了，穿上脚滑子，过一把瘾，能痛快上好几天呢。

以后插了队，当了兵，又回到家乡，就再也没有玩这种儿童时玩过的东西了，只是在偶尔的时候想起来，心里不免一动。

冰刀

滑冰是正式的冰雪运动。在我们的家乡，冰雪运动开展得很好。每到冬天，中小学的体育课都要开展冰雪运动的训练。在城市中间蜿蜒穿过的浑江，冬天就是一个冰上运动基地。在江面封冻以后,还没有下第一场大雪以前,整个江面就是一个巨大的滑冰场。穿上冰刀,在光滑的江面上,想要滑到哪里,就可以滑到哪里,真正是"广阔天地,大有作为"!看到冰面上舞动着的人群,真可以想象生活是多么的丰富多彩。在下过雪以后,江面上按照标准,被人们扫出一个又一个的冰场,任意驰骋的人们回到了圆圆的场地之中,一圈一圈地转着,把世界转小了,把人的心转到一起了。尽管在开始学习滑冰的时候,会一跤一跤地摔得屁股很痛,有时候甚至疼得呲牙咧嘴、咬牙切齿。但是,在不再轻易摔跤以后,在冰上,整个的天地就是你的了。那种感觉,不会滑冰的人是很难体会到的。

但是,滑冰要有真正的冰刀。在那个时候,想要有一副冰刀,是很奢侈的事情。我做梦都想有一副真正的好冰刀。可是,我的冰刀真的是见不得人。

在很早以前,大约是在1959年或是1960年,我的外祖父住在我的家,帮助照看家务。有一次,在旧货摊上,看到处理旧货,很便宜,都是一包一包的东西,他就买了一包。回到家里打开,其中就有一副冰刀,当然还有其他一些东西。这是怎样的一副冰刀啊!

冰刀不管怎么样,还是一个冰刀,但是,冰鞋呢?冰鞋的鞋底是木板做的,鞋帮是帆布做的。这都不要紧,要命的是这副冰刀两只鞋的号码不一样,一只鞋是39的,一只鞋是

41的，整整差了两个号码！可是，在那种日子里，这样的冰刀也是难得的。

我在四年级的时候，开始从哥哥的手中接过来，使用这副冰刀，学习滑冰。冰刀的鞋很大，又不是一个号码，而那时我的脚大约是37号，只能在鞋中垫上很多东西，撑起来，穿在脚上，还要紧紧地绑好，不然脚就会掉出来。同时，由于鞋的号码不对，穿在脚上，站的时候就站不直，滑起来很不舒服。不过，有了总比没有强。在上冰上体育课的时候，我就是"冰刀族"，而不是"脚滑子族"。站在冰刀族中，我有一点自卑；站在脚滑子族面前，我就显得有一些得意。

就是凭着这副冰刀，我不仅学会了滑冰，而且还在家乡的冰场上纵横驰骋了七年！有幸的是，还参加了一次滑冰比赛。那是在小学五年级的时候，学校组织滑冰比赛，动员凡是会滑冰的人，都要参加比赛。每个参加滑冰的人，都可以为自己的班级得2分，如果成绩好，还可以增加分数。老师和同学都动员我参加，但是，我知道我的冰刀不行，技术也不怎么样，不想参加。体育老师说，在比赛的时候，可以从运动队中给我借一副比赛用的冰刀。为了集体的荣誉，我答应了。

比赛之前，体育老师将运动队的冰刀借给了我，我穿在脚上，正合适。练习练习，感觉非常好。这是我的脚第一次体会了真正的冰鞋的滋味。然而，就在准备上场比赛的时候，这副冰刀的主人把它要了回去，原因是他也参加这场比赛。

我忍痛脱下了这副冰鞋，穿上了自己倒霉的冰鞋上了赛场。结果可想而知，艰难地得了最后的第一名，但是，还是受到了表扬，因为最后只有我一个人在冰场上，终于支撑到终点。表扬的是我的坚持精神，而不是滑冰的速度。

爬犁

爬犁是东北冬天的运输工具，也是孩子们玩的冰雪运动。玩爬犁的运动，我们就叫"放爬犁坡"。有不同形式的爬犁。

在农村，运输用的爬犁，是用碗口粗的小树做成的。将两棵小树砍下来，修理好，在中间的部位用火烤一烤，借助于树木或者石头，把它弯成一定的弯度，固定下来，做成爬犁辕子，然后再用其他的木材组装在一起，就成了。中间可以套上马或者牛，就能够运送几百斤甚至上千斤的东西了。我们玩的不是这种。

我们玩的爬犁，是用木板做的。要先做一个爬犁头，再做一个爬犁的身，将爬犁头和爬犁身用大螺丝连在一起，使之活动自如。人坐在爬犁的身上，可以坐一个人或者两个人，有时候也可以坐三个人，挤在一起。最前边的那个人用脚踩住爬犁头，用以控制方向。就像前边说的那样，春夏秋时节，总是要很留心，注意发现适合做爬犁的木板，就要收起来，存好，凑到一定程度，够用了，就在冬天到来之前，做出来一个上好的爬犁，不仅可以玩，还可以与同学们在一起的时候显摆。

在平地，爬犁要用人拉，坐上一个，另一个人在前边拉，换着班玩，类似于滑雪中的速滑。这没什么意思，最有意思的就是放爬犁坡。

几个同学凑到一起，拉上爬犁，找到一个人不多，又是积满厚厚积雪的山坡，雪还要经过一定的压，要压得很实才行，这就要进行类似于滑雪中的"高山速降"了。拉着爬犁，爬到山坡上边，在爬犁上坐好，用脚控制好爬犁头，慢慢地移动到场地上，然后"哗"地一下，向坡下冲了下去，身后扬起一阵雪雾。弄得好的，可以一直滑向山底，就像是腾云驾雾，飘飘欲仙。弄得不好，连人带爬犁，连滚带爬，狼奔豕突，甚至钻进雪中不见了人影，爬出来的时候，就是一个雪猴。更要命的是，爬犁摔得散了架，没有办法再从天而降，就只好哀求别人，带上自己，将命运交给有爬犁的人去掌握。

去年回老家，就放了一回爬犁坡，感觉不错，由于不是自己做的爬犁，放起来，还是没有小时候的感觉。在黑龙江的时候，看见过狗拉的爬犁。几只狗拉着一只爬犁，在雪原上奔驰，也有很好感觉，驾驭爬犁的人很威风。自己没有坐过狗爬犁，不知道实际上是什么样的感觉。以后经常在电视剧里看到东北的爬犁，非常亲切，拍下来，用微信发给学生们看，看到的都是乡愁。

19 吃肉

一

回想起童年的时候,吃肉是什么滋味,总是模糊不清。这一方面是自己童年时,家里贫穷,很少吃肉;另一方面,就是那个时候国家困难,每个月只供应每人3两肉,多的时候是5两肉,一个家就是10口人,每个月也就是3斤肉或者5斤肉,别说每天,就是每周能吃到一次肉吗?难!但是,还是有些吃肉的记忆。

记得爸爸总是把肉票积攒起来,到过年的时候,一起把肉买回来,好好炒上几个菜,并且总要用一块肥肉做成扣肉,吃的时候,每个人可以分上一片。扣肉在一个盘子里,一块颤颤悠悠的肉,红红的肉皮向上,下边肥瘦相间,旁边是红红的汤汁。经过父母的准许后,就用筷子轻轻地夹起来一片,放在碗里,慢慢吃起来。

不过，就是到现在，也就是记得吃过这样的肉，至于是什么滋味，总是回忆不起来。想起来，就像我的一个朋友S君在形容吃好东西的时候，说在嗓子眼里有一个小手，一抓挠，就进去了。大概就是这样。

读了《春秋·鲁国志·庄公十年》，曹刿说过，肉食者鄙，就认为不吃肉也是一件好事，因为这是保证自己不被人唾弃的一条途径。有理由认为，就在我的身边，有一些有钱的人家，可以看到他们经常吃肉，但是，他们总是每天吵啊，吵啊，甚至于动手动脚，大打出手，鼻破血流，实在没有什么好。我的家却不是这样，尽管兄弟六人，与父母在一起生活，吃的没有什么好东西，大家却相敬如宾，有一点好吃的东西，总是互敬互让，我们用筷子夹给父母，父母再夹给我们，我们再夹给父母或者其他兄弟。大家的学习都很用功，成绩也很好，没有那种让老师找到家里的。如果是老师找到父母，那就是在学校受到了奖励，或者是做了什么好事。兄弟之间绝对很少争吵。在这一点上，倒是印证了"肉食者鄙"这句话的正确性。

不过说起来，吃肉毕竟还是在食欲上有巨大的诱惑力。尤其是在别人家煎炒烹炸，肉香窜进我家，窜进我的鼻子的时候，那种感觉就是与闻到蔬菜的味道和其他什么的味道不一样。因而，总是在心里想，什么时候能够美美地吃上一次肉，过上一把肉食者的瘾，那一定是一件很好的事情。至于说当上肉食者,则绝不这样想。

二

再说起吃肉的事,就是下乡插队的时候了。在农村插队,生活艰苦,是人所共知的。那时的农村比城市更苦,当然更说不上吃肉了。刚到农村,我是集体户的户长,一连多少天,就是白水煮大萝卜,每人几大碗,再吃上几个大饼子,就开始干活。不过,我还是有幸,有几次改善伙食的时候。

那时,我在插队的知识青年中是很火的一个,经常参加各种各样的知识青年讲用会,把我们集体户的团结战斗、接受贫下中农再教育的事迹,汇报给各级领导和知识青年战友们听。每当这种时候,各级领导总是要慰问知识青年的代表们,生活就要改善很多。有一次,我们几个知识青年的代表在地区的宾馆中开地区一级的讲用会,在休息的时候谈起伙食的问题,我记得Y君说:"据我研究,在城里宾馆中,厕所中的大粪都比农村中的大粪质量好。"我们问为什么。他说:"住在城里宾馆中的人吃什么?我们在农村的人吃什么?用城里的大粪种苞米,都比用农村大粪种的长得壮。"我们听了都哈哈大笑。

还有我终身难忘的一次吃肉。那是在县里召开的一次会议,会议的名称是"全县学习毛主席著作先进集体、先进个人代表大会"。县里开会，伙食比较实惠，说吃鱼就吃鱼，说吃肉就吃肉，不搞太多的花样。一天中午会议结束时，主持人宣布，今天中午，考虑到大家都从基层上来，生活艰苦，要好好改善一下，每人8两肉，全部是清炒，保质保量，给大家解馋！一番话赢得一片热烈的掌声。

吃饭的时候，果然每人一碗肉，是那种中号碗，将近满碗，要知道，是8两肉炒的一碗啊。满碗的肉片，肥瘦相间，相伴一点葱花，香气扑鼻，闻一闻，都有些醉。我拿起筷子正想要开吃，对面坐的一位女同志轻声地问我："小同志，我是不是可以把这份菜送给你呀？"我没有听懂，疑惑地看着她。她又说："我是不吃肉的人，扔了它是浪费，送回去可惜。如果你不嫌，就送给你，我可是绝没有动过。"

我还在犹豫，她就把那以碗肉推了过来。我心想，哪里有这等好事！表面上，我平静地向她表示感谢，就在自己的碗中慢慢地吃了起来。她匆匆吃了一点饭，就走了。这时，我就没有什么顾忌了，把两个碗的肉倒在一起，就着米饭，美美地吃起来。用筷子将肉夹起来，没等吃进嘴里，就口舌生津；一片肉片吃进嘴里，香味浓郁，咸淡适宜，用舌，用颚，用整个嘴去感受肉的滋味，真是妙不可言；吞进去，余香满口。

这次吃肉，不用怕在嗓子眼里"长个小手"了，因为有足够多的肉在等着我去享用。那时候，我就忘了是不是还有

"肉食者鄙"这句话了。

从记事到现在,我从来没有一次吃过这么多、这么好吃的肉。也不知道那时怎么那么有本事,一次竟吃了1.6斤肉的清炒肉。

三

离开农村到了部队,我的生活水平上了一个新台阶。不过,在新兵连的生活,确实不怎么样。也不能说是没有像样的食材,而是炊事员技术不行,又不尽心,可以说,肉、菜、鱼、饭,没有一样是做得好的,熬汤都能熬得串烟。但是,在农村插过队的知识青年,什么苦都吃过,我并不觉得太难吃。

到了连队的那一天,正是中午,放下背包、行李,连首长简单地说了几句话,就开饭了。新兵在一起吃,打了一盆红烧肉,还有一盆肉炒白菜,雪白的大米饭,看着就诱人。红烧肉就不用说了,夹一块放在嘴里,满嘴是油,现在听起来是油腻,那时候吃着可是过瘾。那盆肉炒白菜,里面的肉,几乎都是瘦肉,用油炒得很焦,放在嘴里,特别有嚼头,越嚼越香。尽管我吃得文质彬彬,但是,还是吃得很多,尤其是那白菜里的肉。

接下来,在新兵集中训练的三天中,每天吃的肉不重样,各有各的味道。等到吃得差不多了,就把我们分到班里,和老兵在一起生活了,菜里也就没有那么多的肉了。心里还有些纳闷,认为这就是照顾新兵吧。

到后来,老兵才告诉我们,把新兵集中起来吃几天肉,这是我们连队的规矩,因为新兵刚从新兵连分来,胃里没有油水,特别能吃,容易把连队的粮食指标吃超,连着吃几天肉,就能把新兵的营养补回来,吃得也就少了。给新兵多吃肉,其实是为了省粮食。

时间再长了,就知道我们的这个连队特别能养猪,每年都要养几十头猪,这样,除了部队正常供应的猪肉以外,再加上我们自己养的猪,肉总是吃不完。这就使我们连队的伙食远近闻名。我们连队如果蒸肉包子,每次都要多蒸几屉,因为临近连队的老乡偷偷摸摸的总是要来吃上几个的,就是其他连的连长、指导员,有时也要让通信员来要上几个解馋。我的一个老乡高君就是一连的通信员,我们的两个连队相邻,有时候在中午开饭的时候,他就从窗户跳出来,跑到我们连的厨房,拿走几个肉包子,再从窗户跳进去。不过,在我们连的个别时候,也有伙食特别差劲的事情。有一次,连队的几个干部闹意见,出了差错,连里的粮食吃光了,中午做饭时,只剩下了一袋面粉,只好做成疙瘩汤给 150 人吃,怕不够,只有多加水和盐,最后被全师通报,非常丢人。

再以后,吃肉尽管在 70 年代后期和 80 年代初期,也还是很奢侈的事，但是在我的记忆中，不再有那么明显的感受。特别是随着自己社会地位的提高，吃肉甚至于是一件特别值得警惕的事情。从 1975 年，我就在司法机关工作，找吃饭的人很多，什么样的肉可以吃，什么样的肉不可以吃，是要分得清楚的。在自己的心中，时刻记得，自己现在也算是一个肉食者了，一是不能忘本，忘记自己曾经对肉食者的鄙视，忘记自己曾经对吃肉的奢望。二是不能什么肉都吃，什么人请吃的肉都吃，最后自己是什么人都忘记了。现在，我经常想起自己的过去，看看自己的现状，不忘记自己的苦出身，兢兢业业地做好自己的工作，让更多的人都有肉吃，不再为吃一顿带肉的饭而激动不已。

20　遇险

人在生活中，总是在不断地祈祷平平安安、太太平平。但是，在人的一生中，总是要有一些坎坷，总是要经历过几次危险的。遭遇到的危险有大有小，有简有繁，各不相同，在人的心中却总是记忆犹新，有的危险在很久、很久以后再想起来，还是使人胆战心惊、心惊肉跳，看到当时的恐怖和惊惧在向你招手。在我的经历中，就有这样几件危险事件。

刹车失灵

20世纪60年代初，大概是我在上小学三年级的暑假中，我到姥姥家，坐的是交通运输公司的公共汽车。

这种公共汽车是一种老式的巴士，前边带有长长的"鼻子"，车厢不是特别长，大约30个座席，发动起来，突突地响，后边冒着黑烟；爬坡的时候，经常是机器拼命地响，车却"吭哧、吭哧"一点一点地往上爬，就像一个慢腾腾的大乌龟。直到下坡的时候，才可以欢畅地跑起来，车厢却要唏哩哗啦地直响，像要散架了一样。

那天，我上了这辆车，坐在右侧的座席上。车开动以后，就一路看着郊外的景色，心情十分悠然自得。车长是一个贫嘴，属于嘴尖舌快的那种人，一路上喋喋不休地说着，与男乘客海阔天空，与女乘客打情骂俏。司机是一位憨厚的人，四五十岁的样子，大胡子，眼睛专注地注视着前方，精力集中地驾驶着那一辆老资格的公共汽车。

汽车在爬过几个长长的山岭以后，又爬上了一个山岭，拐过岭的最高处，开始向下驶去，速度在逐渐加快。刚刚告别了艰难的爬坡，正在想着要享受轻松、快速行驶的乐趣时，汽车似乎顿了几下，速度就越来越快了。我看到司机向车长招了一下手，车长马上过去，两个人神情很是紧张。看到车长帮助司机弄了一阵手刹，两个人的神情虽然都没有改变，但是，这时车的速度已经像飞了一样，车窗外景物在急速地向后退去，一边是陡峭的山崖，另一边是见不到底的山谷；车子在弯弯曲曲的山路上飞驰，车后扬起滚滚的灰尘。我料到是出了事情了，手开始紧紧地抓着座席的边缘，心里倒也没有感到特别的害怕。

车还是在向岭下飞驰。车长突然转过身，向大家宣布，说汽车的刹车全部失灵，司机会全力驾车，保证大家不会出问题，大家自己要多注意。然后，车长就冲到车门口，打开车门，站在车门的踏板上。我们以为他是在寻求援助，或者是在想什么别的办法，可是，就在这时，他夹着他的售票皮包，一下子就向车下跳去。啊？！他竟然是自己逃生去了。

这时，在车厢里骤然紧张的气氛中，传来一阵怒骂。我坐在车厢的右边车座上，眼见着车长像一块木头一样，掉到车下的公路上，先是身体平着着地，接着，身体借着巨大的前冲惯力，将他以头为支点，身体倒立起来，又重重地摔下来。然后一瞬而过，就再也看不到他了。

车厢里的人全都紧张起来，有的在大声惊叫，有的在试图按照车长的做法跳车，但是随着车子在盘旋的山岭上的疾驶，车厢里无法立足、行走，因而乘客都只有大呼小叫的份，并没有人真能跳下车去。

长长的山岭的下坡，还有十几公里的路程呢。一辆没有刹车的破车，如何能够在漫长、陡峭、弯曲的下山公路的飞驰中安全，让车上的乘客平平安安，是一个极大的考验。巨大的惯性和向下的冲力所带来的危险，每一秒钟都在不断扩大、在增加……

我完全估计到了可能出现的危险，但是我没有跟着喊叫，只是两手紧紧地抓着座席，眼睛紧紧盯着老司机的一举一动。只见到司机的头上冒着汗，站了起来，双手紧紧抓着方向盘，全神贯注地注视着前方的公路，驾驶着汽车左突右冲，就像一座威武的雕塑。这一形象的记忆，至今在我的脑海中还是十分清晰。

车仍然在左旋右转地飞驰,乘客们在车厢里左摇右摆,头碰在车厢板的不计其数,惊惧得已经忘记了惊叫,有的就抓住座椅在祈祷。就在这时,前边出现一个向左的急转弯。按照汽车目前的速度,转这个急转弯十分危险,十有八九会向右边翻车。恰好,转弯的右侧是一个较为平缓的山沟,如果将车向右拐向山沟,虽然会撞在山坡上,但是危险性会小一些。有些人就急忙叫起来:"向右拐!向右拐!"司机好像什么也没有听到,还是将疾驰的车沿着公路向左拐去。整个车厢忽地向右大大地倾斜,忽地又平了过来。大家一齐惊呼,随后就缓了一口气。

这时,车就快要冲到岭下,公路的前方越来越平坦,越来越直。汽车沿着公路向前还是拼命地冲着,但是终于逐渐地慢慢减速,最后终于停了下来。

还没有等到车子完全停稳,有的乘客就冲了上去,抱住了老司机;有的下了车,打开驾驶室的车门,把老司机抱下了车,一齐感谢他。司机的身体还是僵硬着,大家帮他抻胳膊拽腿,让他运动着。他终于缓过来了。面对大家的感谢,他很谦虚地说,是太危险了!大家也太幸运了!如果刚才这一段时间有一辆车从岭下上来,按照这样刹车失灵的汽车速度,怎么也躲不开,不是撞山崖,就是撞车,都不会有好结果的。

这一听，我们才都醒过味来，可不是，直到现在，也没有看到一辆汽车对面开过来，这真是天大的幸运！司机问车长在哪，让他赶快组织乘客休息，他好修车。乘客告诉他，车长早已跳车逃跑。司机脸色变了，骂道："把这么多人交给他，出了危险，他就自己跑了？王八蛋！"

等车修好了，车长一瘸一拐地走了过来，满脸是血。乘客嘲笑他，说："车长怎么弄成这样啊？跳车的滋味不好受吧？"有的乘客还上去指责他。他厚着脸皮解嘲："跳车不好受，总比翻车死了强吧？哼！你们算是幸运。"看着他那厚颜无耻的样子，没有人再去理他。这种人，就是一种无赖，在他的心中，除了自己，还有别人吗？我这样想着，又坐上了修好的汽车，过了一个多小时，到了姥姥家。

火车遇险

在插队的时候，有时为了减少开支，回家就不买票，或者搭乘货运火车。搭乘货车有两次险事，值得一说。一次是偷乘运木车，一次是过山洞。

有一次，晚上从家里回插队的生产队，没有买火车票，而是转到火车站的货运场，寻找去插队地方的火车。很凑巧，正有一列运木材的火车要开走，有些人已经进到了车皮内。我爬上去，正在找可以坐下的地方，有人一把将我拉了过去，摁着我坐在木头与车皮之间的空隙中："快坐下！一会儿被发现，咱们都得被轰走！"我只有坐下，悄无声息地等着车开。

过了很长时间，火车终于"哐当、哐当"地开走了，庆幸的是，我们终于没有被铁路的人发现。我和一起"搭车"的人聊了起来。他也是一个知青，也是为了逃票才来坐货车的。

夜色笼罩着大地。深山谷中，只有这一列火车穿山越岭，四周都是黑洞洞的。两个小人儿挤坐在原木的空隙之中，有一种莫名的恐慌。黑暗中，被捆绑着的原木好像随着火车的飞驰就在移动，极力在压缩空隙之间的间距，仿佛就要把我们挤扁。惊慌之中，我用手推了推原木，感到还是很紧的，稍有一点放心，之后又开始了一番恐慌。在火车下坡时，巨大的惯性，使原木就好像向我们压过来，我们就大声地喊叫，却一点用处都没有，连我们自己都听不见自己的叫声。一路200多公里，我们就是在这种惊慌和恐惧之中度过来的。一直到了目的地，跳下火车，我才放下心，发现自己的衣服都湿透了，不知道是闷热的还是被惊吓的。

还有一次，我是从插队的地方回家，"搭乘"的是一列空货车，坐在空荡荡的车厢里，向上看着四四方方的大空，心情比较好，有时还站起来向外瞭望满山满岭的绿。爬坡了，火车慢慢腾腾地向上拱，车头声嘶力竭地叫着，冒着滚滚的浓烟。突然一下，眼前一黑，就什么也看不见了。我刚刚意识到是火车钻进山洞的时候，浓烟就立刻包围了我，呛得我不住地咳嗽。我强忍着，脱下衣服，捂在嘴上。窒息的感觉笼罩了我的神经，试着喘一口气，立刻呛得不行。时间好像过了很久，我感到我就要不行了，很快就要被憋死了，只能强忍着，坚持着。

就在我已经绝望，就要晕倒的时候，眼前突然一亮，火车终于驶出了山洞，浓烟很快就消失了。我一头栽倒在车厢板上，一动也不动地大口呼吸，总算缓过来了。望着头上移动着的蓝天，想着今后要是有了钱，再也不坐这种可能搭上生命的"搭乘"了。

在回家的路上，还有一个山洞。记住了这次教训，在通过下一个山洞之前，我做好了准备，事先狠狠地吸进一口气，准备对抗滚滚的浓烟。可是一直到出了山洞，也没有浓烟出现，只有一些可以忍受的烟尘。有浓烟和没有浓烟都是一样，进了山洞时，我还是憋得够呛。所不同的是，这次不是被烟熏的，而是为了防止烟熏而硬憋的。

烘热雷管

1972年，我们的部队到双山农场种地。听说农场中有很多水泡子，可以打鱼。我是连队的文书兼军械员，掌管连队所有的武器弹药，就把弹药库中的铜雷管装上了两包，每包

120枚，放在我的公文箱的最底层。

到了农场以后，正是北大荒的初春，天气十分寒冷，气温都在零下30℃左右。连队住进农场的营房，是平房，取暖用火墙。在连队住房的一头，有一间空的房子，里边有东北人住的火炕。我的公文箱就放在炕头上，地上放了一张小办公桌，平时我在里边办公，也是我们勤杂班的休息室。

有一天，我和理发员阿君到光秃秃的地里玩，看到有一堆堆的豆秸扔在那里，就突发奇想，想把一些豆秸拉回来，烧小屋子的炕，然后在寒冷的天气中，晚上躺在温暖的小炕上，该是多么幸福的事情！说动就动，我和理发员捆好了几捆豆秸，背回连部，傍晚就开始烧炕。烧了一阵，不见热，就又把豆秸塞进炕洞中一些，让它慢慢地烧。这种做法其实是犯了一个错误，因为烧的炕是很长时间没有烧过的凉炕，温度要慢慢地热起来。炕上有一些温度，就可以停下来了，等它慢慢地热起来；如果烧到炕很热了再停火，就会使温度太高，把炕烧糊的。

晚上，我们都玩够了，到了熄灯的时候了。以前我们都在连部的房间休息，这次炕已经烧好了，我就想先在那里睡一夜，以后别人也可以来一起睡。我就让其他几个勤杂兵都在连部睡觉，我自己到我的小屋中休息。我摸了一下炕，温暖可亲，想着自从到部队就没有睡过热炕，心中不禁有些激动。铺好被子，就钻进里边，真是舒服极了。进入了梦乡，心里还在美。

半夜里,我被炕烫醒了。我赶紧起来,拉开了被子,看到炕席已经糊了一大片,用手摸一下,烫手。温度是够高的了。我就把被子往炕梢拉过去,这里的温度还可以,心里也就踏实了,接着就又睡了。等到我在炕梢也感到热得受不了的时候,我突然一下子想起来放在公文箱中的 240 枚雷管,我好像腾空而起,一阵风似地爬了起来,把公文箱搬到地上。望着它,我突然感到害怕起来。回头看看,炕头糊的地方已经很大了,稍近一点,就能感到热气灼人。

这时,我已经胆战心惊了,甚至不敢走近那个公文箱。我仗着胆子,打开箱子,小心翼翼地、一层一层地把公文和资料拿出来,渐渐接近那两盒雷管了。我轻轻地把雷管盒子拿出来,放在手上,非常真切地感到了雷管盒子的温度,真是有些烫手。我的胆子再大了一些,又把盒子打开,露出黄澄澄的一枚枚雷管。拿出一枚放在手心,感到非常热。怕是怕,但毕竟它们到现在还没有爆炸。我终于放下心来,心中叫道:"雷管呀,雷管!你可是把我吓死了!"我赶紧把雷管装好,两个盒子放在一起,放在墙角阴冷的地方,然后就瞪着眼睛等着天亮。

天亮以后,我没敢跟别人说,就和理发员说了,还说一定要把雷管处理掉,不然我的心放不下。理发员说:"可是,以后要炸鱼时用什么呢?"我说:"先把它解决了再说。什么鱼不鱼的，要是把人炸死了，就完蛋了！还炸什么鱼？"

他同意了以后，我们开始研究怎样处理。我出了一个主意，他同意。我们两个就带上一把战备锹，带上雷管，向深山中走去，一直到看不见营房后，在一棵大树下挖了一个坑，很深，估计一般人是不能发现，别的动物也拱不开的，把两盒雷管打开，把它们一起倒进了坑里。240枚雷管，黄澄澄的，看上去样子十分可爱，但是也十分可怕。填上了一些土后，我说要撒上一些尿，让它们赶紧锈蚀，避免发生危险。我们就一人撒了一泡尿，再用土盖好，用脚踩实，这才长长地舒了一口气。

我俩轻松了一会，想要到山里边再走一走。走了几步，就看到一些倒木上有木耳，刚摘了几朵，我突然发现地上有狼刚刚屙下的屎。我一手拉着理发员，一手抓着铁锹，飞也似的逃下山，逃回营房。

弹药库失火

1973年，我们连在营区军训。师长在我们连里蹲点。师长是一个大个子，膀大腰圆，虎虎实实的，一看就是一个过硬的军事干部。他和我们住在一起，都在连部里住。他不苟言笑，跟我们没有更多的接触和交流。

这回要说我的弹药库了。我的弹药库在连部的斜对面，挨着弹药库的是战士俱乐部。弹药库里装着连队的全部弹药，包括几万发子弹、几十箱手榴弹、几十箱炸药、几十箱60炮弹和40火箭弹，还有一些雷管。这个弹药库只有我一人有钥匙。

隔壁的俱乐部墙上挂着我亲手写的、刻的"战士俱乐部"的牌匾，室内放了一台乒乓球桌，战士们学习、开会在这里，休息的时候，在这里打乒乓球。

我们的营房是日本人留下来的，建筑完全是日本风格，已经相当破旧。室内全部都是破旧的地板，坏的地方，有的用旧板子补一补，有的就用别的东西挡上。俱乐部的地板上，挨着弹药库的墙边，有一个很大的洞，打球的人用一些报纸和旧东西挡着，防止乒乓球掉进去。

这是一个星期天。一整天，战士都在俱乐部打乒乓球，没有间断过。快要到晚点名的时候，我到弹药库取东西，打开锁头，开开门，迎面就是一股浓烟。我立刻紧张起来，钻进烟中，仔细检查，看看到底是哪里在冒烟。我一箱一箱地搬着弹药箱，一点一点地找。终于，在弹药库与俱乐部相邻的部位，发现烟比别的地方浓。把这里的弹药箱搬开，就看见烟从地板缝中呼呼地往上冒。我突然明白了，肯定是俱乐部的地板洞中发生了问题。

我急忙闯进了俱乐部，推开人群，扒开了挡着地板洞的报纸等东西，往里一看，只见地板下边铺着防寒、防潮用的锯末子已经烧的红红的，浓烟滚滚。我用一根铁棍一捅，火苗呼地一下就冒了起来。我急疯了，到水房拎起一捅水，在走廊中大喊一声："快救火啊！"跑进俱乐部，朝着着火的地方泼了下去，火苗立刻变成了浓烟。又有其他人赶了过来，几桶水下去，一点火也没有了。我不放心，又倒进几桶水，才彻底地放了心。

经过追问，原来是八班的战士曹君把乒乓球掉进了地板洞中，找不着，就点着了一块报纸照亮，找到了球，随手就把烧着的报纸扔进了地板洞里，点着了多年积存在里边的锯末子。

在我喊救火的时候，师长走出连部，看着我们救火。直到火救灭了，他才回到房间。我回去之后，他问起我是怎么发现着火的。我就把情况实事求是地说了一遍。师长听完，握了一下我的手，拍了我的脑袋一下，说："小伙子，谢谢你！要不是你发现得及时，今天晚上咱们就都坐了土飞机了。"直到今天，我还记得师长说的这句话。

第二辑 初耕篇

21　第一次办离婚案

自从 1975 年在我 23 岁的时候踏入法院的大门，至今已经快 50 年了。在这么长的时间里，无论是在中级人民法院、最高人民法院当法官，还是在最高人民检察院当检察官，以及在大学法学院当教授，我都没有离开过案件。于是，案件成了我生活的主要内容。

因此，我也就养成了一种习惯，无论是自己办过的案件，还是别人办过的案件，以及在报纸上、杂志上、电视上看到的案件，只要有味，总要品上一品，砸砸嘴，回味无穷，长期不忘。就像泡好一壶铁观音，先闻闻茶的香味，闭上眼睛喝一口，用口腔中的不同部位细细加以品味，尽管味道不是特别浓烈，却茶香满口，绵延不断，各有不同。

案件也是一样。有些人不懂案件，动辄就说民事大要案。岂不知，在民事案件中，根本就没有大要案之说。几亿、几十亿的合同案件，有意思吗？没意思，说到底，不过是违约，要么就继续履行，要么就承担违约金，要么就赔偿，有什么好说的？可是，那些小的民事案件就不是这样了，小小的一件民事案件，内涵无穷，无论怎么品咂，都有品以往咂不到的味道。我在学校给法学院的学生上课的时候，总是愿意给学生讲那些小案件，在这些小的案件中挖掘出无数的法理。因此，好的案件是要品的，只有细细地品，才能品出味来。

正因为几十年在一直办案、品案，才使我知道了品案的诀窍和妙处。因此，对我而言，品案是福。在我几十年的法官、检察官以及法学教授的工作中，让我有无数的案件可品，因此而让我其乐无穷。

我办的第一件案件，距今已经几十年了。但是，在这些年来，我不断地想起来这件案件，不断地回味着，也还是有无穷的味道。有时候高兴，就讲给学生听，学生也乐滋滋地跟着我一道品评。

那是1975年，从部队复员回来，我在老家的地区五七干校"青干班"结业以后，被分配到中级人民法院民事审判庭工作。那时候，法院的干部职务没有正式确定，不分书记员、审判员的职务，一律叫工作人员，大家都在办案，反正在判决书上也不署名。

刚开始工作，不知道要干什么，只是跟着老法官做记录，整理案卷。那时候都不叫法官，叫审判员。这些老法官还都是在"文革"前任命的。我第一次向下级法院发寄案卷，就发错了,将甲县的案卷寄给了乙县,受到了庭长的批评,至今记忆犹新,不敢忘记。

过了不到一个月,开始跟着副庭长去办案。临走之时,分给我一个案件,是一个离婚的上诉案件。现在,这个案件当事人的名字已经记不住了,只记得被上诉人是女方,姓李,可是案情还记得很清楚。双方当事人的争议很简单,双方结婚七八年了,男方的阳痿、早泄的毛病一直治不好,女方起诉主张离婚,争取能够过正常女人的生活,不能再这样继续下去了。男方认为自己的毛病是可以治好的,就是治不好,也有自己享受生活的权利,因此,坚决不同意离婚。一审法院判决离婚,男方上诉。

那时我23岁。女朋友刚刚离我而去,原来尽管相处了很长时间,却很老实,在一起什么事情也没有发生过,因此,我对男女之事一窍不通,是一个纯粹的"正处级",绝对不是"副处级"。看着卷宗里记载的当事人陈述的夫妻缠绵之事,我的皮肤发紧,身上发麻,对其中的一些术语也似懂非懂,不知道确切的含义是什么,向别人请教,还被嘲笑一顿,斥之为:真不懂还是假不懂?装啊?真不懂!看来,就怨当时太纯洁。

我真不知道这个案件该怎么办才好。副庭长看出来我的胆怯,就鼓励我,并且教了我一些阅卷、审查离婚案件的方法。那时候就叫离婚案件的"三看一参":看婚姻基础,看婚后感情，看离婚理由，参考子女利益。

我看上诉人的上诉状。他说，他是一个正常人，性能力是有一些毛病，不是不能治的，况且也不是什么都不行，也能够尽到一些丈夫的责任，只是不十分如意而已。我觉得，这个人是很讲理的人，说得在理。我又看答辩状，女方说，她是一个正常的女人，有正常的生理要求，也有正常人的性心理；当她在有强烈的生理要求时，而自己的丈夫却不能给予满足，每次看到这种状况发生，都难以忍受，因此坚持离婚，也要维护自己正常生活的权利。我又觉得女方说得对，总是这样，大概谁也受不了。

等我把案卷都看完了，犯难了，究竟谁说得有理呢？都有理呀？我不知道该怎么办了。副庭长说，第一，你好好看看《婚姻法》，第二，别着急，下去接见一下当事人，可能就有办法了。我只有遵命。

7月，艳阳高照，我和副庭长走在县城的大街上，卷宗放在整整齐齐的卷宗封筒中，上面印着"地区中级人民法院"的大字，拿在手中，将有字的一面朝着外面，感到很神气。当然，外表神气，心里也有了一点数，已经知道《婚姻法》规定患有不得结婚的病症的人不能结婚；本案当事人的这种状态虽然不是不得结婚的病症，但是不能尽到夫妻义务，也有相似之处。在实践中，基于这样的原因提出离婚的，应当准许离婚。在这种情况下，去接见当事人，应当说底气还是很足的。

这两个当事人都很有文化，文质彬彬，极有礼貌，在询问中，各自都把理由陈述得清清楚楚，有条有理，声音不高不低，非常讲道理。听着他们的陈述，我的心都替他们感到难过。其实，两个人几年来不打不闹，不是水火不相容的样子，要维持婚姻关系也不是不能过。但是，如果长期如此，了其一生，对当事人是不人道的。这些道理，不都是我说清楚的，因为我也说不清楚，多数是副庭长帮着我说的。我们说着这些入情入理的话，打动了上诉人，最后他主动提出撤诉。在结束谈话的时候，男方、女方都哭了，真正是洒泪而别。

回到中级法院，我写了平生的第一份裁定书，送交院长审批，院长只改了两个字，就签发了。我也是由于第一次办案就取得了这样好的效果而受到了表扬。

后来我才知道，院长看到我的档案，着意要培养我，要让我及早接触案件，培养办案能力，取得实践经验。我办完了这个案件，院长看到我写的裁定书，十分满意。

这个案件虽然没有太多的味道可以品评，但是，对我却是极有意义的。它让我有了在司法机关办案的第一次体会，那就是对任何案件当事人的陈述，都不能偏听偏信。只听一方当事人的陈述，无论如何也不会有正确的认识，只有全面听取双方当事人的意见，经过自己的分析、整理，用法律的规定来衡量，才能够对案件有正确的结论。多年以后，我又进一步总结，作为一个法官或者检察官，就要有一个独立的思想，这个思想就是法官和检察官的法律意识。对于任何人，包括刑事被告人、证人，还是民事当事人，无论说什么，都不能为其所动，在没有最后对案件的全部证据进行分析和综合判断以前，谁说的都不能信。

当然，在后来的法官生活和检察官生活中，我办理了无数的案件。其中有震惊全国的大案，有改革开放之后的第一件雇凶杀人案，有争议最大的肖像权纠纷案，有历史小说侵权案，等等。在我点评的对人格权法和侵权行为法发展具有重大影响的案件中，有些就是我自己办的。

在办案中品案，在品案中提升自己的法律素养和学术水平，这就是我几十年生活的主旋律。从这个角度上说，品案，是我的幸福来源。自己品评案件，越品越有味，因而乐此不疲。

有一句话是说，好东西要分给大家品尝。品案是福，也应当将这一福分分给读者分享。因此，我从 2000 年开始，对全国一年来发生的热点、有趣的民事案件进行筛选，选出十几个典型案件，进行点评，受到欢迎。曾经有一年的点评，还被推荐到《读者》杂志转载，受到更多的读者关注。后来，还在《检察日报》开设了一个典型侵权行为类型的专栏，评了 40 多个侵权行为案件，其中有些就是从每年的热点案件中选择出来的。

22　办案杂忆（情杀）

1981年，我在中级人民法院刑事审判庭当审判员，办理了一件雇凶杀人案。在那个时候，这种雇凶杀人的案件还是很罕见的。以后，有时候在朋友聚会或者酒桌上，我向大家讲述这个案件的案情，大家说这像一个通俗小说。

一

王占禄，是一个生产大队的党支部书记，就是现在的村支书。在办这个案件的过程中，我和王占禄接触多次，就个人的感觉而言，是相当不错的的一个人。

在我的印象中，王占禄是一个很标致的男子，尽管手很粗糙，打扮也是农民形象，但是，相貌挺英俊，身材也很挺拔，用现在的话说，是一个有一点"酷"的农村人。他只是生在农村，如果换上一副很好的行头，在城里混上几年，也是一个帅哥。大概也就是这身挺而帅的身材害得他走上了邪路。他与在他们大队的一个女子马丫产生了感情。

马丫是县城里的青年，在"文革"期间插队到这个生产大队。马丫作为在城里长大的姑娘，气质当然与农村的姑娘不同，又加上有一些文化，而且长相也不错，在这个大队就有些出众。年龄大了一些，马丫嫁给了村里的崔某，生了孩子，在村头盖了房子，在那个时候的农村，日子虽然过得都很紧，但是，他们还算过得挺滋润。

在这个大队里，王占禄和马丫可以说是鹤立鸡群的两个人。时间一长，两个人就相互有了爱慕之心，来往很密切。有时候，大队安排崔某外出拉脚（就是驾马车到外地跑运输，这是当时农村赚钱的副业），王占禄和马丫就在一起相聚。崔某在家时间长了，王占禄就到县城出差，住在旅店；马丫回县城的娘家，二人一起看电影，逛街，然后就在旅店同宿。这种事情纸包不住火，一来二去，其实村里对他们的关系没有不知道的。

王、马二人长期相聚，感情益深。王占禄感到这样下去终究不是办法，要想长聚，就得远走高飞。因此，王占禄提出要和马丫私奔，到黑龙江找一个人烟罕见的地方，长相聚，永相守。马丫听了王占禄的建议以后，感到很突然，就说："你看我，又有丈夫又有孩子的，怎么能说走就走呢？"几次商量，马丫都是这几句话，王占禄心中就有了别的想法，他决定铤而走险。

二

罪恶的阴谋在王占禄的心中逐渐形成。如果说王占禄和马丫之间的感情还有一点可以理解和原谅的话，那么，王占禄实现要想得到马丫并且长期相守的手段却是罪恶的。他在酝酿除掉他与马丫长相守的障碍，就是崔某。

杀人的计划设想得很周到。但是，王占禄有一个最大的担心，就是崔某的身体很壮，自己虽然也很健壮，但是比起崔某来，还不是对手，要想凭自己的力气杀掉他，极其困难。看来，要想实现自己的计划，非得雇人当杀手不可。

20世纪80年代初期，雇凶杀人，还是非常罕见的犯罪方法。但是，凭着王占禄的聪明，他就想得出来，并且付诸实施了。他想，雇人杀人，非同小可，找到聪明人，一是不能帮你办，二是帮你办了，出了事也跑不掉。王占禄经过反复思量，选定了王德臣做他的杀人帮手。

王德臣，是大队的豆腐倌，独身一人，早晨起早做豆腐，白天出去卖豆腐。人很老实，能干，身体好，就是有点缺心眼儿。在王占禄看来，这恰好是他的优点，是可以进行收头的基础，再加上缺心眼儿，就会听话，还不能向外说。王占禄决定了。

夜晚，天色很沉。王占禄找到王德臣，拉着他到了村外。

王德臣感到奇怪，不知大队书记今天是怎么了，竟然找他谈心，但他没有问。终于，王占禄开口了，问王德臣缺不缺钱。王德臣嘿嘿一笑，说："谁不缺钱啊？都缺。""有一个赚钱的活，你想不想干呢？""能赚钱就想干。""那我跟你说，你可不能跟别人说。你必须保证。""行！我能保证。"王占禄向四周看了看，神秘地说："马厂（村庄名）有一个人想出400元钱，雇个人杀人，你想不想干？"王德臣瞪大了眼睛："怎么有这么大的仇，还雇人杀人？价钱还这么大！"那个时候，在农村一年赚不上100元，400元当然不是一个小数目。

"就是嘛！人家还说了，如果干得利索，将来还可以再多给一些呢。""会不会出事啊？"王德臣虽然心眼不够，但是这么大的事，他还是有点担心。"出不了事。就是出了事，好汉做事好汉当，人家也不能连累你。""那什么时候干呢？"王德臣的口气中有了同意的意思。王占禄心中一喜，连忙说："到时候人家就来找你了。你做好思想准备就行了。"王占禄感到很轻松。

三

下午，马丫抱着孩子回娘家去了，家里只有崔某一个人。傍晚，北风渐起，一阵紧似一阵，天气有些寒冷。行云似风，月亮忽隐忽现，是一个作恶的好天气。王占禄拉着王德臣从豆腐房出来，到了院子里的柴堆前，神神秘秘地说："那人来了！"

"就是那个要杀人的人吗？""对！""还真想杀人啊？""你以为说着玩呢？就是今天。""哎呀！我还没有准备呢。""没事，我都替你准备了。"说着，王占禄从柴堆里抽出一个棒子，胳膊那么长，交给了王德臣，让他把棒子插在棉袄的袖筒里，正正好好，棒子的一端可以在手中握着。

王占禄拉着王德臣走出村外，来到崔某家前边的野地里，隐蔽在乱草丛中。崔某的家在村的东南角，左边和前边都是空旷的荒野，与其他的房子也有一段距离。也正是由于崔家的偏僻，才使王占禄有了杀人的勇气。王占禄和王德臣盯着崔某家的窗子，崔某的一举一动都在二王的眼里。王德臣等了一会，见还没有人来，就问："要杀人的人怎么还没来呢？"王占禄说："告诉你，要杀崔某的就是我。"王德臣有点狡猾地嘿嘿一笑："你怎么要杀他？""你还不知道吗？当然是因为马丫的事。""你搞人家媳妇，还要把人杀了，是不是有点损？"王德臣质问王占禄。"顾不上了，杀了他，我们就远走高飞。你说，你到底想不想干？""不想干还能来吗？到时候可得想着给我钱！""肯定忘不了。"

接着，王占禄就在王德臣的耳朵边"如此这般"地教授了杀人的计划。夜晚10点多钟，二王开始向崔某的房子窗前爬过去。

四

崔某的家,还是灯火通明。窗台下,两个人影在鬼鬼祟祟。王德臣说:"开始吧?"王占禄说:"不行!必须等他闭了灯以后再说。"接着,王占禄就对王德臣说明了作案的方法。

原来崔某正想卖他的自行车,王占禄的计划是,等崔某上炕休息以后,王占禄假装要买自行车,叫醒他,等他去拿自行车的时候,王德臣就抽出棒子,向崔某的头上打去。从窗户里可以看见,屋子里是南北两铺炕,北边的是一铺小炕,很窄,自行车就在炕上边放着。

窗子里的灯忽地灭了。又等了一会,王占禄说到时候了,就和王德臣一起走到门前,让王德臣拿好棒子,自己叫门。崔某爬起来,趴在窗子上,问什么事。王占禄说:"有人要买你的自行车,让我先和你谈一谈。"崔某一边说"这么晚了",一边下地开了门。王占禄和王德臣一起进了门,在南炕的炕沿上坐了下来。王占禄向王德臣使了一个眼色,王德臣抓紧了手里的棒子。

崔某问是谁想买自行车,王占禄说有个城里的人,价钱给得不错,就看车子成色怎么样。崔某说:"车子的成色当然不错,我没怎么用过啊!"王占禄又看了王德臣一眼,王德臣点了点头。王占禄就说:"那你把车子拿下来,我先看看,好跟人家说。"崔某答应了一声，就在小北炕上拿自行车。

正在崔某一只脚在地上，一只脚在炕上，举起自行车的时候，王占禄大叫一声："动手！"王德臣抽出棒子，举起来，向崔某的头上狠狠地打下去。崔某闻声，赶忙回头，见棒子就要打下来了，急忙用手护住头，棒子就打在崔某的手腕子上，"啪！"地一声，手腕上的手表被打碎。王占禄急忙上前夺过王德臣的棒子，让王德臣抓住崔某，自己用棒子狠狠地向其头上和身上打下去，直到崔某不动了，王占禄才罢手。

王德臣坐在地上，呼呼地喘，说要歇会儿。王占禄说不行，得赶紧处理现场。在王占禄的指挥下，他们把崔某的尸体拉到房外的仓房里，用口袋装出了一些粮食，伪装成小偷偷粮，崔某看见后制止，被小偷打死的假现场。然后把柴灰撒在屋子里的地上，再用笤帚扫干净，关好门，两个人倒退着走了二三里路后，才急急忙忙地向南边的村庄走去。途中，王占禄将杀人的棒子扔在路边的水沟里，到前边村庄时，又把偷出来的半口袋粮食扔在路边的水井中。王占禄和王德臣订立了攻守同盟后，分别回家。一场罪恶的杀人犯罪，就这样结束了。

五

警车呼啸，刑警云集。小小的村庄霎时成为众人关注的焦点。在依靠群众办案方针的指导下，王占禄也成为了案件侦破组的成员，跟着刑警跑里跑外，忙个不停。寻找嫌疑人、证人，都是王占禄在忙。村里有人问起来案情怎样，王占禄立即就说："事情很清楚了，就是图财害命，偷东西被发现，就把人给杀了。"看来，还真像王占禄所说的那样，这个案件是破不了了。

刑警可不像老百姓那么好唬。刑警队的领导在经过一天的调查后碰头，分析认为：图财杀人的可能性没有，小偷不会因为偷了一点粮食而杀人；仇恨杀人的可能性也没有，因为崔某是一个老好人，没有仇人；就剩下奸情杀人了，而王占禄与死者马丫的关系几乎尽人皆知。刑警队长决定，让王占禄继续协助侦查，让他尽情表演，案件的机密情况不能让他知道，同时注意观察疑点，找到案件的突破口。

这个决定是英明的。很快，侦查员发现王占禄的鞋上有两点污渍，很像是血迹。这是一个重大的有犯罪嫌疑的证据。同时，马丫也从娘家回来了，有人看到王占禄和马丫有些接触。刑警询问马丫，马丫支支吾吾，承认自己和王占禄有两性关系，最后也承认王占禄想带着她远走高飞的想法，而她因为有丈夫和孩子，没有答应他。在询问了马丫以后，刑警队长当机立断，决定与王占禄正面交锋。

队长和几位侦查员约王占禄研究案情，王占禄欣然前往，在讨论中滔滔不绝，陈述自己对案件图财杀人可能性的看法。

队长问:"王书记,你说,能有人会因为一口袋粮食就杀人吗?"王占禄沉吟一下,说:"什么人没有呢?说不定啊!"队长逼上一句:"你看,这个案件有没有可能是奸情杀人呢?"王占禄抬头看了队长一眼:"也有可能,可是谁跟马丫有奸情呢?""马丫已经讲过了,就和你有奸情!"

刑警队长盯着王占禄的眼睛,过了一会,严厉地说:"你看一下你的鞋,那是不是杀人的血迹?你敢去鉴定吗?"王占禄头上的汗珠滚了下来,结结巴巴地说:"不用,不用,不用鉴定,那样,还不如我自己承认了呢。""那好,你就自己说吧,省得大家都麻烦。"接下来,王占禄就把杀人事实的经过一五一十地交代了。在把王德臣抓获归案以后,按照王占禄的指认,到邻村水井中打捞出了粮食口袋,也在水沟中打捞出了杀人的木棒,虽然经过浸泡,木棒的缝隙中仍然残留着血迹,经过鉴定,是崔某的血型。在王占禄的鞋上,以及在王占禄和王德臣的衣服上,都查出崔某的血型。这一当时罕见的雇凶杀人案,经过三天的侦查,终于告破。

六

说到这里,这个案件还有意犹未尽之处。

我是审判长,坐在审判台上。应当说明,这个案件是有阴私案情的内容,但是,群众强烈要求公开审判,经过领导决定，可以公开审判，对阴私的内容不作深入的审理。公开审判，这种做法不当，但是当时就是这么做的。

案件已经审理完了，所有的证据都核对属实，足以定案。我最后说："被告人有最后陈述的权利，现在由被告人王占禄最后陈述。"王占禄说得很感人，他主要是总结教训，告诫他人，不要犯罪。他说完了，我又说："现在由被告人王德臣最后陈述。"王德臣穿着一件又长又肥的大衣服，忽闪了一下大袖子，前言不搭后语地说："我杀人了，犯罪了。我感谢共产党，感谢毛主席！"法庭顿时哄堂大笑。原来，监狱的管教跟王德臣说，两个人杀人，一般只能判一个人死刑，估计他的问题不大，可能会判死缓，因此，他才在法庭上说出上面的话。

休庭评议以后，我宣布判决：以故意杀人罪判处王占禄死刑，剥夺政治权利终身；以故意杀人罪判处王德臣死刑缓期二年执行，剥夺政治权利终身。最后宣布闭庭。

在执行对王占禄死刑的时候，我不在法院，听同事们说，王占禄表现得不错。在最后见到他妈妈的时候，他说："儿子办错事了，罪该处死。我放不下心的是没有照顾好你。现在政策好了，要求开放搞活了，你就带着儿孙好好干吧，听党的话，就一定会有好日子的。"大家说，王占禄的这番演讲，好像是给村民在开动员会。

23　办案杂忆（抢劫）

1980年初，《刑法》《刑事诉讼法》刚刚开始实施。那时，我在刑事审判庭当审判员。接手的第一件按照"两法"审理的案件，就是洪某、苗某强奸、抢劫案。办的这起案件，我终生难忘。

一

案件起诉过来，庭长分给我办。我接过卷宗，发现案卷并不是特别的厚，很容易看。起诉书起诉的事实是：

洪某和苗某晚上在一起喝酒，后闲逛，来到某偏僻的铁路和马路交叉的地方，坐在路边的栏杆上闲聊。至午夜，女工林某下夜班，其丈夫没有来接她，就自己回家。到该路口时，被洪某和苗某截住，并对林某进行纠缠，随后将其劫持到某铁路货场，洪某先将林某强奸，后苗某又将林某强奸，继而又将林某的手表和10元钱抢走。在二犯送林某回家的时候,被林某的丈夫堵截,将洪某抓获,苗某逃离现场,后被公安机关抓获归案。检察机关认定,洪某和苗某犯强奸和抢劫罪,犯罪情节严重,提请人民法院依法严惩。

我很快就把卷宗看完了,进行了仔细分析。初步的看法是,强奸的事实证据确凿,供、证一致。在抢劫的事实上,证据虽然很多,但是有些无法排除的矛盾。正好,一天在一个县里开会,遇到了该案的公诉人,他问我案件情况怎么样,我就说了上面的看法。他说,反正他作为办案人认为证据是充分、确实的,检察委员会也是认可的,请法院看着办吧。我说我再仔细看一看,有些事实我再查一查,然后再说。

认定洪某和苗某抢劫犯罪事实的证据是:

1. 林某平时戴一只上海牌手表,人人皆知;当天晚上上班的时候,工友还钱给林某5元券两张,其中一张上边有用红笔标注的一个记号,还款的工友证实;

2. 洪某在现场抓获后被押到公安机关,在公安机关搜查其身体时,从其口袋中搜出十几元钱,其中有上述两张5元券,标注的记号与证人证实的情况完全相同,并经过还钱工友的辨认属实;

3. 林某指认苗某将其手表抢走后,逃离现场;

4. 洪某和苗某均否认抢劫犯罪,其中洪某对在其口袋中搜出的10元钱,自己无法说清,在自己的记忆中,他的钱在与苗某喝酒的时候,基本上已经花完了,自己不知道这两张5

元券是怎么来的；苗某否认自己抢劫手表，并且回忆其在强奸时，看到林某确实是戴有一块手表的。

基于这样的证据，无法认定这两个被告人是否犯了抢劫罪。在抢劫10元钱的事实上，似乎证据很充分，却经不起推敲；在苗某抢劫手表的事实上，则是明显的证据不足。

在那个时候，法院在审判开庭之前是可以进行调查的。我和书记员决定进行调查，将抢劫的事实搞清楚。

二

我们先到旧物商店察看有无近期寄卖类似的旧手表。跑了一天，没有发现线索。

我仔细想了想卷宗中有关材料的内容，在公安机关查证的证据显示，在抓获洪某的时候，现场有几个人，这些人还出过证言。这说明，尽管这些证人的证言对认定抢劫这一事实没有起到证明的作用，但是，却给下一步的调查提供了方向，那就是，抓住其中的证人扩大线索，很有可能查清抢劫事实的真伪。

依据林某和林某丈夫的证言，是洪某和苗某在送林某回家的途中，林某的丈夫因为在同事家中玩牌，出来的时间比平日晚，就急急忙忙地骑自行车朝前赶。林某远远地看见有一个人骑着自行车、手持手电筒赶过来，就没有说话，跟着两个人还在走。待等到快要接近她丈夫的时候，就大叫一声："快抓坏人啊！"就一把抓住了洪某。这时，林某的丈夫已经冲上来了，听到妻子的叫喊，就骑着自行车向洪某冲去，一下子就把洪某撞倒在地，并用手电筒打，同时叫林某抓住苗某。林某正要抓苗某，苗某挣脱逃走了。听到喊声，周围的人出来围观，还帮助给公安机关打电话，并最后在公安机关人员赶到现场后，帮助将洪某弄上警车。

这说明什么呢？从现有的情况看，有一个值得重视的事实，这就是，洪某在现场被抓获，他就有抢劫的证据，特别是物证；苗某没有被现场抓获，在他的身上没有发现抢劫的证据。这一现象给了我一个重要启示，这就是，再查清现场的人，进一步了解现场的情况，对于弄清抢劫罪的事实，具有重要的甚至是决定的意义：是不是说明……？

我不敢再想下去，只好在将来用事实和证据来说明。我们在现场附近一点一点地扩大线索，寻找知情人。

三

在现场附近约一公里的地方，有一个木材加工厂。从火车上卸下来的原木，高高地堆在场地中。在这里，我找到了一个在现场出现过的人，是一个小伙子，在木材加工厂工作。我和他说明了来意，他说他已经知道了我的身份，愿意回答我提出的问题。我直截了当地向他说明我要了解的问题,这就是:"在现场上,你究竟看到了什么?"

小伙子点了一下头,说:"说实话,我在现场上什么也没有看到。因为在我出去的时候,公安机关的警察正在把洪某押进车里,事情已经结束了。""那么,在现场的人是怎么议论的呢?""当时在现场已经有几十个人了,大家在警车走后,又议论了一会,都说现在的人怎么这么凶,竟敢在大街拦截下夜班的女工轮奸。有一个小孩还问什么叫轮奸呢。""在现场上,大家没有说到抢劫的事吗?""肯定没有。在后来,广播电台播新闻时说两个罪犯强奸妇女,还抢劫财产,邻居碰到一起,还问起原来咋就没有听说还有抢劫的事呢?对这件事,我还想问问你们呢。"

果然,这里还是大有文章呢!我和书记员用眼神交换了一下思想,书记员点了点头。我又问:"在你到现场的时候,你见到有哪些你认识的人呢?""让我想一想……,你们可以找一下这两个人,在我到现场的时候,他们两个都在。""他们说没说过关于抢劫的事情?""说过,也都觉得奇怪,怎么原来就没有听说还有抢劫的事实呢?"

问清楚了这两个证人的寻找方法,我们就要告辞了。这个小伙子还追着问:"那这两个罪犯犯没犯抢劫罪呀?"我说了一句:"会查清的。"就匆匆离开了。

终于找到了在现场的两个见证人。有一个证人说,在他来到现场的时候,现场已经有了几个人了,当时,林某的丈夫正在打洪某。打得很厉害。打了一会以后,洪某已经倒在地上,不省人事了。林某的丈夫把林某叫到人群的外边,说了一会儿话,然后就回到洪某的身边,说:"得搜查一下这小子身上有什么东西。"就一点一点地翻洪某的口袋,从上边翻到下边,然后说,这小子身上没有什么好东西。按照这个证人的说法,林某的丈夫有可能在这个时候,从林某那里拿到林某从工友还回来的10元钱,在借口搜查洪某的身体时,将这10元钱塞进洪某的口袋之中。

另一位证人说,他到现场的时候,只有几个人,当时林某的丈夫正在打洪某,把洪某打倒在地以后,也看到林某的丈夫将林某叫出人群。证人说,他仔细地看了两个人的行动,只见林某的丈夫拉着林某走出人群,见到林某和丈夫在一起说了一会话,然后,林某就在衣服口袋中掏出了一点东西,看不清楚是什么,交给了丈夫。在月亮光下,看到林某在伸胳膊的时候,在手腕上有银色的光一闪,肯定是戴了一块手表。

这位证人说:"另一个罪犯已经早就逃离现场了,手表还在被害人的手腕上,怎么能说是被这个罪犯抢走了呢?坏蛋是要受到惩罚,但是,也不能硬编罪名吧?"

我又仔细询问了这个证人,说的与前一个证人的证言完全吻合,只是在细节上这个证人说得更细,更真实。这样就可以确信，在苗某已经逃离现场以后，被害人指认其抢劫的手表还在被害人的手腕上。

将这些证据结合到一起，可以看出，洪某和苗某确实没有对林某实施抢劫罪，所谓的抢劫罪，不过是林某的丈夫为了加重罪犯的罪行，而刻意编造的，洪某口袋中的钱，是林某的丈夫在林某的口袋中拿来的，又借搜查洪某的时候，装入洪某的口袋。至于苗某抢劫手表的事实，则完全是虚构的。可以断定，林某的手表现在仍然在林某的家中，或者仍在林某的控制之中。

至此，林某的丈夫为加重罪犯的罪行，虚构抢劫罪的事实，已经基本清楚。这是一个严重的问题。被害人受到罪犯的侵害，身心受到严重的摧残，应当得到同情和援助，对罪犯应当予以严惩。但是，对罪犯应当依法惩治，不能采用这种手段使其承受不当的刑罚。中国的法律决不准许这样办。作为一名法官，要惩罚犯罪，绝不是没有法度，不能准许被害人及其家属编造事实对刑事被告人入罪，受到不当惩罚。

四

按照《刑事诉讼法》的规定，对于这样的案件可以退回检察机关补充侦查。我让书记员把材料准备好，退回了起诉的检察院。

检察院看了我们的材料，也认为案件的事实站不住脚，随后组织人力进行补充侦查，扩大了查证的范围，找到了现场更多的证人。在充分的证据面前，林某的丈夫承认了捏造事实，意图加重被告人罪行的事实。经过林某指引，在林某家柜橱的缝隙中，找到了诬陷苗某抢劫的手表。事实真相大白。

真实的经过是：林某的丈夫将洪某截住之后，先将其打晕在地，然后将林某叫出人群，问林某身上有没有钱，林某说刚好有同事还回来的10元钱，林某的丈夫将这些钱拿到手上，又叫林某将手表摘下，藏起来，在搜洪某身体的时候，把10元钱装在洪某的口袋里。虚假的事实就是这样造出来的。

案件重新起诉，经过开庭审判，对洪某和苗某从重判处了刑期，只是定了一个强奸罪。尽管刑期很重，但是罪犯承认自己的罪行，表示认罪服判。林某及其丈夫也认识到了问题的严重性，诚恳检讨错误。

24 审讯

在司法机关工作，总离不开审讯工作。我先后作了25年法官和检察官，在很长时间里的工作都与审讯离不开。

审讯分为讯问和询问。在刑事审判工作中，对被告人的审讯，叫讯问，是审讯的意思；对证人的审问，叫询问。这样的确分开了对被告人和证人审讯的不同。在民事审判工作中，对当事人的审讯叫做讯问，对其他当事人和证人的审讯叫做询问。

审讯要讲究策略，要讲究方法，不然就不会取得审讯的预想效果，被告人本来承认的事情，问得不好也会翻供，给工作带来麻烦。审讯策略运用得好，事半功倍，能够取得良好的审讯效果。所以，审讯是司法人员的一种技艺，是基本功。在部队，步兵的军事训练讲究五大技术，就是队列、射击、刺杀、投弹和土工作业。司法人员要讲究技术，审讯就是其中之一。

我是司法机关中的一个资格不老但也不浅的法官、检察官。在审讯中遇到了很多的趣事和轶事，讲出来，备不住就会引起大家一乐，或许还能够引起一些思索。这就够了。

一

先说审讯时间的长短。我经历时间最长的一次审讯，是在一个县里审讯一个流氓团伙。那是在1983年"严打"之中。那是一个非常时期，一切都不按照常规办案。有一天接到了领导指令，要到县里审理一个流氓团伙案件。我与检察院的检察员和各自的书记员一起乘汽车到了县里。

到了审理案件的地方（也就是县公安局的看守所），已经是晚上7：30，吃了一点东西，到了审讯室。大家坐好后，就开始了审讯。这个团伙案件，被起诉的被告人一共18人。我们在审讯室一个一个的审讯，直到第二天的早晨，太阳已经出来了，我们的审讯也结束了。这一个晚上，整整审讯了12个小时，审讯了18名被告人。

把犯罪嫌疑人押回了号里，我才舒了一口气，这时候，才觉得身体极度疲乏，有一种要呕吐的感觉。急着吃了一点东西，不一会就都吐了出去。坐上了汽车回到机关，人也就快出毛病了。

还有一次，也是审讯了一夜。那天正是省法院的院长来我们法院视察工作，其中一项内容就是检查枪支管理工作。院长向省法院的院长汇报了工作情况，省法院院长很高兴，也很满意。晚饭后，院长陪着省法院院长在聊天，我就回家了。刚刚回到家里不一会，院长就给我打电话，声音很急，一再催我快点到宾馆。院长一见到我，就说："出了事了，你赶紧去。"我问是什么事，院长就说，一个县法院的干部用枪打死了人，引起群众反感，聚在法院要说法。

我说了一声行，就上了车，飞驰而去。本来平时要走三个小时的路，一个半小时就赶到了。安顿了群众，我就赶到了看守所，对这位审判干部进行审讯。

在审讯室里，公安的、检察院的、法院的，聚着20几个人。因为我是中级法院的副院长，又是主管刑事审判的负责人，因此，审讯就由我来主审。

我从头开始，一点一点地审了起来。时间过得很快，到了2点多以后，一屋子的人绝大多数都睡着了，只有我和书记员在审讯。也是直到早晨，天也亮了，审讯也结束了。大家也都精神了，我就赶回机关汇报。这个案件，后文还要说到。暂就此打住。

二

有一次审理一个集团案件。这个案件的一个主犯有一点文化。我在审阅案卷的时候，发现这个人很难斗，很多审讯他的人都碰了钉子。在卷宗中，发现他写过几首诗，文字倒还整齐，就是缺少点意境，格律也有差错。我想了想，觉得有办法对付他了。

在审讯室，法警将这个被告人提了上来。等他坐定之后，我没有说话，观察他的神情。这位被告人很年轻，20多岁的样子，神情很傲慢，对我不大理睬。

我等了一会，心里有数了以后，就开始审讯。他不很配合，回答讯问不是按照我的讯问进行，而是按照他的思路说。我没有着急，等了一会，到了一个比较有利的机会，我突然问他："我看到你写的诗，最近还写吗？"他突然一愣，不知道该怎么回答。我说："你写的诗我看过了，文字倒很整齐。"他很警惕，说："写诗怎么样？不行吗？""我没说不行啊！我是说你写的还不错。不过……""什么意思？""不过，我看你写的诗写得还不够好，还有一些问题。"他迟疑了一下，看着我，说："有什么问题？"

我就把我的看法说了一遍。他很惊讶，说："你，你们法官也懂诗？"我轻轻一笑，说了一声："难道我不能成为一个文学爱好者吗？""难道法官也懂文学？""不过，我对诗不行，对小说还行。最近发表的小说，还算比较满意。"我这么轻描淡写地说，实际上到那时，我也不过发表了两篇小说，几篇散文而已。不过为了审讯的需要，我故意这么轻描淡写地说了小说的写作。这个被告人的态度立即就有了变化，开始用很尊重的态度，和我谈起了文学创作问题，审讯室的气氛宽松起来。

看准这个机会，我觉得我的策略已经生效，口气一变，开始正式审讯，结果可想而知，被告人有问有答，无比顺利。审理一个雇凶杀人案件时也有一件事，我在《办案杂忆（情杀）》中说过这个案件。

那是公开审判正在紧张准备的时候，第二天就要开庭了。院长来了，庭长也来了，有经验的老审判员也来了，可见这个案件在当时、当地的影响力。可就在这时，第一被告人翻供，推翻了原来的供词。看守所的同志赶紧通知我，说了这个情况。

我刚一听也很紧张，怎么会这样呢？这个案件我早就了解情况，还到现场进行过复核，是很有把握的。想了一想，还是觉得去审讯一次比较有把握。那时候的审判程序不像现在这样严格，开庭之前可以随时进行审讯，为开庭做好准备。

我和书记员、法警一起到了看守所，把这名被告人提到审讯室。我坐在审讯桌前，紧紧地盯着他的眼睛，态度非常严厉，一句话也不说。被告人会抬起头看看我，又赶紧低下头，不知所措。再抬抬头，又赶紧低下。还是不知所措。我已经知道审讯的结果了，因为我对这个被告人很了解，不是那种狡猾、奸诈之徒。在办案的过程中，我们已经取得了很好的信任关系。他手足无措的表现，正说明他的翻供是撒谎，是内心的愧疚和不安。我不着急，又继续盯着他。足足三分钟过去了。被告人坚持不住了，低着头说了话："法官，我要说对不起你，我撒谎了。"我不再看着他，说："我知道，你会承认的。你就说说为什么会这样就行了。"

他怯怯地看了我一眼，小声地说："号里的人跟我说，我太傻了，就这么实事求是地说了，还不是一个死，还不如翻了供，或许有一个活路。我一想，反正也是这样了，不如试一试，就和看守说了，还有一个人和我一起杀的人。""你说的这个人是谁？"我追问。"马丫。"

这个事实我心里有数，证据证明马丫没有参加犯罪活动。要在审讯笔录上固定这个事实，因此记叙问："马丫到底是不是参加杀人了？""真的没有，那天她在城里娘家呢。""为什么要说马丫参与杀人？""号里的人犯说，两个人一起处理，罪责能够减轻。""那现在你怎么又承认自己撒谎了呢？""你那么信任我，我一直感谢你。今天你一瞪我，我就没神了，就得说实话了。"接下来的结果就不必说了。为了稳妥起见，院长带着我们又到了案发地，对主要证据进行了复核，毫无问题，连夜赶回县城，第二天开了庭，顺利完成审理任务。

三

1986年，我在政法大学毕业，回到机关，还是主管刑事审判工作。刑事审判庭的几个审判员跟我汇报,说有一个案件已经研究完了,需要向主管院长汇报一下。我问有什么原因要我听汇报。他们说案情有些复杂,院长要听一听才好定案。

我答应了,安排了一个时间,就听审判员汇报案情。案件的被告人叫王某,女性,基本的案情就是杀死了她的丈夫。

王某和丈夫结婚有几年了,但是一直没生孩子。受害人是一个农民,有几个朋友。其中与一个朋友的关系非常好。这个朋友得了重病,在弥留之际,嘱托受害人在他死后,一定要照顾好他的妻子和孩子。

受害人眼看着自己的朋友恋恋不舍地离开的妻子和孩子,牢记着朋友的嘱托,下决心好好照顾好朋友的妻子和孩子。从此以后,每星期,受害人都要到朋友遗属的家里,为其弄柴弄煤,挑水浇菜,尽心尽力。但是,王某受不了这样的煎熬,心中醋意大发,经常与丈夫吵架。受害人每次到朋友的遗属家中去一次,回到家就要吵一次架。但是,受害人对朋友遗属的帮助还是没有中断,一直继续下去。

初冬的一天,受害人又到了朋友的遗属家,回来的很晚,王某与丈夫又吵起来。屋外下着小雪,寒意正浓,屋内则是激烈的吵闹。按照王某的交代,王某在受害人回来的时候,她正在家里生气。受害人进了门,她没有理他。受害人一边洗脸,一边还哼哼唧唧地唱着。王某生气,质问他乐什么,受害人说没什么可乐的。王某就问，是不是和那个小妖精弄得不错，就高兴了？受害人说有什么弄的，不就是帮着干点活。王某一听，就问，难道就是干点活吗，就没干点别的什么？受害人说，能干什么呢？王某就说，男女之间的事，总要干点吧？受害人就火了，两人吵了起来。后来，受害人躺在炕上，王某就在地上一边哭，一边骂。越骂越来火，爬到炕上撕扯受害人。受害人反抗，还动手打王某。王某抽起一根棒子，打了受害人的头，结果，就失手把受害人打死了。怎么打的，没有说清楚。我听着汇报，认为王某的这个交代不真实。

庭长和审判员也都说，是觉得不真实，但是，王某坚持就是这样子，再也问不出来别的了。接着，审判员补充说，在刚刚发案的时候，王某曾经说她只是把丈夫打昏了，后来不知道是谁把她的丈夫打死的。但是，在现场勘察的时候，雪地上只有一行脚印，是王某上派出所报案时踩出来的，雪地上没有别的足迹。在出示现场勘察笔录后，王某不得不说是自己打死的。但是，坚持说是失手打的，再也不说具体的细节了。审判员分析说，看来，王某是在说谎。

我说，这个案件没有审透。审判员也说，是没有审透，但是没有别的办法了。我说，这样吧，等过几天，我们一起去审一次。这样的审讯结果，案件怎么能够结案呢。大家都说好。

听说主管刑事审判的副院长要亲自审讯王某，就有很多人要去听。那天下午2点，我带着刑庭的庭长、审判员和书记员到了看守所，一看，检察院的检察员、公安局的预审员、侦查员，来了一大帮人，都坐在审讯室里。我一看，真是把事情闹大了，不知道我今天能不能保住面子。拿不下来，怕是难出审讯室的大门。

嫌疑人提到了审讯室，坐在审讯室角落的凳子上，低着头，有时候也抬一抬头，偷偷地看看坐在中间的我，显得很紧张。审讯室里的阵势，大概有一点压力。书记员在核对了被告人的身份以后，我开始审讯。与前面的过审说的一样，王某也没有特别的表现。我开始接触正题，就是杀人的过程。王某的表现有了一些变化，经常说着说着，就要看一看我，再看一看审判员。我和审判员交换了一下眼神——看来我们分析的是对的。时间一分一秒地过去了，但是王某还是一直说是失手打死了丈夫，没有说明真实的过程。我就耐心地说服她，要相信政府的政策，要走坦白从宽的政策。王某说："政策是都知道，但是杀死了人，别说是杀死了自己的丈夫，就是杀死了别的什么人，该杀头也得杀头，从不了宽的。"我又从另一个角度启发她，说她的交代不真实，比方说，开始的时候，不是也抵赖说是别人杀的吗？现在说失手杀了人，说的过程和尸检的结果不符，怎么说是说了实话了呢？

面对证据，王某干脆不说话了。局面僵持着。已经到了下班的时候了。我掰开了、揉碎了地说，嘴都要说破了，还是没有结果。我大概也到了难以忍受的时候了，几次想发火，都忍住了。审讯室里的20多人，有要下班接孩子的，已经耐不住先走了。我也怀疑是不是能拿下来真实的口供。就在这时，我想起来了一个主意。王某想把故意杀人说成是过失杀人，还不是希望减轻罪责？但是看起来，这个王某也不是特别狡猾奸诈之人，如果从鼓励的角度讯问，大概会有一些结果吧？我拿定了主意，先是继续絮絮叨叨地继续说着，然后停顿了一下，就突然紧紧地盯着王某的眼睛，鄙夷地说："王某，我瞧不起你！"王某一愣，抬起头看着我，大惑不解的样子。我声色俱厉地说："中国有句古话，杀得起人就偿得起命，男人杀人，敢作敢为，痛快淋漓，真是没有看到过女人杀人这么麻烦，明摆着的事实，就是不承认。活要活得有骨气，死也要死得有骨气。吭吭唧唧的，当初干吗要杀人？"王某身子一震，躲避了我的眼睛，一会儿，她抬起了头，直视着我的眼睛。我心中一动，看来这番话有作用了。我接着说："女人也是人，也要有骨气嘛！现在的女人很多都比男人强，我看你也要做一个站得起，坐得下的女人，给男人一个榜样！"她的身子一点一点地挺直了。

外边的天已经黑了，电灯雪亮，照在她的脸上，惨白的颜色中，逐渐地有了一丝血色。她要了一口水喝，然后直起腰，声音很大地说："政府说得对！是杀得起人就偿得起命。

想一想死去的丈夫，我还讲假话，算个人吗？人是我杀的，我承认，我要为死去的丈夫偿命。"接下来，王某一五一十地说清楚了杀人的过程。原来，在和受害人吵骂的时候，王某越来越气，与丈夫撕扯着。受害人也撕扯了一会儿，把脸转到一边，不再理她。她忍不住，就拿起一根棒子，向受害人的头上打去。这就是受害人头后部的那处非致命伤。受害人气极，一脚将王某踢下炕去，王某摔倒在墙角。王某挣扎着爬起来，手里还拎着那根棒子，一看受害人躺在炕上不理她，就举起棒子，向受害人的头上狠狠地打去。这是致命的打击。打了两棒子以后，王某看到受害人的头上冒出很多血，就急忙上炕用被子蒙住他的头，用腿压住受害人正在挣扎的腿。等到受害人不动了，她松开手，一看已经没有气了。其余的情节就和原来说的情况一样了。

王某交代完了，重重地吸了一口气，好像显得有些轻松。这些交代，与尸检的结果完全吻合。王某很真诚地看了我一眼，说："我愿意接受法律的任何惩罚。"我也真诚地说："如果那样，我会去看你的。"我们也都松了口气。我让书记员与王某核对笔录，其他人就到了别的房间闲聊。有人恭维我说，还是院长亲自出马，不然拿不下来这个口供。我说这算什么本事，死缠烂打罢了。大家哈哈大笑。不过，总算是抬着头走出了审讯室。

对王某执行死刑的时候，我遵守了我的诺言。一大早我就到了看守所。看守所里,正在给王某拾掇衣服,交代后事,看守所也给做了好吃的。她家里没有别人,因此也没有亲人来探望。我看到她的目光在搜寻着,看到我来了,就露出真诚的眼神,好像没有对死亡的恐惧。我走过去,问她事情是不是都交代完了。她说没有什么交代的。我问她感觉怎么样,她犹豫了一下,对我说:"还是你说得对。作为一个人,还是要拿得起放得下,该承担责任就得承担责任。"我说:"你这样说,我就放心了。"我接着问是不是有亲属来看她,她说:"我没有什么亲属,不会有人来看我。其实,这一会儿就等着你,看你能不能来。"我说:"我这不是来了,说到了就得做到。""看来,我们都是说话算数的人。"她说得很坦然。想了一想,又说,"我没有亲人,你来了,就算是有一个亲人来看过我了。""我可是要你坦白交代说真话,并且判你死刑的人。"她摇了摇头:"不,你是最后教我做人的人。"

我的眼睛有一点湿润,用手拍了拍她那被绑着的胳膊。法警押着她,要走了。我说:"你走好!"她点了点头,有一点坚毅地回过头,走了。从背影上看,她的腿不太利索,但是走得还很坚实。

25　被告石予生

聚餐的时候,有些人总是让我讲办案的故事。有一天,又是酒酣耳热之时,有人就说:"再讲一个吧"。我想了一想,就讲了一个法官犯罪的故事。我说得很沉重。

一

省法院院长来视察工作,已经三天了。要汇报工作,还要照顾领导生活;要说自己的工作,还要关照基层法院汇报,事情极多,弄得十分疲劳。这次省院院长来检查工作的主题之一,是枪支管理。因为最近有很多法院在枪支管理上出现问题,需要加强管理。三天下来,省院院长对我们的工作还是满意的。

晚上回到家的时候,已经快十一点了。刚刚坐下来,想洗洗脚,松口气,电话却急匆匆地响起来了。这么晚了,肯定又是有急事。我接过电话,是我们院长的声音,很急:"到家了吗？你马上到宾馆来，有急事！"我很纳闷，急着问："什么事？这么急？要带什么东西吗？"

其实，我早已经习惯。在中级法院作一个副院长，主管刑事审判，晚上遇到紧急情况的时候多得是。就是院长直接打电话找我，也不是没有过的事，没什么奇怪的。赶紧去就是了。

急忙穿好衣服，走到门口，法院的汽车已经到了，在门口等着。看来，院长早已经为我准备好了，事情一定很急。到了宾馆，院长正在房间里等着我，样子很急。"出事了！"

院长是一位老法官了，刑事审判经验尤其丰富，在一般情况下，他是不会把焦急的心情暴露出来的。今天的事情大概不是小事情。我没有急着问，而是等着他说。"你认识河东法院的石予生吧？这个人，今天刚刚把一个少数民族的人给枪杀了。"

石予生我是认识的，而且关系很好，怎么会是他？这个混蛋，这不是给院长上眼药吗？省法院领导正在检查枪支管理，他这里就枪出事，怎么能不让我们院长上火？我也有些急，忙问："什么时间？消息确切吗？"我不希望这是真的。

"你是怎么了？我在这种时候说的话，会是开玩笑吗？"院长的神色很严厉，我不敢再多讲话，静下心来，等着院长的指示。就在这时，省法院的院长从里屋出来了。省院院长个子不高，头发有些花白，精神矍铄。但是，今天的脸上是满脸的不高兴。我站起来,迎着省院院长。他说:"你来得很快。不错!这件事很大,你不知道吧?少数民族群众聚集了很多,已经包围了县法院。弄不好,就会闹起民族纠纷。我说了,你临危受命,带上人,马上去处理这个案件,把问题处理好。有急事,可以随时跟我汇报。"

我看了我们院长一眼,说:"是!我跟我们院长研究以后,马上出发。""你们也不用研究了,就立即去。我相信你的判断力和能力,有问题再说。"我又看了我们院长一眼,我说:"那我……,""你不用说了,"院长显然已经知道了我要说什么,就说,"我已经跟刑事审判庭的庭长说了,让他带了一个书记员,现在就在下边等着呢。院长,你看……"省院院长挥了挥手:"还看什么?让他们走吧!"

我看了他们一眼,再说什么都是多余,从现在开始,就要靠自己了。我说了一声:"我走了。"就急忙走出了宾馆。

二

在宾馆门前,巴庭长和杨小琴已经在等着我,一辆吉普车低鸣着,也像是很着急的样子,喘着气。巴彬庭长是部队转业的干部,在法院工作已经十多年了,法律素质很好,也很有经验,是我领导下的最得力的助手。杨小琴原来在地方做过党委书记,有实际工作经验。院长看来真是理解我,知道我要用什么人，派来的都是管用的人。

我坐上车，说了一声："走！"车就开了。车开了，速度很快，轮胎在砂石路面上狂奔，颠簸得很厉害。巴庭长看我不说话，试探着："副院长！你说……""说什么？到了那里再说。""可是……，这个石予生他怎么就……"

杨小琴也说："就是！他是不是活腻味了？"我没有说什么，沉吟着。真是的，这个石予生怎么搞得嘛？石予生，很早以前我就认识，是一个膀大腰圆的汉子，在法院工作已经好多年了。工作很积极，也很有办法，跟朋友讲交情，群众关系很好，就是脾气有些暴躁，是一个点火就着的人。去年，开始负责执行庭的工作，但是还没有明确提为庭长或者副庭长。本来好好的，怎么就会出事呢？

巴庭长坐在后边的位置上，盯着我，慢慢地说："副院长！我看这个案件不好办。""为什么？""你想，上边的院长和咱们的院长都盯着，你又是老石的朋友，不是左右为难吗？""就是！怎么办都难。"杨小琴补充说。"唉！"我叹了一口气，"怎么难也得办呀！我看，咱们不管别的，就看具体案情了，该怎么办，就怎么办。""假如论罪该杀，你下得了手吗？假如论罪不该杀，院长那里交待得过去吗？围攻法院的老百姓能答应吗？"巴庭长还在犹豫。"都怪老石这个混蛋，为什么要弄出这个事来？""算了，别说了，"我阻止了他们，还是得多准备一点精力，晚上有一场硬仗呢。

汽车沿着通往河东县的公路疾驰。这条公路有200多公里，平时要走三个多小时，今天赶得急，结果刚刚一个小时20多分钟，就进了县城，眼看着县法院就在眼前。

三

汽车在县法院的门前停下，只见法院的门前坐着黑压压的人群，大约有200人，路灯下，人人都不说话。在门口台阶上，有几个人在晃动，在与法院的人说什么，情绪很激动。我下了车，看到县法院的黄院长推开人群，走过来接我。

我走过去，跟他握了一下手，就问："情况怎么样？"黄院长语气很急，跟我说："正等着你呢。我汇报完以后，请你定怎么办。"我们推开正要围上来的人，走进了法院。法院的会议室里，烟雾弥漫，一些人正在议论着，见到我来了，都站起来，打招呼。我摆了摆手，让大家坐下来，接着对黄院长说："说说情况吧。"

黄院长咳了一下，有些紧张，开始介绍。他说："石予生你是认识的，是我们法院的执行员，工作十几年了。""案件的情况，一会儿听公安的同志说。你就先说说少数民族群众的情况吧。"我打断了他，因为我需要向省法院院长汇报情况，这是他最关心的问题。

黄院长介绍说，今天中午，石予生到了一家少数民族饭店吃饭，喝了酒，喝多了。后来，与饭店的老板发生口角，用手枪将老板打死。这个老板是当地一个很有影响的少数民族企业家，很多人知道了老板被法院的人用手枪打死，非常激动，再加上有一些人鼓动，就来了200多人到了法院，要求非严惩凶手不可，否则就要游行，抬尸示众。政府机关已经动员了很多人，在进行疏导工作，但是效果不好，包围法院的人越来越多。

我分析了当时的形势。现在包围法院的群众，主要的是要求严惩凶手，并没有提出无理要求。而犯罪嫌疑人是法院审判人员，法院会不会官官相护，群众有怀疑，是可以理解的。只要我们很快就把案件办完，依法处理，群众的情绪就会迎刃而解。

我把这些意思向县法院的领导说了以后，让黄院长向县委汇报，并请他们做好群众的疏导工作。在和省院院长和中院院长电话报告了情况以后，我和县法院主管刑事审判的副院长等人就立即向县公安局看守所赶去。

四

县看守所是我经常来的地方，原来做刑庭审判员和副庭长的时候，凡是到这个县来提审，都要到这里来。值班的同志带着我直接到了所里最大的办公室。

办公室里烟雾弥漫，几乎看不见人了，一进去，就像掉进了烟雾弥漫的厨房，呛得咳嗽起来。县里的公安局（局）长、检察长，还有刑侦大队的侦查员，都在这里，看到我来了，都站起来，说："都等着你来呢！"我连忙请大家都坐下，我也坐下了。"情况怎么样啊？"公安局长说："还是让我们的侦查员汇报案情吧。"我说行，侦查员就开始汇报案情。

"我们是12:43分接到报案的。因为就在公安局的旁边，我们在12:45就到了现场。这是现场照片和现场勘查图。"说着，侦查员就把现场照片和现场勘查图送了过来。我一边听着汇报，一边看着现场照片和勘查图。

现场分为两个，第一现场就是饭店的楼梯，这是被害人死亡的地点。现场上，被害人伏卧在楼梯上，后背的伤口清晰可见，几乎和枪战电影中死者身上的炸点完全一样。通过缓步台向上拐上去，是第一次发生枪击时的地点，在这里，穿过死者身体的那发子弹，射进了挨着楼梯的墙壁。第二现场，是在二楼的餐厅，这里是两人发生撕打的地方，桌椅打翻的情景，在照片上反映得很清楚。这说明在动枪之前，双方有过撕打。

正在看着，侦查员开始汇报死者的尸检情况，并把尸检报告放在我的手上。我很佩服县公安局的工作效率，仅仅半天的时间，就把案件侦查工作基本上做完了，而且该用的刑侦文书也都做好了。真不简单。我对公安局长说："不错，你们刑侦大队的工作效率不错，这么快就把工作做好了，应当表扬。"局长有一些得意，但是没有表现出来，只是点点头，说："我们还不知道这是什么案子吗？"

我看着尸检报告。报告清楚地记载着，在死者的身体上，一共有六发子弹所致的贯通伤，其中在小腿处，有一处贯穿伤，子弹穿过软组织，从另一方穿出，这就是在第二阶楼梯上墙上发现的那处子弹。死者身上的其他五处伤痕，背部两处，是致命伤，分别射中死者的肺部和肝脏，在大腿的前边和臂膀处，还有三处伤痕。从现场被害人倒伏的情况看，背部这两处枪伤，应该是最后射中的。看来，石予生最后是真的想要致被害人于死地的。

"根据现场的勘查情况看，被告人与被害人是在第一现场发生了争执，相互进行了厮打。之后，双方向楼梯走去，这时，被告人向被害人开枪，射中了被害人的肩膀和大腿，一发子弹还射中了被害人的小腿，从腿部软组织穿过，射到了墙壁上。"侦查员准确地描述着案件的经过。"在受害人和被告人的身体上，有没有发现其他的伤痕？"

这是判断双方厮打程度的证据，可以判断石予生为什么要枪杀被害人，是不是因为被告人对其进行了不法侵害，而实施防卫行为。所以我又特别地问这个情节。说着，我还看了巴彬庭长一眼，他会意地点点头，他又朝杨小琴看了一眼，杨小琴也点了点头。

"这个细节我们已经注意到了,我们对被告人进行了活体检验,在他的手上有轻微的抓痕,这应当是在与被害人进行撕打的时候形成的。在被害人的手上,也有同样的抓痕。双方的身体上再没有其他伤痕,呃!对了,被害人身上还有六处枪伤。"

侦查员自觉说了错话,冲我笑了笑,大家也逗乐了,会场的紧张气氛有些缓解。从这些证据看,石予生的行为没有防卫的性质。"现场的证人询问过了吗?"我问。

"我们到现场的时候,现场的人都没有离开,我们就地进行了询问,已经查清了案件的基本情况。"侦查员说完以后,就开始介绍证人证实的情况。

中午11点左右,石予生到了这家饭店来吃饭。石予生是这家饭店的常客,与死去的老板很熟。坐下以后,就点了几个菜,自斟自饮。后来,又遇到了几个熟人,就都坐到一起喝起来,喝得比较多,呼天喊地的,还划着拳。12点钟左右,石予生要上厕所,到了楼下,要从厨房进到后院方便,服务员说后院没有厕所,不能上后院方便。石予生火了,冲着服务员骂了起来,把服务员骂哭了。石予生出了厨房到后院,就站在后院里小便。被骂哭的服务员找到了老板,说明了情况,老板就说了一句:"这小子喝高了,太不像话!"走到后院,冲着正在小便的石予生说:"你他妈喝高了也不能这么闹啊!"石予生看见老板还找上来了,就系好裤子,跟老板吵了起来。老板说:"你他妈喝酒喝人肚子里,还喝到狗肚子里了吗?怎么不干人事呢?"石予生火了,两个人就骂骂吵吵地回到了楼上,石予生继续与人喝酒。老板说:"别让这个王八犊子再喝了!再喝,他还不把我的饭店砸了?"石予生一听,就站起来骂到:"我喝你的酒给你钱,他他妈凭什么不让我喝?"双方在这时就动了手,撕撕打打的,朝着楼梯那边走去。

五

我一边翻着询问证人的笔录,一边思索着。这个案件的基本情况已经基本清楚了,现在就是要与被告人进行核对了。"对被告人是不是已经讯问过了?"局长说:"已经讯问过了,询问的结果与上面证实的情况相吻合,没有矛盾和冲突的地方。"

我跟检察长说:"你们的检察官是不是已经看过卷了?"

检察长说:"我们的检察员几乎是与侦查员一起进行工作的,这些情况我们都掌握。我们已经简单地研究过,因为这是一起司法干部犯罪,社会极为关注,我们一定会慎重地对待这个案件的。""你们对案情的看法怎么样?""跟公安的认识一致。""跟局长和检察长商量一下,是不是一起提审一下被告人,把案情再核对一下,再研究怎样办?"大家都同意这个意见。我就跟巴彬庭长说,让他作讯问,杨小琴做好笔录。

办好了提讯手续,看守将石予生押了上来。

石予生还是那个样子,个子很高,但是显得很憔悴,脚上砸着镣铐,手上戴着手铐。面部表现出悔恨的表情,但不是猥琐、害怕、胆战心惊的样子。看来还算是一个男子汉,总是要敢作敢当嘛!

他坐在那里以后,就向各位点着头,当他发现了我的时候,就站了起来,很激动的样子,声音有些发颤:"副院长!我真是做错了事,对不起各位了……"我说:"你坐下吧!也不要激动,把事情原原本本地说清楚。好吧?"

石予生是一个很要强的人,在工作上从不让人,总是争取好成绩的。但是,就是性格暴躁,容易发火,控制不住自己。这些,我们都说过他,可是怎么会想到发生这样的事情呢?他平静下来,巴彬庭长开始讯问。石予生陈述事情的发生经过。

石予生的夫人在几年以前开始经商,赚了些钱。后来,夫人就经常不回家了,夫妻感情发生了问题,也吵过架,但是没有解决。对此,石予生很苦恼。这些情况我以前就知道。

就在案发的这天上午,石予生到儿子家看看刚出生没几天的孙子。去了以后,孙子正在睡觉,老石就与儿子在外边说话。石予生想让儿子陪着自己到饭馆吃点饭,儿子说有活要干,让爸爸自己去。石予生就自己到了饭店。结果,就发生了这样的事。

"你与饭店老板以前是不是认识?"巴庭长问。"当然认识。关系不错。你们来办案的时候,不是也经常在他那里吃饭吗?""你和老板发生争执是为什么原因?""就是我在小便的时候,他来骂我。后来,我回到了餐桌,他还来不让我喝酒了,我就特别生气。""你那时是不是喝醉了?""没有大醉,是有一点。""你现在能记得当时的情况吗?""基本上记得。""那你把从这个时候开始的经过陈述一下吧。"

"今天我本来的心情就不大好。到儿子那里看孙子,儿子和儿媳也没让我在那里吃饭。后来我让我儿子陪我出来吃,他也不干。其实生了一肚子气,就到了这个饭店喝闷酒。本来就生气,老板又骂我是狗,我就更生气了。接着他还跟上来,不让我喝酒,还骂我。我就跟着他骂起来。他动手揪我,要我到公安局去。我说你他妈的还敢侮辱我,要我上公安局!我就和他撕打起来。他就揪着我走,我就跟着他撕打。走到楼梯口的时候,他把我的手弄疼了,我就用脚踹他,他也踹我。我突然想起了我的手枪就在身上,我就掏出手枪,说:'我他妈的毙了你。'他说:'你还有这么大的胆子,你就不怕死了?'我说:'我就毙给你看看,让你再敢他妈的告我、揪我,我就让你死在你的饭店。'我就对着他开枪了。这一枪好像打在他的腿上,他蹦了一下,还说:'你他妈的还真敢开枪,我就上公安局去告你。'说着,他就跑。我追上去,又向他开枪,就把他打倒,趴在楼梯上,再也起不来了。"

"你开枪的时候,是不是真的想要打死他?"巴庭长问的时候,朝我看了一眼,我对他摇摇头。这样问,是不符合规定的,因为这样问太容易使被讯问者顺着你的问法说下去,得到的是不真实的回答。

但是,石予生没有利用这个机会,他说:"要我说真实的情况,那时候就是想解恨,干掉你才好。你想,我们都是搞案件的人,用手枪朝着人的身体连开几枪,能说没有杀人的故意吗?因此,我不否认杀人的故意。"

巴庭长又问:"那天你喝了多少酒,是不是喝醉了?"石予生看看巴庭长,说:"喝了很多,是有些醉了。应当说是超出了一般时候的量了。但是,我也知道,醉酒的人不能免除刑事责任。这不是辩解的理由。我已经知道了我所犯的罪行了,没有辩解的理由。"案情已经没有任何问题了,这时,天已经亮了。

在把被告人押回监所以后,我跟局长和检察长交待好,请他们尽速按照程序办理,争取早日办完手续,向法院起诉。回到县法院,看到包围法院的人已经撤离了,我松了口气。

六

县委书记坐在法院的办公室里,正等着我。他见到我,赶上来,握着我的手说:"非常感谢院长啊!真是一定要抓紧时间啊！上访的人现在都被我动员到了一个招待所，每天要花多少钱呀。"我说："现在的问题不在我的身上，而是看你们县政法机关的工作速度了。你放心，只要你的政法机关工作效率高，我们一定会抓紧的。"安排了一下，我们该回家了。

在路上，我说巴彬庭长："今天你是不是想要玩一点花招啊？""你说，你看着自己的同事就要走向末日，你心里难不难受？"我说："怎么不难受？你以为我就不难受？"

杨小琴说："真是的，都是处得很好的同事，眼看着犯了罪，就要走向刑场，不知怎么形容这时的心情。真的，能不能找到一些理由，哪怕是判一个死缓，也行啊！""我正在接受批评呢，你在那里还说？你找个理由给我看看。"巴庭长说。

我说："不是咱们的同事，如果犯了罪，有从轻的理由，不是也都要依法从轻啊？何况老石是我们的同事呢？不过，这个案件要注意的是，群众的意见很大，就看咱们怎样处理。如果处理得不好，不能依法办事，群众也是不会答应的。咱们都是法官，都是执行法律的，现在也是考验我们的时候。如何适用法律，是我们对法律的态度；抓紧抓不紧，那倒是对形势的态度，对上级的态度。我们在一起办这个案件，你们一定要注意这两点。"杨小琴说："看看！就是领导，这不就上课了？你放心吧。"

杨小琴想了又想，说："我看，石予生就是让他的老婆害了。如果不是因为家里闹纠纷，也不会有今天。"巴庭长说："要是这样说，他的儿子也有责任。他要是给老爸做点吃的，或者跟老爸到饭馆吃一顿，也就不会有这样的事。儿子不孝，老爸遭殃。"我说："你们说得有道理，但是理由都不能成立，岂不知刑法理论中的因果关系学说？这些理由都能够成立吗？"

司机插话说："其实也都知道不能成立这些理由，只不过出现了这样的问题，大家都尽量给弱者找一个安慰。"杨小琴说："关键问题，是大家都应当守法。尤其是做法官的，更应当如此。不要以为做法官，在犯罪的时候可以减轻罪责，其实不是罪加一等，就不错了。""这句话说得倒是真理！"大家都赞成杨小琴的话。

七

县里抓得很紧，仅仅三天，案件就起诉到了中级法院。按照省法院院长的指示，及时送达起诉书，按照"严打"期间刑事案件审理期限的规定，送达起诉书之后，就开庭进行审判。

在县法院的大法庭中，黑压压的都是人，这些都是按照事先发的票入场旁听的。在场外，还围着很多人，县法院临时将喇叭拉出去,在外边就可以听到室内庭审的情况。对这个案件如何适用法律,群众是极为关注的。我在心里暗暗地告诫自己,同时也把这种想法告诉了担任今天审判长的巴彬庭长。

案件的审理十分顺利,因为石予生在酒醉的情况下犯了重罪,现在已经完全清醒,他知道自己将要接受的是什么结果,同时,他也知道他的行为触犯少数民族众怒,心情很不平静。他如实陈述罪行,坦诚表示接受法律的制裁。他的表现得到了旁听群众的理解,甚至感到同情。

庭审结束,我们赶回中级法院,召开审判委员会,经过研究,没有太大的争议,就通过了决议,对石予生定故意杀人罪,判处死刑,剥夺政治权利终身。接着就制作了判决书,向被告人送达。

还是县看守所里,还是那间大办公室。大家围坐着,中间放着一个小凳子。石予生就坐在上面。石予生的手有些颤抖,面色还算镇定。杨小琴将判决书送给他,他接过来,只看了看最后的判决主文,身体好像晃了一下,接着就点了点头,说:"我早就知道这个结果。"巴彬庭长问:"我们想知道你对这个判决是否服判,要不要上诉?"石予生想了想,低了一会儿头,又抬起来,说:"本来我是不想上诉的,但是,不上诉,就要等到过了上诉期省法院才能来死刑复核,那样就会拖延时间,对工作不利。我还是上诉吧,请省法院马上来审理，也好早日了结，给出法院作出一个交代。"

接着，石予生就当场写了上诉状，上诉状写得极为简单，就是表明自己对判决不服，请求省法院依法审理。石予生提出一个要求，能不能跟我单独说几句话。我就对其他的人说，请他们离开，我们要说一点具体的事情。其他人都走开了，就留下了我和巴彬庭长、杨小琴。

我说："石予生！我们都是多年的老同事了，事已至此，大家都正视现实。"石予生说："这些我都知道。""我就说得现实一些，你对后事还有什么交待？""我也正是想跟你说这件事。人总有一死，像我这样死，本来轻于鸿毛，这句话是早就知道的，也极不愿意就这样去死。但是，事已至此，我愿意做得好一些，不给大家造成更多麻烦。关于后事，我还想见一见我的孙子，然后，我想在死的时候，不穿囚服，要穿着西装走，最好也不要绑着我，让我平静地死去。"

杨小琴已经抽泣起来，我瞪了她一眼。石予生的眼睛也红了。不过，他忍住了。"还有什么要求，你都说出来。凡是我们能办的，我们都给你办。""其实还有什么要办的？没有什么，就是想死得体面一些罢了。这些天，你也累得够呛，真对不起你。"我说不出来什么，就说："这怎么说呢？谁愿意做这种事情呢？"石予生最后想了想，说："我走的时候，你还会来吗？"我肯定地说："能来！"他说："那好，我没有话说了。"

在对石予生执行死刑的那天，石予生没有看到自己的孙子，因为他的儿子和儿媳妇都认为，没有满月的孩子，不能到那种场合中去，大家也都认为那样做不合适。对石予生解释以后，他认为是对的。石予生是在平静中走的，但是他有一点遗憾，在向刑场走的时候，他频频地向身后的儿子家的方向回头，大概是一直想着他的孙子。

26 我的首航

30多年之前，出差坐飞机，是过于奢华的待遇，是不那么容易实现的梦想，尤其是在中小城市的机关工作人员，基本属于梦想之列。曾经有一次，我们地区的公安处有一个侦查员外逃缅甸，越境的地方是云南瑞丽，被当地截获，要求派人去押解回来。派去的人员中，有一个是我们法院的法官，往返都是乘坐飞机。他完成任务回来之后，差不多给我们讲了大半年：天呀，是那样的蓝；云呀，是那样的白；飞机呀，是那样的高……。那个得意的神态，真的是无法形容。好在过了一年，1982年9月中旬，我有了一次机会，实现了我的"首航"梦想。

一

1982年9月，我到法院工作已经7年了，算是比较熟悉审判工作了，领导也比较喜欢我。由于那时我的学历还只是一个初中毕业生，因此尽管业务很熟，但是在报批审判员职务的时候，还是没有被地委批准。而当时一起呈报的具有工农兵学员资格的另一位，就批准了。我这个人心宽，想得开。但是法院领导认为，这是因为地委领导对我不熟悉的原因所致，因此需要加强跟领导的接触，让领导熟悉我。

刚好，法院领导要陪地委政法领导小组组长、行署宋副专员去广东出差，需要一个青年干部陪同，就决定让我跟着领导去出差了。为了让我跟领导多接触，而给我这个机会，这是院长对我的苦心。不仅如此，而且也让我有了乘坐飞机出差的机会，可以实现自己人生中的首航，更是难得的待遇。别人出差坐飞机回来要讲半年，我跟着领导出差坐飞机，还不得讲他一年啊！

出发前，院长跟我说，专员生活上非常谨慎，你一定要安排好，记录好每天的花销，回来后要报账。我说，我知道，不能让领导吃亏就是了。院长说，不是你说的这样，关键是记账要准确，不能有毛病。这点脑子我还是有的，于是，我点头应允。

那时候，坐飞机可不是像现在这样如家常便饭一样，一是要有级别的限制，县团级领导，二是似乎还有很大的危险，要有勇士断腕、一去不回的忐忑和勇气。

开了介绍信，买好了飞机票，跟着专员、公安处长、法院院长，以及我和公安处的一个青年干部，一起乘火车到了北京，然后再搭乘航班，去广州。

二

在北京要停留三天，刚好，我是第一次到北京，兴奋之情无以言表。一下火车，安排好住处，刚好离天安门不远，我就跟领导请了假，直奔天安门广场而去。好雄伟的天安门城楼啊！好广阔的天安门广场啊！

站在拥来拥去的人潮中，我感慨万千。其实，更为令人惊叹的是，北京的女人身穿的确良衬衫，似乎半透明，胸衣竟然清清楚楚地显露出来，身材凹凸时隐时现，看得我这小山城出来的傻小子差不多达到了心惊胆战的程度，竟然不敢直视一眼，用眼角的余光瞄一眼，都会心跳一阵。

我从天安门城楼的中门进入，沿着甬道进了故宫，一路向北，走马观花地观看了故宫的展览，甚至还看到了光绪帝珍妃自杀的那口水井，在旁边感慨了那么一小会儿。然后，从神武门出去，直接就进了北海，绕着北海一周，再从北海的东门出去，直接就进了景山公园，又是转了一圈，匆匆登上煤山，眺望着整个北京城。啊！这就是我心中的大北京啊！感慨之余，没敢耽搁，又去崇祯皇帝自缢身亡的那棵小树旁，凭吊故去的皇帝一番，心理默念着《甲申三百年祭》中的一些话，然后就回到饭店。

前后我共用四个半小时，几乎走遍了天安门周边的主要景点。在晚饭时，我把这四个半小时走马观花的经历讲给几位领导听，几位领导都叹为观止，都说："还是年轻好啊！"

三

三天之后，我们一行启程去广州。定好了一辆出租车，是首汽的日本车，现在我知道那是一辆尼桑轿车，当时不知道，就是觉得不错。那是我第一次乘坐出租车，感觉就是"好高级啊！"出租车驶入机场路，就是现在机场高速旁边的那条老机场路，路不宽，车不多，我们的车行驶在上面，发出沙沙的响声，几乎听不到汽车发动机的轰鸣，那是十分地有感觉。

那时候的航站楼，就是现在的首都机场一号航站楼。进到了这个精美建筑的里面，我十分感慨。在首都机场的这个候机楼建成的时候，我还在齐齐哈尔当兵，在《解放军画报》上看到了新航站楼的雄姿，特别是机场候机楼中的壁画，曾经憧憬哪一天也要去看看这座航站楼。没想到，不到10年，我就可以在这个机场享用这个高大上的航站楼，甚至可以从此起航，飞上蓝天了。

在办理登机手续时，服务员问起我们是否吸烟，我们都说不吸烟，就给我们办了非吸烟区的座位，就是第一排的座位。那架三叉戟飞机没有头等舱，我们就是第一排。当时我还在心里直抱怨，为什么不是后排的座位，因为坐在后排，可以观察整个飞机的情况，坐在第一排，不敢多回头观察，怕被别人讥笑为"老土"，留有很多遗憾。哪里知道飞机的前排座位是这么好的位置啊。

飞机起飞之前，漂亮的空姐给乘客发了旅行纪念品，有五支装的航空香烟，还有小的飞机模型。当时我是吸烟的，但是发的航空香烟一路都没有舍得抽，都是留着回到机关时跟同事显摆用的。

三叉戟飞机在跑道上拔地而起，使我胆战心惊地离开了地面而飞上了天空。领导坐在靠窗的座位，我是在过道的位置，不敢越过领导向窗外看，只能小心翼翼地遥看飞机穿越云层，飞向蓝色的天空。窗外的蓝天和白云，终于让我放下了悬着的心，开始享受和感慨着飞行的愉悦了。

三个多小时的飞行，很快就完成了，我的心里感觉还没有坐够呢，怎么就到了呢？那时候的心情，绝对不是像今天这样，飞广州一趟，总是抱怨时间太长、身体太累。

一下飞机，突然感觉有点蒙，还以为高空飞行脑子有了问题，稍微清醒一下，才知道是因为出了机舱，就被热浪包围了，一下子就透不过气了。九月中旬，北方的天气已是中秋，东北偏冷，北京适宜，而广州还是盛夏。因为第一次出远门，我穿上了最体面的毛料制服，是那种带里子的，里面是衬衫，裤子里边还穿着秋裤，秋裤的腰上整整缝进了1万元人民币，而且是10元一张的！那是我们出差的全部费用，有了这一万元钱，我的腰因此就粗了很多，真正的是"财大腰粗"。财大腰粗的我，身穿这样的一身装扮，面对这样的高温，汗立刻就淌下来了，厚厚的毛料外衣都透出了汗渍。

这还不算真正的考验。由于我的财大腰粗，哪敢把秋裤脱下来呀？那是我们的命脉啊。可怜的我，在30几度的高温天气中，整整一个星期，除了谈工作之外，白云山、七星岩、佛山、肇庆逛了一个遍，而我的身上，毛料裤子加上秋裤以及那一万元钱，除了脱掉毛料上衣，穿着衬衫之外，一路上竟然就这样生生地挺了下来，每天都是汗流浃背，我竟然没有中暑。事后想想，这简直就是奇迹。

广州的白云山，给我的印象最深刻。接待我们的是广州市公安局文保处。文保处的处长是我们的老乡，对我们特别热情。白云山是文保处的辖区，因此，白云山公园管理人员对我们特别照顾，一个一个景点细细看来，精美无比。其中有一个别墅，房间里有一个三叠泉，我原来在电影《决裂》里看到过，就是那个"走资派"重新上台后，走进这个房间时说"我听着这个泉水声怎么没有原来那么清脆了呢"的那个房子，十分的精致。中午吃饭的时候，公园设宴，有很多北方没有的好菜。其中端上来一盘黑鱼头，竟然有八个。我就偷偷地和公安处的青年干部私下嘀咕，这是舍不得给我们吃鱼肉,光给我们吃鱼头。公安处陪同我们的人似乎看出了我们的疑惑,就给我们解释说,广州人最喜吃的就是鱼头,特别是黑鱼头,更为贵重,鱼肉倒是不怎么值钱的。今天招待的黑鱼头,是招待特别尊贵的客人才会上这道菜的,而且是八个。我们竟然大吃一惊,赶紧检讨我们自己见识短。

在佛山,去了该市的中级法院。由于是星期日,中院没有人。我们在佛山中院的院子里闲逛了一阵,参观人家的庭院,人家的画廊,人家的办公楼,看到南北法院的硬件差别,有了无限感慨。

在肇庆七星岩,我第一次看到了南方山水的精美、精巧、秀丽、曼妙、多姿,与北方粗犷的山水相比,显然不是一种风格。到了芦笛岩,我们两个年轻人很想爬上去看看,但是领导们都不愿意爬山,我们也就要放弃这个打算。但是,领导们说,既然来了七星岩,如果不去爬芦笛岩,是要后悔的,就让我们两个青年去爬,他们在下面聊天等着。我们说不好吧,怎么能让领导自己待在这里等我们呢?领导们说,这些精美的南方山水,对于北方人来说,多看一眼,就是幸福,你们去吧,我们看着你们爬山。我们两个放下心来,尽情地爬上山去,略作观赏,就赶紧下山,陪着领导一起走了。

在广州的时候,要给同事带很多东西,大概最多的,就是电子表和折叠雨伞。那时候,电子手表30元一只,折叠雨伞10元一把,买了好多。我给自己买的,是一件有点半透明的T恤，似乎是受了在北京天安门广场看到的情形的影响，但是回到家里，只是在家里穿过一次，没敢出门穿，以后就再也没有穿出去。原因是太透了，胸腹部的组成部分几乎看得一清二楚、一览无余，里面穿上一件背心，看起来又像女人穿的胸衣。罢！浪费了十几块钱。

在广州的最后一天晚上，公安局在白云大厦设宴给我们送行。据说，这是广州当时最高级的饭店。宽阔的餐桌上，除了菜以外，摆了五瓶啤酒、20瓶汽水。我私下里跟公安处的同事说，这些酒还不够我们两个人喝的。他说他自己喝了都不够。酒桌上约20人，交杯换盏，气氛热烈，但是也就是那些酒加汽水而已。人们一小口、一小口地喝着啤酒或者汽水，热烈交谈，完全不是北方人的喝法。

我就此发现，南方人和北方人的性格以及生活习惯等，还真是有所不同。比方说，在公安局招待所吃饭，所谓带肉的炒菜，就是先盛一勺炒好的青菜，再盛一勺炒好的肉，放在青菜上边，就是了。看着这样的吃法，我就纳了闷了：怎么竟然会有这样的做菜方法？

直到在广东快要结束的时候，钱也花的差不多了，我才脱掉那条秋裤，只穿一条外裤，享受到了脱掉"火龙衫"的幸福。不过，第二天就乘坐飞机到上海了，结果又要穿上那条刚洗过的秋裤了。在上海，这样的装扮就一点也不热了。

四

到了上海,已经接近9月底了,我们住在申江饭店。比较夸张的是,饭店已经有暖气了,而我这时的穿衣、戴帽,恰恰刚好合适。

在上海,工作上的事情不多,除了工作,去了豫园、人民广场,还去了申江饭店顶层吃了一次饭。在上海,印象最深的就是南京路了。都说现在的南京路上人多,真的不像80年代初的时候那样多。在我的感觉中,在南京路上,只要出了商店,就只能跟着人流走,自己几乎没有自主行走的可能性。站在稍微高一点的地方,就能看到整条街上,汇集成的不同人流,在街上交错流淌。我惊叹,我感慨,一条南京路,怎么就会有这么多的人?

从上海出发,是在虹桥机场坐飞机。这次我坐在机舱里靠窗的座位,终于可以清清楚楚地看到窗外的景色了。飞机的外边,天下着蒙蒙小雨。在留恋南方的情丝中,绵绵的小雨,正反映出了我当时的心情。

飞机起飞,冲进云层,机舱暗了下来,在暗灰色的云团中,飞机不断升高,转眼就冲出了云层,眼前展现了一片光明。这时,上面是碧蓝碧蓝的天空,下面是雪白雪白的云海,飞机就在蓝白之间飞翔。我无法相信眼前的美景,这不就是人间仙境吗？再看云海，近处波涛汹涌，远处层峦叠嶂，竟然比大海的天然波涛美上一百倍、壮观一百倍。我真的看傻了！直到今天，我每次坐飞机看到这样类似的情景时，我都能想起那天的云海，都会与之相比较。

五

到达沈阳的时候，是中午，天气已经很冷了。取到了订好的火车票，傍晚坐上火车，一晚行程，顺顺利利，早晨到家，跟着我的同事和亲友神侃我的首航经历，分享我的快乐。我虽然没有讲上一年，但是也讲了好长时间，因而，以前坐过飞机的那位同事因此而对我于心耿耿，心有不平，而我则心中自是暗暗得意。

我的这次首航的最大收获，并不是这种"小人得志"的得意，而是地委领导认识了我。专员看到我每天晚上都在看业务书，孜孜不倦，又不断询问我对某些案件的看法，对政法工作的看法，我都比较确凿地说明了自己的意见，有理有据。

专员对我们院长说："小杨这么好的青年干部，你们怎么不提拔？"院长说："报过了，地委不批。""理由呢？""因为他只是初中毕业生，没有文凭。"专员说："这不是大事吧？你们回去再报一次，我跟地委书记说。"

回来后不久，我就被任命为审判员；1983年年初，被任命为刑事审判庭副庭长；9月初，被吉林省人大常委会任命为中级法院副院长。

我原来在批判林彪的组织路线时，对其中"领导熟悉"这一标准十分不理解。经过了我的这次首航之后，我就理解了这个标准了。这很重要，因为这也开启了我在政治上的"首航"。

还要说的是，出差回来之后，我整理好所有的路上花销，用插队时在生产队做会计的功夫，作出花销的详细细目，细到每一顿饭的支出，以及每个人应当分担的份额。我把账目送到专员那里，他说："你先放在这里，我看后再给你打电话。"

下午，专员把我找去，说："你的账目还是有问题的。"我说："我仔细算过，不会有大问题。"他说："你看看，凡是我应当负担的部分，你都给我把零头抹去，积累下来，我就要少交好几块钱，你就要多负担好几块钱，这怎么行呢?"我说："没差多少，就这么着吧。"他说："那哪行啊！钱财的问题，必须公事公办，不可以有任何马虎。"

说着，他就掏出他的小本，一笔一笔跟我核对，最后算的一分钱也不少，他就高兴了。这时我才知道，专员自己每天都在记账，怪不得他每天都要问我花多少钱呢。由此我也想起了事先院长对我要求每天记好账的意图。那时候，我的工资每月才39元，几元钱其实也不是小钱。专员的苦心和作风，真的感人至深，令人感慨，再看看现在的领导，似乎很少有我们专员这种作风的了。

在我的这次首航中，其实更重要的，是见到了老一辈领导的清正廉洁，找到了自己人生和工作上的榜样。在以后的30多年里，每每在涉及钱财的问题上，我的眼前都会出现专员戴着眼镜、一笔一笔核对他应当负担的费用的画面，就会警告自己，不应当拿的钱，一分钱都不要拿。直至今天，几十年的机关、学校工作，我能够做到廉洁，完全是因在这次首航中领导给我的言传身教。

27　佟老与高法班

佟柔（1921—1990）老师离开我们已经好多年了。可是，回想起佟老师在人民大学指导我们第一期高法班学员学习民法的日日夜夜，仿佛还在昨天，佟老师的音容笑貌仍然就在我的眼前。回想到这些，还是让我激动不已。

1988年，最高人民法院为了提高我国法官的素质，尤其是中级法院副院长以上的高级法官的业务素质，与中国人民大学和北京大学的法律系合作，创办了中国高级法官培训中心，简称高法班。1988年6月是第一次招生，我们50名法官经过严格考试，有幸考入中国人民大学的第一期民法班，9月初开学。同时招生的还有北京大学承办的行政法班，有70名学员，这就是被戏称为法院系统"黄埔一期"的高法班。

我原来在中国政法大学进修学院学习法律的时候，佟老师就给我们讲授民法课，佟老师的风采已然刻在我的心中。一定要考上"黄埔一期"的人大民法班！当时考试时我就是冲着人民大学研究民法的那些大家们，尤其是冲着佟老师的威名，而下的决心。

1984年在中国政法大学，第一个学期开课，就是佟老师为我们教授民法。佟老师还没有来，学员们就开始评论佟老师的学问和巨大影响力。不过，那时候，大多数学员还仅仅知道佟老师是民法学研究的大腕，起草《民法通则》的首席专家。我们当时用的民法教材是统编教材，主编就是佟老师。等到佟老师给我们上了第一课之后，大家才确实领教了真正的大师和大家的风采。滔滔不绝地阐释，深入细致地论述，特别是用他那精湛的学问指导我们解决民事审判中的疑难问题的能力，迷倒了我们这些从实践中出来的法官们。我们都把佟老师奉为解决民事审判疑难问题的"神明"，有什么疑难问题，都集中起来，就等着佟老师来上课的时候提出来，因为佟老师都会给我们一个精彩的回答。

有一个有意思的故事，那就是在第二个学期，是另外一个老师来给我们上民法课了，这位老师的观点与佟老师的观点多数持反对意见，结果我们学员们都反对他，甚至有些学员拒绝上他的课，理由就是他的观点和"我们的"佟老师观点不一致，而且他还说了一些佟老师的坏话！按照今天的说法，中国政法大学进修学院出来的学员，都是"佟迷"！

我是佟老师的忠实弟子，又有是佟老师亲自指导的这样一个高法班，我岂能不考进来？

1988年9月，在高法班报到之后，我们就盼着早日见到佟老师。在我们这50名学员中，尽管大家也都属于"佟迷"，但是只有我是曾经接受过佟老师亲自教诲的弟子，因此，我就把我所知道的佟老师的学问和故事讲给其他同学听，包括为了维护佟老师的观点而"罢课"的故事。同学们都为佟老师的学问和人品而折服。第一天上课，就是佟老师为我们授课。我们50名学员规规矩矩地坐在一个小教室里，就像一群嗷嗷待哺的小鸟，盼望打食归来的母燕那样，迎接佟老师的到来。从那一天开始，佟老师就陪伴了我们整整一年。

佟老师对我们第一期高法班非常重视。高法班的全部课程都是佟老师设计的，主要课程都是由他自己亲自讲授，另外还有资深的赵中孚教授和郑立教授。佟老师跟我们说，给我们高级法官讲课，比给研究生和博士生授课还要难，因为我们都有民事审判的实践经验，更重要的，还要让我们全面提高民法修养，传授解决民法适用中疑难问题的方法。他是这样说的，也是这样做的。他把自己在研究民法中的体会，在《民法通则》立法中的思想精髓，都一一地、毫不保留地讲给我们听，让我们尽情地从他身上吸取民法营养，丰富自己，让我们在博大精深的民法理论中，不断丰满，将来能够在民法的天地中自由翱翔。这一年时间里，佟老师把他的学问浇灌到了我们的心田，使我们这些小鸟退去了乳毛，都成为了全国法院的民法实务专家，甚至成为中国民法理论研究和司法实践研究的权威。

当然，这些都是后话。现在，我的一些学生也把我称为民法"大腕"，可是，我从来就不敢担当这个大名，因为在佟老师的面前，我们永远都是小学生！在高法班的学员中，我是幸运的，因为我不仅是"黄埔一期"的大师兄，更重要的，是因为我得到了佟老师的特别指导和关照。

在50名学员中，我学习、研究民法的时间稍微早一些，上学的时候对民法已经有了一些体会，对侵权行为法的研究已经有了一些成果。因此，佟老师对我的学习和研究特别重视。我经常到佟老师家中请教问题，佟老师总是不厌其烦地耐心解答，直到我满意为止。有时候，我都感到不好意思了，但是，佟老师总是鼓励我："有问题就提出来，总能够研究出来解决方法的。这样提出问题解决问题，不仅能够指导司法实践，而且对民法理论研究也有推动作用嘛。"

正是在佟老师的鼓励之下，我在学习之余，继续进行侵权行为法的理论研究，在出版了第一部专著《侵权损害赔偿》之后，在高法班学习期间，又写出了专著《侵权特别法通论》的初稿。我带着初稿到佟老师家，请佟老师指导。佟老师看到我在学习之余，还拿出了这样的研究成果，非常高兴，仔细阅读了我的初稿，一方面给予充分肯定，认为我的研究方向是正确的，要继续坚持下去，另一方面也指出了我在书稿中存在的不足之处，提出了具体的修改意见。就在毕业之前，我把按照佟老师的指导意见进行了修改的书稿送给老师审阅的时候，佟老师欣然为我的书稿写了序言，热情鼓励我的研究精神，向读者热情推荐这部书。

在佟老师的指导下，我还把这部书稿中的精华部分写成了论文，参加了最高人民法院举办的全国法院系统第一届法学理论研讨会，被评为优秀论文，排名第一位，并且获得了在闭幕式上宣读论文的殊荣。我把这些消息告诉了佟老师，他为我感到高兴。我在兴奋之余，深深感到，如果不是佟老师的辛勤指导，我这个从司法实践中摔打出来的一个法官，怎么会有这样的成果和荣誉呢？因此，我终生感激我的恩师！

佟老师的一生都贡献给了新中国的民法事业。授课之余，他给我们讲了他的传奇经历。北京刚刚解放，部队南下，解放全中国。佟老师也热血沸腾，跃跃欲试，申请从军南下，为解放全中国作贡献。但是，党组织决定佟老师不能南下，需要他继续进行新中国的民法理论研究工作，不仅仅是教书育人，更要担负起制定中国民法的重任。就是这样，佟老师留在了中国人民大学，继续进行他的民法研究和教学工作。当时南下的干部，后来哪个不是都提拔到省部级、地师级？我们的佟老师当时就是一个学者，当时如果南下，现在不知道要提拔到什么级别呢！可是，佟老师为了民法的事业，却依然是一介布衣，住在简陋的教师宿舍里，就是上医院治病，都要自己步行或者坐公共汽车。我们学生和学员都知道，佟老师的生活很艰苦，烟瘾又大，所以就一直抽那种便宜的黑杆廉价烟，看得我们都心疼。也许正是因为如此，他才患上肺癌，1990年早早地离开了他的民法事业，离开了他心爱的学生。悲夫！哀哉！

但是，佟老师是富有的！他不仅拥有睿智的思想，还有巨大的民法财富。他的这份巨大的财富，不仅滋养了我国的《民法通则》，而且培育了一大批我国的民法后辈学人。我作为老师的一个学生，得到的是他的胸怀和学问，同时，得到的也是一个经老师启发而来的民法世界。在今天，我们都是制定《民法典》的骨干，并且都全身心地投入到这个巨大的工程之中，无怨无悔，就是因为我们继承的是佟老师的事业，完成的是佟老师未竟的制定《民法典》的宏图。

我们已经把佟老师的铜像竖立在人大法学院国际学术报告厅的门前。每当我经过这里，去讨论民法问题的时候，就会看到佟老师的思想和学问，就会看到佟老师对我们的期望。因此，我就会不停地继续向前，去攀爬民法的一个又一个高峰。

28 第一本法学专著《侵权损害赔偿》

我的第一本法学专著是《侵权损害赔偿》，是 1988 年出版的，前后共印 6 版，《民法典》出台后，还有一些朋友建议我再版，我还没有决定。回忆起来，写作和出版、发行这部著作，确实是很难忘的。

写作

1981 年，我在《法学研究》杂志上发表了侵权法的第一篇论文以后，就对侵权行为法产生了浓厚的兴趣，同时，也发现我国法学界对这门法学理论研究得非常不够，因此就下了决心，要好好研究这个问题。

在那个时候，我的文凭还是一个初中毕业证书，是 1969 年发的。简陋的封面上，有一个男工人举着钢钎，一位女农民抱着一捆麦子。地上好像还有一群羊。我之所以描写这个毕业证书的形状，就是想说明我们初中时没有很好地学习文化课，基本上是学工、学农。我没有专门学过法律，只是在法院工作中，在老同志的指点下，比较系统地阅读了大学法律系的教科书。凭着这样的基础，要探索、研究侵权行为法学这个深奥的法学理论，真是困难多多。

但是，我的决心建立在两个基础上：第一，我所在的这个中级法院，在有20个编制的时候，就有11名"文革"前的名牌大学法律系的毕业生，北大法律系、中国人大法律系、吉林大学法律系的毕业生都有，在他们的学术精神和院里的学术气氛影响下，自己有了一些体会。第二，我这个人对有兴趣的事情是十分尽心的，可以用尽全力去做，不会灰心。正是因为如此，我在1982年以后，就注意收集侵权法的专著和论文，潜心研读，试图在可能的时候，自己写出一部中国侵权行为法学的专著。

1984年，我考入中国政法大学进修学院学习法律，在这里，有了更好的学习和研究的条件。尽管进修学院图书馆的藏书不多，但是，我还是看到了以前想看而看不到的东西，学习了以前很多不知道的东西。大约在大学里准备了一年的时间，图书馆里的有关资料差不多全部看完了，我也积累了数千张资料卡片，当时对侵权法的理论问题和实践问题认为也有所认识了。这时候，我感觉准备得比较充分了，因此在第二个学年的时候，就开始动手写作《侵权损害赔偿》了。

写作起来，并不困难。有这几年积累的实践经验，又有这一年的理论准备，写得很顺手。大约写作了一个学期，写出了将近20万字的初稿。我把初稿交给几位同学阅读，请他们提意见，并且按照他们的意见进行了修改。在最后一个学期的时候，《民法通则》通过了。在临近毕业之前，我抓紧时间，按照《民法通则》有关侵权行为的规定，进行了最后一次修改，就在毕业之前定稿，接着就把这部积累了我几年心血的厚厚的稿件，寄给了一家著名的出版社。然后，我就毕业回到家乡，静候佳音。

出版

在那个时候出版一本法学专著，尤其是像我这样名不见经传的小人物的专著，会有什么佳音可候呢？我等了足足有一年，那就到了1987年，书稿的出版毫无音讯。最后，在没有办法时，我通过朋友，到这家出版社询问情况，回答是已经有了同类的书籍出版，不再考虑我的书稿出版。朋友帮我要回书稿，寄给我。后来我才知道，其实所说的同类书稿，不过是一本关于侵权法的三四万字的小册子。看到这本小册子出版，我的心情很难过。不过，这又有什么办法呢？

我正在难过的时候，我的一位朋友，是省高级法院的一位领导知道了这件事，说可以帮助我。他说，可以把这本书推荐给吉林人民出版社，争取出版。我很兴奋，立即将书稿寄给这位朋友，交给了吉林人民出版社。我又开始静候佳音。

事实证明，这种守株待兔式的静候佳音做法是十分有害的。又过了很久，我到长春开会，下定决心要在开会之后，到吉林人民出版社去询问一下情况。恰好，在这时候，我们院的一位刚毕业的大学生到我住宿的宾馆去看我，我就谈起了这件事。他说："哎呀！我刚刚到吉林人民出版社去看我的同学，出版社的一位大姐还问起我，知不知道通化的哪一位同志写的书稿，还在我这里呢，怎么想出版找不到作者呢。想不到是您写的。"

我听到这个消息，万分激动。开完会，我马上就到了出版社，找到了资深编辑刘国丰大姐。刘大姐还批评我说："没看见过你这种作者，交了书稿，就见不到人了，想找都找不到。"我急忙检讨，说出了我静候佳音的想法，同时也进行检讨。刘大姐就笑了。

然后，我们研究了出版的办法，就是合作出书，她给我书号，我自己组织排版、校对和印刷，三校之后的清样拿到出版社审阅定稿。交完书号费之后，不再给稿费，自己出钱印刷，发行后结余归己，当作稿费。

拿回书稿，我又对书稿做了一次充实和修改，然后就把它郑重地交给我们机关的印刷厂排版。那时候是铅字排版，机关印刷厂的排字房里，一排一排，摆着的都是我的书稿的铅字版，看到它们，心情就很振奋。校对书稿是十分辛苦的。

书稿的第一版20万字,自己一个字一个字地校对了三次,整整用了一个半月的时间。在这个时间里,每天都工作到下半夜,有时候就打通宵。早晨把校好的稿样送到印刷厂,晚上拿回来再校。循环往复,日复一日。那时候身体好,打了通宵,第二天照常工作。但是在晚上校稿样的时候,有时候坚持不住了,就趴在桌子上睡着了。

终于有一天,印刷厂的师傅打电话告诉我,装订出了两本样书,叫我去看一看。我赶忙跑到印刷厂,拿起了还飘着油墨香的两本新书,我的心都醉了。当时我的想法就是一个:这就是我用七八年的时间孕育的孩子啊!

发行

这本书第一版印了12000册,这在当时是一个相当大的数字。如果是今天来办这件事,我肯定不敢印这么多的。书出来以后,就有一大批书堆在了我的办公室和印刷厂了。我的同事和朋友一起帮我征订。订数上来以后,又打包、送交邮局邮寄,等等,无数的工作等着我。如果不是同事和朋友帮忙,这本书的发行是不可能完成的。想到这里,我还是深深地感谢这些同事和朋友们。

麻烦的是,我的一个非常幼稚的想法在实践中弄出了很多麻烦。我主张打包的牛皮纸不要太厚,就是要使书包的重量减轻，目的是要节省邮寄费。可是，第一批书寄出以后，很快就接到退回的破烂书包，损失很大。结果又得重新包书，对破损的书还得修补，修补不了的，只能作为损失了。

在全国的征订发行，大约上来了9000多册。这样的发行数量其实是很大的。由于印得多，最后还是有2000多册没有发行出去。这时候，在司法局当局长的老庭长慷慨拉走500册，发给全地区的司法助理作为学习教材；当厂长的同学拉走200本，发给每个工人一本作为法制教材；当院长的同事拉走200本，送到书店代销……最后，这些书基本上发行完了。最后结算，所剩8000元人民币，就是稿费和发行结余。在当时，这也算一笔不小的收入。

这本书影响很好，有几位读者阅读了此书后，还给我写来了热情洋溢的信，以后要求购书的还有很多人，直到今天还有人要买这本书。后来，出版社又再版两次，后来转到法律出版社，出到了第六版，不知道究竟印了多少册，总有几万册吧。

当时我有了这8000元钱，不知道该怎么用，在同事的怂恿下，一下子都买了储蓄奖券，20元一张，就是400张。我想，这么多奖券，总能够获得一个二等奖或者三等奖什么的。可是，除了得了两张20元的末等奖共40元人民币以外，其余一无所获。从那以后，我再也没有买过奖券，这一经历算是一个人生花絮。

29　聚会

2001年夏，是毕业15年以后的聚会。正好这时入世谈判结束，中国加入WTO的日子。同学们都说，我们毕业的时候，是入世谈判开始的日子，今天正好是WTO决定中国入世的日子，我们相隔15年后的聚会。真是巧了！

中国政法大学进修学院1984级学员，在毕业15年以后，今天又回到了母校所在地——昌平，重新聚会，欢乐的气氛溢于言表。我们这个年级的学员总共220多人，来参加聚会的有80人，占总数的1/3强。对我们这些同学来说，这是极为重要的一次聚会。

寻访旧梦

当天晚上，我们班我们小组的三位同学，步行返回学校原来的地址。我们的校舍不在政法大学的校园，而是在昌平的一个居民区中。那就是昌平县城西环里15号、16号楼。那时，中央急于培养在职政法干部，在没有校园的情况下，就在昌平县城的一个居民区中，购买了这两栋居民楼房，成为了我们进修学院的校园。

在两栋居民楼房之间，临时搭建了一个巨大的教室，就是类似地震棚那样的活动建筑。空荡荡的教室内，200多张大耳朵椅子，一个简陋的讲台，就是我们学校全部的教学设备。前边的一栋楼房，是教师的办公室和宿舍，以及类似的场所。后边的一栋楼房，就是16号楼，是我们的宿舍，220多名学生，就住在这里。

在这里，我们生活了两年。我们在这里学习，在这里培养法律意识，也在这里培育同学的感情。对于我而言，更值得纪念的是，我的第一本法学专著《侵权损害赔偿》就是在这里写出来的。

我们三位同学决定不直接走向学校，而是绕到昌平电影院，从那条路走到学校。因为那时学校没有任何文化活动，我们最好的娱乐，就是到这个县城唯一的电影院看电影。我看电影比较少，一起来的丁先生在一个月中，曾经看过17场电影，创造了当时的"吉尼斯"世界纪录。电影院悄悄地隐藏在大楼的背后，那么不显眼。可是当时，它给了我们多大的欢乐！

沿着鼓楼西街那条肮脏的小路，拐来拐去，就到了西环里，首先看到的，就是我们那时经常要去的菜市场。再拐几下，就到了学校的旧址。

现在的西环里15号和16号楼，已经不是原来的样子了。当时的围墙不见了，当时那座巨大的活动房教室也不见了，两座楼之间，是一块空阔的场地，停着居民的汽车和自行车。只有原来的两座大楼，还静静地矗立在那里，也已经物是人非。

天色很暗，如果不是有居民的点点灯光，就没有办法看清原来居住地方的模样。顺着灯光，我们看到了原来的宿舍：第一年住的宿舍，第二年住的宿舍，都找到了。在这两个宿舍中，我们这几个同学不仅仅是学习，还要每天辩论，学习什么就辩论什么，尤其是逻辑学，几乎天天都在争论不停。其实，也就是在这些争论中，深化了知识，也增进了友谊。

走到两座楼房的西侧，原来的食堂和水房还在，现在已经变成了洗浴中心和锅炉房。原来的楼后空地，是我们经常活动的场所，在那里，我们搞过拔河比赛，参观过警犬表演。现在，都盖成了居民房。学校真的是没有了。一丝缠绵，都找不到寄托的地方了。还好，不论是居民楼，还是我们当时的宿舍、教室，总算还是有一点可看的、回忆的东西。看完了，也算是满足了，我们走上了回宾馆的路。

三个"代表"

第二天是联谊会的正式日程。开始就是大会发言。最先发言的，是我们这个培训二部的主任劳老师。劳老师原来是一位检察官,后来调到学院,担任我们的部主任,也讲授《刑事诉讼法学》。他讲话和讲课的特点,是长篇大论,一二三四五六,第一、第二、第三、第四,首先、其次、再次再加上最后,然后还有另外、其他、再就是。大家听着就笑个不停。这次讲话还是旧有的风格,从"9·11"事件到WTO,从足球打进世界杯到申奥成功,样样大事都说到了,又从反腐败讲到改革、讲到三个代表,一个不漏。在欢声笑语中,劳老师整整说了一个小时,仍然意犹未尽,但是时间宝贵,他不得不结束了。

接着,大家都汇报自己毕业以后的经历,畅谈相聚的感想,展望今后的发展。这些讲话,说的都是同学的感情和工作。

我发言时,却讲起了三个"代表",引得大家哄堂大笑,还都认为我说得好,在会议期间被大家一直念念不忘。我说:"在我们1986年的毕业典礼上,是我代表毕业生发言的。"大家就一起说:"那你就还代表吧。"我说:"我要说的'代表'不是这个代表,而是另外的'代表',不仅是一个'代表',而且还是三个'代表'。"有人起哄说:"太过分了吧?绕口令吧?"我说:"总得让我说完嘛!"主持人说:"你说!你说!"我说,在我们同学之中,就有三个"代表":

第一,在从政的同学中,张同学就是我们的代表。张同学身处某大城市的市委副书记,位高权重,兢兢业业,为民服务,尤其是在这个城市的大多数领导干部都发生了严重腐败行为的时候,她却能"坐怀不乱",平平安安,安然无恙,没有任何腐败行为,真真正正地做到了廉洁从政。这是什么?这就是真正的"定力"好!张同学做我们同学的从政代表,代表了我们同学的形象。"说得对!"大家鼓励我。

第二,同学毕业之后转行的,徐同学是经商的代表。徐同学上学的时候,才25岁,已经是县法院的院长。在毕业的时候,这个县法院已经安排了新院长,他就没有位置了。后来虽然给他安排了新的工作,但是他不满意,毅然决然地下海经商,现在已经成为一个著名的企业家,经营了几个大公司,遵纪守法,积极纳税,为发展经济,开拓就业机会,作出了贡献。同学之中,徐同学是第二个代表,是经商创业的典型代表。"说得好!"大家又是一阵掌声。

第三,从事法学学术研究的,我是一个代表。我们学的是法律大专课程,但是,学校当时给我们请了全国最好的教授上课,使我们有了非常好的法学基础。我觉得,我现在是一个法学教授,是博士生导师,在法学界也有一定的地位,大概能够代表我们同学的法学学术水平。我是不是可以作为同学们的第三个代表呢?"能!"我的三个"代表"一说完,大家的回答是热烈的掌声!

可见,从我们三个"代表"的身上,真可以反映出我们这期学员的真实水平。我们在15年的努力中,没有辜负学校的培养。

不再追诉的"坦白"

我们这个年级叫做培训二部。培训一部是我们的上一年级,叫做"省干班",培训的多数是省级的政法领导干部,在我们开学的时候,省干们已经毕业了。

我们这个部不是省干班,主要的是地市一级的政法领导干部,或许可以叫"地干班",但是没有人这样叫。我们这一期共分为六个班,一班是公安、政法委、人大的干部;二班是检察院的干部;三班就是我们班,是法院干部;四班是司法行政部门的干部,包括律师;五班是有关部委的法律顾问;六班则较杂,各种身份的干部都有。

六个班的学员职业不同,作风和风格也不同。我们班的学员都是法官,学究气很浓,每天大多数人就是专心学习,心无旁骛,很少与人交往。除了看书、学习,就是讨论,最多的娱乐活动,不过是散步,偶尔也看看电影。看起来,是老气横秋的一伙。但是,我们班的学习成绩好,很多人在学习期间,发表了一些法学论文,在社会上有一定的影响。

检察班的学员都是各地的检察官,气氛活跃,打球、跳舞、喝酒、闲逛,样样都是行家里手,样样都走在前边。有一次学校组织体育比赛,我们班选不出运动员来,没办法,把我们这些从未参加过体育竞赛的人都动员出来,参加拔河。

第一场,我们班与司法班对阵,我们竭力坚持,累得嗓子冒烟、脸憋得就像猪肝,最终也还是败下阵来。接着又与检察班对阵,哨声一响,我们刚刚使上劲,不知怎样,就被拉到对面,趴在了地上。第一次我们还说检察班要赖,第二次互相鼓励说要好好拔,结果还是没有胜利。三场拔下来,我们还没有一点累的感觉,轻松无比。检察班根本就没给我们累的机会。后来我们感慨地说,还是跟强手比赛好,一点都不累!

说到我们班的迂腐,尤其是我,还有一件事。全国人大法工委民法室的史先生,是我好多年的朋友了。这次聚会的时候,我报完到,就到分配的房间去。一进门,就看见史先生在屋子里看报纸。我们就赶紧打招呼。过了一会儿,我问:"你怎么来开会?是特邀的吗?"他也问我:"那你是特邀的吗?""我不是呀!""我也不是呀!""那……,我们难道是同学?""你是几班的?""我是三班的,你呢?""我是一班的呀!"

看,在一起念了两年书,后来又相处了十几年,愣是不知道两个人是亲同学!真的够迂的了。讲给大家听,大家都说:"两个书呆子!"

聚会正在进行之中,发言热烈,有时候根本就抢不上话题。检察班的一位同学发言,正在进行坦白。"15年过去了,有些在学校犯下的'罪行'可以向大家'坦白'了,不知道大家是不是可以谅解,不再追诉?""说吧!已经过了追诉时效了!""那时候生活艰苦,钱又少,有时候来个客人,没有办法招待。""是不是你们经常偷食堂的东西？快说！""对！对！有几次我做伙食监督，手里掌握着食堂的钥匙，正好老乡来访，没有招待的，就上食堂偷了一些肉和菜。""怪不得我们的伙食没有油水，又贵，就是让你们偷的！""没有！没有！也就偷了那么几回。不多，不多！""啊！怪不得拔河时你们那么有劲，都是偷食堂的东西吃的！"全场都哈哈大笑起来。

聚会产生的欢乐，激动着每一个人。但是，欢乐之中也有孤独和寂寞。孤独和寂寞产生于我们没有自己的母校。我们的第一期学员，就是省干班的学员，算是中央政法干校毕业生。之后，中央政法干校就变成了中国人民公安大学，据说中央政法干校的传统被我们所继承。这时候，我们就到了中国政法大学进修学院。进修学院的前身就应当是中央政法干校。

就在我们还没有毕业的时候，我们这个进修学院改了名字，改为中央政法管理干部学院，成为独立的成人高等院校。这样，中央政法干校的传统就由中央政法管理干部学院继承下来。但是，我们不属于中央政法管理干部学院的学员，而是政法大学进修学院的学员。最后给我们发的毕业证书，是中国政法大学的。但是，中国政法大学已经没有进修学院的建制了，我们怎么又算中国政法大学的毕业生呢？

现在，我们既不是中国政法大学的毕业生，又不是中央政法管理干部学院的毕业生，是一群没有母校的学生！

我们这些没有母亲的学生啊！

30　心存法根

说起我的大学时代，比较遗憾，尽管我与法结缘已经 40 多年了，但是满打满算，在大学校园里一共呆了三年。第一次是 1984 年至 1986 年在中国政法大学进修学院法律专科两年，第二次是在中国人民大学法学院高级法官班学习一年。如果再加上在通化师范学院中文系的三年业余专科函授，一共六年。呵呵！都是非正规法学院校的培养教育，与各位专家、学者的辉煌学历相比，确实是羞于见人啊！

这并不怪我，而是疯狂的时代造就了我这样"丑陋"的学历。1966 年，在疯狂年代开始的时候，我进了初中，在三年后的混乱中，插队到农村，后来当兵。临近动乱结束之际，我进了法院，当上了法官，在老法官的指导和教育下，进行了初步的法学培训，并且有所感悟。1981 年，我在《法学研究》发表了第一篇民法学的论文，倒也算学有所成吧？

以初中的学历，这算是一个奇迹吗？也算也不算。如果说算，那就是没有专门的法学学历的人，取得这样的成果纯属天方夜谭。如果说不算，因为在司法实践中，我老家的中级法院那些东北人民大学法律系等名牌法学院系的高材生，以及司法实践经验丰富的老法官们，对我谆谆教导和理论指点，让我理论结合实践，并且有所感悟。虽然我不是法律院校名门出身，但是我有法院优秀法官的理论熏陶。每每想起这些事情的时候，我就特别感谢通化中级法院我的那些师傅们！

当然，我也有在学校接受法学教育的经历。期盼已久，也是通过考试才被录取到中国政法大学进修学院，在展开双臂迎接我们的时候，仅仅是昌平西环里的两栋居民楼。报到的那天，夜色中，接我们的大巴走了不知道多少路，穿过狭窄的居民区，把我们送进了两栋居民楼之间的百米"校园"。小伙伴们都惊呆了，难道这就是传说中的大学吗？

不过，这些都是次要的，由于我们这个班级的重要性（都是地市级司法机关领导干部），进修学院聘请了中国最有名的佟柔、高铭暄、关怀、张晋藩等一代宗师给我们授课，江平校长也给我们上大课，全面讲解《民法通则》。简陋的教室挡不住法学智者的思想传播，狭窄的校园限制不了法学智慧的升华。当我们毕业的时候，我已经发表了五篇论文，还有一部书稿《侵权损害赔偿》修改完毕，正在寻找出版社出版。

1988年9月，经过推荐和考试，我走进了曾经多次经过、极端渴望、却不敢想象的中国人民大学法律系，成为中国高级法官培训中心举办的首届高级法官班的民法班的学生,这就是以后被法院系统称为"黄埔一期"的高法班。民法四大先生之首的佟柔先生,与赵中孚、郑立教授等亲自为我们授课,使我们不仅接触了民法理论研究的最高峰,而且在老师的指导下,成为站在巨人的肩膀之上,借助他们的智慧和力量,敢于钻研民法新问题,提出自己新见解的理论型法官或者实践型理论工作者,在叱咤风云、万马奔驰的民法理论研究战场,成为一名敢于冲锋陷阵的战士。

何以能够如此?与佛结缘,在心中须有"慧根"。与法结缘,心中须有"法根"。如果没有我的法官师傅的言传身带,没有政法大学进修学院和高级法官班教授的耳提面命,也没有师范学院教授中文知识的传授,当然也就没有我今天的民法理论修养和民法理论研究成果。除这一切外在条件之外,还必须有一个内在的根本,那就是心有法根。

什么是法根?佛学曰,心为万法源。观达真理,称为慧;智慧具有照破一切、生出善法之能力,可成就一切功德,以至成道,故称慧根。就学法而言,向法而生,观达万法源,真诚追求法学真谛,以至成就国家法治之道的执着心愿,何不就谓之法根呢?

其实,基于我的不亮眼的学历,以及我的平淡无奇的家庭,还有生我养我的并无显赫历史的小城,在很久、很久的时间里,我一直都很自卑,尽管也敢于探索,但是,直到

1990年走进最高人民法院民庭的时候,也还是如此。但是,正是由于心怀法根,才使我不断获得进取的内心动力。在最高人民法院的三年历练,我把大师传授的知识与前沿的民法疑难问题结合起来,才真正使我走进民法殿堂最高处,战胜了自卑,确立了内心的自信,经过"实践—理论—再实践"的经历,让我的民法理论研究别具一格,自成一种风格。

法根与慧根一样,都是通向理想境界的基础和动力。法治建设离不开法治人才的培养。40年前,对一个只有初中学历的小法官,是无数学者倾注心血培养长大。今天,我站在中国民法学的讲台上培养法治新人,也已经有20年了。每当站在讲台的时候,我都要想,究竟怎样,才能够让我的学生成为我国民法的栋梁呢?我要像前辈智者培养我一样,去引导我的学生。在现在这样的法治时代里,他们有系统培育的机制,有极好的"走出去、拿进来"的条件。不过,无论是百米的小校园,还是数千亩的豪华名校,真正能够把自己锻炼成为法治栋梁的,在智者的开导之外,就是自己对法的精神的感悟。我不是法律的智者,仅仅是一位对民法有所感悟的教师,我的责任就是让我的学生们像我一样,心怀法根,培养自信,在民法理论研究的攀登中不断进取,将来有一天超过我,成为民法进步的栋梁之才,在佟柔、江平、王家福、谢怀栻四大民法先生的感召下,为我们的法治建设和民法发展贡献力量。

第三辑 精耕篇

31 新手

新手,是北京人对新驾驶员的称呼,也叫"白本司机",是一种带有蔑视成分的称呼。自己开了几年车以后,本事大了,也经常嘲笑那些开车的新手,有时候就忘了自己当新手的时候。其实,谁没有"手潮"的时候呢?

一

刚学会开汽车,拿到驾驶证,成了开车的新手。在北京,在老驾驶员的眼中,新手确实是他们嘲笑的最好对象。你看,在街上,不该快开的偏快开,本应该快开的,却开得像个老牛一样慢慢腾腾,能把人急死。看到红灯亮刹车刹不住,最后一脚,却踩了个熄火;看到绿灯起不了步,急得后车一个劲鸣笛,好容易起了步,刚往前一蹿,又灭了火。好了,不说也罢,大家都一样。

1995年3月,我拿到驾驶证以后,憋了一阵劲儿,有半个月没有开车。据说这是"刹刹性子",然后再开,会谨慎得多。那天,同事开车去送我的朋友,送到宾馆后,同事说:"试试?"我说:"试试!"他说:"试试!"

我拿过钥匙,坐到驾驶室司机的座位,打着火,就把车开走了。四环路上车少,开起车来没有害怕的感觉,没一会儿,同事就把车要回去了。这一回,没有过车瘾,倒把车瘾给勾起来了,老想着开车。

过了几天,张君和我一起去拉书,回来的时候,他让我开车。这是三环路,路上车水马龙。我开着车,心里一阵一阵地打鼓,眼睛只看着车头前几米的路面,别的什么也看不着,老是问:"到哪儿了?"自己连看都不敢向两边看一眼。等到把车开到高检院机关院里,我紧张的连说话都有点颤抖。中午在饭馆吃饭,饭菜不错,可就是没吃饱,咽不下去!

二

开了一段时间车以后,感觉好了一些,找到了一些在驾校教练场开车的感觉了,心情自然就好了一些。有一天要到国防大学,给最高法院办的学习班讲课,一早就驾车向大学开去。到了校门,见到卫兵招手,我还以为是让我进去,向他点一下头,就朝里边开。谁知卫兵火了,将我的车拦住,还大声地命令我将车倒回去。

我哪里经历过这样的阵势啊！立刻就慌了，赶快向后倒车，当然车速很慢。在我的心里感觉还没走几步的时候，就觉得车顿了一下，车速受到阻止，正在奇怪，后边就有人骂了起来。我赶快下了车，只见后边上来一个人，气呼呼地说："你长耳朵了吗？我一个劲鸣笛，你还往我车上撞，你没看见我的车在你后边吗？"这时我反应过来了，想起了刚才后边确实有汽车在鸣笛，只是没有想到与我向后倒车有关。

我赶忙上前道歉，说明我是一个新手，然后我们一起去看车撞得怎么样。我一看，也就是刚刚碰着，没有任何痕迹，心里感到有一点底，就给那个司机说好话。开始这个司机还不算完，说了半天，最后看确实没有什么损害，就教训我几句，走了。

他走了，我的事还没有完。我赶紧过去向卫兵解释，卫兵还不算完，问我，为什么他打手势让我停车，我还要往里开？不知道这里是军事禁区吗？不知道对硬闯军事禁区的人，哨兵可以开枪吗？我又赶紧说好话："对不起，我是新手。"他说："新手怎么样？新手就不按哨兵的手势办吗？"我说："就是，就是！你说我要不是新手，我往后倒车，能倒到别人的车上去吗？"接着我就讲清楚我要去讲课的情况。卫兵最后气哼哼地让我进去。我赶紧把车开了进去，赶到教室上课，讲了一节课，才缓过劲儿来。

三

上边讲的都是新手走麦城的事。在当新手的时候，也有显出水平的时候。那天，下班的时候正下暴雨。我开起车回家。路上，雨越下越大，到了石景山后，大得像瓢泼一样，路上积的水很深，像河一样，车开过去，激起高高的浪花，很是壮观。拐到去我家的鲁谷路上，积水已经很深了，车开不起来，也激不起浪花了。我开得很小心。在转弯的时候，我看见前边的深水中已经趴下了几辆车，一些人在水中推被水"淹死"的车。这段路是一个凹陷的地方，比别处低，所以积的水特别深。

我一看，不能吃这个亏，赶忙打正方向盘，准备绕路回去。开到可以绕路的地方，远远一看，雨幕中那条小路的路口很窄很窄，平时又没有从这里开车进去过，因此就认为进不去，只好掉头回来，又到自认为"自古华山一条路"的水深路口，又不敢贸然开进去。没有办法，我找到一块高的地方停下车，给张君打电话，讲了情况。他说，不要轻易涉深水，弄不好会把车淹死，水会从排气管中抽进发动机里，那就要大修。我吃了一惊，放下电话，琢磨究竟是回机关呆一宿，还是在这里等水下去，一直在犹豫不定。

看着越来越大的雨，我突然豪气上升，心想怎么就不能闯一闯呢？备不住还真就闯过去了呢！只要我踩稳油门，不灭火，就一定能把车开过去。下了决心，心里倒稳了下来，把车开到路上，拐上积水很深的路面。我把车挂到一挡，小心翼翼地向前开去。后来，老司机评价说，这种"低挡位，大油门"的涉水方法，是最正确的决定，如果不是这样，这次涉深水就惨了。

路上的水在逐渐加深。开始的时候，车轮能够分开水，可以听到汽车哗哗的排水声。接着，车头就得顶着水前进了，车头还能够顶起水花。再往前走了一段，车头都顶不起水花了，前进的阻力很大，只听的水在车门边呼呼地擦过。我老记着踩稳油门，憋着点离合器，慢慢、慢慢地向前爬行。就在这时，因为老桑塔纳封闭不严，车门开始进水，水在脚下一点一点地增加，接着就灌进了鞋里。这时，我的心里虽然有些紧张，但是还没有慌。

就在这时，我突然发现车的方向盘轻得不能再轻，已经不听使唤了，车就像漂起来了一样，有一种坐船的感觉，然后就向右边的另一辆车漂去，眼看着就要撞在一起。这时，我的心真的慌了起来，下意识地判断，这是水太深了，车轮已经挨不着地了。我心里一横，加大油门，稳住离合，把方向盘拼命地往左打，车就像船一样，渐渐地离开了就要撞上的车，向左前方前进。在庆幸中，我鼓励自己，继续努力，迎接新的考验！

忽然，我感到车前轮在向左偏，车也开始向左走。哈哈！方向盘好使了！我一阵惊喜，知道车已经漂过了深水区，险关已经过去。我长长地出了一口气，将车摆正，向前慢慢地开去。很快，车的前脸露了出来，前边的水越来越少，接着，车轮就可以分开水，哗哗地向两边喷去。我终于冲过了这一深水险关。

离开了积水区，我把车缓缓停在路边，看着一辆辆正在爬行的车和一辆辆趴在水中的车，我有一种胜利的感觉——我这个新手赢了！

我把车开起来，拐了一个弯，回到家里，用盆子淘出车里的水。但是脚垫下的水，怎么也弄不干净的。我放下了盆，回到家里睡觉。

第二天上班以后，碰上了车队的老司机徐君，他说："你昨天挺行啊！"我装傻，问他怎么行了。他说，昨天他也是开车回家，看到那么大的水，也不敢过，可是，忽然看到我在涉水，他就想，一个新手都敢过，我有什么不敢的？也就过去了。我俩立刻就有了共同语言，嘀嘀咕咕说了老半天，当然少不了对我这个新手的夸奖。我虽然谦虚，但是心里很得意。

几天以后，我到小路口散步，发现那个路口足可以开过一个大货车，使我后悔不迭。但是一转念，如果当时从这里回了家，那怎么会有这次辉煌的收获呢？这一个夏天，这辆桑塔纳警车的车里，霉味就没有断过。

32　途中断油

从学开车的时候起，我就知道要经常看汽车油表。一个司机开车要是在途中断油了，那是一个耻辱。因此，每次坐上车在开车之前，我都要看一看油表，确认没有问题了，然后再开车。

可是聪明一世糊涂一时，再聪明的人也会被捉弄的时候，过五关斩六将，也还有败走麦城。怎么就那么巧，途中断油的事就真的让我给赶上了。

这几天，我的司机参加培训、考试，为的是赶法警警衔晋级。这种事情几年不遇，不能耽误。车管员找到我商量怎么办，可不可以这几天让我自己开车。我说行，就把车接了过来。

中午要到院机关开会，上了车，启动了发动机。我看到油表的指针指向油表的中间偏下，离红线还有很大的距离，认为没有问题，就松了手刹，驶上了马路。走在二环路上，我突然想起，好像在车没有发动的时候，油表的指针就在那里，会不会是没有油了，或者是油表坏了呢？我越想越怀疑，就抓起电话，给司机打通了电话。我问是不是油表坏了，他说油表没坏。我问，那为什么油表的表针没有动？他说不会的。我又问，是不是快没有油了？他说还有半箱油。我放心了，车开得飞快。

下午开完会，已经是五点钟了，还有一个高级法院的几位同志在我的西区办公室里等我商量一个疑难案件。我很急，就赶着往八宝山的方向急驶。路上的车很多，我也就没有太急，因为急也没有用。等赶到公主坟的立交桥时，汽车已经排成了长龙，成了一个巨大的停车场。交通台警告说："根据第11号路况报告员报告，目前，万寿路口汽车拥堵，一直排到公主坟。"我听到这个消息，马上开始向右边并线，争取挤到拐弯处，回头驶向西三环，到六里桥，走京石高速，再拐回八宝山。

我左冲右突，终于挤上了西三环，上了京石高速，心情真是没有说的，就像飞驰的汽车一样，在高速公路上欢快地向前驰骋。

在该拐上辅路的时候，我就拐了上去。这条路我已经走过几次了，应该很熟。走了一段时间，黑暗中看到了一条右拐的路，是不是就这条路呢？还在犹豫中，我已经把车开上了这条路。走了没有多远，大概也就是几十米远，我发现真是错了。从后视镜中看到后边没有车,前边也是空空荡荡,好!刹车,掉头。

就在我把车横在路上的时候,汽车突然就不走了,一动不动,一点声音都没有。这不麻烦了吗?得赶紧点火,把车顺过来。可是点火的时候,怎么都点不着了,点火马达也不响了。我的脑子"轰"一下大了起来:这不是完了吗?不是马达、电瓶坏了,就是真的没有油了。这时,前后都有车来。前边来的车从路左拐上便道,走了。后边的车被我堵住了,没得走,等着我。我想,不管怎么着,先把车推到路边吧,幸亏这里不是大马路,影响还不大。下了车,我用右肩顶住前门框,左手扶着门,右手把着方向盘,一点一点地往路边推,稍有小坡,就一点也推不动了。我又调整方向盘,向后退一退,再向前推。

这时,后边的司机下来说:"哥们!推不动了吧?"我说:"就是啊!帮帮忙吧!"他说了一声:"好嘞!"就在后边推了起来。转过来车头,车就停在了路边上了。我谢了他,他就上了车开走了。

我坐上车,开始琢磨。打开灯,灯还亮,说明有电。打开点火开关,一点声音也没有。想了半天想不通。突然,我看见仪表盘上,一个红色的小油壶亮了起来。咳!真的是没有油了。我仰天长叹了一声,看来就得找人来帮我拖车了,只有把车拖到加油站,加上油,才能解决问题。

这时，我下了车，掏出电话，准备让李君开车来帮我拖车。就在我转头的功夫：哈哈！真是"天不灭曹"！就在我的视野不远的地方，赫然就是一个加油站，亮亮堂堂的灯光，红红的大字，非常醒目。我一阵狂喜，感到有救了。装起来电话，我直奔加油站。找到一位老师傅，我说："正好开到你的门口，就没有油了，能不能帮我把车推进来，加上油？"老师傅慨然应允，出来就帮我把车推到了加油站。加上了20升油，我坐进驾驶室，打开点火开关，一扭，突突突！车就打着了。我向老师傅道了谢，车就开走了。

顺畅地走上路途，我在欣喜之余，突然一阵紧张。如果我不是走六里桥拐上京石高速，而是在长安街上的车流中挤，在那个时候断了油，岂不是找死!？警察罚款、罚记6分不说，被那么多的司机看到一个自称是老司机的司机在茫茫车海中竟然断了油，我的脸还要不要？今后还开不开车？再说了，怎么就那么巧，就在加油站门前断油？真正是"有福之人不用忙"，"幸福不是毛毛雨啊!"第二天早晨起来，我突然发现右边的肩膀脖子很痛，看一看，上边还有擦破的血痕。

33　书房

读书写作的生活已经有了几十年了。作为一介书生,最喜爱的,就是自己的书房了。在堆满书的书房里,爱书的人在这里读书、写书,是最惬意的事了。我在这里记叙的,是我居住在不同地方的书房。

西岭书屋

我的第一个书房,就是"西岭书屋"。但是,这不是我的第一个属于自己的住房。属于我的第一个住房,是叫"火柴盒楼"的房子。那是机关在20世纪60年代建的一座给新婚干部的房子,是六层楼房,很小,每层楼有四个住宅单位,房间极小,大的是两小间房子。小的是一间房子,房间12平方米,再加上一个两平方米的厨房,做饭都转不开身。在这样的房子里住,当然就不要提出自己要有一间书房的要求了。

在这间房子住,造成了两个后果,一是读书妨碍家人的休息，影响了家庭；二是由于离机关近，养成了晚上到机关学习、读书的习惯，在老家生活的时间里，晚上总是很少回家。那时，就特别地希望自己将来能有一个大一点的房子，能够有一间自己的书房，能够安心地读书、写东西。这是一个强烈的愿望，也是一个美好的憧憬。

后来，终于分到了一间新的房子，是中级法院新建的房子，其中，有一种建筑格局是两小间的房子，由于那时决定只生一胎，根据计划生育的独生子女政策，我优先分房，分到了这间房子。因此上可以说，有了第一间书房，实际上是女儿舍弃了弟或者妹换来的。这样，自己在家中，就有了一间房子可以作为书房了。两间房子都很小，都10平方米左右，要把其中一间霸占作为自己的书房，其实并不能保证，多数时间还是作为客厅、起居室的。不过，自己晚上要学习很晚，有了这间书房，还是比较方便的。

我把这间书房叫做西岭书屋。之所以叫这个名字，是因为这座房子坐落在家乡的西山，取名的含义是"窗含西岭千秋雪"之义。

后来，换了一套大一些的房子，就在原来的那间房子的旁边，两大间，每间有18平方米。我把其中一间作为书房，仍然叫西岭书屋。在这间屋子里，我放满了自己喜爱的书籍。那时，我特别喜爱文学，读小说，写小说，写散文。在休息时间乐此不疲，津津有味。那时，我正在迷恋小说创作，每天工作的时间很晚，有时一个通宵就可以写出一篇稿子，不过，真正发表的却是寥寥无几。尽管如此，写的那些东西却着实锻炼了我的文笔。

在这间屋子里，更多的时间是在学习法律。从1975年我走进法院的大门，我就一直在自学法律。我有一个好条件，就是在我工作的法院的同事，20个人中就有11个是"文革"之前的法律大学生。跟着他们学习，进展是很迅速的，学习的效果也很好。同时，也在这间房子里，我写出了自己的第一篇法学论文，就是发表在《法学研究》上的那篇《审理民事损害赔偿案件应当注意的几个问题》。

后来又搬了一次家，还是在西山，还沿用西岭书屋的名字，书房很小，却是实实在在的一个独立书房，基本上是自己用的，一张写字台，几个书柜，两张椅子。或者一个人读书，或者几个人神聊，开心不已。

这三个书房，我都叫它们为西岭书屋。最喜欢的，就是最后的这一间。自己一间书房，坐在里边，就可以两耳不闻窗外事，一心只读圣贤书，其乐融融。那时，我真正体会了"躲进小楼成一统，管他春夏与秋冬"的意境。

蕾斋

"蕾斋"，是我在最高人民法院工作时住的宿舍，也是我的书房。前后有过两间房子。

1990年2月,我调到最高人民法院,分了一间房子。房子就叫"小灰楼",共有两层。我是住在二楼的一间北房,大约有15平方。刚搬进去,从家里带来的字画、东西,摆满了一间屋子,很是温馨、浪漫。机关给每一个"交流"来的干部分一个书架,我的书多,经过专门申请,结果给了我三个书架,书摆得满满的,排了一排,真的是满屋书香。

这间房子很旧,四处漏风。那一年,召开世界法律大会,报到的那天,正是满天沙尘暴,天都变黄了。开了三天会,刮了三天沙尘暴。回来时,窗台上、床铺上、写字台上,都是黄黄的一层尘土。而且满屋子都是黄土的味道,惨不忍睹。更严重的是,这种房子的二楼是顶楼,夏天太阳一晒,酷热无比。在床上睡一个午觉,床单上就是一个湿漉漉的人体痕迹。然而,这里却是一个人的世界。工作之余,坐在这个书房之中,翻翻书,写写东西,自得其乐,其乐融融。

这个书房,叫什么名字呢?想了很久,经过别人的提议,觉得就叫"蕾斋"吧!在法学研究中,我还是初出茅庐者,即使发表了几篇文章,出了几本书,也还是稚嫩得很,夸张一点,还是一个含苞待放的花蕾。叫做"蕾斋",取的就是这个意思,我要在这里孕育自己,把自己的学问做扎实,做深刻,将来成为民商法园地中的一朵鲜花。

在这里住了一年多,最高人民法院为我们这些外地调来的交流干部建了一座小楼，上下18间，每间的面积很小，12或13平方，但是，每间有厨房、煤气，有卫生间，"麻雀虽小，五脏俱全"，虽然挤一点，生活却很方便。摆上一个小床，房子里摆好三个书架，一张小小的写字台放在床前，极富读书人的风格。尤其是星期天，阳光暖融融地照在写字台上，照在写字台上的书籍上，人就坐在了阳光里。很多人到了我的这个书房，都认为是一个读书的好地方。我就还把它叫做"蕾斋"。

在我出版的书上，有的在后记中写上了蕾斋的书房名，之后，曾经有好几位读者写信，就写"北京市东交民巷27号最高人民法院蕾斋杨立新收"，弄得收发室的同志都问我哪里是蕾斋。

在蕾斋生活、学习，十分惬意。早晨起床，穿上运动鞋，跑步到天安门广场，在历史博物馆前的树丛中，看着早起的人群在广场上运动着。每天都有几个老者，在天安门广场的两侧，"喔！喔！喔！喔！"地喊着，对方就"喔！喔！喔！喔！"地回应，使广场充满了生气。我也活动活动身体，做做体操，看到国旗慢慢地升起。回到机关，上班接触到的都是全国各地的疑难民事案件，每天研究讨论，使我掌握了最深入、最典型的实践问题。结合这些问题，深入研究古今中外的民商法立法和理论研究成果，使我的知识和经验一天比一天丰富起来。到了晚上，和同事聊上一会儿，或者到广场上散散步,然后就坐在蕾斋中开始写作,直到深夜。那时候,电视台正在播出《渴望》,到了万人空巷的地步,蕾斋外的走廊里,就有一个小电视,十来个同事坐在凳子上,一天一天地不停唏嘘着,感叹着,我却茫然不知,甚至于不知刘慧芳是何许人也。

这三年,我在最高人民法院民事审判庭的工作中,得到了无穷无尽的营养。在蕾斋里,都把它们转化为书稿和文稿,在杂志上发表,在出版社出版。在这里,我开始了"民法判解"的研究,就是结合民事判例和司法解释,进行理论上的深入探讨,创造了一种新的法学研究方法。这类文章发表在著名的《法学研究》杂志所开辟的"判解研究"栏目。这是该编辑部的朋友们和我共同商定后,新开的栏目。开栏之初,发表了我的第一篇"判解研究"的文章,编者还刊发编者按:"为探究我国司法解释蕴含之法理,丰富法学理论研究,并便于司法机关掌握司法解释之精神,自本期始。特辟'判解研究'专栏。刊载对我国司法解释之研究文章。来稿请在阐明司法解释真意基础上。结合我国立法对其进行理论性研讨。予以阐释、分析及批评。格式请以本期所刊为参照。"

之后,我在这个刊物中,发表了一系列判解研究的文章,形成了我研究民商法的风格。在蕾斋的最初,完成了我的《侵权特别法通论》一书的修改工作。在这一年的夏天,这部书正式出版,这是我的第二部学术著作。其后,在这里整理出了我的第一部论文集,名字就叫《疑难民事纠纷司法对策》。稿子编好之后,我与我的朋友刘树炎先生一起研究这本书叫什么名字。刘先生是出版社的老编辑,专门编辑法律书,很有影响力。晚上坐在蕾斋,我俩想呀,想呀,想不出一个好的名字。刘先生说,比方说就叫什么"疑难民事纠纷什么的,就行"。可是这个什么什么的,就再也想不出来了。最后商议妥,一旦想好叫什么书名,就马上印刷。过后,很长时间,我就是想不出什么名字好。偶尔有一天晚上,躺在蕾斋的小床上,受着酷热的煎熬,怎么也睡不着。想着想着,突然就有一个响亮的名字出现在眼前,就是现在这个"司法对策"的名字。我一阵激动,几乎整个晚上都没有睡好觉。第二天一上班,我就给刘先生打电话,告诉他这个名字。他大叫一声:"好!就是它!马上开印!"这就是现在的《疑难民事纠纷司法对策》一整套丛书开始时的故事。两个多月后,我在石家庄出差,在书店中闲逛,突然发现了《疑难民事纠纷司法对策》一书正摆在书架上。当我把它拿在手里的时候,那种感觉,真是形容不出来。这是我的第一本论文集啊!我当即就买了两本,带回北京,天天看着它,就像看自己刚出生的女儿一样。

朗静斋

到烟台大学教书,心情豁然开朗,因此,我把那时的书房叫做"朗静斋"。一直到北京，我在西郊鲁谷先后住过的两间房子的宿舍，我都把书房叫这个名字。

烟台的朗静斋，名副其实。烟台大学的校园坐落在海边，整整齐齐的白楼房，红红的屋顶，笔直的街道，满眼的碧绿，充满生气。我的房子叫十号楼，在三层，三室一厅，房子虽然不大，但是人更少，十分清静。我选了最大的一间作为书房，一张写字台，一套沙发，地上是丙纶地毯。就数我的书放得奇特，因为买不到合适的书柜，我就一层一层地码在最长的墙边，大概有一米多高。要找书，就趴在地上，一层一层、一本一本地翻，大有乐趣。学生到我家，多数是席地而坐，说到什么问题，就爬过去，翻出相关的书，然后大侃一气，十分舒畅。有一个大个子学生，现在已经记不住叫什么名字了，坐在我家的地上，侃起来就不走，说的多数是有理的，也有胡侃的时候。我都任他们说，鼓励他们说。

在这间书房的时间不多，仅仅住了两年，但是，在这里带了我的第一批学生。我鼓励他们学习，鼓励他们研究。直到今天，还有几个在北京跟着我，现在都念博士研究生了。我自己，在这里学习了英语，通过了高级职称的外语考试。同时，编出了我的第二本论文集《民法判解研究与适用》，还写出了专著《人身权法论》的大部分初稿。那时，学校有一位老师一年发表了12篇法学论文，被传为佳话。我在1994年一年发表了论文32篇，这一年的文章写"疯"了，也不知道为什么。还写作了一篇物权法的论文，过后在《中国社会科学》杂志上发表。据说，在这个刊物上发表一篇文章，就可以评为正教授。

后来到北京，住在鲁谷，有两个书房都叫朗静斋，前一个住的时间长一些，大约有 4 年，后一个现在还住着，已经几年了。这两间房子离得很近，都在鲁谷，一个在西区，一个在东区。

西区的朗静斋，房子很小，只有两间，说是书房，实际上不是单纯的书房，而是寝室兼书房。刚搬到这里，小区还没有全部建好，在一些建好的新房子中间，路是没有修好的。这些路，晴天是"扬灰"路，下雨是"水泥"路。有一次，机关的张先生开车帮我送书，正是雨后，事先我们做了准备，把鞋用塑料袋包裹起来，再用绳子绑好。车停下来，我们搬着大书箱，踩进泥泞里。没成想才走几步，塑料布就被烂泥粘掉了，双脚就直接踩进烂泥中，待到把书运进朗静斋，我们的脚都成了泥腿子，烂泥一直粘到腿上。看着张先生的泥脚，我特别不好意思。

西区的朗静斋，看书、写文章都不方便。因为房子太小，又和寝室在一起，不是很安静。但是，叫朗静斋还是对的，因为这时的心情非常静，也非常朗，写东西有如神助，文章和专著写得十分顺手。在这里，写的最好的，就是我的《侵权法论》。这部 75 万字的专著，我在这间书房中，写了不到一年就完成了。有一次网友问我，我最喜欢的自己的著作是哪一部，我毫不犹豫地说："当然是《侵权法论》！"网友们也都赞成。这部著作写完以后，我曾经想在另一个出版社出，但是我找的责任编辑看完了厚厚的书稿，吓的不敢接，因为怕这样厚的书印出来卖不出去，就要砸在自己的手里。后来我还是交给自己合作多年的老朋友，刘树炎先生和李艳萍女士果敢地接受，在短短的时间出版，首印3000册，不到半年，各书店告罄，现在又印了第二次，还是供不应求。据说，这部著作还获得优秀图书奖。在这个书房里，我还写出了《民法判解研究与适用》的第二集和第三集，也受到读者的欢迎。

1999年春天，我搬到鲁谷东区的住宅。在这里，装修了一间真正意义上的书房，当然还是叫朗静斋。这个朗静斋，16平方米多，在横着的一面墙上，做了一面墙的书架，顺着的一面墙前，放着的是用了多年的三个书柜，全都满满地装着书。窗前，放着一个大写字台，旁边是电脑。另一边是两个旧沙发。看起来，我的这个书房，是历史上最好的一个。每天晚上和周六、周日的时候，我就在这里活动，与书和电脑生活在一起，打印机打出来的是整整齐齐的文稿。能在这样的书房中生活，夫复何求！

这个书房用了三年了。在这里，我研究的主要是《合同法》，因为这时正是通过《合同法》和重点传播《合同法》的两年。我在这里编写了《合同法的理论与实务》和《合同法总则》，写了论文《中国合同责任研究》和《中国合同法债的保全研究》等。还要说的是，在这里，我开始接触网络，建了自己的《民商法评论》专业网站，认识了很多法律网友。这是一个非常好的开端。

调进中国人民大学法学院作教授，在世纪城买了新房子，搬进新居。在搬进新居的时候，曾在想一定要做一个更好的书房，但是不一定用朗静斋这个名字了，当然就要再新起一个书房的名字。不过，直到今天，确实有新书房，却一直没给书房起名字。

34　为杨明刚著作写序

杨明刚的著作《民事疑案判解研究》出版，邀请我作序。作为他的前任领导、同事，现在的老师，我欣然应允，并表示衷心祝贺。

一

第一次见到杨明刚，是在 1996 年的春天。那时候，他和他的同学王轶即将硕士研究生毕业，到北京找工作，打着崔建远教授的旗号，找到了我。当时，我在最高人民检察院民事行政检察厅主持工作，也正在"招兵买马"。我请来了厅里的几位同事，一起对这两位求职的研究生进行面试。

这两位都是吉林大学法学院崔建远教授的学生。个个都非常淳朴，又都精神焕发、朝气蓬勃的样子，一看就让人喜欢。我让他们回答了一些民法上的专题问题，他们都侃侃而谈，表现了对民法理论的修养程度，显得胸有成竹。我们都很满意。随后，我又提出了几个实践中的问题，以及几个很难的案例，请他们分析。他们也都从理论到实践地进行分析，说得有根有据、头头是道。看起来，他们的民法理论修养真的不错，结合实践分析问题和解决问题的能力也很强，我们也很满意。从那时起，我就对崔建远教授的学生有了一个很深的印象，对前来应试的这两位当然也就有了更好的印象，真的希望他们都能够到我的部门来工作。

很遗憾的是，王轶要考博士，我也同意了。因为这样优秀的学生继续深造，是应当的，不能为了眼前的工作而牺牲他们的前途。杨明刚坚定不移地要到高检院工作，经过一系列的手续，他成为了我们厅的一员。

二

杨明刚到了高检院工作以后，工作积极努力，勤于思考，办案水平提高很快，在很短的时间里，就熟悉了高层检察机关业务工作的要求。他把书本上学到的知识结合到实践中来，敢于办大案，办疑难案件，司法实践经验积累得很快，不久就成了民事行政检察厅的业务骨干，能够承担重要案件的审查工作，办案质量经得起检验。

特别难得的是，在业务工作上，杨明刚是一个有心人。他每办一件案件，都要总结一番，然后就写出一点体会，或者写出一篇文章。长期积累下来，就有了很好的成果。在这部著作中，很多文章就是这样积累起来的。我曾经多次跟厅里的同事以及学生和朋友说，聪明的办案人，办一件案件就会总结出一个体会，有一定提高；不聪明的办案人，不会总结经验，办了一辈子案件，也不会有很大的提高，最终不过成为一个办案的"匠"，而不会成为一个"家"，白白浪费了宝贵的实践机遇，空有很多实践经验的积累。在这方面，杨明刚确实是一个聪明的办案人。他一边办案，一边研究，一边积累，一边总结，因此就提高得快，理论修养和实践经验同步发展。

后来，杨明刚也想要读博士研究生，我在自己的权限内，积极支持他，鼓励他，最后他终于考取了王利明教授的博士生。他在王教授的指导下，会学有所成，在民法理论和实践的研究中取得更好的成果。可巧，我后来离开高检院，到中国人民大学法学院任教，就和杨明刚又成了师生关系。可见，这就不仅仅是一般的关系了，更多的大概还是一种缘分，一种同事缘、师生缘。

三

现在要说一说这部著作了。杨明刚的这部著作，最显著的特点，就是从实践中提出问题，在理论上进行分析，然后提出理论上的结论和实践上的具体解决办法。通篇的 30 个题目，就是 30 个具体的实践问题，就有 30 个具体案件的具体说明。这种研究方法，就是现在很流行的判解研究方法，其实也就是理论联系实际的法学研究方法。他很熟练地运用这种研究方法，研究民法具体问题，深入浅出，由表及里，论述具有强烈的针对性和说服力，论证逻辑严密，结论令人信服。

我一直认为，民法学是一门应用的学科，无论是理论的研究还是实务的研究，都必须理论联系实际。纯粹的理论研究也是必要的，例如研究民法哲学就更多的是从方法论的角度研究民法，因而是理论性的。但是，从指导实践的角度看，从应用的角度看，民法的理论研究不能离开实践。不论是民法的理论工作者还是实践工作者，只有采用这样的方法进行研究，才能够保持其生命力，在现实生活中才能具有更大的市场和号召力。

杨明刚是知道这一点的。他在他的著作中，熟练地驾驭着这种研究方法，因此，他的著作更具有司法实践的指导意义和参考价值，理论深度也达到了相当的程度。法官、检察官、律师，以及其他需要民法帮助的人，对这样的著作，应该是非常喜欢的，读后必有裨益。

当然，任何做学问的人，在研究学问的时候，都有自己的观点和见解，而这样的见解和观点，总是带有自己的知识积累程度和观察问题角度的局限性。在本书中，这样的问题也有一点，有些观点也还值得商榷和研究。但是，瑕不掩瑜，本书的理论价值和实践价值都是很重要的，值得推荐给读者朋友阅读和参考。因此，我写了上面的这些话，是为序。

35　哈米多维奇总检察长

2000年10月4日到15日，乌兹别克斯坦共和国总检察院的检察长卡德洛夫·拉什中·哈米多维奇率领该国检察代表团来中国访问，同时参加亚洲犯罪预防基金会第八届国际会议。我作为最高人民检察院的陪同团团长，全程陪同哈米多维奇总检察长访问。一路上，我和哈米多维奇先生进行了长时间的交谈，对两国的检察制度和有关法律问题进行了深入的讨论。同时，在各地的访问中，使乌兹别克斯坦的朋友们也领略了中国的大好河山和悠久的历史文化。

一

深夜，来自乌兹别克斯坦的航班降落在北京首都国际机场。哈米多维奇先生带领的检察代表团出现在空港接机廊桥的出口。我们热烈握手，向他表示欢迎。

总检察长哈米多维奇先生今年48岁，和我是同年。他说他也是属龙的。我问他,乌兹别克斯坦也有属相这一说吗?他说也是有的,具体内容与中国的有所不同,但龙年则与中国的龙年是一样的。我们既然都是属龙的,就有了更多的话说。这时,我们就开始算谁的年龄大。我说我是1月10日,他就说他比我小24天。这样算,他的生日应当是2月3日。而我说的生日是中国的农历,而公历则是2月5日,实际上我比他小2天。不管它,反正他已经说他比我小了,我何不就继续装他的大哥呢?

哈米多维奇先生的个子与我差不多,国字形的脸,浓眉,眼睛很亮、很有神,眉毛和眼睛的外侧都有点向下,上唇留着短胡子,很是精神,与中国新疆人的形体和相貌很相似。看着他,我想起了中国古代"官相"的说法,即"国田用日,气甲由申",是说"国田用日"脸型,不管是长脸、短脸、方脸,还是大脸、小脸,都是方方正正的脸相才是官相,可以做忠良将;"气甲由申"则是扭曲脸、下尖脸、上尖脸和上下尖脸,这些都不是官相,不宜做官,做官的官运也不济。用这个"理论"来衡量,哈米多维奇48岁做到总检察长,确实是官运不错,大概和国字脸有关。

哈米多维奇先生的性格很豪爽。我问他是不是很能喝酒[①],

[①] 由于宗教原因,须要尊重伊斯兰教习俗,因此,一定问客人可否喝酒。伊斯兰教者不喝,非伊斯兰教者喝。

他说很行。我说,现在我正在犯胃病,没有办法与他喝酒较量,不然我们可以很好地喝上几次。他说:"这不着急,你的胃病总有好的时候,我总有再来或者你去乌兹别克斯坦的时候。"有一天晚上,在西安吃完晚饭以后,我跟他告辞,他不同意。我说该休息了,他说这还休息什么,就把我拉进他的房间。他把从乌兹别克斯坦带来的伏特加酒、干香肠和馕全都拿出来,一定要让我尝一尝,并且说:"真正的朋友,喝酒不在乎吃什么。对不对?"我连忙说:"对!对!"我以前没有喝过伏特加,由于胃病,我没有敢喝多少,盛情又不能推却,只好喝了一点,品了品味道。伏特加只有40度,不像我们的白酒是用粮食酿制的,味道不好,也没有劲头,口感很一般。不过,朋友的这番热情,实在是很感人的。我喝着这一点点伏特加,心中有一种暖意。

总检察长先生愿意喝酒,我安排他喝了中国的茅台、五粮液和汾酒,他喝了几次,觉得中国的酒都是劲儿太大,我看是没有敢放开胆喝。

总检察长先生有一个特别的兴趣,就是每到一个地方,都为当地的长官赠送乌兹别克的民族服装。这种服装是一种长袍,用金线绣上非常华贵的图案,非常好看,再配上乌兹别克斯坦的小帽,很有风格。在这种仪式上,总检察长总是先介绍一下这种服装的特色,然后抖开长袍,为长官穿上,然后用丝织的腰带扎好腰,还要为其戴上乌兹别克斯坦的小帽,最后再配上一把腰刀,祝愿他为保护人民立功,为国家保驾护航。这时,就是热烈的掌声,闪光灯闪个不停。最有意思的是陕西的人大领导,他穿上了长袍后,非常精神,宴会上都不脱下来,让赠送礼品的客人着实高兴。

团员德如拉耶夫·埃什达夫拉特·图尔斯洛维奇,是总统办公厅的总调查员,个头很高,身体很胖,性格有点特别,很愿意吃中国的食品,吃起来津津有味。他原来是检察院的检察官,后来总统需要有人协调各个部门的工作,就从各个部门抽调人到总统办公厅做总调查员,负责协调这个部门的工作。有两次游览,总检察长先生有病没有参加,图尔斯洛维奇就是首长,到各处去,很是神气。

卡拉卡尔巴克斯坦自治共和国的检察长阿什洛维奇,是一个很憨厚的老先生,高个子、大眼睛、厚嘴唇,不爱说话,平时总是端着一架摄像机,走到哪摄到哪。在游览中,我特别关注他,生怕他走丢了,因为他总是在别人的后边。翻译李小姐的事情特别多,又要翻译,又要安排代表团的生活和活动,忙得不可开交。阿什洛维奇还总是关照李小姐,帮助她拿东西,关照其他人。

团员们都愿意喝绿茶,这都是我"惹的祸"。在北京的时候,我请代表团到全聚德烤鸭店吃烤鸭,吃完以后,离出发还有一点时间,我就说上一点绿茶吧,边喝边等一会儿。上来绿茶以后,几位客人喝得十分高兴,以后到任何地方都要绿茶喝。原来，中亚人都喝红茶，红茶到了那个地方，也早已不新鲜了，哪里会有我们的绿茶这种味道？到了福州，市检察长陈聪是我的朋友，问我要给客人送什么礼物，我说就送绿茶吧。陈聪就派人到茶场买来了上好的高山云雾，送给了客人，客人都很喜欢。

最后在钓鱼台国宾馆举行盛大宴会，团长和团员与我们在一起出席。由于宴会之后有三名团员就要回国了，大家感到恋恋不舍。几个人一起去收集自助餐的食品，围坐在一起，用啤酒和果汁儿碰了一杯又一杯，祝愿中乌的友谊、中乌检察机关的友谊万古长青。然后，我送走了他们。

二

客人来到的当天晚上，下榻在国际饭店，送到客房的时候，已经是午夜。随意聊了几句以后，就告辞了。

第二天一早，我在一楼大厅等候客人下来用餐，怎么等也没有人下来。翻译李小姐急得一遍一遍地催，终于下来了。一问，才知道他们没有将表按照时差拨过来，还是按照乌兹别克斯坦的时间在睡觉。要知道，北京时间与乌兹别克斯坦时间的时差为四个小时。吃过早餐以后，我陪同中亚朋友的参观访问节目就正式开始了：北京一天，西安两天，福州两天。

在北京，参观的项目有两项，一是游览长城，二是参观故宫。在长城,我没有陪同客人去爬,因为我的膝关节实在不能胜任这样的任务。在故宫,我陪着客人一一参观,客人也很有兴趣。在拥挤的人群中,我特别害怕阿什洛维奇走失,几乎寸步不离开他。

到了西安,参观了历史博物馆、大雁塔、古城墙,访问了陕西省女子监狱,拜谒了西安的大清真寺,还到老孙家羊肉泡馍馆吃了羊肉泡馍。

西安的清真寺与众不同的,是中国式楼台亭阁的建筑。其他的清真寺我也去过。例如卡拉奇的大清真寺,宁夏银川的大清真寺,等等,都是穆斯林式的圆形尖顶的建筑风格,上边有高高的尖,直插云霄。清真寺中非常宽敞,可以坐很多的人做礼拜。小的清真寺也见过。在我们的老家,就有一座小小的清真寺,外边是青砖的围墙,里边透出一个楼阁形的尖顶,里边是什么,那时候总觉得很神秘,始终没有参观过。在宁夏和河北的农村,也见过很多小清真寺,也没有进去过。

西安的清真寺隐藏在一条胡同里边。顺着弯弯曲曲的小巷,一拐,就进了清真寺的大门,抬头一看,真是别有洞天。几进楼阁,几座小亭,边上是客房,中间是花草树木,真是一个清静之处。

在迎客房里,大阿訇马先生与总检察长相见,穆斯林兄弟互相拥抱,嘘寒问暖,问长问短,畅谈友谊和和平。马先生是中国政治协商会议的常委，西安伊斯兰教协会的会长，一副长者之风，从历史到现实，从中国到世界，侃侃而谈，滔滔不绝。在他的介绍下，我才知道，中国的穆斯林回族为什么90％都姓马。原来在古时候，伊斯兰教传到中国时，把穆罕默德音译为"马哈德"，很多中国人信奉了伊斯兰教以后，改姓时跟随穆罕默德，因此就改姓为马。还有就是中国的西安等西部的居民曾经有过移民，移到了中亚地区，为纪念自己原来的祖国，就叫做东乡族。总检察长说，乌兹别克的卡拉卡尔帕克，与中国这个词的音是完全一样的，这个自治共和国挨着中国最近，很多人就说，这些人可能就是早年从中国移民过去的。可见，中国和中亚的历史渊源是非常悠久的。

我陪同总检察长参观了这个园林式的建筑，最后进了礼拜堂。在宽大的大厅中，正面是历史悠久的黑色的木浮雕，下部已经有些变质；周围是木刻的古兰经，一个一个字整整齐齐，刻功非常好。马先生说这是用了七年的时间才刻好的；而古旧的木雕，为了展现原貌和久远的历史，没有进行修复，就是原来的样子，非常古朴。在礼拜堂中，大阿訇为我们诵经，祈祷中乌友谊，祈祷世界和平。

哈米多维奇先生参观游览的最深刻感受，是中国对自己历史的尊重。他多次对我说过，这种精神是爱国主义的基础。自己对自己的历史不尊重，就不会热爱自己的国家。乌兹别克也有自己的历史，但是，在很长的时间里，乌兹别克人丢弃了自己的历史，不知道了自己的历史，这是十分可怕的。乌兹别克斯坦要建设好自己的祖国，就要让人民懂得自己的历史，发扬自己的民族传统，使祖国更快地发展起来。

三

在车上，在住地，我和总检察长进行了深入的工作交流，相互说明了自己工作的情况，对对方的情况也增进了了解。乌兹别克斯坦是1991年独立的国家，位于中亚腹地，人口2500万，有120多个民族，其中主要的民族为乌兹别克族。这个民族形成于9世纪至11世纪，13世纪被蒙古人征服，14世纪建立帝国，19世纪60年代部分领土被并入俄罗斯，1917年至1918年建立苏维埃政权，1924年成立乌兹别克苏维埃社会主义共和国，并加入苏联。

新建立的乌兹别克斯坦共和国在1992年12月通过了第一部宪法，规定乌兹别克斯坦共和国是主权、民主国家，实行立法、行政、司法的分立，设立最高会议、总统和法院（包括国家宪法法院、最高法院和最高经济法院）。国家的总检察院隶属于总统，在总统领导下行使法律监督权力。总检察长由总统任命，报经最高会议批准。因此，检察院的工作只向总统负责。在乌兹别克斯坦，检察机关分为三级，即国家的总检察院，自治共和国、州、直辖市检察院，区、市一级的基层检察院。自治共和国、州和直辖市检察院的检察长由总检察长提名，总统任命；基层检察院的检察长则由总检察长任命。下级检察院对上级检察院负责并报告工作。全国共有3000名检察官。所有的检察官在参加检察院的工作之时，要退出自己原来参加的政党，以保证自己执行法律监督职责的民主和公正。

检察院的职权是法律监督，不过不是中国式的监督，而是全面监督。检察院代表国家总统行使法律监督权力，有权对一切违反法律的人和行为进行监督。按照我的看法，乌兹别克斯坦的检察机关，是在国家管理三种权力分立的政体下的检察机关全面监督。它的性质不是司法机关，而是隶属于总统，是行政机关，然而，它行使的权力又不是行政机关的权力。它可以对政府包括副总统以下的所有官员和部门进行监督，发现有违法行为，都可以提出监督意见。

对法院，由于法院是国家管理三种权力之一的司法权，所以检察机关对法院执行职权不叫监督，就直称抗诉，凡是认为法院的判决违反法律，检察院都可以提出抗诉，法院进行二审或者再审。对于法院包括经济法院受理的案件，检察院接到立案的通知，可以决定参加诉讼，提出自己的意见。同时，对于侵害国家利益和公众利益的案件，检察机关可以代表国家提起诉讼，请求法院依法裁判。对于侦查机关的刑事案件侦查，检察院可以进行监督，如果发现侦查部门对案件不尽职责，检察机关可以决定将案件提到检察院来，由检察院直接进行侦查。

四

还有一有意思的事。陪同总检察长一行到了福建，来自中亚的客人们显然不适应亚热带的海洋性气候，不过也没有什么反映。但是在吃的上面就有问题了。

在福州，招待客人当然是海鲜了。当天晚上，福建省检察院领导在西酒（西湖大酒店）宴请总检察长一行，我当然作陪。菜肴基本上是海鲜，主菜上完之后，省检察长请大家开动吧。客人们喝了一口酒以后，代表团团员们面面相觑，谁也不动筷子。我开始以为是客气，就劝各位开餐。但是团员们还是谁也不动，都看着他们的总检察长。这时候，我突然反应过来，是来自中亚的客人们根本就没有吃过或者看过这样繁多的海鲜，不知道该怎样吃，或者该不该吃。我和省检察长做了示范，总检察长学着样子，吃了一口菜。似乎在体验味道，接着就是一种很满意的神色，向着他的团员微笑着点点头。这时，团员们才开动起来，一个一个吃的都比较满意。

不曾想，饭后 11 点多的时候，刚刚躺下，陪同翻译给我电话，说总检察长身体不适，需要上医院，我吓了一跳，然后就向省检汇报，省检察长很快就赶来了，然后医院的救护车也来了，折腾到下半夜，医院确定为气候不适，引起高血压。问医生是否与吃海鲜有关，医生说，与吃海鲜毫无关系，就是气候不适而已。总检察长吃了一些药以后，血压就稳定了，回到宾馆。

团员们都很紧张，把他们领导的健康问题归咎于吃海鲜吃的。我听了以后，不以为然，但是还是跟省检商量，不再吃海鲜。一直到代表团离境，再也没有请他们吃海鲜。

对了，还有一件事，临别之前，总检察长送给我一件他们的五彩缤纷的袍子，跟送给高检检察长的规格是一样的。秘书说，只带了两套最高级的衣服，总检察长说一定要给我一件。我深深地感激他。这件美丽的袍子，我至今还保留着。

36　何孟智总检察长

2000年1月,北京寒风料峭,虽然没有像东北那样滴水成冰,却也实在是冷得相当可以了。就在这样的天气里,我们迎来了越南的客人——越南最高人民检察院的总检察长何孟智。我作为中国最高人民检察院的陪同团团长,陪他在中国度过了10个充满友谊和热情的日子。

印象

何孟智总检察长像多数的越南人一样,个子不高,但是很有精神,两只眼睛炯炯有神,目光很犀利。在他的脸上,除了眼睛以外,就是他的前额,很宽,很亮,红红的,很有光泽。在飞机场上接他,一下子就有了这样深深的印象。

以前,何孟智总检察长到北京来过。他说,那时他刚刚在大学毕业,到苏联求学,在北京逗留了两天,然后乘火车到了苏联。40年后再游北京,他有很深的感触。他说:"北京变大了,变美了,真的认不出来了。"在迎接他的车上,我们两个谈了起来。

他原来是河内市的检察长。后来,担任越南最高人民检察院的副检察长,又到越南国会法律委员会工作,直至担任这个委员会的主任,执掌越南的立法工作。在越南的立法中,很多法律都是由他主持制定的。他对工作上的事情十分精通。对我提出的问题,几乎是有问必答,而且都是精确的答复。看得出来,他是一个非常精通业务的检察长。

后来,我陪他访问了最高人民法院、司法部,还访问了北京市检察院,上海市检察院,广东省检察院。在这几个城市逗留期间,还参观了很多名胜古迹。

访问北京市检察院,市院领导在院内的餐厅设宴,市院检察长和几位副检察长陪同总检察长一行喝起了茅台。这是客人自己点的酒。他们说,只有在中国喝过了茅台,才算是真正喝过了中国的白酒。那天,也是主人会劝酒,总检察长喝得很尽兴,他的随员也很尽兴,喝了很多。不过,酒宴后期,我发现了一个秘密,就是市检领导喝的酒瓶里,基本上是水,后来我说我也要喝他们的瓶子里的酒,因此,我一直比较清醒。酒后,我就陪总检察长一行去听京剧。这也是总检察长点的节目,他爱听京剧。

那天是中国京剧院演出的折子戏。我看到,总检察长听得很入迷,边听还边用手打着节拍。回到住地,我把他们安顿好，又出了一次房间，不曾想在走廊中，看到他的随员们高兴得手舞足蹈，甚至拥抱、握手。我看，一个原因是听戏听高兴了，另一个原因就是茅台在肚子里催的。

在国家领导人会见总检察长的时候，他非常仔细地听委员长介绍中国的改革和法制建设情况。接着，他就介绍越南革新事业的发展，并转达越南领导人对中国支持的感谢和盛情邀请。

他对民法很精通。我们谈起民法的问题，他也有问必答。他说，越南的民法典，就是他主持制订的。我说，不知道越南民法典对物权法的国家所有权是怎样解决的，他就滔滔不绝地讲起国家所有权和国家土地所有权的问题。听着他的讲述，我感到收获很大，尤其是我们正在制定《物权法》，还是很有启发。

总检察长为人十分谦和，对哪一位接待者都客客气气，有问必答，礼数十分周到。照相的时候，他和合照者贴得很近、很紧，表现出热情和友好。

交流

总检察长对我说了他访问的主要目的。越南检察院是按照以前苏联的司法机关模式组建和进行工作的。检察院是一个法律监督机关，执掌对法律施行的监督工作，就是过去通常说的一般监督。因此，检察院不仅对诉讼活动进行监督，而且对所有的法律施行工作都有权监督。在这样的体制下，检察院对国家公务员的监督，没有实际的侦查权，侦查工作要由刑事侦查部门完成。他们认为，中国的反贪污贿赂局的做法，是十分有效的遏制腐败的机制，因此，他们想要学习中国反贪污贿赂局的经验，然后向国会报告，制定检察机关设立反贪污贿赂局的法律，把对贪污贿赂案件的侦查工作纳入检察机关的工作范围。所以在考察中，总检察长对中国检察机关反贪局的建设经验非常关注，一点点重要的问题，都问个仔细。

我问过总检察长越南检察机关的管理体制。他说，越南的检察机关是在国会的监督下工作。国会要选出最高人民检察院的总检察长。然后，各级检察院是在最高人民检察院的领导下开展工作，并且对最高人民检察院负责工作。各级检察院的检察长，由最高人民检察院总检察长任命，总检察长还有对各级检察长的撤销权，对不称职的检察长可以直接免去他的职务。检察院设检察委员会，负责业务工作的领导，以及重大行政事务的决定，同时管理检察官。这种体制，与中国的检察委员会职责有一定的区别。

我关心的是越南检察机关的民事行政检察工作，问了他很多这方面的问题。他告诉我，越南检察机关的民事行政检察工作是一项非常重要的工作。在越南检察机关，都设立民事监督局，专门开展对民事诉讼和行政诉讼，以及对行政机关进行监督的法律监督工作。民事行政检察监督及其方式是非常完整并且确有实效的。检察机关在民事诉讼和行政诉讼中，享有监督权：一是对于涉及国家利益或者社会公共利益的案件可以起诉；二是法院对民事、行政案件立案后，有权参与诉讼；三是对一审判决有权按照上诉程序提出抗诉；四是对发生法律效力的判决可以按照审判监督程序提出抗诉。

具体的情况是：检察机关有提起民事诉讼和行政诉讼的权利。对于法定范围的案件，检察机关代表国家提起民事公诉和行政公诉，由法院进行审理。检察官在自己提出的诉讼中，享有当事人的诉讼权利和义务，同时对审判活动进行监督。

在民事行政诉讼的监督中，越南的法院在受理了民事、行政案件之后，要向同级检察机关通报，由检察机关决定对这个案件是不是参与诉讼。如果要参加诉讼，就通知法院，法院将案件的诉讼材料在开庭之前送交检察院，检察院在开庭之前将诉讼材料阅完，退回法院。开庭之时，检察院派员出席庭审，听取诉讼过程，在诉讼中可以提出检察官的意见，法院对检察官的意见要认真斟酌。判决以后，检察机关认为裁判有错误，可以按照上诉程序提出抗诉，提起二审程序，法院进行上诉审。

对于检察机关没有参与的民事诉讼和行政诉讼案件，检察机关享有依照审判监督程序提起抗诉的权力。在这一点上，其做法与中国现行的民事行政检察监督的抗诉程序是基本一致的。

更重要的是，越南检察机关对行政机关的行政行为可以进行监督。越南的各级行政机关在做出行政行为的时候，要将行政行为的文件送同级检察院。检察机关进行审查，认为某个行政行为有错误，需要纠正，要报送同级国会，由国会审议决定，如果确有错误，国会就可以撤销这个行政行为。

友谊长存

总检察长在中国访问期间，特别强调中国和越南的友谊。一首胡志明先生写的"越南中国，山连山，江连江"的歌，唱了一遍又一遍。他对中国的文化十分喜欢，尤其是喜爱中国的京剧。每到一地，他都要搜集中国京剧 VCD。到后来，在广东快要结束访问的时候，我们送给他一套京剧 VCD，他喜欢得不得了。

他对中国的改革开放的成绩非常赞赏。在上海，参观了市政建设，参观了东方明珠电视塔，参观了上海大剧院。在广州，参观了广州本田汽车公司。他对中国建设的成绩赞不绝口，认为没有改革开放的政策，就没有中国今天的成绩。越南就是要学习中国的经验，搞好革新事业，也要走中国的道路。

在广东省的白天鹅宾馆,由广东检察院举行的欢迎宴会上,访问出现了高潮。在宴会之前,主人问我要不要喝一点白酒。我说可以喝一点。在喝什么酒的问题上,我建议总检察长不要再喝茅台了,要品尝一下中国的五粮液。总检察长接受了我的建议,在晚宴上喝五粮液。

醇香的美酒催动情思。宴会出现了热烈的场面。总检察长举杯,与每一位中国主人和陪同人员干杯,说着感人肺腑的话语。接着,全体访问团成员开始合唱"越南中国,心连心,江连江"。几十年前的歌声传出了餐厅,在碧波闪耀的珠江江面上飘荡,传得很远,很远。唱完以后,大家热烈拥抱。中越人民之间的感情,在这里得到了回响。

37　江南古衙

衙门，是古时候官府的办公地，也是地方长官的居住地。想到衙门，往往就是挂着"正大光明"牌匾，站着两班衙役，县官一声"升堂！"之后，就开始审理案件的地方。在古往今来的戏剧和曲艺中，这样的镜头实在是看得不少了，一点都不新鲜。可是今天，我还是要写一写有关衙门的话题。

一

在我的家乡，我看过真实的衙门。我的家乡是一个东北的小城市，从清朝1877年即光绪三年始设县治，取"通归教化"之意，谓之通化。小时候，家乡的周边有城墙或者城墙的遗迹。沿着城墙和城墙的遗迹走一周，就是当时县城的全部。在这个范围内，有一横一竖的两条主要街道，在横着的街的中央，向南延伸出竖着的街，形成了这个城区的丁字形市街格局。就在这两条街的结合处，一座衙门坐落在横街的街北，正面对着的，就是竖着的街道。

在我看到这个衙门的时候，已经是"大跃进"的年代。这不是说我以前没有看到它，而是在以前，以我的年龄和智力发展水平还不能够理解它而已。在我看到它并且能够知道它是一个古衙的时候，它的内容已经不是衙门了，而是一个制鞋厂，专管制造皮鞋。还好，这里仍旧还是管人的，只不过是管人的足部与道路接触的用品而已。

虽然如此，这里还是衙门的样子，仪门威严，门边是张着嘴、瞪着眼的一对石狮，被孩子们当作玩具，磨得闪着乌光。透过仪门，可以看到衙门的正堂，但是已经物是人非，是制造皮鞋的车间了。作为孩子的我，经常到这里玩，抚摸着石狮，想象着当年县衙的威严。到了文革初期破四旧的时候，这对石狮被打倒在地，再踏上很多只脚，它就永世不得翻身了。再后来，扩展街道，旧衙门被彻底扫地出门，丁字街改成了宽敞的十字街，新开道从古衙的身上开拓出来，旧衙门就再也没有踪影了。

23岁，我做了法官，有时也想起这个衙门，想起小时候对衙门的印象，心里总有一些说不出来的感觉。

二

1996年，我到山西的一个地方调查研究，参观过一个衙门。

那是一个中午。吃完午饭，当地的检察长说，在这个城市里，有一个保存得很好的衙门，是不是要看一下。我当然是很想看一下的，因为家乡的那个衙门，已经被工厂占用，实在是想象不出衙门的真实景象。大家都同意了，我们就乘车到了这个衙门的所在地。

这个衙门处于政府的院子里。衙门是双重檐，迎面四柱，高悬"亲民堂"匾额，房屋高大，三面墙，南面是敞开的门，以及木栅栏。大堂建得高大、威风，同时也是雕梁画栋，十分精致。大堂上，有一个条案，后墙挂着牌匾。当时正值春日，天气乍冷还寒，站在空旷的大堂上，心脏抖抖的，让人感到发慌。我想到，如果是一个贫寒的被告跪在大堂上，接受聆讯，也会吓得发慌，恐怕不用打就招了。

看到这个衙门，我的心情很沉重，更多想到的是阶级的压迫。这正是说明，法庭是阶级压迫、维护统治的工具。在封建的旧社会，当然更是如此。尤其是在这之前，曾经到过山西洪洞县的"苏三监狱"中参观过，因而这种想法更强烈。

三

到江西景德镇市工作，在要离开的时候，到了飞机场，得知飞机延误，还需要几个小时的等待。好客的主人认为在机场等，就不如到附近的浮梁县，去参观一下保存得很好的县衙。我当然赞成，随后就一起乘车到了浮梁县。

据说，浮梁县名，取浮木为梁之义。相传古时候，浮梁之地洪水泛滥，一片汪洋。洪水之后，人们用洪水冲泄遗留下的浮木作为屋梁，建造房屋，解救灾民无家可归之难。后来就改县名为浮梁。历史上，由于浮梁县治下有景德镇，而景德镇历来为御制官窑所在，因而浮梁县令为正五品，比其他七品县令高两品。这在旧时的官制中是十分少见的。

浮梁县衙之奇，不在于建筑的雄伟和和谐，而是县衙中的楹联写得十分精致、贴切，绝不是仅仅起到装饰、美观的作用，而是针对各个不同场合的性质，画龙点睛，意境深远，发人深省。就是在今天，我们不去考究封建官吏是否能够做得到，甚至是愚弄、欺骗百姓，而是仅就楹联的内容而言，确实具有十分深刻的教育意义。

访问江南古衙，给我最深的印象，就是这些楹联。浮梁县衙共有一门三堂，共三进，各有不同的楹联。

正门为仪门，有两副楹联。第一副是："治浮梁一柱擎天头势重，爱邑民十年踏地脚跟牢。"县衙的主人知道自己的职责重大，上受皇命的重托，下系人民的安乐，因而决心十年踏地，扎根浮梁。这样的决心倒真值得我们那些"走读"官们认真地思索：封建官员能够做到的"踏地十年"，我们为什么就做不到呢？第二副是："工堪比官斧斤利刃随手携来因才而用，医可喻政硝磺猛剂有时投下看病如何。"其义为，官员其实就是工匠，各种各样的工具，都可以随手携来，不论什么样的人，都可以因才使用；政令也可以比作医生，有时也会使用烈性药物，这是根据病情的不同。讲因才用人和治人之道，这一联都说得清清楚楚。

第一进是县衙正堂，悬挂"亲民堂"额匾。"亲民堂"中，共有四副楹联。第一副是："欺人如欺天毋自欺也，负民即负国何忍负之。"欺人就是欺骗上天，所以不要自欺；辜负百姓就是辜负国家，怎能忍心辜负他们呢？第二副是："理冤狱关节不通自是阎罗气象，赈灾黎慈悲无量依然菩萨心肠。"一宽一严，一冷一热，形成了鲜明的对照，执法必严，爱民如子，真是历历在目。第三副是："法合理与情倘能三字兼收庶无冤案，清须勤且慎莫谓一钱不要就是好官。"法、理、情和清、勤、慎，是为官、执法的六字真言，真正做到永无冤案，法、理、情兼顾，清、勤、慎皆备，才算做一个好官，而仅仅做到一钱不收的"清官"，还是远远不够的。第四联是："铁面无私丹心忠做官最怕叨念功，操劳本是分内事拒礼为开廉洁风。"这一联最值得称赞的就是"做官最怕叨念功"，这对于今天的那些好大喜功、急功近利的官员来说，应当是一警世钟。县衙的正堂是县令审理重大案件，处理重大政务的地方，因此，这里的楹联都是严格执法，眷爱百姓的内容。这些语句，在今天读来，仍然是感人至深，发人深省。

第二进是二堂，是地方官对案件进行预审、审理一般民事案件和处理一般政务的场所，悬挂"琴治堂"额匾。其义取自《吕氏春秋·察贤》，孔夫子的弟子宓子贱治理单父（在山东），选用贤才，自己身不下堂，鸣琴而治，县治政通人和，井井有条。县令以"琴治"自勉，可见其追求更高的为官之道。在二堂的过道上，有一楹联："为政不在多言须息息从省身克己而出，当官务持大体思事事皆民生国计所关。"这一联也写得十分有气魄。二堂上的两幅楹联对于执法办案，很有启发。一联是："法行无亲令行无故，赏疑唯重罚疑唯轻。"另一联是："民心即在吾心信不易孚敬尔公先慎而独，国事常如家事力所能勉持其平还酌其通。"这两联，最值得赞赏的，一是"赏疑唯重罚疑唯轻"，在奖赏举报疑犯的人的时候，一定要重奖；而在对疑罪之人进行处罚的时候，由于那时的法律规定是疑罪从轻，而不是今天执行的疑罪从无，因而处罚一定要轻，不要冤入其罪。二是"持其平还酌其通"，这是在办案中执行法律最为重要的一点。现在有一些人在执行法律的时候，只讲"平"，不酌其"通"，是办案上的形而上学，从形式上说是严格执法了，但是在实质上，却背离了法律规定的基本精神。不"通"，就没有"平"。这是一个真理。

三堂是县令的住处，这里只有一联，内容是："得一官不荣失一官不辱勿说一官无用地方全靠一官，吃百姓之饭穿百姓之衣莫道百姓可欺自己也是百姓。"这一联既说到地方官的重要作用，也说明了自己对官职的看法，得失不计，荣辱不惊；同时，也念记百姓，认自己为百姓中的一员，尊重百姓。无论何时，做一名官员，能够有这样的观念，应当说是一个很好的官了。

匆匆而来，匆匆而去，在江南古衙，只呆了几十分钟，但是，这里楹联的书香气和楹联诗句中所体现的正气，给我以深深的激动，同时也给了我以深深的启发。作为一个与法律有关、与案件有关、与官职有关的人，我愿意用这些楹联所体现的精神，深刻地勉励自己。

38　追踪五花山

离开家乡，最让我留恋的，就是家乡的五花山。与妻在一起谈起五花山，她就问，五花山是哪座山？我就乐了。

一

我的家乡是长白山区。出了门就是山，除了山还是山。那时候，我经常为家乡是大山沟而害羞，尤其是在和大城市的人接触时。可是，我也常常为家乡是大山沟而自豪，因为山区自有山区独特的景致，不在山沟中呆过，怎么能够领略山的魅力呢？

就说五花山吧！东北的秋天来得早。还是一片郁郁葱葱的原野，转眼间，稻穗开始发沉、发黄，玉米叶子和高粱叶子开始枯黄。这时候，就要下霜了。待等到终于见到了白露，及至见到了秋霜，层层叠叠的山峦就开始变了颜色，开始时有些叶子变黄；接着又有绿色的叶子变黄，黄色的叶子开始变红；再接着，又有绿色的叶子变黄，黄色的叶子变红，红色的叶子则开始变紫。等到了你感觉到周围的气候有了很大变化的时候，再一抬头，霎时，五花山就出现在你的眼前。层层叠叠的群山，五彩斑斓，绿的是松，红的是枫，紫的是柞，黄的是杨，橙的是柳。在你惊叹大自然的鬼斧神工之时，你开始注意五花山的变化——山的颜色一天一天地变深，变得越来越绚丽，越来越多彩，越来越好看了。

在绚丽多彩的色彩下面，家乡的山，藏着更多的宝贝。走到山里吧，满山满岭的野果子，就藏在五彩斑斓的叶子下面。潺潺绵绵的藤子上，一串一串的山葡萄，紫色外边挂着霜；一嘟噜一嘟噜的软枣子，就是最原始的弥猴桃，看着都让人馋涎欲滴；黄盈盈的李子，圆圆的梨，还有包在壳子里的核桃，真的是应有尽有，尽情采撷。

小的时候，有一次，我和哥哥一起到了秋天的山里，李子、梨、葡萄、软枣子、山葡萄、山丁子，还有一些叫不上名字的野果子，把筐和袋子装得满满的。就在要满载而归的时候，我们被看山的人抓住了。我原来是准备要捍卫自己的丰收果实的，但是后来不用做殊死斗争了。原来，在这里的深山里，有一个劳改队，看山的就是劳改队的人。他倒不是怕山里的野果子被人摘走，而是为了劳改队的安全。我们被教育一顿以后，还是挎着筐、背着袋子，把五花山的果实带到了家里，与家人一起分享。

五花山带来的,正是色彩的绚丽和生活的幸福。绚烂多姿的五花山,就是美好生活的真实写照。

二

说起北京的五花山,要数西山的红叶了。

在40年以前,大约是1983年夏天,我就爬过香山的鬼见愁。那时,当然并不曾见到红叶或者五花山的。后来到政法大学学习,有幸在秋天的时候到了香山和八大处,看到满山的红叶,以及与红叶相配的各种艳丽色彩,绚烂多姿,真是目不暇接。

那时候,政法大学进修学院在昌平,学校的背后就是军都山,山不高。学校的环境很差,没有活动的场地,能够爬爬军都山,就是很好的娱乐和运动了。到了秋天,看着军都山一天一天在改变颜色,万紫千红,也是十分壮观。我们那些同学经常爬上军都山,站在顶峰,背手叉腰,挺胸凸肚,作出伟人状,口中念念有词:"军都山上一军都……",下面就没词了。尽管没词了,但是,军都山上的军都,在五花山的映衬下,倒也风光十分。

去年新添了一个乐趣,就是做风光摄影,拍了几个,感觉还不错,就想做下去。其中最想拍的,就是五花山。假日,和妻一起,带着相机开上车,到了郊区的山林中,满眼的都是绚烂。层层叠叠之中，有的翠绿，有的鲜红，有的黄橙，有的暗紫，直把人看得目瞪口呆，直把人喜得眉梢挂彩。随着快门的闪动，姹紫嫣红的五花山景色就留在了我的相机之中，回到家里，景色就永驻书房。快哉！快哉！美景自山中来，不亦乐乎！

三

有一年的秋天，我撵着季节，向南方赶去，追踪五花山，处处都是绚烂，到处都是奇山美景、缤纷多姿。先是到了南京。开会、讲课之余，朋友陪着游了紫金山。

紫金山真的不愧是一处宝地，风景宜人。深秋，更是满山的色彩。清的翠柏，是紫金山的主色。间以红的枫叶，黄的柳叶，以及其他的什么叶，琳琅满目，煞是好看。还有一些早开的腊梅，星星点点，夹杂在五色斑斓之中，更是娇艳可人。这还是我第一次见到真实的腊梅，想不到竟是这样的精致、耐看。

接着，就到了江西的井冈山。在这座红色的山岗上，深秋的颜色仍然是以绿为主。苍松和翠柏掩映在浓雾之中，使山水显得神秘、多情。远远望去，看不到绚烂的多种色彩，就想起江南的山大概不会有五花山的季节。

可是，等到走进山中，却发现不！青翠的绿野之中，仍然有众多的色彩。好像有一种杉树，高大挺拔，宝塔状，红红的叶子，装扮成一座又一座红色的宝塔，矗立在绿色的山林之中，十分壮观。

遗憾的是，满山的浓雾使满眼失去了色彩，无法看清江南五花山的真面目，也看不到井冈山的真实面目。就是到了黄洋界，虽有"险处不需看"的佳句，但是，满眼浓雾奈若何？

可就在这时，在黄洋界哨口，一株青松之上，盘绕着一束杜鹃，五朵娇艳的火红杜鹃花，有的含羞欲放，有的绽开娇羞的脸庞；一滴一滴的露水，挂在花瓣之上。虽然叶子不够绿，但花却是艳丽至极。

同事都齐声称奇，在这深秋将完，初冬即至之时，还有这样的杜鹃花，实在不可多得。我觉得不必奇怪。万事万物总有它的规律。这株杜鹃既然要在这时绽放，当然有它的道理。我只管将相机快门一按，"咔"的一声，这束杜鹃就进了我的书房，至今还摆在我的案头。

下得井冈，来到庐山。这时，已经是暮色苍茫，大雾缭绕，天地浑然一体。追踪五花山，总不能放过庐山不看。面包车钻进浓雾，驶向庐山山顶。

雾，实在是太大了。车灯的前边仅能照出一两米，司机只能看着路中心的白色标线前进，左右毫无分寸感，就像闭着眼睛在大海里潜泳。在"越上葱茏四百旋"的险路之上，冒着这样的大雾，实在是太危险了。这时，我们大家都在帮着司机看路，哪里还想到看山上的五花色彩呢？其实，看不也是白看？除了雾，什么都看不到。

走到山顶，将近午夜。满山的雾水，捏一把都能攥出水来。房檐上，滴滴达达的，就像下小雨一样，淋得满大街都湿漉漉的。就连旅店里的被子，都好像刚刚从洗衣机的脱水桶里拎出来的一样。

就这样住了一晚，第二天的天气同样如此。转了一圈，除了雾，看不到任何东西。真正"不识庐山真面目"，只缘身在浓雾中。据说这样的天气还要持续几天，因此决定打道回府。

就在下山的路上，快要下到山底的时候，浓雾向上飘去，露出了山脚的树影。啊！竟也是红绿黄白橙紫参杂，绝对是一个绚烂多彩的五花山。看来，无论有什么东西遮盖，都挡不住真实的美。庐山秋色之美，大雾就能够挡住吗？

追踪五花山，这就是收获吗？看来，是的。

39　武夷山水冠豸情

我特别喜欢福建的山水。我是觉得福建的山水与家乡的山水有那么一点点相似，尽管相差很远，一个在南方，一个在北方，远隔几千公里。但是，我就是这么一个感觉。

这就使我对福建山水有一种亲切感。最喜欢的，还是武夷山的山水和冠豸山的风情。

说起武夷山，不似黄山的壮美，也不像华山的奇峭，不同于泰山的挺拔，也不类似长白的雄浑，而是一种秀气和美丽，就像是一个端庄、俊俏的女人，亭亭玉立，美貌无比。因而，走进五夷，就有一种亲近感，有一种想与她亲近的欲望。当你真正走进她的怀抱时，就会感受到她的温暖，她的柔嫩，以及她的肌肤感。摸一摸山上的树和草，就像抚摸着她的头发和汗毛，柔软，亲切，极为舒服，让人发软，就像要倾倒在她的身边。

再看一看玉女峰，那不是山峰，那就是五夷这位女子的鼻梁，高高的挺拔着，使她的面庞线条分明，美到了极至，达到了一种临界的限度，那就是没有办法再美了。再加上大王峰作为她的皇冠，高高地戴在她的头上，使她的身材高挑、俏丽。如果她走起来，一定是袅袅娜娜的，玉树临风，定是光彩照人。

最美的就是那条九溪了。它就是五夷这位女子腰间的飘带，左缠右裹，在她的腰上、身上纠缠着，足足转了九转，还不算完，丢头一甩，甩向了遥远山外天边的无际。

如果你要坐在竹筏上，在九溪中漂一下，摇一下，就像似抚弄那条飘带。但是，那些油嘴滑舌的小伙子介绍的那些所谓的典故，都是对五夷这位女子的亵渎，那不是在褒扬五夷，而是在糟踏五夷，就像在那漂亮、鲜艳的飘带之上，落上了一只苍蝇，怪恶心的。

冠豸山是武夷山的姐妹。据说，冠豸本来与五夷是生活在一起的，是生在一起的同胞姐妹，可是，冠豸耐不住寂寞，又想知道天地之外的景象，就一心想要到新的世界去走走。果然，有一天，一位仙人将她携着，飘飘然，就来到了远方的天地，顺手一抛，冠豸就到了闽西，就把美丽和漂亮留给了闽西大地上的人民。

冠豸同样美丽。但是，细心地一比，姐妹之间还真是有些不同。与姐姐相比，冠豸还是多一些端庄，少一些纤绣；多一些真情，少一些娇柔，因而，冠豸更接近真实的女人。

要说差一点的，倒是冠豸在出来的时候，很喜欢姐姐的腰间飘带。那时，姐姐正在睡梦中，冠豸很想从姐姐的飘带上面剪下来一段，带在身边，既可以使自己也拥有一条美丽的飘带，又可以留下对姐姐的思念，但是，想了一想，还是没有这样做，因为她怕从姐姐的飘带之上剪下来一段之后，就会破坏姐姐的服装和形象，因此，就忍痛离开。

到了闽西以后，冠豸常常因此而感到难过，那就是一种美中不足，是一种遗憾。后来，闽西的人民得知了冠豸的内心缺憾，就一起想办法，终于把冠豸脚下的一处山谷筑起了拦河大坝，因此，冠豸的腰间就也有了一条漂亮、多彩的蓝色飘带，顺着冠豸的身体飘摇着，勾勒出了冠豸多姿的腰身和线条，美丽至极。

其实，很多人都不知道。就在冠豸随着仙人来到闽西的时候，还有一个默默地思念着她的小伙子。这个小伙子跟在后边，走呀走呀，最后终于找到了冠豸所在的闽西。他就在冠豸的一边停了下来，静静地看着冠豸，静静地守候着他心上的人。

有一个人指出了我这种说法中的错误，因为这不是正式的传说，因为传说要有传说的根据。而我辩驳说，我所重视的不是传说的证据，而是事实上的证据。"那就请拿出来证据吧？"请看，冠豸山的生命之门和生命之根，说明的是什么呢？在冠豸的主要山峰，有一处生命之门，是一处极为阴柔的所在，其真实的程度，几乎可以乱真，在刚刚看到它的时候，几乎就像新婚的新郎第一次看到自己心爱的娘子脱下内衣，将自己完全交给心上人的时候的感觉，新奇？不是，但是又有一点：羞涩？也有一点：激动？当然是啦。当然，这就是冠豸的身体。但是，你不要以为冠豸是这样的不检点，其实不是冠豸的不检点，而是众多的人被冠豸的美貌所吸引，情不自禁地偷窥。自己犯了错误，竟然还抱怨美人不检点，真是不要脸的家伙。

说了半天，怎么没有说小伙子的证据呢？别急，这就说到了小伙子也来了的证据了。

在远远地离开生命之门的地方，要翻过几座山岭，登上一座山峰，就会远远地看到一座生命之根。那座山峰冲天而起，带着雄性的激昂和阳刚，表达着自己的激情。要是说起来，这位小伙子也是有些过分，再怎么也不能对自己的感情表达的如此赤裸裸的吧？但是，你不知道，自从到了这里，都几千年了，冠豸对他感情如火，却就是不理不睬。是什么原因？难道又有了一个地上的王母娘娘，在阻止他们的爱情？真的了，真的了，这是一段感人至深的爱情故事。

可是时代发展到了现代，没有人能够阻止、障碍美丽的爱情了吧？天上的牛郎织女的故事，已经让人们唏嘘了几千年。地上的生命之门和生命之根的美丽传说，不是也在继续地让人们唏嘘着吗？

近看香港《苹果日报》刊载的消息,中国粤北的著名风景区丹霞山,有天然形成的男女元石,近年先后被发现,即成为吸引游客的绝妙景点,游人络绎不绝,参观人次已逾100万。这两个奇观,一叫阳元石,一叫阴元石,附有照片。从照片上看,也是极为相像。这两座山与冠豸山的生命之门和生命之根大有异曲同工之妙。

40 振成楼

到龙岩讲学，朋友问要不要到什么地方看一看，我张口就说："去看土楼"。朋友很高兴我对他家乡名胜的热情，慷慨应允，并说："不看看土楼，一定会有遗憾。时下，客家土楼正在申报世界文化遗产，不可不看。"

起个大早，汽车驶出龙岩，沿着公路行走将近两小时，就可以远远地看到一座一座的圆形土楼。我原来以为，所有的土楼都是圆楼。其实不然。在路上，朋友介绍，土楼的基本形式有三种。

第一种是五凤楼，其建筑特点是，以三堂屋为中心，连同周围的建筑连为一体，形成一个小小的城堡。三堂屋建筑规模不同，在其群体的组合中，只有上堂屋即主厅采用坚厚的夯土承重墙，周围的是一般的土墙。五凤楼有明确的中轴线，使三堂屋贯穿一气，成为严密的整体。

第二种是方楼。方楼主要的形式是四方形，也有日字形、五角形、三角形和八角形。方楼的特点是，主体建筑从五凤楼的上堂屋即主厅转移至四周的部分，使土楼变成了主体在四周围起来的建筑上面。这是客家土楼的典型形式。四周建筑的外围都是夯土建成的坚固的承重墙，可以防御台风，也可以抵御外敌入侵，实际上是一个小小的外城墙。

第三种才是典型的圆形土楼。圆形土楼与方形土楼在实质上是一样的，只是将其外形由方形改为圆形，内在结构与其他方面没有大的区别。将方形土楼改为圆形，最主要的考虑，一是改变方形土楼四角房间的环境，使四角上的房间在采光、通风、通行等方面更为优越。二是可以防御台风，台风吹来以后，圆形的围墙可以减弱风势，不至于吹倒房屋。三是改变房屋的结构，整个土楼的外墙从下往上，墙体渐薄，向内倾斜，使圆形的土墙更加坚固，可以抵御地震。据说，有一座土楼在一次地震中裂了大缝，但是没有倾倒，日后裂缝竟逐渐合拢，几乎看不出来原有的痕迹。

除此之外，还有杂七杂八形状的土楼，比如半圆形的，前圆后方形的，甚至还有"D"字形的土楼。真是绚丽多姿，无奇不有。转眼之间，已经到了湖坑镇的洪坑村。在这座小小的山村中，就有各种土楼30余座，其中就有最负盛名的振成楼。

展现在眼前的，是一座大而圆的土色建筑，很有一种巍峨的感觉。迎面而来的，是一座很有威严感的大门，门楣上横书"振成楼"三个大字。穿门而进，看到的不是楼外的土黄色，而是青砖青瓦、富丽堂皇的整齐建筑。正似主人所介绍的那样，土楼是"外土内洋"。

这座土楼的整体建筑格局是，里外两道圆楼，中间是方方正正的祖堂。第一道圆楼是主体建筑，分为四层。其中第一层是客厅、饭厅和厨房，是居家活动的主要场所；第二层是装粮食的仓库；第三层是寝室，一间一间的卧室整齐排列，冲外有窗子，通风良好，冬暖夏凉，睡在床上很舒服。第四层也是寝室。第二道圆楼是次要建筑，是仓库、洗澡间等，分为两层。第一道圆楼和第二道圆楼之间的空间，是各家的活动场地，有一个很宽敞的庭院，呈梯形。整个土楼按照八卦形式，分为八个单元，既自成体系，又相互连通。祖堂处于全楼的中心位置，是整个建筑的核心，用于宗族议事、婚丧喜庆、大型宴请或者举办大型活动。振成楼的祖堂最为富丽堂皇，正前方是四根高大的花岗石厅柱，顶起中西合璧的堂顶，使祖堂高大、敞亮、气派。祖堂左右有两个门，后边有两个门，因此更像一个旧式的戏台。请来戏班子，在祖堂就可以唱戏。土楼里的人围坐在第二道圆楼的过道上，就可以津津有味地欣赏着精彩的表演。

建造这座规模恢弘的振成楼的，是当地赫赫有名的林氏家族。林在亨生有三子，三人苦学技艺，三个银元起家，经营打烟刀，成为富贾一方的富翁，遂为家乡修桥、筑路、建凉亭、办学校，荫蔽乡里，广受称赞。三兄弟去世之后，三子林仁山之子林鸿超独资兴建振成楼。这位清末秀才、民国中央参议员不惜花费 8 万光洋，耗时 5 年，于 1912 年始建成，为纪念上代祖宗福成公和丕振公，遂命名为振成楼。

振成楼的圆楼之外，左右各有一座对称的半月形馆舍相辅，像似土楼的耳朵，与主体建筑一起，外观恰似一个乌纱帽。圆楼楼中有楼，形成了二环楼的格局。中间环抱祖堂，内外呼应，环环相抱，结构无比和谐、稳定。加之天井中两个小型花圃，左右各有代表阴阳二极的两口水井，三重代表"天地人"三才的大门，真格是自成一体，别具洞天的一个所在。无怪乎在 1985 年，振成楼的模型曾经与北京的天坛模型一起被送往美国洛杉矶，参加国家建筑模型展览，以其别具一格的造型和建筑风格，被认为是中国客家人聪明才智的结晶和中华民族优秀的文化遗产。

其实，这座土楼最值得赞赏的，还是楼内楼外的文化内涵。居住在这座土楼的林氏家族中，几十年来已经出了 40 余名大学生，分布在全国各地和世界各地，成为当地的文化名人。这样的育人成果，就与土楼的文化内涵分不开。土楼之中，前后共有 12 副对联、楹联，无不渗透中华民族的文化精神。且撷来几副赏析。

振成楼正门门联："振纲立纪，成德达材"。既隐含"振成"楼名二字，又标示凛凛家风和恢弘志向。进门一步，举目观之，中厅门联则是："干国家事，读圣贤书"，与正门门联正相呼应。祖堂的四根石柱，各有题款。中间二石柱刻有："振乃家声好就孝悌一边做去；成些事业端从勤俭两字得来"。外边两石柱刻有："能不为息患挫志自不为安乐肆志；在官无傥来一金居家无浪费一金"。前者说明了振兴家风乃孝悌，成全事业在勤俭；后者则要求家族志向高远，矢志不移，无贪无奢，清静廉洁。此等家风，何人不为之称道？

振成楼还有两副好联。一副写在祖堂正内壁："从来人品恭能寿，自古文章正乃奇"。恭者，乃恭敬；正者，乃符合标准，合乎法度。世人谁不期望长寿？作文无不盼望出奇。但是，对人恭，对事恭，对社会恭，才能够人品堪称一流，自能长寿不老；文章写得符合标准，合乎法度，才能够出奇制胜，永世流传。后厅柱联更是警世之作："振作那有闲时少时壮时老年时时时须努力；成名原非易事家事国事天下事事事要关心"。这样的警世之言，不是人人都要品味、人人都要经常琢磨的吗？

离开振成楼，我不禁又回过头来，再看它一眼。朋友问我，是不是像参观其他地方一样，"不看后悔，看了更后悔"？开始我没有反应过来，不知问的是什么意思，等我反应过来了，急忙说："怎么会呢？有一句歌词不是说，'其实不想走，其实我想留'吗？说的就是我现在的心情。"

朋友显然对我的回答很满意。可不是，谁陪着自己的朋友观览自己家乡的名胜，辛辛苦苦的不想得到一个美好的夸赞呢？不过，我这说的可是真心话，不是敷衍了事的意思。

41 鸣沙山

甘肃之行,顺着河西走廊一路向西,到达敦煌时,已是下午5点钟。到了招待所住下后,主人告诉我们,去游鸣沙山和月牙泉,必须在晚上黄昏前,因此,只能稍微休息一下,吃完饭,就要出发。对此,我有耳闻,当然听从主人的安排。

下午6点多的敦煌,太阳还很高。我们乘车离开招待所,驶出市区,很快就来到了鸣沙山。我很想问一下月牙泉离这里有多远,以便掌握时间,在天黑以前能够游完鸣沙山后,再游完月牙泉。在我还没有问的时候,车已经驶进了鸣沙山,远远地,就看到了黄黄的沙山和沙山之中的亭阁。陪同的王君告诉我,说亭的右边就是月牙泉,不过现在还看不见。

我很惊讶,想象不到在这样的沙山之中,竟会有一泓清泉!同时,我也庆幸,假如真要问起月牙泉离这里有多远的话,恐怕真要被人家笑话一番呢。

远看鸣沙山,看见的是一圈又一圈金黄金黄的沙山。远远望去，只是可以赞叹它的颜色的纯真和形状的别具一格；奇的是，它不似沙漠山丘的平缓和圆润，却有尖尖的山脊。待我们走下汽车，脱下鞋子，挽起裤脚，走进沙山怀抱的时候，感到太阳的余威仍在，但是，走在沙上，并不感到太烫；清风阵阵，卷起的沙粒迎面扑来。

我本来是向着沙山之中的亭阁和泉水走去的，并没有着意于沙山。这时，王君对我说："快看那沙山！今天可以看到沙子顺风向山上跑的情景了。我来了几次，都没有看到这种奇观。"

我驻足一看，果然如此，在周圈的沙山上，风虽然是从来的一个方向吹来，但是，到了沙山之间的亭阁泉水之前的一段，就神奇地分开，将黄黄的沙吹向两边，沿着沙山的山坡，向上吹去，沙子就像波浪，随着风，一波接一波，一波再接一波地向山上吹去，层层叠叠，景象十分壮观。

王君告诉我，在鸣沙山，风，有的时候有，有的时候没有。只要有风，风就永远顺着这样的方向分开吹，永远不会改变。正因为如此，在这环绕的沙山之中，才能够留下这样的清泉和刻满历史痕迹的亭阁。

听罢，我恍然大悟。如果不是如此，怎么会有沙山之中的月牙泉和月泉阁呢？这时，我正走在月泉阁前，仰面看到一幅古匾，上刻"千古绝妙"四个大字。我不禁赞叹：千古绝妙，果然名不虚传！

再往前走几步,就到了月牙泉。只见弯弯的一泉清水,几乎清澈见底。泉边绿树掩映,更衬托出泉边月泉阁的俊俏和挺拔。低头看去,泉边树下,清风徐徐掠过,竟不见一丝沙粒,似笤帚扫过一般。一起来的同伴无不拍手称奇。回头望去,一群群的游人同我们一样赞叹不已,更有一些外国友人,在远处的沙丘上,架着照相机和录像机,把这奇境美景真切地留下来,带回去。

绕过月牙泉,我们准备爬沙山。右边的沙山已经被封住,禁止游人爬上去,只有爬左边的沙山。沙山很陡,沙又很松,向上爬一步,就要向下滑半步,爬沙山之艰难,可想而知。

我本来身体有些不适,只好一只手提着鞋子,一只手用力摆动,但是,也很难提高爬行的速度。爬了很久,向下看去,不见走了多远;向上遥望,沙山竟似比原来更高了些。后来,按照王君的指点,采用斜线爬行,似乎轻松些许,但是越向上爬,人,就越喘得厉害;风,就越刮得厉害;沙,也就越来越多。沙粒吹到脸上,也就越来越疼。

爬到山的2/3处,力气好像已经使尽,开始时十几步一坐,一喘;后来就七八步一坐,一喘;再后来,竟然三五步一坐一喘起来,一停下来,就很难再迅速爬起来继续前进了。

同行的吕君望着山脊,长长地叹了一口气,说再也爬不动了,稍停,喘了一喘,就边喊边叫,向山下冲去,提前去体会冲下沙山的感觉去了。

同行之中，算我年长。几个同伴都说，只要我能爬上去，他们就决不会爬不上去。况且山顶越来越大的风沙，呼呼向上刮去，不能不让人坚持爬上去，看看山脊和山脊的那一边到底是什么景色。

我长喘了一会，向上爬几步；坐下长喘一会，再向上爬几步。看起来离山顶还有十几米的时候，我坐下迎着风和沙，喘了又喘，喘了又喘，然后准备一鼓作气，冲上山顶。终于，我觉得有了一鼓作气的能力时，就坚定地站起来，开始向上攀登。谁知道风沙大得推着后背，竟一直推着我向前，使我并没有费太大的力气，就随着风和沙，一起上了山顶。

我终于看到了山顶的景色。黄色的风沙之中，一条刀削一样直的山脊，向左、向右延伸。风沙吹过山脊，向山的另一边漫去，迷迷茫茫的一片沙雾，使你看不清山脊那边的真实景象。回过头来，风沙迎面吹来，沙粒打在脸上，很疼；侧过脸去，风沙打疼迎风的右耳，但是沙子却一齐刮进左耳。我不得不用手护住左耳，使左耳不至于被沙子填满。就在风沙中，我们望着山下一群群向上攀登的人们，一边休息，一边赞叹着大自然的鬼斧神工！

原计划爬上山顶以后，要沿着山脊再爬向沙山的高处。但是，刚走了几步，我们就发现，这样做几乎是不可能的。原来，沙山的山脊尖削如刀锋，人在上面很难行走；山顶的风沙极大，随时都可能将人吹倒跌入山的那一边。我们决定不再执行原计划，坐在山顶休息好以后，就向山下俯冲，去体验俯冲鸣沙山的乐趣。

听着呼啸的风沙声，我说，这真不愧是一座鸣沙山。同行的高君是敦煌人。他说，鸣沙山之鸣，并不是风沙之鸣，而是当很多人从鸣沙山之顶一齐向山下冲去时，声音会在整个沙山中震荡，嗡嗡作响，鸣沙山就发出轰鸣。我们就说，一会儿大家一齐向山下跑，听听沙山的轰鸣。高君说，让沙山轰鸣起来，需要四五十人一齐俯冲才行。我们都说，上哪去找那么多人呢？高君又说，别泄气，听不到沙山之鸣，但却可以体会到向沙山下俯冲之乐。我们都信他的。

休息好以后，天色渐晚，我们约好，一齐向山下冲去。虽然迎着沙，但是向下俯冲的力量很大，脚踏在沙上，十分松软，陷下很深，一步一步，速度很快，人就似乎是踏云驾雾从天而降的仙人，飘飘然，飞至月牙泉之畔。沙山之鸣虽然没有听到，但是俯冲沙山之乐，感觉极好，是从来没有领略过的。

在月牙泉和月泉阁之间，吕君迎上来。我们急不可待地向他描述沙山之顶的奇险风光，使他后悔不迭，连连说："下次再来，决不半途而废！"我们都说："是啊！爬山半途而废，怎么能够领略到山顶的绝妙景色呢？"

然后，穿鞋，乘车，返回。离开敦煌一星期后，口袋里还能掏出沙子。

42　拉萨三日

拉萨,一个神秘而又充满魅力的地方。这,足以使人向往,我同样如此。几次想去,都因为公务繁忙而没有去成。这次终于有了机会,让我到了这块神奇的高原之上。

没到拉萨,就听到过关于到了拉萨以后高山反应的种种传说,既感到新奇,也感到恐惧。初到拉萨的三天之中,我尝足了个中滋味。

4月9日

9:30。飞机在拉萨的贡嘎机场降落。舱门打开,高原的气息涌进了机舱。我使劲地呼吸着,试图想感觉一下高原的空气究竟有什么不同。经过阵努力,什么也没有感觉到。

走下停机坪,试探着走了几步,还是没有什么感觉。可是再走几步以后,当要到了候机楼前的时候,我终于感到地面有些发软,有了一种飘飘忽忽的感觉。我问同伴丁先生,他是不是也有这种感觉。他说他也有。看来，高山反应确有实事。

迎接的主人站在机场的出口处，向我们献上了洁白的哈达。哈达很长，一直垂到脚面。这代表了主人对客人的深情，就和主人的深情话语一样。

走出了机场，坐上了面包车。主人为我们当场冲泡了"高原安"冲剂，据说很有效。我虔诚地喝了两包，希望它有效。之后，汽车驶上了公路。路面不宽，弯道较多。周围是高高的山峰，左边是弯弯的小河，天高，湛蓝，一朵一朵的白云在天空中飘浮。

途中，丁先生要吸烟，受到了警告。因为缺氧，吸烟会加重高山反应。不过坐在车里，倒也没有太大的感觉。

10:50。面包车驶入拉萨，远远的就看到了布达拉宫。阳光照射在布达拉宫金顶上和墙壁上，反射着灿烂的光辉。直到汽车驶到布达拉宫的下边，才看到了布达拉宫的全貌。刚看上去，宫殿不如想象的那样雄伟。这只是初次的印象，后来再看到它，走近它，感觉就不一样了。

到了宾馆住下之后，主人让我们先要睡一会，中午13:30吃饭。经过解释，原来拉萨与内地有两个小时的时差。各项作息时间的安排，比北京晚一个半小时。

在我的房间里，有一台氧气机，可以吸氧，也可以将氧气放到空气中。我听着氧气机的声音，有些兴奋。我盘算着，忘记了到高原以后要经过多少小时以后，高山反应才会发作，就现在的情况看，反应不大嘛！殊不知，兴奋的本身就是高山反映的症状。尽管兴奋，但是不久还是睡着了。

13:30。在宾馆的餐厅中就餐。

经过小睡之后，我的精神很好，只是在走路的时候，飘飘悠悠的感觉比较明显了，仔细感觉一下，头痛的感觉还是没有，好像有一点头晕、发胀。我自忖，这可能就是高山反应了。如果就是这样，是完全可以忍受的。

席间，谈到了西藏的高山反应问题。主人告诫，不要恐惧，也不要太在意。要坚持喝"高原安"，同时，不要多走路，也不要走得太快。我们说，感觉不大，问题也不大。主人说，吃完饭还是要再睡一会，如果下午感觉还不错，可以用车拉着，在拉萨市里转一转，看一看，但是不要走多了。我们连声喏喏。

饭后，我们坚持要走一走，散散步。主人持怀疑态度，但是我们还是走出了宾馆，沿着街，一会就走到了布达拉宫的山下，围着山下的小摊，看着卖旅游纪念品的小贩。阳光暖洋洋的，使人慵懒。头有一点沉，更有一点晕，但是可以坚持。我和丁先生都很高兴，认为高山反应不过如此而已，有些事情大概也是夸大其词。

走了一会，就回去睡觉。在上楼梯的时候，一开始就气喘吁吁，只有三层楼，却歇了五六回。

16:30。主人陪同到了布达拉宫前的广场，拍照；又到了大昭寺，在八廓街前的广场转了一转。我们要求围着八廓街转一圈，主人不同意。他们认为，刚到拉萨，不应当做这样大的运动。我们说，现在反应不大，没有问题。在我们的坚持下，转完了八廓街，兴致仍然很好。主人一直把我们送回宾馆，让我们再次睡觉。遵嘱，睡觉。约定晚上去吃藏餐。

18:30。睡梦中，被门铃声吵醒。急忙起身开门，突然感觉头痛得很。主人进来之后，我急忙坐在沙发上。主人问我怎么样？我说没问题。

吃藏餐是我提议的。我觉得到了西藏，如果不吃藏餐，就等于没有到过西藏。主人认为我的意见非常好，也很高兴，不管能不能吃得惯，总是要尝一尝的。

先倒上的是酥油茶。我以前很不愿意喝这种茶，这次我忍着头痛，坚持喝了两杯。主人让我点菜，我就点了糌粑，别的我也不知道该点什么。

菜一道一道地端了上来。我先吃了糌粑。糌粑有两种，一种是纯青稞面的糌粑，一种是酥油糌粑。青稞面的糌粑吃在嘴里，一股面粉味。我又掰了一点酥油糌粑放在嘴里，强烈的酥油味很刺激人，很难咽下去。

有一种用生牛肉丝拌辣椒糊的东西，红红的，很诱人。主人问我吃不吃生牛肉，我说以前吃过，很喜欢。接着，就按照主人的介绍，把这种辣椒糊放在糌粑上，一起吃。试了一下，不行，生肉吃在嘴里，软软的，感觉不对，接受不了。这哪像东北朝鲜族的生拌牛肉？完全不对劲。

还有几种菜，都试了一下，勉强可以吃一点。后来上来了一种羊血肠，我原以为与东北人吃的那种猪血肠是一样的，就吃了一些。可是，这种血肠膻得很，味道极大。吞下几口以后，在胃里出现了强烈的反应，就要呕出来了。我急忙停了下来，坚持住没吐。

这时，我的头痛加剧，几乎难以忍受。又挺了一会，实在坚持不住了，我提出要回去休息，丁先生也难以忍受这种味道，也随我一起回去。回到宾馆，忍住越来越重的头痛，躺在床上，昏睡起来。

23:00。强烈的头痛把我痛醒。头痛得就像要裂开一样，人昏昏沉沉的，身上的每一处关节、每一块肌肉，都酸痛无比，还伴随着浑身的虚汗。这种感觉，就像发烧发到40℃那样，浑身无力，难以忍受。当时的感觉，就是齐天大圣被念了紧箍咒！

为防意外，我下得床来，将氧气机搬到寝室的床前。脚步移动，震得头一跳一跳地痛，每搬一步，都要忍受着这种剧痛。可是，接上电源以后，氧气机就是打不开。

我歇了一会，打通了电话，让服务员找人修理，同时请求提供吸氧的器具。服务员很快就到了，拿来了吸氧的管子。修理工来了以后，认为是电源的问题，就开始修理。我头痛得无法忍受,看着他们的身影在眼前一个一个地晃来晃去,越来越模糊不清,最后不知道是他们在我的眼前消失了,还是我看不见他们了。昏昏沉沉的,眼前开始晃动着,不知是何年何月、何地何处、何人何物的影子,既不连贯,也不清楚。这就是昏睡的梦境。

4月10日

0:40。头痛又把我从昏睡中弄醒。这种头痛,是我生来所没有体会过的。除了脸和下巴不痛以外,头上的所有的部分都在痛,就好像整个头从外往里在收缩,脑袋就要被挤压爆炸了。

忍着头痛,睁开眼睛,发现氧气机已经修理好,吸氧用的管子放在床头柜上。疼痛中,我权衡着,究竟是要吸氧还是不要吸氧。按照大家的讲法,到高原来,最好不要吸氧,以便尽快适应缺氧的条件;可是,就是这种痛法,坚持下去,会不会损害大脑呢?

大概犹豫了十几分钟,决心不再忍受疼痛折磨的意志,终于在我的思维中占了上风。我先是犹豫了一下,接着就迫不及待地将氧气机调整到了吸氧的状态,把氧器管放到嘴里。

一丝凉凉的气流,顺着气管进入胸腔,我的心情开始平稳了。半个小时以后,头痛减轻,关节和肌肉的酸痛也在减轻。一个小时以后，全身的各种症状基本消失。我关掉氧气机，整理了一下凌乱的房间，躺下来，睡着了。混乱的梦境随之飘飘然来到眼前。

3:50。又是一阵头痛，把我痛醒。吸氧。头痛减轻。想了一下，我把氧气管固定在枕头上大约鼻孔的位置，侧卧着，鼻子对着氧气管。这样，既不使氧气直冲进鼻子而难以忍受，又能够使鼻子周围的氧气含量增大，防止再出现缺氧状况。

效果不错。等到我再次醒来的时候，已经是早晨的7:30了。

9:00。起床以后，洗了脸，剃了胡子，和丁先生一起去吃饭。长长的走廊，大约不到100米，但是，却显得十分遥远。我们每向前走一步，脚都是软软的；脚踏在地上，还是震得头一跳一跳地痛。下了楼梯，身体的劲就不多了。一步一晃地到了餐厅，点上了早餐。吃完以后，就是一身汗。不过，吃了东西，精神还是好了一点。

上楼。住在三楼，楼梯只是转了几转，但是，今天的感觉这座楼房实在是太高了。总共20几级台阶，我和丁先生大概歇了6次，每次都是因为气短和头痛而不得不将脚步停下来。

藏族服务员小姐在楼梯口迎候，我觉得特不好意思。我就气喘吁吁地问小姐是不是会嘲笑我们。藏族小姐微笑着说，怎么会呢？刚来都是一样的。

我得到了安慰，望着长长的楼道，叹了一口气，一步一步地向前挪着脚步。昨天的潇洒和自信，今天都全无踪影。我和丁先生一致认为，昨天是太"盲目乐观"了，错误地估计了高山反应的严峻形势。

躺在床上，尽量地克制着自己，不去吸氧，争取尽早适应缺氧的"严峻形势"。头越来越痛、越来越晕，越来越昏昏沉沉。又是混沌的梦境浮现在眼前。

10:30。主人来看我。原来约定今天要到布达拉宫和大昭寺参观，但是，那是建立在我们的盲目乐观基础上的计划。今天形势不对，难以执行。

我是在昏睡中被门铃叫醒的。一醒来，头痛更加强烈。我用手托着头，打开了门。主人一见我的这种状态，吃了一惊：昨天不是好好的吗？

那不是盲目乐观嘛！我们解释说。大家都笑了。主人将计划取消，让我在床上休息，不要动，实在不行就吸氧。我遵从吩咐，躺在了床上，吸了一会氧，接着就又睡着了。

13:30。醒来以后，一起吃了一点中午饭。一步一步挪回房间，不到一会，就又在床上睡着了。头脑好像是不管用了，除了管睡觉，再就没有别的用处了。

18:00。醒来以后，头痛的症状有些减轻。看来，不只是吸氧的关系，还是对缺氧的状态有了一点点的适应。

主人原来准备在晚饭的时候，好好吃一顿饭，算作接风。看着我的表现，又征求我的意见，结果大家都同意取消这个计划。晚上就是简单地吃一点饭，就好好休息。

主人动员我放下顾虑，不要考虑得太多，该吸氧就吸氧，因为也不是要在西藏长期工作，不必担心吸氧会延长适应高山反应的时间。这样一想，我也就想通了，该吸就吸，不要有什么负罪感。接下来商量是不是要变一下计划，先到海拔低的林芝地区工作几天，等到适应了以后，再回拉萨。大家都同意，就定下来了。

晚饭以后，主人要我好好休息，多吸点氧，明天要有一个较好的状态，因为还要翻越米拉山口，那里的海拔5300多米。过了米拉山口，就出了拉萨，到林芝地区了。

主人走了以后，我躺在床上，打开电视就心慌，翻一翻书就眼睛痛。闭上眼睛，想了一想，整整两天，都是在昏睡中度过的，心里还很奇怪，怎么就会有这么多的觉要睡呢？要和昨天比起来，今天还是要好一些。

氧气机在振动着。我想着想着，晕劲又上来了，混乱的梦境又重新出现。

4月11日

1:30。醒了过来，头痛得很。吸氧。轻松了一些以后，整理了一下东西，气喘得不行，还是到了床上躺好。只是一会儿，又进入了混乱的梦境。

7:30。自己睡醒了。头轻松了一些，虽然身上没有多少劲，但是精神还好。起床，洗脸，收拾东西。早饭，原本是在一楼的餐厅，突然又改变在二楼。到餐厅一楼再走到二楼，就是计划外负担。结果，到了二楼就只剩下了喘气的力气了。吃完早饭以后，将行李箱装上了雄赳赳的沙漠王子大吉普，坐上车，出发了。

路过布达拉宫的时候，布达拉宫沐浴在金色的阳光之中，无论是红墙，还是白墙，还是金顶，一律金碧辉煌，十分壮美。大吉普驶出了拉萨城，沿着川藏公路，一路向米拉山口前进。

10:00。川藏公里的左边，就是弯弯曲曲的拉萨河。西藏的河都是这样，蓝色的河水静静的，在宽阔的河床上，拐过来，拐过去，画出了大地和高原流淌着的血脉，滋养着高原上的万物和生灵。

坐在车里，在运动中，人对缺氧的感觉不太强烈，因而感觉好多了。看着拉萨周围的山，没有绿色，蓝天和白云，却极其好看。再加上路边的河水，就是极美的图画。

我知道，米拉山虽然不是西藏的最高峰，但是，它却十分有名。这是因为它是一座天然的屏障，将拉萨和林芝分割开。在山的南面，是温暖、湿润的印度洋暖湿气流吹得到的地方，因此气候湿润，草木茂盛，大有江南之风光，号称西藏江南。而在北面，印度洋暖湿气流被米拉山所阻隔，不能到达这里，因而是干燥、寒冷的内陆高原气候，山是土山，不长草木。所以在行程中，越过米拉山口，就意味着告别了寒冷和干燥。再加上海拔的不断降低，高山反应会逐步减轻，甚至于没有明显的感觉。

11:30。山，越来越高，仿佛快要接触到天了。有时候让人觉得只要一伸手，就可以扯下来一朵白云。路顺着山，山连着路，不断地盘旋着。汽车驶在其间，就像是在山间盘旋着的一只苍鹰。

脚下的路就是川藏公路。在很小的时候，我就知道了青藏公路和川藏公路，"二呀么二郎山，高呀么高万丈"的歌声，缠绕着我的童年和少年时代。那是解放军开山炸石，硬是在青藏高原的群山中开凿出来的金光大道。在那时的想象中，这样著名的公路一定是又宽又平。可是在脚下的路，只是一条长长的普通公路。路面不宽，只有普通公路的一半宽，而且也不直。想一想，就明白了，在50年代，用战士的双手，在青藏高原上建设这样的一条路，是多么不容易！就是在今天，用现代的技术来改造它，还仅仅有这样的现状，可见当年修建之时的难度。藏族司机告诉我，这是西藏最好的公路。

13:30。汽车在继续爬山。眼前的沥青路面突然就断了，出现了砂石路面。车的后边，扬起高高的沙尘。司机告诉我们，米拉山口就要到了。

这一点经验我是有的。在1997年乘车翻越新疆天山的时候，就是在临近山口时，路面变成了沙石路的。这是因为海拔高，进入了永冻层以后，沥青路面不适应严寒的考验，只能做成砂石路。

车窗外，雪山开始从高高的山顶转而展现在我们的眼前。风也在呼啸，夹杂着少数的雪花。车窗的玻璃上，开始有了很大的雾气，吹开车窗雾气的风门开得呜呜响，还是不大管用。在汽车的轰鸣中，我的头又痛得厉害了。不是一般的厉害，是十分的厉害。

在山口，车停下来了。文检察长让我们下车，头再怎么疼，也得坚持看一眼米拉山口。打开车门，我抓住照相机就下车，一阵风吹得我一个趔趄，被人一把抓住。我将衣服捂得更紧一些，冲进了雪山的胸怀之中。

哇！满眼的雪峰，洁白晶莹。虽然有风，但是阳光非常好，照在雪峰上，反射着强烈的光。天是蓝的，雪是白的，白雪和白云连接在一起，都在一起不断地移动着。

只是那么一会儿功夫之后，强烈的头痛紧紧地箍在我脑袋的四周，在使劲地往里缩，就像是要把头箍裂一般。我又想起了唐僧给孙悟空念紧箍咒的感觉。那是什么感觉？就应当是这种感觉，狠狠地往头的里边箍，越箍越紧，越紧越疼。

我忍着剧痛，和大家在一起拍照，也把这神奇的风光摄入镜头。陪我的文检察长要我往雪地里走一走。我用力一蹦，没有蹦出多远，反而正好陷入深深的雪窝之中。一位女孩子拉了我一把，没有让我摔倒在雪中，但是一只皮鞋陷在雪窝里了。

正在这时，丁先生感觉不行了。他气喘吁吁地说了一声："我要回车里休息了，"就爬进车里，躺在座位上。我看了他一眼，他的整个脸是黑色的，两边面颊各有一块紫痕。特别是嘴唇，是黑紫色。那种脸色，很是怕人。

我又坚持拍了几幅照片，终于也坚持不住了。这不仅仅是头痛，而且气越来越不够用，胸极闷，呼吸困难，走路的劲也没有了。我艰难地爬进车门，大口大口地喘着气，一屁股坐在座位上，仰靠着靠背，忍着强烈的头痛，一句话也说不出来。车开动了，顺着山路向下滑行。

我充满着希望，因为有一个信念，那就是，翻过米拉山口就会是一个新的境界。

43 西藏素描

米拉山记景

4月11日中午,在米拉山上,我忍着欲裂的头痛,在顺着山路下行的汽车里看着窗外的景色。

身后是白皑皑的雪山峰顶,离得越来越远了。说也奇怪,刚才还头痛得要死要活的,现在仿佛有了一点轻松。窗外的景色,已经不是皑皑的白雪,而是有了一些绿色的苔藓,包裹着峥嵘的山崖,使寂寞的山体也好像有了一点点生气。

路向下延伸着,路边的山上开始有了一些灌木丛。一兜一兜的,多数发出黄红色的芽,直挺挺的,一律向上,远远地看上去,好像就是向上窜起的火焰。这种灌木究竟是什么植物?藏族司机说了一声叫什么,我没有听清楚,反正这是一种青藏高原独有的灌木,生命力很强,很有特色。

再向下行降低了一些高度,山坡上出现了青松和翠柏。

它们的个子高高的，挺挺的，衬着身后的雪峰以及蓝天和白云，景色极美，就像一幅天然的、巨大的青松白雪写意图。

就在这时，藏族司机告诉我，前边就是全世界第七高峰，至今还是处女峰的南迦巴瓦峰。看着今天的天气，云不多，大概会有看到南迦巴瓦峰真面目的机会。正说着，前面的车停了下来，停在路边。我们也停下车，走出车门。

顺着司机手指的方向看去，在远远的前方，层层叠叠的雪峰，此起彼伏，天空中是翻滚着的白云。就在这些重叠的雪峰之上，一座高高的、尖尖的、隐隐约约地隐藏在白云之后的雪峰，直冲云霄，似悬在天际。稍过一会，远方的云层撕开了一道缝，南迦巴瓦峰露出了真面目，只是在尖尖的峰顶，留下了一缕淡淡的白云，就像美女头上的面纱，似揭似掩，害羞似的，使楚楚的少女更加动人。

司机说，藏族同胞也把南迦巴瓦峰叫做神女峰。嘿！果然名不虚传，好一座亭亭玉立的神女峰！陪同的同事说，南迦巴瓦峰海拔7782米，加上所在地区的气候变化大，很少有人能够在途中看到她的真面目，有时前来拍照的人，就是待上几天，也看不到她。上天赐给我们这样好的机会，决不能让它白白浪费。随着"咔！咔"的照相机快门声响起，圣洁的神女就永远地留在了我们心中。

告别神女峰，车子继续向下行驶。这时，我的头痛大大减轻。窗外的景色又有了新的变化。植被的主体由针叶林变成了阔叶林，各种各样的树和藤，编织成了翠绿的青山。野桃花正在将开未开之时，羞答答地，贴上满枝的粉红。一簇一簇的藏民住宅，就掩藏在树和花之中，竟似桃花源中人。如果不是看到高高的山峰上白雪覆盖的峰顶，谁都会以为这不是在西藏，而是在江南。

中午在贡布江达县城打尖，很快就又出发了。顺山势而下，一个多小时，就到了目的地林芝地区的八一镇。到了这里，海拔只有2900米，基本上没有高原反应了，人就活过来了。

通麦公路记险

4月13日，要到波密县考察。汽车在林中穿行，左旋右拐，绕得人头脑发闷，很快就昏昏欲睡了。

猛烈的颠簸把我惊醒。向车窗外一看，吓得我倒吸一口凉气！原来汽车驶上了极其艰险的天险之路——川藏公路通麦段。

通麦天险，是川藏公路的险中之险。这里的高山峻岭不是石头构成的，而是松散的卵石和砂石，结构极为疏松，极易垮塌。雨水稍大，就会形成泥石流，冲垮公路，堵塞河流，形成灾难。去年，一场大暴雨，导致河的上游山体大滑坡，泥石流堵住了波密河床，使河床聚集了倾泻而下的洪水，形成堰塞湖。接着，洪水冲垮了泥石流形成的堰塞湖"坝"，十几米高的洪峰呼啸而过，几百米长的通麦大桥转眼就葬身于洪水之中，被冲得无影无踪，就连桥墩也没有剩下一截。桥的右边约12公里的路段，受到洪水和泥石流的双重夹击，几乎损失殆尽。

现在，汽车就是行驶在这段险中之险，又是刚刚修通不久的奇险路段上。左边，是陡峭的山崖，泥石流的痕迹历历在目，被泥石流冲倒的十几米高的大树，像尸体一样横陈在山崖之上。右边，车轮下就是深不见底的山谷，波密河水在谷底翻滚，溅起白色的浪花。坐在车里向右边看去，看到的不是路的边缘，而是神秘莫测的谷底。深处的谷底，有些横七竖八滚下去的汽车。从车门向下看，偶尔能够看到用层层叠叠的木材架起、再铺上砂石造成的路基边缘，之下就是莫测的深谷。路面，只有两三米宽，最窄处，仅仅容得下一辆汽车走过，稍微偏左，就会撞着山崖；稍微偏右，就会滚进万丈深渊。路面上是深深的两道辙沟，这是汽车轮胎"挖"出的痕迹。车轮只能顺着辙沟向前行驶，无法离开也不能离开这深深的辙沟。

我用手紧紧抓住车门的把手，瞪大眼睛，紧紧地盯住狭窄的路面，同时也祷告上苍，保佑我们的司机不要有丝毫的疏忽，几个人的生命就悬于他一身。12公里的路，就这样一米一米地在车轮下缩短，我们的心在一点一点地紧缩、收紧。

路面稍有一点宽敞，车跑了几步，我的心也暂时轻松了一些，松开握着车门把手的手，汗都快要滴下来了。

就在险中之险的路段快要结束，刚刚要放下心来的时候，忽然前边出现了一辆大巴车，在笨拙地爬行。乘客下来自己走着，大巴车忽忽悠悠地开了过来。我的心又提起来，放在嗓子眼上了，随着大巴车的晃悠而不断颤抖。这么窄的路，还要与大巴车会车，还有比这更危险的吗？大巴车找了一块稍微宽一点的路面，停在那里，等待我们过去。我们的车就慢慢地驶到大巴的一边，你走几米停一停；我走几米停一停，车和车几乎都碰到一起了。我不敢再看下去，紧紧地闭上了眼睛。我是会开车的，但是这样的开法，我是想也不敢想。就这样蹭了几下，两辆车居然毫发无损地都开了过去。我狠狠地呼了一口气，对司机的驾驶技术极为佩服，心里也就渐渐地平稳起来。

大约两个小时以后，汽车终于驶出了险中之险的路段，驶过了用钢架搭起的临时通麦大桥，来到了通麦镇。波密就在不远的前方。

回头看看走过的天险之路，就在不远的地方蜿蜒着。看着看着，心就又提了起来。后来查了资料，知道有"车过帕隆道，险处不许看"之说，谷底的江叫帕隆藏布江。通麦路段，是川藏线最险的一段路，号称"通麦坟场"、"通麦天险"，是让司机谈"路"色变的险路。"川藏难，难于上西天",说的就是这里,有"死亡路段"之称。经历了通麦天险,恐怕不会再怕其他什么之险了。

返程记天

4月16日,我们从林芝返回拉萨。从林芝回拉萨,还是要翻越米拉山,不过是按照相反的方向行驶,就是从东南坡上山。这样走,是沿着印度洋的暖湿气流吹来的方向前进。

从八一镇出发,天气晴朗,蓝蓝的天上,大朵大朵的白云,慢慢地飘动着。西藏的云是有特点的,是高原云,极白,镶嵌在极蓝的蓝天上,好看得有些不真实。白云与大地周围的雪峰相连接,相互映衬,极为壮观。路的两旁,是高高的白杨,以及枝叶向上生长的柳树。离开公路的山坡和平地上,散散落落的都是野桃树,上面的桃花已经盛开了。黑色的牦牛和白色的山羊,在路边的草地上悠闲地吃着野草。偶尔见到纯朴的藏民孩子,跑来跑去,十分快乐。阳光照射着万物,一切都是生动的。

大约走了有半小时,天空的云层逐渐加厚,太阳一会躲在云的后边,一会又悄悄地闪出来,看一看生动的万物,山坡上就错落有致地排列着不规则的云影。

又走了一会儿,云层更厚了,但是还没有把天覆盖起来。走到了厚的云层之下,开始下起了小雨,雨点打在车窗上,先排成苦瓜皮一样的斑点,之后就变成了小溪,慢慢地向下淌着。雨刷一刮,留下了两个扇形。走到薄的云层之下,小雨就没有了。过一阵,太阳又偷偷地看一下,打了一个照面,一闪身就又躲了回去。

终于,天完全暗了下来,大雨哗哗地下了起来,雨刷开到了最快的挡位,雨水还是刮不干净。窗外的气温大大降低,车窗开始结满了雾气,看都看不出去。车里开着内循环的风,还是吹不开玻璃上的气雾。大大的雨点打在车窗和顶棚上,噼噼啪啪地响着。云层很低,就像与山峰连在了一起。路变得灰暗、狭窄,与原野颜色相似,极难辨认。我坐在前边的座位,一边紧张地看着路,一边帮着司机擦着挡风玻璃。

转眼间,雨变成了雪,雪花飘飘洒洒,纷纷扬扬,天地混沌,变成白茫茫的一片,将整个天地变成了雪花的世界。路边的树还能看到一点影子,山上的树却完全隐没在风雪之中。落在车窗上的雪花,虽然很多,但很快就化了。摇下车窗,雪就吹进了车里,落在手上和脸上,凉凉的,转眼就成为一点水珠。

就要接近米拉山口的顶峰了,天气又发生了变化。

打在车窗上的"雪花",竟然是噼噼啪啪的响声。我说,不是下了冰雹了吧?后排座的同事说,不会吧?不可能一天之中,又下雨,又下雪,还要下起冰雹来啦?司机说,这有什么奇怪的,在青藏高原,什么天气没有啊?

为了验证究竟是不是冰雹，我还是摇下了车窗，还没等伸手试试，米粒大的、豆粒大的雪珠就噼哩啪啦地打了进来，打在手上和脸上，很疼。伸出手去，密集的冰雹打得手臂发麻。因为能见度不好，车开得不快，但是，冰雹还是斜刺里地向着车劈过来，眼前看到的，是数也数不清的、密密麻麻的白线。白线的尽头，就是车窗上乱蹦乱跳的冰雹颗粒。

就在这冰雹装点的世界中，我们的车驶上了米拉山口。没有办法停下来，再领略一次山口的风光，体验山口缺氧的感觉，车就向山口下边驶去。我回过头，望着米拉山口的雪峰，默默地与它告别。

说来也怪，仅仅离开了山口不远，天就晴了，云消雾散，雨水、雪花、冰雹，都远远地隔在了米拉山口的后边。路边的景色也随之大变。米拉山，真真就是一座不同气候的分界线！

车里的空气活跃起来。司机说，你们可真有福气，一天之中，什么天气都看到了，都经历到了。是啊！晴天、雨天、下雪、冰雹，一天之中，出现这么多的不同气候，都是第一次见到。

西藏，真是一个神奇的地方。

44 西藏江南

林芝地区,历来被称作西藏江南,下辖七个县,都是位于西藏东南部的暖湿地区。由于米拉山天然分水岭的阻隔作用,春夏秋三季,印度洋的暖湿气流沿着雅鲁藏布江河谷而上,被米拉山阻隔在这里。冬季,西北来的干燥、寒冷的气流被米拉山阻隔,无法到达这一地区。因此,就形成了林芝地区独特的气候、植被和地貌。在林芝地区工作数日,我实实在在地体会到了这里的秀美风光,并为之倾倒。

花香鸟语到林芝

林芝是一个地区,也是一个县。据说,这里原来的名字不叫林芝,而是叫泥池,也叫工布。究竟对不对,我没有考证,姑且信之。在我的印象中,在关于西藏记载的文章中,似乎有过泥池的记忆。

林芝地区行政公署的驻地是八一镇,属林芝县管辖。这里原来是进藏解放军的一个驻地,后来建设成为一个初具规模的小镇,就叫做八一镇。现在,八一镇有40000多人口,比西藏大的县城的人还要多,也更繁华。镇的一边是尼洋河,河水打了一个转,就向镇的南边流去。镇的周围都是山,可谓群山环抱。我们到八一镇的时候,刚刚是初春,周围群山的顶峰,全都是皑皑的白雪,接下来的山坡上,就是墨绿色的松林。再下来,就是盛开着的野桃花和各种各样的野花,装点得这个小镇五彩缤纷,竟是一个画中的世界。小镇经过广东和福建人民的援建,笔直、宽敞的深圳大道、广州大道、福州路、泉州路等,纵横交错,更有福建援建的公园,广东援建的会展中心等建筑,构成了世界屋脊上生机勃勃的一颗明珠。站在会展中心,身边是具有时代特色的建筑,背后是闪着银光的雪山。这就是八一镇的靓丽倩影。

林芝县的县城在八一镇的东南方向十几公里的地方,驾车过去,只要顺着蜿蜒盘旋的尼洋河边公路行驶,不到20分钟就可以到达。尼洋河在山里奔腾,水流湍急,恣意纵横,但是到了这里,由于地势较为平坦,变得十分温柔。宽阔的河滩上,绿柳和桃花竞相争艳,河水就在其中左盘右转,就像是一条舞动着的绿色彩绸。河水映着雪山,绿色的水面浮动着雪山的倒影,景色十分动人。

县城建在临近尼洋河边的一个高高的山坡上,大约有一万人。城中有一个谷地,直通尼洋河。城里的建筑就建在这沟谷两旁的山坡上，错落有致。

从八一镇到林芝县城的中间，有一个"巨柏公园"。在这个公园里，都是上千年的巨柏，半个山坡都是。其中有一棵巨柏王，已经有了2500年的树龄。树根似盘踞的龙爪，深扎于地下；树皮沧桑斑驳，历尽风雨；树冠高耸入云，足有几十米高。人站在树的身边，显得十分渺小。巨柏的周围，就是一树一树的桃花，开得绚丽夺目。一群一群的飞鸟，绕着巨柏和桃花，飞来飞去，留恋着西藏江南的美景。

姹紫嫣红杜鹃谷

在去波密县途中，除了天险之路之外，最值得记叙的，就是沿途山谷之中的杜鹃。

从林芝到波密，是沿着波密河逆流而上。波密河就在山谷中，时而湍急，时而平缓，就像是一首张弛有致的乐曲，随着指挥家的激动而激动，随着指挥家的平静而平静。雪山就围绕着河，听着乐曲，有的激动得张牙舞爪、怒发冲冠，有的平静得就像是一只一只温顺的小绵羊，静卧在河边。

我这里要说的，不是这河、这山，而是想说河边、山崖上一簇一簇的杜鹃。就是她们，装点了满山、满谷的鲜艳和娇嫩，装点了西藏江南的美景。

开始的时候，也许是疲倦，也许是粗心，我并没有注意。

偶尔，车停下来，我拎着相机到了路边，看到了一树粉红色的花，并不怎么显眼。我凑到跟前仔细一看，啊！竟是满满的一树杜鹃花。再向周围一看，原来在山野和河畔，一树一树不同颜色的，原来都是杜鹃花。杜鹃花夹杂在树丛之中，绿中有红、有紫、有浅黄、有粉白，真是姹紫嫣红，光彩夺目，流光溢彩。

后来坐在车上，再向周围的山上和河边看去，满眼的，都是杜鹃，都隐藏在绿树丛中，装扮着世界，无比精彩。

不久，因为修路的工人放炮炸石，车又停了下来，我又站在路边观赏杜鹃花。接着又有一些车停下来，其中有一个大货车，跳下来一些头上扎着红线编成的头饰的康巴汉子。红红的脸庞，衬着红红的头饰，有几分彪悍，有几分精神。我端着照相机，想要拍一幅康巴汉子的照片，又怕人家不同意。正犹豫间，几个康巴汉子已经围了上来，要和我们一起照相。我乐不可支，紧忙举起照相机，对准了一个一个的康巴汉子。取景框里，一个一个的康巴汉子，红红的头饰，红红的脸，加上满脸的笑。咦？这不就是一朵一朵紫红的杜鹃花吗？

山光水影桃花沟

星期天，仟在林芝，没有女排什么日程，打算在宾馆中看书消遣。林芝检察分院的主人说，大好的时光就在宾馆中度过，太浪费了，还是出去转一转好。我们当然同意。主人驾上帕杰罗大吉普，加上自治区检察院送我们来的沙漠王子大吉普，两辆车转出八一镇，直向米林县进发。

到米林县的公路是沙土路，沿着尼洋河畔，转来转去，向更深的山谷中挺进。突然，主人把车停下来，拉着我们走向一处较为宽阔的小高地。高地上，是一些枝叶繁茂的树和草，几棵桃树开着花。站在高地上一望，是一大片广阔的原野，夹杂在周围的山峰之中。南来北往的河水，就在这里汇集，形成了一道一道、弯弯曲曲的河道网络。水是绿的，山是青的，山峰是白的。主人说，这里是三江会合的地方。雅鲁藏布江、尼洋河、波密河流到这里，汇合到一起，向下流淌，使雅鲁藏布江更为壮观、水势更为浩荡。啊！不到西藏江南，怎么会观赏到这样的奇景？

从这时起，我们就沿着雅鲁藏布江逆流而上，驶向了雅鲁藏布江的谷地。在这里，雅鲁藏布江水宽，流浅，在宽阔的河滩上，恣意流淌，画出了优美动人的曲线，留下了星星点点地被水包围着的河心滩。当把视线从河水中转移到山边的时候，立即就被满山、满树的桃花所吸引。长长的、无尽的雅鲁藏布江河谷两侧，都被野桃花所覆盖，这种桃花，不似家桃花那般火红，也不似家桃花那般鲜艳，颜色是一种粉白偏红，很淡，正是城里姑娘时尚的淡妆，就像空姐们经过修饰的脸。在满山的青松翠柏之中，一树一树的桃花，尽情地盛开着,就像姑娘们躲在绿树丛中捉迷藏,偶尔露出飘洒的头发和俏美的脸庞。好一个桃花沟!美哉!壮哉!

在西藏说到桃花沟,一般不是指米林的雅鲁藏布江谷地,而是指林芝县城东南方向的一片天然野生桃林。《西藏的魅力》一书记载:"桃花沟三面环山,高处有水源,四周林木葱茏,终年碧绿苍翠,间有流水,清澈见底;沟内野桃鳞次栉比,林间鸟雀欢噪,既静僻又幽雅,不失为一处难得的大自然乐园和桃的砧木基地。"在林芝,我们没有到桃花沟去,但是根据以上描述,就可以想象,那个桃花沟只是一个小小的地方,怎么会有雅鲁藏布江谷地这般宽阔的胸怀,容纳得下如此绚烂多姿、无尽无休的桃花?在这样宽阔的山谷之中,开满了盛开的桃花,难道这样的地方还不能叫桃花沟吗?所以,我倒建议,把这米林县前后的大片谷地,就叫做新的"桃花沟"!

正在说着,眼前就是一座大桥,横跨雅鲁藏布江。经过哨兵把守的岗哨,汽车驶上了大桥。这是怎样的一幅图画呀!桥的两侧,都是静静的、绿得耀眼的河水,马和牦牛在河边悠闲;河水的边上,就是一眼望不到边的桃树林,枝繁花盛;在青松翠柏装点的山的顶峰,就是雪白雪白的雪峰。我们赶紧叫司机停下车,站在桥上,观赏美景,并且将这美景拍摄到自己的相机之中,以作为永久的收藏。

等我们折腾完了,走向在桥的另一头等待的汽车和司机,就遇到麻烦了。原来这里是军事禁区,禁止在划定的范围内拍照。军人走过来,要没收我们的胶卷。我们哪里知道这个规定啊?再说,极不容易拍到的美景,没收了就再也没有了呀!司机和我们一起向军人解释,最后说服工作有效,军人破例同意我们带走相机和胶卷,使我们保留了桃花沟中最美妙的一组珍贵镜头。

45　走近地中海

就要去亚历山大了，高检院非洲访问团的团员都很振奋。因为到了亚历山大，就可以看到向往已久的地中海了。随团翻译是外交部派来的，是一个阿拉伯语通，曾经在中东一带工作十几年，对这里非常熟悉。他就给我们讲地中海的印象，蓝蓝的天，蓝蓝的水，精美的建筑，总之，亚历山大极为漂亮。

翻译的描绘更增加了我们的兴趣。亚历山大，神秘的城市；地中海，神秘的海洋！中国驻埃及大使馆用一辆面包车送我们到亚历山大。

汽车离开开罗，驶上了郊区的公路。路边，不再有城市的喧嚣，也不见滚滚的车流和人流。身边看到的，都是漫漫的黄沙，以及沙漠中偶尔可见的 小片一小片的绿洲，就像黄色缎面上一点一点的宝石装饰。路边偶尔可见一个一个类似研究所之类的单位，有几处建筑；也有一些人，但是很稀少。路上的车也不多，偶尔看到一辆，又看到一辆，匆匆相遇，又匆匆走开，空旷的公路上留下一道烟尘。

一

过了两三个小时，汽车进了亚历山大的市区，拐了几拐，走进一座非常漂亮、非常精巧的院落之中。一座精致的小楼，是那种欧洲的风格，我差一点就要用"雕梁画栋"来形容了，可是忽然觉得这不合适，因为它并不是中式建筑，不会是雕梁画栋的特点，而是那种哥特式的建筑，高高的尖顶，高高、长长的窗子，非常好看。院子里是花园，花园的正中央，是一根高高的旗杆，上面是五星红旗，随风飘动。

到家了！这就是中国驻亚历山大领事馆。在国外，到了自己国家的大使馆、领事馆，就是到家了。那里有自己的国旗、有自己的同胞、有自己的饭菜。没出国之前，绝对没有这个感觉。出去之后，就有了这种深切的感受。

在领事馆稍事休息，打了一个国内电话，领事馆的工作人员就领着我们去吃饭。他们说，见到了国内的同胞非常亲切，一定要带着我们去吃亚历山大最有特色的菜。我问亚历山大的特色菜是什么。他们说，当然是鱼了。

在一个不大的餐馆中，开始吃鱼了。从开始到结束，一道一道的菜送上来，每一道菜都是鱼，而且基本上都是烤鱼。

大的鱼，小的鱼，烤成焦黄焦黄的外皮，里边是白白嫩嫩的肉，一看就要流口水。把柠檬汁挤在烤好的鱼身上，操起刀叉，剥去鱼骨，叉起鱼肉，放到嘴里，又好吃，又不腻，酸香无比，满口生津。再配上一杯香槟或者啤酒，真是美味极了。

不知道究竟吃了几道菜，反正就是觉得吃了一种鱼，又是一种鱼，吃了很多，又不觉得撑得慌。一顿鱼的大餐，差点让我忘了地中海。好在这些鱼都是地中海的产物，因而还是对地中海念念不忘。

看来，地中海不仅有绚烂的美景，还有极为鲜美的水产。地中海，真是一个奇妙的好地方！

二

汽车离开餐厅，驶上亚历山大的马路。绿荫蔽日的路边，就是蓝蓝的地中海的海水，白白的地中海的浪花。沙滩上，一群一群的人，嬉戏打闹。海水里，点点的人影在击风搏浪，海阔天空。看着这些人群，真想一下子就扑向水中，来他一个浪里白条，来他一个劈波斩浪，来他一个中流击水，来他一个浪遏飞舟——那一定会暑气顿消。

其实，到了亚历山大，暑气就已经消了一半。不信你看，在开罗，街头上的人们总是急匆匆，没有一个清清闲闲的人。

到了亚历山大,街上的人,连走路都是慢慢悠悠的,没有着急的样子。如果说亚历山大也酷热难当,哪个敢冒着当头的酷暑在街头漫步?

汽车走向了一处绿荫蔽日的所在,路就在绿荫之中。汽车的轮胎走过,都能够听到沙沙的响声。就这样顺着路走了十几分钟,车头一拐,茫茫无际的地中海就全面地展现在眼前。

啊!湛蓝湛蓝的地中海,就像一块巨大的蓝玻璃,平平地铺在那里。如果不是看到岸边的白色浪花,就不会认为这里是碧波万顷的海洋,而是一片蓝色的晶体,发出碧蓝的闪光。我原来虽然知道地中海的蓝,但是仍然为地中海那蓝得纯净、蓝得透明而赞叹不已。因此,我想到了《泰坦尼克号》中的那块宝石的颜色,因为那块宝石就叫做"海洋之星",如果没有看到地中海的颜色,我不会认为海洋之星会是那样的珍贵!

乘上船,人就在蓝玻璃上滑行。伸伸手,将手放在水中,手似乎都变成了淡蓝色;将蓝色的水搅在手中,水就变成了白色,顺着指缝流下去,回归蓝色的大海。

环视四周,北边,是连在一起的蓝天和海水,成为一条线,远远地接在一起。朵朵白云,与海水中的浪花相互辉映。回过头来,南边的岸上,发现了一处极为精美的画面,那就是蓝水边、绿树中矗立着一座白色的宫殿,尖尖的屋顶,直插蓝色的天空,绿色的树,绿色的草,加上五彩的花,围绕着宫殿,就像是缥缈在宫殿周围的彩云。这就是埃及的夏宫,据说非常有名,看起来真的似仙境一般。

　　弃船上岸,走入这处仙境,画在人前飘,人在画中游。此景应是天上有,不信竟在画中游。美哉!亚历山大!美哉!地中海!

46　卡拉奇

飞机飞进巴基斯坦之后,看在眼里的,都是沙漠,漫漫的黄色,无边无际。就在感慨着的时候,飞机降落在卡拉奇机场。中国驻卡拉奇领事馆的老李在机场迎接我们。他告诉我,在过海关的时候,可以给工作人员一点清凉油,他们会很高兴的。其实,这件事,我们早已经做了准备,知道巴基斯坦人对清凉油有着特别的兴趣,清凉油就放在随身的包包里。我问,要给多少才好。他说,一个人给一小盒就行了。到了海关检查和行李提取处,我给了每个工作人员一盒清凉油,他们都很高兴,我们也就顺顺利利地出了海关,到了领事馆的招待所。

领事馆招待所在闹市区,一个大门,里边有一个很不错的楼房,古色古香,一个一个的房间都很高档,条件很好。院子里还有一个比较新的楼房,是国内的一些驻卡拉奇的企业人员住的,条件稍微差一些。招待所有自己的餐厅,吃的饭都是中国式的,早晨是稀饭、馒头、小咸菜,非常可口。

初到卡拉奇,最大的感觉就是热。只要不是在房间,就热得不行。在招待所,只要从房间走出来,站在走廊里,都有蒸笼的感觉。

一

在卡拉奇的大街上,有两个最特殊的情景,令人难忘。一个是大棚车,另一个是荷枪实弹的军人到处都是。

卡拉奇街上的人很多,熙熙攘攘的。在人群中,一辆一辆的大棚车穿行着,都坐着满满的人。我说的这个满满的人,不光是说车的里边是满满的人,就是车的踏板上、后边的保险杠上、通往车顶的梯子上,以及所有能够站人的地方,都站满了人。总之,整个车上都是人。这是绝对不安全的。可是,他们就这样乘车。真为他们捏把汗!

我感兴趣的还不是大棚车上的人,而是汽车满车身的漂亮花纹。我以前看过印度的电影《大棚车》,对那种花花绿绿的大棚车觉得非常新鲜。现在,这种花花绿绿的大棚车就在眼前,而且比印度的《大棚车》更漂亮,真是又好奇,又感叹,真的很想亲自去挤一挤,坐一坐。结果被领事馆告诫,不行!

我仔细地观察了大棚车,大概都是这个样子:车的前脸,最顶端装饰出一个高高的门脸，画满五颜六色的花纹。整个车身，都是灿烂的色彩和花纹。在车顶部，在装行李的架子周围，也都是装饰着花板，五彩斑斓，绚丽夺目。总之，除了车窗之外，车子身上能画的地方都画满了各种各样的花纹，色彩鲜艳夺目，无比"灿烂辉煌"。但是，仔细看起来，这些车绝大多数都很旧，彩色的花纹之下，常常看到锈蚀的铁板。大概这才是这个社会经济状况的真实写照。

街头上，尤其是路口，经常是一个个麻包堆起来的掩体，旁边站着身着军装的战士。冲锋枪有的平端在手里，有的懒散地挎在肩头。军人的表情很严肃，虽然不凶，但还是给人一种恐怖。老李说，巴基斯坦的治安不好，再加上派别的争斗，有一定的危险。所以，他建议我们不要自己出去走，也不要离开招待所太远。看到这样的形势，才体会到稳定对于社会、对于生活的重要性。

二

老李带着我们逛了几个市场。一个是杂物市场。我们的老板喜欢石头，我们就专门逛石头商店。卡拉奇的石头市场上，天然的奇石不多，我喜欢的印章石也没看见，就是经过加工的大理石制品很多。大理石磨成各种球的石头，作成各种瓶、罐、棍、条的形状，应有尽有，花纹奇特，招人喜爱。由于是加工的石头，仅仅是工艺价钱而已，所以价格不贵。

但是老李告诉我们这样也要讲价。看着老李在讲价，我们也学会了，乐不可支。拿起一块石头，对着店主说："Money?"店主说："Two dollar!"我说："one dollar."店主说："No!"我说："one dollar!"店主说："Yes!"成交了。大家的英语都不怎么样，店主当然也不行。这样的交流方式倒也新鲜，大家乐此不疲，纷纷仿效，弄得热热闹闹。

又逛了一个跳蚤市场。在接近郊区的一个很宽阔的地区，有一个极大的市场，各色人等都在这里出售货物，各色人等都在购物。各色物品琳琅满目，各色物品都在交易当中。农产品、工艺品、纺织品、印刷品，还有各种家中淘汰的日用品，看得人眼花缭乱。逛的人多，买的人也不少。我们看了半天，没有买什么东西，一是囊中美元羞涩，二是还要走很多城市，带的东西多了，很累赘。

说到市场，还要说到巴基斯坦人的一个交易习惯。这个习惯据说与阿拉伯人的习惯是完全一样的。

习惯是，在双方买卖的时候，不是说不能讲价，而是买少了可以讲价，买多了就不能讲价。例如，你想头一块石头，他要两美元，你提出一美元，那他就要问你买几块。按照我们的习惯，买的越多，就越好讲价，那就说买十块，店主就会说："No! No! No!"绝对不行。如果说就买一块，那行，

371

就一美元吧。我们都觉得奇怪。老李解释说，阿拉伯人认为，本来是两美元的东西，卖给你一美元，卖一个就亏了一美元，卖十个，那岂不就亏了十美元了吗？所以买一个可以降到一美元一个，买十个绝对就不能是这个价了。大家听了以后，乐得不行。

47 访泰漫记

暮春四月,北京还略有寒意。我作为团长,率领中国检察刑事司法制度考察团,到泰国访问。到了曼谷,天气异常炎热,使我提前感受了夏天。

小李

这次访问,与以往的访问有所不同。以往的访问,都是访问的对方检察机关接待。这次访问,则是委托旅行社接待。旅行社接待有些特色,其中之一,就是有一个导游。我们的导游就是小李。我们对他的印象非常深。

一开始,小李就自己介绍姓李叫李什么。他是华裔,能说流利的普通话、粤语、上海话,偶尔还能冒山几句英语,当然最会说的还有泰语。小李大概有30岁,个子不高,长相一般,有一个眼睛有点斜视,不太明显,是那种普通人,站在人群中,无法认出他的特征来。他极能说,在旅途中,他的嘴不停地说，说的都很有意思。他是在广西出生，父母是泰国人。由于有语言的优势，他就在旅行社做导游，专门接待中国的游客。

接待我们这个团，他们这个旅行社是非常重视的，因为我们属于政府的团，不仅接待的是政府的团，访问的也是泰国政府。旅行社派出小李来接待，可以看出他们对小李的信任程度。说到这些，小李很得意，为自己的成绩高兴。

小李非常敬业，对工作非常负责任。刚刚把我们安排在宾馆住下，他就给我们讲解曼谷的情况。在途中的车上，他滔滔不绝地说个不停，从中国的历史，说到泰国的风俗，从中国语言的发展，到泰国语言的变化，无所不包，无奇不有，想到哪里就说到哪里，尽管也有不准确的地方，但是大体上是不离谱的，因此，听起来也是津津有味，不招人烦。有一次在饭店吃饭的时候，小李拿起饭店卖的一包茶，神秘地问我们："你们知道这是什么吗？很贵的。"我们说，不知道。他就说："你们想想看，在你们中国的大街上，都能拣到的？"我们说确实不知道。他把关子卖足了，就说："哎呀，这种东西都不知道？就是白果叶呀！在你们那里，随便就可以在路上扫起来一口袋，但是在这里，要花很多钱才能买到一两啊！"说完以后，神秘地看看后边，没见到老板，才说，这是唬不住中国人的，是唬泰国人的。说完，大家都笑起来。

在每次吃饭的时候，小李都把我们安排好，一样一样的菜都上来了，看我们吃得可口了，他就到一边，要上一份饭，吃起来。我们都邀请小李跟一起吃，他从来不来凑趣。开始我们还以为他是客气，就一再劝他。他说，这是导游的纪律，他不能不遵守。最后要离开的时候，我们代表团聚餐，自己凑钱买了几瓶酒，要好好喝一下，反复邀请，小李就是不参加。他说："你们记得我，在泰国的时候，有一个人为你们服务，你很满意，就行了。等你们再来，我不是导游了，我再请你们吃饭。"一次，要去会见泰方的领导，租的大巴士来晚了，左等右等，就是不来。小李一边劝我们，自己一边跑来跑去，不停地打电话，等到车来了，小李已经是满身满头大汗了。

按照小李的自我介绍，他不是曼谷人，而是外省的人，现在住在曼谷，有妻子和孩子，都在曼谷。现在自己已经买了房子，也买了一辆本田车，生活过得很好。我们说，那你不错呀。他说都是分期付款。我们都夸奖他敬业，勤勉，是一个好样的。他说："要干一项工作，总是要干好吧？再说，不干好，没有了职业，分期付款怎么付呢？"看来，生活的激励，小李的工作一定会干得更好。

写到这里，小李如果知道我不仅还记得他，还把他写在文章中，他一定会很高兴。

曼谷

曼谷是一个非常美丽的城市。热带城市，树非常多，显得生机盎然。走在路上，绿树成荫，使人的心情很好。在路边的花草丛中，插着一个一个的人物画像，不知是什么意思。小李介绍说，这是议员的竞选活动。嘿！有意思，更是新奇。

在曼谷的第一天，小李就带我们到街上去，先去拜四面佛。四面佛在一个街的街口，是个十字路。路口的一个商店的门前，就是四面佛。在不大的围栏中，挤满了人，都是拜四面佛的。四面佛坐落在中间，四面有四个佛像，慈眉善目，注视着芸芸众生。小李告诉我们，到曼谷，要先拜四面佛，因为四面佛是保佑出门平安的，大家从中国到泰国来访问，第一就是要平平安安，顺顺当当。我们按照习惯，用一朵含苞待放的莲花，沾上一点净水，拜了佛后，在自己的身上、头上点一点，这样就可以接受佛的保佑。

第二天要参观皇宫和大寺庙。在去皇宫的路上，车在树阴下的路上走，小李边走边说，介绍曼谷的风俗人情。在路过一个灰白色的建筑物前，小李让我们顺着他的手向右边的建筑物看。我看这个建筑物并没有什么特色，小李就说："你要看树丛中的东西！"仔细一看，原来树丛中展示的都是大炮，各种各样的，静卧在树丛中。有人戏说："这是不是要备战备荒为人民？"小李说，这是在展示各个时代用过的大炮，不是炫耀武力。

到了皇宫，我先为皇宫的金碧辉煌而赞叹不已。在巨大的绿色草坪之上，一座座高大的古建筑巍峨耸立，金色的尖顶直冲云霄。我们先去看大庙。脱了鞋，放在门边的格子里，进到大庙中。大庙中人满满的，人头攒动，几乎是人挨着人，一点一点随着人群向前走。

大庙的最高处，是佛祖，高高在上，但是不像中国的佛像造得那么高大，但是由于位置高，有一种极尊严的感觉，望上去，不得不产生敬仰的感情。人们集中在两处。一处是佛像的前边，善男信女跪在地上，一个挨着一个，口中念念有词，祈祷我佛保佑平安。我双手合十，向佛祖拜了三拜，祈祷佛祖保佑我的亲人和同事，保佑我的事业不断发展。另一处是在殿前，有一个巨大的铜钵，里边装着净水。人们还是用新鲜的含苞待放的莲花蘸着净水，往自己的头上洒。

皇宫大殿锁着门，只能在殿的周围转转，欣赏泰国的建筑艺术和大殿周围的各种艺术品。在各种各样的雕塑中，以大象和仙鹤为最多，到处都是。这些雕塑栩栩如生，十分好看。

皇宫的北边，是原来的政府驻地、皇帝住的地方，建筑物别有风格。其中有一座建筑，是泰国风格和西方建筑风格的结合，非常好看。在这座建筑之前，是站岗的卫兵。卫兵很威武，游人可以与他照相，他就一动也不动，似乎连眼睛都不眨。

在曼谷，还有两件事要说。一件事，就是曼谷的交通警察，穿着紧身的警服，各个线条毕露，扎着腰带。在这30℃

多的天气中，站在酷热之中，黑色的警服都湿透了。有一点，泰国的警察在周六和周日的时候，与其他人一样休息，不再值勤。因此，在休息日，汽车司机要自己小心，遵守交通规则，没有警察管你。这一方面说明对警察休息权利的保护，另一方面也说明泰国的司机遵纪守法。第二件事，是曼谷的高架公路很发达，城里的干线都是高架路。在高架路的入口和出口，工作人员都戴着口罩，就是交通警察也都戴着口罩。小李解释说，曼谷的空气污染很严重，必须戴上口罩才能够保障健康，这些人员天天在这里工作，应当给予保护。我想，戴上一个口罩，不一定就能够挡住废气的侵害，但是，政府的这种保护劳动者的心意，值得赞赏。

清迈

清迈是泰国的边城，与中国的云南很近。清迈是一个古城，周围有一道很好的城墙，将小城包围着，城墙的外边是护城的小河，河里有喷泉，城门处架着桥。汽车、行人从桥上进出城门。

说起城来，其实就是现在的市中心，城墙外边还是楼宇、建筑和街道，行人熙熙攘攘，很热闹。尤其是晚上，街道边上都是商业摊点，众多的人摆着小摊，向客人兜售各种各样的小商品。商业街上灯火辉煌。离开商业街，就很冷清了。

有一天晚上,小李带我们吃皇帝餐,很大的餐厅,里边摆着一排一排的长桌子,人们席地而坐,边听歌舞,边进餐,餐食是泰国的传统食品,不是很好吃。大家边吃边说,泰国的皇帝很艰苦,哪里赶上中国的皇帝呀?这种饭,我们都不爱吃,皇帝怎么吃呀!

到清迈的第一天,小李带着我们到清迈最有名的寺庙去参观。这个寺庙在山上,很高。小李说先要坐索道。坐上索道以后,发现上山的路并不远,也就几百米。上得山来,见到的是一面大锣,据说敲一下这个锣,能消灾免难,百病不沾身。敲一下,嗡嗡的声音,传得很远,很好听。翻译李新是女孩,按照规矩,女孩子进寺庙不得穿短裙,就花了几元钱租了一块绿色的长布,套在腰上,直至足部,就像一件很漂亮的长裙。

将随身带的东西交给一个地方锁好,脱掉鞋子,就可以进到寺庙里了。人走进寺庙,立即就觉得眼前一亮,眼睛被金碧辉煌的光芒照得一个劲地闪光。原来,在寺庙的中央,就是几尊镀金的佛像,在强烈的阳光下闪闪发光。围着佛像的是一堵方形的围墙,墙上都是金饰,墙的下边是无数的小金佛,个个都灿烂辉煌。小李告诉我们,围着墙走三圈,百病皆消,全家无比幸福。我们都信了,认认真真地走了三圈。天津的老李最虔诚,边转边口中念念有词,大家都看着他乐。

中国的寺庙和泰国的寺庙都是敬奉佛教,但是寺庙的形式大不相同。中国的寺庙我见得多了，五方五佛我也都拜过。除了五方五佛这种露天的大佛以外，其余的都是建成庙宇，一进一进的楼宇，楼宇中都是各界神灵，最后总是要有一座最大的大雄宝殿。泰国的寺庙不是这样，而是中间是佛像，四周是围廊，在廊的墙上，画满佛教的画。清迈的这座寺庙规模很大，就是这种结构。还有一些街边的小寺庙，是露天的，中间是佛像，周围是围栏，香火很旺。

在清迈，去野象谷玩，是最有意思的了。开上车，沿着弯弯曲曲的山路，走了大约一个小时，就到了野象谷。到的时候，表演已经开始，只见大象在辛勤地劳动着。一头大象将一根原木拖过来，快要到了垛木场的时候，大象转到后边，用鼻子向前顶一顶，顶到木垛前。这时又上来两头大象，三头象一起用鼻子卷起原木，抬到木垛上，还有一头大象上前用鼻子试试垛得是不是牢固。没有问题以后，再进行下一次的工作。

很快，大象的劳动就结束了。工人牵着大象到人群前谢幕，人们可以摸摸大象，可以用食物喂大象，还可以坐在大象的鼻子上照相。最逗的就是给大象东西了。一位女孩给大象一把香蕉，大象鼻子一卷，就把香蕉送到嘴里，几下就吞下去了。一位游客送给大象一小捆甘蔗，大象几下也就吃完了。

一位游客送给大象一张美元，大象用鼻子卷起来，似乎看了一眼，鼻子一卷，就把美元送到了大象主人的衣兜里，动作极其准确，毫无误差。我看呆了，以为出了岔子，再仔细看看，又有一位游客给了大象几枚硬币，大象刚刚要接的时候，硬币掉在了地上，大家都一阵叹息。只见大象用鼻子将一枚一枚的硬币拣起来，一一送到主人的衣兜里。顿时，观众发出一阵赞叹声。有一个同伴说："市场经济把大象训练的极有思想！"大家一阵哄笑。

表演结束，大象多数被西方游客雇走。两个人骑在一头大象身上，左摇右摆，一步一颠，往山里走去。另外有几头大象要在河里进行洗澡表演，我们就走到河边等着。河的上游慢慢地走过来几头大象，走到我们站着的桥边。河水比较深，大象就躺在河水里，泡着，用鼻子吸水，往背上喷，就像我们洗澡的喷头一样。有几个人离大象很近，对大象进行挑逗，大象不以为然，突然间，用鼻子向他们猛地喷了过来，就像一阵狂风暴雨一样，吓得人群四散逃走。

正要走的时候，我看见在桥的一边，有三位可爱的小女孩，样子非常乖，正在讨论着什么。青青的山野中，一条土路，延伸着，三位小女孩不停地说着什么。这是一幅多么动人的画呀！我对准小女孩，按下了快门，让这幅动人的异国风情画永远地留在我的记忆之中。我把这张照片放大，装上一幅大大的框，挂在我书房的墙上，三个孩子就永远跟我生活在一起。

48 监狱

参加工作以后，我基本上是在法院和检察院工作，离不开法庭和监狱。监狱与法庭不同：法庭是我的工作场所，我有直接的感受；而监狱，由于不是直接在监狱工作，所以，我所见到的监狱，只是从外部而来的感受。

最早感受监狱

在1959年以后，我家住在通化民主路的西边尽头，是老城的西关，不过从我记事时起，就没有看到西关的城墙，大概很早就拆掉了。路边一排五间干打垒的土房子，我家住在西边两间，东边挨着的，就是监狱的高墙。墙很高，究竟有多高，当时不知道有多少米，反正是比我们的房子还要高很多，估计在6米以上。

说到这个住处，挨着监狱好像很可怕，其实不然。在这里住安全得很，因为在大墙的角上，每个角都是一个高高在上的哨兵哨位，战士站在哨位上，监视的是监狱，住在监狱旁边的我们，也在他们的视线之中，还会有坏蛋、歹徒敢觊觎我们住宅吗？

原来的监狱大墙上，是没有电网的。据说有一次，有一个犯人从大墙上跳了下来，逃走了，第二天，监狱就在大墙上开始装上了电网，同时，也在哨位上装上了探照灯。开始在装电网和探照灯的时候，有人吓唬我们小孩，说电网一通电，通红通红的，再加上探照灯光晃来晃去，那不是一种很可怕的场景吗？在装好了电网和探照灯以后，电网并没有通红通红的样子，只是经常有探照灯的光柱，照得夜空雪亮，却也不觉得可怕。

我上小学以后，大概就是在庄则栋（1940—2013）得了乒乓球世界冠军以后，全民掀起乒乓运动热潮。我在经过多次申请后，得到了一笔经费，可以买一个最简单的木制小乒乓球拍和一个乒乓球，喜爱得不得了，爱不释手。有了球和球拍，但是没有可以供练球的球台。学校的标准球台是运动员的训练场所，操场上的水泥球台和教室内用桌子搭成的球台，不是我辈所能轮上的。这样，监狱的大墙无人争抢，成了我的专用训练场。这面大墙是一个巨大的垂直平面，墙面也很平坦，用石灰抹得又平又白。站在马路上，往墙上打球，是很好的练球场。现在的壁球很时兴，其实我在那个时候就开始练壁球了，足见我的远见。

383

练壁球练得很上瘾，放学回家，总要练上一阵。越打越高兴，球也就越打越高，终于有一天，把一个小小的乒乓球打得高度超过了监狱的大墙，掉进了监狱哨位那个位置的墙里边了。我觉得天都快要塌下来了。那时，我的家里很困难，丢失了这个球，再申请购置一个乒乓球的经费，难度极大。我不甘心就这样失去这个宝贵的乒乓球，不得已鼓起勇气，走进了监狱的外大门，在里边通向监狱的黑色大门的门缝中，向里窥视。这时，有一位军官走出来，看着我。那时我刚刚放学，穿着干净的白衬衫，系着红领巾。军官和气地问我要做什么，我就把将乒乓球打进监狱大墙内的经过说了一遍，并说明这个球之于我的宝贵程度。军官说："你知道这是什么地方吗，不害怕吗？"我说："我知道这是监狱，是押犯人的地方。因为我是监狱的邻居，所以我不害怕。"军官显然很欣赏我的回答，就详细地询问了乒乓球掉进来的方向，然后让我在监狱的门口等着，他进去帮我找球。这时，我的心情平静下来了，看见了监狱的真相：黑色大门的上边，是两个水泥的大字："监狱"。往里边看，一个巨大的活动场所，就像学校的操场，尽头，也就是离我们家最近的地方，是一排高大的房子，那就是关押犯人的地方。院子里没有人，有一种森严的感觉，倒是有一点可怕。过一会，军官出来了，把球交给我，叮嘱我下次小心，不要再打进来了。我点了点头，向他感谢，给他敬了一个少先队员的队礼。

法院办监狱

1975年，我到中级法院工作的时候，中级法院正在筹备建立地区的拘役所。按照当时的规定，拘役所属于劳改机关，应当归公安机关管理。公安机关任务很多，拘役犯管不过来，只把他们放在看守所关押，不利于改造；又加上省内有的法院也在办拘役所，因此，经过地区领导同意，我们法院也就办起了拘役所。这样，我们就有了一个自己管理的"监狱"。

拘役所的位置在郊区的一个山沟里，一条公路和一条铁路在山沟的沟口通过，再远一点就是一条大江。山清水秀之中，掩映着几排新修建的房舍，周围是绿油油的菜地，倒是一个很好的休闲之地。在这里，关押着一百多个拘役犯，后来，公安处又把一百多个违反治安管理被处以强制劳动的女犯关押在这里。拘役所关押的人犯，最多的时候就有300人，是一个不算太小的监狱。

这些人犯，有的在这里劳动，也有的进山里伐树，在钢厂做工，等等。他们为社会创造了价值，也改造了自己的思想。我那时是法院的干部，又是党总支的委员，虽然不是拘役所的人，但是经常去那里工作。

在拘役所中，有那么多的男犯和女犯，也有那么多的管教干部，总是要出现一些闲闻烦事，甚至还有违法、违纪的行为。有的是管教干部与人犯之间发生问题的，也有人犯之间重新犯罪的。例如，有一位从部队转业的干部，与一名女犯发生了性关系，受到纪律处分。还有一位管教人员对某女犯有好感，积极为其办理减刑，然后与该女犯发生性关系。

男犯王某，女犯毕某，原来是一个案件的同案犯。那时候妨害家庭是一种罪行，凡是通奸的配偶对方对这种行为提起自诉的，法院就要对通奸的一方处以刑罚，一般都是判处拘役。这两个人就是这样。由于我们的地区就有这一个拘役所，这对同案犯就被押在一起。有一天，我在拘役所的管教室住，突然看见有一名人犯匆匆跑到管教室来报告说，看见王某和毕某一起走进木工房，有重新犯罪的嫌疑。管教员急忙带上枪赶过去，前后只有几分钟的时间，等到管教员赶到的时候，两个人已经进行完了那件事情。审讯男犯，王某坚持不承认，等到管教员令其脱下裤子的时候，王某只得承认了。女犯倒是十分的直爽，坦言承认就是干了，怎么样?! 最后，通过程序，对这两个人犯判决加刑。

从这些问题可以看出，第一，监狱必须统一管理，法院办拘役所，是不符合法律的；第二，男犯和女犯不能混合押在一起，这样无法管理；第三，管理女犯，最好不要用男性工作人员，弄不好就容易出问题。在1979年《刑法》和《刑事诉讼法》生效之前，就把拘役所撤销了，归并主管机关统一管理。

监狱里的故事

虽然间接管过监狱，但是对人犯在监狱中怎样生活，我没有直接的体会。在拘役所中，虽然见过人犯在监狱里的生活，但那不是正规的监狱，当然不会有正规监狱生活的体会。

1976年粉碎"四人帮"以后，机关进行"揭、批、查"运动，清理"文革"中的"三种人"。我的一位同事阿朱，任审判员，在1965年中师毕业后，主动要求到最艰苦的地方锻炼自己，其相恋的女同学与其一同前往，到长白山区最艰苦的一个人民公社的中学教书。那时候，所有的学校都在停课闹革命，运动如火如荼。有文化的阿朱到了这里，立刻就参加了"革命"运动，成为主力。其间难免对一些批斗对象动手动脚，恰巧就有一个批斗对象被打死了。"揭、批、查"运动一开始，有人举报阿朱是其中的凶手之一，阿朱很快就被批准逮捕，关进了自己经常出入提审人犯的监狱之中。

阿朱究竟是不是凶手，证据不足。逮捕的当时，主要是根据揭发。后来查实，虽然对这个案件进行过调查，也有过不恰当的做法，但是，这个人的死与阿朱无关。因此，阿朱就要释放的消息，传了过来。我们作为阿朱的同事，平时又很要好，在急切地准备着接他回来。

这一天下午，地委召开会议，议题之一就是研究释放阿朱的事情。时间过得很慢，直到4:45分，电话才通知地委决定立即释放阿朱。这时，离下班还有15分钟，要放人，还有很多事情要做，不然监狱不会放的。我和老王分工，我打电话叫车，老王打电话请公安局立即开释放证，五分钟后去取。接着，我们就下楼、乘车，赶到了公安局，预审科的同事已经办好了释放手续，我们签字后拿上手续就向监狱赶。到监狱的时候，差两分钟下班。监狱的所长见我们赶得急，也马上就办手续，就在下班的时候，把阿朱放了出来。我们拥抱了一下，就扶他上了车，送他回家。

在车上，我们教他，回家后不要马上吃东西，要做一点稀粥，一次少吃一点，再吃一点咸鸭蛋、咸菜之类没有油腻的食品，避免肠胃接受不了，引起严重的腹泻。其实说这些都没有用，从监狱回到家里，从半饥饿状态到各种任意吃的食品，任何人都不可能理智地谨慎进食。结果，阿朱还是拉了三天稀。阿朱好了以后，上班还是作审判员工作，讲监狱的见闻和体会，是我们都爱听的事。

其一，阿朱后来在号里"官"至号长，在号里可以管十几个人，比在机关管的人多。在习惯上，一个号里有一个权威，多半是号长。新进来的人，要受到管教。号长如果看着不顺眼，就会让号里的其他人打他一顿，就像打"杀威棒"一样。我们问他："你有没有挨打?"阿朱说，监狱的管理人员对政法机关来的在押犯还是很照顾的，给他关在一个很安全的号里，所以没有挨打。阿朱当了号长以后，这个号就再没有出现过打人的现象。看来阿朱在关押期间，起到了很好的作用。

其二，讲在号里吃饭的情形。在号里吃饭，是在押犯一天中最主要、最盼望的事情。因为这个监狱是看守所，在押犯不能参加劳动，每天只能在床上坐着，时间长了极其难忍。吃饭的时候，厨房将饭菜按照号的顺序一个一个地分，每人一碗汤，一个窝头。当全部分完之后，厨师就要回头收回喝汤的碗。因此，在押犯在得到汤的时候，要先把汤喝掉。这种汤被叫做"照像汤"，因为汤里没有油水，在汤上面可以看到自己的面容。每个人端起汤碗，先看一看自己的形象后，就把汤一气喝完，爱收碗就收吧。然后再一点一点地着意地、细细地品尝窝头。分窝头的时候，号里的人分为号头和号尾，从号头开始，按照顺序排，今天是号头，明天就变成号尾，昨天的第二号人物就变成号头。号头享有第一个选择窝头的权利，把所有的窝头放在一起，号头看准了，一下子就要拿准选中的窝头，不能换。如果摸了一个又要换，那就对不起，变成号尾了，最后一个去选取剩下的一个窝头了就是了。我们问："为什么要争取第一个选择呢，还不都是一样的窝头？""那可不一样！窝头的大小、长相，都不一样。娶媳妇都是娶女人，女人都是一样的，可是为什么还要选一个自己喜欢的女人呢？"阿朱被关过，嘴还是这么贫。

参观外国监狱

出国访问,我参观过了外国两个监狱,印象很深。

1996年,我到沙特阿拉伯访问,其中一项访问内容就是参观吉达监狱。吉达是沙特阿拉伯的夏都,坐落在红海之滨,是一座极漂亮的城市。它和利雅得不同,利雅得完全是在沙漠上建立起来的城市,离开城市,就是沙漠或者戈壁。吉达由于是海滨城市,就好多了。

在吉达,我们住在吉达国宾馆,条件很好。在宾馆的外边,就是红海的海湾,中间有一个喷水极高的喷泉,据说是70米高。那天,我们乘坐沙特官方提供的大奔驰,驶向吉达监狱。

吉达监狱在郊外,走进监狱大门,两边是列队的军警,地上是红地毯,监狱长和司法部的官员在迎接我们。沿着红地毯走进欢迎的大厅,立刻就被热烈的气氛所感染了。整个一个大厅,中间是一个极大的餐台,餐台上摆着琳琅满目的食品,满满当当,真有一种一眼望不到边的感觉。盛情的主人在举行了一个简短的仪式以后,就邀请我们吃东西。望着餐台上"浩浩荡荡"的食品队伍,我不知道该吃什么才好。主人引导我们尝了尝一些特别的东西,喝了一点无酒精的饮料,我们就表示感谢了。

主人并没有就此放过我们，又拉着我们进到里边的大厅。这里摆着的是这座监狱所得到的各种奖励证书和奖品、奖杯之类，更是琳琅满目。站在这些物品之前，主人开始为客人赠送礼品。在一一举行的赠送仪式上，访问团的每个成员都得到了一份精美的礼品。给我的礼品是一大束女犯人手工制作的花。这种花是用麦秸等东西做的，十分逼真，很鲜艳，看起来和真的一样。最后的仪式，是为我们的团长赠送礼品。监狱长卖关子，先是说了很多的话，然后又问我们能不能猜到他将会送什么礼物。等到关子卖足了，监狱长做了一个手势，这是就见到几个人抬着一件东西走过来，上边蒙着红色的绸布。监狱长又说了很多话，就让我们的团长接受礼物。当我们团长将礼物接过来的时候，监狱长一下子抽下绸布，一幅巨幅的画像展现在我们的面前：中国的万里长城蜿蜒起伏，长城之上，我们团长的形象栩栩如生。全场立刻响起热烈的掌声，我们也都十分感动。这时，我想起了一件事，就是在到达国宾馆的时候，沙特的官员迟迟不将我们的护照交还给我们，这和以前的做法是完全不同的。当时，我还很纳闷，让翻译问过几次。原来他们就是依照护照上的团长照片画的。可见主人对接待的用心程度。

接下来，我们参观了监舍，干净整齐，管理得井井有条，被关押的人犯，有的在工作，有的在学习，安然自得。

中国模范监狱

最近几年，参观了两个国内的模范监狱。1997年，中国和欧盟在北京国际饭店召开人权会议，会议期间参观北京市第一监狱。这个监狱，是中国的模范监狱。

北京市一监在大兴县城附近，占地面积很大。那天，我们与会的人员乘坐大轿车，一下车，就受到狱政管理人员的热烈欢迎。进了监狱的大门，是一片整洁、宽敞的场地，监舍整齐、一致，看不到闲杂人员。走进监舍，室内干净的程度，令人难以相信，所有的被子在床上叠得整整齐齐，一尘不染。任何物品都摆放整齐，没有一丝混乱的迹象。监舍内，还有学习用的书本和纸笔，墙上是人犯的学习园地，贴满人犯的学习笔记和心得。有人怀疑这是不是为了让大家参观而故意整出来的一两间房子，可是一连走了几座楼的监舍，都是这样，大家就相信了，都在赞叹监狱管理的严格。

在一个监舍中，看到有几个被监管人员在屋子里学习，经过询问，知道他们是下午班，上午是休息时间，可以自由看书、学习，房间里的物品摆放与其他的监舍没有区别，也没有一丝混乱的现象。有一个被监管人员正在看一本英语书。一位欧盟的人士问管教人员，是不是可以与被监管人员交谈几句话。管教人员说可以，这位人士就向正在读英语的被监管人员问，可不可以交谈几句。会说英语的被监管人员向管教人员报告，在得到允许后，他们进行了英语交谈。被监管人员如实回答了提问，说这个监狱的管理是非常好的，对人犯的管理很严格，又很说理，所有的被监管人员都有一定的灵活性和自由度，在业余时间可以学习各种知识，还可以参加在监狱内举行的各种专业学习，可以参加成人高等教育自学考试，考试合格，可以得到国家承认的大专、本科毕业文凭。他本人正在学习英语专业，已经快要毕业了。欧盟人士说："想冒昧地问一下，您是因为什么犯罪被判刑收监的？"这位被监管人士非常有礼貌地回答："实在对不起，这是我个人的隐私，国家的法律是保护人的隐私权的，在押的人犯同样受到这种法律的保护，因此我不能告诉您。"这一回答，得到了热烈的掌声。问话者竖起了大拇指。

2000年10月，乌兹别克斯坦总检察院代表团到中国访问，我作为陪同团团长，陪同访问。访问期间，参观了西安的陕西省女子监狱。

西安女子监狱是1955年建立的，是陕西省唯一的女子监狱，现有被监管人员1000多人，管理人员170多人。监狱长是一位男士，政委是一位女士。在全体工作人员中，80％是女士。这个监狱，有一个服装厂，生产各式制服和其他服装，最新型的警服，这个厂也正在生产。还有一个包装箱厂，生产各种纸制包装箱，生产效益不错。

一进大门，首先参观的是人犯会见室，会见的一方和对方是用到顶的玻璃密封的，两方用电话交谈。这是非常安全的，而且交谈的私密内容不会被别人听到。二楼是监舍的总监控室，闭路电视将所有的监舍都收入眼底，一览无余，便于管理和监督。

所有的被监管人员都在上班，监舍内没有一个人。与第一监狱的情形一样，监舍非常干净，物品摆放十分整齐。所不同的是，由于是女子监狱，管理者更注重监舍中的文化氛围和温馨气氛，屋子里有一些色彩，走廊中挂满了红红绿绿的装饰物，看起来热热闹闹的，有些喜气。监舍中还有文化教室，工余可以上学念书，念函授，或者念自考。监狱成立了育新学校，与职业高中一起办技能培训专业，特别是念服装设计和加工专业，很多被监管人员在服装厂工作，结合实践，学习服装专业，获得了社会承认的专业文凭，回到家里之后，就可以参加就业。展览室中摆了一些被监管人员得到的毕业文凭，其中凝聚了被监管人员努力改造的成果，也凝聚了监狱方的苦口婆心。

在监狱的食堂中，我看到了一个巨大的饭堂，所有的1000多人犯可以同时就餐。在厨房中，几个女犯正在做午餐，蒸馒头，一大盆一大盆切好的菜正在准备下锅。

参观完了服装加工厂以后，我们又来到食堂的二层，这是一个大礼堂，舞台上灯光四射，地上摆着几排沙发椅。我问:"怎么?还有演出吗?"陪同的同事说:"对,有演出,就是在押人犯演的舞蹈。"正说着,监狱长请我们坐下,演出就开始了。首先出场的是一位穿红色连衣裙的女子,飘然而至,拿起话筒,说明欢迎外宾和嘉宾,然后就宣布演出开始。第一个节目,是女子监狱歌舞团演出的《俏丫头》,演员都穿着用大红大绿的花布裁制的衣裤,欢腾跳跃,青春横溢,演出了十八九岁的女孩的可爱、俏丽之处,十分惹人喜爱。接下来,又表演了新疆舞,以及其他几种舞蹈,演得都很不错。最后,表演了压轴的《梁祝》,表演最为活跃的那位丫头装扮成梁山伯,故意迈着矫健的步伐,载歌载舞,很是动人。那位表演妩媚的女孩装扮成祝英台,举手投足,含羞却却,也十分逼真。最后是整台的轻歌曼舞,色彩也很好。大家都热烈鼓掌,祝贺女演员们的演出成功。

可是,在观看节目以及在鼓掌的时候,我的心中好像郁闷着一种莫名的情感,不知道应当怎样表达,总之是很难受。是啊!都是十几岁、二十几岁的女孩子,青春年少,风华正茂,由于触犯刑律,不得不在这里服刑。如果不是这样。这些孩子不是都在学校读书或者在家长的身边,过着自由自在、无忧无虑的生活?可是今天,尽管在表演中展现了她们的才华,可是,这毕竟是一群失去自由的女孩子啊!在离开女子监狱的时候,大家都默默不语,心情都很沉重。

第四辑 细耘篇

49 我的三为——求学、为官、做学问

求学

我没有上过高中,也没有上过大学本科,我的学历到现在还是法律专科生,经过"高级法官班"的研修,可以称为研究生同等学历。像我这样的求学过程,只有我们这一代人能够经历,这些人差不多都是"50后"。

我1960年上小学,那时候正好实行教育改革,叫做九年一贯制,从小学到高中用九年的时间可以完成,但是,改了一年多之后又回到了中小学的12年学制。1966年12月我上中学,那时是"文革"最混乱的时候,上中学以后,革命造反派的内斗开始,我们新生开始去加入人家的战斗队,人家还挑三拣四,不愿意要我们。后来我们自己成立了一个战斗队,没有过几天,就因为意见分歧,我觉得自己也干不了这个活,于是就退出了红卫兵,成了"逍遥派"。学校那时候很

乱，我亲眼看到造反派的行为，冬天取暖要烧炉子，那些学生就把所有的东西包括桌子、椅子、黑板等，能烧的都摔碎扔到炉子里了，烧火取暖。我实在看不惯，认为回家呆着自己看书还不错，就不再去学校了。

一直到1968年才开始比较正规上学，但时间太短，我在中学学到的全部的东西都是在1969年，正式上课、发书，大概上了一个学期课就初中毕业了。所以，我的真实水平大概就是初中一年级的水平，真的没有学过什么东西。大概比较系统地学到数学的二元一次方程组，物理的力的分解与合成，俄语的万岁口号之类的知识，我初中大概就学了这么多东西。不过，有一点值得骄傲，那时教育改革兴学生上讲台，我为此作了认真的准备，上台讲了一次《渔家傲·反第一次大"围剿"》，当时来了很多老师听课，在我讲完之后，他们都认为讲得很好。这或许为我日后走上讲坛埋下了伏笔。

初中毕业之后，1970年2月就到农村插队当知青，一年之后去当兵。插队的时候，我带着哥哥初中时候的教材，闲暇时间自己看。到了部队，四年时间中，大概有三年多是在当文书，属于连队的"知识分子"，工作比较轻松，有大量的时间学习，我系统地看了大学语文和逻辑，时间并没有荒废。

1975年从部队复员，参加工作当了法官以后，由于缺少文凭，领导送我到中央党校学习，参加了1983年中央党校首届司法干部培训班，班里多数是司局级政法干部；1984年，考上了中国政法大学进修学院,系统地念了两年法律;1988年,考上了中国人民大学和最高人民法院合办的第一届高级法官班,在佟柔老师的指导下学习民法。

我的求学就是这样的过程。这样的经历,在我们1950年代的人当中,都差不多,我还算是幸运的。人家都说,50后的人,在最需要长身体的时候没有东西吃,在最需要学习的时候没有课上,在最需要工作的时候去插队,在应当生孩子的时候实行独生子女制度,在生活工作稍微好一点的时候下岗。这说的完全是50后通常人的经历。

经历了这样的求学过程,我还算是学有所成。但是有一点,是我最明显的一个缺陷,也是我一生中最大的遗憾,就是外语不行。没有受过系统的外语训练,没有机会好好学过外语。所以有人说我是纯粹的"山药蛋派"的法学教授,不是留洋的洋派教授。社科院法学所流传过关于我的一个笑话,叫做"一句英语闯美国"。2003年我到美国加州大学访问,过海关的时候,一着急,所有记住的英语一句也想不起来了,就说了一句"English No"(意为我不会说英语),弄得移民局的老太太不知所措。我急忙把我夫人事先给我写好的英语介绍给人家看,这才顺利放行,把我请进美国去了。一句英语闯美国就是这么来的。在我看来,外语不行是一件非常遗憾的事情,尤其是研究法律。

为官

从 1975 年开始到 2001 年,我从一个地区法院的法官到最高人民检察院的厅长、检察委员会委员,升得也算比较快的。我在最高人民检察院工作了七年,提拔了七次。第一次是任命助检员,第二次是任命检察员,第三次是任命处长,第四次是任命厅长助理,第五次是任命副厅长,第六次是任命厅长,第七次是任命检察委员会委员。

其实还有两次可以更早提拔的机会,都被我舍弃了。一次是 1988 年,我在高法班学习的时候,省委组织部组织省司法厅副厅长考试遴选,我是主要的候选对象。当时正在高法班学习民法的极大兴趣中,放弃了参加考试。另一次是 1990 年初,省委组织部考察完毕,拟任中级法院院长(副厅级),当时最高法院正在商调去民事审判庭任职,经过反复跟领导说明意愿,终于离开家乡,到了最高法院民庭任审判员。25 年的为官经历,我有很多体会,主要有两点感悟最深。

第一,专业一定要精,业务一定要棒。大家可能会问,你只是一个初中生,有什么理由可以说你的业务精啊?我是一个初中生,才念了初中半个年级,但是,这不妨碍我的努力,我自己要努力去做。我到法院以后,起码有一点优势,是字写得还算好,因为从小就练字,到法院一写材料,是正经的楷书。从小我老师就辅导我写文章，有语文基础，自修大学的中文课程。我到了法院以后，就可以把文章写得很好。很多人认为，我对培养的研究生有一个很高的要求，就是让他们写文章。我们搞法律的人都是要吃文笔这碗饭的，能够把文章写得好，是第一要务，是最大的本事。我们搞文科的，必须写文章，写不出文章根本就做不到业务精。

现在，我在法官和律师中很有威信，为什么？就是因为我的民事审判业务特别棒。说起来好像吹牛，但确有其事。2008年在上海开民法研究会年会的时候，正值改革开放30年，各个方面都要做总结，我在会议上做了改革开放民事审判30年的报告。主持会议的是上海市高级人民法院的副院长，他介绍我的时候没有介绍我的头衔，而是说："我向大家介绍的发言人，是对中国民事审判规范化、科学化作出重大贡献的学者，请杨立新同志做中国改革开放民事审判工作30年的报告。"我听了以后既高兴又不安，给我戴这么高的帽子啊！不过有一点可以说，法院搞民事审判的人都比较尊重理论界有见解的人。同样，律师界也比较喜欢我的文章、书和讲课，他们认为我的理论对实务操作有价值。我们把业务做精，人家就一定会尊重你。

第二，想要当官就不要想用官职来赚钱。为官清廉，是为官的基本要求。当官其实没有什么钱可赚。我在最高人民检察院当厅长和检察委员会委员的时候，一个月工资1800元，有100元还要交住房公积金，每月就是1700元。大家知道，当官的没有太多的钱，但是也不用花太多的钱。虽然我的工资不多，但我还做点学问，一年的稿费大概有七八万元。我的同事普遍比较穷，我在高检那里还算是比较富有的人，一年大概有10万元的收入。尽管干我们这一行手中有一定的权力，但是，既然当官，就不要用你的权力谋取财产，不要去赚钱，要干干净净地为官。我在老家通化当中级法院副院长的时候，有一次同事帮我搬家，他们以为我家财产丰厚，去了两辆汽车，结果才装了半汽车。有人开玩笑说，你是不是已经把细软运走了。我可以保证，在政法机关当了25年的法官、检察官或者领导干部，我都是清廉的，唯一的额外收入就是自己写作赚的稿费。

后来经常有人问我，好好的为官，为什么要离开最高人民检察院到大学教书呢？原因当然有很多，但最主要的是我热爱做学问，20几年没有松懈过，需要有一个机会全身心地对自己的民法体会进行总结。此外，我崇尚自由，愿意自由自在地发表自己的看法、说明自己的观点。再加上中国人民大学的王利明教授经常开导我，说到人大来和他一起教书。他经常这样"勾引"我，对我是一个很大的诱惑，因此，最后我选择了到大学里教书、做学问，在49岁的时候，结束了官场之路。

做学问

说了求学和为官的经历之后，我再谈谈做学问的体会。

第一点，做学问的切入点不要太宽，要从一个领域钻进去，在达到了相当的研究程度之后，再向其他方面拓展。我从1981年在《法学研究》上发表第一篇侵权法的文章后，就开始孜孜不倦地努力，没有一天懈怠过。开始的前十年，几乎没有离开过侵权法的主题。因此，我是从侵权法这个领域钻进去的，在侵权法研究上一点一点地积累，在达到一定的程度之后，我才开始向人格权法、物权法、债权法以及亲属法方面扩展的，现在基本上把所有的民法问题大体上过了一遍，但是比较精的还是两门，即人格权和侵权法。我认为，这是一个做学问的经验，进去的时候，研究的领域不要太宽，在达到相当程度的时候再去展开，这样才能做好。

第二点，做学问一定要孜孜不倦，持之以恒，几十年如一日地一直做下去。这样做到最后，肯定会成功。再笨的家伙，如果肯连续30年研究同一个问题，那他也会成为专家，这是我的切身体会。我从1981年开始研究侵权法，直到今天也没有停止过。2000年我决定到中国人民大学工作，学校学术委员会讨论是否特聘我为教授、博导。领导跟我说，赶紧把你写的文章和专著列个表，报上去。我列了两个表，一个是文章，一个是书。拿到学术委员会审查，所有的委员看到了这两个表，都表示予以通过，不用考试，不用外语。我记得特别清楚，2001年1月9日，院长曾宪义老师下午五点多给我打电话说："立新，你的教授和博导已经通过，是个喜讯。"我很激动。那天,我写了一篇文章,题目叫做《我的1月9日》。其实,这就是持之以恒的结果。做学问兢兢业业不辞辛苦,坚持天天去做,就一定能作出很多学术成果。

第三点,做学问胆子还要大,敢于去研究新问题,敢于发表自己的观点。1980年,我作为一个山区中级法院的普通青年法官,仅仅有初中毕业文凭,写了一篇文章就敢发到《法学研究》,胆子不能不算大。一般人可能不敢这样做,但是我投稿了,也发表了,而且还把我一生要走的路也定下来了。当然,这个也要有一定的基础才行,不能只是瞎碰运气。我有个亲戚是个傻大胆,高考的时候也不掂量自己有几斤几两,填报志愿的时候,第一报清华,第二报北大,其他的什么都不报,最后高考成绩是不及格,什么"大"也没有上成。

光有胆量还不行,还要有实力和能力。我写第一篇文章的时候,是初生牛犊不怕虎,但是,出版第一本书时就没那么幸运了,不过后来换了一家出版社,最终也出版了。大家知道,那时候出一本书多么难啊,不像现在这样。这件事给我的感悟是,只要自己觉得瞄准的是学术前沿的问题,就要敢于去研究、去发表。因此,做学问特别需要勇气。

第四,光说不练不行。很多人在说的时候什么都能说明白,但是不去写,这是一种光说不练。还有一种是谨小慎微,老是觉得自己的东西不完美,不敢去发表自己的看法。当然也有一些人随便天马行空地瞎写就去乱投,多的是。当然,现在也有一些风气不好，有的刊物不给学生登文章，不管写得多么好，都不行。或者说发表可以，但一定要拿版面费。

学生们现在研究问题，写出来文章总是很难发表。我认为，不论是老师还是学生，只要文章写得好，总会有机会发表的。如果一时发表不了，就先放着，等到你出名了，找你的人就多了，甚至还求着你发表呢。我年轻的时候写小说，知道有一个著名的小说家，在不成名的时候，投稿到处碰壁，后来遇到了伯乐，他的第一篇文章终于得以发表，而且还获得大奖，结果各个刊物编辑纷纷向他索稿。后来他所有原先被退回来的稿件都发表了，还应接不暇。我相信只要大家练好了，就会有这一天的到来。关键还是大家要尽心尽力地去做学问，写出好文章。

50　初为人师

周日，一位我在烟台大学教过的学生来北京看我，很高兴，因此想到了初为人师时的一些情景。转念想到，有人写过初为人父、初为人妻、初为人母等题目，也许是孤陋寡闻，还没有看到过初为人师这个题目。

一

我初中毕业之后就插队，然后当兵，再然后到了司法机关当法官。虽然在培训班、法官学院（那时叫高级法官培训中心）、高级律师培训中心等讲过学、授过课，但是没有真正当过老师。在我的思想中，教师是一个神圣的职业，凡是老师都值得尊重。

我也经常为自己不能成为一位受人尊重的老师而感到遗憾。在反思的时候，很为在"文革"中对老师的不够尊重而感到难过，因为我在初中的时候，曾经让我的一位老师在班里检讨过，当然在那时这还算作一种温和的举动，但是，我确实经常为这件事而暗暗地忏悔。

阴差阳错，终于有了机会，让我当上了梦寐以求的大学教师，成了烟台大学法律系的副教授，有了品尝初为人师滋味的机会。首先接触的学生，是当我把家具从火车上运到了学校宿舍，满满地摆在楼下的时候。我感到无论如何也不能靠自己的力量将它们搬到家中去了。我想了一想，下了决心，盲目地走进了一个学生宿舍楼，直接问法律系的学生住在哪里。按照指点，看到了一群刚刚打完球的男学生。

我走上前去，说明了情况。一个眼睛很大、衣服已经被汗水湿透的学生说："是新来的老师搬家吗？请老师先回去，我们换一下衣服就到。"这个学生就是随后我任教的那个班的班长。很快，十个左右的学生就来了，一阵风似的，就把我的家具搬到了我的家中，并且帮我很快地打扫了卫生。我说要请他们吃饭。他们擦着头上的汗，脸上留下了一条一条的黑渍，都说："给老师做点事，还敢让老师请吃饭？"一阵风地就走了，拽都拽不住。妻和我都很感叹。初为人师，学生就先给我上了一课。

二

开始上课以后，我在班里看到了帮我搬家的那几个同学。这是我最先认识的几个学生，大家都很亲切，接下来，就认识了班里以及法律系的很多学生,我的教学生活开始了。我确定的教学宗旨是,第一,教思想,第二,教方法,第三,交给同学们一个宽松的环境。有了这三点,大概我的教学就会有一定的特色,也会有很好的成效。

我想,讲授法律最忌讳的就是照本宣科。我结合自己当法官、学法律的经验,教给同学们活的法律。讲授民法,我把在实践中学习、运用民法的经验和典型案例,与课本的知识融为一体,把课讲得生动、鲜活,人人都爱听,还要给人以启发。我也曾经采用这样的办法,把一个班的同学分成两个部分,成为诉辩的双方,就一个民法的基本问题进行辩论式的讨论,同学们都感到新鲜、有趣,而且记忆深刻。

记得有一次,一个发言非常积极的女生在发言中语言有一点过激,修养也显得不够好,我在点评的时候说了一句"辩论发言不要像家庭妇女一样"的话,伤害了这位同学的自尊心。我觉察到了这句话的失当,向这位同学道过歉,直到今天想起这件事,心中还是很内疚。现在,连这位同学的名字都记不起来了。

学生在学校学的是知识,但是,知识是永远学不完的,人的一生一世都要学习。在大学中,最重要的是要让学生学会一种方法,一种学习、工作以及认识事物和处理事务的方法,只有这样,才能使学生受用终生。然而,这种方法不能是简单的说教,而是在自己的讲授法理、分析问题、解决疑难案例中体现出来的。这就是，学习基本理论的时候应当怎样学习，分析问题的时候应当怎样分析，研究案例的时候应当掌握怎样的要领。只有掌握了这样的方法，才能使他们真正学到实实在在的东西。

宽松的环境，是一个非常重要的条件。在当时，学校的环境不是很宽松，一些行政管理人员把大学管理成了一个类似于高中那样的学校。有些人感到管理得还不够，又组织老师到一个管理更严的大学去参观，我去看了以后，感觉就像到了少年犯管教所一样，所有的东西都是一条线，就连一个宿舍六个人的同一种教科书，都要六本排在一起，没有任何自由活动的空间。我没有很严格地落实有关的要求，而是按照我的思想来引导学生。同学到了我的家，可以任意说自己的观点。经常的情景是，我和同学都坐在地毯上，大家一起"夸夸其谈"，不加任何限制，在这样的闲谈中，鼓励学生有新的思想，有好的见解，甚至可以和学生一起争论，而不要考虑是不是有损师道尊严。世界杯足球赛的决赛是在午夜之后进行，同学们都想看，但是，学校严格执行晚上10点以后绝对不得不回宿舍的规定。几个同学向我透露了这样的想法，我就把他们留在我的家中，一起聊天，直到看完了决赛，然后大家挤在一起昏睡，由于蚊帐不够，都被蚊子当作美食，个个身上一片包。

我引导同学进行三种活动。第一是要认真学好功课，尽量参加研究生的考试,争取考上研究生,走进新天地。第二是要理论联系实际,因为学习法律就是要用的,学习法律就要懂得怎样在实践中应用。以前学生在组织模拟法庭的时候,都是找一个简单的刑事案件做。我给学生找了一个相当复杂的民事权益争议,而且法律规定也不是很明确的案件,让大家"审理",同学刻苦地查资料,最后审得非常成功。第三是组织进行法律科研活动。在当时,学校不提倡本科生进行学术、科研活动,我认为适当地组织学生进行科研活动,是有利于学生的学习和发展的。我积极引导他们思考问题,并且把自己的想法写出来,在我编的杂志和书中给他们发表,取得了很好的效果。

三

在两年的烟台大学教学生活中,我和同学结下了深厚的感情。我那时的生活很艰苦,工资仅够生活费用。学生愿意在我的家中闲聊,赶上吃饭的时候,就多做一些,大家一起吃。可是十八九、二十来岁的男孩子吃东西简直就像肚子没有底,有多少东西都可以吃下去,每每都是将饭锅吃得底朝天才算完。尽管没有什么好吃的东西,但是大家都吃得很开心。

我最先教过的那个班的班长,在民法的学习上很有天分,对民法的理解有强烈的敏感性,体会非常好。我鼓励他考研。

由于疏忽，政治没有考及格，失去了继续深造的机会。回到烟台，不敢来见我，我让同学找到了他。他一到我家就哭，哭得我很难受，我没有怜惜、抚慰他，而是一顿痛骂，让他猛醒。现在，他念完了硕士研究生，当了一个很好的律师。前一段告诉我，他已经有了儿子了。还有一个下一级的学生，跟他的经历是一样的。考研考砸了，也是到我家哭个没完，我劝了一阵没管用，也是痛骂了一顿。现在，硕士研究生已经毕业，考上了博士研究生，分配到国家外经贸委工作。或许，是不是骂人对这两个学生的进步也有一定的帮助？

两年的教书生涯很快就结束了，我后来就回到了北京，到最高人民检察院工作。很多同学都给我来信。开始，我的工作还有一些闲暇，就争取都回一封信，尽管可以短一点，后来就不行了。同学们的来信都是有一些好消息的。记得一次是同学汇报考律师资格的消息，说学校报名考的很多，考上的只有四名，其中都是我教过的学生，而且有三名是我直接辅导过的专科生。这大概就是教学注重实践的结果吧？

时间过得很快，转眼间，我离开了烟台大学已经多年了。那时的学生现在在北京学习的有十几个，别的同学也有来北京看我的，我到山东出差也去看这些学生。也有一些学生想不起来名字了，但是经常想起他们的音容笑貌，心中就有无尽的甜蜜。看来，初为人师，与这些同学之间结下了这样深的感情，倒是最大的收获。或许，还有重温为人师表旧梦的机会？

51 一月九日

或许像其他庸俗文章一样，开头就说："一月九日，是我难忘的一天。"是的，我是要这么写的。一月九日，是我难忘的一天。

在这一天里，我实现了自己多年来的愿望。在这一天里，中国人民大学学位评定委员会通过了我的法学博士研究生导师的资格。这是对我多年来法学研究成果的确认。这对于一个没有上过硕士研究生，没有上过博士研究生，甚至没有上过本科获得过学士学位的法律工作者来说，是一件多么不容易的事啊！因此，我说：一月九日，确实是我难忘的一天。

一

2000年10月1日，我向中国人民大学法学院交上了我的《调入申请报告》，申请调入中国人民大学法学院任教。这份报告的内容是：

中国人民大学法学院领导：

我是最高人民检察院的干部，现任院检察委员会委员、民事行政检察厅厅长、检察员。

我从1970年参加工作，1975年到法院工作，1980年开始研究民法，1981年在《法学研究》上发表第一篇法学论文，又在1984年至1986年到中国政法大学学习法律，在佟柔老师和人民大学老师的指导下，系统学习法律，1988年至1989年在人民大学高法班又在佟柔、赵中孚和郑立老师的指导下，系统学习民法，掌握了民商法的基本原理，对中国民商法建设也提出了一些自己的看法，同时也积累了丰富的民商法实践经验。回想起来，我在做学问上的一切收获和成果，都是与人民大学法学院分不开的。我对中国人民大学有深厚的感情。

在30年的工作经历中，我一方面在实践中作好民商法实践经验的积累工作和民商法的科研工作，另一方面在从事着民商法的教学工作。在吉林省通化法院工作的时候，担任中级法院的副院长，分管业余大学的教学工作，把"审判、教学和科研"结合起来，取得了很好的成绩，在全国介绍过"三结合"的经验。在烟台大学教学期间，组织本科生进行科研，也有很好的收获，教过的学生现在有两个在人民大学法学院念博士研究生，十余人在各大学读硕士研究生，都有一些科研成果。去年，我在人民大学法学院兼任教授工作以后，经常到学校讲课，并开设了《侵权行为法学》专业课，必修和选修的学生达到100多人，还组织、指导学习的研究生研究侵权行为法，写出了有质量的学术论文50余万字，我对其修改后，已经在出版社正式出版。可以说，我比较适合教学工作和组织法学科研工作，也对法学的教学、科研工作情有独钟，念念不忘。

在很久很久以前，我就有一个想法，就是到人民大学法学院从事教学工作，但是由于机关工作的原因，一直没有实现这一理想。在机关机构改革中，有了这样的机会。因此，我想在这里向学校领导提出申请，请求调入中国人民大学作教学工作，能够在今后的工作中，更多地培养民商法学的人才，更好地进行民商法的科研工作，多出科研成果，为繁荣民商法的法学研究贡献力量。

盼望这一请求能够得到批准。

写这份报告，我是经过深思熟虑的。我钟情于民商法学研究和教育事业，也钟情于中国人民大学。因为，民商法学研究是我毕生的追求，在这里，也聚集着国内最好的法学教授。

1984年到1986年，我在中国政法大学进修学院学习法律。那时，给我们讲授法律的，大多数是人民大学的教授，如佟柔教授、高铭暄教授、孙国华教授、许崇德教授、王作富教授，关怀教授等。尤其是在讲授民法的时候，就是大名鼎鼎的佟柔教授亲自授课。

那时，我自己研习民法已经五年，并且在学习期间，写作《侵权损害赔偿》专著。能够听到佟柔老师亲自讲授民法，对我来说，实在是千载难逢，正是在这些老师，尤其是佟老师的指导下，我的学业有了突飞猛进的发展。在佟老师的讲授和指导下，我在政法大学学习期间，完成了这部著作的写作，并在日后顺利出版发行，得到了好评。

除传授知识之外，人民大学老师的品格也给我留下了深刻的印象。在北京昌平那种艰苦的环境中，我们的教室就是一个大活动房，200多名学员坐在里边。冬天有暖气还好说，夏天骄阳似火，照在铁皮的活动房子上，酷热难当。可是那些老教授就是忍受着暑热，一讲就是4个小时，甚至8个小时，真的就是挥汗如雨。可是老师们毫无怨言，还直夸我们这些学员热情高、纪律好。高铭暄教授在授课完毕，将他的讲稿出版发行，无偿赠送给全体学员每人一本，感动得我们只能热烈鼓掌表示感谢。

在这些老师的引导下，我觉得自己的思想境界也得到了提高。如果今后我也能够成为他们之中的一员，那将是一种荣幸，一种幸福。

二

2001年1月1日，我写好了《调离申请》，2日上班，就把它交给了我的主管领导。

这份报告的内容是：

院领导：

　　自从1994年我调到我院民事行政检察厅工作以来，已经六年多了，无论是对院领导和厅里的同志，还是对民事行政检察工作，都有了深厚的感情。但是，我对民商法的理论研究和教学工作情有独钟，20年来孜孜不倦，特别向往专职从事这项工作；尤其是在民事行政检察厅工作时间很长了，早晚是要轮岗的，而检察院除了民事行政检察厅以外，没有很适合我做的工作。其次，我研究民商法，是从微观上进行研究，精力集中在具体的规则和案件上，因此在工作中，注意具体案件的法律适用多，从宏观上考虑问题少，因而在领导民事行政检察工作上，从政治上考虑不够，这对于高检院的部门领导来说，是一个缺陷，在指导全国民事行政检察工作上，缺乏全盘的、政治上的宏观考虑，长久下去，对这项工作的发展不利。再次，就是我的妻子自从学校毕业之后，一直从事律师工作，自己再严格自律，总是难以避免社会对我个人以及机关公正执法的不利舆论，同时也不符合中纪委和我院的有关规定。正是基于以上的慎重考虑，我郑重地向院领导提出，自己调离高检院，到中国人民大学法学院任教。

我想,我到学校从事专职的民商法、民事诉讼法研究和教学工作以后,可以更好地从理论上研究我国的民事行政检察制度,可以帮助检察机关培训专业人才,对处理抗诉案件提供咨询。因此,尽管我离开了检察机关和检察工作,但是实际上并没有脱离检察队伍,没有离开民事行政检察事业。我会一如既往,坚持研究和发展民事行政诉讼检察监督的理论和实践,为这项事业的发展,做出我的努力。

我盼望院领导批准我的要求。

我不是不热爱我从事的工作。自从1975年参加司法工作以来,我就一直在法院和检察院工作,不但在实践上积累了很丰富的经验,而且在理论上也有了比较深厚的修养,取得了很好的研究成果。可以说,20多年来,我一直是把审判和检察工作作为自己的事业来研究,来操作的。

我23岁就到了法院。或许是我对法院审判工作有某种灵感,也或许是有别的什么原因,总之我对审理案件有一种独特的感受。在自己办理第一件案件的时候,写出的法律文书,老院长仅仅改正了两个字,就签发了。这件事,曾在我们那个法院被传为佳话。

在办案的过程中,我注意结合理论,深入研究,把办案和研究工作结合起来，使自己很快地提高了法律修养和办案水平。那时候，其实很难找到一本法律著作。经过"文化大革命"，多数的书籍都付之一炬，法律著作更是首当其冲。但是，我们法院有一个得天独厚的条件，就是在20个审判干部中，就有11名"文革"前的大学生。在他们的手中，留有一些经受浩劫而保留下来的法律教科书。我借过来，在他们的指点下，一点一点地啃，终于掌握了法律和审判的基本知识。

在随后的工作中，我对民商法的理论研究有了特别的兴趣。作为副庭长和副院长，有一个很怪的现象，那就是，在白天管刑事审判，晚上自己研习民法。后来，我到了最高人民法院民事审判庭工作，对民法理论和实践的掌握，就有了一个更高的层次，接触了更多的最新、最典型的案例。这使我的民法修养有了一个大大的提高和进步。特别是在最高人民检察院工作期间，在大家的努力下，全国民事行政检察工作一天一天地成长、变化，干部的水平一天比一天提高，工作的成绩一天比一天明显，就像看到自己的孩子在成长一样，心头充满欣喜和自豪。还有，就是自己单位的那些极好的同事，真的要离开他们，总是魂牵梦绕。我舍不得离开自己的岗位。

现在好啦！当我把请调报告交给领导的时候，那是思想斗争的最终结果。为了今后更好的研究民商法，实现自己的理想，舍弃现有的工作岗位，我的眼睛里含着泪，心上也流着血。不过，当我把请调报告交给领导的时候，信心就无比坚定了。那就是义无反顾，在自己选定的路上，要一直走到底。

三

时间过了不久，院领导就批准了我的请求。这时候，正是一月九日之前的一两天。欣喜和惆怅，向往和惋惜，都交织在一起。我的心情十分复杂。

就在这样的心情中，我迎来了那个庄重的一月九日。在这的前一天，法学院曾宪义院长告诉我，一月九日学校将召开学位评定委员会会议，其中就要研究我的博士生指导教师资格问题。

这是我期待了许久的一天。在这之前，我做过副教授工作，同时，也在一些学校做兼职教授，坚持为学生教授民法的理论和实践。但是，我不是一个科班出身的法律专家，更多的时间，是在自己研习民法。我没有很好地接受大学教育，始终是我的心中一恨。虽然在北京念过几年书，也念过函授的中文，但是，没有获得过学士以上学位。在这样的条件下，审批我的博士生导师资格，不能不让我捏着一把汗。我怕过不了这一关。

但是，我又有信心，那就是我对民商法研究的成果。20

年来，在民商法研究中，我的成果颇丰。在《中国社会科学》《法学研究》《中国法学》等社会科学杂志上，公开发表的法学论文已经达到了200篇，出版的法学专著将近20部，很多研究成果受到省部级的科研奖励，在吉林法院工作的时候，还被省政府荣记一等功。

还有，我是极热衷于上课的。或许是好为人师的心理使然，使我在上课时有一种激情，站在讲台上就兴奋，就想发挥，就滔滔不绝。当讲授与学生取得了交流，上下融通、相互呼应的时候，那就是一种极好的享受。

是不是还有问题呢？心情不免有些焦躁。到了下午，已经是5点多了。应该有消息了。

妻子回来了，她也为我焦急。"打个电话吧？"她说。"要不，再等一等？"我犹豫。"你不好说，我来打。"她就拨通了电话，但是电话里只是"嘟、嘟"的响声，并没有人接听电话。又过了半小时，妻子又拿起了电话，一拨，电话就通了，而且传来了院长的声音。

我看着妻子的眉头绽了开来，接着就露出了笑脸。随着"谢谢你"的结束语，我知道成功了。妻子装出愁眉苦脸的样子，说："怎么办？没有通过。""瞎扯！你的脸色告诉了我一切！"我有些得意，装作痛斥她。"哈哈！我们成功了！"妻子向我扑过来。晚上是一个小小的家宴，庆祝我荣任博士生导师。

几天以后,我接到了一份通知,上面写着:

杨立新教师:

学校学位评定委员会于 2001 年 1 月 9 日召开了五届十六次全体会议,会议审议了 2002—2003 博士生指导教师的遴选工作,批准了 XX 人招收博士生的导师资格。您被批准为法学专业博士生导师,特此通知。

现在,可以说了:确实,一月九日,是我难忘的一天!

52　又为人师

博士研究生学位论文答辩现场,气氛庄严、紧张。宣读指导教师的推荐意见,学位申请人介绍学位论文的提要,答辩委员会委员提出一个又一个尖锐、复杂的问题。

空调机咝咝地响着,不停地送着冷气,但是,学位申请人和旁听答辩的人的额头,还是有点点的汗珠。答辩现场的空气甚至都有些凝固了。我作为答辩委员会的主席,坐在答辩委员会委员们的中央,主持这场答辩。

刚刚到中国人民大学法学院作教学工作,第一次做一项重要的工作,就是主持我曾经指导过的学生的博士论文答辩。看着坐在答辩席上的学位申请人,也就是我曾经教过的学生,心潮不免有些激动。

一

答辩紧张地进行着。随着学位申请人沉着、细致地回答,委员们挑剔的目光开始变得柔和一些了。尖锐的提问，也变得有些舒缓。我听着自己曾经带过的学生那有条有理的回答，看着那沉着、冷静，又充满自信的神态，我的眼前出现了他的过去。

那还是在1993年的春天，我在烟台大学任教。那时，在我的身边，经常围聚着一群学生。他们就像在鸟巢中嗷嗷待哺的雏鸟，天天都是"喳喳喳"地，没完没了地问个不停，说个不停。我的家实际上就成了他们的会馆。

一天，一个经常来的学生带来了另一个学生。他，就是一个纯朴的农村学生，一个毛头小伙子。嘴里说的是经过改造的山东普通话，不是很流利。他的神态很拘谨，行动小心，透着未见过世面的神情。但是，在他的眼睛中闪动着的，是诚实的目光。正是这种目光让我一下子就喜欢上了他。他，就是现在的学位申请人。

事后我了解到，他的家不很富裕，上学的费用都是凑的，因而生活费用很紧。他学习刻苦，成绩很好，对法律的理解和体会很深，很有发展前途。我知道了这些，就很着意地辅导他。渐渐地，他在同学的讨论中不再拘谨，可以谈出自己的观点，可以和别人进行讨论，甚至进行很激烈的争辩。我想，他已经开始成长了。

后来，我就回到北京，离开了他们。现在回忆起来，那时对他和他们的感觉，对学问永远也"吃"不饱，就像他们在我家吃饭一样，无论做多少饭，也不够他们吃的，最后总是要把锅巴都一点一点地抠下来，填进嘴里，才算完事。

后来，我把他推荐给了中国民法学界享有盛名的老师，开始念硕士研究生。这个农村的孩子，就来到了做学问的人最向往的北京，开始了新的生活。在实习的时候，我在最高人民检察院机关给他安排好，这样就使他接触了许许多多的典型案件，能够把书本上的知识与实践结合起来，因而积累了初步的司法实践经验。他的生活困难，生活费紧张，我就让他参加我组织的科研活动，既考虑到他能够有机会在科研活动中提高自己，又考虑到他因为参加科研活动而有了一定的经济收入。他自己也很刻苦，做了很多事情，生活也就有了改善。

接着，他考上了博士研究生，又开始了更深入的学习。在这期间，他的导师到美国访问一年，把他交给我来带。我把我的研究课题交给他，以他为主进行研究、写作。当他的导师回来的时候，这一研究成果已经在出版社正式出版，受到了读者的欢迎。

二

答辩已经接近尾声。学位申请人正在阐述他的论文的创新观点。他的论文题目正是我研究的范围。他的立论另辟蹊径，从一个新的角度阐释中国侵权行为法的一个理论问题。尽管对他的论点我还是有所保留，但还是对他的新思路和新观点给予支持，肯定他的论证和说明都是言之成理，可以作为一家之说，体现其理论的价值。

我在感叹。嗷嗷待哺的学生，现在已经长大了，就要成为中国民法学事业新的力量了。可是，在我的眼里，这位修养深厚、侃侃而谈的博士学位申请人，怎么能够与初次到我家的那个纯朴、还有些木讷的毛头小伙子联系到一起呢？这就是教化的力量！

我的头脑中突然转过了一个念头。自从我决定转行，从高检院转到中国人民大学做教学工作，就不断地有人问我，为什么要做这样的选择。"厅长不是干得好好的吗？干吗……"

我总是不断地解释。听者有说这种选择好的，有说这种选择不好的，不一而足。后来，我也觉得解释不清楚了，也糊涂了，干脆就问我自己："是啊！干吗要做这样的选择？"

看着坐在答辩席上的学位申请人，我的脑子就像开了一扇窗：在他的身上，不就是一个现成的答案吗？除了自己对民法的研究以外，将一个个嗷嗷待哺的学生，培养成学养深厚的学者，在他们的身上再现自己，不就是一个教师的追求和光荣吗？

答辩结束了。我宣布了答辩委员会对学位申请人答辩的评议结果：

"通过!"全场一片热烈的掌声。学位申请人向委员们致谢。我们与他握手祝贺。他的同学也拥上前来,表示祝贺。

再过几天,他就要穿上博士装,戴上博士帽,拿着博士文凭,在照相机的镜头前留下瞬间的光荣和辉煌。那时候,我参加这个庄重的仪式,一定会比今天还要激动。

53 香港邻居

何家弘教授在《法学家茶座》上一辑的卷首语中,谈到了法学家的"家",因此,我也想谈一谈法学家的"家",只不过是从另外一个角度谈起而已。

一

从最高人民检察院调出来,到中国人民大学法学院落了户,没有了"家"的感觉。我从18岁的时候离开家,到农村集体户插队落户,一直到最高人民检察院工作,其间调来调去,经历了几个不同的单位。不管到了哪里,总是以单位为家。当然不是没有自己真正的家,但是单位这个"家"总是有特殊的意义。想一想,几年十几年的时间里,那么多人在一起工作,在一起生活,年长的同事、领导,像长辈,年龄差不多的像兄弟、像亲人,后来,单位中有了比自己年轻很多的同事,他们又像是自己的晚辈。亲亲热热十几人、几十人甚至百多人生活、工作在一起，真是一个大家庭。生活在其中，温暖、和谐，大家相互关心，相互照顾，感情寄托在这个家中，安安稳稳的，在"家"里工作，心情舒畅；出差在外工作，对"家"里的人和事牵肠挂肚。在外地，几个"家"里的人遇到一起，一说起"家"里的事，就是喋喋不休，没完没了。这真是每一个有"家"的人的幸福。

18岁的时候，我从中学毕业了，十个人一起到了农村，在冰天雪地中，在贫下中农的帮助下，建设了自己的一个"知识青年"的家。刚开始的时候，是住在社员的家中，男生两间屋子，女生一间屋子，对面炕上住的都是农民，那就是热热闹闹的一个大"家"。生活艰苦，劳动强度大，可是我们都坚持下来了，一个温暖的家就是集体户，给了大家一个安定的中心。我们养鸡、养猪、种菜、打柴，创造了自己的生活。后来，我走了，到部队当兵了，集体户杀了自己的猪，分了肉，剩下的头蹄下水，加上粉条子，炖上一大锅"东北杀猪菜"，宴请了关心我们的社员，我也吃了离"家"饭，告别自己的知识青年兄弟姐妹，走上了风雨的征程。

23岁的时候，我进了法院的大门，开始了法官生活。其实刚开始的时候，我很怀疑怎么就走进了法院，当上了法官！因为那不是我追求的生活，因为怕的就是法院的无情和冷酷。可是一点也不！在法院的这个大家庭中，20几个人的中级法院就像一个家。一走进法院，无数的人关心着你。每一个人都在关心着这个集体,关心着这个家,因此这个家真是一个和睦融洽的大家庭。那时候,生活极为困难,缺吃少喝,文化生活更为单调。可是在我们那个中级法院,每一个人都在努力关心别人,关心整个家。一个办案组出差,弄到了20几斤肉,冰天雪地里背回机关,一刀一刀地砍开,一斤分成一块,每个人分一斤,回家包一顿饺子,让每一个自己的小家都开开心心地吃上一顿。20多个干部有时候机关就发十几张电影票,在家的同事把电影票送到出差的同事的家里,让他们的家属看上一场电影,自己甘愿事后听别人介绍电影故事情节。那时候,每一年都要买煤,一家买上四吨煤,一年就够了。机关派人到矿务局联系好,用火车运回来,然后一汽车、一汽车地运到各个人的家里。运煤的那几天,就是大家最快乐的日子,大家都放下工作,院长、庭长、审判员和书记员,都一齐上阵,共同操持,解决一个个小家庭的燃料问题,使大家一年没有后顾之忧,同时大家在一起共同劳动,共同吃喝,晚上累得快要趴下了,但是一顿啤酒灌下去,尽管脸上还是煤灰,皱纹里甚至还可能藏着煤渣,可是快乐就在大家的脸上跳跃。快乐之中,活脱脱一个欢欢乐乐的大家庭。生活在这样的大家庭中,真是其乐也融融。

42岁的时候,我调到了最高检察院的民事行政检察厅。在这里一共待了7年,20个阶级弟兄(还有姐妹)建立了深厚的感情。弟兄们工作在一起,可以干得昏天黑地,不分昼夜。喝酒的时候，可以喝得痛哭流涕，不分长幼。在这样的家里工作生活，再累不觉累，再苦也心甘。可是，到了快要50岁的时候，却……

二

在很长的一段时间里，我没有了家的感觉。在学校，没有这种感觉。比方，开着车进学校大门，上课或者上班，校卫队不让进门，因为没有汽车进校门的证，工作证不好使，好使的是钱，交上一元钱，留下"买路钱"，就可以进自己学校的大门。我说我是学校的老师，是进自己的学校上课、上班，他说那不管用，领导就是这么说的。

我真是气愤！自己的老师进自己的学校，还要交上"买路钱"，这和冒充"梁山好汉"的贼寇"剪径"还有什么区别？哪里有这样的规矩！

比方，在学校办各种各样的事情，都要和各种各样的"官员"打交道，弄得不好，官员就可以耍态度。大概在一个学校里，最小的、级别最低的，就是教师了。在到学校之前，尽管做了充分的思想准备，但是，还是受了一些这种哑巴气！

我还是有些气愤！自己的老师在自己的学校，要受这样的气，也是真的没有道理。不过，你还能有什么道理好讲？不过，我不以为然，自己视而不见，装作眼不见心不烦，心静不是？

学校里边，大得很，也小得很。大的学校是别人的，是同学的。至于你自己，几乎没有自己的地方可呆。沾了文科研究基地的光，分到了一个格子间，转身都碰屁股，进到里边就感觉气闷，不想在那里多呆一会儿。

不过这也不能气愤，因为学校就是这样，哪个老师不是这样？除了在课堂上可以侃侃而谈以外，别的不是老师的天下。就是这样的学校，能有"家"的感觉吗？

三

哈哈！50岁了，工作干了30多年了，倒把"家"给搞丢了！我经常这样自己嘲笑自己。到了上班的时候，准备好了要出门了，突然想到，没有这个"家"了，单位不是你的"家"了，也就不要去了。

下课了，还有一点时间，到办公室坐坐，跟同事聊聊天？可是到哪里去坐，跟谁去聊呢？倒真是就得回家了，回自己的家，跟自己聊……

我曾经想找一家律师事务所，做一个律师，把那里当作家，有一点寄托，有一份心可操。那些朋友听说，也都十分欢迎。可是，那是要花很多的精力和时间的，如果没有时间进行研究工作，那干吗要到律所呢？

我也到了澳门，在澳门大学给研究生讲课。讲课的时候感觉是不错，可是讲完了课，到了自己一个人的时候，空空荡荡的一个大房间，一个人冷冷清清，真是难耐的寂寞。没有"家"的感觉，真是难耐得很！

四

过了 2002 年国庆节，我到了中国香港，在城市大学住下来，因为那里有人民大学法学院自己招的研究生，为他们讲课。香港城市大学安排了两套房子，在马会堂，给人民大学法学院来上课的老师住，两个人一套，一人一间。

一到城市大学，就给李元起副教授打了电话，李元起跑到楼下接我。我们两个人一间房子，朱景文教授住在另外的一间。当天晚上，李元起竟设起宴来，和朱景文一起欢迎我。我真的很受感动。到了学校，这是我第一次真正的和同事相聚。吃完了饭，我们又一起出门，在学校里的山边小径倘佯、散步。从第二天开始，我和李元起开始了共同的"家庭"生活，一起买菜，一起开伙。我们约定，做饭的不洗碗，洗碗的不做饭。十几天下来，生活得俨然是一家人了。

李元起要走了，我为他送了行，接着朱景文也走了，有几天就是我一个人住在那里。想一想，还是真的盼望同事快点来。

高铭暄教授来了，张曙光教授来了，我的室友韩大元教授也来了。两个房子四个人，分为两家，你来我往，热情高涨，真就成了香港邻居。当时家弘也在城市大学，不过家弘是作为访问学者，是远亲，不是近邻，在一起的时间不多。

要有邻居的感觉，首先还得要有"家"的感觉。正是在香港的生活，才让我真正地找到了"家"的感觉。刚才说的与李元起的那一段，说的是有了一点的感觉。那是共同生活的感觉。后来感觉的，是"家"的亲情。

那一天，我们四个人一起到城市大学王贵国教授家里做客。席间曾经谈到了"法学与烙饼"的关系。说的是，贵国的厨师为我们烙了葱花大饼，吃得我们一定要打包带回去吃。说着，说着，就说到了法学与烙饼的关系上了。不过这个话题我们分工给了张曙光写，不知道他写没写。因此，我不能说这一段了。

在回家的路上，我的肠炎突然发作，在地铁里边突然就感觉不行了。我跟大元说，你们先回去吧，我必须出去找地方解决。大元一听，就急了，说不行，一定要帮我一起找地方。这时候，正好到了一站，高老师、曙光一起坚决下车，等待我解决问题后一起走。我一阵感动！但是，由不得我在那里感动，只能狼狈不堪地四寻，寻找那个急需的地方。大元在前边跑着找，可是就是找不到。最后问了地铁员工，说这个站里根本没有这个位置，大元就拉着我，冲出了地铁站。

我躬着腰，跟在后边，大元急步跑着，为我寻找，终于找到了一间已经打烊了的饭店，说好了，就向我招手。我冲过去，不由分说，终于轻松了。不过，那时已经有了一点要虚脱的感觉了。回到地铁站的时候，我看到了花白头发的高老师，跟曙光一起站在哪里，关切地等着我。看到我平安回来，都舒了一口气。

就在这个时候，在我的心里生生地找回了家的感觉和亲人的亲情！长者的关怀，兄弟的亲情，这不都是家的感觉吗？曙光说了一句，引得大家哈哈大笑。他说，看来不光要写"法学和烙饼"的关系，还要写"法学与出恭"的关系啦！大家都笑着说，这个关系可就大了去了，谁也离不开呀！谁说没有"家"了呢？这不就是自己的"家"，自己的亲人吗？就好像突然之间，我就回到了自己的家了。

五

现在的这四个人，我是最早来的，所以最早结束了自己的教学任务，我要先回去了。我自己准备着，没有表现出张罗着要走的样子。

可是大元已经在准备了，他去买了很多菜，准备要为我饯行。我不敢拒绝。我们的香港邻居也在准备。我很不安。因为要高老师那样大的年龄还为我的走而张罗，真是不妥。

可是，高老师就是在准备。他和曙光一起去了"又一城"超市，买了两条大鱼，还有很多的菜。

大元在我们家做菜的时候，隔壁邻居高老师和曙光也在做菜，打开门，就听见了刺啦刺啦的炒菜声。我忍不住，走过去，曙光照着菜谱做完了滑溜里脊，高老师就扎起了围裙，开始在煤气灶上做鱼。其他的菜，是曙光做的，但是这两条鱼，高老师一定要自己来烧。我望着满头白发的高老师，看着他一手炒锅、一手铲子，鱼的香味丝丝不绝地进入自己的鼻腔，冲击着嗅觉，心中不禁一阵一阵的感动——那不就是自己的长辈，在为自己的孩子在送行吗?!

高老师端着热气腾腾的两个鱼盘子过来了，高高兴兴地说，邻居要走了，给邻居送行了！两家人，两家香港的邻居，坐在一起，欢欢乐乐地吃着饭，叙说着别情离意。我说，我要为家弘的杂志写一篇文章，就是《香港邻居》。高老师说，写吧写吧，把咱们的邻居感情都写出来。

我心想，我是要写，写的是香港邻居，其实真的要写的，是我找到了家的感觉。家弘说，法学家何以称为"家"？就是因为这些人（应该）以法为家，知法如家，爱法似家，奉法若家。这话说的对。我找了这么长时间的家，香港邻居才真正让我找到了我心里的"家"。

54 买锅

2017年12月月初的某日,三爷、刘老板、常委、姚庭和我,五个人在首都机场国际出发大厅会齐了。

一

我们这五个人都是法学教授,而且还都是民法学教授,这次是一起去日本京都大学参加东亚民法学术大会。三爷,清华法学院教授。原因是,《林海雪原》中的座山雕就叫崔三爷,既然崔教授跟座山雕同宗,因此叫做三爷,三爷心安理得。不过,在看过了新版《林海雪原》电影之后,三爷嫌其中的崔三爷扮相太丑,不想要三爷这个名字。我们又向他解释,扮演三爷的,可是大名鼎鼎的香港影星梁家辉,美男子啊!只是电影里把他扮丑了。说了这些好话,三爷总算接受了这个绰号。

常委,政法大学民商经济法学院教授,帅气,长相有点像那个被判无期徒刑的"平西王",因为他任政协常委,故称之。我们经常调侃他，本来是应该在另外一个院子里当常委的，结果坐错了地方。不过，叫着这个官称，也很响亮，只不过跟人家的那种常委，在级别上差了那么一点点。李常委欣然接受。

中国人民大学法学院姚庭，得名于曾在最高人民法院民事审判第一庭当过副庭长，原本是有可能留在任上继续当官的，结果被我给硬要回来了，做了执行主任，准备在我退休后做民法基地的老板，因此，也被叫做"姚执行"，即民法基地的执行主任。三爷、刘老板、常委等对此都多有挑拨之词，认为我一直霸占着主任的职位，让姚庭在执行主任的位置上干着急，特别地不地道。我自心安理得，先干着吧，总之我也快要退休、交班了。

刘老板，北京大学法学院教授，湖南攸县人，真要说起攸县家乡话，听起来基本是外语，根本听不懂。但是，这不耽误他的研究。在民商法学界里，要么研究民法，要么研究商法，但是，他却民法和商法通吃，弄得别人都快没饭吃了。奇怪的是，我们这些人都有绰号，唯独刘教授没有。我们也试图给他起个响亮的名字，都叫不起来。有一次给他起了一个"刘吊子"，因为他爱吃吊子，也没叫响，也就算了，就叫刘老板吧。

我们还有一位兄弟，钱爷，北京大学法学院教授，刘老板的同事，这次有事，没有到东京开会。钱爷的名字没有他儿子的名字响亮，因为他的儿子叫钱多多，牛吧？按照排名的顺序，儿子叫钱多多，他爹就应当叫钱多，或者钱多爹，不过我们都叫他钱爷。

我叫上尉，人民大学法学院教授。其实，原本几位教授是叫我"上位"，戏称，是我们在青海湖旅游，集体看《朱元璋》电视剧的时候，因为朱元璋在叫皇帝之前低调称之为上位，结果就把上位的头衔弄到我头上了。开始叫了几年，后来就不敢再叫上位了，因为有篡位夺权枉意之嫌，因而改称为上尉，也就是连长级。当兵的时候，我是大头兵，觉得连长是好大的官啊！后来时间长了，我对照着行政级别进行比较研究，才发现连长就跟大队书记是一个级别，营级军官是科级，那连长也就是股级。这样的比较结果，使我大失所望，最直接的后果，就是不想在部队混了，赶早泡病号回到地方当了法官。其实，朱元璋最早叫上位，是兄弟几人吃饭、议事，朱元璋坐在上位，并非皇帝之意，人家当了皇帝仍然自谦叫上位。不过，叫"上尉"好，低调，不显山不露水，就是容易被人误解，我的一个学生混进了我们之间一起吃饭，发现我才是上尉，竟然大失所望。五位民法"大咖"聚在一起去京都开会，开的也是民法大会，自然开心的不得了。

二

刚刚在候机厅的贵宾室坐好，三爷首先开腔，当然还是典型的唐山普通话再带有东北口音,即"唐普"+东北话:"这次去日本,你们有没有任务啊?"我和姚庭刚张张嘴,还没等他们说话,李常委就抢着说:"当然有任务啦,要买锅!""对!"刘老板用带有"湘普"特点的口音说,"就是那种最高级的高压电饭锅。我太太说,这种锅做出的米饭特别好吃,一吃就吃好几大碗的那种。""对,就是这种,"三爷说,"我看咱们这次一人买一个,回来后,每一个人都背着一个锅,多带劲!上尉,姚庭,一起行动吧!"背锅,多不吉利的话呀!现在都想甩锅,谁想背锅啊!

姚庭多精啊,有反对意见,总不会先发言的。我说:"这种锅不错,我在韩国买过一个,用了几年,煮米饭是特别好吃,大概是3000多元人民币吧。不过,我的那口锅坏了,没修好,还把我的手给弄坏了。我体验过了,我不买了,现在用这口一般的电饭锅,做饭也行。""那不行!要买就要一起买,不能有的买,有的不买。要统一行动。"李常委说。

姚庭说:"那不一定吧?我不想买,现在的家里这个用得还不错,犯不上再买一个。因而,我这次出国基本上没有任务,利索!"李永军说:"你这态度不对啊!怎么这样啊?"三爷一般不会勉强别人,说:"那就别强迫吧?到时候看看再说,到时候看着看着,备不住就买了呢。""对!"刘老板说,"到时候再说。"

五个人上了飞机,一路无话,转眼就到了大阪机场,提好行李之后,坐上京都大学接机的大巴车,向着京都驶去。不一会驶上高速公路,几位教授又提起了买锅的话题。

热闹的话题说着说着,锅迷们就开始问接机的留学生,京都是不是有卖那种高压电饭锅的。留学生回答说,应当有,不过,这种锅比较贵,买的人很少,就怕没有货。李永军质疑,为什么买的人很少,还会没有货呢?学生说,因为买的人少,商店就会很少进货,因而就怕没有货。锅迷们想一想,可也是,因为买的少,进的货就少,要买时就可能买不到。逻辑上虽然说得通,但是不能买不到啊!

李常委有点急,说:"到时候,你要帮我们好好找一找,我们要为日本的经济发展做贡献呢!"学生含笑应允。李常委又说:"我告诉你,我们要的多,最少是三个,备不住还是五个呢!到时候,你跟商店说好,可以给你提成。"几个教授一起哈哈大笑起来。

三

会议是一天时间,在京都大学的校园里。天气虽然有点冷,但是,还有一些花,树叶也还是绿色的,不像北京的这个时候,什么都是光秃秃的,没有一点绿色。

会议闲暇,几位民法大咖在校园里逛着,还有日本、韩国和台湾地区的民法学界老友陪着,十分惬意。偶尔闲谈中,三位锅迷还是会跟其他学者，特别是日本学者谈谈锅的问题——因为这个问题太重大了，相当于当年河南林县人民要开凿红旗渠那样重要，也像某人玩命地造原子弹那样执着。

转眼间，一天的会议结束了，会后，还要安排与会者去看看京都的名胜古迹，其中就有画在日元上的那个著名的景点。当汽车驶向旅游区的时候，锅迷们眼前看到的不是美景、山色，而是在山水之间和美景之间闪现着的那口漂亮、时尚的高压电饭锅！

景点很小，旅游的时间很快就结束了，主办方询问吃完饭之后，是否要有需要到别处旅行的想法。三位锅迷立刻回答："没有想去的任何地方了，我们就要回去买锅！"一下子，就断了其他人想去别处再看看的念想。吃完饭，主办方就开车把与会者一起拉回了宾馆。

一下车，三爷、常委和刘老板就拉住留学生，要去买锅，还非要拉着我和姚庭一起去，我们两个终于婉拒成功，回房间里睡觉。三个锅迷表示遗憾后，迫不及待地跟着留学生走了。

这时是下午三点钟。晚上，主办方给我们每个与会者一张位于对面五星级饭店的晚餐券，10000多日元呢，算起来是800元人民币，好大方啊！送锅迷们走向买锅征程的时候，我千叮咛、万嘱咐，让他们早点回来，好去吃大餐。三位锅迷匆匆地回答一声，头也不回地走了。

晚上六点，我们按约在饭店一楼大堂会合，三人中，有两位即三爷和刘老板，兴冲冲的，满脸都挂着笑意，唯有常委愁眉苦脸，唉声叹气，三爷和刘爷还一个劲地劝慰着常委。不用看，一定是三爷和刘爷都买到了锅，只有常委没有买到。一问，果然如此。我和姚庭也就跟着劝常委，常委脸色渐好。

询问两位爷买锅的情形，都说吃饭时再说，现在饥肠辘辘，没心思说。说的也对，五位爷急忙奔赴五星级饭店，找到了一个好座位，点好了菜。在等着上菜的时候，三爷、刘老板终于忍不住了，兴致勃勃地讲起了买锅的历程。常委尽管心绪不佳，却也不甘寂寞，跟着一起侃起来。

原来，锅迷在去了第一个商店的时候，一问，果然有锅，留学生让店员拿出来看看，店员就把锅拿出来了。一看，正是这种品牌，跟家里领导要求的一模一样。三爷说："就是它，来三个，每人一个！"店员有些为难，说："对不起，店里只有一个。""为什么？"三位锅迷异口同声地质问店员。店员羞赧地一笑，不好意思地说："这种锅太高档……"常委冲着另外两位爷一伸大拇指："怎么样？就是高档！"店员见常委不说了，才说："就进了一个样品，摆在这里，做样品的。""啊！什么意思？"三位爷又是一起质问。店员说："日本人一般不会买这样高档的锅来用的。就是这个样品，也摆了半年了，没有人买。""咳！日本人怎么会这样啊？高档就不买啦？一定要买啊。你再看看，再来两个，我们一起买了。嘿！买

444

锅还不买一个高档的！对不对？""不好意思，时间太短，无论如何也来不及。只能卖给你这一个。不好意思，请多关照。"店员不停地鞠躬道歉。

没有办法，时间确实也来不及了。三个人你推我让，数三爷年纪最大，就让三爷先买了。到了这时候，才想起来该问价了："多少钱一个？这个锅。"店员说了半天。留学生翻译说，合人民币12000元，大概如此。

"啊？……"三爷叫了一声，又咽回去了，"还不算贵嘛！"接着就交钱，装锅，又问最近哪个商店还有锅卖。店员认真告诉他们，怎么走才能找到。留学生说他知道这个商店，就领着三位爷去找新的商店。

这个商店确实也有这种锅，但是同样，也只有一个，也是好长时间没有卖出去了，原因就是太贵。二话不说，轮到刘老板了，因为比常委年纪大，因此，刘爷掏出花不完的日元，嚓嚓嚓，点出来了13张万元大票，甩在了柜台上，找零，拿锅，走人。

四

喝着啤酒，吃着海鲜，讲着买锅的趣事，越吃越高兴，只有常委心情稍差，但有美味下酒，还有人不断地劝慰，倒也不算憋屈。

第二天上午，出发去大阪机场回国。进了机场，我们都是金卡，直接进了候机的贵宾厅。我刚刚把行李放下，李常委急急忙忙地把行李往我眼前一推，撂下一句："帮我看着。"还没等我抬起头来，常委就已经在我的面前消失了。

三爷，哪里也不去了，心安理得地跟我一起吃起了贵宾厅供应的饭菜，还喝了一杯啤酒。刘老板和姚庭转出去，到免税商店购物，前后脚也回来了，就是不见常委的踪迹。

离登机的时间不多了，只见一个人扛着一个大纸箱子，兴冲冲地走到我们跟前。待走近了，才看出原来就是常委，看他满头、满脸都是汗水。那景象，就像"大跃进"年代的一幅画，满是金光的背景前边，一位满面红光的女农民，抱着一捆粗壮的丰收麦子，脸上挂满汗水，每一个毛孔里都是幸福和满足。常委放下箱子，擦了一把脸，又是撂下一句"总算买到了"，就跑过去点了一些食品，端回来，急急忙忙地吃了起来。我们都看着他，吃相不佳，心情却是极好。

常委终于吞下了最后一口食物，喝了一口水，又挺了一下腰，才说出来了一句完整的话："你们说巧不巧？这里也是只有一口锅。找了半天啊！总算找到了。"我们一起为他鼓掌，他说："鼓什么掌啊？多花了1000多元哪！""为什么？这里机场不是免税吗？"我们一齐质问常委。"别提了，多花1000多不说，还只此一家，只此一个。总不能不买吧？必须买啊！我就买了，就完成任务了。好！差不多了，我们去登机吧。"

由于机场对锅不给托运,三位锅迷都扛着大纸箱子,上了飞机。一路顺利,回到北京。锅迷在行李的转盘上找到了自己的高压电饭锅,乐滋滋地打道回府,向家里的领导报功去了。

五

回到北京之后,我就一直想要询问三位锅迷是不是使用了那口宝贝高压电饭锅,做出的米饭究竟是什么味道。打电话问过刘老板,刘老板说,拿回家一直还没舍得用呢。由于没有答案,我的心就一直挂着,但愿锅迷们使用这口费尽千辛万苦买回来的宝贝锅能有一个好结果,吃到好米饭。

终于有一天,有一个饭局。六位爷聚在一起,终于有机会询问三位锅迷的用锅体验了。酒过三巡,我问常委:"怎么样啊?你费了那么多辛苦买来的这么高级的锅,用起来一定效果很好吧?"常委看了看我,又看了看三爷,小声说了一句:"说实话,这个高压电饭锅其实也就一般,我用了,也和一般的电饭锅做出的饭没有什么不同。""不会吧?那可是全铸铁的锅胆,跟别的锅完全是不同的呀?"我强调广告提到的这种锅的特点。"真的,没有太明显的区别。"刘老板也补充着说,"开始我一直没有用,最后,还是用了一下试试。确实，与其他电饭锅没什么明显的效果，米饭还是米饭，也没有特别的味道。""那不对啊！"我再次强调，"不是说做出来的米饭，非比寻常吗？"

姚庭笑了笑说："那是宣传吧！广告！即使做出了更好吃的米饭，但是，米饭还是米饭，总不可能做出寿司来吧？可是，有人就是相信广告。"三爷一直没吭声，我追问道："三爷，你怎么不说话啊？你的锅用得怎么样啊？"三爷的神色很神秘："挺好啊！""真的很好啊？"我追问。"不好意思，说起来，用过了两次，效果还是真的……"三爷停顿了一下。"效果极好？"我问。"不怎么理想。"三爷有点沮丧地说。"为什么？花那么多钱，怎么会不理想呢？是不是用法不对啊？"姚庭问。"我也是这样想啊。可是，总还是用不好。""估计还是经验不足，使用方法不对。""一直用不好，天天都吃糊嘎嘎饭。我们家领导一生气，就把锅给扔了！""啊！竟然有这种事？"三位锅迷相互看了看，嘿嘿一笑，最后是大家一起哈哈大笑起来。锅是不会扔的，10000多元呢！

这就是东瀛之行，民法教授的买锅经历。还是有点意思吧？

55　劝学三书（外一篇）

为敦促在身边学习的学生们用心学习，钻研问题，把学问做得更好，陆续写了三篇文章发给学生们看。

劝学书之一

承蒙学界前辈之教诲与关怀，余今日若有成就，已算是一无所缺了。师道者，得天下英才而育之。余所期盼，无非是各位弟子自强自立，同心协力，使本门学术后继有人，声名兴旺而已。各位跟余读书，长则六年，短亦一年，专为二事，一为进德，二为修业。学人读书而有所求，一要有志，二要有识，三要有恒，方能小成。凡从师受业，定要经历许久，持之以恒，辅之不懈，积土成山，积水成渊，方可兴风雨、生蛟龙，① 然后受用终生，进而传承学术。

---

① 参见《荀子·劝学篇》

近年来，余屡叹本门学辈，读书学问，有不甚长进者；论文习作，亦有消极者，甚为失望。其典型表现，为毕业论文者，五年未见成功，因而届期毕业者，为数不多。今故以曾国藩"为学四事"勉励学辈：① 一曰看生书宜求速，不多读则太陋。二曰温旧书宜求熟，不背诵则易忘。三曰习字宜有恒，不善写则如身之无衣，山之无木。四曰作文宜苦思，不善作则如人之哑不能言，马之肢不能行。余增之者，毕业论文，不得而不能获学位，其举足轻重，人人皆知矣，何须为师絮絮于耳乎？四者缺一不可，盖阅历一生深知之，深悔之者。望诸学子力行之，并为后来者戒。

劝学书之二

何谓学术，多有不识。曰：学术者，乃一学一术尔。

君子以仁立本，以孝治身，尊师重道，以精进学，不耻下问，发愤忘食，乐以忘忧，谓之学。尊师信友，学而致用，知书达理，人情练达，名闻朝阆，谓之术。学以治本，术以致远。学为术之基，术为学之用。有学无术谓之庸，不学有术谓之乱，故余辈应兼取二者以明志。

诸位随余研习民法，多则六载，少则三年。从师之时，余言传身教，苦口婆心，殚精竭虑，以求诸位学有精进，盼

---

① 参见《曾国藩家书二·劝学篇》，同治六年十月廿三日信。

成人中龙凤。待学成离余而去，盼诸位皆术有所成，退，可做立身之本；进，可振兴法学，安邦定国。此乃余之愿也。

法学学术，对内应精进学问，厚积而薄发；对外则乃著述文章与参加会议。简言之，法学学术，一曰写，二曰说。学以固本，术以求进，以本求进。学术之学，吾已言传身教；学术之术，吾亦明示。著文自不待言，学者之本务，闻名之基本。参加学术会议，乃以文会友，商榷观点，以言闻名之场所。子曰，君子疾没世而名不称焉。圣人尚担心有学而不闻名，况余辈乎？余等皆应以受业之始，当以民法为立身之本，功名进退皆赖于此，唯精益求精以求上进。然，学术者，乃一学一术，学为本质，术为载体，心中所学，欲天下闻，一靠锦绣文章，二赖学术会议。窃以为，出人头地，唯材，唯识也。材，即为心中所学；识，即为使人知。依余心愿，适逢良机皆会提携各位，使各位被人知矣，此乃为师良苦用心，缘学术会议之于青年才俊之重，不能尽言，但为有志者详察。然，却有参加会议为玩者、为乐者有之，聚友者、嬉戏者亦有之，锦绣文章、学术会议皆抛脑后，何论学、术乎？见此状，为师心有戚戚，悲夫！自责在校未将学术诸要告知各位。

缘此，余将参与学术会议之诸要，告知诸位，<u>望体谅为师之苦心</u>：

一曰正心。学术会议乃学界之盛会，精进学问，阐明主张,实为广结良友、提高学术之所,而非走马观花,心猿意马,潦草敷衍之地。吾门中人,待学术会议应如久旱逢甘露,积极参加,束心静气,专心致志。

二曰端行。入则孝,出则悌,谨而信,泛爱众,而亲仁。对内尊卑有序,尊师爱友;对外待人接物,落落大方。与会讨论务必认真准备,不可言不及义,好行小慧;君子周而不比,小人比而不周,不可冷言热讽,揭人之短;君子不重,则不威,不可以巧言令色乱德;学者一生当虚怀若谷,切不可自恃过高,晚到早退。

三曰有学有术。术以学为本,待学,须持之以恒,锲而不舍,不骄不躁。学以术为表,对术,须当说则说,说则透彻,言皆有据。有学无术为隐,既无益社会,亦无益自己,故学术理当结合。锦绣文章与口若悬河,一写一说,一文一武,相辅相成,缺一不可。学重于心,术重于行,世事洞察皆学问,人情练达亦文章,各位皆应引以为自勉。

余致学已逾三十载,从教亦有十年有余,为博士者,仅三十余人,为硕士者,亦不过百人。各位在校有为师面授学识,毕业远离各处,余不能一一点拨,各个教诲,应当自重,好自为之。适逢百年不遇之民法典修法,各位自当表率他人,学术兼备,以图自强,并以兴中国民法之大业,切不可辜负少年时光。

望各位勤记以上要点,戒之,勉之!

振学书

余年少插队，继而从军，弱冠则进民法之门，至今已三十又五载。初效职于各级法院，旋转职于高检，尔后进入大学，专心教授民法。几十年中，余自无常师，但手不释卷，身不离案，发愤忘食，乐以忘忧，民法之学术成就为余之一生追求，著有民法教材八卷、民法讲义七部，遂成民法新思维之学说。

时至今日，学子围绕，勤奋好学者为众，愿与余共创民法新思维，为天下苍生之权利保护尽力。余深感欣慰。

数年前，余担忧各位学子不精学术，乃做《劝学书》两篇告诫。数年后，见学子学术精进者益多，感奋之余，续作《振学书》，与各位学子共勉。

民法者，市民之法也，民权即为道，权利为民法之本。民权御于术，术为法之表。术即规则，衡平诸权利，分配诸利益。民法之术，上为规范人伦长幼之序，中为明确利益之属，下为解决纠纷之规。故，人伦有常在乎婚姻亲属法，万物有主在乎物权法，利益流转在乎合同法，矫正之正义在乎侵权法。民为邦本，故诸法有序，万法自然，乃为固本之法。民法之重，可谓邦本之重。民即国家，可谓之道。社会为民之构建，故民法自为市民社会生存之术。天不变，道亦不变。

术则不然，其形不易显，性不易察，其势若水，水无常形，据时而变，依势而生。故民法之术，玄而又玄，乃精妙之门也。又，术为道之表，民为其宗，万变不得离其宗。民法学术之研究，上关国本之固，下接万民之生，兹事体大，为余等毕生探索之源。余等投身民法学术研究，责任重大，必得苦其心志、劳其肌肤，殚精竭虑，为之奋斗终身。

民法之术，源自民生，术之生命，在于变化，上尊社会之变，下抚百姓之心，故，余做民法之道，不法古，不循今。大成若缺，其用不弊，大盈若冲，其用不穷。余之术，去智去巧，智巧不去，难以为常。博观而约取，厚积而薄发。幸者，著书立说，立志民法新思维，德不孤，必有邻。从者甚众，又天赐机缘，从教十余载，收有志之学子百名有余，均欲以民法报国之心为民服务。余遂引领之，授毕生所学，同为民法研究之肱骨，已成一派学说，但有不足，尚须振学。

然振学者为何？余以为，振学者，乃殚精竭虑，为振兴民法新思维之学术研究，为中国民法繁荣而奋进之谓也。众位学子既入民法之道，必以振兴民法学说为己任，闻德而后行，学以致用，图报效国家。吾素闻，学如不及，犹恐失之。虽人言，皆可以为尧舜，然，人而不学，其犹正墙面而立。致力民法之术，非一时一日可成，务必日积月累，孜孜不倦，且须力图创新，不断精进，方可成其一二。时乃师门学子已有学术根基，民法新思维亦成草创之势，振学者，当属恰当之时。诸子当须与余共图之。

求民法之术，勿忘其本。民权之神圣乃为其本，权利之衡平乃为其宗。术者，变化也。以正合，以奇胜。正为民之基本权利，奇为现实变化之实践需要。明本求成，事半功倍，舍本逐末，事倍功半。余闻学术之道在于治学严谨，为人谦卑，见贤思齐。江海之所以为百谷王者，以其善下之。是故，振学必先正身，虚怀若谷，积沙成塔，方能充实自身，厚积薄发；谦虚谨慎，不骄不躁，方可以德服人；积硅步乃至千里，锲而不舍方可有所作为。如是，不争，天下莫与之争。

路漫漫其修远兮，人生苦短！余与各位学子共行于民法学术之路，相扶相伴，共观民法进步之风景，共守民事权利保护之进退，风云起处，谈笑人间，当足慰余等之平生矣！寥寥数言，共勉之。

振学宣言

在"杨立新教授民事司法工作35周年民法理论研究30周年纪念研讨会"之际，民法理论和实务界高朋满座，群贤毕至。师门齐聚，畅谈民法新思维，既是杨立新教授民法理论研究和司法实务思想的全面回顾与总结，也是师门发展民法新思维思想，彰显中国民法学研究新生代成长的动员和誓师。

杨立新教授在民法理论和民法实务研究中耕耘 30 余载，以民法新思维的思想，在我国民法学研究中立有一席之地，对中国民法的立法和司法做出了一定的贡献。同时，杨立新教授对师门各位学子悉心栽培、言传身教，使之活跃于中国民法学术研究的前沿，奋斗于法律实务第一线，传承民法新思想，践行民法新方法，发展民法新思维，取得了显著成绩。

师门各位学子有幸进入杨立新教授门下，跟随教授研习民法，深感幸运。在学期间，伴随教授左右，既有心中几分自豪的荡漾，亦在怀惴些许忐忑中不断成长，但均惟恐学业不精，遂竭尽努力，力求上进。逢今日盛会，鼓舞人心，诸师门学子意气风发，敞怀明志，各位学子为纪念杨立新教授的民法新思维学说，发扬民法新思维的精神，达成共识，发表宣言如下：

一要修德正心，服务人民。民法新思维之要旨，乃以民事权利的保护为基点。为学先为人，杨立新教授尝以身作则，堪称表率，不仅面授为学之道，且亲传做人之理、民法之根。作为法学后辈晚生，师门各位学子应将老师教诲谨记心中，应当每日三省吾身，把握时代脉搏，关注社会民生，了解百姓疾苦，敢于担当社会责任，为保护人民权利而斗争，为维护社会正义而呐喊。

二要勤学慎思，学术精进。民法新思维之特色，为敢于在学术上推陈出新。师门各位学子应当发奋图强、持之以恒，潜心钻研学术，服务司法实践，在研究中不断创新，不断发展，在学术上追求创造，敢于提出新思维的学术观点，完善新思维的民法体系，弘扬"以民事权利保护为中心"的民法新思维之特色，坚持判解研究与类型化方法的研究思路，实现创新力与体系化的完美统一，形成独有特色的民法新学派。

三要笃行致知，着眼实践。民法新思维之根基，在于学术研究须服务于实践。师门各位学子在民法理论研究中，务必与实践互动，关注司法实务，使民法理论研究紧密结合司法实践，服务于民事权利保护，体现一以贯之的民法理论研究的实践性，敢于在理论中还原实践的生命，善于在实践中实现理论的价值。

杨立新教授为学兢兢业业30余载，在民法学理论和实践的研究中开拓新思维疆土，在繁荣发展、群雄林立的中国民法学界树有一帜。师门各位学子既感无比自豪，亦知责任重大。师门各位学子愿与老师一道，共同钻研博大精深之民法理论，传承民法新思维之学术思想，振兴我国民法理论和实践研究的大业，为保护人民的人身权利和财产权利，为繁荣和发展中国民法事业，自强不息，不断进取，增砖添瓦，共筑大厦，以不负时代变革与进步之召唤。

56 自学成才与游泳

一

我没有读过高中,就是读大学,也都是进修性质的,缺少系统的法学训练。我有了今天这样的民法修养,很多人都说我是"自学成才"。可我"自学"是有一点,并不是没有老师指导。在我学习民法的过程中,吉林省通化市中级人民法院的老法官都是我的老师。张景山、王士奇等老法官传授给我基础的民法知识和民法实践经验;我在中国政法大学进修学院学习时,政法大学的很多老师都给我授过课;中国人民大学法学院更有我的老师,因为在政法大学进修学院学习时,人民大学的佟柔教授、高铭暄教授等都给我上过课。在人民大学高级法官班进修时,佟柔、赵中孚、郑立教授等都是我的授业老师。既然有那么多的老师给我授业解惑,怎么能说自己是自学成才呢?

我没有读过高中，初中毕业就插队去了，之后去当兵服役。在服役期间，我比较认真地进行自学，比如大学的《中国语言文学》和《逻辑学》，收获蛮大，才使我有了较好的文字水平和逻辑思维方法，也为今后在法院的工作做好了必要准备。

1975年6月，我从部队复员后，到了通化地区（如今通化市）中级人民法院工作，一开始就在民事审判庭办案，是在一张白纸上画民法的新图画，因此必须眼看、耳听、手记、心想，一点一滴地得到老法官的真传。老法官也把他们珍藏下来的20世纪五六十年代的民法教材送给我。我用心阅读，熟读熟记，并且一直保存在身边。就靠这些方法，我在1984年以前，掌握了民法的基础知识，能够用以指导办案，并且进行初步的民法研究，甚至1981年就在《法学研究》上发表了民法研究的处女作。

随后，我在政法大学进修学院进行专科培训，在人民大学高级法官班专修民法，总算进了大学之门。其实，我最为重要的民法修养，是在最高人民法院民事审判庭三年工作积累的经验。那时候，我接触到了全国最典型的民事案件，一件一件倾尽全力进行研究，终使我进了民法学术的大门，成为一个民法理论的研究者、一个比较成熟的民法实务工作者。也正是这样的学习和研究经历，才使我在民法学研究中能够与众不同。

我出版的《民法判解研究与适用》数本论文集，比较突出地体现了我的民法理论研究风格，在民法理论研究中有了自己的特点。体现我的学术水平和民法理论体系的是民法丛书，包括《民法总则》《人格权法》《家事法》《物权法》《债与合同法》和《侵权责任法》六部学术专著，有人称之为"民法小六法"。

二

再说游泳。我的游泳技术真的是自学成才，没有任何老师教过我。5岁的时候，我在姥姥的村里待过半年，夏天和村里的小伙伴们一起扎到河沟里，两只手按在河床上，脚在水里扑腾，有点像游泳。后来大了，我学了狗刨，直到当兵时，进到水里也还是狗刨，游不远。

真正学会蛙泳，是1993年在烟台的时候，泡在海里，看着别人游泳的姿势，照葫芦画瓢，不到三天，就学会了，在深海里泡上三个小时都没问题。不过，游泳水平也就仅此而已。后来到北京，我喜欢上了游泳，但长进不多。老年妇女都可以轻易地超过我，我很没有面子，但自得其乐。

2013年，由于工作多很少锻炼，我下决心重新开始游泳锻炼。三四个月之后，自我感觉好多了。2014年，大女儿花了1万多元，给我在友谊宾馆办了游泳馆的年卡。友谊宾馆的泳池条件好，人也少，我决心努力学会更多的泳姿，游得更漂亮。

最先开始学的是自由泳。自由泳游起来特别费力，游20米就气喘吁吁。查找原因，除了动作有缺陷外，最主要的是呼吸问题。因此，一点一点地坚持练习，掌握正确的呼吸，也很快就能游到50米、100米，甚至200米了。我不断努力，不断拉长持续游的距离，一次竟能游到1000多米，还不怎么累。

仰泳也会一点，但只会反蛙泳，不会反自由泳，而且反蛙泳也不正确。我看着别人的动作，一丝一毫地坚持着，很快两种仰泳也熟练了。

这些泳姿基本熟练之后，我一直在斟酌，是不是要学会蝶泳。按照电视上的演示，我在泳池里练起蝶泳。最大的问题是太累，10米都游不上。不过，经过反复练习，我找到了规律。目前蝶泳的最高纪录是连续游800米。

如今，我的基本泳姿学得差不多了，但是游泳速度还是不快。尤其是蝶泳。我游在泳池里，不断变换泳姿，优哉游哉，自得其乐。聊以自慰的是，我以泳姿胜速度，并由此感叹：我的游泳算是自学成才了。

三

我在学习法学和游泳这两件事情上，既有所相似，也有所区别。相似的是基本是靠自己，不同的是游泳完全没有教练，而法学学习有很多老师指导。对比之下，我的体会是：

第一，能够有老师指导的，就不必自学成才。有老师指导和没有老师指导，一样吗？不一样！我学习、研究民法，有老师指导，尽管也是自学的，但效果显著，能够站在学术的前沿，只是由于没有大学本科的训练，欠缺外语等必要的研究准备，存在研究上的先天不足；而学习游泳，没有老师指导，至今还是不知道自己的泳姿是否正确，而且游泳的速度一直不能提高，心里猜想肯定是动作不对，但不知错在哪里。

第二，老师的指导确有必要，但更多依靠的还是自学。法学的学习与研究，是要分层次的。初始的法学学习，例如本科层次的学习，应当有老师指导，自学则要经历很多困难。初始的法学研究，当然最好是有导师指导，例如硕士研究生和博士研究生的研究，老师的指导是必要的，可以保证学术研究方向和方法的正确性，而不是自己摸着石头过河。如果有较强的领悟力，且基础较好，自己进行初始研究也不是不行。至于深入研究，则必须依靠自己，没有自己的勤奋和努力，永远不会成才。就像我的游泳，只能吸引初学者的艳羡目光，在专业者看来毫无价值。

第三，本来有老师指导，却称自己是自学成才，是忘记师恩的表现。老师教过一天，也是老师，应该终生记住。有的人在老师有用的时候把老师捧上天,老师没有用的时候,把老师贬到地下,不是一个正人君子之所为。

第四,珍惜学校教育,在校勤奋学习。在目前,批评中国大学教育的不在少数,但是有今天这样的教育条件,学生应当特别珍惜,努力吸收老师的营养,踏踏实实做好学术研究的准备。各位学子在学习法律的初学阶段(例如本科生阶段),要记住老师的教导和指导,培养自己的丰满功底;在初始的研究阶段(研究生和博士生阶段),主要是掌握导师传授的研究方法,而不是老师的某些观点。到了深入研究阶段,应当刻苦努力,坚定不移,深入发展,真正通过自己的努力使自己成为学术之才。

57　不刊之论与难以卒读

在评论文章的时候，不刊之论与难以卒读是两个对立的形容词，基本上是反义词。在教小女儿同义词和反义词的时候，没有把这两个词讲给她听，太难。不过，即使是大孩子了，甚至有了一定的文化了，甚至学士、硕士、博士，也有不一定就都能够理解了的。不信，我说有关这两个词的故事给你听听。

在二十几岁的时候，我很迷写作，很迷新闻，也很迷小说。那时候，如果哪里有一个写作培训班，或者新闻培训班，必削尖脑袋也要去听。在部队服役的时候多次参加过，在初任法官的时候也不止一次参加过，痴痴地听人家讲，痴痴地自己写，尽管写成的并不多。

那时候，有几个老师讲过不刊之论的故事。讲得最好的，是我在老家五七干校学习时的那位老师。他概括的一个写作的诀窍，直到今天我还给学生讲。他说，写作就是两句话六个字：亮观点，用材料。说得很精辟！想一想，是不是这样？就是这样！这个简要的概括，比我们现在讲写作的书说得更为简洁，更为实际，更为生动。

他讲不刊之论，是说我们要在使用每一个词的时候，一定要搞敲这个词的词义，不可以望文生义，特别是使用成语，因为成语都有典故，成语的词义是含在典故中的，很多都不是字面的意思。他说，有一个作者写了一篇稿子，寄给编辑，前面附上了一封信，说：本人习作一篇，纯属不刊之论，敬请斧正。作者看来是客气、谦虚，是说自己写得不好，要编辑给予指导。谁知编辑还是回了一封信，告诉他，既然你的文章是不刊之论，本编辑何敢、又怎能进行斧正呢？敬请查清不刊之论的正确含义。作者还很纳闷，我客气怎么还客气出毛病来了？原来，作者望文生义，认为不刊之论就是不好刊登的文章，可不是谦虚吗？哪想到不刊之论的意思是什么呀！找本辞典仔细一看，才知道，噢！弄拧了。

不刊之论与不易之论同义，源于汉朝扬雄《答刘歆书》："是悬诸日月不刊之书也。"不易之论，出于宋朝惠洪《冷斋夜话》卷一〇："成周三代之际，圣人多生儒中，两汉以下圣人多生佛中，此不易之论也。"刊，古代指消除制版上刻错了的字，不刊是说不可更改。易，指改变，是说言论精当，不可以改变。不刊之书和不易之论都是比喻不能改动或不可磨灭的言论、论断和意见非常正确，用来形容文章或言辞的精准得当，无懈可击，改一个字都是不行的。可见这个词义与"不可刊登的文章"之义，相差十万八千里。

再说难以卒读。这是我亲身经历的事情。博士论文答辩，我一边听着博士研究生在陈述博士论文的创新思想，一边翻着博士论文，准备找毛病。其实说白了，论文答辩就是找学生的毛病嘛！我常想，老师写过多少文章了，学生才写几篇文章，找人家的毛病岂不是轻而易举、易如反掌之事？因此，我看到真的有问题的时候，才真的要认真说几句，通常比较容易放学生一马。翻到这篇论文的后记，也有的叫做"致谢"，看着、看着，我就乐了：学生在后记中说，我的导师给我的论文很高的评价，说不忍卒读，我非常感谢他！我憋着笑，忍着。终于等学生陈述完了。我一本正经地问他：请问同学，我提第一个问题请思考：不忍卒读说的是什么意思？请思考后回答！学生很迷茫，很无辜地用大眼睛看着我，说，老师，我不懂你的意思。我说，你看你的论文后记嘛，你说老师给你的论文很高的评价，是不忍卒读。这是很高评价吗？他好像特别不理解，小声嘟囔着：是啊，是很高评价啊！其他答辩老师看到这里，一起都笑了，说傻孩子，不忍卒读是很高评价吗？学生脸红了，抓着头发：不忍卒读不是这个意思吗？我火了：去！答辩结束之后，自己去查一下成语词典！

我们学校的做法是自己的导师不参加自己学生的答辩，理由是回避。中间休息，我看到这位学生的导师，跟他说，嗨！你的学生是怎么教的？你说他的文章不忍卒读了吗？他还说你是在表扬他！他说，谁说的？我说，不就是刚才答辩的那个学生吗？他在后记中是这样写的。他的导师说，我没有看过他写的后记。我给他找到论文，翻到后记页。导师自己看起来，一拍脑袋，大声说：啊？我说的他怎么就不好好改他的论文呢？原因在这里啊。他告诉我，这位学生把论文电子版发给老师，老师看过之后，很生气，回了一封邮件，说：你的论文难以卒读！好，这位学生就认为我表扬他文章写得太好了，不用改了，因为都不忍卒读了！难以卒读和不忍卒读是一个意思吗？

不忍卒读确实是形容文章写得太好了，不忍心读完，但是，常用以形容文章的内容悲惨动人。出于清朝淮阴百一居士《壶天录》上卷：闽督何公小宋，挽其夫人一联，一字一泪，如泣如诉，令人不忍卒读。这个"卒"念 zú，除了士兵的意思之外，还有末尾、结局的意思，因此有尽、完的意思。假如说，老师真的是说了你的文章写得不忍卒读，那恐怕也是反讽，是说写得太悲惨了，并不是在夸奖你写得太好了。难以卒读的这个"卒"不是这个意思，念 cù，与猝同义，是仓促、急速的意思。《汉书·食货志》："行西逾陇卒"，注云：卒，仓卒也。难以卒读是形容文笔太差，文章实在读不下去的意思，急急忙忙浏览一遍都"难以"啊！不忍卒读是不忍心读下去的意思，如看到岳飞上风波亭，圆明园遭劫掠等。

两个意思完全不一样。

不忍卒读或者是难以卒读的论文没有通过答辩,要求他把论文中难以卒读的部分认真改好,再参加答辩。"不忍卒读"红着脸,诺诺连声,退出答辩现场。

58　遭遇日本地震

一

2011年3月1日，访问日本一桥大学法学院的第一天，我就和日本消费者委员会委员长松本恒雄教授约好，3月11日中午1点钟，去访问该委员会，届时他会在委员会等我。我是北京市消费者权益保护法学会会长，我要为学会做一些工作。

松本恒雄教授是法学院的著名教授，我和他在前年相识，2010年在中国伊春召开东亚侵权法研讨会上，我被选为理事长，他被选为副理事长。这次访问一桥大学，就是他邀请我的。他说，这是一桥大学法学院第　次邀请中国人民大学法学院的高级教授访问教学，他非常荣幸。

11日上午，东京风和日丽，天空晴朗，是这几天中比较温暖的一天。中午11点，我和学生朴成姬一起出发，赶到日本消费者委员会。1点钟开始,我和松本恒雄教授在他的办公室里会谈了35分,然后,他指给我看消费者委员会周围的环境。他说,对面的那座大楼,就是首相官邸,他在办公室里坐着,就可以监督首相是否在勤奋工作。首相官邸的右边是首相府,前边是国会。我说,我知道松本教授在日本的重要性了,因为首相和国会议员都在他的身边工作,接受他的监督。松本大笑。

下午1:40会谈结束。告辞后,我和我的学生朴成姬急忙赶到国立国会图书馆查资料,要查找伪"满洲国"在1945年7月颁布的《亲属继承法》。很费劲,大约用了将近一个小时,我们到了指定的阅览室,是国会专用的重要图书的阅览室。图书管理员在去找这些书的时候,是下午2:40。

二

这时候,我要上洗手间。出了阅览室找到洗手间后,我坐在马桶上。不一会儿,估计就是2:45的时候,洗手间的地板开始摇晃,有点像在我家那栋楼冬天烧锅炉时的那种轻微震动。我没有太在意,以为是车辆通过时引起的震动。可是,这种震动在不断增强,并且伴随有很大的声响。我一惊,已经意识到这是地震了。就在这时,屋子开始猛烈地摇晃,感觉到整个楼都在剧烈地摇晃,同时伴有轰轰隆隆的声音,有些震耳，没有达到欲聋的程度。我感到，这栋建筑的整体性非常好，整个房子在随着地震前后左右上下的震动中，就像过去的老式火车通过大铁桥时那样，轰轰隆隆地响着，剧烈晃动不已，但是没有任何像要碎掉那样的感觉：震动的是一个整体。

我很清醒，但是没有办法站起来，就把左手臂绕在墙壁上的扶手里，心里想到的是，这样有一定的固定性，无论多强烈的震动，也不会把我甩出去。这样坐在那里，心里感觉还比较稳妥。

这时，我的学生在外边使劲喊我："地震啦！老师快出来啊！"我大声说："我没有事，你要小心！"她看见有人走出洗手间，又喊。我只好一只手抓住那个铁质的扶手，一只手简单地把裤子系上，随着地震的强烈震动，趔趔趄趄、跟跟跄跄地冲出洗手间。我看到朴成姬和刚才见过面的几位读者，都在阅览室外门厅里蹲在地上，管理人员在安慰读者，并且进行组织，图书馆中的广播也在重复地说着安慰的话。整个建筑都在不停地摇晃，我赶紧跟学生挨在一起，也跟他们一起蹲在地上。

震动渐渐地轻了一些，能够站起来了。我和学生退到窗前的一个椅子上坐下来，有几个人也跟着我坐下，有的从露台的门走了出去，在露台上观察。过了一会，震动更小了，我和朴成姬一起回到阅览室里，这时看到窗外的马路上，路灯杆还在随着地震不停地摇晃。阅览室的警报在不停地响，广播在告诉各位读者不要害怕，图书馆的建筑有足够的抗震能力。阅览室里的工作人员和读者看起来都没有惊慌，有的管理员在观察，有的还在整理图书。读者也有的在看书，有的在等待。这时候，强烈震动基本上平静了下来。

给我们到书库里找资料的那位图书管理员搬着三本书，就是我们要找的那几本书，办好手续，他把书交给我。他一边拂去身上的灰尘，一边微笑着说："刚才震动太厉害了，还有一些要找的书，没有找到，先看看这几本吧。"就是在刚才剧烈的地震中，他还在书库里坚持工作，他说有的书架都倒了。我和朴成姬很感动，谢过他，然后找到一个桌子，对面坐在桌前开始一本一本地翻找我们要找的那份法律文件。

就在这时，又一阵猛烈的地震发生了，其剧烈程度，绝不亚于刚才的那一次，甚至更强烈！还是像火车冲过铁桥时一样，建筑物在左右晃荡，上下跳动，轰轰隆隆的声音越来越大，震动得越来越猛烈。我看到朴成姬的脸色不好，我就伸出手，紧紧抓住她的手，她也抓得死死的，抓得我很疼。刚才我们还说，地震发生时要不要站起来，最好要钻到桌子底下，可是，那时候什么都做不成了，只好一只手抓住对方的手，另一只手就抓住桌子的边缘。我们看着对方，用眼神相互鼓励着。大约过了五六分钟，声音和震动都渐渐地小了，却一直没有平息下来。在不停的摇晃中，我们翻阅了那三本书，没有要找的这部法律。于是，我们向图书管理员办理了退书手续，在余震中，离开了图书馆。

整个地震过程大约40分钟，共有两次强烈的震动，震动的程度是一样的，都非常猛烈，每次强烈震动都是5分钟到6分钟的时间，人根本站不住，整个大楼都在猛烈地晃动。我当时没有一点紧张，因为我认为一个国家的国会图书馆，就凭着保存这些宝贵资料，对它的保护也必定是更强的，不会让它震塌的。在地震中，我没有看到任何人有惊慌失措之举，图书馆的工作人员甚至在剧烈的震动中给我们找到有关的资料。出门后看到，在东京市区秩序井然，没有一处建筑物有震塌、震坏的。

赶到地铁站后，我们一直快速地走着，争取以最快的时间赶回学校。心里想的，好像只有学校才是最安全的地方。在地铁的售票处，我们被告知地铁停运。我和朴成姬商量，要尽快打到一辆出租车，不管花多少钱都要赶回学校。路边上有很多人，都是从写字楼中赶出来的人。很多人都在打车，根本没有可能打上车。我们跑到一个人少点的地方，终于搭上了一辆出租车，坐进车里，心情就放松了一些。

司机告诉我们，由于地震，高速公路封闭，机场也封闭了，只有走城里的路，出了东京之后还得走小路。我说，不管什么路，只要能走就好。

马路上都是车，很挤，却秩序井然，也没有慌乱。大街的两边，看到的都是从写字楼赶出来的白领，很多人戴着头盔，甚至带着避险的用品，有的站在路边，有的忙着赶路。都是因为地铁停运的缘故，人即使出来了，也无法乘坐公共运输工具赶回家。马路上都是车，都以蜗牛的速度在行驶。我忙里偷闲睡了一小觉，醒来时，问是不是快要到了。司机打开卫星导航，发现到目前总共才走出来了5公里，还有24公里才能到达一桥大学。我们曾经试图下车，另想别的办法，但是，最终还是觉得这是最好的选择。看到那么多人在路上走，都没有车，我们庆幸这个最为明智的选择。到晚上8点多的时候，接到一个学生在东京打来的电话，说是他的面试结束，却没有办法回来，看来只有在麦当劳吃点东西，呆在那里过夜了。可怜的！我们还比他好。

最后的三公里，出租车都接近国立市了，但是就是走不起来，一个路口，等了八九个红灯才能转过去。简直就是牛车，一次红绿灯只能走几米远。尽管着急，但是只有忍耐。

终于在晚上8:40，历时4小时20分，走完了30公里的路程，我们终于回到了一桥大学。交给司机的打车费是17820元日元，心疼啊！但是，我们还是庆幸，因为打到了车，因为安全地回到了一桥，这就证明选择是正确的，因为当天晚上有十几万人在东京的室外过夜，回不来。我们还不是幸运的吗？

一桥大学这边很平静。晚上，吃了东西之后，就在等待余震,直到零点,也没有发生明显的余震,只好和衣而睡。直到早上起床,余震也没有发生,或者有余震我也不知道。

后来知道,当天地震时,福岛震中震级9.0级,东京我们呆的那里5.8级,一桥大学这里是4.0级。这就是我在东京遭遇地震的经历。再后来,由于福岛核电站核泄漏,只好匆匆结束访问,于3月16日打出租车到羽田机场,支出车费19800日元。尽管有些心疼,但终于平安回到北京,乃释然。

三

亲身遭遇日本地震,总觉得应当写点什么,但是,除了写地震的经历,不知道还应当写点什么,就不想再写。何家弘教授要我一定写点什么,因此就写一点作为法律人的感受。

作为一个法治国家,在没有发生自然灾害的时候,必须防患于未然,建立完善的自然灾害防治法和紧急处置法。记得在汶川地震发生后,我们紧急研究民法对策,我曾经写了一篇地震的民法对策的万字文章,对涉及地震民法救济的有关问题一一说明,发表在《检察日报》,后来又被《光明日报》和《新华文摘》转发,说明应对救济自然灾害对法律的紧急需求。后来,我组织课题组专门写了《意外灾害应急民法救济》,全面检讨在意外灾害面前的民法应对措施。日本关西大学法学院召开"自然灾害与法"国际研讨会,我参加了这个会议，并且向与会者赠送了这部著作。我体会，只有应对自然灾害的法治健全，自然灾害发生时才会忙而不乱，有条不紊，提高救灾的效率。同时，意外灾害的民法应急救济对于灾害发生后的各种民事纠纷的处置具有重要意义。没有这些必要的法律救济措施，或者能准确地应用民法规则去处置各种因意外灾害引起的民事纠纷，就不能使灾后的社会秩序尽快稳定，保障民事流转正常进行。日本这次地震之后，各界对政府有很多强烈的批评，对应急法律措施也有深刻的检讨。应当看到的是，日本在依法救灾方面比我们好得多，有很多值得借鉴的做法。就看地震发生之后，各单位的员工、各学校的学生、超市、商场的服务人员的表现，无论是继续服务，还是进行避险，均临危不乱，秩序井然。给我印象最深的，一个是国立国会图书馆的管理员，在震感最为强烈的时候，有的为我们找书，有的耐心安慰我们，组织我们避险，都让自己感到不好意思惊慌失措。另一个是东京商场中的秩序，购物的人很多，都在为避险进行物质准备，但都是排着长队，没有一丝慌乱。这些都说明日本救灾的法律秩序是正常的。但是回到北京后，看到和听到全北京和全国都在抢购食盐，我就奇怪，地震中心的人们都没有对食盐如此狂热，远离地震中心的中国人竟然如此恐慌，真的值得我们反思。

日本的法律界人士也给我留下了深刻印象。在地震过后的几天里，一桥大学法学院的老师都在安慰我，告诉我不用惊慌，因为日本的房屋建筑都是抗震的，不会发生危险。后来我决定回国，一桥大学法学院将原定安排在后的我的报告会提前安排，准备工作一丝不苟。报告会是在不断的余震中进行的，没有任何一个教授因为地震而忽略程序问题和讨论的实体问题。在会议结束之后，还坚持举行告别宴会，在不断震动的西餐厅里，宾主相互勉励，让我感动至今。

还有一个感受。我们在制定《侵权责任法》时，对于规定民用核设施损害责任的第70条，尽管都认为是必要的，但是，都认为那是距离我们遥远的一个侵权法规则，遥不可及，因此，讨论也不是特别深入，也可以说关心不够。日本地震引发福岛核电站核泄漏，使对核损害的侵权法救济就出现在眼前。联想到我国各地发疯似的建设核电站，突然就感到了《侵权责任法》第70条的重要性。它是无比地真切，就在我们的面前。但是，我还是希望它能够离我们更远一些，不要使这个条文在实际生活中得到运用，因为那将意味着人们正在经历一场巨大的灾难。这个课题显然不是我们法律人所能够解决的，我们力所不及！应当思考和决策的，是那些能够决策的人，他们应当更好地、更多地想一想。

59　书写经验材料

教育部对其所属的全国 151 个哲学社会科学重点研究基地进行评估,出来的结果是,中国人民大学民商事法律科学研究中心被评为法学片第一名,全国第五名。这个成绩当然不错,既在意料之外,也在意料之中,我当然高兴。随后,要我写经验材料,要在全国基地主任的片会上介绍。写着材料,就想起了 50 年前写经验材料的情形。

一

第一次写经验材料是 1966 年。那时候,是"文革"初期,尚未进行到"造反有理"的阶段,应当是刘少奇所谓"资产阶级反动路线"时期,老家通化的市委、市政府举行全市积极分子代表会议。我是师范附小的六年级学生,尚未离校的毕业生,被选上了,要参加这个代表会议。老师让我写经验材料。那时候,我确实是在学习毛选,甚至囫囵吞枣地读过一至四卷，因此就懵懵懂懂地写了一个材料，后来学校指定一位老师为我修改，最后我就拿着这份材料参加了这次会议。这个会议一共有四个小学生代表，当时还在一起见过面，商量了怎样为会议服务，后来就没有联系了。

尽管当时我并不懂得这些政治问题，但是在阅读其他课外书的同时，硬啃毛选，记了很多笔记，可惜都没有留下来，不过留下来也没有什么用吧？因为不过是小孩子的瞎写，只有纪念意义而已。唯一有用的是，现在还能够记得起来每篇文章的基本内容，有些段落还能够背下来。

二

在插队的时候，我是一个学习毛著的红人，虽然达不到今天"网红"的程度，但是在农村插队的 10 个月里，共参加了四次学习积极分子代表会议。一次是县里的知识青年积极分子会议，一次是专区的知识青年积极分子会议，一次是全县的积极分子会议，最后一次是公社的积极分子会议。四次会议都需要写经验材料，不过内容基本上都是一样的，写过一次，就可以用多次，增加一些新内容就行了，因此，比较容易对付。

这四次会议每次都要开几天，吃着集体伙食，与同样下乡的知识青年在一起交流，还是很有体会的。特别是生活上有改善，比之在集体户的吃糠咽菜，竟有天壤之别。记得在海龙县山城镇开全县知识青年积极分子会议时，有一个知识青年代表在闲谈时问，是不是这里的人拉的粪便，都比我们农村的大粪有劲啊？逗得我们哈哈大笑，都说那是一定。

在这几次会议期间，我受到了很大锻炼，也算见到了大场面，因此，以后遇到什么场面，都不再有紧张心理，什么都不怕。特别是在公社的积极分子代表会议上，我还当选为主席团成员，甚至还主持了半天会议。那还是很有感觉的，如果不是以后很快就当兵走了，我可能就要当生产队长了，也可能会去念工农兵大学生，因为公社领导和队里的乡亲们对我都是太好了。

三

我到了通化地区中级人民法院（后来改为通化市中级人民法院）工作时，很有点年轻有为的意思，经常被推荐参加各种代表会议，获得过很多奖励，最高的奖励是吉林省劳动模范。参加这些会议和获得奖励，都是需要写经验材料的，因此，每次都要写。不过，那时候，我是中级法院的"笔杆子"，写经验材料已经轻车熟路，没有任何障碍，写写就是了。

在那个期间，我写的最得意的经验材料，不是我自己的，而是给别人写的。通化地区长白县法院有一个老法警，叫林长清，身兼数职，踏踏实实做老黄牛，十几年如一日，一个人做了几个人的工作，事迹生动感人。我经过了解和考察，首先受到了感动，把我自己的真情实感都在材料中写了出来，我自己都认为写得很好。在全省政法系统先进集体先进个人表彰大会上，林长清在台上介绍经验，念的就是我给他写的稿子。念完之后，全场响起经久不息的掌声。省委主管政法的副书记站起来，边鼓掌边对他说，你就是吉林省政法战线上的活雷锋。书记表扬的是林长清，但是我更高兴，既因为表扬的是我们法院的干警，同时也因为这是我写的这份经验材料。最后，林长清的材料发表在最高人民法院《人民司法》上，虽然没有我的作者名字，也没有给我稿费，但是直到今天，这都是我执笔写的一篇特别值得骄傲的经验材料。

四

在最高人民法院工作期间，我没有什么突出事迹，没有写过经验材料。那时候，在最高人民法院接触的那些典型案例、疑难问题，让我如获至宝，每天都沉浸在兴奋的研究和写作之中。前几天，我找到了那时候写的《精神损害疑难问题》和《债权与债务疑难纠纷司法对策》等书，都是那时候积累的东西。在最高人民检察院工作期间，我是部门领导，不管写经验材料的事情，是部署别人和下级检察院的同行写经验材料。

到了中国人民大学教书，因为年纪大了，跟那些荣誉称号不沾边，什么学者、名师都不是，经常调侃要评一个"黄河学者"或者"二道河学者"，因而基本上不写经验材料。真的很清静，每天坐下来研究民法问题，完善自己的民法理论体系，乐在其中。每有新作，自得其乐，快乐似神仙。

这次写经验材料，是文科基地评估之后，教育部确定几个评为优秀的基地，在基地主任会议上介绍经验，分为两个片会，我们在北方片。让我们总结的经验是，中国民商法治建设智库和中国民商法走向世界的经验。按照要求，总结了两个方面的做法和四点经验，最后提出了基地建设的四个意见，比较简短、鲜明，经过审查，要求改写为1800字。我又按照要求做了删节，最后只有1700字，完成了任务。在北方工业大学国际交流中心会议室召开的片会上，宣读完事，一身轻松。

念完稿子之后，我回到座位，想起50多年前第一次写经验材料的情景，有些感慨，也感到一身的轻松。50多年写经验材料的一幕幕，在眼前直播。在就要退休之际，再来一次写经验材料，似乎是一个结尾，也好像是一个谢幕。当我把基地主任的工作交给新的人选之后，就完成了自己的任务。

生为写作，活为民法，即使退休，这些也还要继续，只是不用再写那些写什么、怎么写、怎么改都须听别人的意见，自己做不了主的材料了。轻松自在，想写什么就写什么，真正是思想独立，学术自由。真正的"天马行空，任意驰骋"和"海阔凭鱼跃，天高任鸟飞"，就是我对明天生活的向往。

60　学位服与导师服

又是一年毕业季，学校到处是毕业生，他们身着学位服，拍集体照、个人照、风情照、亲密照的灿烂景象，看得人眼花缭乱，美不胜收。校园又到姹紫嫣红时。

一

各校的学位服式样各不相同。我们人大的学位服是黑袍，用红黄蓝三原色作为镶边，区分不同的学位。最鲜艳的配色是黑配红，送给了学士学位，本科生毕业获得学士学位，就穿这种颜色的学位服。最富贵的配色是博士服，黑袍金色镶边，耀眼，鲜亮，最为光彩，也代表了最高学位的地位。最不好看的配色，是硕士学位服，黑袍配宝蓝色镶边，反差很小，不搭，看起来特别不显眼，最不好看。

学生穿起学位服，是比较好看的，尤其是学士学位服和博士学位服，而硕士学位服就差多了。比较起来，女生穿学位服更漂亮一些，尤其是高个子女生，宽大的黑袍，飘飘欲仙，下面露出两条白皙的小腿，再加上一双高跟鞋，仙女一般，女神一样，美不胜收，整个就是梁山泊的美女"一丈青"。不过，腿短一些的就要吃亏，长袍之下，一截短腿不见，只剩脚脖子，再加上一双随意的平底人字拖，整个一个水浒好汉"矮脚虎"了。"一丈青"和"矮脚虎"，倒也十分错落有致，相得益彰。

男生穿学位服，也还是高个子最为得体，不管黑袍有多肥大，都能够挑起来，神采奕奕，精神焕发。如果发型更好，打扮得更帅气一些，则更有风采，当时就会有小女生追。同样也是小个子吃亏，弄得不好，就是矮脚虎中的矮脚虎，再加上不善收拾，效果更差。

毕业季，毕业生的节日。每一个毕业生都想要给自己留下最美的靓影。我的学生们也是如此，在大楼前，在草坪上，特别是在人大老校区即铁狮子胡同，那是原来段祺瑞抗政府的所在地，建筑物绝对的民国范。学生们带着学位服，穿上民国学生装，在古色古香的建筑物前面，留下民国范的靓照，别有一番风味。

二

人民大学的导师服，是红色袍子镶黑边，宽宽大大，十分显眼。除了校长之外,其他导师都穿这种服装。校长服是红色镶金边,更为显眼。

在学校里,导师的地位很重要,服装设计得也很夸张。红袍的红色是那种艳丽的红,非常鲜明。金边是耀眼的金,光芒万丈的样子。搭配在一起,非常鲜明、抢眼、有气势。

我在福建师范大学也带学生,也穿过他们的导师服。相比之下,师大的导师服不若人大导师服亮丽,颜色有点暗。

人大的导师服质料有点厚,穿起来很闷。尤其毕业季是六月中旬和下旬,正是北京热的时候,穿上导师服,就是一身大汗。有一年的毕业典礼选在早上,天气并不太热,真是不错。即使如此,到了礼堂,几个小时下来,衣服早已经汗湿透了。不过,站在台上,给毕业的学生授予文凭,拨动学位帽上的穗子,是导师应尽的义务和责任,再热也得坚持。

在我的心里,一直就有一个心愿,那就是能够穿上学位服,享受那一份光荣和自豪。可是,因为"文革"的原因,没有实现这样心愿的机会。其实,我曾经有两次机会,有可能实现这个愿望,却都没有实现。第一次机会,是在人大的高法班毕业后,学校又开设了一个班,是学位进修班。高法班学的课程都是研究生的课,只是没有学习外语。法学院和最高法院领导商量,专设一个学位进修班,把高法班的优秀学员选来,进修一年,专门学习英语,考试合格的,就授予硕士学位。我由于在那时候已经不在法院工作,并且那时的工作紧张，无法脱产学习，因而就丧失了这个机会。第二次机会，是要考博，曾宪义院长已经答应，让我进修英语，达到一定程度，就可以参加考试。最后是英语不能达标，只能放弃。说到这些的时候，我就特别痛恨"文革"。如果没有这样一场浩劫，我不会至今没有任何学位。

三

不过，没有机会穿上学位服，倒是有了机会可以穿导师服。当人民大学授予我教授资格的时候，一并授予我博导资格，因此，2001年一到学校工作，就立刻可以带博士、带硕士。当第一批带的博士、硕士毕业时，我就穿上了导师服，跟毕业生一起照毕业相，参加毕业典礼，为毕业生授予学位证书，为学位获得者拨动学位帽穗。这是不是能够聊补无学位之憾呢？似乎有点。

没有获得过任何学位，其实也有两点好处：第一，没有必要跟年龄相仿者叫老师。由于工作和事业的耽误，如果要读学位，势必是在年纪很大的时候去读。那时，很多同年龄者都在学校作导师了。既入门，对这些同辈老师当然就得称呼为老师，自己就得摆正学生的地位。没有读学位，就免去了这样的后顾之忧，入学就当博导，大家平起平坐，各得其所，不亦乐乎。

487

第二，导师最起码都有学士学位，甚至有硕士学位，因此，我穿上导师服的时候，总是有点心虚；也因此，总是要在学问上不断研究，不断探究，争取能够拿出最新的研究成果，传授给学生，避免丢人、掉价。这样一逼，倒有好处，就是学业在不断进展，不断有新作品发表，讲起课来，总有新东西，能够引领学生深入研究。从这一点上，我倒是感谢我自己没有学位的现实，因为它能够督促我认真学习，认真研究，不断发展自己的学问。

学位服和导师服，妆点人生，联系学生和老师的感情，相互促进，相得益彰，真是好得很。哦！对了。穿着导师服的时候，羡慕校长导师服的漂亮。有一次，我也穿上了校长的导师服。那年，到福建师范大学法学院参加博士生答辩，我做答辩委员会主席。答辩结束的时候，要穿导师服，跟学生一起照相，他们让我穿上校长导师服，我说这不合规矩。退休的校长说，学校的规矩是答辩委员会主席穿这套行头。入乡随俗，我就穿上了校长穿的导师服，得意了一把。学生还给我照了相，留下了美好的记忆。

61　吃饭种种

说起吃饭，人人都会，但是，吃饭也是有学问的，而且吃饭也有各种各样的故事。

一

先说吃饭的规矩。从小吃饭的时候，父母讲吃饭要讲规矩，如果不讲规矩的话，就会被筷子甩过来，打在脑门子上，要接受教训。

吃饭讲规矩，首先讲的是吃不言，睡不语，吃饭就要闷着头吃，不准说话，如果说话就要受到警告，但是，还不至于挨筷子抽。如果在别的方面不讲规矩，后果就会很严重。比方说，筷子要拿得好，拿不好是不行的。吃饭要端起碗来吃，不能爬在碗上吃，这一点刚好和韩国人相反。韩国人吃饭，是不可以端着碗吃，一定是要拿着勺子，盛起饭来放到嘴里吃。韩国是一个更讲规矩的国度，到了韩国吃饭的时候，我就不知道到底是该端着碗吃对,还是不端起碗来吃对,弄得很纠结。小时候吃饭时,妈妈就经常讲,夹菜的时候,一定要在盘子靠近自己的这一边夹,不能在别人的面前夹菜,更不能在整个盘子里搅来搅去,挑自己喜欢吃的菜,如果是那样,一双筷子就抽过来了,脑门子就会起一个包。经过这样的教育,我现在吃饭的时候,就会特别注意,一般不会出洋相,也不会被人家挑出毛病,因为在这方面被挑出毛病了,是比较丢人的。

在欧洲,洋人吃饭也有洋人的规矩,比如说刀叉,比如说盘子,比如说吃肉,比如说喝汤,样样都有规矩,处理得不好就会出洋相。有一次,我在中国台湾东吴大学访学,同时在访问的还有几位研究生。有一天一位教授请我吃饭,是去吃西餐,一块叫上了那几位同学,在西餐馆里坐好,就等着上菜了,按照西餐的规矩,首先是吃面包,放面包的篮子,离坐在桌子头上的那位同学比较远,他够不着,就翘着脚站起来,用叉子扎起了一个面包,举在嘴边儿,就啃了起来。我实在受不了了,忍无可忍,我就告诉他,吃面包是不能这么吃的,你这种吃相,会让主人很难看,是必须要改正的。请我吃饭的那位教授看到我批评他之后,他才说:"如果不是杨老师批评了你,我是不会这样说你的。在吃西餐的时候,你不能这样,是没有礼貌的。吃面包,要用手拿过来,用手一点儿一点儿撕着吃,这样才能够显得文雅,是吃西餐的样子，不然的话，跟我们吃馒头有什么区别呢！在饭店里吃馒头，也是不能用筷子扎起来吃的。"被说的同学不好意思了，说："我哪知道这些规矩？"其他同学也都说，吃西餐还有这么多讲究呢！我说，就是啊！如果吃东西不讲规矩，就会显得特别没有修养，也会影响别人吃饭的情绪。

二

在聚餐的时候，餐桌的座次也是重要的规矩，坐不好，也要出糗。不过餐桌的座次，各地都有不同，必须随乡入俗，按照当地的规矩进行。

餐桌座次最讲规矩的，要数山东。这些年来，我第一次到济南，是坐飞机，晚点，到了济南，已经是晚上七八点钟了，主人把我们领到了餐厅，走到餐桌前，一看，桌子上放着制作精美的标牌，分别是主客、副主客，第一主陪、第二主陪，等等，分门别类，次序井然。山东的规矩是，主桌中间第一位，是第一主陪，右手一位，是第一主客，坐左手边的第一位，是第二主客；主陪的对面，是副陪，副陪的左右手，是第二主客和第四主客。除了六个人之外，其他的位置都是次要的陪席，都是无关紧要的座位，怎么排，都不会有大错，不过最好也要妥当。

北京的餐厅，座位的排列不太一样，但是，主陪也是在正中的位置，没有副陪一说，主陪的右手是第一主客，左手是第二主客，接下来是陪客，再往下又是主客，依次排列，秩序也很好，席位也很鲜明。

在台湾就完全不同了。餐桌分成上位和下位，以左右的中间线为限，上位为主客位，下位是陪客位，都是以中间作为分界向两边延伸，上下位的中间位，是最主要的座位。这样的座位排列，我总是觉得不太习惯，最重要的问题是，第一主客位与第一主陪位离得太远，说话很不方便。还有，台湾在陪客人吃饭的时候，干杯实际上并不是真正的碰杯，在自己的面前把酒杯举起来，说干杯，然后举起杯来喝一下就是了，不像我们一定要走到一起，把酒杯碰在一起，碰得叮当响。这种做法也觉得不太习惯。在台湾做客，我总是会站起来，举起酒杯，走到对方面前，碰一下杯。

不管怎么样，在吃饭的座位排序上，主人是应该讲究的，要把不同的客人安排好，让每一位客人都能够感觉自己坐的位置正合适，就最好了。作为客人，最重要的是要听从主人的安排，不能到了餐厅，走到桌边，大大咧咧地自己找个位置就坐下来。有一次，出过一个笑话，主人陪客人到黄山旅游，中间发生了一些不愉快，让主人感觉不快。下山后，在飞机场附近找了一个餐厅，吃饭、送机。进了餐厅以后，这位客人气哼哼地就坐到主陪的位置上，主人也很生气，上前就说，对不起！按照我们的规矩，这个座位是主陪坐的，不是客人坐的，你到客人坐的位置上去坐吧，我陪你吃饭。客人气得一甩手就走了，说：我不吃还不行吗？弄得主人和客人都十分尴尬。这样的事情是不应该出现的。

三

还得说说吃相。吃相，就是吃饭的形象，吃饭的表现，基本上是从小的时候养成的，小时候怎么吃饭，大了基本上还是那样。因此，吃饭是需要从小就培养的，从小就养成一个良好的吃饭习惯，有一个文雅的举止，有一个适当的表情，就会让你看起来很有修养，很有气质。有的时候，看到一个人的吃相不适当，就很不舒服，同时也暴露了一个人的修养欠缺。

我讲几个吃相不佳的表现。岳同学，吃饭的时候，精神非常集中，这不是不好，吃饭要精力集中，但是不能过于集中。过于集中，让两只眼睛基本上是凝视在筷子和碗的食物上，焦点就聚集在那里，死死地盯住筷子和碗里的食物，当用筷子夹起食物的时候，眼睛会随着食物移动，一直慢慢地移到自己的嘴边，然后，眼睛又开始盯着碗里的食物，不管周围有什么样的响动，都不会影响到对食物的注意力，特别地聚精会神，绝不会因此而分神。我们在一起吃饭的时候，我很愿意学他吃饭的表现，如果他不在，其他人就说我学的非常的像。有一天，我们去吃火锅，涮好了肉以后，高高兴兴地吃起来。岳同学就按照他自己的表情，集中精力，踏踏实实地吃起来，眼睛一动不动地盯着涮料中的羊肉，有一个恶狠狠的态度，好像要跟羊肉对命一样。我坐在他的旁边，看着他吃饭，就觉得特别搞笑，就开始学他吃饭的表情，其他同学看到我的模仿，忍不住都笑起来，结果一笑，惊醒梦中人，岳同学这才抬起头，一脸茫然的看着我们，问我们笑什么？我们都说，没笑什么呢！主要是看你吃饭吃的太香啦！他却一本正经地说，是啊，真的，这个涮羊肉真的太香了。我们又哄堂大笑起来。

有一个小姐妹，吃饭的时候也特别专注，尽管它不像岳同学那样过于精力集中，但是，吃起饭来，左手扶着左脸边的长发，右手用筷子夹起食物，眼睛看着食物，基本上是不会动的，一脸严肃、认真的表情，好像在做一件十分严肃的事情，根本就不关注别人在说什么，别人在看什么，别人在吃什么。这种吃相，也是挺有意思的。

还有一个小姐妹，有一次毕业聚会，喝酒喝的有点疯狂，大家都你一杯我一杯的不断劝酒呢！这位小姐妹不太胜酒力，喝着喝着，好像就有点晕，然后就坐在桌子前，做出美人托腮状，一动也不动，就像睡着了，不论别人在说什么，都没有反应。轰轰烈烈地劝酒运动之后，终于大家平静下来了，有人提了一句，我们今天就这样吧！结果这个小姐妹一下就醒过来了,说:"我们要走吗?好啊!我们快走吧!"我们说,你不是在睡觉吗?怎么现在这么清醒啊?看你刚才就是装的。她说:"哪有啊!真的是睡着了。"实际上,大家对这种表现不屑一顾,悻悻地离开了餐桌。

四

吃饭讲规矩还有一个问题,就是不能浪费,而且不可以把桌子弄得乱七八糟,残羹冷炙弄得到处都是。这也是没有修养的表现。

这几天,我一直在食堂里看一个女生,每天早晨吃饭,全都要买两个包子,把包子掰开以后,用筷子把里边儿的馅全部掏出来,只吃馅儿不吃皮儿,然后把包子皮撕得乱七八糟,弄得满桌子都是,然后扬长而去。我看着就生气,如果你想吃菜,那就去买菜吗?干嘛买了包子不吃皮儿啊?

我也有一个从农村来的学生,有一次,我们两个对面在一起吃早餐,他也是,把包子馅吃完了,就把皮扔在那里。我说:"不行!你今天必须把这个包子皮给我吃掉。"他说:"这个包子皮不好吃。""不好吃也得吃。你想过没有?你的老爹现在还在农村种麦子?他种出的麦子再磨成面,再包成包子,他得有多辛苦?你这样糟蹋粮食,对得起她吗?"他没有办法了,硬着头皮把包子皮吃了进去,然后说:"就是不好吃嘛。"我说："你以后如果要在我的面前扔包子皮,我就把你开除。不信,你试试看我敢不敢?"其实,我真没有这个权力。

现在,我们学生跟着我在食堂吃饭,餐后都用餐巾纸把桌子擦得干干净净,然后再端着餐盘,送到指定的地点。还有就是,吃完饭站起来离开餐桌,把自己坐过的凳子都摆放好,让它们整整齐齐地摆在餐桌边。养成这样的习惯是非常好的,不仅体现出自己的道德修养,而且也表现了高度的自觉性,维护公共秩序,为食堂员工减轻劳动强度。

每当大家这样做的时候,我就感到很自豪,自己的学生在食堂里表现的还是跟别人不一样,都很有修养。

62　世界侵权法学会主席

2017年11月18日,对我而言,似乎注定是一个好日子。这一天,在美国北卡温斯顿塞勒姆郊外的一个葡萄园内,世界侵权法学会第三届双年会的最后议程,是全体会员大会正在举行。与会会员一致选举我作为这个国际学术团体的第二任主席,任期四年。因而,从这一天起,我就成为了这个世界侵权法学精英俱乐部式的学术团体的领导人。正值我的《侵权责任法》一书的第三版即将出版之际,有这样的开心事,真的是锦上添花。

回想几十年研究侵权法理论的经历,从一个边城法院的小法官开始,到登上世界侵权法学精英学术团体的领导岗位,我感慨系之,对青年学者以及他人而言,似乎也有一些励志的作用。故写此文,以示纪念。

一

我在其他文章中曾经说过,我研究侵权责任法是从1980

年开始的。那时候，我在吉林省通化地区中级人民法院担任法官。为了筹备第三次全国民事审判工作会议，需要各省高级人民法院组织经验材料，在会议上推广。我们中级法院分到的题目，是侵权法适用经验的报告。当时，我正在中级法院研究室工作，承担了这个任务。

那时候的我，到法院工作已经五年了，在业务上，已经有了一定的民事审判经验积累，对侵权法的研究，应该还是一个门外汉。接到这个任务之后，我就开始准备侵权法的资料，以及司法实践的具体经验。那时候，很多人都不知道什么叫做侵权法，就知道损害赔偿，研究资料可谓奇缺，只是找到了几本 20 世纪 50 年代出版的苏联侵权法和民法的教材和专著，还有中央政法干校民法教研室编著的《中华人民共和国民法基本问题》。我和民事审判庭庭长一起到了柳河县人民法院待了大约半个月，翻阅了这个法院几年的损害赔偿案件卷宗，一点一点地整理审判经验，最终写成了《关于审理侵权损害赔偿案件的若干问题》，后来又经过两位实践经验丰富的法官修改，定稿上报。

高级人民法院显然看不上我的这篇文章，并没有向最高人民法院推荐。然而，我却大着胆子，把这篇文章打印好，邮寄给《法学研究》编辑部。那时候的我，真的是初生牛犊不怕虎，第一次写出 10000 字的文章，就敢往最高级的法学刊物投稿。可是，正是因为我的"胆大妄为"，竟然在不到一个月的时间里，就收到了史探径编辑的回信，告知稿件采用，并且决定在1981年的第5期上发表。

当我看到这封用稿信的时候，简直不敢相信我的眼睛！赶紧给编辑回信，表示感谢。接着，在1981年11月，我就收到了《法学研究》的样刊和稿费70元。天哪！这差不多是我两个月的工资啊！我拿出10元买了一旅行袋的糖果，发给中院的同事们。大家都为我的成果而高兴。

从此，我就走上了侵权法学理论和实践研究之路，一路走来，就走了几十年。

二

其实，我是知道的，在1981年的我的真实文化水平，只不过是一个"文革"期间毕业的初中生、插队知识青年、退伍军人，以及只有五年审判经验的边城法官而已。现在再看我在1981年发表的这篇论文，其实真的是无法说是理论研究文章的。不过，我国那时候的法学文章基本上都是这样的水平，因而也就没有什么可奇怪的。

直到1984年，我考进了中国政法大学进修学院，进行法学专业的系统学习。虽然这只是大专水平的法学专业学习，但是，由于我已经有了10年的审判经验，因而学习起来如虎添翼。一是有好的老师教，佟柔老师向我们亲传民法精义；

二是图书馆资料远远超过边城法院；三是时间充裕，完全由自己支配，除了上课之外，都可以进行研究。

在政法大学的两年时间里，学习、生活条件极差。学校是在昌平县城西环里的居民小区中买的两栋楼，又在中间的空地上建了一座200人的地震棚作为教室；一个破食堂，只有排队打饭的空间；一个热水房，只提供饮用开水；没有阅览室，没有操场，没有洗澡堂，没有锻炼场地，没有任何可以做其他活动的场所；锻炼就到马路上跑，最大的娱乐就是去看一场电影；洗澡只能去厕所。可是，这样的条件虽然艰苦，却使我有了足够的学习和研究时间，因而，床边小桌旁微黄的灯光下，就成了我最好的研究空间。

就是在这样的条件下，我用了整整两年的时间研究侵权法理论，使我的侵权法学修养有了突飞猛进的提高。从1985年开始在各种刊物发表法学论文，其中多数是侵权法论文；用了一年的时间，写出了20万字的《侵权损害赔偿》书稿。正是在毕业前夕，1986年4月12日，《民法通则》通过，该法规定了侵权法的完整规范。我按照《民法通则》的规定，再一次对书稿进行了修改，在毕业前夕，终于完成了这部书稿。我请了几位同学帮我抄好了书稿，完成了这个研究写作的任务。直到1988年，在吉林人民出版社刘国丰大姐的帮助下，该书出版发行，第一版卖了12000册，得到好评。

在这之后，除了在中级法院、最高人民法院和烟台大学工作期间，我始终没有放松对侵权责任法理论和实践的研究，研究水平不断提高，到1998年，出版了75万字的专著《侵权法论》。这本书，原来有几个出版社审过，都怕赔钱，不愿意出版。吉林人民出版社的李艳萍女士下决心帮我出版这部著作，上下两册，出版后就卖火了。一刷再刷，出版社也算赚了钱。由于该社拖欠稿费，加之人民法院出版社的朋友看好了本书，要出第二版，我就同意了，因而惹火了李艳萍，她狠狠地谴责了我。我实在是不好意思，是我忘恩负义，不过，拖欠稿费也是一个理由，因此，我也就任由自己背负骂名了。在这里，我要向李艳萍女士道歉，真的不好意思！

三

自从到了北京工作之后，就有了机会，可以直接参加立法。在最高人民法院和最高人民检察院工作，能够接触全国最顶级的侵权法理论和实务的尖端问题，视野宽、问题多。特别是直接参加立法工作，能够及时掌握立法的最新动态，把握立法的精髓，因而学问进步更快，见解更为深刻、全面。这也正是为什么学者都愿意到北京扎堆的原因。例如，我初期参加了《产品质量法》《消费者权益保护法》的立法工作，还有国务院的《道路交通事故处理办法》的制定，等等。尽管那只是参加讨论，但还是收获满满，益处多多。

说说参加《侵权责任法》立法的事吧。参加了《合同法》《物权法》的起草工作之后，立法机关就准备《侵权责任法》的立法工作了。为此，起先我跟王利明教授向全国人大法工委提交了《中华人民共和国侵权责任法草案建议稿》，后来我又自己主持起草《侵权责任法草案建议稿》，准备资料，编写立法说明，在法律出版社出版了《中华人民共和国侵权责任法草案建议稿及说明》。这是影响比较大的一本侵权责任法的立法建议稿。

接着，2007年开始，我就直接参加了《侵权责任法》的立法工作。在法工委提出了《侵权责任法（草案）》的室内稿之后，一次一次的修改会议，我都参加了，前后不下十次。大的会议要开几天，小的会议半天或者一天。我们学者组织的侵权法国际会议、国内会议，应该有几十次。

在《侵权责任法》的立法中，我说两个花絮：一是"卫生间条款"。2009年10月，也就是全国人大常委会最后审议通过《侵权责任法》之前，全国人大法工委和中国人民大学民商事法律科学研究中心举行最后一次国际会议，即苏州"中日侵权法高峰论坛"。上午会议休息期间，我和全国人大法工委王胜明副主任一起去上卫生间小解，我俩一边方便，一边讨论条文的问题。我说的是第三次审议稿的第13条，原文是："法律规定承担连带责任的，被侵权人有权要求其中一人或者数人承担全部责任。"我说："这个条文是不行的，这个表述，就限制了被侵权人起诉全体连带责任人承担责任。"胜明副主任说："对呀！怎么能不让被侵权人起诉全部连带责任人呢？最好是起诉全体连带责任人才好嘛。"我俩方便完了，这个条文的修改方案也就确定了，改为"法律规定承担连带责任的，被侵权人有权请求部分或者全部连带责任人承担责任"。后来，我就戏称《侵权责任法》第13条是"卫生间条款"。

二是"铅笔条款"。在《侵权责任法》最后审议之前的全国人大法律委员会上，有的委员提出，应当规定地震中房屋倒塌致人损害的责任规则，需要设计一个条文来规范。原来的《侵权责任法（草案）》第三次审议稿是没有这个条文的。法工委马上召开专家座谈会，我记得是9个人，法学专家是我和张新宝教授。张新宝教授首先发言，提出了意见。接着是我发言。我说，这个问题原来概括在第85条的里面，就是建筑物、构筑物以及其他设施脱落、坠落、倒塌的损害责任。如果要专门解决一个倒塌的问题，就要把建筑物、构筑物等的倒塌损害责任分离出来，可以借鉴最高人民法院人身损害赔偿司法解释第16条关于建筑物、构筑物设置缺陷和维护缺陷损害责任的规定，就能够解决这个问题了。我们两个发言之后，轮到建筑专家以及其他专家发言。张新宝教授在全国人大宾馆的便签纸上，用铅笔写出了一个条文，交给我改。我参考前述司法解释的基本精神，进行了修改。之后，张新宝教授又抄了一遍，当场交给民法室姚红主任了。最后，就在这个建议条文的基础上,形成了现在的《侵权责任法》第86条。因此,我把这一条文戏称为"铅笔条款"。

2009年12月26日上午10点,传来了预料中的消息:《中华人民共和国侵权责任法》高票通过。我听到这个消息之后,那种心情是无法形容的:高兴,快乐,兴奋,振奋,兴高采烈,好像都是,也好像都不是,就是心中有一种美感,有一种满足,一种无法言表的幸福。因为几十年的心血,特别是立法两年中的辛酸苦乐,都已经过去,终于结成了法律之果!

四

《侵权责任法》通过之后,我就一直在考虑,怎样才能让我们的《侵权责任法》走向世界。第一个考虑的,是创建一个"东亚侵权法学会"。经过努力,与日本、韩国,以及中国台湾地区、香港地区和澳门地区的学者协商,达成了一致意见,2010年7月2日,在黑龙江省伊春市举行了东亚侵权法学会成立大会,这些国家和地区的侵权法学专家、学者欢聚一堂,庆祝这样一个国际法学学术组织的诞生。会议确立东亚侵权法学会的宗旨是,制定一部"东亚侵权法示范法"。经过几年的努力,这部示范法在2015年终于原则通过,2016年出版了中文、英文、日文、韩文、葡萄牙文的示范法文本。

第二个考虑的,是不是要创建一个世界性的侵权法学术组织。在国际层面,法学学术组织比比皆是,但是在私法领域中,却没有国际学术组织。如果有这样的一个世界性的侵权法学术组织,将会大大推进侵权法理论的进步,也是我国侵权法走出国门的一个标志。开始,我让我在美国学习的王竹同学多接触一些国外侵权法的专家,试探一下可能性。他在美国北卡的维克森林大学见到了格林教授和英国的奥利芬特教授,试探性地说了这个想法后,他们说,应该是有可能的。2011年夏天,在上海,我主持召开"第二届国际民法论坛",参加论坛的奥利芬特教授、澳大利亚的马克·伦尼教授、英国牛津大学的诺兰教授,还有美国的一位教授,他们都是研究侵权法的专家。我和姚辉教授还有王竹同学邀请这五位专家晚上一起喝茶,讨论我提出的建立世界侵权法学会的建议。他们一致认为是可行的。接下来,就开始讨论建立学会的细节,确定成立执委会,并且一致推荐奥地利的穆尔姆特·库齐奥教授作为学会的主席。库齐奥教授是欧洲著名侵权法专家,是欧洲统一侵权法原则的起草主持人。会后,他欣然应允,出任第一届世界侵权法学会主席,并且确定我和奥利芬特、格林教授作为执委会委员,分别作为亚洲区、欧洲区和美洲区的执委。

接下来,我们中国人民大学民商事法律科学研究中心作为会议承办方,就开始了全面的筹备工作。库齐奥教授和奥利芬特教授进行专题研究的准备工作。我组织设计了世界侵权法学会的会旗、会徽，征求各位执委特别是主席的意见。他们对我主持设计的会旗和会徽都非常满意，确定下来之后，制作了会旗和纪念版的小型会旗。其他各项准备工作都进展顺利。

2013年9月，在哈尔滨市郊的伏尔加庄园召开了"世界侵权法学会成立大会暨第一届双年会"，确定学会的性质是精英侵权法高端学术俱乐部，严格实行会员制，最高会员数额不得超过30人，按照不同的大洲分配名额。会议工作方式是进行各国侵权法的比较研究，两年一次会议，进行一个专题的比较研究。第一次双年会讨论的是产品责任的比较研究，通过分析假想案例，展示各国和地区的国别报告，进行综合比较研究，形成世界性的侵权法专题比较法报告。

第一届双年会非常成功。在会议召开之前，我在《法制日报》开了一个专版，刊登了主席、三位执委的文章和讨论的假想案例，在学术刊物刊登了中国产品责任的国别报告，开通了世界侵权法学会的网站。我参加过联合国的会议，会场就按照联合国会议的设置，每一个国家和地区的代表围成环形会场，中间竖立着学会的会旗。会议设置同传系统。两天的会议，与会专家收获满满，都认为这是一个创举。会议结束的时候，举行了篝火晚会，与会者载歌载舞，围着篝火欢歌笑语，庆祝学会的诞生和第一届双年会的成功。

会后，我们做好了翻译工作，出版了中文版的会议文集。经过2015年在维也纳召开的第二届双年会，对全球产品责任法比较法报告进行了讨论和修改，2017年在欧洲权威出版社出版了这部比较法专著。我作为主编之一，名字也列在封面之上。

六年来，世界侵权法学会在库齐奥教授的领导下，运行良好，取得了不少的研究成果，已经展开了全球的产品责任法比较研究和道路交通事故责任法的比较研究。正在拓展的是"全球信息时代的人格权"比较研究，两年后，将在中国台湾地区辅仁大学召开世界侵权法学会第四届双年会上进行国别报告，并且最终撰写完成比较法报告。

五

美国北卡温斯顿塞勒姆郊区的葡萄园内，世界侵权法学会的会员大会还在进行中。按照会议议程，首先研究了下一届双年会的研究计划，接着修改法学会的章程。然后进行的是讨论对会员的处理问题。首先，对于没有很好履行会员义务的两名会员的会籍问题进行了讨论，按照章程规定，决定请其退出本学会。对不能履行会员义务情节较轻的另外两名会员，决定提出警示，希望能够遵守章程，履行会员义务。其次，对于申请加入学会的中国人民大学民商事法律科学研究中心执行主任姚辉教授，进行了讨论，经过很长时间的研究，最后决定姚辉教授作为本届双年会唯一一位新会员，加入本学会。

会员大会还在进行，但是会议的执行主席格林教授让我和新提名的执委会委员候选人离开会场，要讨论新任主席候选人和执委会委员的资格，并进行选举。我和马克·伦尼教授、奥地利维也纳大学的恩斯特·卡纳教授和美国哈佛大学的约翰·格德伯格教授离开会场，到另外一个房间回避。由于提名的亚洲新任执委候选人辅仁大学副校长陈荣隆教授没有出席本次双年会，因此他就不用回避了。15分钟后，通知我们回到会员大会会场，宣布了选举结果，我荣幸地全票当选新一届主席，其他四名执委候选人也都是全票当选，组成了新一届学会领导机构。

接下来，一个重要的议程，就是新旧两任主席进行交接。我提前征求了其他学会执委的意见，在出发去美国之前，给库齐奥教授做了一个人工水晶的纪念牌，上面用英文写上"感谢库齐奥主席对世界侵权法学会的卓越贡献"，镌刻上了世界侵权法学会的会徽以及落款。我高高地举起这座山形的纪念牌，在全体与会会员的热烈掌声中，将纪念牌送到库齐奥教授的手中。库齐奥教授接过纪念牌之后，我们两位紧紧握手，摄影师拍下了这一难忘的时刻。

我作了就职演说，感谢前任主席库齐奥教授的卓越贡献，感谢退任的执委对法学会的杰出贡献,感谢会员对我的信任,同时表示我将和新的执委们一起,按照库齐奥教授和前一届执委会确定的既定方针,继续努力工作,把世界侵权法学会的工作做好,完成我们的历史使命。随后,会议结束,拍照合影之后,共同参加了纪念酒会。

六

从我在1980年开始研究侵权法理论和实践,到2017年被选举为世界侵权法学会第二任主席,这中间整整经历了37年。就我个人而言,从一个东北边城法官,成长为世界性侵权法学术团体的领导者,显然具有一定的传奇色彩,是一个比较励志的故事。不过,我是觉得,在这将近40年的时间里,我做了一件做对了的事。我总是认为,当自己的兴趣成为自己的工作时,这就是一个人选了一件做对了的事。我这几十年就是这样的。在刚开始做法官的时候,自己懵懵懂懂,哪里知道自己究竟要做什么,而且当时流行的话是:"我是党的一块砖,哪里需要哪里搬。"哪像今天,自己可以自由选择职业。不过,在接下来,我在开始对侵权法研究有了兴趣之后,又都是在做民事审判(检察)工作,而且大量的工作是审理和研究侵权责任案件,后来又到中国人民大学当教授,专门研究侵权法理论。这样,就把自己的兴趣和工作结合为一体，因而也就成为了一件我做对了的事。

正因为如此，我就能够几十年如一日，孜孜不倦，勤勤恳恳，任劳任怨地进行侵权法理论和实践的研究工作。在《侵权责任法》正式通过的时候，有的记者问我，为什么能够在侵权法立法中有所作为，我就说："当你30年如一日，就做这一件事的时候，人又不傻，难道还不能做好这一件事吗？"这就是我的心得。

63　探访卢森堡

今年在德国公干期间,我和朋友三次探访卢森堡。为什么不说走访而说探访,是因为去的经过几许曲折。

一

2016年7月17日,去德国参加研讨会,一大早抵达法兰克福,随即乘大巴赶赴萨尔州的南尼(Nennig)镇,住进维克多宾馆。下午四点半活动结束后,离晚餐时间大约有两个小时空闲时间,我约了杜涛、董祝礼和曹济民三位好友,一起去镇里走走。

我们边走边聊,说起来,到了宾馆,就收到了中国驻卢森堡大使馆的短信,所以,我们一致认为,卢森堡就在我们的附近,应该不远。杜涛打开百度、高德地图,网络信号不强,搜索效果不好,但是可以确认,我们的位置就接近于德国和卢森堡的边界处。刚好南尼镇的西边有一条路,我们确信，沿着这条路一直走下去，就会走到卢森堡，并且时间不要很久，晚餐之前一定会赶回来。曹济民有点担心，怕说出访擅自到第三国。我们都说他担心多余，因而强行逼着他跟我们一起走。

杜涛说，德国和卢森堡之间有一条莫塞尔河谷，过了河就是卢森堡，那条为界的莫塞尔河应当就在前边不远的地方。我们沿着这条路一直走下去，看到前边有水色，就以为是莫塞尔河，但是，走过去一看，却是一个小湖。我说，东北人都管这种小湖叫水泡子，我们大家都叫它水泡子。前边又遇到了一个很高的栅栏，开始以为是边界的界墙，绕了一会，才发现是德国的一个废弃的采石场，结果白白绕了一个大圈。路上还遇到了一个人牵着一条大狗，冲着我们叫，我们就说它是德国的看家狗。

顺着可能是莫塞尔河的方向向北走，又路过两个水泡子，终于看到远远的地方是蓝色的水面，还有个很高的桥，甚至河上还有一艘船的影子。对岸，就是一排排排列在山上的房屋。我们确信，那就是卢森堡，看着不远，但是如果绕过去，可能会要很长时间，就会赶不上晚餐。因而，我们遥望着卢森堡，难以释怀，却须打道回府，故悻悻而归。不过，由于看见了卢森堡，就近在咫尺，总算没有白来一趟，倒也挺高兴。不过也有点抱怨，就是选择的路线不对，如果向着相反的方向走，估计应当早就到了卢森堡了。

二

第二天早上，我尽管没有感到时差的明显影响，但还是起得很早，不到六点就起床了。看着对面的卢森堡，想去看看这里究竟离卢森堡能有多远，能不能利用早上的时间就过去探访一次。主意已定，轻装简从，换上早上锻炼的打扮，出门而去。

刚刚走向与昨天相反的路，就看见北大的薛军教授，一副运动的短打，回来了。我说你怎么这么早？他说走了几步，看着好像是高速路，不好走，就回来了。我说，如果是沿着这条路走一段，就可能走到卢森堡去。薛军问，会不会要检查护照啊？我说我带着呢。然后，我们就一起出发，再次前去探访卢森堡。

我们没有走那条所谓的高速路，其实，那只是一条普通的公路，只是那一段路有护栏而已。路上车比较多，不太安全，我们便选了边上的一条便道，向河谷地带走去。绕过了一个村庄，结果又回到这条公路上，远远地便看到了那座公路桥。望着路上和桥上排成队伍的汽车，我认为那是在过边境等待边检的车队。

走上莫塞尔桥的中间，看到了标志两国国界的标牌，就在桥的中间河道中心之上的两侧路灯电杆上，跨过去，就是卢森堡。

我和薛军站在桥上,看到莫塞尔河两岸的风光。哇塞!河谷两侧绿树成荫,再向两边看去,就是起伏的山峦,放眼远望,是河水与蓝天相依的尽头,天上白云朵朵,河水映照成趣,真的是美极了!再往前一点,就是德国、卢森堡和法国的三国交界处。我和薛军赞叹不已,都和美景照了相。接着向前一步,就跨越了国境,走进了卢森堡。

走到卢森堡的桥头才发现,根本就没有想象中的边境哨卡,从德国到卢森堡的排着队的汽车,只是在桥头等红灯而已。我和薛军都感叹着,在卢森堡的大街上,东张西望地走了一段,留下了卢森堡的照片,以作来过卢森堡的证据。薛军还拍下了卢森堡建筑的法语标牌,作为证明其卢森堡一行真实性的直接证据。

由于时间关系,不敢贪恋美景,也不敢进一步对卢森堡进行深入访问,匆匆往回赶。到了宾馆,刚好一个小时多一些,往返路程五公里。

回到宾馆,我就给杜涛发微信照片,刺激他贪图早上睡觉,没有跟我们去探访卢森堡。吃早餐的时候,看到了杜涛、董祝礼和曹济民,我把在卢森堡拍的照片给他们看,让他们感到后悔。他们都认为太可惜,不知道是不是还有机会,去探访近在咫尺的卢森堡。

三

研讨会最后一天的晚餐，是南尼镇的一位男爵在他的古堡中请我们吃饭，餐前先给我们品尝了他的雷司令等五种不同的葡萄酒，都很好喝。

席间，德国联邦司法和消费者保护部的海科·马斯部长过来敬酒。他是一个帅哥，穿着讲究，谈吐文雅。我跟他说，我们这边桌上的女生都说他长得帅。他就高兴了，要和我碰杯。我说要碰杯可以，但是要干杯，喝完。他说就是一杯，可以喝完。我俩就摆好姿势，其他人就都举起相机和手机，碰杯的时候，"咔嚓、咔嚓"的拍照声响成一片。事后，别人跟我说，也就是你，敢跟外国部长拼酒。我就说，去年我们在维也纳开会，十几个国家的专家在一起，开始拼葡萄酒，后来就拼白兰地，那叫一个爽。

晚餐结束回到宾馆，我跟杜涛说，跟我去卢森堡一次吧，若不然，你是不是有点遗憾啊？他说，那是。我们又约了董祝礼、王法官，还有高飞等几人，换了衣服，轻车熟路，沿着公路走，不到30分钟，就到了卢森堡。杜涛几人因为是第一次访问卢森堡，有点小激动，站在莫塞尔河的桥上照了很多相。

我们沿着莫塞尔河畔漫步。灯光下，河水波光粼粼，倒映着德国那边的那盘又圆、又大、又亮的月亮，月亮的倒影被河水拉长，一闪一闪的，景色十分曼妙、可人。

杜涛说，在卢森堡这样美的月色之下，在很难造访的卢森堡莫塞尔河畔，怎么能不喝上一杯卢森堡的啤酒，以志纪念呢？我们就找到一个江边的啤酒花园，点了几大杯卢森堡的黄啤酒，对着水中的明月，吹着德国和卢森堡两国河上的微风，尽兴地喝了起来。其间的交谈也有点点花絮，欢声笑语，其乐融融。

晚上11点多了，我们不得不难舍难离，跨过两国交界的大桥，回到了德国的这一边。回头望望，夜色中的卢森堡渐行渐远，探访卢森堡的情景，却牢牢记在了我们的心里。

64　民法典教材年

2021年，是实施《民法典》的第一年。我作为编纂《民法典》的参与专家，也作为中国人民大学法学院的民法教授，这一年都是围绕着《民法典》的教材进行工作的，因此，2021年是我的民法典教材年，有两个典型的标志：一是依照《民法典》修订的高职高专统编教材的《民法（第八版）》，获得首届全国教材建设奖一等奖（俗称国奖）；二是依据《民法典》编撰、修订的系列教科书成套告成，实现了一人撰写整部民法典教材的夙愿。

一

获奖的《民法（第八版）》，还是我在最高人民检察院工作期间，接受教育部的委托，主编的教育部高职高专规划教材、高职高专法律系列教材，经全国职业教育教材审定委员会审定，获得全国普通高等学校优秀教材、普通高等教育

"十一五"国家级规划教材、"十二五"职业教育国家规划教材等荣誉。这一次国家教材委员会组织首届全国教材建设奖表彰会，经过层层评选，得到充分肯定，获得了一等奖。这是我的荣誉，也是出版社和编辑的荣誉，更是中国人民大学法学院的荣誉。人大法学院这次获得两个一等奖、两个二等奖，使人大法学院获得"全国教材建设先进集体"的荣誉称号。

开始编写这部教材的时候，我在最高人民检察院民事行政检察厅当厅长。遴选这部教材的主编，是考虑法学高职高专教育要突出理论联系实际，要有司法实践的针对性，所以才选中了我。针对高职高专以及普通高校专科法学教育的特点，教材要求简明扼要，理论联系实际，突出司法实践法律适用的要求。因此，该教材在初版时，只有30万字，后来逐渐增多，但是篇幅也不够大。从第七版开始，依据《民法典》的内容和体例进行修订，第八版加上有关司法解释的内容，也不过46万字，而《民法典》的条文就有10多万字。其中针对高职高专和大学专科教育的特点，增加典型案例，围绕典型案例阐释民法的知识点，便于理解和掌握。出版社和编辑也特别用心，教材设计精美，装帧漂亮，重点突出。因此，这部教材非常受欢迎，学校的老师们和同学们都喜欢，其他读者也喜欢。这部教材从第一版到第八版，20多年，历久不衰，已经发行了几十万册了。这部教材不是高深的学术之作，也不是《民法典》全面阐释的专题作品，只是内容深入浅出，繁简适度，适合高职高专教育的需要。获奖之后，还要继续修订，不断完善，让这部教材符合国奖的称号。

二

从2001年到中国人民大学法学院任教，我就开始了编撰民法教材的工作。民法体系庞大，内容博大精深，本科民法教材通常分为总则、物权、债权（合同）、亲属、继承、侵权责任等部分。《民法典》共分七编，一般应分为七部教材，但在教学实践中通常将婚姻家庭和继承编在一起，称为家事法或者婚姻家庭继承法。《民法典》出台实施，民法教材都面临着修订的任务，使之统一到《民法典》上来。老的教材要修订，新的教材要编写，教学实践又急需，任务十分艰巨、繁重。

2021年《民法典》出台之后，这项工作就开始了。我有一个比较宏伟的规划，就是能够以一人之力，独自完成《民法典》成套教材。已经有的教材是法律出版社的《民法总则》《侵权责任法》，新编了《人格权法》《婚姻家庭和继承法》《合同法》；中国人民大学出版社的《物权法》《债法》，高等教育出版社的《侵权责任法》；北京大学出版社的《合同法》等。按照轻重缓急和繁简程度，安排好先后顺序，逐次进行。

《侵权责任法》是法律出版社的精品教材，被评为"十二五"普通高等教育本科国家级规划教材,发行量大、教学急需,所以率先修订,2020年9月就出版了第四版。高等教育出版社出版的《侵权责任法》,比较学理化,倾向于理论体系的阐释,这些年来也一直有很好的发行量,受到老师和同学们的欢迎。修订后的第二版今年4月发行,成为高等教育出版社的"大红皮"法学系列教材。《民法总则》也出版了修订后的第二版。由于《民法典》规定了人格权编,人格权法的教学也急需教材,因此抓紧编写了《人格权法》,已经发行一段时间了,新编写的《婚姻家庭与继承法》也顺利完成,都成为新的法律出版社的"大黄皮"法学教材。在宣传、编写《民法典》的书刊时,有一个发现,就是采用实际案例教学编写教材特别受欢迎,教学效果好,因此,又接受了法律出版社的邀请,编写了有案例分析的《合同法》,今年已经出版。经过一年多的努力,我在法律出版社修订、新编出版的《民法典》教材就有五部,覆盖了《民法典》六编的内容,就差物权法一部教材。

《物权法》教材是在中国人民大学出版社出版的,初版于2004年。《民法典》出台之后,先修改了一版即第七版,随后最高人民法院出台了物权编和担保制度的司法解释,又抓紧修订、出版了第八版,现在发行得非常好。2007年初版的《民法案例分析教程》也是一部畅销教材,十多年修订了四版,今年依据《民法典》全面修订,出版了第五版,发行效果也很好。《债法》和《侵权责任法原理与案例教程》也是出版多年的教材，目前已经全部修订完毕，明年年初将会分别出版第三版和第四版。《民法典》出台后，我在网络上结合实际案例授课，出版了案例评注民法典的书，得到法学院校老师们的关注，建议根据实际司法案例编写一部《合同法》，所以我主持编写了《合同法司法案例教材》，正在编辑过程中。

北京大学出版社的《合同法》，修订完成后，今年年底或者明年年初就会出版。

算起来，今年以及去年下半年我修订或者编写完成的《民法典》成套教材，主要有以下这些：

1.《民法总则》，法律出版社第二版；

2.《侵权责任法》，法律出版社第四版；

3.《侵权责任法》，高等教育出版社第二版；

4.《人格权法》，法律出版社第一版；

5.《婚姻家庭和继承法》，法律出版社第一版；

6.《合同法》，法律出版社第一版；

7.《物权法》，中国人民大学出版社第八版；

9.《民法案例分析教程》，中国人民大学出版社第五版；

10.《债法》，中国人民大学出版社第三版；

11.《侵权责任法原理与案例教程》，中国人民大学出版社第四版；

12.《合同法司法案例教程》，中国人民大学出版社第一版；

13.《合同法》,北京大学出版社第二版。

以上教材覆盖了《民法典》的全部内容,再加上高职高专法学教材《民法(第八版)》,形成了配套的《民法典》教材体系,能够适应高等法学院校《民法典》的教学需要。其中只有《合同法司法案例教程》是主编,其他各部教材全是个人独著。

三

大学教授主要职责是传授专业知识,一是上课,二是写教材。目前,各种导向对大学教授更多发挥作用的是科研,因为科研成果和项目在评聘职称、获得奖励上更为重要,对个人利益影响重大,没有哪个级别的项目和哪种级别刊物上发表的文章,就不能获聘哪一级的教授,不能获得哪一级的科研奖励。因此,在一些教师特别是青年教授中,拼科研投入的精力多,拼教学的精力少。其实,这样的导向是不对的。

教授、教授,首先是要教和授,没有教和授,就不能称为教授。当然,教和授的基础是科研,没有好的科研成果,教和授就不能保持高质量。但是,有了好的科研成果,还要有好的教材和好的授课,这才能对得起教授的这个称号。有一次,有一个"青椒"即青年教师跟我说,他最不愿意上课,不愿意写教材,我就当面批评了他。他辩解说,上课的课时费太低，没有收获感；编教材，不算科研成果，没有荣誉感。我说，教授以教学为本，不上课，如何传授学问呢？不写教材，怎么能有好的教学呢？不传授学问，不写教材，怎么能称为教授呢？

诚然，以往对高等院校的教师太偏重于科研的考核，导向是有问题的。重科研而轻教学，是违反高等院校的教学科研规律的。当然，重教学而轻科研，也是不对的。教学与科研并重，才是高等院校符合规律之道。这一次国家教材委员会组织首届全国教材建设奖，召开全国教材工作会议暨首届全国教材建设奖表彰会，是一个正确的鼓励教学的导向。国家这样，省级、部级以至于地市级等，都设置教材建设奖，与科研奖同等待遇，同等规格，就能够引导高等院校的教师重视教学，重视编写教材，实行教学与科研并重的方针，就能够获得更好的教学和科研成果，推动提高教学质量，培养优秀的人才，推动高等教育不断发展。

我退休之后，虽然返聘还任教，但是，民法典的教学工作明显减少，身边的学生也少了，有了更多的时间总结教学经验，编写好民法典教材，能为其他老师和同学们提供更好的学习民法典的教材。

说到底，在学校作教授，教学之外，科研不是最重要的。没有好的科研积累，上课、编教材也没有好的基础。2021年，我虽然科研论文发了十几篇，比去年少了一些，不过，在人民出版社出版了《共有权研究》第三版,这是我第一次在百年老店人民出版社出版专著,被列为"人民文库"系列。第一次在商务印书馆出版了《人格权法通义》一书。最近100多万字的《中国人格权法研究》脱稿,将列入中国人民大学出版社"中国当代法学家文库·杨立新法学研究系列"之中。"中国担保法研究"获得国家社会科学基金后期资助重点项目,"民法典疑难问题研究"列入北京市社会科学基金重点研究项目。这些研究,将对《民法典》成套教材的修订提供更好的基础。"不用扬鞭自奋蹄",是我对自己的自勉,也是我70岁以后的座右铭。

第五辑 贤达篇

65 怀念佟老

1996年6月20日,是已故的著名民法学家、中国法学会民法经济法学研究会总干事、中国民法学最杰出的学科带头人和理论奠基人、博士生导师、中国人民大学法学院教授佟柔(1921—1990)先生诞辰75周年纪念日。中国人民大学法学院为纪念佟柔先生生前为中国民主和法制建设、民法的发展和建设,以及中国的民法教育事业作出的巨大贡献,推动我国法学教育和研究事业的发展,隆重举行了纪念佟柔教授诞辰75周年的活动。我作为佟柔的弟子和中国人民大学的一名学生,借此机会,表达我对佟柔先生的深深的怀念和真挚的感激!

一

1984年,我到中国政法大学进修学院学习法律,进修学院特别邀请佟柔先生亲自给我们讲授《民法学》。我在1975

年到法院工作，1980年开始自修民法理论，对佟柔先生早就崇拜有加；我的一些同学虽然不知道佟柔先生在民法学界的地位，但是发的《民法学》教材的主编就是佟柔先生。因而，大家都特别盼望《民法学》课程早日开课，早日见到佟柔先生。

《民法学》开课以后，大家见到了早已仰慕的佟柔先生，都赞叹不已。一方面，大家对佟老的平易近人，对学生关切、爱护的态度所感动；另一方面，同学对佟老对中国民法理论的精深造诣所敬佩。我们这些学生，都是来自全国各地的地、市级政法机关的领导干部和后备干部，绝大多数是"文化大革命"中的高中、初中学生，没有受过系统的法学教育，又都主持一个方面的政法工作，苦于法律修养的不足，尤其是民法理论修养的贫乏，因而都盼望学好民法课。佟老特别理解我们的想法，紧密结合司法实际，深入浅出地讲授民法理论。佟老从商品经济的角度，系统论证民法的调整对象、体系和功能，第一次系统地、全面地从商品经济的内在要求、民法的历史发展及规范功能的角度，阐述了商品经济与民法的关系，并提出了民法以调整商品关系为目的，而我国民法的调整对象的核心部分和主导方面就是发生于我国社会主义条件下的商品关系的观点。在这样的基本思想指导下，佟老先生对民法的各项制度都作了详细的解说，把他对民法研究的全部所得，毫无保留地传授给我们，使我们这些原本对民法理解还很肤浅的法律实际工作者，对民法理论的认识有了质的飞跃。如果不是佟老把他博大精深的学问大公无私地传授给我们，我们怎么会有今天这样的成绩！

我在到中国政法大学进修学院学习以前，在法院工作已经有九年的时间。此前，我没有专门学习过法律，是在1975年到法院工作以后，在一些老法官的指导下，自己自修大学的法律课程。开始是重点学习刑法和刑事诉讼法；1980年开始自修民法，尤其是侵权行为法。1981年10月，我在《法学研究》上发表了第一篇法学论文。因而，在上中国政法大学进修学院学习的时候，应当说对民法已经有了一定的认识。那时候没有什么好的教材，能看到的，只是1958年中央政法干校的《民法基本问题》和一些老的法律院系的教材，以及一些苏联的民法教科书。在这样的基础上，我听了佟老的授课以后，就好像从山谷一下子爬升到了山巅，看到了民法理论无比广阔的天地，过去从来学不明白也想不明白的问题，一下子就全都明白了。尤其重要的是，在课余还可以向佟老请教疑难问题。一下课，往往是我们这些同学就水泄不通地围住了佟老，提出一个又一个的问题。佟老高瞻远瞩，画龙点睛地一一予以解答，几句话就给我们解决了疑惑。

我那时除了学习之外，还在研究侵权行为法；而在中国政法大学，佟老是特别邀请的教授，我没有条件跟佟老更多的接触，只能在上课的时候认真听课，课余找佟老多请教问题，然后按照佟老的指教，到图书馆查阅资料。我就是用这种方法，在中国政法大学进修学院两年的学习时间里，一边学习，一边研究，写完了我的第一部专著《侵权损害赔偿》。现在看起来，这部书的内容不够深，论述也不够周到，但是，由于内容能够紧密结合实际，有实际的参考价值。可以说，没有佟老的指导，就没有我的这一部专著的完成。

二

1988年，最高人民法院的中国高级法官培训中心成立。中国人民大学负责培训的第一期高法班，就是由佟柔先生亲自指导的民法班。我们50名来自全国各地的高、中级法院的主管民事审判的副院长和民事审判庭庭长，经过严格的考试，进入了这届高法班学习民法。我为有了再一次在佟老的指导下学习民法的机会而兴奋不已。这一次的学习时间虽然很短，只有一年，但是在这一年的时间里，除了一些辅助课程外，绝大部分时间都是在佟老以及赵中孚教授、郑立教授等民法学家的指导下，专门研修民法。这样，我们不仅可以在课堂上听佟老等资深教授讲授民法专题，而且可以经常到佟老以及其他老师的家里当面请教问题，请佟老当面进行辅导。

佟老对我们这一届高法班的学员，几乎倾注了他的全部心血，大部分的民法专题课程都由他亲自讲授，而且把他研究的最新所得，全都无私地传授给我们。每当我们到他的家里提出问题，他总是放下自己的工作，耐心、细致地予以解答，直到我们满意为止。在课间，佟老除了给我们解答疑难问题以外，还经常给我们讲一些做学问的道理和他的亲身经历，引导我们为中国的民法事业奉献自己的力量。

有一次课间，他给我们讲起了他走上民法之路的情况。在他大学毕业的时候，正是1949年北京解放。当时，有志青年按照党的要求，随军南下，而佟老按照党的指示，要从事民法的研究和教学工作。他毅然留在大学，担负起了为新中国民法奠基的重任。他说，那时南下的干部，不要说是大学生，就是高中生、初中生，也都当上了省、地一级的领导干部，而自己不过是一个穷教授，赢得的只是自己教过的无数学生。但是，在我们的心目中，佟老虽然没有显赫的职务，也没有多余的钱财，但他却是中国民法学界的泰山北斗。在我们第一届高法班民法专业的学员之中，最引以我们自豪的，就是佟老对我们的谆谆教诲和言传身教——因此，我们是佟老的弟子。

在这50名学员中，我是佟老最为关心的一个。在这一年的时间，我除了正常的学习以外，一方面参加佟老组织的研究生研究侵权行为法的小组，另一方面，我在写作我的第二部侵权法专著《侵权特别法通论》。有了这样好的条件，我可以就一些疑难问题经常向佟老请教；佟老也总是把最新的理论研究成果和动向讲给我听，让我把这部专著写得更好。同时，他教导我，做学问，首先要做人，要有坚定的政治方向和高尚的道德情操；只有做好人，才能做好学问。

在佟老的指导下，我的写作进展顺利，在我就要毕业的时候，我的这部专著终于脱稿。当我将稿子送到佟老手中的时候，我的心情忐忑不安。而佟老看了以后，却给了我很大的鼓励。在他的身上，我看到了老一辈民法学家对后进的提携和激励。1989年7月7日，佟老欣然为我的这部专著作序，他认为，"这本书的特点是理论研究与司法实践紧密结合，论理严谨，语言通畅，易于为读者所理解，有助于指导司法实践，对民法理论研究亦有裨益。作为一个年轻的司法工作者独立地完成这样一部理论专著，难能可贵"。他的这些话，对我这样一个初出茅庐的青年民法实务工作者，无疑是一个巨大的鼓舞。也正是在佟老的教育和鼓励下，我坚定了终生研究民法的志向，至今不悔。

三

1990年2月，我和几位这一届高法班的学员调到最高人民法院工作，使我们有了更多的机会聆听佟老的教诲。可是由于工作忙，我和同学们还没来得及多去看望佟老几次，9月16日，却听到了意想不到的消息——佟老离开了我们。我们在北京的高法班同学，一齐站在佟老的遗体前，献上寄托哀思的花圈，寄托我们的深深哀思。

佟柔先生少年时期家道贫寒，颠沛流离，深受国破家亡之苦，饱经战乱灾荒之患，因而奋发学习，立志图强。自新中国建立之初到中国人民大学教授民法以来，执教40余年，为制定中国的民法典，建立博大精深的中国民法学理论体系，一方面，不论遭受什么样的动荡和苦难，他都别无他求，坚定不移、孜孜不倦地钻研民法理论，创建了属于他自己的有独特见解的民法理论思想，为中国的具有特色的民法学理论体系，奠定了坚实的基础；另一方面，他把自己的学问毫无保留地传授给他的学生，以他的知识、心得和情操，为自己的学生授业、解惑、传道，竭尽自己的全力，为中国的民法学界造就了一支颇为壮观的骨干队伍，做好了民法理论研究的承上启下的基础工作。可以说，佟老的学术思想并不属于他自己，而是属于祖国的民法事业。

我深深地敬佩佟老的学问，更深深地仰慕他的人品。在他内心深处，藏着他创建中国民法典的宏愿，盼望在他的有生之年，亲手制定出这样一部宏大、广博的大法。为了这个目的，他尽心竭力，尤松奉献，从不注意自己的健康，想通过额外的身体透支，来更快、更好地完成这样一个极其艰巨的任务，因而使他的健康受到了严重的损害，使他过早地离开了他自己心爱的事业，终未实现这一宏大的心愿。我作为他的学生,怀念他,最重要的,就是要继承他的遗愿,完成他老人家未竟的事业,把自己奉献给祖国的民法事业。

正是由于这样的一个愿望,这些年来,我在工作和学习上,就像佟老在世时亲手扶持我那样,一丝一毫不敢放松。我是一个法律实务工作者,虽然有较为丰富的实践经验,但由于在十年动乱中失去了深造的机会,在法学修养上有先天的不足,只是在佟老的精心指导下,才有了今天这样的基础。我不满足于只做一个维护法律的实务工作者,更愿意在理论上有所造就,不辜负佟老对我的一片期望,在中国民法理论研究中,应当作出自己的贡献。所以,这些年来,我在做好自己的本职工作以外,把研习民法作为自己的终身事业,尽自己的最大能力,多做一些民法理论研究的工作。正因为如此,我在自己的本职工作之余,把自己在研习民法上的心得体会写出来,出版了几部民法学专著,发表了几十篇民法学专题论文,同时,在司法实践中尽力把研究所得应用起来,借以丰富民法理论研究和实务的园地。作为佟老生前关心的学生,用这些东西,来告慰恩师。

中国民法和民法理论能有今天这样日新月异的成果,靠的是佟老和佟老那一代老的民法学家的辛勤努力;中国民法和民法理论的今后发展,要靠我们这一代中青年民法学家的继续耕耘。我们继承佟老的遗志,就是要继承他未竟的事业,把创建博大精深的中国民法典和独具特色的中国民法理论体系，作为己任，靠兢兢业业的努力和踏踏实实的工作，去实现这一宏大的目标。无论是过去、现在还是将来，我都会这样要求自己，并用自己的实际行动来证明它。

佟老已经离开了我们，但他永远是我们的导师，我们永远怀念他！

66　不落的旗帜

在报纸上看到谢老怀栻先生辞世的消息，不胜悲痛，夜不能寐，先生往事历历在目，就像一面旗帜，永不飘落。这样说，一点也不夸张。在民商法研究中，谢怀栻就是我们的旗帜，就是我们的导师。这面旗帜永远不落，我们的导师永远不老！

一

自学民法已久，自然知道谢老的鼎鼎大名。不用介绍，早就知道谢老的辉煌经历——40年代之初，谢老法律专业毕业，即在法院担任法官；中国台湾光复回归祖国之后，谢老是第一位大陆政府派去的高等法院推事。以后又在大学专授民法，对民法的精通，当为首屈一指。

更值得我敬佩的，是谢老的铮铮铁骨——1957年，响应号召，帮助党整顿作风，对中国法制建设提出铮铮谏言，以报效国家，针对我国法制存在的严重问题，提出我国应当尽快制定民刑法律，以免法院无法可依，出现错案；在政法干部教育中应加强法律业务教育，不能以政治运动代替业务教育的意见，因此，被划为极右分子，被开除公职、劳动教养，1966年被送到新疆劳动。直到错案改正、平反昭雪，回到北京，重新开始研究民法。

20世纪80年代，我正在自学民法，又在中国政法大学进修学院学习了两年，在学校知道了谢老的大名。因为那个时候，法律的教材几乎都是50—60年代的，那时哪里会留下谢老的著作呢？在学校就不一样了，学校的学生、老师都知道谢老的大名，传说着谢老的故事。听着这些，谢老的光辉形象就闪现在自己的心中，成为心中的偶像。让我记得最清楚的，就是谢老评论《民法通则》特色的讲话，说到的"特色和瘤子"的关系。他说，一个人脸上长着一个瘤子，别的人没有，这自然就是一个特色，可是这样的特色是一个好特色还是一个不好的特色呢？当然是不好的特色！我想，心底无私天地宽。就凭着谢老敢于讲出这样的话，就能够证明他是一个无私无畏的战士。

1988年，我到中国人民大学高级法官班学习，王利明教授当时是我们班的副班主任，他给我多次讲起谢老的故事，并给我找到了一套谢老在人民大学授课的《外国民商法》讲义，让我好好看看，并说将来一定要请谢老到我们高法班讲课。可是，直到高法班结束，谢老也没有来过，因此，在北京学习的时候，想终没有实现想见到谢老的愿望。

二

直到 1995 年到最高人民检察院工作以后，我才真正见到了谢老。那时候，我已经在高检院的民事行政检察厅主持工作了，案件的讨论最后我要拍板，而自己又觉得民法的修养功力不够，因此，有些案件经常要征求民法专家的意见。因此找到了谢老的电话，与谢老约好，到谢老家拜访。

找到的是位于西直门附近的一座极为普通的高层建筑，走进去，是一套极为普通的民居，看到的，是一位极为普通的老人——矮矮的个子，花白的头发，说话轻轻的，慢慢的，但是，极为有精神，恐怕就得用精神矍铄这个词来形容才恰当。那时候，谢老身体很好，满面红光，神采奕奕，谈到的每一个问题，都极为准确。我说我叫杨立新，他说："我知道你这个人，因为你给我寄过书。"接下来，我就开始向谢老提问题。谢老一一作出解答。

现在还记得很清楚，就是我向谢老请教了一个案件，涉及合同更新的问题。谢老沉吟了一下说："这个问题，我记得我的老师梅仲协教授上课的时候讲过，那还是大学三年级的时候。"接着，谢老就说着合同更新的原理。说完，谢老告诉我，让我回去找一下梅老师的书，看看是不是这样说的，时间长了，他说怕记不清楚了。

回到办公室，我就找出了梅仲协的《民法要义》，翻到了谢老说的那一个部分，果然，谢老说的完全正确。这件事，使我对谢老更为敬佩，这样超人的记忆，真是令人难以想象。我经常跟别人说起这件事，说完之后，我总要说："谢老师，神人也！"

后来，和谢老的来往就多起来了，不仅是我到谢老家里请教问题，更多的是在讨论立法、司法解释、疑难案件的各种场合。在这样的场合，谢老总是有真知灼见，熠熠闪光。谢老对争点的说明和阐释，不仅仅是告诉我们民法的内容和原理，更多的，是让我们领会民法的精神，看到民法的脊梁，掌握民法的真谛。看到谢老精神抖擞、侃侃而谈的样子，我感到那就是我们民法的旗帜。汇聚在谢老这样的旗帜下，那是我们的幸福。

三

其实，我说谢老是我的老师，多少有一点理亏，就因为谢老没有当过我老师，我也没有机会听讨谢老的课。但是，我对谢老心仪久矣！自信作为谢老的门徒还是有资格的，而且也在寻求这样的机会。机会来了。在谢老80大寿的时候，在寿宴上,谢老确认我是他的俗家弟子。

那是1999年8月,得知谢老80华诞,我向主持寿诞议程的同事提出参加寿宴的请求。筹办者有些犹豫,因为参加寿宴的都是谢老的学生和弟子,当然也有谢老的同事和好友。我算什么?既不是学生,当然更不是同事和友好。不过,我还是被准许参加了这个祝寿活动。

寿宴隆重而活跃,气氛非常好。80高龄的谢老神采奕奕,精神焕发,真的不像一位耄耋老人,倒是比我们年轻人还要精神,说说笑笑,谈天说地,潇洒自如。看起来,谢老的笑容和心情,就像会场上大家送的鲜花一样,鲜艳灿烂。每一位到会的人都想发言,表达对谢老的敬意和尊重。

我发言的时候,先向谢老祝寿,祝谢老寿比南山,与江河同辉,谢老连连摆手,说受不起。然后,我就说起我对谢老的仰慕,但是无缘成为谢老的弟子,十分悲伤。这时,大家就插话,都说凡是今天来的学生,都是谢老的弟子,你还真不是谢老的亲传。我说那是我的不幸,但是不一定只有亲传的才是弟子。大家说,那就只有作为俗家弟子了。我说,我就是谢老的俗家弟子,不知道谢老是不是愿意收我?谢老微微点头,并说怎么会不愿意?当然愿意!我当时就向谢老敬礼,激动得说话都结结巴巴。因此,说我是谢老先生的弟子,此言大概不谬。这真的是我的幸运!

四

最后一次见到谢老，是在年前的一次案件论证会上。那次见到谢老，我就觉得谢老的身体不如以前了。谢老的动作有些迟缓，但是，说话还是那么精神。他坐在沙发上，阐释着对案件的看法。我在旁边默默地听着，看着他一点一点地剥去疑难案件的层层迷雾，将案件的真实展示在我们的面前，让我们一下子就拨开迷雾，见到了太阳。那时候，我就向上苍祈祷，保佑我们的谢老健康长寿，永远健康，那是我们民商法众多弟子的幸福。

谢老他走了吗？没有！尽管昨天法学所的同事一再告诉我，"非典"横行期间，谢老的追悼会已经开完，没有邀请他人参加。但是，我还是不相信，谢老不会离开我们的。

谢老确实没有离开过我们！就是在不久前，谢老的新著《外国民商法》就放在我的桌子上。是的！谢老的著作、谢老的文章都在我们的身边，更多的，是谢老的精神。永远在我们身边的，就是谢老那高高飘扬的旗帜，照耀着我们。有了这种精神，中国民法的旗帜永远高高飘扬！

67 王家福先生

早就知道王家福先生最近的身体状况不好，但是噩耗传来，仍然是痛彻心扉，深深地为王家福先生的离去感到悲哀，也为王家福先生脱离病痛而欣慰。周五将为王家福先生送别，我却因学校安排的课程不能请假，因而提前著此文，悼念敬爱的王家福先生。

一

都知道，王家福先生是我国四大民法先生之一，对中国民法的建设功勋卓著，为我辈以及我辈之后辈的学者所景仰、所佩服、所拥戴。

我不是王家福先生的入室弟子，只是一个俗家弟子而已。不过，我在王家福先生身上学到的，却不仅是精深的学问，更有他为人处世、经天纬地的大智慧。

第一次见到王家福先生究竟是在什么时间，我似乎记不起来了，总是在某次会议上吧？但是，第一次在心里由衷地感佩王家福先生，却是在北京的书店里，买到了王家福先生的著作《中国民法学·民法债权》。那时，我还在吉林通化中级人民法院工作，到北京出差，逛书店，看到了这本厚厚的书，十分惊喜，买了一本，抚摸着黄色的封面，爱不释手。那个时候，出版这样厚厚的民法学术专著，还是很少见的。把这本书带回家里仔细阅读起来，不能说是"字字是真理，一句顶一万句"，却也如旱地之甘霖，禾苗之润雨，十分解决问题，字字都是民法的真谛。

后来，我到北京工作，经常见到王家福先生，不论是在会议上，还是在座谈中，以及在王家福先生家里的深度恳谈。先生对世事的洞见，对民情的悲悯，对学问的执着，对社会的责任，都让我深深感动。王家福先生的宽宏、仁慈、智慧、博学，以及还有那些数不清的优秀品德，不仅学富五车，更有宽广胸怀，都让我深深地敬仰和由衷地佩服，暗下决心，要以王家福先生作为榜样，认真研习民法，真正做一个民法的学者，像王家福先生一样，为民造福。

二

王家福先生是法学家，更是政治家。他能够用他的智慧，将对法学的追求化作人民的愿景，用当政者喜欢和能够接受的言辞劝谏并被采纳，写进《宪法》和法律中，成为社会应当遵守的法律规范。

在这方面，最为大家津津乐道的，是在王家福先生的努力之下，把"依法治国"和"人权"写进了宪法，成为根本大法确认的国家基本国策和原则。这得需要多大的勇气和多大的智慧才能做到的啊！这绝不像我等之辈，立法建（谏）言总是直来直去，不讲究方式方法，在很多情况下取得的效果并不好。

我要特别说到的是，在制定《民法通则》时王家福先生的卓越贡献。在很早之前学习民法的时候，就听佟柔老师说过，《民法通则》关于"财产所有权以及与财产所有权有关的财产权"的表述，是一个绕口令式的民法术语。可是，这个绕口令式的民法概念究竟是谁发明的，大多数人却一直蒙在鼓里。2006年4月12日，我主持召开了"纪念民法通则出台20周年研讨会"，把当时在北京参加《民法通则》立法的专家几乎都请到了，会议非常隆重。与会的立法专家、学者和立法机关的官员，回顾《民法通则》制定的经过，无不感慨万千，都为短短的156个条文的《民法通则》在改革开放20多年中所发挥的重大作用而感动不已，为参与立法的专家、学者、官员的政治智慧和巨大贡献深表敬意。

王家福先生发言时，他先问了一个问题："你们知道，那句'财产所有权以及与财产所有权有关的财产权'是谁发明的吗？"与会人员都一致摇头。王家福先生微微一笑，说："那是我发明的。我现在就把这个过程说给各位听。"接下来，王家福先生娓娓道来，说起那些20年前的立法往事。

原来，在佟柔老师领导下的立法起草小组经过千辛万苦的工作，《中华人民共和国民法通则（草案）》已经到了最后定稿，就要提交立法机关审议的关头了。但是，在最后的一天里，还有一个重大问题没有解决，这就是关于"物权"和"他物权"的表述问题。原因在于，在制定《民法通则》之时，还是改革开放不久的时代，那些政治上的禁忌并没有完全消除，民事立法不能使用资产阶级民法的物权、他物权概念，就是其中之一。而物权和他物权是民法的基本范畴，一部没有物权和他物权概念的民法，怎么可以想象呢？前一天下班之前，佟柔老师下达命令：今天各位专家回家之后，每一个人都要认真想，究竟怎么表述物权和他物权的概念，明天就是最后一天，必须解决这个问题，我希望明天上班的时候，各位能够拿出自己的智慧成果，解决这个最后难题。王家福先生说："我回家之后，就一直想啊、想啊，终于想出来了一个好主意，表达的既是物权和他物权的含义，又不是这种资产阶级民法使用过的概念。"第二天一上班，就开始讨论，王家福先生说："我想好了一个主意，大家看看是不是可以。"接着，王家福先生就提出了这个"财产所有权以及与财产所有权有关的财产权"的概念。家福先生一说完，其他各位立法专家都拍案叫绝，立即就采纳了这个概念。接下来，草案在起草小组通过，报到立法机关，1986年4月12日获得审议通过，我们的国家终于有了这部"迷你型"的民法基本法。

从"物权、他物权"到"财产所有权以及与财产所有权有关的财产权"，这里面需要包含多大的政治智慧才能够做到的啊！尽管这样一个复杂、拗口的民法概念，我们在学习和应用中都在抱怨，但是，如果当时没有这个概念的表述，就不会有《民法通则》的顺利通过，更不要说在21年之后能够有《中华人民共和国物权法》的顺利出台。这部法律不仅使用了物权和他物权的概念，更是确立了物权平等保护的基本原则，让天下所有人的物权以及他物权都能够得到平等的法律保护。可见，没有当年王家福先生的"财产所有权以及与财产所有权有关的财产权"概念，就绝不会有2007年的《物权法》，以及正在制定的《民法典》！

这就是王家福先生的智慧！绝对令我辈敬仰不止。家福先生走了，他留给我们的这些宝贵遗产，却能够长久地为民造福。

三

新世纪刚刚开始的时候，立法机关决定要编纂民法典，领导小组将起草侵权责任法和人格权法草案建议稿的任务交给了王利明以及我们的中国人民大学民商事法律科学研究中心。那时，我刚刚调任人民大学法学院任教授，兼任这个研究中心的常务副主任。接受了这个任务之后，我们夜以继日地工作，终于很快起草了《中华人民共和国侵权责任法（草案建议稿）》《中华人民共和国人格权法（草案建议稿）》，印刷装订好之后，报送人大法工委。接下来就召开了立法研讨会，王家福先生和江平老师、唐德华副院长等数十位专家聚集在人民大会堂会议中心讨论了两天，都对我们的建议稿给予充分的肯定，同时也指出了存在的问题和进一步完善的意见。

其中，王家福先生提出的意见我至今记得清清楚楚。关于荣誉权的问题，他说，荣誉权是不是一个人格权，很难说，其实既有人格权的内容，也有身份权的性质。如果就说它是一个身份权而否定它的人格权性质，并不合适，实际上是一个具有身份权性质的人格权。《民法通则》把它规定在人格权中，没有错误，今天的建议稿把它还规定在人格权中，我看是很好的做法。王家福先生还提出了很多宝贵的意见，我当时是有记录的。

总之，在王家福先生以及其他前辈和专家、学者的指导下，《侵权责任法》在2009年12月通过立法程序。它打破了民法立法的惯例，作为一部单独的法律问世。人格权法草案建议稿也经过反复修改，在2002年的《民法草案》中被采纳，直到今天，《民法典》专门规定了人格权编。这些都是王家福先生等前辈指导的结果。

在立法工作中，王家福先生对中国民法立法进步的贡献是伟大的、卓越的，但是他又不仅仅是对推动中国民法立法进步发挥了巨大作用，而且在民事立法的过程中，把他那对民法的真知灼见和高超的政治智慧，传授给我们这些后辈。直至今天，在他基于身体的原因而不能亲临编纂民法典立法工作现场的情况下，我们这些接受他的学问和智慧的后辈，用他的精神和力量，用我们的双手，正在培育中国民法典之花。以我所见，王家福先生传授给我们的这些，既是我们的收获，更是国家和民族的幸运。

四

对于我个人，特别感恩于王家福先生。我虽然不是先生的入室弟子，但是，先生的言传身教，如甘霖、如细雨、似春风、更似阳光，一直滋润着我的身心，让我感受到大师的风采和温暖。

王家福先生长时间兼任中国人民大学民商事法律科学研究中心的学术委员会主任职务，把我们中心的事情当成他自己的事情，尽心操劳。每年我都要向王家福先生汇报工作，王家福先生都对中心的工作作出指导。正是在王家福先生的辛勤指导下，我们中心的工作不断发展，成为民商事法律的立法司法的智库，连续三次（每次四年）被教育部评估评为全国九所法学重点研究基地的第一名。我作为长期担任中心主任的学生，深深地感谢王家福先生对我们中心的关心、支持和精心指导。

对于我个人，尽管我没有能够在课堂上倾听王家福先生的言传，但是在日常的会议、讨论以及在先生家里的耳提面命，得到的是先生的身教。在会议上，我用我当过书记员的本事，对王家福先生的发言能够如实地记录在案，会后不断温习，收获良多。我在王家福先生身上学得更多、体会更深的，是在典型案件的讨论会上，先生对案件的真知灼见，往往令我拍案叫绝。我是从司法第一线成长起来的法学教授，要说民法的司法经验，还是比较丰富的。但是，王家福先生讨论案件，却能够高屋建瓴，发表具有远见卓识的见解，使人不禁眼前一亮，甚至有怦怦心跳的感觉，令人振奋，又发人深省。有一次，在国务院招待所讨论一个汽车分期付款的案件，王家福先生站在国家政策的角度，批评时政，鼓励民企发展，使我和当事人都受益良多。在王家福先生的熏陶之下，我改变讨论案件就事论事的习惯，深究不停，从中得出更重要的见解，为国家立法和司法建言献策。

其实，王家福先生在做人处事方面，给我的教益更多。先生宽厚、仁慈，从不见其怒目相视，更不见其板着面孔训人，总是用平和的声音和语调，谆谆教诲，和风细雨，潜入心脾，使人受益无穷。对后辈，先生并不以先生自居，不像有些专家那样总是觉得唯有自己正确，而是以朋友相待，即使说出不同的意见，也都是以商量的口吻，从不居高临下，出口不逊，语出伤人。在先生面前，先生既是先生，更似朋友，既是父辈，更像兄长。在先生面前，能够让自己感到学问不足，但更能让人感到自尊、自强、敢于不断进取，不断上进。在这样的长者面前，既不会让自己感到自大，又不会感到渺小，而愿意与先生一起学习，跟先生一起共进。

王家福先生做人处事，真的是我们的典范！能够让我们一辈子向他学习，一辈子都有教益。

五

先生仙逝，日月为之动容。听到噩耗之后，久久不能入眠。学生看到我转发的讣告，在微信中劝我止哀。我何尝不想那样！可是王家福先生的音容笑貌就在眼前，让我不能不想念仁厚的师长和可亲的长辈。

我时时在想，面对先生对中国民法的贡献，我辈究竟还应当多做什么？做好什么？其实，想得很通的，那就是将先生的学问、智慧以及人品，真正学到自己的骨子里，也要做先生那样的人。

有一天，我们真正能够像王家福先生那样做人、做事、做学问，能够像他那样生活在民法温暖的怀抱里，用仁慈、悲悯之心为社会、为人民奉献自己，就能够有所贡献。尽管可能做不到王家福先生那样的高超程度，但是，只要我们努力了，先生的在天之灵就一定会看到，他一定会赞许我们作出的努力。

王家福先生，我们永远怀念您！

68　魏老师，您不会怪我吧？

2016年9月5日临近中午，学生在微信群里说了一个惊天的噩耗：魏振瀛老师于早上逝世！这不啻于一个惊天霹雳，我目瞪口呆，不敢相信这是真的。经过与刘凯湘教授核实确认，我痛苦万分，忍着泪水查看送别魏老师的时间，可这恰恰是我新学期的第一节课。一边是送别魏老师，一边是新学期第一堂课上嗷嗷待哺的新生。我该怎么办？

魏老师，您不会怪我吧？面对这样的选择，我还是选择了去给新学生去上第一堂课。这似乎不近情理，似乎对您没有尽到应尽的情感。可是，这正是您平日的教诲，让我们作为教师，永远都要把学生放在第一位！而您，正是这样做的：在北大法学院，无人不知，您是对学生最好的。上课，您总是先到教室，倾其所有，将自己所知所学、所思所得，都毫无保留，献给学生；课后，对于学生提出的问题，您总是孜孜不倦，解惑答疑，直至望着学生满意而去的身影；业余，您编写的民法教材，不知哺育了多少学子。作为学生，也是把您的教材几乎翻烂，恨不能把它吞进肚子里。对于我们这些学生，您是要求苛刻的严师，又是贴心贴肺的益友，留给我们一生享不尽的精神食粮。我现在也像您一样，步您后尘，用学问守护着自己的学子，为了他们，可以牺牲自己。我也只有这样，才能传承师训，使我中华法治事业后继有人。

魏老师，您不会怪我吧？面对这样的选择，我还是选择了去给新学生去上第一堂课。这似乎不近情理，似乎对您没有尽到应尽的情感。在我民法理论研究遇到困难的时候，是您鼓励我：我说我学历太低，攻读民法学术有困难；您说，学历不是问题，关键是看自己是不是努力。我说我外语不行，研究民法学术有障碍；您说，外语不是问题，可以借助其他办法，都能够弥补不足。您说的都是对的，是在我学术进展上取之不竭的加油站。不仅是您说，更重要的是您做。您对民法学术的追求，就是我学术进步路上永远不灭的明灯。您的研究专著和论文，总能给我以启迪、以引领、以鞭策、以振作。以您对中国民法学术的贡献，早已达到峰顶，可是您仍然是孜孜以求，不断探索，即使年至80，仍然有长篇文章发表，仍然有凝聚心血的专著出版。我按照您的指引，用心研究问题，才有今天的学术进步，而您的学术营养，是我取之不竭的源泉。就是在前一天，我还在自己的文章中，引用您关于"责任与债的分离"的最新专著论点，作为我文章中的论据。相信您的学术理论，将永远是我辈进行民法学术研究和创作的理论宝库。

魏老师，您不会怪我吧？面对这样的选择，我还是选择了去给新学生去上第一堂课。这似乎不近情理，似乎对您没有尽到应尽的情感。今天的课程，我要给学生讲授民法典的编纂。要知道，早在30年前，您在制定中华人民共和国第一部民法即《民法通则》的时候，您就是民法四大先生之一，您负责"民事责任"一章的起草，写出了中国民法的特色。尽管在30年流逝的时间里，《民法通则》关于民事责任的主要部分，已经被分解到了《合同法》和《侵权责任法》之中，但是，中国民法在"责任与债的分离"的尝试中，却获得了巨大的成功。没有您当年的努力，谈何责任与债的分离？谈何《侵权责任法》傲立于世而独树一帜？数十年来，《民法通则》作为民事权利宣言书的光辉，照耀着神州，保护了亿万人民。您和您的同事们对于中国民法法治的建设和发展，建立的丰功伟绩，如何评价都不过分。我们今天，正在您和您的同事的引领下，继续完成中国民法典的编纂事业。我们今天这种的努力，正是您对我们的期望。不是吗？一定是的。

魏老师，您不会怪我吧？面对这样的选择，我还是选择了去给新学生去上第一堂课。这似乎不近情理，似乎对您没有尽到应尽的情感。事实上，我并不是您的亲传弟子，无缘作为您的亲学生，而是一个俗家弟子，然而您对我的耳提面命,却使我把您奉为民法神明而死心塌地就教于您。不仅如此,我的家里还有您的亲传弟子:夫人和长女都就教于北京大学法律系,都是民法专业的学生,都是您的亲学生。我的一家,都受惠于您的学术恩泽。我传承您的学术而继续光大,带好自己的学生,让他们成为民法学术的后继者。我的夫人和长女,作为律师,奔波于京沪,守法护法,扶助法律上的弱者,伸张正义。今天,夫人前去送您,带去我的哀思,带去我的感恩,带去我们一家挥之不去的对恩师的眷恋。请老师走好!

魏老师,您一定不会怪我。就是在今天的课堂上,我要带领我的学生,向您致哀!我还要把我的祭文念给他们听,让他们感受我对您的深情,感受民法学界对您的深情,感受国家对您的深情。我相信,那时正是您离开的时候,我的眼中将饱含泪水,我的学生也会记住您的光辉,而我,实在是无法继续写下去、念下去了……

敬爱的魏老师,一路走好,我们永远爱您!

69　老院长

一

这次暑假探亲,我没有先去看我的老院长,而是被老同事当然也是老部下集安市法院院长拉到了集安市郊区的森林公园,爬高山、涉峡谷、钻山洞、看流水,好不开心。当我们爬上峭壁,仰望着更高的主峰上的景观时,看到的是苍苍茫茫的松海,松翠柏绿,层层叠叠,有如排山倒海的巨涛。在那些苍松翠柏之间的主峰上,那棵高高的青松更为引人注目。我们爬到它的跟前,在它庞大枝叶的绿荫下,抚摸着它斑驳、苍劲的树干,我就突然想起了我的老院长。不行!我得回去看他。

自从离开家乡到北京工作,每次回老家探亲,我都要去看望我的老院长,聊上几句,说说学习和工作,真的好不开心。可是我从集安赶回老家,看到了我的老院长之后,心情却不怎么好。没有别的感觉，就是老院长真的老了！

那是上午11点左右的时间，现任中级法院院长李长明陪着我到老院长家。用力敲着门，就是不见回音。老院长的邻居说，他就在家里，但是敲门听不见，你再好好敲敲。

我和李院长趴在门玻璃上，仔细地看着，才发现老院长就在厨房里，看样子是在洗菜或者是在做饭。

终于，在连敲带喊的声势下，老院长发现有人来了。他颤颤巍巍地走过来，开了门，发现是我的时候，老院长有些惊讶，声音洪亮地问我："什么时候回来的？怎么不提前说一声？"李长明小声嘀咕着："说了你也听不见，怎么说？"

声音还是那个洪亮的声调，虽然也还有一些穿透力，但已经不是那么的震撼人心了。记得那时候最让我钦佩的，就是老院长的风采和具有震撼人心的声音。现在，我说什么，他已经听不到了，李院长声嘶力竭地喊着，总算是把我慰问的意思说明白了。我含着眼泪告辞，老院长却说什么也不答应，最后一步一步的蹒跚着，爬上楼梯，翻了半天，拿出来了一瓶连商标都已经看不清了的白酒，送给我，说："立新啊！你回来一次不容易，下次再回来，说不定就看不到我了。你和中级法院的老同志一起喝了这瓶酒，我也许就活在你们心里了。"

我双手握着这瓶酒，眼泪流了下来——这不是一瓶酒呀，这是老院长的一片心！我让李长明把这瓶酒珍藏着，这可是对老院长的一个念心、一个珍藏。

二

我在 1975 年到这个中级法院的时候，老院长是常务副院长。那时候也有院长，但是业务工作全都是听老院长的，因为他就是我们法院的业务权威。我刚到法院，就听老同志说了很多老院长具有赫赫威名的故事。他们说起来都津津乐道，我听着都入了迷了。

土改当中，老院长 18 岁离开学校参加工作。在 22 岁的时候，就当上了省监狱的典狱长，是当时全省政法机关中最年轻的领导干部。可是，在建国初期极端艰苦，监狱进行生产自救中，老院长带领监狱干部处理废旧钢铁，被举报是倒卖军用物资，受到纪律处分，行政降两级，调到了省法院当科长。

1957 年，我们的中级法院五名同志被打成右派，1959 年又有七名同志被定为严重右倾，一个法院就没剩下几个"好人"了，就连院长也被调离了，工作出现了严重危机。省法院指派老院长到中级法院任常务副院长主持工作，挽救这个法院的危局。

老院长毅然决然赶赴我的家乡任职。一到任，就开始大张旗鼓地抓审判业务工作，通过到基层法院查案，发现基层的人才，把最优秀的审判员调到中级法院，工作上的被动局面终于彻底改变，一个濒临"破产"的中级法院，成了地区的先进集体和全省法院系统的先进单位。这不是神话而是现实，老院长识人善任的威名也传遍全省法院系统。

不过，老院长从1960年到1978年，就一直是副院长，尽管绝大多数的时间里都是他在主持工作，原因就是他出身于小地主家庭，由于阶级出身的问题，不会让他当院长的。在检察院重建的时候，原任院长调任检察长，这个时候已经改革开放了，老院长才真正当上名副其实的院长。

三

在我刚来的时候，老院长就喜欢上了我。不是因为别的，就是因为我办案和写文章基本上路。院里一位老大姐跟我说，老院长看上你了。我问她，怎么可以看出来呢？她说，他看你的眼神都直了，还把你写的文章都拿去看了。"老院长看上你，你就没错。"老大姐肯定地说。

我那时候刚刚从部队复员回地方，在五七干校学习了两个月，也是"双突"（即突击提干，突击入党）培训班，之后就被分配到了中级法院，归于老院长的统辖之下。大概这就是我的运气了。假如我在那时候没有分到法院，或者分到法院而不是老院长当政，我大概就不会有今天。

我办的第一个案件是一个离婚上诉案件。我当时刚刚23岁，没有结婚，就办起了离婚案件，真是可笑得很。不过那时候不是现在，到了法院任命为工作人员，就可以办案了。我跟着老同志一起阅卷、核对证据、询问当事人和证人，最后调解结案，写出了的法官生涯中的第一份裁判文书。调解书原稿呈报老院长审定签发，老院长只改了两个字，就签发了。随后，他就嘱咐庭长和支部的同志关心我，帮助我。不到一年，又把我调到研究室，专门让王士奇带我。王士奇被称作大可，是一位东北人民大学法律系毕业的高材生，极有才华，跟着他，他把他的本事差不多都传给了我，带着我走进了法律的殿堂。

在我对法院的工作比较熟悉了之后，老院长又决定让我在《刑法》和《刑事诉讼法》颁布实施之前到刑事审判庭工作，打好刑事审判的基础。然后就呈报地委，拟任我为审判员。可是地委并不了解我，我那时只是一个复员军人，又没有文凭和专业，因此没有批准。老院长认为是地委领导不熟悉我，就经常安排我陪同地委主管政法工作的领导出差进行视察工作。地委领导通过直接的观察，发现了我确实是一个当法官的料，在批准我审判员之后不久，就任命我当刑事审判庭的副庭长了。这是1982年的事情。

那时候，提拔年轻干部已经是当务之急。老院长是想把我作为人选。可是他知道，我的文凭就是一纸"文革"期间的初中毕业证书，无论如何是过不了关的。因此，在1983年得知中央党校要培训一批中级法院的领导干部时，他到高级法院要了一个名额，推荐我到了中央党校第一届司法干部培训班学习。接下来，我在7月份结业回到家乡，9月份就任命我为中级法院副院长。

回想这一切经历，我对老院长的感情能不深吗？每当我跟他说我的感激之情的时候，他就会说，小杨啊，这可不是纯粹的个人感情问题，而是我看中你是一个干法官的料，是一个搞法律的人。物尽其用、人尽其材，这就是一个领导干部的职责！话虽这样说，我和老院长的深厚感情，在当地是没有人不知道的。想一想，如果没有老院长的认人、识人，我都意识不到自己是一个干法官的料、搞法律的人，我怎么会有今天呢？

四

其实，老院长决不仅仅是对我一个人这样。凡是他认为有培养前途的法官，都尽可能地调到身边，尽心尽力培养，使他们充分发挥自己的作用。

就说我的师傅大可吧，现在他已经作古了。1958年，他在东北人民大学法律系毕业，主动要求到基层工作，分到了我们地区的海龙县法院。到任之后不久，他就陷入婚姻纠纷之中，再加上学问深，有一些恃才傲物，接着又是"文革"，就被搞得一塌糊涂。

我到法院的时候，大可已经调到了中级法院，在刑事审判庭当审判员。1973年，军管会的审判组撤销，恢复法院建制。老院长主持中级法院工作，原来的审判组的人远远不够。老院长第一个想到的就是大可。他认为大可是一个被埋没的人才，如果没有纠缠的是是非非，给他创造一个好的环境，他就会做出非常好的成绩、真正发挥他的学问的专长。就这样，大可被调到了中级法院。

我到法院之后作党总支委员，老院长安排我作大可入党之前的内查外调工作。我接手大可的那些文革中的"黑材料"，竟有厚厚的六大本，装满了一个很大很大的旅行袋。我跟老院长说了这项工作的难度。老院长跟我说："这六大本材料就是压在大可身上的六座大山，你把它搞清了，大可就解放了。对这样一个才华横溢的法律人才，你掂量一下你的工作分量吧！"

老院长的一番话，让我明白了他的良苦用心，我用极大的耐心和决心来研究这些黑材料，归纳了八大主题，一一寻找其中的破绽，并证明其虚假的证据，终于查清了基本事实，写出了一份长长的调查报告。经过支部大会讨论决定，当众烧毁了这些"文革"遗留下来的黑材料，终于使大可入党的心愿得到实现。

说大可是一位才华横溢法律人才，真的不假。入党之后的大可焕发青春，案件办得好，文章写得棒。有一次全省法院召开审判经验交流会，大可和我总结的我们地区法院的经验材料，在会上宣讲了6篇，而当时参加交流会的六个中级法院总共才有17篇文章。这一方面说明大可和我的业务总结能力和写作水平，另一方面，不是也说明了老院长识人善任，领导法院工作的能力和水平吗？后来，大可不断进步，做了中级法院的副院长，最后在一个中等城市作政法委书记，直到退休。

五

还要说到老院长对李长明的培养。

李长明到法院的时候，还是一个毛头小伙子，毛毛愣愣，擦抢还走过火，所幸没有伤人。他开始在拘役所当管教，工作非常用心，能力也很强，业余的时候就是读外语。有的人就嘲笑他："中国话还说不好，还说外语哪？"后来，他就把这种精神用在了学习法律上，很快就有了进步。

老院长跟我说："这个小伙子是个人才，你要好好地带他。"接着就把他调到我所在的刑庭，让他当书记员。在1983年的"严打"中，我们一起昼夜工作，一个晚上就要审讯十几个刑事被告。强大的工作压力使小伙子迅速成长，成为优秀的刑庭助审员，承担了重大案件的审理工作，工作越来越出色。

这时候，我已经做了中级法院的副院长，正在选拔优秀的青年干部做院里的中层领导。老院长提出，要让李长明挑更重的担子，"看准了就要大胆使用"，这就是老院长向党组提出的建议。党组成员经过慎重研究，经过地委批准同意，报请省人大常委会任命，李长明就从助审员一下子被提拔为刑一庭庭长、审判委员会委员。

李长明没有辜负老院长的期望，他做得相当好。刑一庭成为全省法院系统的先进集体，在1987年创造了全年审结的一审刑事案件（都是被判无期徒刑和死刑的案件）经过省法院审理或者复核，全部维持原判，无一改判的记录。现在，李长明正在领导着我们那个中级法院，是一个出色的中级法院院长。

六

应当算一算老院长在中级法院究竟培养了多少人才，可是这是算不清楚的。我就记得，在中级法院20个人的时候，就有北京大学、中国人民大学和吉林大学法律系"文革"前的本科毕业生11人！看这个阵容，就知道这个中级法院实在是人才济济。这些人才都是老院长搜罗的，都是老院长放在身边精心培养起来的。

更值得说的是，在重建检察院、司法局，以及在地方政法系统分出林业公检法的时候，我们中级法院的人大量调到这些机关担任首长。我们法院不算，地区检察分院、林业检察分院、林业中级法院、地区公安局、地区司法局的一把手，都是我们中级法院出去的人担任。还有一些副职没有计算。这是一个多么强大的阵容啊！这些人才，虽然可能并没有很大的名气，除了我们地区和我们省，除了我们地区和我们省的司法机关，别人可能并不知道他们的名字。可是，就是他们构成了中国法治的茂密森林。在这其中，不管你承认还是不承认，老院长"十年树木，百年树人"的功劳，实在是不能忘记！

当然，也有人对此不以为然，甚至被老院长提拔起来的人，也有对老院长不大恭敬的。我也常和老院长提起这样的事，老院长总是一笑了之，轻描淡写地说上一句："我选的是国家法律干部，为的是法院的事业，又不是选自己的人。只要他们在自己的岗位上做得好，不就行了吗？"

我也经常想，伯乐相马，从来也没有想过相出来的马对自己如何。老院长作为一个识人善任的伯乐，不也是这样做的吗？

回家探亲的日子结束了，我坐着火车返回北京。旅途中，我看着车窗外闪闪而过的高山、河流、田野，一片绿色连着一片绿色。穿过我的家乡的那些高山峻岭，高高的松柏傲然挺立，苍松翠柏组成的茂密森林无边无际。眼前的景色叠印出了老院长的形象，眼前老院长蹒跚的步履，还有那侧着耳朵尽力想听清我的话的样子，就叠印在苍松翠柏之间。我的心里一阵发酸。他辛苦一生，育人千百，他的心血就是在这之间燃烧着。我想，当你的身影成为那些成片的苍松翠柏中的一棵的时候，你能忘记为你遮风挡雨的园丁，为你燃尽心血送来光明的蜡烛吗？

是啊！更多的人还不知道老院长的名字，但是，在共和国法治的旗帜上，将永远镌刻着他的名字！他就是张景山！

70　师傅大可

士奇先生刚刚作古，消息传来，不胜悲痛。那时，我还正在写作《共有权研究》这部著作，我就想，写好这部著作，就算作我献给师傅的礼物吧！

一

士奇先生也被称作大可，大可者，奇也，吉林人士，1958年东北人民大学法律系毕业，之后分配到吉林省海龙县人民法院从事司法工作，就在我分配到吉林省通化地区中级人民法院工作之前不久，被调到这个中级法院。我到中级法院的时候，大可师傅已经在中级法院等着我了。大概这就是我们的缘分。

我到中级法院的时候，正好是这个法院的第20名工作人员。那是在1975年6月。我先分到民事审判庭工作，就有人跟我说，大可是最有学问的了，要跟着他好好学习。

我已经见过这个人，高高的个子，浓眉大眼，脸有些黑，十分威严，看着就像一位法官，黑脸的法官。当时最引起我注意的是他写的字，是很好看的、很有力的楷书。看到他的字，就会看到他的人，严谨、精细，富有逻辑判断力，同时也规整，充满了法治精神，不会任意而为。他也看过我涂抹几笔，就问："你也爱写字？"

到这一年的12月份，我们中级法院组建调查研究室，我和大可师傅和另外一位极好的好人孙声仁先生一起，成为了这个研究室的工作人员，声仁先生作主任，大可师傅和我一起作为科员，从此，我就和他结下了师徒的不解之缘，直到1985年。

第一次与大可师傅出差，是到海龙县法院调查研究。那是他长期工作的地方，有他的很多感慨。那次，我们谈得很深，我说了对法院工作的喜爱，由于没有法律基础又有很多苦恼。大可师傅说，这是可以学的，法律就是实践的科学，并不一定非要在大学学习，在实践中一定也会学好的。我就说，那你这个名牌的老大学生一定要好好地帮助我。他就答应：一定！一定！那次，我们一起总结了一个法庭的工作经验，正赶上海龙县法院公判一批案件，我又写了一个简报。回来之后，两份文件都用在机关的文件上。大可师傅也向领导汇报，领导也表扬了我。

从此之后，我跟着大可师傅工作整整10年，他把在大学学习的教科书、参考资料，以及当时极为稀罕的刑法草案、政策法律汇编等，都给我找到，让我在业余时间学习法律。同时，我写的文章他都要亲自修改，从中也不断地向我传授法律知识。耳濡目染，法律的精华也就吸收在我的心中。真的，大可师傅在法学上是我的真正的入门导师，授业解惑，指点迷津。没有大可师傅的指点，大概不会有我今天的法学修行。

二

在一段时间里，研究大可师傅的入党问题。那时候，我是中级法院党总支的委员。大可师傅还不是党员，我很奇怪。他学问好，工作好，为什么就入不了党呢？这大概也是大可师傅的一"奇"。在研究发展党员的时候，总支委员一致同意发展大可师傅，但是要先做好工作。后来就把这个工作交给了我。

在我接到大可师傅的所谓"材料"时，我就知道了大可师傅为什么没有入党了！整整六卷"黑材料"，都是厚厚的，装满一个极大的旅行袋，看着都让人惊讶！那时候我刚刚参加工作不久，第一次看到一个我党的工作人员竟会有那么多的"黑材料"，对自己今后的前途都发生了恐惧！

我细心地一份一份地整理这些材料，精心地分辨着其中的真伪。之后，我又到大可师傅的学校和他的同学和同事中间，一一进行了解和调查。最后，不但搞清了大可师傅的所谓"问题"，也了解到了大可师傅的辉煌经历。

大可师傅的家境不坏，在1953年就考入了东北人民大学即现在的吉林大学法律系攻读法律专业。在大学学习期间，大可师傅就展现了他的法律才华，各科学习都是尖子，受到学校的重视。一篇毕业论文引起轰动，大学校长匡亚明先生亲自找他谈话，询问他的志愿。据说，那时候学校是看好了他的才华和法学修养，准备留校继续深造从事法学理论教学和研究的。但是大可师傅在与匡亚明校长的谈话中，说了一个很重要的观点，那就是法学是一门实践的科学，不在基层从办案开始，不能真正懂得法律，也没有办法教授、研究法律，无法为中兴中国法律事业做出贡献。

匡先生为大可师傅的见解所感动，握着他的手说，你的见解是对的，这才是最有志气的学生说的话。好吧！我成全你的志愿，让你到基层法院工作几年，你再回到学校来教书、研究。

就这样，大可师傅到了海龙县法院。可是，谁都知道在1957年发生的事情。那时候，匡亚明校长就被打倒了，他还能管得了他的学生吗？另外，就是大可师傅到了基层会发生什么事情，也是难说的啊！尽管大可师傅还算幸运，没有被打成右派，但是基层工作的是是非非，也使大可师傅折了锐气，还说什么中兴中国法律事业的大事呢。再说，谁还能没有一点点小毛病的？我就看到过大可师傅的无数"检查"和"检讨书"，一份又一份，检讨的不过是用了公家的信封、信纸，工作时间看书、看报，骄傲自大，牛皮哄哄，不一而足。于是到了"文革"年代，像大可师傅这样的人，不可能没有人整他。不过，在那整人的年代，不整人才怪？整人就是"革命"，保不齐谁都整过人。我在调查这个事情中接受了教训，在以后的"运动"中，不想自己有那么多的黑材料，也从来没有给别人写过一份这样的"黑材料"。

事情查清楚了，大可师傅也就入党了，成了共产党员。那几天，大可师傅真的十分高兴。我们也都高兴。我相信，那时候他是真的感受到了新生。

三

在调查研究室与大可师傅一起工作整两年，大可师傅向领导提出来，让我到庭里办案。他给我说，在法院工作，不会办案就没有地位，就没有经验，就没有发展，也就不能真正地学好法律。我听了他的意见，领导也听了他的意见，我就到了刑事审判庭开始办案。

那时候，不像现在一定要有审判职务才能办案，我的职务就是法院工作人员，没有任命为审判员。我曾经接了一件重大的流氓案件，这个被告人奸污妇女十数人，猥亵妇女上百人，案卷放在一起要有几尺高。

面对这样的案子，我觉得无从下手。大可师傅指导我怎样制作阅卷笔录、怎样分析认定案情、怎样制订审讯计划，细细地讲给我听。在他的指导下，这个案件我一个月就审结了。

在办案、调查研究和日常学习中，凡是碰到法律问题我弄不清楚的时候，我都找他，他好像没有不懂的法律问题，任何问题他都能够娓娓道来，说得清清楚楚。还有他送给我的那些在文革中冒着危险保存下来的珍贵的法律教科书和参考书，给了我无尽的营养。直到今天我还珍藏着的1958年法律出版社出版的《中华人民共和国民法基本问题》，这是他送给我的，时时翻起来，仍然觉得十分亲切，仿佛大可师傅还在不断地叮咛着。

更重要的是写文章。大可师傅写得一手好文章，是我们中级法院鼎鼎大名的一号笔杆子。他的文字极为简练、精确，文章总是一气呵成，浑然一体，看起来真叫过瘾。跟着他干，干的又是写文章的营生，自然就学着他的风格，文章的结构方法、修辞描写、论述体例，都渐渐地靠近，就连写的字也都越来越接近，有些人甚至分不清我们两个人写的文章究竟谁是写手。今天我能够写出大家喜欢的文字，没有大可师傅，大概也难做到。

1980年，调研、总结侵权损害赔偿案件审判经验，我主笔写出了一篇文章，请大可师傅细细地为我修改、润色，最后发表在《法学研究》杂志上，成了家乡法学界轰动一时的一件事。这篇文章就是署的三个人的名字，即我和大可以及民庭庭长。至今，大可师傅人不在了，我们一起写的作品仍在我的身边。想到这里，心中不禁悲伤！

四

我和大可师傅既是师生，又是同事，还是朋友。尤其是到了后来，我在法院工作的时间长了，经验多了，法律知识也积累得比较丰富了，我们配合起来，就把调查研究工作做得极为出色。那一年，还没有司法行政部门，调解工作由法院管。我们搞基层调解组织建设的调查研究，选中了柳河县凉水河子公社的调解主任作为典型，到当地调查，写经验材料。

凉水河子公社是一个极为偏远的山村，周围都是山，一条清清静静的河，就是凉水河，在镇里飘洒而过，留下了周围的青山和绿野。河边就是公社的招待所。白天我和大可师傅与群众座谈，与调解主任谈话，晚上就在招待所里写作。那时候的生活极为艰苦，公社秘书每顿晚饭都给我们炒两个菜，一个炒豆腐、一个炒鸡蛋，或者炒青菜，外加两碗白饭。

之外，还有一个小小的铝壶，里边灌着半壶小烧，摆上两个小酒盅。大可师傅也是爱酒之徒，我俩正是一丘之貉，两只酒盅被我们捏住，一盅接着一盅，就着两个小菜和说不完的话题，喝得津津有味，不一会儿酒尽壶空，然后就在招待所的热炕上，横竖一倒，天南海北，人生哲理，法律办案，男女之情，等等，无所不谈。过后多少年，我们一说起凉水河子的调查研究，都为之心神向往，恨不能再回到从前，再过那样的幸福生活。

后来，我们在柳河县召开了全地区的调解工作现场会议，凉水河子公社的调解主任作了精彩的报告，成为全区、全省抓调解工作的标兵（后来还参加了司法部召开的调解先进会议）。这次会议也成了我们全省抓调解工作的典型。我和大可师傅自然高兴，会议开起来之后，我两个写手的事情就不多了，天天晚上都喝上一杯，自得其乐，悠哉游哉！

还有更为得意的事情。有一次，召开全省法院刑事审判工作会议，我和大可师傅写作我们地区的经验材料。最后，会议介绍六个中级法院的经验材料总共十几篇，我们中级法院介绍的就是六篇，差不多将近一半！那一次，我没有参加会议。大可师傅回来跟我得意地说：哈哈，你是不知道咱们的领导在会上是多么风光！我就说，领导大概还没有你牛吧？

我猜想得出来，领导和他都一样牛！因为我也有这样的体会。有一次，全省召开政法机关先进集体先进个人代表大会，我和大可师傅写的事迹材料就有四篇。我给长白县法院法警写的那份材料，文字极为简短，但是十分感人。林法警在会上念完之后，省委书记走上前去，紧紧握住他的手，说他就是全省政法战线的活雷锋。最高法院参加会议的人拿回去这份材料，全文发在《人民司法》杂志上。那时候，我也是非常地振奋，非常地激动，比我自己当了先进还高兴呢！

有人曾经跟我吹嘘："都说大可文章写得怎么怎么好，我就可以给他改，改了后他还得说改得好。"可是，很多人都会改文章，然而能够写出好文章的人有几个呢？就像一个人一样，缺点谁都是有的，关键是要有才华，有才华的人才会有真贡献。只会挑别人的缺点而自己却没有才华的人，贡献总是没有别人多。

五

1979年，全国人大通过了《刑法》和《刑事诉讼法》，各级政法机关在两法通过的前后两年中，掀起了学习"两法"，贯彻"两法"的高潮。一方面是学习，另一方面是准备公开审判。这时候，大可师傅就像着了魔一样的兴奋，不停地为青年法官辅导，为公开开庭审理刑事案件的程序进行说明和演示，给我们这些没有看过公开审判的青年法官示范，让我们不断地观摩、学习、体味。

那时候，大可师傅真的是展现了他的法学修养和司法实践经验。他每给我们做一次辅导，做一次讲座，都极为精彩。后来我总结，他的辅导和讲座之所以精彩，就是他对法律有坚实的修养，理论功底扎实；同时又有实践经验，在基层法院工作十几年，什么样的案件没有见过，随便讲出几件案件，就可以把法律上的问题说得清清楚楚。大可的这些功夫，真的让我们这些青年法官叹为观止！在今天，我坚持以理论联系实际的方法研究民商法，一方面，是缘于我确实在实践中工作几十年，积累了很多经验，另一方面，大可师傅对我的这种影响，实在是不可低估。

更重要的是他对庭审程序和实践问题处理的临场指导。有一次，我承办的一件很有影响的雇凶杀人案件，是在1981年。那时候，雇凶杀人还是罕见的案件。案件发生之后，在本地区影响极大。我任案件合议庭的审判长，感到责任重大，压力更大。大可师傅鼓励我，并帮我分析具体情况，一一制定对策。在开庭之前，被告人突然翻供，弄得大家非常紧张。这时，大可师傅匆匆赶来，分析原因，想好对策。我和书记员、法警一起提审被告人，弄清被告人翻供的原因，顺利开庭，成功判决，受到了各界的赞扬。

其实不仅是我，就是别的青年法官出庭，他也会经常静静地坐在法庭旁听席，静静地听着，在闭庭的时候，给出庭的法官提出几点意见和建议，让大家心领神会，不断提高开庭的技艺。

我们曾经相约，这一辈子就当法官，做一个终身法官。可是，他没有做完，在 1985 年以后就当了书记。我也没有做完，1993 年 1 月也离开了法院。算起来，他当了 27 年法官，我当了 18 年法官。不过之后我又当了 7 年检察官，加在一起，是 25 年。我从事司法实践的时间还是没有大可师傅多。

六

接着提拔青年干部，我先被提拔为中级法院副院长。这时候，大可师傅已经调到政法委工作。可是不久大可又调回来，也任副院长。这样，我就成了三把手，大可师傅是四把手，排名颠倒了我和大可师傅的师徒关系，我觉得十分别扭。其实，我也是非常担心大可师傅心中有别扭，因为这总是不大合情理的。

在一次审判委员会上，一把手和二把手都不在，按照常规，应当是我这个三把手来主持会议。我感到那样一定会不自在，又怕大可师傅有想法，我就让大可师傅主持。大可好像很生气，对我说，这种事情怎么是可以谦让的呢？该谁做就谁做，谁做都是工作，如果这样的事情都会计较，我还配做一个法官吗？真的如他所说，在以后的工作中，他都是积极支持我的工作，没有让我有任何为难的地方，也仍然像以前一样指导我，只是过去有时候会当着别的人的面指导我，而从那以后只是在背后对我叮嘱几句。对于这些，我真是不知道说什么感谢的话好。

从那时不久，我就到中国政法大学进修学院学习去了。到了1985年，老家机构改革，撤地变市，我们中级法院一分为三，组成了三个中级法院。我留在原来的中级法院就是通化市中级法院，大可师傅分到了浑江市也就是现在的白山市政法委员会当书记。我在1986年毕业回到老家以后，与大可师傅天各一方，很少见面了。但毕竟还是邻市，消息还是经常听到，过春节的时候，偶尔也能够聚上一聚。

有时候我经常想，大可在大学毕业时的选择究竟对还是不对？无疑，他说的都是对的，法律确实是一门实践的科学。可是，如果大可师傅不是到了基层法院，而是在学校留校教书，从事教学和法学研究，是不是会有更大的发展呢？凭着大可师傅的法学修养和文字功夫，凭着大可师傅丰富的经验积累和不断探索，他一定会有极为成功的研究成果。可是他的一生就从事了实践的工作，工作会留下他的痕迹，但是法学的研究成果中，毕竟他留下来的太少了。我不知道是应当遗憾，还是感叹！

其实并没有遗憾，应当感叹的是他的选择。他在法官的岗位上辛勤工作27年，又在领导岗位上工作了十几年。实践中的操作，他完完整整地贡献了自己。法治事业需要理论家，也需要实践家。做一个真心实意为司法实践奉献的实际工作者，也是光荣的。

七

我多次盘算，想在今年暑假的时候回老家，与大可师傅聚上一聚，我要看看我的法学入门导师，也要让他看看他带出来的弟子这些年的研究成果。甚至也想把他接到北京，在家里住上几天，一起好好的聊一聊，斟上一杯清酒，重温凉水河畔的故事。可是我怎么也想不到，他就在刚刚退休没有几年的时候，就离开了！我悲痛难忍……

师傅辞世，弟子没有回去祭拜，只能端起一杯清酒，洒向天空，祭奠师傅的功绩！我要说、要问：

我们一起写的文章还在那里；

我们一起研究过的书还在那里；

我们在一起喝过酒的凉水河子，还在吗？

我们在一起争辩法理、讨论问题、审理案件的法庭，还在吗？

文章在，书也在；凉水河子在，法庭也在！

那，大可师傅就一定在！

师傅不死，永远活在弟子的心中！

71　梦里花落

一

2009年元旦之夜，亦即2009年1月2日的凌晨，梦中见到潘君，还是那样潇洒，还是那样精干，在秋季的落花中款款而来，竟像仍在高检院与她一起工作之中。醒来看看表，时间刚好是潘君离开的两年前的那个时刻。我不禁惊讶，怎么会这样巧？

在其后的一个时间里，我和潘君的闺蜜晓青律师见面，谈起此事。她说，你是不是有什么事情要给她做的，还没有做？我想一想后提起，我在离开高检院时，厅里举行告别座谈会上的一件事情。那天会议是潘君主持，我说了一些感想后，同事问我以后在中国人民大学还要做些什么事情。我说，如果有闲，我会写一些散文，记载一下我所熟悉的人和事。潘君问我，会不会写她，我说可能会。她问，你会把我写成什么样子呢？很期待啊。我说那可不一定啊！她说，可不要写得太差了吧？我说，就按照样板戏的写法，高大全，行吗？她说，那可不行，我可不喜欢高大全，我喜欢真实！我说完这件事后问晓青，是不是对她承诺的文债未偿，索债来了？晓青说，有可能，你抓紧给她写一篇文章吧，让她了了这份心愿，可一定要在明年她的忌日之前写完啊。我答应了。

2010年一年都在忙着《侵权责任法》的事情，人也累病了，真的没有时间写这篇文章。可巧，也就是前日晚，我又梦见潘君，仍然是原来的样子，还是那么精干，还是那么潇洒。一惊，我醒了，原来潘君向我索文债的心愿如此强烈！我又把此事告诉晓青，她说，你快写吧，一定要早点写完。

我上网查了一下，关于潘君的消息有一些。关于其去世的消息极为简短，是人民网的消息："最高人民检察院民事行政检察厅副厅长、中国行政法学会副会长潘君，日前因患抑郁症在北京自杀身亡，昨天举行了小范围的遗体告别仪式。""潘君长期在最高人民检察院从事民事行政检察工作，仕途看好。此外，潘君20世纪80年代即已获得法学硕士学位，法学理论修养与学术造诣颇深，同时担任中国行政法学会副会长，系其中唯一的检察界副会长。昨天参加其遗体告别仪式的最高人民检察院数位高层领导、中国行政法学界的多位知名专家、学者及生前友好，对潘君辞世深感惋惜。""深感惋惜"这样的评价，对潘君而言，并不全面、客观，也无法表达我们心中的哀悼。我大概"知名专家、学者及生前友好"都沾边,只可惜既不是高检院的高层领导,也不是行政法学界人士,但是,确实与潘君关系密切,不然她不会向我索文债。即使不是偿还文债,在潘君三年祭日之前写写潘君,也是应该的。

二

1994年10月,我正式到高检院民事行政检察厅任职,那时候,潘君是民厅的业务处副处长,在家休产假,没有上班,因此,并没有见到她,只是听同事说起这位漂亮的副处长,是较早来到高检院的法学硕士。

在我被正式任命为业务处处长的时候,潘君上班了。产后的潘君,微胖、白皙,是典型的南方女子,但是精干、潇洒,每天按时上班,按时下班,处理案件干净利索。作为我的助手,我感到满意,认为一个机关的女同志,能这样也就不错了,对她并没有太高的要求。

一件事情改变了我的印象。那时,我是厅长助理,由于民厅既没有厅长也没有副厅长,我主持全厅工作。当时,高检院民厅人少、力单,业务开展得并不好,在社会上影响不大,我作为负责人,心里很着急,想尽办法提高全国民事行政检察干部的业务素质,推动民事行政检察监督工作能够尽快发展，因此，开了很多会。那时候，潘君还在哺乳期，很难离开家去外地开会。但是，在黑龙江佳木斯召开的一次会议很重要，她说她是业务处副处长，应当参加这次业务会议。我说，如果能去当然更好，可以晚一天去。我到佳木斯后，天气奇冷，还下起了漫天大雪，整个北方都在下雪。我打电话给潘君，说你可以不来了，天气太坏。她说，她已经到了哈尔滨了，延误在飞机场，应当能够在开会之前赶到。晚上，她告诉我已经在哈尔滨去佳木斯的火车上了，保证能够按时参加会议。我问，孩子怎么办呢？她说，已经把她的母亲"空运"到北京，把孩子交给外婆了。我心里很感叹。第二天早上，就在我要宣布开会的时候，会场进来了一位满身霜花、裹着大衣的人，正是潘君！她在飞机场窝了将近十个小时，又在晚上火车的硬座上坐了一夜，十分辛苦。我们都劝她先去休息一下再来开会，她说不用，现在就参加会议。

开会期间，我在别人发言的时候偷偷观察她，虽有疲惫，但是精神很足，不仅自己积极发言，而且在别人发言的时候认真听，不时参加讨论，在会议上发挥了一个业务处领导的重要作用。我很感叹：有这样的副手，身上有一股不要命的劲儿，能够把家里的事情放得很开，又能够把工作处理得很好，我的工作就好做得多。因此，心里由衷地对她有了一个新的看法。

会议结束后，还有一件事情。到了哈尔滨，省检察院和省法院同事相聚，席中检、法干部之间拼起酒来。说起来，检察院和法院的关系比较微妙，拼酒当然不能相让。我后来离开高检院，也与这个微妙的关系分不开，因为我是一个老法官，到检察院工作之后，天天监督原来的同事和朋友，总是不够顺当。那时候，我还能喝几杯，在拼酒中，潘君左右周旋，协调矛盾，处理得很好，尽管也喝得脸色红润，却无失态。拼酒取得成效，既没有在酒风、酒德上落败，又增加了法检之间的感情。我感叹，自己的这位女副手真是一位能文能武的战将。此后，我对潘君极为信任。

三

后来，我任副厅长，主持工作，潘君接任业务处处长。由于厅里再无其他正处级领导，因此，潘君实际上就是主管厅里业务工作的负责人，无论我到哪里出差，厅里工作就交给她处理，都能安排得井井有条，我可以放心地去各地调查研究，开展业务指导工作。

当时的全国民事行政检察工作并没有形成气候，人员不多，素质不高，每年抗诉的案件有几百件，有些还存在质量问题。面对这样的情况，我做出规划，抓先进、带后进，促进工作全面发展。同时，高检院民行厅要做出表率，抓好业务工作。为了提高全国民事行政检察干部的业务水平和办案能力，全面提升民事行政检察工作的水平，我们确定三项重点工作：一是重点抓好干部的业务培训，每年再困难，也都要举办一期业务培训班。二是重点抓好每年的案件检查，确定一个省的民行检察部门作为检查对象，我们派出一个由高检院的业务专家和各地抽调的业务骨干组成的查案小组，全面评查该省已经提出抗诉的案件，抗诉正确的案件，总结经验，抗诉不正确的案件，除了总结教训，还要向法院要求撤回抗诉。用这样的方法，不仅保证了案件质量，警示各地严把抗诉案件的质量关，而且也培养、训练了业务骨干。我在原来的中级法院就是用这种办法检查、监督案件质量的。三是重点进行民事行政检察业务论文评比，每个省都要报送民事行政检察干部写作的论文，评优奖励，把业务干部引导到注意研究法律、总结经验上面来，促进干部业务素质提高。对这些工作思路，潘君都极为赞成，曾经在背后夸我"老杨总是有办法"，然后就全身心地投入工作，按照这样的思想抓好本厅的业务工作，配合我抓好全国的工作，展现了一个精干、潇洒的女业务领导干部的风姿。只要把事情说清楚了，她就会说："老杨，你甭管了！"其他的事情她就带领大家全都做好了，发挥了重要的助手作用，给了我很大的支持和帮助。

潘君抓业务有一种狠劲，要求自己严，要求别人也严。有一年在西安办业务培训班，潘君组织实施。一切事情都是她安排，她就说了一句："老杨，你甭管了。"我真的就甭管了，一切都由她处理。在轮到我上课的时候，才看到400多位各级检察院的民事行政检察干部挤在一个黑压压的会议室里，每个人的空间都很狭窄；上课时间每天八个小时，一分钟不能少；吃饭因为是军队的招待所，大锅饭菜，军事化；邀请的都是民法、商法、行政法以及诉讼法学界的顶级专家授课，师资绝对一流。我说她，不能太狠了吧？就这样的条件，让老师每天讲八个小时，让学员每天听八个小时，能行吗？她说，能行啊！民事行政检察干部业务素质是制约民事行政检察工作发展的关键环节，只有这个环节跟上了，工作才能够全面发展起来，因此，要有狠劲才行。我跟参加培训的学员谈谈，他们都十分欢迎，都说潘君理解他们的心情，也都喜欢她的严格管理和严格要求，每一天八个小时上课，少一分钟都觉得可惜。我在讲课的时候，尽管一天讲八个小时很累，但是，看到参加培训的学员个个都精力集中，听课非常认真。不久前我在昆明也给民行检察干部培训班授课，条件比那时候好多了，但是，听课的人明显不如那时候的精力充沛，我就给他们讲起了西安培训班的故事，希望他们能够发扬这种西安精神。

第一次评选全国民事行政检察业务论文，征集了一百多篇。潘君带领一个评审组，集中在河南的一个山沟里，一篇一篇进行审阅，非常认真。提出初步意见之后，她将评审组提出的意见一一说明，最后做出了评审决定，召开会议，进行表彰。这个举措在全国检察机关引起反响。潘君在评审期间，不准干部在山沟里游山玩水，直到全部评审完毕，我到了之后，才在出发之前，在那个后来很有名的山里转了半天，算是见识了当地的秀丽山川。

在工作中，潘君经常提醒我要抓廉政建设。她说，我们是监督别人的，如果我们的干部在这方面不过硬，还怎么监督？我很理解她，但是我也告诉她，我们要注意这个事情，在没有证据之前，还是要相信干部，不要搞得草木皆兵。不过有一点，我是绝对相信潘君，她在这个问题上是绝对干净的，是位一尘不染的好干部，不会出现任何不廉洁的问题。我有这个把握。

四

潘君是一位才女。她在安徽大学法律系本科毕业后，继续读民商法专业硕士研究生，1988年毕业后，到最高人民检察院任职，当时是全国高级检察官培训中心的筹备组成员。到延庆县人民检察院工作锻炼后，被正在建立之中的民事行政检察厅领导相中，调入任书记员，1993任助理检察员，在我到高检院之前也就是1994年6月任业务处副处长。当时，她在业务上虽然还不能说已经达到了一个相当的程度，但在那时候的民事行政检察干部中确实是一个佼佼者。在讨论案件、制定规范、培训干部等方面,她都发挥了重要的骨干作用。她曾经问我,在业务上她应当如何提高发展。我说,在法检工作,没有专业是肯定不行的,只有高素质,才能够站稳脚跟,快速提高。在民法研究方面,你肯定无法超越我的程度,我希望你能够在行政法方面努力研究,成为一个检察机关研究行政法的权威,成为行政检察业务的权威,或者最好能够成为全国行政法研究的知名专家。她完全赞同我的意见,开始认真研究行政法的理论和行政检察实践,专业水平迅速提高。离开高检院之后,我辞去了中国法学会行政法学研究会副会长的职务,向学会推荐了她。后来,学会选举她为副会长,在学界很有影响。

1999年年初,我被任命为民事行政检察厅厅长,领导让我选择一位副手。当时可以考虑的人选确实还有几个,我反复斟酌,还是向院里推荐了潘君。从各方面进行比较,总觉得还是潘君更有潜力,更有发展的空间,同时,我也有一个私心,就是潘君做事很让人放心,能够帮我做更多的管理事务。在4月份的时候,潘君被任命为副厅长。后来又有唐宝森调来任副厅长。那时候,我们三个相互分工,相互配合,工作有声有色。直至今天,我和其他同事仍然怀念那时候的民厅工作,怀念那时候厅里的人际关系和工作氛围。在这里,潘君起到的作用举足轻重。

潘君也是一位美女，在高检院并不逊于其他女检察官。有一次，我在一本书上看到，说安徽人讲一个人长得好，通常说"水色好"、"有格式"。后来我向潘君求证，安徽人是否这样说话。她说，合肥人确实这样说，水色好是说皮肤的颜色好，有格式是说长得漂亮，但是不能用普通话说，而是要用合肥话说。她就用合肥话说了一遍，果然有些味道，不是我用东北话说的那个意思。其实，潘君这位安徽女子就是可以用这样的语言形容的：水色好，有格式。

潘君也是一位能持家的女性。在机关里，潘君很少展现女性特征的一面，总是工作。有一次，她邀请我们这些同事到她家吃饭。那是她的儿子天天还小，在照顾孩子的同时，还给我们做了很丰盛的饭菜，每一个菜都很可口，有些徽菜的特点。在品评佳肴的同时，有的同志向潘君建议，能够更温柔，更多地展现女性的魅力，让大家更喜欢她。她说，女人都是温柔的，但那是不能随便给任何人的。

五

自从2001年年初我离开高检院之后，跟潘君的接触就很少了。但是，他们经常念叨我，经常给我打电话。听说有时候潘君在工作中有些小的坎坷，也很替她担心。有一次在人民大会堂开会，我见到她，我跟她说，适当宽容一些、适当放松一些，别总跟自己较劲。她说，老杨，有些事情你不懂，不是我较劲。当然我也无法再劝。

后来，她去北京市宣武区政府挂职任副区长，她给我打过好几次电话，说她在挂职中的体会。她自从毕业就一直呆在高检院，搞业务工作，对地方行政工作可以说是一无所知。她到了政府工作之后，才发现社会的复杂。她跟我说："老杨，过去我们都想得过于简单，事情并不像我们想的那样。"她跟我说出这样的话，大概就是比较成熟了。

我跟潘君的最后一面，是2006年年底。那天，是四川省检察院民行处处长来北京汇报案件，好像还有泸州市检的处长，好几个人。潘君就要回高检院了，她在北京宣武区的湖广会馆设宴，招待这几位客人，正好那几天我有空闲，也去参加了宴请。吃完饭之后，她把别人送走，专门打个车要送我回家。我说我们不是一条路，还是我自己打车回去好。她不听，执意送我。在路上，她跟我说了很多见闻、体会，我听她所说，看到她对各种事务的看法，都不是几年前的样子，都有自己独到的见解。我一边跟她聊，一边赞赏她，真的是士别三日当刮目相看啊！我下车后，她坚持要下车，然后紧紧握着我的手，说再见。

可是，我哪里知道，这是真的在告别啊！那时候，我在心里默默地祝福她，希望她能够好好把握，会有一个非常好的前途的。

过了一两天,她打电话约我去宣武区名胜观赏。我那些天事情很多,就没有去成。后来,人大法工委民法室的姚红主任等几位跟她去了,把宣武区若干精致的名胜古迹考察了一遍,据说非常棒,个个都赞不绝口。我说我没有福气,但是,也不知道那是最后一次跟潘君说话了。如果知道会有后来发生的事情,我无论如何也要去!写作和会议难道就那么重要吗?我有时候想起这件事,就会谴责自己。

那是我与潘君的最后一面,当时的情景每每出现在我的面前,都让我无比难过,让我不断地怀念跟我共同工作七年,帮我做了无数事情的美女同事。呜呼!再也不能见到了。

六

2007年1月2日晨,我收到手机噩耗:潘君不幸逝世!我不相信这个消息,一个活生生的人,怎么就会突然走掉呢?不是太不负责任吗?我几次追问,这是真的吗?回答是,这确实是真的!哀哉!悲从心来,不胜痛苦。

1月8日清晨,天气很冷。天空很蓝,白云数朵,很像寄托哀思的白花。我赶到八宝山灵堂,跟高检院来的各位朋友和领导一起,含泪张罗葬礼事宜。晓青律师从安徽赶来,正在指挥几位同学给潘君摆设花圈、鲜花、挽幛等祭奠物品,看到我后,痛哭失声,声声哭悼蜜友。我压抑着自己的悲哀,安慰着与潘君一起长大的闺蜜，仿佛看到了潘君。

告别仪式中，我走过潘君的身边，看到她的面容还是那么白皙，好像还是那么潇洒和精干，并没有遭受重大痛苦的痕迹，倒有一些感到安慰。或许她的选择对她来说是对的呢！离开灵堂，想象着美丽的潘君在落花中化作一缕袅袅的青烟，慢慢地升上天空，与白云融化在一起，挂在蓝天之上，涂成了一幅美丽的画。或许，那就是她自己四十几年的纯洁追求！

有一次，晓青律师跟我说，潘君在去世之前，把一些事情都处理得很好。我知道潘君有一封简短的遗书。晓青说，遗书中明确说自己是因疾病烦恼，并非他因。这样，就给家人、朋友一个交代，也减省去很多不必要的麻烦。我想，这和潘君的一贯作风相同，她总是不愿意给别人增加麻烦。

恰好我快要写完的时候，晓青律师来电，又说起此事，她慨叹，看来梦境竟有如此灵验。我说，我的文章就要写完了，她说一定要写完后就发给她看。我答应了，一会儿修改好，就把文章发给潘君的这位闺蜜。

我们都是潘君的生前友好，并且是关系密切的生前友好，让我们一起怀念潘君。

第六辑　情怀篇

72　忽然五十

好像刚刚才过40岁的样子,怎么忽然就要五十大寿了呢?怎么这么……

一

那时,还是刚到北京不久的时候。有一天,到老家驻北京办事处去。办事处的各位正在搬东西,我也参加。刚要动手,一位20多岁、不到30的小伙子忙劝阻我:"千万别动手,你都是快40的人了!"我一愣,忽然想到,可不是,马上就要过40岁生日了,一下子倒有了一点惆怅。噢!真是的,还没觉得怎样呢,就快40岁了。

中国人总是喜欢整数的。30岁、40岁、50岁、60岁、70岁,等等,50之后,就要叫大寿了。人这样,别的也是如此。比如一个单位、一个机构、一个学校,就是一个国家,不也是同样?遇到整数的周年,总是要大大地庆祝一番。

在我忽然五十的时候，一下子想起了这样的事，发现自己也已经过了几个这样的整数年的生日了。那时候是怎样的感受呢？

从19岁到20岁，是在部队过的。那时极为高兴。因为十几岁的人总是一个小屁孩，没有人重视你。一下子20岁了，真是高兴啊：从此就进入了大人的行列，说什么话，做什么事，就不再招人白眼了。

从29岁到30岁，虽然也高兴，但不像20岁时候的那种高兴，而是感到了一种承担责任的高兴。"三十而立"这句话，期待的时间太久了。一个30岁的男人，才真正叫做男人，可以担负社会和家庭的责任。那时候，在单位正春风得意，就盼着早过三十，好担负更重要的工作。那时候，正在提拔青年干部，但是二十多岁的人，"嘴边没毛，办事不牢"，还不足以担负更重要的担子。而30岁就不同了，因为"而立"了嘛！果然，一过"而立之年"，在31岁的时候，我就当上了中级法院的副院长。那是在全省法院系统最年轻的中级法院副院长。

39岁到40岁的过渡，是在北京，就是刚刚开始说的那个时候。那时，我正在最高法院做审判员。从过去担负领导责任，到做一个法官只管案件，潇洒得不行。工作上的案件审理，没有给我更多的压力，更多的时间是在研究民法。下班就写作，文章一篇一篇地写，一篇一篇地发表，整个人感到充满了活力。突然提到了40岁的话题，还没有想过呢。仔细想一想，倒也没有什么，因为事业还算有"成"，又有"四十而不惑"和"四十岁的男人最有魅力的"说法，虽然想到了"怎么就40岁了"的问题，有了那么一丝丝的忧虑，但是更多的，还是对未来的向往。最大的向往，不过就是想成为一个法学家，做一个有成就的法官，有作为，有贡献而已。

二

十年也就是一眨眼。其中的辛酸和苦辣、拼搏和努力，也就是自己自知！当我知道自己就要过50岁生日的时候，心中不再是过去的平静，而是感到一阵一阵的惶惶不安。"怎么就忽然五十了？"就是在50岁生日之前经常想到的问题。

就在这时，看到了北京一位女作家写的文章，叫做《五十岁的男人》。文章中描述的50岁的男人，高不成低不就，心中向往灿烂，无奈已过中年，因此叫做"危险的年龄"。真的如此吗？倒也是有一点。事业算是有成吗？也不尽然，很多遗憾和不满足，时不时地萦绕在眼前……

做终身法官的梦想也没有实现，倒是站在三尺讲台，看着一个一个的学生，不断地滔滔不绝。文章、著作不少，可是哪篇、哪部算作精品呢？

睡觉渐少。有时候感到疲劳。体力不如以前。晚上赶一点时间，第二天就有一点昏昏然。难道50岁的男人就是如此吗？其实也不！

坐在电脑前，看着天上已经偏西的太阳，虽然有一些惆怅，有一些不安，但是，更多的是充实。

自己写的书摆在那里，在书架上占据了一定的位置。把自己去年一年写的文章整理出来，光论文就有30几篇。还有那些学生写的文章，放在写字台上，就像学生们在围绕着自己。生活中、网络上，朋友和网友们出自肺腑的话，"余音绕梁，三日不绝"。随意地整理一下自己收集的印章石、钱币、古董，还有充满霉旧气味的古契，虽说不多，倒也实在是自己的珍藏。有了这些，还不满足吗？

太阳虽然偏西，但是距离落日，还有很长、很长的时间。我不是拍过一幅"红海落日"的照片吗？那个景色也是极美的！因此，有什么惶惑，有什么不安的呢！

三

这些天来，经常和朋友谈起"忽然五十"的话题。其实最大的感觉，就是"五十而知天命"。面对偏西的太阳，最大的感觉，就是对世事，对人生的理解和感悟。

看到阳光下蓬蓬勃勃的万事万物，一切都是那么可爱，那么可亲。世界对你不再神秘，一切都在你的心中。这不是也很辉煌吗？

忽然五十，忽然就体会到了"人"对你的价值。亲人，是你的依托。父母、配偶、子女、兄弟，以及一切自己的亲人，都是自己最重要的人。浓浓的亲情笼罩着你，让你感到人世的温暖。朋友、同事，是你相伴的战友，虽然不能朝夕相处，但是在关键的时刻，总是无时不在地给你帮助。友情就像柔软的风，让你感到温馨和微微的醉意。学生不是你的亲人，却胜似亲人，你给他们的是知识，他们给你的是信任和感激。师生之情，既不是亲情，又不是友情，但又与亲情和友情极为相似。一生当中能够享受到这种情义的，不是更为幸福？就是对那些过去有过误解，有过冲突，有过悲欢离合的人，把一切事情都想开了以后，不是也都释然了吗？还有什么过不去的呢？珍惜与一切人的感情，或许就是忽然五十的一个收获。

忽然五十，忽然就体会到了"事"对你的价值。何者为"事"？就是自己追求的事业和目标。法官和法学家，都是自己的追求。当了18年的法官，对这个称谓有极为深刻的感情。本想终生从事这项事业，但却总是不能遂心。做过7年检察官，也想为之奋斗终生，也因种种的不尽意而放弃。不过，奋斗了20多年的法学研究事业，总算仍然可以继续。还有20年的时间，继续努力，法学研究虽然不会有大成，小成大概不会有问题。忽然五十，大概更会珍惜这件"事"，同时也为以前对别的"事"的不珍惜，而感到自责。

忽然五十，忽然就体会到了"自己"对自己的价值。在过去的几十年中，有很多的对自己的不珍惜。很多很多的拼体力、拼精力、拼耐力，甚至是拼酒、拼烟，无不是在伤害自己。好在还算挺得住，"自己"还没有太大的问题。可是，拼掉了"自己"，自己还会存在吗？当没有了"自己"的时候，那些你珍惜的"人"和"事"，对你而言，就都没有了意义。忽然五十，就忽然感到了"自己"对自己的珍贵。为了珍爱你的人，为了你所珍爱的事，那就得珍爱自己。

忽然五十，忽然就想到了这些。当忽然想到了这些的时候，就忽然想到了忽然五十既没有什么，又的确有什么；当忽然想到了忽然五十既没有什么又的确有什么的时候，忽然六十或者忽然七十，也就都没有什么了。

真真值得研究的一个"忽然五十"！

73　六十述怀

50岁的时候，我写了《忽然五十》，感慨岁月飞逝，人生如梦，感悟了人生的很多道理。匆匆又是十年，转眼已属花甲之人，倒是没有了那些感慨。

我的六十大寿就要到了，学生们商量要给我祝寿，但是，有一个问题却引起争论，即六十大寿的生日究竟是以虚岁计算还是以周岁计算。"周岁论"者认为，只有到了周岁，才是真正的到了60岁；"虚岁论"者认为，虚岁生日就是结束了50岁的年代当然是60岁的开始。考察认为，周岁论者，以北京地区为主；虚岁论者，以东北和很多南方地区为主。如果按照东北的习俗，当然是过虚岁生日，尤其是六十大寿、七十大寿等，更是过九不过十。争论的结果，最后确定按照东北习俗，过虚岁。今年即辛卯年的正月初十，无疑是我的六十大寿。

想一想，其实生日还是以虚岁为好，就因为59岁的周岁生日，其实一个人的 50 岁的年代就已经结束了，开始迈入了 60 岁的年华，虽然 60 岁还没有满，但是已经开始了，并且要伴随着这一年的时光，50 岁就再也跟你没有什么事了。因此，过虚岁生日，是实事求是；过周岁生日，其实是怕老，有点"装"，尤其是在实行退休制度之后，国人更是不愿意让自己更早地接近六十大寿的退休年龄，因此有过"人越长越小"一说，也是被逼的。

一

六十大寿，其实多数人是不愿意过的，因为进入 60 岁，就进入了花甲之年，如果是在过去，就是老人了。可是，六十大寿不过也得过，不服老也得服老，因为客观事实摆在那里。不过，在我心里，我还没有老，年幼、年轻的情景都在眼前：

5 岁记事时，独自生活在姥姥家的山沟里，足有半年，曾经被大鹅"追杀"过，曾经抓住吉普车奔跑而被摔得鲜血淋漓；6 岁起就担负起为家里做饭和照顾弟弟的重担，成为一个名副其实的家务儿童或者宅童。

上小学，是我自己拿着户口本，在学校排队报名，开学就光着脚丫沿着马路边雨水淌成的小溪，自己走到学校去的；从三年级起，开始戴上三道杠，六年级当上了学校少先队大队长，高举一面星星火炬大旗在全校师生面前行进，两面各有一位女队员护旗；在小学的最后一年，成为全市学习"毛著"积极分子，参加全市积极分子代表大会，第一次吃起"官饭"：每天交上9两粮票，不用交钱，就吃上了每顿8个菜的幸福生活，一下子吃了6天，颇感幸福！

初中开始就赶上了"文化大革命"，上学的第一天就学习造反有理，武斗中做了逍遥派，复课闹革命被选为学校革命委员会委员，成为红色政权的领导成员；在父亲被怀疑参与反革命暴动之后，不能继续做委员，作了红卫兵代表大会主任，最后在毕业之前加入共青团。现在想起来，大概这是对我在插队落户中的积极表现的褒奖，入团或许就是一个诱饵，好让我带头插队，给同学做榜样，不过，没有诱饵也得去，因为没得选择。

插队之后，跟农民生活在一起，时间不长，生活艰苦，但有无限风光，参加过一次专区的知识青年学习毛主席著作积极分子座谈会，一次县里的同类会议，一次全县的"双先会"（学习积极分子和学习先进单位代表大会），一次公社的双先会，成为该县知识青年的代表人物，在知识青年插队落户的运动中也算风起云涌过。

参军入伍，保家卫国，确实是真实的心愿，因为那时中苏之间乌苏里江的"珍宝岛战役"刚刚打完，硝烟未尽，抱着热血洒边疆的决心而去，不过战争没有发生。经过和平年代的训练、烧砖、种麦、野营拉练,虽无功绩,倒也是兵中的文化兵,锻炼了意志,补习了文化,超期服役两年复员回家。

值得一提的是,回到家乡,还做了10天工人,是正了八经的钳工,做了半自动步枪的弹仓数十个,做坏的也有好几个。

参加"五七干校"培训之后,成为家乡中级法院的法官。24岁时差点被提拔为民庭副庭长,因"四人帮"倒台而作罢,但幸亏未提,否则成为"双突"(四人帮时期的突击提干、突击入党)干部,"文革"结束之后定要被罢官、作检讨、坦白交代。自此,与法律结缘直至今日。跟着当时的几个老牌大学生学习法律,跟同龄法官、检察官一起研究法律。办过刑事案件、民事案件、行政案件,管过调查研究、律师管理,做过公证员,当时法院的所有工作几乎都做过。在中级法院工作15年,一次被评为全省劳动模范,两次被评为全省政法系统先进工作者,四次被评为地区模范干部,受过其他奖励无数,最后官至中级法院常务副院长、党组副书记。

在最高人民法院工作三年,没有突出功绩,却积累了丰富的审判经验,学术研究大有长进,使自己的法学学术水平进入一个新层次,自认为收获颇丰。

在最高人民检察院工作7年,被提拔7次,最后做到民事行政检察厅厅长、检察委员会委员。那时,确是全身心都投入到民事行政检察工作，曾经想作为一辈子的事业去追求，无奈司法监督越多，与心目中的司法公正距离越远，最后无奈离开。

在中国人民大学教书已经10年，加上在烟台大学两年，已经从教12年。教书育人，研究学问，是我的事业的归宿，得到成果是：培养博士、硕士百余人，法学专著和教材百余部，仅独著或者主编的"十一五全国规划法学教材"就是四部，还有论文500篇，参加立法，见证《侵权责任法》在我们的手中诞生的过程！因而跟前辈江平老师有同感：如果有下辈子，还要做大学教授，还要研究法律！

二

六十个春秋，也有诸多遗憾！略举四例：

第一个遗憾，做官做了25年，没能做到副部级干部。看到同龄的各位长官都是部级干部，确有羡慕之心；但是，有一点聊以自慰，他们没有我自由，也没有我的闲暇，也没有我这样可以随便讲话的机会。

第二个遗憾，做学问30多年，没有可能做到学部委员，可能做不到一级教授。不是用功不够，实乃进入校门太晚，又加上没有专业文凭，不怪别人。

第三个遗憾，一心研究学术，却没有学会外语。就像一个瘸腿的专家,研究问题多有不便,只能靠学生帮忙。发誓下辈子先学会外语,再去研究法律!

第四个遗憾,做人不会圆通,经常直言伤人。直至今天"六十而耳顺"之年也经常耳不顺,或许到了七十就会好了。但愿如此。

是遗憾吗?其实也不算!因为人生怎么会十全十美呢?已经有了九全九美,已经很不错了,可以上对得起父母、师长,下对得起子女、学生。起码学生跟着我学习不算丢人,就足以自慰,无所遗憾!有人评论我说,一个人在30多年中做了两个男人才能做到的事情,一个是官至厅长,二是做学问做到教授。厅长加教授,约等于一个副部级,或者略等于一个学部委员?这是天真的九全九美的自我安慰。

三

六十载春秋,于我完成九全九美的事业有恩者无数!没有他们,就没有我的人生和事业!

首先感恩我的父母:没有他们把我带到这个世界上,没有他们的宠爱和教育,就没有我的一切。他们的眼睛在隔着的一个世界里始终在关注着我,督促我继续努力。我不断刻苦创造,是在为报父母恩。

感恩我的师长、领导:从小到大,各位不同的老师精心培育，教我做人，传我知识，让我成为今天这样一个学者。各位领导给我机会，让我施展才华，积累丰富经验，能够在各种场合都获得工作成绩，成为一位法学专家。

感恩我的朋友、同事：顺境的时候，他们为我唱起赞歌，为我祝福；逆境的时候，他们为我张开臂膀，提供安全的港湾。

感恩我的家人、女儿：妻子和家人是亲人，给我爱和关心，给我腾飞的力量和基地。两个女儿是我的骄傲，留给我的都是欢乐。

感恩我的学生：12年的教育工作，让我有了像袁雪石、王竹这样的100多位学生，接受我的学问，传承我的学说，给我的都是关爱，给我的都是帮助，让我看到的是我的价值，也有将来的巨大希望。

要感恩的何止这些人！儿时玩耍的伙伴，中小学的同学，插队中的那些农民，军旅生涯中的战友，办案中的那些当事人，等等，在我的成长中，他们都给我力量，是我不断成长的巨大动力。

四

我要特别说一说我的学生，因为他们是我的宝贵财富，是我快乐的源泉。

我爱我的学生，因为他们跟我的亲人一样。我曾经有一个心愿，那就是当年师长如何对我，我就要如何对我的学生，甚至要更好，把师长给我的一切都传给我的学生。我把每一位学生都放在心中，尽自己所能，为他们提供发展的条件，让他们茁壮成长。

我最关心的是学生的学问。每一个学生在做学问、写论文的时候，传授给他们经验，告诉他们研究方法。在知道每一个学生晋升职称、转到新的学校、发表科研成果，甚至上课受到学生欢迎的时候，都是我的快乐时光。

我关心学生的进步。学生不做学问的，在职场打拼也挺好啊！做好每一份工作，为人民尽职尽责办好每一个案件，是法律人的职责。我愿意看到我的学生升官，尽管我自己不愿意再去做官。对我期盼努力做学问的学生放弃学问从事政务，尽管很生气，恨铁不成钢，但是，看到他们的工作进步，看到他们生儿育女，过着幸福的生活，也感到快乐。气归气吧。

我关心学生的思想。我愿我的学生都思想健康，成为幸福快乐的人。哪一个学生有了思想障碍，我愁云密布；看到他们破解难题，轻装上阵，我无比快乐。

我也关心学生的生活。学生找到对象的，向我"报批"（知道是假的，其实人家早已经谈好了，到我这里走走形式，不过也很满足），我快乐；生儿育女的，向我报告，我快乐；

购车买房的，向我报喜，我快乐；就是把在单位抢到房子的消息告诉我，我也快乐了好几天。

一百多位学生的学问，一百多位学生的进步，一百多位学生的思想，一百多位学生的生活，也给我带来很大的负担，然而给我的也是巨大的快乐！付出精力，收获快乐，这是我爱我的职业，我爱我的职业的产品——学生。

窗外下着飘飘洒洒的去冬今春的第一场雪。雪花飘进自己的院子，落在树上，飘在地上，和泥土融为一体。太阳晴好，雪花将化为甘露，滋养地力，长出幼苗，结出果实。我的职业何尝不是如此呢？

60个春秋转瞬即逝，昨天已经过去，留下清晰的脚印；今天就在面前，还要努力工作；未来还有很多路要走，充满期待。秋季的香山，满眼红叶。60岁的人，也是满山红叶的季节。载着希望、载着快乐，60岁以后的生活，尽管可能不会再有花环，不会再有奖杯，不会再有辉煌，但是，却有我钟爱的事业和亲爱的学生相伴，充满希望，充满快乐，一定会更加美好。

74 姥爷

这是我很早就想写的题目,但是,一直没有下笔。不是姥爷没有可写的东西,而是不知道该怎么写。不管怎么着,这个题目还是得写,要写出来我对姥爷的记忆。

一

我们这里说姥爷,就是外祖父,南方很多地方叫外公,我们东北就叫姥爷,外婆就叫姥姥或者姥娘。姥爷的"爷"字和姥娘的"娘"字不念阳平声,而是念轻声,这样就分开了"老爷"与"姥爷"、"老娘"与"姥娘",不会混的。

东北的这种用法,也和"大爷"和"大爷"的用法是一样的。如果念阳平,就是爷字辈,与爷爷平辈。如果念轻声,就是叔字辈,是伯父的意思。

在我记事的时候,就知道了姥爷。那时候,姥爷在乡下住,地点在大川,我在五岁的时候就到那里去过,我在《姥家》中写过。那时候，姥爷的身体很好，大概也就是在50岁至60岁之间。那时候还不是公社化，也没有吃大食堂，也许是年纪太小，对这些没有任何印象，只是觉得在姥家生活很悠闲，每天就是玩，别的不知道。对姥爷的印象也不是很深。

和我不一样的是，我的姐姐、哥哥、弟弟小的时候，都是住在姥爷家中的。姐姐、二哥和五弟在没有上小学的时候，都是生活在姥爷家中，他们和姥爷有极为深厚的感情，每一个人都深深地眷恋着姥爷和姥姥的感情。想一想，究竟我和姥爷的感情为什么没有他们之间的感情那么深，也说不清楚，大概是我觉得姥爷太过严肃，而且他也很看不上我，认为我不像其他兄弟、姐姐那样随和，因为我实在是不喜欢乡村的生活。

比如，姥爷不止一次地说："我看谁都能当兵，老四就不能。"我在兄弟之中排行第四，因此很多老一辈的人都称我为老四。这其实是一种轻视，一种蔑视。我为什么就不能当兵？对此，我心中一直不服气，直到最后，兄弟中只有我当上了兵。这说明什么？还不是说明姥爷对我是有偏见的。

说偏见，其实是我有偏见。在我的家中，姥爷对我们家是有最大的贡献的，这是我在以后才体会到的。在当时，我并不知道。因为我的兄弟、姐姐多，只有爸爸一人工作，每月的工资不过几十元，姐姐和兄弟长期住在姥爷家，实际上就是在为我的爸爸分担生活重担。一两个人长期不在家住，不在家吃，那就省去了很多负担。这对我的爸爸来说，是很大的一件事。爸爸在我小的时候，也送我到姥爷家住一个时期，也是这个意思。无奈我对这种方式不理解，又不愿意在那里住。想来姥爷对我有意见，也是有道理的。

二

到了1958年，妈妈参加"大跃进"，有了工作，就没有办法照顾家务。当时，我正从姥爷家刚回来不久，已经六岁了，能够做一些事情。因此，照看弟弟，为家人做饭的重担，就光荣地落在我的身上。我坚持了大约一年，爸爸妈妈可怜我，又跟姥爷说，姥爷就决定从农村到我家，姥姥为我们负担家务工作，姥爷卖冰棍，也算有一点收入，补贴生活。

我清楚地记得，有的时候，姥爷的冰棍卖不出去，就化在冰棍箱子中，姥爷就用化的冰棍水为大家做米饭，味道还真不错。不过，在今天想起来，如果现在还要做这样的饭，恐怕是不会有人爱吃的，因为这种甜拉巴叽的饭味道不正，有什么好吃的？但是那时候不是这样认为。

到了晚上，如果姥爷的冰棍还剩下几支"残兵败将"卖不出去，就会分给我们享用。这是很高兴的事。因为在那时的生活中，我们家不会有钱为大家买几根冰棍解馋。这些残兵败将就会使我们一饱口福，好几天念念不忘。直到今天，我还会想起来姥爷把冰棍送给我们吃时的情景，那是一副极为慈祥的神态。要知道，再热的天，姥爷也从来不会自己吃上一支冰棍，因为每一支冰棍都是维持生活的命脉，即使变成残兵败将，也是满足外孙们解馋需要的精品。

大约过了一年，就到了困难时期了。大家都吃不饱，又没有能够填饱肚子的其他东西，姥爷实在受不了了，就要回到农村，怎么也不会都饿死。如果弄得好一些，还会给我们解决一些粮食。就这样，姥爷就回去了。生活中的一些重担又担在了我的身上。就是直到我上学以后，我还是要边上学，边做饭。有一次，在上午11点的时候，老师到我家找我，发现我边做饭、边在做饭的间隙趴在炕沿上写作业，非常感动，在班里说了很多次，表扬我。这大概就是二年级的事情。没有办法，姥爷和姥姥走了嘛！

三

姥爷走了以后，我就很少到姥爷家中去了。有时候在暑假或者寒假时，到了姥爷家也就是住几天，就匆匆地回来。不过，在姥爷家的时候，总还是要跟着铲铲地，薅薅草，做一些力所能及的工作。还有时会跟着姥爷去开荒。这时候，要先选好一块荒地，砍掉大的灌木，只剩下普通的蒿草和灌木根。然后，先撒上荞麦籽，再用镐头一点一点地刨开，荞麦籽就埋在了地下，地也就翻了过来。几天以后，就是满地的荞麦苗了。

60多岁的姥爷一直有哮喘病，在这个时候，有边哮喘边哼哼的毛病。在刨地开荒的时候，刨一镐头，就要哼哼一声，再刨一镐头，就再哼哼一声。跟在他的身后劳作，看着他日渐弯曲的后背，听着不断的哼哼声，感到他是在用自己的生命在劳作。

姥爷的辛勤劳作，换来的是每次从农村回家背着的一袋一袋的荞麦粉、粘火烧、苏叶饼，以及其他各种食品和粮食。在那个年代，吃食对任何一家都是极为重要的。

我在以后的时间里，经常赞扬我的爸爸在三年困难时期中的精打细算，才使我们没有在那种时候丧失生命，或者使健康受到严重地损害。因为我的爸爸在那个时候坚持一个绝对的办法，就是按时定量吃饭，每天都要用自制的秤，把一天用的粮食称出来，做好饭以后，要按照自己的定量，分给各位，每个人都要吃自己的份额。这样，就保证了每一个人既不会饿坏，也不会在月末的时候大家都没有东西吃。

有一次，弟弟纠正我的说法。他说，爸爸的计划供应只是问题的一个方面，姥爷通过辛勤的劳作所取得的成果，才是补充这个计划供应的坚实后盾。如果没有姥爷的贡献，只是按照爸爸的做法，那还不知要忍受多少饥饿。

我相信弟弟的话，因为他长期住在姥爷家，他是最知道情况的。每次，我们从姥爷家走的时候，大包小包装起那些东西，都是姥爷和姥姥的辛勤汗水换来的。要知道，那时候的姥爷，已经是接近70岁的人了。

不光如此，就是我们不去姥家，在秋天的时候，我们坐在自己的家里，有时候就会听到由远及近的哼哼声。那就是我的姥爷来了。我们就会飞奔出去，迎接姥爷的来临。这时候，把姥爷接到炕上，听着姥爷一边哼哼，一边打开大包小裹，拿出各种农村的吃食。这一天，我们就会敞开吃上一顿，而不受定量的约束。一个晚上，大家就亲亲热热地围着姥爷而坐，听姥爷说着农村的事，心情特别的好。这不仅仅因为是姥爷的讲述特别有意思，而是肚里有粮，心中不慌。要不然，晚上吃的东西很快就会消化殆尽，早就饿了，没有多少精神去做别的事情。

四

在很长的时间里，我不知道姥爷很有文化，以为姥爷也就是一个农民而已。在我初中时候的一个假期里，我住在了姥爷家，时间比较长，有一次，在姥爷家里，一伙村里的年轻人围着姥爷，一定要姥爷"讲古"。讲古就是讲老故事。姥爷经不起纠缠，就坐在炕中间，侃侃而谈，讲起了《封神演义》的故事，讲到了姜子牙如何如何，迷得一群小伙子半夜不回家，直到姥爷答应明天继续讲的时候，才恋恋不舍地离开。第二天，姥爷果然又按时开讲，一直讲了很长时间。我在旁边呆呆地听着，想不到姥爷有这样的口才，几乎就和说评书一样。

后来，回到家里，我和妈妈说姥爷说书的故事。妈妈说，这对姥爷说来只是小菜一碟，因为姥爷从小就在私塾做工，总是早早地做完活，在塾师开讲的时候，就坐在私塾的门外，听老师讲课。因此，姥爷写得一手好字，古典名著都可以讲得出来，而且讲得生动感人，栩栩如生，极其招人爱听。

我跟弟弟说过这件事，弟弟也说，姥爷是极具演讲口才的。弟弟在姥爷家呆过七八年，经常听姥爷的讲书。有时候，只要姥爷一开讲，村里的人就会都来，满屋子的人，轰都轰不走。

其实，姥爷从城里回到农村以后，是很孤独的。几年以后，他就在一个山沟中自己建了一座房子，周围都是菜地，在旁边的山坡上，开了很多荒地，种上大豆、高粱、玉米等，新开的地就种荞麦。在家里，喂了很多鸡鸭鹅，但是没有狗，而是养了一头或者两头猪。那都是为我们准备的。在极度困难的时期，春节的时候，爸爸能够做上一碗扣肉，每人分得一块，那是多么难得、多么解馋的事情！直到今天，都可以记起它的味道。这些都是姥爷和姥姥提供的。

那时候，农村还是很左的，但是，由于姥爷是老一辈的人，又有很高的威信，再加上躲在山沟里，也就没有人怎么管，特别是因为大舅是生产队长，因而使姥爷有了辛勤耕作，为我们创造补给的条件。想起来，姥爷和姥姥为了我们这一家，真是献出了自己的一生。如果说是"鞠躬尽瘁，死而后已"，是一点不假的。

姥爷有一个最好的伙伴，就是他养的大猫。这只猫非常大，大约有十几斤，姥爷挑着担子到地里的时候，大猫就会跟着跑，就像狗一样。到了地里，姥爷干活，大猫就会跟姥爷一起玩，在庄稼丛中跟姥爷藏猫猫。晚上回来，担子是空的，大猫就会躺倒在担子一头的篮子里，姥爷没有办法保持平衡，就在另一头的筐子里装上几块石头，吱吱呀呀地挑着回到家。

在孤独、寂寞的山沟里，多了一只大猫，就多了很多生气。不过大猫跟我不够友好，使我这个爱猫的人，并没有跟它建立起感情。也许它也和姥爷一样，也有点不大喜欢我。

五

大概那次就是我最后一次见到姥爷了。以后，我就下乡插队，又到了部队当兵，没有机会去看望姥爷。到了部队后，时时听妈妈来信说起姥爷的事情，知道姥爷越来越老了。我也时常想，是不是有机会穿着军装去看看姥爷，让他看看这位他认为当不上兵的外孙子终于穿上军装的样子。但是，在服役期间，这是不现实的想法。

在1974年年初的时候，妈妈打来一份电报，说姥爷去世了。我很痛苦，心中想着姥爷的种种好处。连首长知道了情况，就跟我说，可以回家探亲，回来之后，就可以不再当文书，到班里当班长了。实际上，是连长对我当文书不满意，要换我了。不管怎么样，我是有了机会回家探亲，向姥爷告别。假期批下来后，我坐上了火车，回到了家乡。

这时，妈妈还在农村的舅舅家里，姥爷已经安葬。我穿着军装，戴着黑纱，跟妈妈一起到了姥爷的坟地。就在姥爷家不远的一块荒凉的地上，满是野草，中间有了一丘新坟，姥爷就安安静静地躺在里边。再也听不到姥爷的哼哼声了，他老人家永远地安息了，再也不用帮助爸爸抚养这些他所喜爱着的外孙子们了。泪水在我的脸上不停地流淌着。

东北的初春，还是寒风刺骨，寒风吹着山野的树枝和枯叶，飒飒地响，更增加了凄寒气氛。我就任凭眼泪尽情地流淌。妈妈说："你是军人，可以不用给姥爷磕头，就鞠三个躬吧。"我按照妈妈的吩咐，恭恭敬敬地给姥爷鞠躬，寄下了我的虔诚和哀思。

姥爷去世之后不久，大猫就死了。姥姥将大猫的尸体埋葬在姥爷的坟边。就让它在死后也继续陪伴着姥爷吧。其实，姥爷的精神是不死的。他的精神已经化作了外孙子们的健康和成就。

75 父亲母亲

我在《侵权法论》的扉页写上了"谨以本书献给我敬爱的已故父亲母亲"!因为在本书的第三版修订时,我的母亲已经离开了我,而我的父亲已经在15年前就已经离开了我。

父亲还在世的时候,我的新书出版,父亲母亲都会高兴很久。父亲去世之后,也还有母亲在,《侵权法论》第一版、第二版出版时,我还能高高兴兴地告诉母亲,让母亲与我一起分享快乐。

可是今天,父亲母亲均已作古,无法分享我的成功喜悦,因此,在修订本书的时候,我心中就十分难过。不过想一想,父亲母亲的在天之灵一定会知道这一切,一定会知道我的著作新版本即将出版的消息。

焚香祝祷之余,我深感欣慰,因为正是父亲母亲的教诲和养育,给了我思想和灵魂,给了我才华和智慧,给了我勇气和毅力,才能够让我在平凡的工作中,创造出自己的业绩,才会有我今天的成长和法学研究的成果。我感念父恩、母恩。

一

我的父亲是一位平常的人。他出生在山东省蓬莱县长山岛，在那里长到14岁，然后闯关东，到了吉林省辑安县（今集安市）、通化县一带，在商店当学徒，当店员。后来到现在的通化市，做一些杂工等。在东北光复之后，父亲参加了民主政府，做文职官员，后来按照上级指示留在当地，以卖香烟等小生意维持一家生活。东北解放后，父亲参加了工作，在土改时做了街道主任，轰轰烈烈地参加了土改运动。再后来，长期在工厂工作，克己奉公，兢兢业业，工作做得很好，最终退休时为车间主任、知青厂厂长之职，不过缺少可以大书特书的英雄事迹。

父亲的伟大功劳在于，他毕其一生的精力，养育了自己的六个儿子和一个女儿，使我和我的兄弟和姐姐能够成为今天的这个样子，体面的生活。

他给了我们穷人的志气。在我的记忆中，我的家从来就没有富裕过。父亲和母亲以及七个孩子在一起，就是九口人，绝大多数的时间就是依靠父亲的工资生活，他的最高级别是五类地区干部工资20级即68.50元，平均每人7.61元。即使是那时候的物价再便宜，这样的生活费也是极为艰难的。

就像我们的学费，从来都没有在班级中先交过，因为几个兄弟一定要按照顺序，一个月交一个，差不多就要排到学期末才能够交，就经常挨老师批评。我记得那时候的学费虽然是3元钱，几个孩子的学费也是一笔大的支出。但是，父亲从来也不让我们申请困难补助而免交学费，因为那样，他会觉得让他的孩子在学生中低人一等。因此，尽管穷，他要求我们要不卑不亢，积极向上。因此，我的兄弟和姐姐都是有志气的，都有发愤读书的精神，因此，学习好、纪律好、工作好，在学校都是学生干部，都是好学生。最有说服力的是，1966年召开全市的学习毛主席著作积极分子代表大会，全市200名代表，我和我的二哥光荣出席，那时候我是14岁，二哥20岁。

父亲给了我们健康的身体。生活最为艰难的时候，是三年自然灾害。那时候，粮食极为短缺，人人都吃不饱，甚至很多人被饿死。我家是在城市，尽管每月都有供应粮，但是数量有限，不得不挨饿。那几年，我的印象是，从来没有尝过饱的滋味。在那样的关键时刻，我父亲采取了一个绝对的措施，保障我们不乱吃东西而丧命，同时也不因为接不上粮食供应而饿死，严格按照供应的标准，进行分配制，每顿饭要按照规定的数量下米，按照规定的数量分配给每一个人，这样就会保证不会因为断顿而饿死，也不会因为乱吃野菜而中毒。正是由于这样的措施，我们都坚持了过来，尽管身体不够强壮，却也都没有大病，蛮健康的。这也是父亲给我们留下的财富。

父亲更重要的是给了我们正直和勇敢。父亲的一生光明磊落，从不蝇营狗苟。就是在他的狭小的职权范围内，从来都是踏踏实实、从无怨言的工作，对自己的家庭，恪尽职守，公平地教育好每一个孩子。他对我们极为严厉，如果犯有过错，他会严厉地处罚，甚至动武。目的都是为了教育和培养我们的正直和勇敢，而不准许出现任何违法违纪的行为，对不起国家，对不起家族。也正是在这样严格的管教之下，我们的兄弟和姐姐都是遵纪守法之人，有着一身正气，勇于对待困难，因此才能够很好地成长起来。1975年在我到法院做法律工作开始的时候，父亲就谆谆告诫我，执行法律如同执掌水平仪，不能有丝毫的偏差，更不能让感情所左右。我在法院工作的18年中，父亲不仅不准我徇私情，而且从来没有为任何一个亲戚、朋友的关系找过我说情。我为此而自豪。

我对父亲的去世，始终深感愧疚。那一年，父亲76岁，我被调到最高人民法院民事审判庭做法官，没有办法更好地照顾他。也就是那一年，他因为剪脚趾甲受伤，患上脉管炎，治疗不够及时，最终与糖尿病合并，医治无效而故去。我经常谴责自己，如果不是离开家乡，就会想出更多的办法，总不至于因为这样的病而使他不治。呜呼！父亲已逝，我愧疚难释，终究已无法补偿。

认真想一想,我的父亲虽平凡,但也伟大。如果没有他的父爱,怎么会有我的今天,会有我们兄弟姐姐的今天?

二

我的母亲比起我的父亲,就更为平凡。她曾经参加过工作,是在1958年"大跃进"的时候,半边天参加工作。在1964年精简的时候,又被辞退了,此后就一直呆在家里,操持家务,养育子女。后来,母亲渐渐老了,身体越来越不好了。在2005年的春节,我预料到母亲大限将至,因此,我无论如何要陪老人家过最后一个春节。因此,扔下我正在进行的研究工作,赶回弟弟家中,陪伴母亲过了最后一个春节。春节后不久,我在深圳为研究生班授课,收到母亲病危的消息,我心急如焚,赶回家中,直到为母亲送终。在向母亲遗体告别的仪式上,我读了我写的祭文,告慰母亲的一生。

"慈母讳施桂荣,农历一九二零年六月十三日生于辽宁省庄河县,幼年就学,后于绿水之畔与严父讳杨德麟相识结婚,共渡人生,于艰辛之中携手相伴,生育六子一女,相夫教子,节俭持家,缔造淳朴诚信之传统,创制和睦团结之家风。20世纪50年代,于大跃进中投身工业建设,后又响应国家号召退出工厂,专事教子理家。严父仙逝之后,引领家族发展,督促后辈进步,四世同堂，子孙绕膝，安享天伦之乐。修福圆满，86岁安然仙逝，寿终正寝。

慈母终其一生，功绩在于持家育子。慈母与严父结合之时，正值国运衰微，世事艰难；后虽国家复兴，但又天灾人祸不断；且值子女众多，生活极尽艰辛，经常难以为继，糊口有时尚有困难。面对嗷嗷待哺之幼子，慈母携父，含辛茹苦，嚼糠咽菜，似母燕口口育雏，殚精竭虑，遂将子女个个养育成人。且以忠孝仁义为根本，言传身带，施教于子女，以节衣缩食之资，竭力为子女提供优良教育，使子女思想豁朗，学识扎实，爱国爱民，技艺精良，成就诸多工商法律之栋梁人才，为国为民效力，备受各界称颂。

值此为慈母送终之时，子女携后辈感念慈恩，追忆往事历历，幕幕令人心碎。景慕慈母之人品，高山仰止；感怀慈母之恩德，感地动天。今送慈母西去，子孙悲痛欲绝，痛不欲生。扼腕深思之，虽不能挽留慈母去天国之脚步，但音容笑貌皆在，风范品格犹存，家教家风犹如巨大财富，遗与子孙后代。凭此为基，足以光大我家门楣。子女携后辈缅怀慈母，必以褒扬传统、继往开来为要，团结子孙后代，同心协力，奋发向上，推进和谐社会，维护和睦家庭。慈母在天之灵闻之，定会心安理得，欣欣然，其乐也融融。愿慈母在天之灵安息！"

送走父亲后的 15 年,我又送走了母亲。送走父亲的时候,我异常坚毅,只哭了一次。但是,母亲病危至去世,我无法忍受这种悲哀,经常哀恸难忍,痛哭失声,无法抑止。想想双亲对自己的抚育之情,想想从此天各一方再也无法见到,失魂落魄之感无法消除。当然也能够想得通,人毕竟会有这一天。感怀父亲母亲,就要发扬光大,创造业绩,让他们在天国感到欣慰。因此,在《侵权法论》第三版即将付梓之时,我感怀父亲母亲的恩情,化作自己的研究动力,把自己对民法的热情化为科学的成果,既是对国家,对人民的奉献,也是对父亲母亲的怀念。

76　长兄祭文

惟2018年6月27日1：40分，长兄杨培英因病医治无效，于海口医院病逝，享年76岁。

余与大姐素娟、次兄培华、三兄培民、五弟洪新、六弟永新，长嫂闫玉梅携其长子杨军、女杨晶以及孙杨远鹏、外孙黄佳斌，以及其他亲人，在长兄灵前，痛悼长兄。

兄长与我兄弟姐妹手足情深，与妻子儿女及孙子、外孙感情深厚，如长江之水，绵绵无尽；似长白之山，天高地厚。痛失亲人，竟似江水断流、高山崩塌，使我等亲人身心备受损害，痛不欲生！

长兄生于1943年9月15日，正值父母生活艰难之际，但在父母精心照顾之下，健康成长。自入学接受教育，品学兼优，父母尽其力，栽培长兄，愿能入高等学府深造。但长兄深知父母生活之艰辛，高中辍学，入工厂务工，以微薄所得，帮助父母维持家庭生计，致我等兄弟受大益，遂健康成长，实现家庭幸福。长兄务工，明德明理，才华横溢，业绩显著，遂为工厂之栋梁，受到器重，不断委以重任，成为工商界之英才，大显身手，一展才能。长兄之才华获得长嫂爱慕，双方结为伉俪，生育子女杨军、杨晶，亦成法律和经营之栋梁。长兄与长嫂琴瑟和谐，共同经营家庭，创造幸福生活。长兄对父母尊敬孝顺，对兄弟姐妹宽仁慈爱，对子孙关爱有加，在生活困苦之时，拼其力协助父母渡过难关，为全家幸福安康奉献，功不可没。长兄之德，足启后人，敬祖爱家，功绩卓著，为我等兄弟、妻子儿孙敬重有加，无与伦比。

然，是年春节，无奈不测，长兄病起突然，竟然卧床不起，极尽多方医治，竟无疗效。长兄病逝之前三日，我推开繁务，专程赶赴海口，探望长兄，见长兄对我期待至极。长兄欣慰，病容减退，与我回顾家事往事，事无巨细，一一说明，其言表之恳切，其头脑之清晰，竟然不似病中。我与长兄详谈，欢乐无比，长兄待我，情深意切。我虽如此，心中却似流血，欲哭无泪。临别之际，长兄紧抱我于怀，其病躯之温暖，至今犹在。如此仁爱之长兄，怎忍其不治！此一分别，难道就是永诀？我对天痛哭，祈求天救我兄！

长兄病逝，追随父母于天堂，侍奉于父母之周围。念长兄之恩德，彰亲情之深厚；思长兄之品行，显人品之高尚。然，我等痛失亲人，悲声不绝，肝肠寸断，血泪沾襟，哀号祭奠，悲痛难陈。我等备酒馔食，为长兄送行。长兄天堂有知，来品来尝。

呜呼哀哉！尚飨！

77　月饼与乡愁

又是 8 月了。每到 8 月,就要过中秋节。各种各样的月饼,都摆到了货架上。现在的月饼,大多数都是广式的,有各种各样的形式,最常见的就是那种莲蓉的,还有蛋黄的、椰蓉的,以及其他种类。这些月饼都有一个特点,就是油大,太甜,吃起来很不习惯。

我在家乡的时候,最好吃的月饼,都是五仁的。月饼馅中有五种果仁,还有青丝、红丝,以及冰糖,也很甜,但是没有那么多油,吃起来确实很好吃。

过去生活困难,每到 8 月的时候,因为快要到中秋节了,天天都盼着到中秋节了,到了中秋节,就有好吃的月饼了。那时候,如果这一年的生活还比较好,每人就可以分到一块月饼,如果生活不太好,父亲赚的钱比较少,只能每人分到半块月饼。这样,月饼就显得非常珍贵,每人分到手以后,舍不得一次把它吃完,只是一次用牙咬下一点点,品尝一下它的味道，非常的甜，非常的香，嘴里的冰糖粒粒嚼起来，嘎嘣、嘎嘣的，还有馅的各种果仁，各有不同味道，慢慢地嚼起来，那种味道，直到今天，仍然能够感觉得到。当我说到这里的时候，口水就在舌头底下冒出来了，在嘴里一点一点地扩散，整个香味就弥漫在口腔中。

一

到北京工作的前几年，对于中秋节吃不吃月饼，吃什么样的月饼？似乎也没有特别的注意。不过那几年，吃的月饼都是广式月饼，而且广式月饼特别时髦，因为那个时候都特别推崇广东，广东什么东西都是好的，推广之，广东的月饼也被推崇的一塌糊涂，认为那是最好吃的月饼。不过，我还真的就不喜欢广东月饼，太油，再加上各种各样说不上来的月饼馅，真的接受不了，特别是那种莲蓉的，还有那种蛋黄的，都不是月饼的味儿，吃起来真的就是不喜欢。

刚来北京的时候，好像对这些事情也不是特别的在意，吃什么就是什么，无所谓。后来在北京的时间长了，再加上时间比较宽裕了，工作压力也不大了，到中秋节的时候，总是想念家乡的五仁月饼，即使不是五仁月饼，也还有枣泥月饼，也挺好吃的呀！不过那几年总是吃不到，越想吃就越吃不到，越吃不到就越想吃，竟然肚子里钻出了馋虫，勾引得很难受。

在最高人民检察院的时候，有几次出差，到农村的集镇里，临近中秋节的时候，看到熙熙攘攘的农村集市，在很多摊位上都摆着家乡的那种五仁月饼，虽然看着并不怎么好看，但是真的很想吃。同事都劝我，这种集镇上的东西还是少吃为好，因此也就忍住了。

后来我到人民大学工作以后，有一次，在行政学院南边的一个山东馆子里吃饭，正好是中秋节之前，馆子就把自己做得特别好的五仁月饼给每个桌子上了一大块，大概有我们家乡月饼的两个到三个那么大，各位食客分而食之，都拍手叫好，特别是东北老乡和山东老乡，都觉得特别好吃，特别亲切。后来我就买了一大篮子，大大的块，共有四块，两块带回家里，另外两块带到学校给学生们吃，吃过的都说好吃，我也觉得特别好吃。吃着五仁月饼，回首童年的时光——哈哈，好幸福啊！

以后连着几年，到临近中秋节的时候，我都让学生上那个饭店去买回来一篮子五仁月饼，大家分而食之，一解乡愁。

二

这一年的中秋节之前，我们兄弟六人六家，再加上大姐和外甥女，有20多人聚集在通州我五弟的家里。我临去之前，在我们人大东区食堂，买了一块特别大的月饼，每块100元，上面印着中国人民大学的校徽，是纯粹的五仁月饼，颜色、做工，看起来都跟我记忆中的家乡月饼一模一样，就是个头特别大，看着就特别喜庆，也特别馋人。

到了五弟家里，当我把月饼拿出来的时候，大家都把它当成了一个喜闻乐见的玩具，一个人传给另一个人，不停地把玩，还抱着月饼一个一个地照相，每一个人都洋溢着欢乐的气色。

聚会安排在旁边的一个餐厅里，大概一共有20几个人，分坐两桌，在酒菜没上之前，我把这个巨大的月饼一一分开，每人一块，吃得喜洋洋的，都夸这个月饼做得好，代表了我们大家团圆的心，也都夸我的这个创意好，这么大一块非常漂亮的月饼，让大家共同分享，就像小时候大家在一起分食月饼一样，有了一种特别的感觉。我何尝不是如此的感觉呢！

我看着大家在吃这块月饼的时候，心里暖暖的，离去的父母在天上看着我们兄弟姐妹，还有他们的那些孙子女、外孙子女，以及重孙子女们，欢乐地聚在一起，体验家乡的味道，体验大家生活在一起的味道，他们一定特别的快乐，会安心的在天堂生活下去。

想着在中秋之夜，兄弟姐妹一大家子人聚在一起，分享一块月饼，其乐融融的样子，我突然想到，为什么会那么怀念家乡的五仁月饼呢？

其实说到底，在今天这种生活当中，都不觉得月饼是一种特别了不起的食品，也不是特别奢华的事，为什么就那么想呢？而且就是特别想家乡的月饼，想念家乡那种五仁月饼呢？想来想去，其实别的都是次要的，最重要的，就是一种乡愁，是对家乡的怀念。家乡，可能并不是一个世界上最优美的地方，也不是世界上最值得纪念的地方，但它是生我、养我的地方，那里的山，那里的水，那里的人，那里的城市，就是我们自己的家乡，从小就生活在那里，在那里一点一点地长大；那里还有自己的父母，还有自己的兄弟姐妹，还有自己的同学、朋友、同事，甚至还有初恋的情人。这些人坐在一起，就是家乡的味道。实际上，吃月饼，还不就是吃的家乡的味道吗？

又是 8 月月饼季，月饼飘香惹乡愁。现在已经很难经常回到家乡，体验一下家乡的味道了，因为工作越来越忙了，事情也越来越多了，难得抽出几天，回家乡与亲戚朋友一聚。在北京，不管找得到还是找不到，中秋节吃上一块五仁月饼，品尝着月饼里的花生、松籽、核桃、瓜子、芝麻，以及青丝和红丝，还有糖的味道，家乡就在眼前，家乡的人也就在眼前，乡愁都随着月饼一起吃到肚子里，记在了心上。

78 思索之苑——韩国名人成范永

去参加韩国家族法学会主办的国际研讨会,在济州岛住了几天。最后一天,回北京的航班定在下午,上午还有一段时间。一早,我的韩国学生李仁揆博士就带我们出去走走,细雨中,到了济州岛很有名的"思索之苑"。

开始我并没有特别在意,以为这是一个普通的园林,并且为这个怪异的园名而诧异,甚至认为有哗众取宠之嫌。走进园林,发现是以盆栽为主的园林,各种盆栽,都各有意境,在细雨之中,或者含蓄待发,或者曲折奔放,或者盘根错节,或者争奇斗艳,枝与枝勾连斗势,根与根明攀暗附,真的美不胜收。进到园林深处,看到一个锁着的大铁门,非常漂亮,突然想起在刚下飞机来时,看到过路边有这样的一个大铁门。当时还以为这是一个什么深宅大院,没想到竟然是一座美丽的园林。

李仁揆跟我介绍,这个园林特别有名,非常了不起。原因在于，它是在韩国战后恢复经济中的一个奇迹。过去的济州岛，是一个荒凉可怖、专门羁押重犯的地方。在1945年战争结束，到处都是被殖民者统治掠夺后留下来的满目疮痍和荒山秃岭。有一个人，原来是韩国的公司老板，当他第一次走进这个荒凉孤岛的时候，为这里的荒凉而吃惊，进而决心用自己的力量，改变其中一二。因此，他经过政府批准，开荒种树，一个人组织搬走了十几万吨的石头和泥土，建成了这座三万多平方米的园林。我听了介绍，认为这个人真的很了不起，他的精神很值得学习。

一

细雨中，我们在院内的小径边走边欣赏，看到在路边的草丛中有一个人，披着雨衣，戴着草帽，正在修剪一株花木，倒也没有在意，就走了过去。刚刚走过，他就叫我们。回过头，看到他向我们招手，我们就走了过去。他跟我们说，李仁揆就给翻译。原来他在问我们是不是中国人。我们说是，是中国人民大学的教授。他停下手，走过来，跟我们说了起来。他说，他就是这里的苑长成范永，欢迎我们来此参观，并邀请我们到他的客厅中喝茶。

李仁揆跟我说，成范永在韩国是一位名人，就是思索之苑开疆拓土的主人，大名鼎鼎，跟中国关系特别密切，尽管他也没有见过成范永，但是，却知道他的名声远播。我听后，觉得在韩国的济州岛竟然偶遇韩国名人，并且邀请我喝茶，有些受宠若惊，便跟着他到了他的客厅。

落座之后，成范永先生脱去雨衣，摘下草帽，露出的是韩国传统的麻布衣裤，红脸、慈目，和善可亲，整个就是一位我记忆中的20世纪50年代中国农村的朝鲜族阿爸基的形象。他的秘书过来斟茶，送给我们一些思索之苑的资料，我们就聊了起来。看着资料，听着成范永先生的介绍，我不禁肃然起敬。他不仅与很多中国的名人有密切联系，而且有很多人为他写了文章，在《人民日报》等报刊介绍他的事迹和思想，被称为沟通韩中的民间大使、盆栽艺术大师、不懈开拓的草木专家。在我国九年级义务教育教科书《历史与社会》的下册，就在介绍冷战后韩国的"汉江奇迹"之后，专门介绍了成范永：

"1963年，他第一次踏上济州岛，面对曾被日本殖民者统治掠夺后留下的荒山秃岭，他放弃大城市的生活，决心改造济州岛。济州岛是火山岛，石多土少。在无水、无电的简陋居住条件下，成范永开始开荒种树。20多年时间，他共搬运了15万吨石头和泥土。日复一日，年复一年，1992年，占地三万多平方米的林苑终于开园。""成范永的奋斗历程恰好与汉江奇迹同时发生，成范永的名字成为韩国人民开拓进取、坚韧不拔、自强不息精神的象征。"看着这样的介绍文字，听着慈善老人的娓娓道来,让我深深地感到他的人格的伟大。

成范永先生的谈兴更浓。说着说着,就说还是请教授去他的秘密花园看看吧。他的秘书说,老先生对于一般客人,是不请去他的秘密花园的,因为你们是中国人民大学法学院的教授,是贵客,才请你去秘密花园的。说着,秘书打开了客厅的另一扇门,我们走出去,看到了别有洞天的这个秘密花园。假山、流水、小桥、凉亭,甚至还有一个小瀑布。我们想拍下秘密花园的美丽景色,被秘书劝止,说成先生的秘密花园不准拍照,以保持神秘感。我们只好排成一行,跟成先生一起拍了合影,背景就是他的秘密花园。

成先生带我们走进他的收藏室,也是他的贵宾室。一上楼梯,到处都是名人名画名书法,琳琅满目,目不暇接,上至国宾,下至名流,林林总总,令人震撼。我和成先生分别坐在主宾位置,继续探讨园林、法律、世事、生活,以及中国、韩国,所说都有真知灼见。尤其是成先生以树见人,以景见世,体察入微,洞悉心灵的独到人生见解,令人耳目一新。侃侃而谈,竟似深刻的研讨。可以想象,世界那么多名人都来访问思索之苑,访问这位成范永先生,显然都是有理由的。

时间匆匆,一个上午竟然不知不觉地过去了,不得不告辞了成先生。我握着他那宽厚、布满老茧的手,有些不舍放开。成先生送给我他写的书,送我们走出他的接待室,挥手告别，依依不舍。

二

走出园门的路上，我与同事和学生一直在探讨成先生为什么要把他的主要是盆栽的园林叫做思索之苑，感到大有深意。后来，我看了成先生的著作《草木人生》，明白了他为什么这样命名他的园林。他在乱石堆里建造名苑，为的是浇灌思索之根，希望这里能够成为启发人们思索的特别空间。他之所以几十年守护、耕耘在这里，就是要给人们一个获得愉悦、学到知识、感受人生、获得感动的场所，能够在这里思索人生、感受世界，思索人生应有的追求。他在培育思索之苑的同时，也在思索自己，思索自己如何能在培育树木和建造庭院的过程中，通过一草、一木、一石，来阅读自然，与自然沟通，进而思索自己如何能够为这个世界做出贡献。这是一个肯于为世界奉献的思索者的思想，也是一个肯于为世界奉献的思索者的思索之地。

成先生是成功的。我认为，成先生以自己一生之力，精心做了一件事，就是通过培育树木和建造庭院而恢复自然、沟通世界。当然，他就是做他原来几十年前所做的衬衫加工，一直做下去，也能够很成功，用自己做的好衣服，装扮人的美，让世界更加精彩和漂亮。可是，他选择的是另一种，通过更加艰苦的奋斗，用自己的汗水改造荒芜而换取美丽，奉献给人们以从容思索的最佳空间。这样的境界，真的是只有大智慧所能为。

事实上，一个人在自己的一生中，很难做成好几件事，尽其所能做好一件事，就是独到的贡献，也就体现了一个人一生的价值。对此，我有相同的体会。从1980年以来，我孜孜以求的，就是我的侵权法研究。经过将近40年的努力，不仅推动了我国制定《侵权责任法》的立法，而且还建立了东亚侵权法学会、世界侵权法学会，使全世界的侵权法学者互联互通，成为一家。这其实也是一种思索，也是建立了一个思索的园林，那就是侵权法之苑，侵权法思索之苑。

我想到了这一点，就跟我的学生交流。他们说，难怪我们一进思索之苑，成先生跟你素不相识就能一见如故，原来真的是心有灵犀。

我想想，也是，我们尽管做的事业不同，流出的汗水不同，奋斗的方法也不相同，但是在执着于自己事业的这一点上，还真的是心灵相通。

我敬佩远隔大海的成范永先生。也感谢这位老者建设思索之苑的思索，让我继续思索，怎样才能让自己的人生更加精彩。

79　人生五态

咬牙、放屁、吧嗒嘴，是说有些人的不雅状态，再加上打呼（噜）和抖腿，可谓人生五态，就是人生五大不雅之态。

咬牙

咬牙，通常是说晚上睡觉时咬牙，"咔儿！咔儿！"挺吓人的。因为睡觉是私人必须之事，因此，对睡觉咬牙的体会，多数是说家里人的感受。一家人，都能容忍，习惯了也就好了，没有事。真的要是哪一天晚上不咬牙了，一是不习惯，二是健康可能出问题了。

既然人总是要工作，要工作就是要出差，就要与同事在一起住，特别是在过去，出差都是住双人间，甚至是三人间、四人间，人多了住在一起，晚上一睡觉就咬牙，而且特别响亮，难免影响别人的休息。

原来我家乡的那个单位，有一个人叫老虎，是1956年东北人大毕业的法律专业本科生。以前我听说他晚上睡觉咬牙挺厉害，我没有体会，也没有感觉到别人晚上咬牙会对自己有什么严重影响。有一次，我们几个人一起出差，那时我还年轻，晚上睡觉比较死，不太容易受到影响，在安排晚上住宿房间的时候，别人都不愿意跟老虎住，就安排我跟他住一个房间里。睡着之后不久，突然就被"嘎嘣！嘎嘣！"的声音震醒。我懵懵懂懂之间，以为天棚上的房梁断裂了，刚要喊，却发现声音来自对面的床上。原来是老虎在咬牙！

那声音，干脆、利落，几乎声震寰宇，使我很难相信这是从人嘴中能够发出来的声音。我怕出问题，例如咬断钢牙等，就轻轻地碰了他一下。他的嘴里"吭！吭！"几声，翻了一个身，没有动静了。我认真听了一阵，呼吸还有，但不咬牙了，没有太大的声音，我才睡了。

不过，也就是过了一会儿，我又被震醒了。看看他，发现了一个规律，只要他是平躺，就会咬牙。微弱的灯光下，他平躺着，半睁着圆眼，"咔嚓、咔嚓"用力咬着，似乎很辛苦，也很累。一宿下来，我似乎没有睡上三个小时。我这才真的领教了睡觉咬牙的厉害。

放屁

人生在世，吃五谷杂粮，不可能不放屁。在一般情况下，人还是不会在公众场合大声放屁的，因为这不雅，表示一个人没有修养，因此，有了屁就得憋着。不过也有憋不住的时候，因此偷偷放他一个，不臭还好，一旦很臭，就会惹起是非，会被质疑。就像在学校过学生生活时，有人用电炉子偷偷做饭，一旦烧断电线的保险丝，就先出去在走廊里骂街："谁他妈又点电炉子！"然后再骂骂咧咧地回去修电闸的保险丝，修好后再继续做菜。这就是贼喊捉贼法。"谁他妈放屁了！"喊了这一声，借以解脱自己尴尬，表示不雅行为与自己无关，洗脱对自己的嫌疑，栽赃他人。

睡觉放屁，不会有大的影响。例如我的这位同事（就是老虎），晚上睡觉也是要放屁的，但是不至于惊天动地，与其咬牙和吧嗒嘴的功夫差远了，小菜一碟。

故意放屁的人也有，这种人通常都是比较有资格的，因为你不能把他怎么样，他也就尽情而为。我们老家的公安局（局）长，是一个老革命，有老资格，据说他经常公开放屁，尤其是在开会中，甚至是在作报告中，都会肆无忌惮地放，没有丝毫顾忌。即使有的时候声音比较婉转，或者有的时候十分嘹亮，类似引吭高歌，引起众人的怒目或者哈哈大笑，他也不在意，仍然开他的会，作他的报告，不受一丝丝的影响。

不过，这位领导虽然如此不羁，但是对部下极为可亲、极为关爱，把部下的事作为自己的事来办，大家都非常尊敬他，因此，对其放屁的不羁也都不以为然，照样爱着自己的领导，领导也就照样自得其乐地放着自己的屁，优哉游哉，不亦乐乎！

打呼

　　说到打呼，比较常见，但是，打呼能够打到极致，那还是需要一定水平的。当兵的时候，听说我们的团长打呼的本事最大。据说，他在军里开会的时候，不仅其他团长不愿意跟他住在一个房间，甚至都不愿意跟他住隔壁房间，因为隔着墙壁，团长的呼噜声也能够穿透墙壁，杀伤力极强，震得隔壁人无法入睡。开始时，有一个与其同居的团长实在受不了他的呼噜，把他撵到走廊里去睡，结果住在一个楼道里的其他人都不干了，因为其呼声太高，贯穿整个楼道，使各位都受了"贯通伤"，不得已将其赶回自己的房间，另一位团长自己找地方去睡了。当兵的时候，人家是团长，我是兵，没办法和团长有这样的接触，无从了解其打呼的真实水平。不过，我当兵的时候，坐过团长的吉普车，给团长写过讲话稿，别说，这就挺牛的了。一个士兵能够得到这样的待遇，似乎也挺厉害。真的。

　　说说我真正经历过的几位打呼厉害的达人。一个是我当兵的时候，在23军双山农场搞生产。当时我们连部理发员的父亲来探亲，住在我们的宿舍。那时候，我们连部的勤杂兵都住在一个大房间，上下铺，生活其乐融融。理发员的父亲来了之后，和我们住在一起，白天在一起吃喝，到了晚上，我们还都没有睡呢，理发员的父亲就先去上铺睡着了，转眼之间，呼噜声起，上下铺随之震动。第一声传来的时候，我们还以为是地震了呢！但是不是地震，声音是从上铺发出来的。当我们都盯着理发员的时候，理发员就不好意思了，说："我爹就是这样的，一直如此，再加上旅途劳累，今天的呼噜打得有点超水平。大家不要介意啊。"我们都说，不介意，不介意。可是我们躺在床上，怎么也睡不着啊！接着就在震耳欲聋的呼声中，讲故事，开玩笑，总算折腾到了半夜，实在熬不住了，才最后睡着。第二天，我就找了另一个小屋子，晚上坚决不在这里住了，才逃过以后几天睡觉时的"劫难"。

再说我在老家法院工作时遇到的呼噜牛人。我们地委委员、行署的宋专员，是地委政法工作领导小组的副组长，负责政法工作。他有一个习惯，每年的八九月份，会带上公检法几长和几个工作人员，在全地区的十个市县巡视，进行调查研究。我有幸跟随领导出去巡视过几次。第一次跟着专员出差的，还有一位信访办主任，姓张，据说是呼噜达人，水平异常了得。一次出差要十几天，开头去的几个县，招待所都有单间，领导住单间，我们随从人员两人一间，没有与张主任合住过。到了抚松县，在长白山区，条件比较差，招待所是那种火炕，每房间一个炕，睡四个人，并排躺着，这就有难度了。第一天，就分配我跟张主任和另外一个局长，共三个人住在一个房间，那两位是领导，一人一头，我住在中间。炕很热，一时没有睡着，结果张主任就先睡着了，呼噜声似排山倒海，呼啸而来。我正在诧异，另一边的局长的呼噜声也娓娓道来，循序渐进，并且越来越响。我夹在中间，左右为难，几乎被呼噜抬了起来，震得忽上忽下、忽左忽右。忽而，张主任的呼声断了，一声不吭，竟有万籁俱寂之感。我以为出问题了，憋住了，有危险了，刚想要去看看究竟是不是窒息，是不是需要抢救，却忽然爆发出来强烈的一声怒吼！这声巨鼾，着实把我吓了一大跳。再看左右两个人，雷霆万钧与和风细雨，轰轰烈烈与缠缠绵绵，真的摧毁了我那脆弱的神经。再加上那几天落枕，脖子不敢动，翻身都困难，因而就遭了大罪了。第二天坐上汽车，我昏昏沉沉的，几位领导还取笑我。我哪敢声张昨晚的困境，哼哼哈哈就过去了。但是，那天的遭遇，直到几十年后的今天，仍然还是历历在目。哦，不对，应当是历历在"耳"。

抖腿

抖腿是一个坏习惯，但是，经常抖腿的人，基本上自己都不以为然，不是主观上的不以为然，而是客观上的不以为然，因为抖腿都是下意识的动作，并非有意。

我年轻一点的时候，也抖过腿，后来很快就发现了这个习惯不好，就改正了。我现在不抖腿，即使是在家里随意的时候，也不会不由自主地抖腿。看来，抖腿的习惯是可以纠正的。

先说一个同事的抖腿。有一年春节期间，我们一帮朋友在一起吃饭，吃完饭，我建议去看电影。多数人不愿意去，这位同事跟我一起去了。电影票的座位是同一排的，大家坐在一起，开始看电影。突然，这排椅子就抖动起来了，我开始以为这是电影院的4D特效，刚想要说这个电影院还挺高级的，都4D了，可是就在这时，却发现不是电影院4D，而是同事在抖腿，随着腿的抖动，这一排座位就都4D式的、有规律地抖动起来。

当然，谁抖腿也不会永远抖下去，会有间歇，因为老抖，自己也受不了，也累呀！不过，过了一会，就又接着抖了起来。我左右为难，不知道是该提醒他一下呢，还是就这样下去呢？怎么做都不妥当。提醒他，害怕伤了自尊，不提醒，一排观众都受影响。最后，我还是忍着，一直到电影结束，终于不抖了。

更夸张的是那次。有一天开一个学术会议，忘了是讨论什么问题。会议的沙发是在房间里一圈四边形地排开的，不是圆桌会议。会议刚刚进行不久，我突然发现，有一个角上的老师开始抖腿了；再一看，另一个角上的老师也在抖腿了；

再环顾四周，我惊讶地发现，四周的四个角上，竟然有四位老师在同时抖腿。妈呀！一个人在发言，四个角落的四位老师都在均匀地抖腿，速度适中，频率相同，震动幅度大体一致。我真的不敢相信眼前的这一幕，抖腿就抖腿吧，怎么竟然能够达到这样高度协调一致的程度呢？是经过训练吗？是有人在喊口令吗？如果这不是在一个不动产性质建筑物的会议室里，而是在一座桥梁上，有这样的剧烈抖动，如果是发生共振，就存在发生严重后果的可能啊！我赶紧闭上眼睛，不敢再看这一幕。

其实，别人都没有注意到这一幕，当然也就没有什么，就怪我看多了。不过，在公共场合，最好还是不要抖腿。

吧嗒嘴

吧嗒嘴有两种。一种吧嗒嘴，是晚上睡觉的时候吧嗒嘴，似在咀嚼，似在品尝，总之是有滋有味的那种，让人羡慕，在睡梦中还在吃喝品尝，体验幸福生活多么美好。前面说到的咬牙的那位老虎同事，就是睡觉吧嗒嘴的，声音怪响的，跟咬牙的"咔儿"声相互交错，巡回上演，足以让同屋欲睡者们的神经崩溃。

另一种吧嗒嘴是醒着，吃饭的时候进行的。"吧嗒！吧嗒！"自己品尝美味，有滋有味，有声有色，却足以影响同餐他人的情绪。尽管吃饭吧嗒嘴不算恶习，毕竟不好，不过还是有很多人有这样的毛病，吃起饭来，不停的"吧嗒"，似乎在品尝、鉴赏饭菜的品质。不过，这种人就是吃再难吃的饭菜，也是要吧嗒嘴的，是生活习惯，而不是故意所为。

前几天在火车上，高铁，商务座，一节小车厢只有五个座位，三个人坐，够清静的了。隔壁"邻居"上车就大声打电话，声音豪迈，铿锵有力，震耳欲聋，不断地在电话里发指示。我看了他一眼，他没有看到我，自顾自地说个不停。十几分钟终于过去了，也终于打完了，刚想舒一口气，可是没过几分钟，又来了电话，又大声地布置任务。

我以为，在这样的环境里，这样的大声打电话，无非就是要证明自己是领导。可是，你坐上了商务座，就已经证明了你是领导了，还用这样煞费苦心地去证明吗？

更让人忍受不了的是，11点40分，服务员送来午餐。邻居开始"刺啦、刺啦"地撕去餐盒上的覆盖膜，紧接着，就传来了铿锵有力的吧嗒嘴的声音。其响亮程度，不亚于轰隆隆擦身而过的对面高铁列车。我不由自主地看了他一眼，眼神里包含着惊诧、疑问，甚至还有一点谴责。用得着用这样的声音表达品尝美味吗？其实，高铁上的餐食，要多难吃有多难吃，我真的诧异，那么好的食材，他们怎么能做出这么难吃的食物！但是，隔壁邻居在吧嗒嘴之余，还了我一眼，表达对我的愤怒或者是敌视，低头继续品尝着难吃的美味。

咳！没有办法了，只能忍着，不敢再转过脸来，任凭他"吧嗒"去吧。

终于，吧嗒嘴把饭吃完了，一堆残渣剩饭送给了列车员，打着饱嗝回来了。我以为天下太平了，准备放心地吃我的那份难吃的饭，谁曾想，吧嗒嘴又从袋子里掏出了一个苹果，很大，又一口一口地"吧嗒"起来。我连死的心都有了，不知道还能不能继续在这样的邻居身边坚持下去。

终于，苹果也吃完了。然后，邻居很快地就放倒座位，睡了起来。我又担心他在睡梦中再吧嗒嘴，就一直用耳朵细细地静听着，呼吸很匀称，没有睡梦中的吧嗒嘴。我终于放心了，不一会也睡着了。睡梦中，他竟然又买了一盒饭……

人生五态，样样都有存在。其中有的是过失，有的是故意，有的纯属意外，因为自己无法控制，例如在睡梦中的形态，就是没有主观意识支配的行为，怪不得行为人本人，只能认为造化弄人，不能谴责行为人行为不端。故意放屁，得有老革命的资格，没有这样的老资格，一是不敢，二是敢了也要受到谴责，不如收敛着点，尽量不放，或者偷偷地放，或者偷偷地放了再嫁祸于人。用民法的话说，过失就是不注意的心理状态，如果对于自己的不雅行为稍微加以注意，发现不好，就予以改正，就会改变人家对你的印象，对人、对己，都是有利的。

其实，说来说去，我也是在指责别人，也许自己也有很多不雅的行为习惯，只是自己不自觉罢了。不过，我愿意听从建言，各位可以严肃地指出我存在的不良习惯，我愿意改正。最怕的就是一直以为自己正确，其他人都需要教导，而在实际上，自己却存在很多不雅的人生五态中的某一态或者某几态，甚至五态俱全，却浑然不觉。不知各位以为如何？

80 大猫

大猫和二猫到我家已经好多年了。两个猫到我家的时候，才刚刚满月，只有一点点大，像两朵棉花团。

那时，我们住在中国人民大学的博士楼里，两只猫就在众多的博士身边长大。后来，我们搬到了石景山住，她们跟着我们一起到了这里，一住就是好几年。现在大猫和二猫已经成了名副其实的大猫了，长得很胖，也很精神。我在这里先说大猫。

起名

在把猫们刚刚接到家里的时候，最先要研究的就是给它们起名。叫什么名字，是一个很难的问题。妻子和女儿想出了很多方案，例如"大咪""二咪"呀，"阿娇""阿紫"呀，"宝宝""贝贝"呀，等等。我给起的名字最简洁，也最通俗，就叫"大猫""二猫"。这样的主张受到家人一致的反对和谴责。但是，我坚信，这样通俗的、上口的、也极富猫情趣的名字，终将战胜一切花里胡哨的名字，成为猫姐妹的响亮名字。这种情形就像某位国家元首说的那样："不战而胜"。

事实胜于雄辩，我起的名字终于随着时间的推移，被人们所认可。现在，大猫的名字就叫大猫，极其有气派，极富战胜一切的魄力，征服了一切来到我家和没有来到我家但是知道我家有一对猫的人们。现在，就连大猫自己都承认自己就叫大猫。不信，在大猫高兴的时候，你叫一声："大猫！"它就会响亮地回答一声："喵！"这是我家大猫和二猫的特点，在叫到它们的名字的时候，它们会自己答应。

大猫也不辜负把它叫做大猫的最初用意，长得越来越大，远比二猫雄伟、健壮，有一种领袖的形象，有猫王的感觉。与二猫一比，可以高出一个头（说猫好像没有这样说的）。一年以后，大猫就长到了8斤重，可是二猫到现在也还是7.5斤。不过大猫现在也是8斤，再也不长了。其实，这也没有说清楚大猫为什么叫大猫，怎么就应当叫大猫。总之，大猫就是比二猫大，所以就把它叫做大猫了。

脾气

大猫的脾气也大。大猫的脾气大到什么程度，其实也大不到什么程度，就是随心所欲，想喜就喜，想怒就怒；想跟你好的时候,就和你腻得天翻地覆;想跟你翻脸的时候,一双眼睛会冒出仇恨的光芒。

星期天的早晨,是大猫最会腻的时候。你躺在床上,它会趴在你的身边,一声一声地叫着,声音极哆,甜得腻人。同时还要对你进行"舔人"运动,用那带刺儿的舌头,舔你的下巴,舔你的脸……。其实猫的思维也是很怪,在猫们之间,以舔为亲近的表示,可是对人不应该是这样啊!

你起早到写字台前坐下写稿子,清清静静,写得正起劲,大猫一下子跳到写字台上,到你的稿纸上一躺,就再也不起来了,无论你怎么说怎么劝,它就是赖着不动。当你把它抱起来,它是一百个不愿意,嗷嗷叫着放赖。勉强把它放在腿上趴好,过了一会,它又上了写字台,还是趴在稿纸上,不动弹。那股赖劲,真让人没有办法,只好抱着它玩一会。正好,也就休息一会儿。有时候,大猫刚从厕所回来,脚丫子残留着排泄的液体,跳到正在写的稿纸上,就是几个小梅花印。

大猫说变脸就变脸,没有商量。太太说,大猫的本质最纯洁,从来不会掩饰,不会装腔作势,不会不高兴装作高兴。因而,就是大猫发脾气,也是真诚的。当它在玩儿的时候,正在高兴,它不愿意让人抱它。如果这时你抱起了它,它就会非常生气,一双大猫眼,瞪得黑亮,绝对是不屈不挠的样子。这时,你再进一步逗她,她的猫眼会露出凶光,恶狠狠地瞪你一眼,或者坚决不看你一眼。只要等你一松懈,她会

"噌"一下,赶快逃走。

性格

  大猫聪明。和二猫比起来,就更显得大猫的心眼多。这样说,就还得先说说二猫。二猫多少有一点那个,想事情想不太明白,一副大智若愚的样子,甚至显得有些无辜。比如吃东西,二猫事先嗅呀嗅,嗅到差不多了,才要开始吃。可是大猫不会这样傻,如果是好吃的东西,那就一口叼住,跑到一边吃起来。等到二猫开始吃的时候,大猫已经吃完了。

  大猫也很机敏。它在地上玩的时候,或者坐在地上的时候,你想要把它抓住玩一会,你就必须谨慎小心地接近它,不能暴露自己的意图,稍有不慎,被大猫察觉,它就会立刻逃得无影无踪,找也找不到她。太太比较灵巧,有时还可能跟大猫较劲儿,偶尔能抓住它。我则绝对不是大猫的对手。一是我的意图总是比较容易暴露,想隐蔽却总是露出马脚,被大猫察觉后,我从来没有追上过它,它在一边逃的时候还一边看着我,甚至于带有一种戏弄的神色,然后钻进床下,再也不出来了。还能有什么办法呢?

  大猫也很灵活。脑子灵活,身体也灵活。在它小的时候,特别爱吃鱼片。我在烟台的学生经常从烟台带来一些这种鳙鱼片。那时候,它们爱吃得不得了。有一次,大猫在睡觉,我把鱼片放在它的鼻子旁边，就见它的鼻子耸动起来，在睡梦中嗅着，嗅着嗅着，好像她突然就明白了这是什么东西，立刻就清醒了，"噉"地一声爬了起来，一口就叼住了鱼片。为了训练大猫的弹跳能力，我把鱼片用大头针固定在墙壁上，大猫就顺着墙壁跳上去，最高时跳过1.7米多，超过身高的多少倍！如果有猫的奥林匹克运动会，在跳高项目上，纪录一定比人的纪录高得多得多。

可是，大猫有一个致命的弱点，就是胆小，不是一般的小，是非常小。这大概与她从小不出门有关系。在中国人民大学住的时候，大猫、二猫刚刚四个多月。带着它们到校园中玩，就吓得要死，把它们放到校园里的花园路上，腿就短了，身体伏在地上，就像是战士在匍匐前进一样，而且是低姿匍匐，一点一点向前爬，同时，还要嗷嗷地叫，一副惊魂未定的样子。这个德行，怎么训练也没训练出来。之后，有一次，我和太太把它们强行弄到汽车里，到三环路上兜风，从离开家门就吓得嗷嗷叫，到了车开起来的时候，瞪着窗外一辆一辆飞驰而过的汽车，魂飞魄散，到了最后，感到也不能把它怎么样，虽然叫，但是心神稍有稳定。有一点，大猫无论怎样，只要回到家，就会立刻安静。在它看来，只有家才是最安全的港湾。

玩

大猫爱玩。小的时候，大猫爱玩球呀，毛线呀，什么都感到新奇，都想玩。有一次，晚上我在写稿子，大猫想玩，我又不想陪它玩，就用一个乒乓球拴上绳子，吊在晾衣杆上，大猫一扑，球就动荡不已，这就更引起大猫的兴趣，越扑越来劲儿。我就在一边写起来，任它自己玩。过了一阵，发觉大猫怎么没声了？回头一看，大猫的脖子已经被拴球的绳子捆住了，被吊在绳子上，歪着脖子，眼睛在翻白。我吓坏了，赶紧上前把大猫救了下来。好在时间短，大猫下来就缓过来了。这如果是没有人在家，大猫非被吊死不可。从那以后，再没有给猫做过这种游戏。

这几年，大猫最爱玩的是两样东西，乐此不疲，一直如此。一种是玩纸团。我经常整理稿子，在把废旧的复印纸撕碎的时候，大猫感到非常神奇。我顺势给它做成一个纸团，扔在地上，它就会不顾一切地玩这个纸团，甚至在地上玩得天翻地覆。时而是扑，时而是堵，更绝的是用两只前爪打纸团，就像是一个勇猛的冰球运动员！

另一种是用镜子照影。天气好的时候，屋子里有阳光，用小镜子迎着阳光，把影子照在墙上。这时，大猫就十分兴奋，会呀呀地叫，然后就是一阵一阵地在墙上跃起，向影子扑去。大猫越扑越高，什么时候累得不行了，才肯罢休。

最有意思的是这件事。早晨，我洗完脸，用电动剃须刀刮胡子。剃须刀滋滋地响，大猫也感到新奇，跳上桌子，两只前爪搭在我的前胸上，非要用我的剃须刀不可。我不给它，它就不算完。我剃完之后，就给它看，它就把嘴巴往剃须刀上拱，感到十分好玩。有一次，我把剃须刀打开了，大猫还使用嘴巴拱剃须刀，吱吱一下，就把大猫嘴巴上的毛全刮掉了，露出红红的嘴巴上的肉。这回大猫真是剃了"胡子"。

81　二猫

我家二猫是一只文文静静的波斯猫,白白的、长长的毛,非常可爱,就像一个文静可爱的女孩一样。在我的老家,对雌猫不叫做母猫,而是叫女猫。二猫就是这样的一只女猫。

温柔讲情义

二猫的性格非常温柔。从相貌上看,二猫有一张小脸,两只猫眼的外眼角有一点向下垂,因此,总是有一点蹙着眉头的样子,显得心事重重。在这样的面相下,二猫做什么事,走走路,看看什么,都是轻轻的,静静的,从来没有张扬的样子。平时"喵、喵"地叫着,细声细气,跟一个小女孩没什么区别。

二猫在吃东西的时候,文静的性格显现的比较充分。给它拿过去一些东西,它总是嗅呀、嗅呀,等到真正知道了是好吃的东西了,才慢慢地叼起来,到一边去,慢慢地吃起来。

非常文雅，就像是一个绅士，不对，是淑女。有时候，我想对二猫加一点偏心，偷偷地给二猫一点特别的好东西吃，又怕被比较精明的大猫听见或者看见，总希望二猫悄悄地尽快吃了就完。可是，二猫一点也不知道这种违反公平原则的做法的不合理性和危险性，还是慢慢地嗅呀，嗅呀，并不理解这是对它的偏心。等到二猫明白了这对自己有好处，要大口吃起来的时候，总要弄出点声音来，大猫觉察到了，就走过来了，起码就要分去一半，二猫也就没有得到什么便宜。

太太的小妹研究生毕业后，分到清华大学教书，来到北京，经常到家里来。刚来时，大猫和二猫认生，见到小妹就叫，尤其是大猫特别不友好，只要我们不在跟前，大猫就"哈！哈！"地吓唬小妹。二猫可不是这样，尽管它在开始时也有所保留，却不表现出来，小妹与它玩时，它也凑合着玩。小妹拿着猫粮，让二猫"滚儿一个！滚儿一个！"二猫就在地上打一个滚儿，也就得到一些猫粮吃。时间一长，小妹和二猫也就熟悉了，关系越来越好。小妹说："二猫脾气好，又能自己卖艺，挣口饭吃。"大猫则不行，小妹给它猫粮吃，它也小心翼翼，吃完就跑，对小妹没有好感。因此，小妹说大猫是一个喂不熟的"白脸猫"。现在，二猫和小妹的感情极深。

前几天，小妹在中央人民广播电台"小喇叭"节目做幼儿英语节目，让我们听。打开收音机以后，传来了小妹的声音，二猫急忙跳上放收音机的写字台，急切地"喵喵"叫着，到处寻找，见不到小妹，就蹲在那儿，一动也不动，好像在等着小妹一样。

谦让讲仁义

二猫具有一种高尚情操，就是谦让，从不在具体问题上与大猫争执，礼让有加，大有谦谦君子之风。例如，猫都喜欢玩线头、线团、钥匙串，等等。大猫愿意玩，二猫也是猫，当然也愿意玩。可是，当拿起一个钥匙串跟猫们玩的时候，大猫总是第一个冲上来，一跳多高，玩得乐不可支；二猫也想玩，但是看到大猫玩得兴起，就在一边等着，等到大猫玩累了，躲到一边喘去了，二猫这才会上来，跳呀，蹦呀，玩得天翻地覆。等到大猫上来玩了，二猫就又停下来，让大猫去玩。有时候，我对这种情况不服气，为什么就得大猫先玩，为什么大猫一玩起来，二猫就得谦让？所以，当大猫玩得兴起时，我就抱起二猫扔过去，让二猫参与其中，可是每回二猫都是在大猫的身边叫几声，像是说"你先玩吧"，自己自动离开玩的现场。

还有，大猫爱玩纸团，二猫也愿意玩，但是，在人猫玩的时候，二猫同样也不会去抢着玩，还是让大猫先玩，等到大猫玩够了，二猫就把纸团接过来，在地上乒乒乓乓地玩起来，自得其乐。还有一点，就是大猫玩的时候，要看人的兴趣。人要是有兴趣，它玩得就起劲；人没有兴趣，它也玩不一会儿就算了。二猫不是这样，它可以自己玩起来，在没有任何人参与的情况下，也会自己玩得天昏地暗。有几次，二猫自己找到一枚栗子、一个纸团或者一个乒乓球，就在地上自己用两只前爪噼哩啪啦打起冰球来。那种姿势和动作，绝对是标准的冰球运动员动作，不亚于那些著名的冰球运动员在冰球场上的精彩瞬间。

由此可见，二猫不是不愿意玩，而是深得中国"谦谦君子之风"和"仁义传家远"的传统精神，绝对是高风亮节。

憨厚顺人意

说来说去，大概可能看出，二猫的心眼儿有点慢。什么叫心眼儿慢？还不是有点缺心眼儿呗。不对，缺心眼儿是有点傻，二猫不傻。心眼儿慢就是不着急，有事慢慢想，着什么急？再说猫们也有隐私权，也有名誉权，你说二猫缺心眼儿，小心把你告上法庭吃官司！

二猫心眼儿慢，就显得特别憨厚，对人很诚恳。就说大猫吧。你想抱它玩，它要是不愿意，抓住它也是白搭，它决不会顺着你，对你表示友好。可二猫不是这样，二猫不愿意跟你玩，那你偏要抱着它玩，它也就跟着你玩两下。把它放在床上，它会"呼噜、呼噜"地不停，两只小眼睛眯眯着，表现出顺从的样子。

大猫和二猫生活在一起，有时不免有些磕磕碰碰，这种情况比较少，主要就是在两个猫都洗完澡之后。大猫、二猫是长毛波斯猫，时间长了不洗澡，毛色就发灰，也不整齐。洗完澡之后，湿毛贴在身上，只剩下嶙峋的形象，十分难看。这时，两只猫看着谁都不顺眼，见了面就"哈！哈！"地发着威，甚至打上几爪。什么时候毛干了，毛顺了，恢复了原来的样子了，两个才会重归于好。在平时，两只猫是不会打闹的。相反，有时大猫遇到什么事，二猫绝对摆出要去救的架势。两只猫最大的缺点就是胆小，尤其是怕出门。有时候，太太硬抱着大猫出去玩，大猫就"嗷！嗷！"地叫。这时，二猫就在家里也"嗷！嗷！"地叫，表现出对大猫极其关心的样子。但是，让它也出去，那是不行的。

说起洗澡，对猫来说是一件可怕的事情。可能凡是猫都不愿意洗澡。因此，在要给猫洗澡的时候，总要提前做好充分的准备。准备好水之后，要先把大猫抓住，给它先洗。因为二猫尽管也不愿意洗澡，但是不至于跟你较劲。如果是要二猫先洗，大猫就很难对付了。大猫洗完，轮到二猫时，二猫叫几声表示反对，然后就呆在水盆中，任凭给它怎么洗，有的时候还很配合。洗完澡，要吹风，大猫像"杀猪"一样嚎叫，二猫却坐在太太的怀里，乖乖地让风早点把毛吹干，真是一副乖乖女的样子，十分讨人喜欢。

有时候，我们说二猫脑袋"一根筋儿"，是说它心眼儿慢，但是更多的是说它憨厚。想什么事情都慢慢地来，再加上蹙着眉头的淑女样，二猫着实让人喜欢，让人怜爱。

受惊伤害我

一天晚上，太太非要抱着两只猫上外边玩。怎么说也不行，我只好学二猫的榜样，顺从。太太抱着大猫，我抱着二猫，在两只猫的强烈反对下，仍然将它们抱到楼下，坐在花园的台阶上，猫们渐渐地有些习惯了，叫的声音小了一些，有时候还可以东瞅瞅西看看。我们都很高兴。

一对夫妇牵着一只巴狗走过来。这只巴狗摇摇摆摆，哈咻哈咻地跟大猫亲近。那位太太说，她家又养猫又养狗，狗和猫极亲。奇怪，大猫不知怎么回事，对这只狗一点都不害怕，还跟着它亲热了几下。我大为奇怪，感到不可思议，因为平时大猫什么东西都害怕。我听信了那对夫妇的说明，认为这只狗可能跟猫生活久了，沾上了猫气，所以大猫不害怕它。这样我就放松了警惕。

那只狗跟大猫亲热够了，转过来要和二猫亲热。就在狗要接近二猫的时候，二猫突然一下子蹿起来。当时，我正在抱着二猫，它前边的两只爪被我握在左手中。二猫一蹿的时候，前爪正好蹬在我的左手食指内侧，锋利的爪剜进我手指上的肉里。我就觉得一阵重重的疼痛，一直钻进我的心底，痛得我额头出汗。二猫蹿出去后，钻进停着的一辆汽车下边，不见了。我的手上冒出了血来。我忍着痛，硬挤出更多的血以后，找到了二猫，安抚着，抱着它回了家。

第二天上班以后，很多同事让我去打狂犬疫苗，怕染上狂犬病，同时说我为什么受到伤害，还要对二猫那么好。我说，二猫将我抓伤，是有因果关系，但是，造成伤害的直接原因，是那对夫妇的狗的行为，和二猫有什么关系？同事说："嘿！嘿！怎么讲上侵权法啦？"我笑笑说："可不是？这是动物损害赔偿嘛！"二猫虽然是直接伤害了我，但是，它既没有故意，又没有过失，怎么能怪它呢？

82 猫品

人有人品，猫有猫品，皆然。当家里就养一只猫的时候，对不同的猫的猫品，不会有太深的感觉。但是，如果同时养了两只以上的猫，就会发现前边的这个结论是正确的。

一

我家养猫，算是有很长的历史了。最早是1995年初，在中国人民大学东南角的"东风破"楼（人大原来有东风一、二、三号楼，被称为东风破，现在原址上建起了最洋气的立德楼）暂居时，太太就从北京前门的胡同里，抱回来了两只长毛的白猫。两只毛茸茸的小东西是装在鞋盒子里带回家来的，只有一个月大。我给她们起了名字，一只叫大猫，一只叫二猫。最近这几年，我们家又陆续养了几只猫：一只叫萨莉，一只叫麦小克，还有一只叫小二黑，最后收养的一只叫花花。在这四只猫中，最早来我家的是萨莉，随后是麦小克，然后是小二黑，花花来的时间最晚。

在这时，我家里其实已经有六只猫了，是我家养猫最多的时候。由于有了太多的猫，生活秩序有点失控，后来就把大猫和二猫放到小女儿的姥姥家里养，家里还剩这四只猫。

二

这四只猫的品性各不相同，性格最好的是麦小克。麦小克是美短，就是美国短毛猫，公猫。因为它的爸爸叫麦克，我就给它起了这个名字。它来我家的时候，长的不太大，才几个月，但是皮肤很松，抓住脖子上的皮扯起来，能够拉得很长。我就跟太太说，这只猫一定能长成一只大猫，可以长得很大、很大。太太开始还不相信，后来事实证明了我的这个判断，太太就相信了。

麦小克刚来我家的时候，并不是直接到我家来落户的，而是寄养。它原来家里的主人要出国，想找愿意帮助代养这只猫的人。我家太太心眼儿特别好，又是猫迷，看到这个消息，又看到了麦小克的颜值很高，就答应了人家，去把麦小克接了回来。

麦小克长得很漂亮，两只大眼睛特别有神，灰黑相间，颜色有点浅，看起来更像是灰色的猫。它小的时候特别招人喜欢，不管是什么人来了，它都去跟着人家亲热，贴得很近，不断地献殷勤，讨好人家；还像小狗一样，只要叫它，它就会颠颠地跑过来，围着你，喵喵地叫，甚至让你抱它。它还有一个本事，就是他想要你抱它的时候，它会两只前蹄站在你的肚子上，为你"踩奶"。我开始不懂，太太说，这是小猫吃奶时的动作，先给猫妈妈的肚子踩一踩，讨猫妈妈的喜欢，然后再吃奶。麦小克小的时候，经常给我踩，我瘫在沙发上看电视，它就来踩一通，再抱着它亲热一会儿。现在麦小克长大了，是不是给你踩，要看它的心情。只有在它实在寂寞的时候，才会来这一招，踩一踩，跟你亲热一下。平时则很少来这一套把戏，因为不需要你。

正因为麦小克长得好看，又会讨人喜欢，长得威武雄壮，气势夺人。我现在微信里的头像就是麦小克，很多网友都说我们俩的眼睛长得很像。后来我仔细看了，也觉得挺像的。

后来麦小克长得越来越大。到了想要送它回自己家的时候，它的家里人就说不让回去了。其实我们也不想把它送回去，特别是小女儿更喜欢它，更舍不得把它送回自己的家去。结果，麦小克本来在我家拿的是"旅游签证"，结果就混成了"绿卡"，成了我们家猫群里的一员了。

麦小克还有一个特点，就是爱吃草。我经常在下班回来的路上，会在花园或者是路边采一把鲜嫩的草，一开门，它就会扑上来，急切地抢草吃。那种对草的喜爱，看着真像是孩子见到了最喜欢的食物一样，有一种真情。我把麦小克吃草的照片发到微信上和微博上,很多麦小克的粉丝都觉得特别奇怪,也特别可爱。但是,也有麦小克的粉丝跟我讲,有些猫还是愿意吃草的。我发现,麦小克更喜欢的是莠草,而不是稗草,我就着意选择莠草给它解馋。后来又发现,它还喜欢吃蒲公英,奇怪吧?

麦小克不喜欢吃鱼,愿意吃肉,特别是生肉。每次做饭,我在菜板前切肉,它都会急切地站在厨房的菜板前,伸手去够肉。我就说:"看我不剁下你的蹄子!"就给它一块,它就狼吞虎咽地吃了。当然,它还爱吃冰激凌。我吃冰激凌的时候,它就坐在边上等着,吃剩最后一些,就拿给它吃。它就会把一小块冰激凌一点一点全部舔干净,然后去心满意足地舔毛、洗脸。麦小克爱吃的东西很杂,很多。

每当家人回家时,麦小克总会在门口迎接,尽管有时是因为长期关在家里的缘故,开门后就探头探脑地想要出去;多数时候,迎接家人的意思还是真诚的。有时候,我在开门时,在门外喊:"麦!"它就在门里应答:"喵!"我们在门里门外说上一会话,喵来喵去一番,再打开门,双方都会很开心。

三

萨莉来我家比麦小克早,是四只猫中来的最早的一只。萨莉是个母猫,是太太在猫市上买来的,也是一只美短,毛色偏黑，长得非常漂亮。其实，在我们家现有的这四只猫里，萨莉是最漂亮的，而且特别通人气，性格高傲，谁都不理，是那种典型的心高气傲的猫的性格。它想找你的时候，你必须得抱它；它要是不想找你，怎么说都不行。

萨莉刚来我家的时候，我对它比较关心，天天抱着它。有一段时间，我们家装修，住在公寓里，萨莉天天晚上跟着我在沙发上一起睡，所以我们两个感情特别好。

萨莉有一双特别会说话的眼睛。它在表达情绪的时候，可以从它的眼睛里看出来它想说的是什么。有的时候我想，萨莉就是一只不会说话的猫，如果它要会说话，把它的内心都表达出来，其实就是一个多愁善感的林黛玉，感情细腻、脾气多变。在通常情况下，每天早晨我去上班要离开家的时候，它都会送我到门口，或者在地上坐着，或者在钢琴上趴着，眼巴巴的瞅着你，眼睛里的表情就是特别不想让你走的意思。我向它招招手，说我要走了，我们晚上再见啦！它的耳朵就会抿一抿，眼睛里表现出了一种特别依恋的不舍。那种眼神让人不忍，我只好狠狠心关门走掉。

在四只猫里，萨莉有气质，但是脾气不好，比起麦小克来，又好像弱小一点，毛色好、颜值高。

四

在我家猫群中，比较没有品位的，属小二黑。我这样说，太太不高兴，说小二黑其实也不是这样没品位。我也觉得我对小二黑的描述有些言过其实。

小二黑生在人民大学西边巴沟的一位村民家里，很小的时候就被抱过来了。其实，小二黑长得挺英俊的，浑身都是黑毛，油汪汪的，黑缎子一样，四个蹄子都是雪白的，是典型的"四蹄踏雪"，应当属于黑猫中的极品，黑猫中的好猫。不过，小二黑的长相有一个明显的缺点，就是在黑鼻梁上，长了歪歪曲曲的一点白，而不是好看的白鼻梁，因此看起来就不舒服，鼻梁子本应当挺好看的，但是就这一点不耐看的白，就有点破相了，成了京剧脸谱中的奸臣相，还不是大奸，是芝麻官中的奸。

不过，小二黑不是奸臣，只是品性与萨莉和麦小克相比，稍微差了一点，没太有品位。刚来时，我看在它是村民出身，长得又很小，很怜惜他，给它起了个乡土名字小二黑，希望它能像小说中的小二黑那样，具有村民的朴实性格，有村民的品行。

随着不断长大，逐渐发现了小二黑有一些不太好的性格，主要是做事、吃饭，都带有一点缩头缩脑的样子，不那么光明磊落，抢吃抢喝排名第一。这样说小二黑，也有点言过其实，主要是看其外表不够体面，另外也有一点性格上的原因。说真的，你坐在沙发上休息，它跳上来冲着你"喵"一声，然后就贴着你的大腿，趴在你的身边，轻声哼唱，真的让你非常舒心。

五

现在要说的是花花了。花花是一只流浪猫，太太遇到它的时候，它在街上已经差不多是奄奄一息的样子了，满身都是伤，还有脓疮，像是快要死了的样子。太太看着它可怜，就把它带回来，送到宠物医院，住院治疗了一个星期，总算治好了。花花出院后，带回家里养了起来，就在我家里住下来了。

花花是一只三花猫，黄色、黑色、白色间杂，毛色挺好看，不过比其他三花猫还是差一点。花花的性格比较暴躁、强悍、野性，吃东西特别能抢，在四只猫里，战斗力是最强的，是野猫中的"战狼"。时间长了，它夺取了我家猫群的"政权"，凌驾于麦小克、萨莉和小二黑之上，经常可以把其它猫们赶走，自己一个人独占猫食盆吃独食，有点作威作福的态势。麦小克可以欺负萨莉、欺负小二黑，但是在强权的花花面前，特别是花花发威时类似张飞、李逵那种怒目圆睁、猫须叱咤的凶相之前，就怂了，只好打不过躲着走。这一点，我也能理解，因为它是一只流浪猫，如果没有强悍的性格，在流浪猫的社会里将很难生活下去。太太经常跟花花讲，你现在生活的环境是文明社会，跟你的街头社会不一样了，你和它们都是一家人，要和睦相处。但是没有用，花花的强悍依然如故。

我和太太说，原来的三只猫，麦小克和萨莉，都是温文尔雅的，就算是小二黑稍微有点粗俗，也没有这么强悍、这么不讲道理啊！花花虽然修养不够，但是本事很大，能力很强，性格强悍。终于有一天，花花犯了一个极大的甚至是致命的错误。

在我们家里，小女儿具有最高的地位。在太太的眼里，女儿的事情就是家里的核心利益，一切都要围绕着这个利益，是绝对不能触犯的。麦小克和萨莉深知此情，小二黑也是如此，因而小女儿无论怎样逗弄它们，它们都会逆来顺受，绝不会反抗的，从来没有对小女儿撒过野，只是趁着不注意时逃走而已。

花花显然不把这个家庭的核心利益放在眼里，并且为了自己的利益敢于侵犯核心利益。有一天，它为了一件什么事，竟然冲着小女儿撒野，把小女儿的手给咬伤了！太太气愤至极，一把鼻涕一把泪地抓着花花，哭着教育它：为了你，我陪着你住院、给你治疗，把你从死神那里抢救回来，住在我家；你厉害，家里的所有的猫都顺着你，还不够吗？现在我实在无法容忍你了，因为你侵害了我家的核心利益，必须让你离开了。姥姥添油加醋，用东北话说："你个损犊子，竟敢伤害我家小主人，我岂能容你！"最后，太太狠狠心，把花花送到了顺义我家的小区里，让它跟小区园子里的那些流浪猫生活在一起，回归其天性，也避免再对孩子造成伤害。花花在我家夺取、巩固猫权的宏愿就这样破灭了。

花花到顺义小区后，我见过它两次。我家一层的窗户是落地窗，有一天，我在屋子里坐在窗前的沙发上，突然发现花花就在我家落地窗外的窗台上。它突然发现是我，猛然间就嗷嗷大叫起来，气势汹汹，眼睛瞪得大大的，冲着我发威！我的眼前突然就出现了怒目狂呼，声断当阳桥，吓退敌兵的张飞面孔。那时，我才知道什么叫"凶相毕露"！由于我本来就心虚，经花花这一声怒吼，吓得我差点后退30里之外安营扎寨，以为它要找我讨还血债，急急忙忙把窗帘全都挡了起来，躲在家里不敢看它。花花知道我在家里，在窗外不停地撞击窗户，撒野，吓得我再也没敢理它。

经过一年左右，顺义家的院子里就见不到花花了，不知道它是跟别的猫一起迁徙他处，还是出了什么意外。有一天，太太从顺义回来说，有人在院子里抓流浪猫，送到饭馆里做龙虎斗。我的心突然就揪了起来，真的为花花担心。它就是再不好，也不至于下汤锅吧？我和太太就这样一直为花花的命运担心，也不断地谴责自己。

六

原先四只猫在一起，就是一个猫群。四只猫不论是玩耍，还是抢食，还是殴斗，都会形成你追我赶的形势，我家里俨然就成为狼奔豕突的游击战场，闹得天翻地覆而不得安宁。花花走了以后，剩了三只猫，虽然失去了强权，但是，麦小克成为大王，相互斗起殴来，你追我赶的形势仍然不改。我就跟太太说，现在知道为什么叫"三人为众"了吧？养了三只以上的猫，就会成群结队，勇闯天涯，不管不顾，天下就是他们的。后来实在受不了猫群的骚扰，就把小二黑放到姥姥家里去了，让它陪伴其前辈大猫和二猫，一起共同生活。

还要补充一下，我家的大猫和二猫，在我家里呆了很长时间，从1995年3月来到我家，大猫活了19岁，二猫活了17岁。它们先后去世之后，太太把它们都安葬在顺义家花园里的桃树下。这棵桃树以前没怎么结果，大猫和二猫回归那里后，这棵桃树上结出了大个的黄桃，品质特别好。我和太太说，大概是大猫和二猫的精灵都依附在桃树里边，品质优异的黄桃里就有大猫和二猫的品性。

七

麦小克是越来越有点不像话了。凭着颜值好，讨人喜欢，都愿意关照它，就每天傻吃、傻玩、傻睡，现在已经胖得不行了。前几天，我和太太给它称了一下体重，惊叹它已经17斤多了，抱起来都费劲了！再看它的体型，除了脸不大之外，其他都大，特别是肚皮大，躺在地上，肚皮摊在那里，和伸出去的脚几乎在一条线上。这还得了吗？

不过，麦小克的脸还是有一定的欺骗性。有一次，我在家里吃冰淇淋，它也跟着舔冰淇淋，我趁机给它拍照，是从头部拍的，吃冰淇淋的猫头占据主画面，身体在后边，显得很小、很瘦。我把这几幅照片发到微信朋友圈后，麦小克的粉丝们竟然认为我说麦小克肥胖是对它的诽谤，因为从照片上看，这是一只多么苗条的猫啊！

说真的，麦小克绝对不是一只苗条的猫。在我从小到大养的猫当中，它是最大、最胖的一只。萨莉比较小，现在也就7斤多，小二黑也不过是8斤多。现在家里养的这三只猫，体重相差悬殊。当他们打架的时候，萨莉绝对不是麦小克的对手。麦小克轻轻一按，就能把萨莉按倒，随后就是一声接一声的惨叫，鬼哭狼嚎，我就拿着沙发垫子教训麦小克。不过，两只猫在绝大多数时间里还是相亲相爱的，尽管是被计划生育了的公猫和母猫。

我刚才说，萨莉是我家猫群里最有品味的猫，品格高尚。有件事，更让我真正的体会到萨莉的优秀品行。

麦小克太胖了，太太说必须给它减肥了，因为肥胖会影响它的健康。原本能上蹿下跳的公猫，现在走几步就"哼"的一声躺倒，拖着个肚子，似乎累得不行。因此，太太下了决心，一天只能给猫们吃一顿饭，大家都必须遵守，不可以随便再去喂猫。

一天过去了,我下班回家后,早上就没有吃饭的麦小克和萨莉都围着我,转来转去蹭着我的腿,寸步不离地尾随着我,就是要吃的。我们大家都坚守约定,决心今晚上不给它们开饭了。

麦小克表现得特别烦躁,但是,仍然会使出老一套,向你摇尾乞怜。只要你一站起来,就立刻领着你向猫食盆走去。不过,我们都没有动心,仍然坚持不给它吃,给它讲减肥的意义。

但是,可怜的萨莉就更可怜了。它本来就很瘦小,跟着麦小克一起吃不上早饭,又不给晚饭,竟然不再讲风度了,也开始跟着跑来跑去要吃的。我就跟太太说,不然就先给萨莉吃一点吧,跟着麦小克一起减肥,会让萨莉饿惨的,以前它是不会自己主动要吃的,现在都这样了。太太说,那就把麦小克先关起来,单独给萨莉吃些东西。太太走到厨房,麦小克就跟着她一起走到厨房,太太转身要走并关上门时,麦小克似乎早已经看透了太太的"阴谋",抢先跑了出来。我们两个见状,都哈哈大笑,都说是骗不了麦小克的,尤其是在吃的问题上。

接下来,太太想办法终于把麦小克关进了书房,只剩下萨莉在客厅里。这时,太太在猫食盆里放了一些猫粮,让萨莉吃。但是,萨莉坐在猫食盆前,朝着太太看,就是不吃,然后还回头张望，寻找麦小克，盯着关押麦小克的书房。我说，萨莉你傻啊！现在给你吃独食，让你先吃饱，你还不抓紧吃。然而，萨莉就是坐那里，一动不动，很悲哀地看着太太，就是不吃，连一粒猫粮都不吃，闻都不闻。

开始，我还以为它饿得忘了吃饭了，后来才明白，它是要等着麦小克来一起吃，不把麦小克放出来，宁可饿着也不吃。这是多么高尚的猫品啊！我和太太看着萨莉，心里特别感动。

太太为萨莉的高尚行为深深感染，为了不使风格高尚的萨莉的健康随着麦小克的强制减肥承担连带责任而受到损害，立刻就把麦小克放了出来。麦小克一出关押他的书房，立刻直奔猫食盆，巨大的身躯趴在猫食盆前，大脑袋把整个猫食盆都覆盖起来，不管不顾地吃了起来。萨莉呢，就安静地坐在麦小克的身后，静静地看着它吃，自己没有任何想要上去抢吃的念头。这一幕，竟像分别已久的一对夫妻，妻子看着归来的丈夫狼吞虎咽，心里充满了幸福感。

看到这里，我和太太都对萨莉说：萨莉，你真是一只品德高尚的好猫！你竟然自甘挨饿，也要让自己的男友先吃，并且吃饱、吃好，这是多么难得的好品格啊！你是跟谁学的呢？

至于那只没心没肺的麦小克，自己吃完，尽管还没有真正吃饱，但是也惬意地看着一干二净的猫食盆，伸伸懒腰，满意而去，没有去关照就坐在自己身边关心自己的萨莉。唉！猫品之高下，一目了然。

就是这一幕，让我深深的感动。是啊，在人群里，有萨莉，也有麦小克和小二黑，更有花花。人有人品，猫有猫品，万事万物皆然。

83　币子，走了

正月初七要上班，一大早起床就知道，币子，走了……

心里一阵惋惜，毕竟币子这条狗跟着妻弟夫妻已经生活了12年了，突然间，币子，走了，难免心酸。临出门，太太说，币子其实早就重病在身，已经不行了，一直坚持到它的主人即我的妻弟夫妇回来之后，看到了他们最后一眼，才凄婉地离开了这个世界。真的是这样吗？这不是忠犬八公的再版吗？我的心里不禁叹道，难道这个币子，就是一条如八公一样的忠犬吗？

一

妻弟是北航毕业的工程师，后来到了南航的深圳机场，当飞机机械师。再后来，他不愿意天天做单调的迎送飞机、检修飞机工作，辞职回到北京，跟着妻弟媳一起住到了通州，过上了夫唱妇随、妇唱夫随的幸福生活。

2005年，他俩在通州定居不久，就去通州的梨园狗市买回了当时只有8周大的杰克（Jacky），放在车里的热水袋上，让它享受着温暖，走进自己的新家。币子的到来，使他们家里原来的两人变成了三口之家。杰克是妻弟夫妇给它起的名字，但是，我的岳母坚持要给它起名币子，借此带来家财兴旺。一家人都反对，但是，最后还是叫了币子，叫长了，挺顺口，币子自己也喜欢叫它币子。自从有了币子，一家人狗都兴旺发达，生活圆满。待到币子大了一些，跟着他们自驾游，走南闯北，行走江湖，走遍了祖国的大江南北、南北西东，人和狗一起不断成长壮大。币子坐在奔驰在祖国大地广阔原野的车上，最喜欢的就是把头伸出窗外，迎着窗外的和煦的风，观赏祖国的大好河山，乐此不疲。

对于这些，其实开始我都不知情，不知道他们家里添人进狗。直到有一天，他们夫妻俩领着已经接近成年的币子，来到我家访问，我才第一次见到币子。说起来，币子并不是一条特别出众的狗，既不高大威猛，也不小巧玲珑，大不像藏獒那种狗中的壮汉，小也不是博美那种狗之精灵，中小型，偏小，乖巧，见人就愿意摇尾巴的那种普通狗，不烦人，挺招人喜欢。

第一次见面，最有印象的是两件事：第一件，币子要到书房里去观察一番，但那是麦小克和萨莉的领地，两只猫横在门口，就像保安一样，说什么也不放行。币子仗着体积比猫大，硬生生地要闯入，两只猫就又咬、又挠，左右夹击，还发出"哈！哈！"发威的怒吼声，币子竟然被吓得仓皇逃回客厅。我笑着说："这年头，狗都怕猫了！"妻弟媳不屑地说："还是主场优势。"我一想，可也是。于是默然，没敢再说币子的坏话。

第二件，币子讪不搭地回到客厅后，过了一会又活泛了起来，开始满屋子游游逛逛。时间长了，这个家伙竟然跑到我的跟前，发起情来，冲着我做充满性意识的猥亵动作。我大惊，这个小混蛋、狗东西，竟敢冲着我来这一套，因此就责骂它。后来想想，人家毕竟也是成年狗，有一些欲望，本是难免，可怜这个小牲畜，没有自己的狗伴侣，整天跟人在一起厮混，难免会有一些不检点的行为，男狗嘛！

不过，太太和小女儿对币子感情很深。最主要的是两家人在出外郊游的时候，币子总是跟随前往，混吃混喝，混热闹，无比快乐。尤其是在野外安营扎寨后，币子总是围绕着我们的领地，浇上自己的液体，围绕一圈，就像孙悟空给唐僧画地为牢，阻止妖怪侵犯一样。从这一点看，币子还真是一条好的看家狗，所画的牢究竟能不能震住妖孽，是不是管用，另说。

二

我这几年，零距离跟狗接触，除了币子，还有另外两条狗。一条是我们人大校园里的狗。它是出版社位于学校院里书库的警卫员,一幅忠厚老实的神态,让我由衷地感到那种亲近感,十分愿意接近它,感受它的忠厚和老实。每天我和学生在校园里吃饭前后,在院子里进行"亚里斯多德式的散步",经常走过这条警卫狗,有时带点吃的给它,它都诚恳地笑纳,却也没有表示出特别的媚态,忠厚的狗脸上仍然是忠厚的表情。有一天,它在院子里,我想走进一些,没想到,我仅仅在快要靠近库房院门附近时,这条忠厚的狗脸竟然翻脸不认人,凶相毕露地冲我狂吠了起来,好像我就是一个小偷一样。为了避免嫌疑,我只好快速离开这条白脸狗,恨恨地想到,今后休想让我再给你带好东西吃!

另一条狗,是2015年的国庆节,我们几位兄弟到大连的一个海岛上度假,住在农家乐。农家乐的主人养的一条大金毛,大型狗,满身金毛,对人特别友善,每每我们在海边钓鱼、在山间散步,它都会跟着,跑前跑后,乐滋滋地陪伴着我们。晚上,我们坐在院子里闲聊、神侃,它就坐在我们的身边,静静地听着,让我们抚摸它,也让我们感到生活的温馨。有一天,它在泥浆中打滚,弄了满身泥,成了一个泥猴,我们就骂它,让它去洗澡,结果它一个猛子扎进海水里,噗噜噗噜洗了一阵,出来后,一抖毛,又是干干净净的一条大金毛,还是那么可爱。

在这三条狗中,币子远没有大金毛那么可爱,但是比那条警卫狗还要好一些，起码没有像它那样把我当成坏人，并且不念我喜欢它、喂它的情谊。警卫犬这个忘恩负义的家伙！

三

五年前，妻弟夫妻移民新西兰，去开设汽车修理间，没有办法带着币子一起移民，只好把币子送到了沈阳妻弟媳的娘家寄养。尽管币子老大不愿意，但是人命难违，只好惟命是从，静待在沈阳，每天都生活在期待之中。妻弟夫妻回来，只要是到了沈阳，见了币子，就是币子天大的节日，疯疯癫癫地乐上几天，然后再惆怅地目送主人离去。

春来秋往，五个春节过去了，币子已经12岁了。12岁的币子，已经是一条老狗了。渐渐地，就疾病缠身了，开始还能慢慢地吃一些东西，到了临近春节的时候，竟然不吃不喝，每天趴在客厅的一角，已经失明的双眼，仍然冲着房门，用耳朵静听着房门的一举一动，仔细分辨着门外各路往来人马的脚步声。

春节期间，妻弟双双回到北京，已经知道了币子病重的消息。初六上午，他们就赶到了沈阳。币子趴在客厅的门边，突然就发觉了门边有亲人的脚步声，它的耳朵动了动，抬起了已经很难抬起的头，挣扎着要爬起来，迎接自己的主人。妻弟媳一进门，看到币子疾病缠身、奄奄一息的样子，悲从心来，赶紧抱起它来。瘦骨嶙峋的币子，身上几乎没有肉了，尖锐的骨头，都有些硌手。妻弟媳抱着币子，痛苦地呼唤着它。币子睁开自己已经看不见人的狗眼，满眼都是浑浊的泪水，深情地朝着妻弟媳的脸，无力地睁开，又缓缓地闭上，接着，又是挣扎着睁开，又无力地闭上。币子还想伸出舌头，舔一舔亲人的脸，但是，经过努力之后，还是没有做到。它已经没有力气用自己的行为表达自己的心情了，只能用那颗忠诚的狗心，试图表达对主人的热爱、依赖和期待。

妻弟媳心痛地把币子放在地上，把它爱吃的狗粮放在它的眼前、放在嘴边，它只是嗅了嗅，仍然是无力地趴在地上，深深地喘着气，无神的失明眼睛，仍然盯在妻弟媳的身上。

一家人要出去吃午饭了，妻弟和弟媳抚摸着币子那已经无法捋顺的狗毛，安慰它说："币子，你就稍微等我们一下，我们出去吃一点饭，就回来抱你。"

币子听着妻弟媳和妻弟的话语，无力地用空洞的眼睛注视着，满眼里都含着浑浊的泪水，像点着头，似同意，也似告别。在走出房门，回头关门的时候，弟媳回望了币子一眼，她竟然看到币子在哭！

一个多小时之后，妻弟夫妇回到家的时候，币子已经撒手人寰，离开了狗世，奔向了天国，它长长地躺在地上，眼冲着门，前爪合在一起，冲着门的方向，似在真诚地揖迎自己主人的归来。一个月来的重病在身，币子唯一的心念，就

683

是最后能见到主人一面。它坚持着做到了！一条意志坚定的忠犬！

弟媳哭倒在币子身边，哭喊着：币子！你走吧，天堂没有病痛，你会活得更好！

四

在开往学校的地铁上，空旷的列车车厢里，略有几人。我打开妻弟媳发的微信朋友圈，看着她发的币子经历过的幸福生活的照片，从把它领进自己的车内，一直到跟随他们大江南北闯荡，还看了太太和小女儿跟币子在一起郊游的记录，品读着描写币子的那些文字，我突然就感到，生活在自己身边的币子，就是一条多么忠诚的忠犬，即使在它最后的时刻，也要挣扎着坚持看到自己主人最后一眼，跟他们告别。

我无法忍住自己的泪水，任凭泪水在我的脸上肆意的流淌。看到有些人在关注我的悲哀，我生怕他们误解了我，因而早早站起来走向车门，做出要下车状，把淌满泪水的脸躲向车门。车门的窗户上，映照着我那经历了66个年头的沧桑的脸，以及脸上流淌的泪水。除了在电影里为了八公，在小说中为了好狗科勒，为它们哭过，这是我第一次为一条真实的狗的逝世而痛苦着。

我突然就觉得，我以前对狗是有着多么难以容忍的偏见。

以前遇到人品不端的人，似乎就要在心里骂上一句"狗东西""走狗"之类。今天面对币子的忠诚，感到这些人品不端的坏人怎么配得上"狗"这个称谓！在今后我的词汇里，狗这个概念，就留给描写忠实来专用，人品不端的人，绝对不配用狗这个概念来形容。我在我的下一部小说中，一定要安排进一条忠实的狗的形象，作为对忠诚之人的烘托和描写。

突然之间，我又想起了某人在描述自己的时候，说自己就是某某人的一条狗。开始我还觉得不屑，对照币子仔细一想，才发现，当一个人对另一个人说自己是他的一条狗的时候，是真正切切地表达了一种绝对的忠诚，是一种多么高尚的忠诚！有一个这样理解自己、忠实于自己的人陪伴在自己的身边，追随着自己，真的是一件十分幸福的事情。

币子，走了，虽然我在它生前并不怎么了解它，但是自从它走了的今天起，我将永远怀念它。

84 大鱼和二鱼

那天,到商店购物。买完后,店家赠送一个小鱼缸,里边装着两条小金鱼,一条大一点,红色,一条小一点,黑色。两条小金鱼,一大一小,在鱼缸里游来游去,悠哉游哉,不亦乐乎!写作之余,给鱼换一换水,放一点食物,我也悠哉游哉,不亦君子乎!

过了两天,太太跟我说,是不是要给两条鱼起个名字呀?她一边说,一边憋不住想乐。我觉得她的笑里边似乎有一点阴谋,便很警惕,就说可以呀。可是叫什么呢?她说,是啊,叫什么好呢,我也说。妻子就说,我已经为你想好了,就叫大鱼和二鱼啦!我连忙说,不好不好,哪有对鱼这么叫的。妻子就说,你不是给两只猫起的名字就叫大猫和二猫吗?鱼怎么就不行了呢?原来如此,这是对我把两只猫坚持叫大猫、二猫,并且在文章中对反对叫大猫、二猫的做法进行反击的报复!哼!这也没什么了不起的,就叫大鱼和二鱼又怎么了?因此,两条鱼也就有了自己的名字:大鱼和二鱼。

大鱼和二鱼安下了家，大家都很高兴，大猫和二猫也高兴。开始的时候，非常担心大猫和二猫会不会对大鱼和二鱼实施进攻行为。这种怀疑不无道理，因为毕竟猫是嗜鱼动物，是以鱼为食物的动物嘛，吃上一条两条金鱼，不算残忍，也不算是非法行为。哎呀！如果大猫和二猫瞅准了机会，一爪子下去，把大鱼或者二鱼抓将上来，放到嘴里作为美味，那可就惨了。大猫和二猫以及大鱼和二鱼都是我们的家庭成员，家庭成员之间相互拼杀，那不是一场严重的家庭悲剧吗？但是，这种担心是多余的了。

大猫和二猫对大鱼和二鱼感兴趣，并不是对鱼的美味的兴趣。"君子远庖厨"，大有谦谦君子之风的大猫和二猫，怎么会对一般的美味感兴趣呢？大猫和二猫感兴趣的是新的伙伴。因此，大猫和二猫常常坐在鱼缸边上，静静地看着在鱼缸里悠哉游哉的大鱼和二鱼，眼神随着大鱼和二鱼的身影，就那么深情地移动着、看着。那种感情，真的感人至深。

不过，也有很危险的事情。那就是大猫、二猫看着看着大鱼、二鱼，就口渴起来。大概再跳到地下，去喝自己碗里的水，有些费劲，因此，就直接把嘴伸到鱼缸中，伸出红红的舌头，吧唧吧唧地喝了起来，吓得大鱼和二鱼赶紧鱼翔浅底，四处奔逃。大猫和二猫也就喝起了活鱼汤。

看来，大鱼和二鱼的活鱼汤的味道真不错。为什么？因为大猫和二猫从此不再到厨房里喝自己的水了，渴了就跳到鱼缸旁，喝起大鱼二鱼汤来。

85　五方五佛

我不是一个信佛的人，但是，我极尊重佛。凡是到寺庙中拜谒，我都要好好地拜一拜佛，祈求佛祖保佑大家，也保佑我自己。与我同行的人有时候对佛不恭，我都要说一说他，劝他对佛要尊重。对佛经，都说极有学问，值得好好研究。我因为没有时间，没有进行过研究。因此，对佛经的学问是不甚了了。

有一次，听到了五方五佛的说法，这就是：东方佛——无锡的灵光大佛；西方佛——乐山大佛；北方佛——大同的云冈石窟大佛；南方佛——香港大屿岛大佛；中方佛——洛阳龙门石窟大佛。据说这五方五佛保佑中华万代平安。一想，这五个地方还真都去过，五方五佛也都拜谒过，印象都是极好的。

一

最早去拜谒的是大同的大佛。那是 1990 年的时候，我到山西开会，题目是法庭建设会议。在会议期间，要到山西各地参观法庭的建设，最后走到了大同。大同是一座北方的城市，粗犷，豪放，街道整齐，但是市容不咋样，太脏，到处都是煤灰。就是在城边的马路上，也到处都是煤。

我的家乡也烧煤，不过，没有大同的煤这样多。有些家里比较困难的人，就在别人拉煤的时候，在地上把没有弄净的煤粉扫起来，弄到家里，可以解决几顿饭的燃料问题。我看大同的路边厚厚的煤粉，就想，如果在我的家乡，一定会有很多人把这些煤扫起来，不会让它浪费。我说了我的想法，大家都笑我，说是到了大同这里，也就不会缺煤了，还扫它作甚！我一想，也是的。

会议就要结束了，有一天安排去看云冈石窟。我很兴奋，因为在上小学的时候，就在课本上学过云冈石窟，知道那里有一尊极大的石佛，是中华的至宝。那时候，就想到将来一定要找机会来拜谒这尊大佛。

汽车在洒满煤灰的公路上拐了几拐，就到了云冈法庭。法庭很小，我们来的人很多，简单地看了看法庭，就在法庭的同志带领下，拜谒云冈大佛。

一进石窟的大门，就是一排一排的满山的洞窟，进到里边，满眼都是精雕细刻的佛像，极为精彩。随着年代的流逝，佛的造像也都留下了历史的痕迹，当时的精工巧匠那些精湛的雕工工艺，仍然令人叹为观止。

最让人赞叹的，就是那尊最大的石佛。人站在佛的面前，显得十分的渺小，仰起头来，看到的是向你微笑的佛的慈祥面孔。站在这尊大佛的面前，就感到了自己的不足和微小，像似在忏悔自己，反省自己，同时也激励自己向上奋进，达到佛的境界。

导游介绍说，这尊大佛不仅是佛家的至尊，而且也是和平的使者，是世界各国友谊的使者。我不解，大概是对佛教不懂的缘故，以为这又是什么典故。正在这时，导游说，每天到这里拜谒、观赏的外国友人数以千计，都要与大佛照相，大佛就带着十几亿中国人的友谊，到了世界各地。这还不是和平和友谊的使者吗？哦！原来是这样，细一想，也是如此。

但是，那次拜谒大佛给人印象很不好，就是云冈的污染。每天不断的运煤车，轰轰隆隆地在石窟前边驶过，留下了无尽的煤灰和烟尘。你看大佛身上披着的黑黑的"袈裟"，就是污染的恶果。导游说，如果这种污染不得到很好的治理，不用几十年，大佛就会在大同消失。

还好！还好！在1996年去云冈的时候，情况就有了好转。据说现在已经把公路彻底地从云冈周围移走了，云冈周围对燃煤的问题也做了根治。现在，云冈大佛的身体一定是很洁净的了，再也不用披着厚厚的黑色袈裟了。

二

1997年，我到河南出差，去了洛阳的龙门，见到了龙门石窟的大佛。那次出差，时间很长。先是在郑州数日，又在焦作数日，之后到了洛阳。

在洛阳的时候，先是看了白马寺，幽静、整洁、清新的寺庙，给了我极深的印象。好像是在一个星期日，主人带我们到了龙门石窟。一条清清静静的河水，引导着我们驶向龙门。转眼就是大门，过了一段，接着就是右手墙壁上的一尊一尊的大佛造像，各个栩栩如生，千姿百态。与云冈的石佛造像相比，龙门的石佛造像规模没有那样大，石质也没有云冈的石质好，因此，造像的质量也没有那么精致。但是，其处于内地，保护得较好，造像的形象还是很好的。

一尊一尊的造像看下去，边观赏，边评论，不知不觉地就来到了最大的石佛造像面前，也就是那尊中方佛的面前。中方佛的造像气势宏大，面部表情生动，背靠山势，面向广阔的原野，前边就是那条青青的河水，真是极好的处所。人们经常说"佛门胜地"，真是如此。到了这里，不由得自己就心净、神净，面对大佛，似乎杂念都没有了。

在拜谒龙门大佛的时候，我还没有五方五佛的观念，只是觉得龙门大佛的气势和神态，摄人心魄，还没有体验到它作为中方佛的至尊地位。后来听说了五方五佛的说法，想起了龙门大佛的气概，心中不由得有了更深的崇敬。无论是地处中原，还是五方中心，都是极为重要的地位。龙门大佛具有这样尊崇的地位，是理所当然的。想到这些，我就对龙门大佛有了更深的崇敬。

　　说起来，纯粹地从造像的水平和造像的形象上，应当说云冈大佛更胜一筹，但是在环境上，显然龙门的位置和地势更好。当然也不是真正的绿树成荫，龙门还是有很多的绿意，树很多，山上也有很多的草，对面的谷地和山坡，倒是绿树成荫。更好的是，石窟之前的那条小河，清清澈澈，哗哗啦啦，世间的尘嚣无不随着流淌的河水飘然东去，佛家的宏旨大意也随着河水传布人间。一条河水，带来了多少美妙的东西。

三

　　到香港城市大学讲学，在我休息的时候，朋友带我出去走一走。一天之后，朋友说，第二天要带我到大屿岛去。我不知道大屿岛是什么处所，也就跟着去了。

　　在香港，整个世界都是喧嚣，市声鼎沸。无论是马路，还是商场，无论是学校，还是公园，几乎就没有清静的地方。就是在太平山顶，似乎有些清静，却是人满为患，一群一群的人，摩肩接踵，也是不太清静。几乎所有的人都是急冲冲的，不知道是在赶什么。就是中午几位同事吃个饭，饭馆里也是人山人海，只好不听别人说话，专心听自己的同事的演说，稍不仔细，就不知道同事说的是什么，大有不礼貌之嫌。就是在寺庙里，这种感觉也是存在的。

后来一次,我到香港,随着访问团到了黄大仙庙,庙里无论是哪处所在,都是上香的人,几个人在一起,稍不注意,就找不着了。我曾经照过一幅照片,就是这里的景象,满镜头里都是虔诚的人头。不知道黄大仙会不会觉得烦?

朋友带着我,在码头上买上了几份报纸,就上了一条游船。等到船开走了,喧嚣就留在了岸上。很宽敞的船里,人不是很多,有的观赏景致,有的看着报纸,静静的,只听到船的机器声和哗哗的水声。

我问朋友:"为什么人这么少?"朋友说:"你知道这些人是干什么去的?""不是旅游的吗?""告诉你,这些人都是去拜佛的!这年头,专心拜佛的人能有那么多吗?""那……,"我不知道该说什么,"我们也是去拜佛的喽?""不去拜佛,我们到大屿岛干什么?""就没别的旅游项目?""当然没有啦。就专心地拜佛去吧!"我心释然,既然没有别的项目旅游,就是专心拜佛,我的心倒一下子真的清静了下来。

轮船"突突突"地走了一个多小时,才到了大屿岛。上得岛来,果然是一处清静的所在。岛上人不多,各个神态清闲,而不似香港的人那样急冲冲死赶的样子。岛上满眼都是树,郁郁葱葱,些许的建筑都隐藏在绿树之中。就是一些叫卖者,声音也都不大,没有破坏这里的清静气氛。

来到大佛的脚下,是一层一层的台阶,扶摇直上,直到快要看不见的地方,就看到了大佛的巨大身影。顺着一层一层的台阶走上去，大佛的身影越来越清晰，最后完整地展现在眼前。

这尊大佛是铜佛，坐南朝北，坐落在巨大的莲花之上。大佛面向祖国，心向人民，双手做着传经说法的指形，述说着佛教经典。据说，当时建造这座大佛的时候，究竟是要朝南还是朝北，有过激烈的争论。很多人主张要朝南，因为一般建造大佛都是坐北朝南。反对者的意见是朝北，因为祖国是在北边，大佛朝北，就是朝着祖国，表明香港是祖国的一部分。最后的结果，当然是朝北。大佛极大，极高，因而形象极其尊崇，在阳光之下，大佛闪闪发光，辉映着周围，空气都闪着光明，真可谓"佛光普照"。

我们沿着大佛的周围转着，一点一点地观赏着建造大佛的艺术，不停地赞叹着，受着佛的熏陶和洗礼，心就随着一点一点地圣洁起来。

四

无锡中级法院的领导几乎都是我的同学。他们热情地邀请我去给法官们讲讲民法的问题。我选了一个双休日，在周五的晚上到了无锡，第二天开始讲课。说好在周日晚上一定要回到北京，好在周一上班。课程安排了一天半还要多一些。这样，就在周日的下午还要有一点时间上课。然后订好了晚上的机票。周日下午上课的时候，院长们叮嘱我一定在四点钟之前讲完课，然后争取有一点时间，去看一看灵山大佛。

无锡我是去过的。1990年准备全国第五次民事审判工作会议，在那里呆了五天，没听说无锡有什么特别的寺庙。既然同学说了，我就按照同学的嘱咐，按时讲完课，急忙坐上车子，向郊外走去。

路上，同学给我介绍灵山大佛的情况。他说，灵山大佛是这几年建造起来的，规模极大，是国内最大的铜佛。东南西北，东方为大。东方佛最大，是应该的。我问道："我见过香港的大屿山大佛，比那尊大佛还大吗？""那是当然。我要说的，还与香港大屿山的大佛有关呢。"接着，同学就给我介绍起来。

在灵山，原来是有一座著名的寺庙的，大约建在唐朝（或者前后），后来毁于战乱。1978年改革开放之后，人们拟议重建灵山大佛，但是耗资过巨，国家难以批准。这时，就请国家最著名的佛教名人商议。这位佛教人士说，这尊大佛是要修的，因为中国分为五方，分别由五方佛主持，正所谓五方五佛，保佑中华万世平安。灵山大佛不是新修，而是重建。在五方五佛的理论指导下，重建大佛的计划被批准，因此，这座大佛就挺立在中国的东方。我就是在这个时候，知道了五方五佛的说法。

到了大佛身边，原来是一尊立佛。巨大的佛的身影，在夕阳的辉映下，金光灿灿，无比辉煌。据说，这尊大佛是极为灵验的。在给大佛开光的时候，本来是阴雨天气，但是，就在开光之前的十几分钟，大佛身后的云层拉开，阳光照耀在大佛身上，开光仪式就在灿烂的阳光之下进行。开光之后，不过十几分钟，云层就像大幕一样，又缓缓地关闭。

同学带着我，站在大佛的前边，让我看大佛周围的风水。大佛背后是灵山，左右各是一座小山，整个山势，就是一个巨大的椅子，大佛就在这座巨大的椅子上面。大佛的前面，是开阔的土地，再前边，就是一望无垠的太湖水面，一直向南。这样的山势地理，就是在不懂风水、不讲风水的人看来，也是极好的。看来，东方佛就应当在这里。

在大佛的莲花座下面，是一个极大的佛像藏所。在建造这座大佛时，余下的铜料，又造了9999座小铜佛，全都藏在里面。交上一定的香火钱，就可以请回一尊小铜佛，供奉在自己的家中。我看了一下，已经有很多被请走的了。

主持和尚热情地邀请我喝茶。在佛家，请人品茶，是至尊的礼遇。我很感谢主持给我这种礼遇。清茶一杯，听着主持的介绍，心中豁然开朗。我在心中感叹：这次无锡没有白来。

五

知道了五方五佛的说法之后，一算，只有西方佛也就是乐山大佛还没有拜谒过了。因此，在心中就急切地想要到乐山，去拜谒乐山大佛，也是圆了拜谒五方五佛的心愿。因此，在五方五佛中，我最后拜谒的是乐山大佛。

1999年10月，我在福州开了一个工作会议，然后取道到广西、四川进行调查研究。到了四川以后，就有了拜谒乐山大佛的机会了。时间很紧，在乐山，听了工作汇报，又听了一个案件之后，主人带我们参观乐山大佛。

在江的对岸，就可以看到乐山大佛所在的山的影子，却看不清楚大佛的面目。到了乐山之上，最先看到的是大佛的头部，极大极大的佛头，上边的一卷一卷的头发，都看得清清楚楚。佛的脸上，表情很生动，脸上的漆有些斑驳。大佛面向滚滚奔腾的江水，据说这是三江汇合之处，大佛在这里指点江山，护佑人民。

沿着极险的台阶，一级一级地向下走去，大佛就一个层次一个层次地向人们展示着他的雄姿。人们依次看到的是佛的肩膀、佛的胸部、佛的肚子、佛的大腿，等到看到大佛的那双大脚的时候，我们已经下到了山下。一双佛的大脚，就是几十吨的岩石。大佛之大，可想而知。站在大佛的面前，人不及他的一个脚趾。向上极目看去，大佛就像处于云层之中的至尊，几乎不见尽头。

至今，五方五佛我都拜谒过了，佛似乎向我说了什么。我想起了一位高僧跟我说过的话，那就是："心中有佛，佛就是我，我即是佛。"信佛与不信佛，又有什么关系呢？

86 御温泉

受到朋友的邀请,在盛夏的时候,跟随着台风"尤特"的尾巴,顶着风和雨,一起到了珠海。有几年没有到珠海来了,似乎有些陌生。其实也不怪这种陌生的感觉。1995年来珠海的时候,时间实在太短,就呆了短短的一天,珠海是什么样子还没有看清楚,就离开了,就记得满街的绿树,宽敞的街道,房子不是很高,都藏在绿树之下,是很浪漫的一个小城。听说过珠海获得联合国的最适合人类居住奖,认为那是应该的。

尤特只是擦肩而过。到了珠海的第二天,已经是蓝天白云。展现在眼前的珠海,是整洁的市容,街道东西南北纵横交错,楼房高高低低错落有致,满街的树和花,把一个亚热带城市渲染得热气腾腾,如火如荼,锦上添花。

住的宾馆在海滨。向下望去,一条情侣路,在海滩上左右盘旋,一边是大海,一边是高楼,街旁的树和花都在风中摇曳，轻拂着路上情侣的肩头和面颊，两排路灯，杆上有着扬帆远航的装饰画，向远处延伸着。到了夜晚，路上有无数的情侣，细语轻步，款款而行，伴着轻涛细浪，低诉衷肠。好一幅浪漫情画！

白天讲完课，朋友陪我在情侣路上倘佯，一直走到了情侣路的尽头，那边就是澳门的辉煌灯火。海滨沙滩上，很多人在游玩、戏水，欢歌笑语不断。朋友戏说，如果是带着夫人在这里走一走，大概不会像我们陪着这样乏味。我说，有此美景和挚友，足矣！

第二天上午还是讲课，下午，朋友说要到外边去玩一玩。吃完午饭，就乘车出发了。汽车向着西边一直走着，一个多小时，就到了崖门江口的斗门。汽车一拐，驶进了绿树成荫的林中，远远的见到一处所在，就是御温泉。据史书记载，700多年前，南宋皇帝赵丙及皇室一行，御驾崖门江口，就是现在的斗门一带，被当地的秀丽景致所吸引，钦令在此设立行宫，驻扎此地，细心赏玩这得天独厚的美景。据说，吸引皇帝的，就是当地的一泓奇泉。

此泉四季温热，气浪扑面，似仙气弥漫。泉水色微黄，味带咸，与别处温泉大不相同，含有丰富的有益人体健康的矿物质元素，被称为是煲了几百、几千年的"老火例汤"，能医百病。皇帝一试，果然神清气爽，备感舒畅，遂称之为神水。民间为纪念宋朝皇帝在此御浴的历史，将此泉尊之为御温泉。

听完对御温泉的介绍，我倒有些迫不及待。其实，对于温泉也见得多了。东北的温泉，就在家乡，是长白山的温泉，虽然没有亲自沐洗，但也是见过的。河北坝上的温泉，虽然简陋，也曾泡过。昆明湖畔的温泉，虽然只是匆匆一试，也有很深的印象。就是海南的温泉，椰树之下，浅水低岸，也曾游戏其中。可是，温泉之前再加上一个"御"字，给人无限的遐想，怎能不让人神之，往之？

走进温泉大门，只见柴门木屋，假山飞瀑，小桥流水，真是一座充满乡土气息的山野田园。离开喧嚣的城市，来到这一派恬淡宁静的处所，不觉眼前一亮，精神为之一振。我急切地换好衣服，赶到最大的泳池前，扑通一下跳进泉水，舒展双臂，畅游起来。只可惜池水太浅，泳池太短，不能尽兴。我的朋友问感觉如何，我如实说。朋友啧啧：须知，这是温泉，是泡的，而不是游的。我慨然。

依次下来，试过各种药泉，当归、人参、灵芝、薄荷、芦荟、艾叶等等浸泡的泉水，一一排列，药香扑鼻。酒泉散发郁郁酒香；红酒温泉的水色飘红；花草温泉花香四溢；醒神温泉令人警醒。泡在望景泉中，田园美景，尽收眼底，真是几分清闲，几分舒适；瀑布泉一廉飞瀑，大珠小珠齐落玉盘。最有意思的是忽然一泉，在温泉的顶部设有机关，不知何时，突然一泓泉水劈头而下，浇得人猝不及防，新鲜好玩之至。正中央的温泉是一个巨大的中国地图，畅游其中，就像是在全国旅游，时时询问自己身在何处；中国台湾的位置是一个小温泉，泡在其中，饱览了宝岛的风光；海南岛的位置是一个地热石板，温热的大理石贴在肌肤上，极为舒服。

爬上一处山包，又是一处奇特的所在，敞开的本色本香的大木屋之下，是一大排石板温泉，号称地热带，平滑的大理石板下，富含40多种有益人体微量元素的温泉水不断为石板加热，游人铺上浴巾，一个一个地横躺在上面，接受热石疗，据说大有改善血液循环，增进人体免疫力的疗效，对于风湿病、关节炎等有独到的保健医疗效果。我们一起躺在上面，暖暖的石板贴在肌肤上，上面是微微的海风轻轻吹过，真是舒服极了，躺下就不想起来。

告别了珠海，也告别了御温泉，但是，我记住了御温泉这个名字。

第七辑　品味篇

87　豆腐脑儿

不知怎的，从很小的时候，就对豆腐脑儿有很深的感情。大约是在上小学四年级的时候，我得了一次病，大概就是重感冒引起发烧之类。实在坚持不了了，请了病假。

这是我在幼时的记忆中，小学期间惟一的一次请假，在家里养病。记得当时是发高烧，烧得人软绵绵的，动都不能动。躺在床上，眼睛有点发直。

那时妈妈已经被精简回家，不再去工厂上班。她陪着我，到卫生所里，看大夫，打针。我想，大概就是扁桃体发炎，因为在后来的工作中，我的扁桃体经常发炎。一发炎，就发烧，然后就住院，打吊瓶，就好了。最后终于受不了了，手术切掉了事。

打完针以后，开始轻松，人也有了一些精神。正在这时，屋外有挑担者走过，留下了绵软悠长的叫卖声："豆腐脑儿！"我跟妈说："这声音真好听。"妈说："吃起来也好吃呢。"她想了一想，又说，"妈给你买一碗尝一尝。"

那时候，家里的生活窘迫，父母加上兄弟七人，只有父亲一人工作，其窘状可想而知。因此，尽管有病，我并不想多得到什么。妈妈刚才的那一点犹豫，就说明是在下很大的决心。

妈妈没有听我的，走出门去。过了一会儿，回来了。她手里提的是一个她上班时用的饭盒，高装，有一点弯的椭圆形，盖子的下边有一个隔，下边装饭，上边可以放菜。她打开饭盒盖，先让我闻一闻。

我在把鼻子凑到饭盒之前，先把眼睛凑近了饭盒。只见里边是红的汤，绿的菜叶，白白的豆腐脑儿，藏在汤的下边，时隐时现。几天不怎么吃饭，这时就听的肚子咕噜了一下，开始有了饿的感觉。等到把鼻子凑到了饭盒之上，一股香味扑鼻而来，沁入五腑六脏，人忽然就要坐起来，非得一气吞下而后快。

我家的规矩是，孩子们吃什么好东西，都要父母亲先尝的。我当然不会例外。我要给妈妈盛出一小碗，妈妈说什么也不肯，我就用羹匙舀出一点，放在妈妈的嘴里。妈妈吧嗒吧嗒嘴，说了一句真香，然后就出去了，让我一人在家独享。

这在我家也是很少有的。因为家里的孩子多，吃东西的时候，都是要大家一起吃。即或是少，也要大家各分一点。这次我独享仅有的一碗豆腐脑儿，确是惟一。那种情感的关爱、生活的照顾所引起的荣幸，或者叫做幸福的感觉，从天而降。因此，有了这次经历以后，在老师询问同学最希望得到什么的问题，很多同学回答说最希望在家有病的时候，我也就能够理解了。

怀着受宠而又有一些忐忑的心理，我舀上了一匙豆腐脑儿，红的汤、绿的菜、白的豆腐脑儿，就都挤在一个羹匙里了。放在嘴里，软软的，紧紧贴在口腔之中，还没等仔细品味，已经急匆匆地挤进了食管，冲进了胃肠。带来的，便是无尽的美味，以及满口的余香、涌起的唾液。在用嘴喝的过程中，还在卤汁中吃到了一块小肉皮，煮得烂烂的，把它吃到嘴里才发现，它是多么的美味。因为那时候，每人每月才供应半斤肉，可见肉的珍贵。

其实，豆腐脑儿也不是什么特别的美味，那时做豆腐脑儿的卤汁，也不过就是一般的盐卤；决不会像现在这样做得那么精致。但是，按照那时的生活条件，尤其是我家的条件，喝上一碗豆腐脑儿，还是很奢侈的。

妈妈回来的时候，我已经吃完了。妈妈看着我的精神大好，烧也退了，十分欣喜。妈说："看来，就是少了这一碗豆腐脑儿。这不，什么事也没有了？"我点点头，说是。想一想，又有些羞涩。是为了吃豆腐脑才有病的吗？

后来，我也经常吃豆腐脑儿。在插队的时候，一次回家路过海龙镇，在一个小饭店吃饭。由于钱的关系，就只买了一碗饭，花了0.10元，一大碗豆腐脑儿，花了0.06元。那种豆腐脑，碗是很大，装得也很多，但是没有什么味道，卤汁也就是酱油之类，哪有我记忆中的味道？匆匆下肚，填饱而已，能说是享受吗？

现在，豆腐脑儿是大众小吃，满大街都是，高级酒店也有。路边挑担者，摆摊者，应有尽有，有时壮壮胆（因为怕拉肚），吃上一碗，很是惬意。在酒店中，点上一碗豆腐脑儿，淋上麻油、虾末、芫荽、酱汁等，用匙一搅，喝上一口，也很有滋味。但是想来，还是没有小时候的那碗豆腐脑儿的滋味好。尽管如此，我还是要经常吃上一碗豆腐脑儿，慢慢地品尝，慢慢地体味着深深的母爱。这时候，妈妈的慈爱就浮现在眼前。

88　德州扒鸡

很小的时候,就知道德州扒鸡,那是山东德州的一道很有名的菜。吃是没吃过,但是在火车上,只要是快要到德州了,火车上就会增加很多卖扒鸡的人,嘴里不停的喊着:"扒鸡!扒鸡!扒鸡!"语速很快,有时候听不大清楚。这样,对德州扒鸡就很有印象,只是不知道是什么滋味,推测就是跟一般的烧鸡没有什么区别。

不久以前,德州一个部门的有关人士到北京来,邀请我去讲学,顺便给我带来了几只扒鸡,都是用塑料袋包装的保鲜扒鸡,还有一些乐陵小枣。保鲜扒鸡放在纸箱子里,放在厨房,我就忘了,后来就到外边办事。等到晚上回来刚进门,就被什么东西拌了一下,打开房间的灯一看,发现地上有个黑乎乎的东西,不知是什么?我捡起来一看,原来是一只扒鸡,塑料袋子已经被撕开。原来一只扒鸡被大猫和二猫叼出了纸箱,撕开了塑料包装,啃了下去大约1/3只。或者是德州扒鸡的个头太小，或者我家大猫和二猫的胃口太大，反正是一只鸡少了1/3。

我在声讨大猫和二猫的恶劣行径，因为这种德州扒鸡我还没有吃过，没有品尝什么滋味，它们倒先于我一步，尝到了美味。正在这时，我又被一个东西拌了一下，低头一看，又是一只扒鸡，同样的形状，只是被啃了一角。

大猫和二猫这种恣意糟踏美味的行径大大地激怒了我，我开始怒火上升，寻找大猫和二猫的下落。就在这时，第三只扒鸡扒在我的写字台前的地上。

大猫和二猫安详地趴在床上，十分得意，这是美味在他们的胃里发挥作用的结果。每当大猫和二猫吃了喜欢的东西，而且吃得很饱，它们就是这样的得意神态。看到这些，我更是生气，冲向大猫和二猫，大发雷霆。

大猫害怕了，畏缩着，表现出了做了坏事后胆怯的表情，好像要向我反抗，转眼就明白了自己的处境，逃也似地钻到了床底下，不见了踪影。二猫则是一副无辜的神情，喵喵地叫着，好像这样的事情与它无关。这是它一贯的表现，凡是做错了事，教训它时，它就是这样，致使你还以为是自己的判断发生错误。在我一阵怒吼之下，二猫也逃走了。我惊讶大猫和二猫的本事，这样一个密封的纸箱，它们竟能够从厨房的灶台上弄到地上，撕开封口，还要把密封的塑料袋打开。倒也真是有本事。

我开始收拾残局，三只被猫啃过的扒鸡被收拾了起来。剩余的两只放在冰箱，过后的几天，我们品尝了扒鸡滋味。真不错，肉软软的，味浓浓的，吃起来很是开胃。当然，这种包装的东西，都不如本色的滋味。

后来，我到德州讲学，时间只有一天半，我很想在这个时间里品尝到真正的德州扒鸡。接待的朋友第一天没有邀请我吃德州扒鸡，都是在招待所吃那种一般的饭菜。最后一天晚上，朋友请我到一家广东菜馆吃饭。上到餐桌上的菜肴都是广东菜，就是没有德州的地方菜，尤其是没有德州扒鸡。最后，主人一再问我要添什么菜，我下了下决心，把埋在心中的想法说了出来，就是想吃一只真正的德州扒鸡。

朋友好像突然恍然大悟，急忙说："就是！怎么就没有想到要点一只德州扒鸡呢？"接着，就点了这道菜。过了一会，德州扒鸡端上来了，一只白白的扒鸡趴在大大的盘子里，看着就让人发馋，口水在嘴里集聚。虽然心里很馋，但还是装得很斯文，慢慢地用筷子夹到嘴里，认真地品起来。

你以为怎样？呀！非常咸，实在是很咸，除了咸就没有任何其他味道。我对德州扒鸡有了不好的印象，怎么会这样呢？朋友追问我，究竟怎么样，我含糊地说："不错！不错！"朋友看我的表情不对，就急忙尝了一下，立刻就说："怎么做成了这样？真是瞎了德州扒鸡的名声。"一再许诺，等到下回来的时候，一定要吃上一次真正的德州扒鸡。

吃完饭，朋友陪我到广场走一走。顺着饭店门外的马路一拐，就来到了德州最繁华的广场。我哪里以为会有这么大的广场。走进一看，原来是一个极大的、非常漂亮的、现代化的广场。朋友介绍说，这个广场实际上是两个广场。右边的这一个，原来是一个公园，里边是很漂亮的湖，周围绿树成荫，是一个很好的所在。左边是一个体育场。新任的领导大刀阔斧，将公园拆掉，公园前边的招待所也拆掉，公园后边的机关办公楼搬走，就建成了一个极大、极好的广场。广场上的灯光音乐喷泉，流光溢彩，金石之声不绝于耳，倘佯不断的人群欣赏着音乐、灯光和水流，个个都是满脸的欢乐。体育场也已经改成体育广场，中间是一个标准的跑道，跑道中间是草坪。广场的尽头，是一个高大的建筑，上边泉水喷涌，顺势而下，煞是好看。广场的一边，一队妇女浓妆艳抹，随着铿锵作响的锣鼓声，扭起秧歌，载歌载舞，一片欢乐。两个广场的中间是一条马路，中间有一座很漂亮的过街天桥，将两个广场连在一起。两个广场上，人影悠悠，笑脸到处都是，真是一个欢乐的海洋。

看着这些景象，我感慨——德州一行，没有品尝到真正的德州扒鸡的滋味，却看到的广场胜景，看到造福一方的德政。这些不是比德州扒鸡的滋味更好吗？

89　臭豆腐

世界上就是有那么一种东西，说起来臭不可闻，吃起来极香。臭豆腐就是这种东西。

说起臭豆腐，也有一个故事。这个故事说明，在有些时候，臭豆腐不仅闻起来很臭，吃起来也很臭。

那是在20世纪60—70年代生活困难的时期，吃的东西极为珍贵。有时候为了吃上一点东西，不知道要花上多少力气。臭豆腐也很珍贵，吃上一次，也要高兴好几天呢。

有一次，家里不知道通过什么门路，买了十几块臭豆腐，每顿饭吃上那么几块，一人吃上一点，虽然弄得屋子里臭烘烘的，但是，吃在嘴里，味道还真是不错。早晨吃完饭以后，我为大哥打理要带的饭盒，给他装上玉米面的饼了之后，住为给他带什么菜而犯脑筋。因为家里确实没有什么好吃的东西可带。后来我灵机一动，就狠狠心，把中午要吃的一块臭豆腐忍痛装在了大哥的饭盒中，心想，大哥中午可以好好地一个人享用一块臭豆腐的美味了。

可是,晚上大哥下班,却把我狠狠地骂了一通,骂得我莫名其妙。正在我备感委屈的时候,经过大哥的说明,我才知道挨骂的原因。原来我把臭豆腐和玉米面饼子一起放在饭盒里,大哥并不知道,就放在蒸饭的蒸汽锅中蒸了一上午,等到中午打开饭盒以后,一股臭气传遍了整个车间,不仅臭豆腐臭了,就连玉米面饼子也都一块臭了,熏得全车间的工友一起骂。这顿饭还能吃吗?这就是清蒸臭豆腐的故事。

这种情况,我怎么知道啊?我的一片苦心,就这样变成了臭不可闻的一堆黑货。闻起来臭,吃起来香的臭豆腐,就让我弄成了这个倒霉的德行。这件事让我久久不忘。

我们家乡的臭豆腐,与北京的臭豆腐是一样的,就是黑颜色的酱豆腐,也叫"青方",与"红方"豆腐乳相对应。臭豆腐的黑色不是那种严格的黑色,而是有一点点发青。同样性质的,红方的颜色是红的,味道不臭。那是把豆腐压成很紧的小块,装在坛子里发酵,变质而成。据说须怎样、怎样,就变为红色的酱豆腐,须怎样、怎样,就变为黑色的臭豆腐。这种臭豆腐就是北方的臭豆腐。

到云南,吃过一次臭豆腐,不是北方的那种,而是另外的一种臭豆腐。到了云南的个旧市,即著名的锡都,晚上,主人带着我们在街上逛。主人突然提出,要不要去吃一点臭豆腐啊?我就说,臭豆腐不是吃饭时下饭的东西吗?还能够这样吃吗？主人说，看起来你是没有吃过云南的臭豆腐了，那就去尝一尝吧。我说好，就随着主人到了小市场。

市场上，一摊一摊的人围在一起，拍拍打打，不知道在干什么。主人说，这就是在吃臭豆腐了。主人赶紧找到了一个臭豆腐摊，说好了要几块，大伙就都围在一起，中间摆着一个炭炉子，上边是铁丝帘子。炉火很旺，拿来的臭豆腐摆在旁边。主人教我们具体的烤法，我们就学起来。

这种臭豆腐的臭味不像北方的臭豆腐那么臭，却也很臭。豆腐就像北京的香干，一块一块的，很厚，很结实。用筷子夹着臭豆腐，放在铁丝帘子上摆好，用火烤起来，不时地用手拿起来，用两个手不停地拍着，使臭豆腐松软起来，再继续烤，再继续拍，直到烤出了臭烘烘、香喷喷的味道来，就好了，在臭豆腐上面再涂上一点辣椒酱等调料。这时，涎水都快要流下来了，就赶紧往嘴里塞。细细一品尝，哇！真香啊！吃了一块又一块，直到主人说不要再吃了，吃多了容易拉肚子的话后，才恋恋不舍地放下了可亲可爱的臭豆腐。

还吃过另外的一种臭豆腐。在安徽的黄山开会时，住在机关在黄山办的招待所里。筹备会议去的早，参加会议的人还没有报到，招待所的朋友就带着我们去吃东西。问我最喜欢吃什么东西，我就说，想吃一点有安徽特色的东西最好。主人就问我想不想吃臭豆腐。我想，怎么又是臭豆腐啊？就说，想啊！主人说，那咱们就来一道蒸臭豆腐。我一听，赶紧说，臭豆腐千万不能蒸着吃呀！主人问我为什么。我就说了我大哥吃了蒸的臭豆腐的故事。大家听了哈哈大笑，笑起来就没完，有的就叫起肚子痛了。他们说，你放心，黄山的臭豆腐就是蒸着吃的，绝对不会出这样的问题。

餐桌上端上来了一大盘臭豆腐，不过这种臭豆腐颜色发黄一点，在盘子里蒸好，有汤有水的，有点像粤菜中的酿豆腐。不过闻起来确实很臭。

我看着端上来的臭豆腐，不大敢一下子就夹起来放在嘴里。主人说了一声："没事！绝对好吃。"我也就迟疑着夹起来了一块。没等放在嘴里，我就又忍不住想笑，因为想起了大哥的臭豆腐的故事，生怕就是那种臭味。总算迟迟疑疑地把臭豆腐放进嘴里了，终于感到了它的香味。哎呀！真的是香得很呢！

90　米粉和沃面

我是北方人，但是对南方的有些饭食还是有一些喜好，尤其是一些杂七杂八的东西。米粉和沃（念 ao）面就是其中的两种。

米粉

米粉，不是炒的米粉，而是汤粉。炒的米粉味道太浓，再加上牛肉、蔬菜等，就不是米粉原来的味道了。汤粉，不管是排骨汤粉，还是素菜汤粉、牛肉汤粉，各是各的味道。不同的米粉虽然各有其味，但是，都能够吃出来米粉原来的清香和滑腻。说到原汁原味，倒也不假。

最早吃的米粉，是昆明的过桥米线。四月的一天晚上，我赶到了昆明。好客的朋友非要拉上我去吃上一顿过桥米线。那次是较为豪华的过桥米线，红泥的餐具，碗口是清亮亮的油，下边是滚烫滚烫的汤，下了米粉，轻轻一搅，用筷子挑起一缕米粉，吹一吹，放入口中。啊！真是好味道。

后来的几天，在省机关的食堂，天天吃的就是米粉，当然不是过桥米线，没有那么精致，味道却不错，与北方的面条真不是一回事。

原来北京大学的小西门边，有一家小小的米粉店，叫桂林米粉，店牌是北京大学李志敏教授亲笔写的草书，极好。从店牌下边的门走进，坐在小小的凳子上，要上一碗排骨米粉，几份小咸菜，简简单单的一顿饭，吃得心满意足。要说在北京，真还没有吃过更好的米粉。

一次，到张家界调查研究，住在市委招待所里。早上，主人把我们拉到市检察院边上的一家小店，解释了一番，说明在小店中吃上一点早餐，请不要见怪。

我一看，这是一家米粉店。店前，是一座炉子，上边一口大锅，腾腾地冒着热气。一位红衣女孩，一手抓住一把米粉，一手拿着一把笊篱。米粉放在开水中一滚，就用笊篱捞出来，放在碗中，浇上红红的牛肉汤，撒上绿绿的香菜末和葱末，红的汤、白的粉、绿的菜，煞是好看。没等吃，口水就流下来了。

我还有什么见怪的！赶紧坐下来吧。一大碗米粉端上来了，还是那样红的汤、白的粉、绿的菜，就放在我的面前，真是馋人啊！操起筷子，夹进了酸豆角、榨菜末、油辣椒，再放进一点醋，搅上一搅，齐活！夹起一筷，没等品味，米粉已经到了胃里了。哈哈！爽！

在张家界的那几天，早上我都在这家店里吃米粉。在临走的时候，主人问我，在张家界对什么印象最深的？他们的意思我明白，是要我说对张家界旖旎山景说一说。可是，我却毫不迟疑地回答："米粉！"他们就都瞪大了不解的眼睛。

沃面

沃面可不是米粉了，是面粉作的面条。受同学的邀请，到浙江金华中级法院讲课。同学是这个法院的院长，很有名气的。他到义乌接我，晚上在饭店吃饭，到快要结束的时候，他说要吃一点金华的特色小吃，就是沃面。

他说的是"熬"面。不知道怎么写这个"ao"字，我就询问这个字的写法。同学说，实际就是沃面，但是"沃"在这里念"ao"，而不是念"wo"。"为什么？"这是什么面呢？金华法院的朋友向我介绍了沃面的三种说法。

第一种说法，是说在旧社会，穷人吃不饱，好不容易弄到了一点面，做成了面条，但是面少，人多，不够吃，就在面中加上了各种蔬菜，弄得一锅连菜带面的面汤，吃起来倒是津津有味，很好吃。现在吃沃面，就是缅怀旧社会的辛苦。

第二种说法，是富人在吃够了山珍海味、大鱼大肉之后，吃什么都没味，就想办法做新花样。厨师想尽了办法，也没有做出符合富人口味的食品。后来,厨师灵机一动,就将面条下了锅以后,再放进去海鲜、蔬菜、肉丝等等佐料,煮成了一锅连汤带面的面条。财主一吃,感到味道极好,赐名为沃面,并且传了下来。这有点朱元璋"珍珠翡翠白玉汤"的意思了。

"那么,第三种说法呢?"我急不可耐地问。"第三种说法嘛!还得等一会再说。"同学卖关子。

看到我的急切,同学得意地一笑,说了出来。原来,在很久、很久以前,大禹治水,取得了辉煌的胜利,来到了金华一带。百姓感念大禹治水的功劳,以及三过家门而不入的感人事迹,都纷纷拿出自己家中最好的东西,送给最敬爱的领袖吃。大禹不收大家的馈赠,百姓就不答应;收谁的不收谁的,也都不好。因此,大禹决定,将大家送的东西每份都拿到一点,煮了一大锅面条,别的东西也一齐下锅,因此,汤面中既有面条,又有鱼肉蔬菜,连汤带面,味道极佳。大禹遂与大家一起席地而坐,与民共享,痛痛快快地大吃一顿,鱼水情深,情意绵绵。领导和群众的关系益发紧密。百姓问大禹,这么好吃的面条,叫什么名字呀?大禹沉思了一下,说:"就叫沃面吧!"就这样,沃面就传了下来。"这才是吃的文化呢!"我真陶醉了。

正说着,沃面上来了,每人一小碗。在小小的碗里,一撮面条,里边很多蔬菜、鱼虾、肉丝,看着粘粘乎乎的,好像有些坨，但是夹起来，一点都不坨，还是很有筋道，再加上满口的蔬菜、海鲜和肉丝，味道极浓，吞下以后，再砸咂嘴，回味无穷。好面！

到了金华，看到美的山，绿的水，深的情，好的人，深深地为这些真情美景所感动。要走的时候，同学问想吃点什么，我还是不加犹疑地说："沃面！"

同学很满意，为我对金华的特色小吃的深情所感动，早早就嘱咐厨房要做沃面。正餐就要结束的时候，沃面上来了。每人分得一碗以后，同学嘱咐服务员，剩下的沃面，都给我留着。我就吃了一碗又一碗，大概吃了四碗。这里的沃面，也是连汤带面，里边有蔬菜、海鲜、肉丝，但是味道与在义乌吃的又有不同，味道更清淡，也更有滋味。实实在在的好吃。

91 炸酱面与涮羊肉

炸酱面和涮羊肉是北京百姓的吃食,可以说是百吃不厌。时间长一点不吃,就想得慌,总得想办法吃上一顿才过瘾。别人可能不信,尤其是南方人,但是我信。

炸酱面

北方人都吃炸酱面,是一种主食,但是,只有北京人对炸酱面特别情有独钟。我没到北京之前,对北京人的这一爱好没有深切的感觉,到北京住的时间长了,才发现北京人对炸酱面的感情。同时,我也对炸酱面有了深切的感受。

小时候在东北,也吃炸酱面,不过那时候生活不富裕,又赶上几年的经济困难时期,供应的细粮很少,难得吃上一顿炸酱面。要到过年过节的时候,家里做上一顿炸酱面,美美地吃上一顿,尤其是那个肉末炸成的酱的味道,闻起来香气扑鼻,吃起来满嘴留香,真是美不胜收,很长时间都念念不忘。不过，这种时候很少，因为炸酱面吃起来很费，煮好了面要过水，面汤要浪费掉，同时吃得就更多，再加上肉酱，总想多吃一点。在那个时候，这实在是一种危险的倾向。因为那时提倡"一顿省几口，一年省几斗"，浪费粮食就是犯罪。尤其是20世纪50—60年代三年困难时期，不到过年、过节，想吃炸酱面，门儿都没有！

后来，生活好起来了，可是我的胃病犯厉害了，甜的、酸的、辣的、咸的，都要小心谨慎，不能多吃一点，尤其是炸酱面，因为有酱，吃完以后就胃酸，很难忍受，也就不敢再吃了。

到了北京以后，胃病好了，又见北京百姓对炸酱面有深厚的"阶级感情"，恢复了想吃炸酱面的欲望，而且越来越强烈，每每一个星期吃上几次，也不嫌多。不少同事和朋友到我家吃饭，都对我的炸酱面赞不绝口。我自然很是得意，当询问起我的经验时，我先是卖一个关子，然后再滔滔不绝。

炸酱面首先是面，没有好的面，吃不成好的炸酱面。所以炸酱面的面是基础。炸酱面的面就是要有筋性，要能在煮好后还保持住。这样的面就基本过关。现在店里卖的切面，基本上就行。如果是自己做面条，要用较好的饺子粉，面要和得硬一些，擀出来的面条才符合要求。

面是基础，酱才是关键，酱炸得好不好，这是标志炸酱面水平的标准。我到家门口的一家面馆吃过炸酱面，这家的炸酱有七八处缺点，这种炸酱面是根本不行的。

我做炸酱，先是备料。猪肉选精肉，切成小小的块，就是肉丁，大小要均匀，多少适量。尖辣椒稍多一点，要先顺着辣椒切成条，再把条切成丁。不能先横着切，味道不对。什么道理，大概是不要破坏辣椒的植物纤维。葱一两根，切成葱花。然后备好六必居的黄酱（一定是稀黄酱而不是干黄酱，后者咸死人）。炒勺加油烧热，少许葱花炝锅，放入肉丁煸炒；然后放入辣椒丁，煸炒辣椒变得更绿以后，放入黄酱，加少许水，让酱烧开，再煸炒几下，放入葱花，翻几下，出锅即可。切记不要放味素之类的调料，因为黄酱煸炒后的香味足够，再加调料就是画蛇添足了。

老北京吃面，还要有面码，即拌在面里的蔬菜，一般是切点黄瓜丝、细萝卜丝、豆芽菜或是煮黄豆等，凭个人的口味，没有也行。煮好面，清水洗净面汤汁，捞在碗里，浇上炸酱，用筷子拌匀，就请享用炸酱面的美味吧！

涮羊肉

涮羊肉是地道的北京菜，过去其他地方很少吃，现在各地都吃涮羊肉，都是跟北京学的。在东北就不吃涮羊肉，而是吃酸菜火锅，将酸菜切细，在锅里放螃蟹、虾米、熟方子肉片、生猪肉片，以及其他林林总总，加上鸡汤，放进酸菜，点上炭火煮，开锅即食，美味无比。

在北京吃涮羊肉,开始感觉没有吃东北的火锅过瘾,但是吃常了以后,又感觉只有北京的涮羊肉才对味,东北的火锅又觉得不对劲了。后来到烟台大学后,经常想吃涮羊肉,可是烟台没有涮羊肉的馆子。有一次,极想吃,和太太一起绕着烟台转了好几圈,也没有找到一个涮羊肉的馆子,只好死心,心里很难受。快要到春节了,一位同事从烟台师范学院弄到了一批内蒙古的冻羊肉,我迫不及待地买来了一些,用刀切成羊肉片,自己做了一点调料。没有火锅,就在煤气灶上的炒勺里,烧了白汤,就势涮了起来,吃得很开心。

又回到北京,生活不是那么困难了,在饭馆吃一顿涮羊肉是很简单的事,对北京的涮羊肉也更了解了。东来顺的涮羊肉,是老字号,加工精细,选料讲究,但是有两点,一是羊肉片切得过于精细,虽然好看,吃起来,入口不充实,不过瘾;二是东来顺是国营店,服务质量较差,服务员的脾气也大,号称自己是国营的,就下定决心再不来这里吃了。

能仁居的涮羊肉是后起之秀。开始很多人说能仁居、能仁居的,我甚至不知道能仁居何许人也。后来也到能仁居吃了一次,果然不错。能仁居的羊肉片是家常的切法,肉片很大,不像东来顺的那样薄、那样精细,这样就口感很好。能仁居的汤很好,有几种,可以随意选。其实我最愿意选的,还是白汤,不加任何料,也不用鸡汤的、肉汤的,这样才能吃出羊肉的本来味道。能仁居的调料最对我的口味,麻酱、韭菜花酱、豆腐乳汤，调在一起，恰到好处，美味无比。

有人给我介绍八先生涮肉坊，我也去过。在木樨地的道北，一个胡同里，有一个不大的门脸，进去也不是很大的房间，十几张小桌子摆得很挤，人很多，饭口的时候，经常排不上号。八先生的涮肉是小家子风格，是家常的做法，更具有家庭的味道。店主的服务也有家庭的气氛，如果人少，店主还一边服务一边和你聊天，气氛极好。

我更愿意在自己的家里吃涮羊肉。自己做，想怎么吃，就怎么做，完全随自己的意思，那不是更好？买好上等羊肉片几斤，再买好要涮的青菜、蘑菇、木耳、黄花、粉丝等，总之想吃什么就买什么，但是，白菜是不能少的。大白菜要选核桃纹最好，洗净后，要用手把白菜掰成块，不能用刀切，用刀切不是味。

三种调料是必须买好的，就是麻酱、韭菜花酱和豆腐乳，豆腐乳要多些汤。先把麻酱用麻油调稀，加入适量的韭菜花酱和豆腐乳汤，豆腐乳汤不足，可以将豆腐乳捣碎。三种调料放在一起，要用筷子很好地搅拌，不断地品尝，再适当地增加不同的调料，调至最佳、最喜欢的口味为止。

火锅最好用炭火，因为炭火锅气氛好，大家加炭、加火的，忙忙活活，热闹。嫌烦，就用电火锅，省很多事。汤最好用白汤，用鸡汤、骨头汤也好。汤里要加上一点虾米、干贝等海货，汤味更鲜。汤烧开了，就来涮吧！想吃多少就吃多少，只是不要忘了节食和减肥呦！

92　酿皮子与羊肉泡

在西北出差,知道了酿皮子和羊肉泡馍这两种西北的吃食。这两种小吃,是西北地区最普遍的传统食品,西北人离不了,就是其他地区的人,吃起来也别有风味。我对这样两种西北吃食的喜好,有一个转变的过程,说起来也蛮有意思。

酿皮子

1990年快要过元旦的时候,我与同事一起到宁夏出差,参加宁夏高级法院的民事审判工作会议。到了银川的当天晚上,高级法院的同事在召开会议的宾馆请我们吃饭。在桌上,有一道菜,特别受到北京来的人的欢迎,吃起来,感到非常可口:长长的面皮,颜色呈浅绿,有筋性,拌有红红的辣椒油,还有芥末、蒜泥等调料;用筷子夹起来,放在嘴里,麻辣酸甜;嚼起来,又糯又软。嘿!真是好吃极了。现在想起来，我就要流口水了。宁夏的同事看我爱吃，又要了一盘。第二盘吃完以后，实际还没有吃够，无论如何也不能再要了。不然不是太掉价了？为了面子，只好忍住了那根馋虫。

后来在银川的街上，看到满街都是卖酿皮子的，很多人在街上买上一碗，站在路边上就吃，"突鲁、突鲁"的，吃得真香，我真就忍不住想吃上一碗。但是，总是怕拉肚子，没有敢吃。

在北京，街上也有这样的小吃。在王府井的小吃一条街上，晚上拿着碗，带上一些钱，任选几种小吃，站在小吃摊前津津有味地吃起来。这时，酿皮子总是第一个被选择的食物。有时候，在街上也买上一份酿皮子，佐料调好，用塑料袋装好带回家中，放在餐桌上，就是一道美味小菜，炒上两个菜，再加上一二两白酒，哈哈！就是神仙过的日子。尤其是在华普超市的门口，有一位小姑娘卖的酿皮子，做得尤其好。不过，无论怎样，我都觉得北京卖的酿皮子不是正宗的西北风味，总是想再到西北的时候，一定要狠狠地吃上一盘正宗的酿皮子。

前几天到西安，陪同外宾吃饭的时候，我说起了我对酿皮子的怀念。陕西省检察院的主人说，那好办，明天就到街上去专门吃一顿酿皮子。我答应了。我是太想在西北再过一次酿皮子的瘾了。

到了晚上，同事邀我到街上去，吃一顿正宗的酿皮子。

走在街上，同事还在对我说着酿皮子的事情。他们说，在西北，酿皮子其实不是菜，而是主食，是作为饭来吃的。这倒使我大吃一惊。我是历来把酿皮子作为菜来吃的。

在西安的鼓楼附近，走到了一家饭馆，主人提出要进去吃。我看着饭馆的样子，有些脏，就很迟疑。同事看出来我的意思，就说不在这里吃了。另一位同事进到饭馆里，买上了一份酿皮子，用塑料袋装好，带着走了。又走到一家饭馆，看起来也不是怎么样，但是再推辞，就显得那个了，我只好跟着进了这个小饭馆。点了几份酿皮子，同事又拿出在刚才那个饭馆买的一份酿皮子，放在桌子上，就让我吃。

这两种酿皮子是不同的风味，一种是用芝麻酱做主要调料拌的，面皮是用面粉做的，样子有些黑乎乎；一种是用辣椒油拌的，面皮是用米粉做的，白白的，加上辣椒油，样子红红的。但是，这两种都不是在银川吃的那种用绿豆面做的酿皮子那个样子。等到吃起来，两种都试过，口感更是不好，还不如在北京吃的好吃呢！再加上看着饭馆的脏样子和服务员穿的脏衣服，一下子就倒了胃口，破坏了我对酿皮子的全部感情。今后真的不想再吃酿皮子了。

羊肉泡

羊肉泡，就是羊肉泡馍，简称羊肉泡。最先知道羊肉泡馍这个词，也是1990年在银川，是在银川的街道旁饭馆的墙上看到的。很多饭馆的墙上都写着"羊肉泡馍"。这样，我就知道了这是一种西北的小吃，主人没有请我们吃过，在心中不免有些耿耿。

1995年，我到西安讲课。那时，西安的气温到了39℃，十分炎热，又缺水。讲课的时候，穿的衣服都被汗湿透了，干了以后，就是白白的汗碱。晚上回到宾馆，洗澡水又不多，真是辛苦得很。等到讲完课以后，主人说辛苦了，要让我休闲一下，带着我到一家有名的羊肉泡馍馆，要好好吃上一顿羊肉泡。

我们坐在脏兮兮的餐桌前等着。服务员来了，说明今天没有羊肉泡馍，只有牛肉泡馍。主人说："牛肉的怎么样？"我哪里知道牛肉的还是羊肉的怎么样啊，就说："行，什么都行。"接着，就上来了一个大碗，几个白色的烧饼。主人告诉我，那不是烧饼，而是"馍"，就是要泡它。在人家的指导下，将这种"馍"一点一点地掰碎，放在碗里，然后就是浇上牛肉的汤汁。过了一会儿，就可以吃了。吃了几口，我感到不是什么好味，而且还有点恶心。又不好说不好吃，咬着牙，吞下去了半大碗。至此，对羊肉泡馍，我就没有什么好感了，虽然这并不是羊肉泡馍而是牛肉泡馍。看来，都是牛肉泡馍惹的祸。

其实也不然。以后在北京，也吃过一次羊肉泡馍，是在海淀的图书城附近，一早晨跑到这个餐厅，弄了一大碗，吃起来，虽然不是牛肉泡馍了，但仍然是原来印象中的味道。至此，我不再想吃羊肉泡馍，甚至还说过不少诋毁羊肉泡馍的坏话。

过几年，我又到西安，在宴请外宾的时候，到"老孙家羊肉泡馍馆"，吃上了一顿正宗的羊肉泡馍，终于使我彻底改变了对羊肉泡馍的不好印象，而且还想有机会再吃几次。

一进老孙家饭馆，迎面就是一个大大的景德镇大碗，号称"天下第一碗"，比特大号的盆还要大很多。坐在餐桌前，上来的还是那种"烧饼"，"馍"，每人一个大碗，哦，不是刚说过的那个大碗。在服务员的指导下，把"馍"一点一点地弄碎，放在碗里。我掰完了一个之后，问陪同的检察长，要不要再弄一点。检察长说，再加上一点吧，只掰一个怕是不够吃的。我信了他的话，又掰了半个。等到大家都弄好以后，服务员小姐一一将碗撤下，拿回到厨房处理。外宾们有些怀疑。小姐说，这些碗拿回去，不会弄错的，保证每一人拿到的都是原来自己的碗。据介绍，厨师要把佐料和羊肉以及粉丝放在碗里，加羊汤，放在锅里蒸。蒸到时候了，就端上桌。

做好的羊肉泡馍放在桌前，香气扑鼻，果然都是自己的碗，因为有人做了记号，一点没错。按照主人和服务员教的方法，用筷子一点一点地从碗的两边扒，扒起来一点，就吃一点，不能把整个碗搅和一遍。放到嘴里一品，啊！哪里是原来记忆中的味道，真真是汤鲜，味美，馍筋道，吃起来，美不胜收。啊！够味！

　　这一餐羊肉泡馍，使我彻底地改变了对羊肉泡馍的恶劣印象。

93　猫耳朵与莜面窝窝

猫耳朵和莜面窝窝也是两种西北的面食,在河北、山西也有。在北京的小吃摊上,则很难见到。1990年,大概是在海湾战争的时候,最高法院的民事审判庭庭长唐德华带领我们这个写作班子,到河北张家口地区起草第五次全国民事审判工作会议的材料,前后走过赤城、沽源、张北、崇礼等县。赤城和崇礼是在坝下,沽源和张北是在坝上。坝上和坝下,前者是蒙古高原,后者是内地的山区,是两种截然不同的风格。

在崇礼县住的时间比较长。崇礼在张家口的一侧,出了张家口,沿着一条山沟一直往里走,直直地,进了山沟的深处,就是崇礼县的县城。县城不大,只有一条街,街的旁边是商店和各种店铺,以及机关等单位。整个街道是一个斜坡状,在比较中心的位置,就是崇礼县的宾馆。

崇礼宾馆的设计并不算落后,虽然小,装修得还不错,住起来比较舒服。住在这里，白天研究稿子，晚上就各自改自己分工的那一部分，第二天再继续进行。

崇礼县主管政法的县委副书记专门陪同我们。在崇礼县，没有来过更大的干部，唐庭长的到来，就是最大的领导了。副书记除了开会和必不可少的工作以外，其余的时间就专门陪着我们。

副书记年龄不大，常年在山区基层工作，背显得稍微有点驼，面色也很苍老，经常在背后披着一件外衣，看起来总是风尘仆仆的样子。吃饭的时候，副书记为我们推荐各种山区的小吃，想让我们这些从北京来到山区的人，既不要花很多钱，又让我们吃得开心、新鲜。是他介绍我们吃了猫耳朵和莜面窝窝。

最先吃到的是莜面窝窝。莜面就是莜麦面，是北方的一种杂粮。将莜面用水和好，醒到时候，就可以做了。先把莜面揉成条状，揪下来一小块，放在案板上，用大拇指一捻，捻成一个长长的面片，然后再把这个面片卷成一个小小的筒，大概有两三层，就成了，立着放在笼屉中。做好一个排起来，再做好一个排起来，一个一个地挨着排好，等到笼屉排满了，就可以上到锅灶上蒸了。蒸好的莜面窝窝呈粉红色，一个一个的窝窝冒着热气，一个挤着一个，很是好看。这就能吃了吗？且慢！

吃莜厨窝窝最主要的是看汤料。那天，副书记专门监督厨师在后边杀羊，然后就用煮好的羊汤作为汤料的底汁，再加上羊肉碎末，蒜蓉、芫荽、葱花等佐料，做出来了一种闻起来就极香的汤料。

坐在餐桌上，按照副书记的指挥，先是用筷子将莜面窝窝夹上一些，放在碗里，再把汤料浇在窝窝上，用筷子拌一拌，就可以吃了。先伏在碗上闻一闻，香气一直窜进鼻子，让人口水欲滴，难以忍耐。赶紧夹进一筷放在嘴里，呵呵！真是好味道！窝窝是蒸出来的，显然与烙出来的饼是不一样的。小时候，我吃过莜面面条，那不是一种享受，因为莜麦是一种粗粮，我不喜欢吃。可是，在这里吃莜面窝窝，根本没有过去那种对莜面的感觉。再加上香喷喷的羊肉汤，真是美味无比，吃了这碗想那碗，吃了还想吃。副书记及时告诉我们，莜面不好消化，不能多吃，只可以吃到八分饱，就行了，再吃多了，就要胀肚子了。放着这么好吃的东西，没有吃饱就要停下来，显然对谁都是一个考验。然而为了自己的健康考虑，我们终于恋恋不舍地放下了筷子。

猫耳朵不是在宾馆里边吃的，是到一家饭馆去吃的。猫耳朵用白面或者莜面都可以做。和好面以后，在锅里下好了汤，烧开。这时，将面团放在左手中，右手揪起一小块，不能大，只有一点点，放在左手背上，用右手的拇指轻轻一捻，就捻成一个小小的猫耳朵形状的面片，接着就下到锅里。听起来这样做很麻烦，其实不然，熟练的女人把这些动作连起来，一个一个地做，可以看得你眼花缭乱，很快就是一锅。

猫耳朵有两种吃法，一种是下汤，一种是浇卤。这跟下面条是一样的，或者是下汤煮，或者是浇卤、炸酱。如果是下汤，煮猫耳朵的汤也是要好的，最好下虾仁、干贝等海鲜，再加上一些青菜，以及其他佐料。汤好，猫耳朵的味道自然就好。猫耳朵下完以后，汤开即成。如果是浇卤，则在猫耳朵煮好之后，用清水捞好，控净水，放在碗里；然后根据个人的意愿，选择好愿意吃的料，做出浓汁的卤来，浇在猫耳朵上面，用筷子拌一拌，即可食用。吃吧，保管你吃得下次还想吃。

94　葫芦头及其他

在西安开会，想要吃一点西安的特色小吃，尤其是想到原来吃羊肉泡馍和酿皮子的有趣经历，就更想吃一点别的小吃，试试新的口味。

住的饭店对面，从窗子里看出去，有一个叫做"第一碗"的店铺，门脸挺好看的，有人出出进进的，看样子不错。不过，我觉得说陕西第一碗应当是说羊肉泡馍，所以没有太在意。和朋友聊天的时候，说起来这个店铺，朋友不经意地说："第一碗可不是羊肉泡馍，而是葫芦头。"

什么叫"葫芦头"？这是很奇怪的名字，究竟是什么呢？朋友见我诧异，就说，葫芦头就是猪大肠头，用汤煮好，大肠就会卷起来，就像葫芦头一样，所以称之为葫芦头，是西安的一种小吃。

我听了就有了兴趣，很想马上就去吃。朋友有些为难，因为也只是听说，并没有吃过这种东西，而且不敢吃这类的小吃。我正要说那就算了，朋友却说："就去吧，陪你试一试。"我大为感动，一起到了这个"第一碗"。

店很大，有两层，各个餐厅里都摆满了桌子。看来生意是蛮不错的。坐下来，服务小姐送上来菜单，我们选了价格最贵的精肠葫芦头，要了三个烧饼，按照服务员的指导，把烧饼掰成小块放在碗中。这种烧饼也是叫做"馍"，与羊肉泡馍的饼几乎相同。开始我没有注意，以为是一样的馍，经过指导，才发现，两种馍的区别在于，羊肉泡馍的馍是死面的，葫芦头的馍是发面的，从外观上几乎看不出来。在把饼掰成碎块的时候，也有区别，羊肉泡馍的馍要掰得越小越好，能够进去味滋味。葫芦头的馍不能掰得太小，因为是发面的，块太小，汤一泡就开了，就没有筋头了。

把馍掰好以后，服务小姐把碗送到厨房，我就到点小菜的地方选小菜。选了四种小菜，端上桌子，要了啤酒，与朋友就小酌起来，几样小菜都很够味。

葫芦头做好了，端了上来。一股香味飘过来，冲入鼻腔，引人发馋。大大的碗中，飘着一点红油、几点绿叶，将白白的馍块和粉白的肥肠衬托起来，相互间杂，你中有我，我中有你，浑然一体。仅仅是这种观感就足够好的了。其实，人的相处，不也是这样？

按照我的经验，在汤中加上了一点陈醋，用羹匙轻轻一拌，盛起一匙，有一块馍，有一点肥肠，还有一点绿绿的香菜，送入口中，就像似贴在了口腔中的每一处粘膜，每一个味蕾都在感受，突然就是喉咙一张，滚下了去，竟是未及细细地感受。于是，我就连连叫好。

朋友本不愿意吃这种东西，是为了我才陪我来的。看到我的夸张表情，半是疑惑，半是相信，也就吃了一匙。朋友的脸在逐渐地发生变化，先是迟疑，随后就慢慢地舒展开来，接着眉毛弯起来，嘴角张开来，笑意绽在了脸上，连声说："不错！不错！要不是你的动员，今生大概不会有此享受。"我用得意地表情看着朋友，葫芦头就不断地进入我的腹中。

葫芦头的味道，是肥肠汤的味道，香浓，但是不腻。大概是选的精肠葫芦头，因此肠料质量极佳，粉白软滑，没有加工不好的肥肠的那种味道。汤的颜色是白的，不是特别浓，油不多，因而汤鲜而不腻。泡在汤里的馍，有些软，还有一定的筋道，恰到好处。汤的鲜味浸在其中，吃起来味道很足。一大碗葫芦头转眼就没有了，人也吃饱了。我们心满意足地回到了宾馆。

过了几天，我自己又去第一碗吃了一次葫芦头，这次要的是9元钱一碗的加了一点海鲜的葫芦头，味道也不错，但是肠料的质量就差多了。和几位西安同学说起葫芦头的时候，他们都鼓励我吃一碗最普通的葫芦头，也就是5元钱一碗的，后来没有这样做。我的想法是，不要让5元一碗的葫芦头破坏了我对它的良好印象。